Über dieses Buch

Mit der ›Alltäglichen Geschichte‹ feierte ein bedeutender russischer Romancier des 19. Jahrhunderts sein glänzendes literarisches Debüt: Iwan Gontscharows (1812–1891) im Jahre 1847 veröffentlichtes Erstlingswerk wurde von Leserschaft und Kritik gleichermaßen begeistert aufgenommen. Klassischer Bildungsroman und wirklichkeitsnahe Alltagsprosa gehen in diesem Werk, das Gontscharow zusammen mit ›Oblomow‹ (1859) und ›Die Schlucht‹ (1869) als Trilogie verstanden wissen wollte, eine brillante Verbindung ein.

Alexander, verwöhnter und schwärmerischer Sproß der alten Feudalaristokratie, strebt nach Idealen wie Liebe, Freundschaft, Poesie. Demgegenüber verficht sein Mentor Pjotr, erfolgreicher Fabrikant in Petersburg, praktisch-pragmatische Maximen. Modernität und Materialismus sind seine Schlagworte. Als Mittlerin betritt Pjotrs Frau Lisaweta die Szene. Sie »hatte in ihrem Neffen und ihrem Mann schreckliche Gegensätze vor Augen: der eine begeistert bis zum Wahnwitz, der andere kalt bis zur Erstarrung.« Unter dem Einfluß Pjotrs durchläuft Alexander einen Entwicklungsprozeß. Er entledigt sich seiner Ideale, um in die »Fußstapfen« seines Onkels zu treten. Jener hingegen erkennt just im Moment der Bekehrung seines Gegenspielers, daß auch seine eigenen Lebensmaximen keine Glücksgarantie bieten. Der psychisch angegriffenen Lisaweta zuliebe verzichtet er künftig auf Kapital und Karriere und wendet sich gen Italien – Chiffre für die Ideale, denen Alexander den Abschied gegeben hat. Die gegenläufigen Lebensentwürfe überschneiden sich. Sie münden in einen unendlichen – und in diesem Sinne alltäglichen – Kreislauf ein: in die zeitlose Geschichte des Widerstreits von Ideal und Wirklichkeit.

Literatur · Philosophie · Wissenschaft

ERSTER TEIL

I

An einem Sommertag hatte sich in dem Dorfe Gratschi im Hause der Anna Pawlowna Adujewa, einer Gutsbesitzerin, nicht arm noch reich, alles mit dem Morgengrauen erhoben, angefangen bei der Hausherrin selber bis hinab zum Kettenhund Barbos.

Nur der einzige Sohn Anna Pawlownas, Alexander Fjodorytsch, schlief noch den Schlaf eines Recken, wie es sich für einen zwanzigjährigen Jüngling gehört. Alle andern im Hause eilten hin und her und gebärdeten sich äußerst geschäftig. Doch gingen die Leute auf Zehenspitzen und sprachen flüsternd, um den jungen Herrn nicht zu wecken. Sobald einer Krach machte oder seine Stimme erhob, erschien Anna Pawlowna wie eine gereizte Löwin und strafte den Unvorsichtigen je nach dem Ausmaß ihres Zorns und ihrer Kräfte mit einem strengen Verweis, einem Schimpfwort oder mit einem Puff.

In der Küche waren drei Paar Hände am Werk, als kochte man für zehn, während doch die ganze herrschaftliche Familie nur aus Anna Pawlowna und Alexander Fjodorytsch bestand. Im Schuppen wurde der Reisewagen geputzt und geschmiert. Alle waren beschäftigt und plagten sich im Schweiße ihres Angesichts. Nur Barbos hatte nichts zu tun, aber er nahm auf seine Weise an der allgemeinen Bewegung teil. Wenn ein Diener oder der Kutscher vorbeiging oder eine Magd vorüberhuschte, wedelte er mit dem Schwanz, beschnupperte den Vorübergehenden gründlich, und seine Augen schienen zu fragen: Sagt man mir denn nun endlich, warum bei uns heute ein solcher Tumult herrscht?

Der Tumult aber kam daher, daß Anna Pawlowna ihren Sohn nach Petersburg gehen ließ, wo er in den Staatsdienst eintreten oder, wie sie es nannte, Menschen kennenlernen und sich ihnen zeigen sollte. Ein mörderischer Tag für sie! Darum ist sie so traurig und so verstimmt. Oft hält sie mitten im Wort inne, wenn sie in ihrer Geschäftigkeit den Mund zu einem Befehl auftut, die Stimme läßt sie im Stich, sie wendet sich zur Seite, um eine Träne noch rasch zu erhaschen und abzuwischen, sonst tropft die Träne in den Koffer, in den Anna Pawlowna eigenhändig die Wäsche Saschenkas verstaut. Schon lange kochen Tränen in ihrer Brust, sie steigen in die Kehle, pressen ihr Herz zusammen und drohen, in Strömen hervorzubrechen. Sie wollte sie aber anscheinend für den Abschied aufheben und gab nur bisweilen ein Tröpfchen aus.

Nicht sie allein trauerte wegen der bevorstehenden Trennung. Auch Saschenkas Kammerdiener Jewsej war arg betrübt. Er sollte mit dem Herrn nach Petersburg fahren und den wärmsten Winkel im Hause verlassen, den Winkel hinter der Ofenbank im Zimmer Agrafenas, des ersten Ministers in Anna Pawlownas Wirtschaft und, was für Jewsej noch wichtiger war, der ersten Beschließerin.

Hinter der Ofenbank war nur so viel Platz, daß zwei Stühle und ein Tisch dort stehen konnten, auf dem der Tee, der Kaffee und der Nachtisch angerichtet wurden. Jewsej hatte sich auf diesem Platz hinter dem Ofen ebenso fest eingenistet wie im Herzen der Agrafena. Sie thronte auf dem zweiten Stuhl.

Die Geschichte von Agrafena und Jewsej galt im Hause schon als alte Geschichte. Man hatte sie wie alles in der Welt besprochen, hatte Lästerreden über beide geführt, aber dann war der Klatsch verstummt, wie es immer geschieht. Auch die Herrin hatte sich daran gewöhnt, die beiden stets zusammen zu sehen, und so lebten sie volle zehn Jahre in eitel Seligkeit. Können viele, wenn sie die Bilanz ihres Lebens ziehen, zehn glückliche Jahre aufzählen? Doch nun nahte der Augenblick, in dem sie einander verlieren sollten! Leb wohl, du warmer Winkel, leb wohl, Agrafena Iwanowna, lebt wohl, Kartenspiel und Kaffee, Wodka und Beerenschnaps, lebt alle wohl!

Jewsej saß schweigend und seufzte schwer. Agrafena machte sich mit verdrießlicher Miene in der Wirtschaft zu schaffen. Bei ihr äußerte sich der Kummer auf eigene Art. Voll Erbitterung brühte sie an diesem Tage den Tee auf. Statt wie gewöhnlich die Tasse mit dem ersten, starken Aufguß ihrer Herrin zu bringen, schüttete sie ihn weg, als wollte sie sagen: ›Den soll keiner bekommen‹, und unerschüttert nahm sie einen Verweis entgegen. Der Kaffee kochte ihr über, die Sahne brannte an, die Tassen fielen ihr aus der Hand. Das Tablett stellte sie nicht auf den Tisch, sondern warf es hin, daß es klirrte. Sie öffnete nicht den Schrank und die Türen, sie schlug sie krachend auf. Sie weinte nicht, aber sie war wütend auf alles und jeden. Das war übrigens schon immer der hervorstechendste Zug ihres Charakters. Sie war niemals zufrieden, nichts war ihr recht, immer brummte sie und klagte. Aber in dieser verhängnisvollen Stunde offenbarte sich ihr Charakter in seiner ganzen Leidenschaftlichkeit. Am meisten schien sie sich über Jewsej zu ärgern.

»Agrafena Iwanowna!« sagte er kläglich und zärtlich, wie es zu seiner langen, stämmigen Gestalt gar nicht paßte.

»Na, was hast du dich breitgemacht und hältst Maulaffen feil?« erwiderte sie, als säße er hier zum ersten Mal. »Laß mich vorbei, ich muß ein Handtuch rausholen.«

»Ach, Agrafena Iwanowna!« wiederholte er träge und erhob sich seufzend vom Stuhl, ließ sich aber gleich wieder fallen, als sie das Handtuch genommen hatte.

»Er winselt nur immer! Da hat sich der Lümmel mir aufgedrängt – 's ist eine Strafe, Herr! – und läßt nicht locker!«

Und sie ließ klirrend einen Löffel in die Spülschüssel fallen.

»Agrafena!« ertönte es da aus dem Nebenzimmer. »Hast du ganz den Verstand verloren? Weißt du denn nicht, daß Saschenka schläft? Bist dir wohl mit deinem Liebsten zum Abschied in die Haare geraten?«

»Ginge es nach dir, dürfte man sich nicht rühren, müßte wie eine Tote dasitzen!« zischte Agrafena wie eine Schlange, indes sie eine Tasse mit beiden Händen trockenrieb, als wolle sie sie in Stücke brechen.

»Leben Sie wohl, leben Sie wohl!« stieß Jewsej mit einem gewaltigen Seufzer hervor. »Der letzte Tag, Agrafena Iwanowna!«

»Na, Gott sei Dank! Mag Euch der Teufel holen, dann wird mehr Platz hier. Laß mich vorbei. Nirgends kann man hin, überall hat er seine Beine!«

Er hatte sie an der Schulter gefaßt – und das war die Antwort! Er seufzte wieder, rührte sich aber nicht vom Fleck. Das war auch nicht nötig, Agrafena wollte das gar nicht. Jewsej kannte sie und regte sich nicht weiter auf.

»Wer wird wohl meinen Platz einnehmen?« meinte er und seufzte aufs neue.

»Der Waldgeist!« erwiderte sie kurz.

»Das gebe Gott! Nur nicht Proschka. Und wer wird Karten mit Ihnen spielen?«

»Na, und wenn es Proschka wäre, was wäre dabei?« bemerkte sie boshaft.

Jewsej stand auf.

»Sie werden nicht mit Proschka spielen, bei Gott, das werden Sie nicht!« rief er, beunruhigt und beinahe drohend.

»Wer soll es mir verbieten? Etwa du Fratze?«

»Mütterchen, Agrafena Iwanowna!« hob er mit flehender Stimme an und faßte sie – um die Taille, würde ich sagen, wenn sie nur die geringste Andeutung einer Taille gehabt hätte.

Sie erwiderte seine Umarmung mit einem Stoß vor die Brust.

»Mütterchen, Agrafena Iwanowna!« wiederholte er. »Wird denn Proschka Sie so lieben wie ich? Sie wissen doch, wie frech er ist, kein Frauenzimmer läßt er ungeschoren vorüber. Ich aber! Ach je! Sie sind mein Augapfel! Wäre es nicht der Wille der Herrschaft, dann ... ach! ...«

Er ächzte und fuhr mit der Hand durch die Luft. Da hielt Agrafena es nicht länger aus. Endlich äußerte sich auch bei ihr der Kummer in Tränen.

»Läßt du mich nun bald in Frieden, Verfluchter?« rief sie weinend. »Was schwatzt du da, du Narr! Ich mich mit Proschka einlassen! Siehst du nicht selber, daß man aus dem kein gescheites Wort herausbringt? Der kann nichts, als alles mit seinen Pfoten betatzen ...«

»Hat er sie auch an Sie gelegt? Oh, der Schurke! Und Sie haben mir nichts gesagt! Ich könnte ihn...«

»Er soll mich nur anrühren, dann lernt er mich kennen! Gibt es denn im Gesinde keine anderen Weiber als mich? Mit Proschka mich einlassen! Ei, was du für Einfälle hast! Nur neben ihm zu sitzen ist mir zuwider, dem schweinigsten aller Schweine! Beobachte ihn, er legt es nur darauf an, andern eins zu versetzen oder unter der Hand zu verschlingen, was der Herrschaft gehört, und du wirst es gar nicht gewahr!«

»Wenn es aber die Umstände fügen, Agrafena Iwanowna – der Versucher ist stark –, so setzen Sie lieber Grischka hierher. Er ist wenigstens ein friedlicher Junge, arbeitsam, macht sich nicht über andere lustig...«

»Noch so eine Idee!« fuhr Agrafena auf ihn los. »Jedem Beliebigen willst du mich aufhängen, als wär ich so eine... Scher dich davon! Solche Brüder wie dich gibt es viele. Jedem mich an den Hals werfen, so bin ich nicht! Daß ich mich mit dir einließ, mit so einem Waldschratt, dazu hat mich wahrscheinlich der Böse um meiner Sünden willen verführt, und das bereue ich auch. Und du denkst dir so etwas aus!«

»Gott lohne Ihnen Ihre Tugend! Mir ist ein Stein vom Herzen!« rief Jewsej freudig aus.

»Er freut sich!« schrie sie grimmig. »Das ist was Rechtes zum Freuen! Immer freu dich!«

Ihre Lippen färbten sich weiß vor Zorn. Beide verstummten.

»Agrafena Iwanowna!« brachte Jewsej nach einer Weile schüchtern hervor.

»Nun, was noch?«

»Ich habe es ganz vergessen: Seit heute morgen habe ich kein Tröpfchen über die Lippen gebracht.«

»Wenn's weiter nichts ist!«

»Vor Kummer, Mütterchen!«

Sie langte aus dem unteren Schrankfach hinter einem Zukkerhut ein Glas Wodka und zwei riesige Scheiben Brot mit Schinken hervor. Das hatte sie längst fürsorglich für ihn vorbereitet. Sie schob es ihm hin, wie man keinem Hund etwas vorwirft. Eine Scheibe Brot fiel auf den Boden.

»Da hast du was, ersticken sollst du daran! Oh, daß dich...
Sei doch leiser, schmatz nicht, daß es durchs ganze Haus
schallt.«

Mit dem scheinbaren Ausdruck des Hasses wandte sie sich
von ihm ab, er aber begann langsam zu essen, wobei er
Agrafena verstohlen ansah und den Mund mit der Hand
bedeckte.

Indessen war der Kutscher mit dem Dreigespann im Tor
erschienen. Das Hauptpferd trug das Krummholz um den
Hals. Das am Sattel befestigte Glöckchen bewegte seine
Zunge dumpf und unfrei wie ein Betrunkener, den man
gebunden und in eine Wachstube gesteckt hat. Der Kutscher
band die Pferde an das Vordach des Schuppens, nahm die
Mütze ab, holte daraus ein schmutziges Handtuch hervor
und wischte sich den Schweiß vom Gesicht. Als Anna Pawlowna ihn vom Fenster aus sah, wurde sie bleich. Die Beine
knickten ihr ein, und die Arme wurden schlaff, obwohl sie
diesen Anblick erwartet hatte. Doch sie ermannte sich und
rief Agrafena.

»Geh doch mal auf Zehenspitzen ganz ganz leise zu Saschenka und sieh, ob er noch schläft«, befahl sie. »Er verschläft am Ende den letzten Tag, mein Täubchen, und ich
kann mich nicht noch einmal an ihm satt sehen. Aber nein!
Bleibst du wohl hier! Du stampfst womöglich wie eine Kuh
hinein! Ich gehe lieber selber...«

Und sie ging.

»Dann geh doch selber, du Nicht-Kuh!« brummte Agrafena, während sie auf ihren Platz zurückkehrte. »Ei, für eine
Kuh hält sie mich! Viele solche Kühe hast du bestimmt
nicht!«

Alexander Fjodorytsch kam Anna Pawlowna schon entgegen, ein junger, blondgelockter Mann in der Blüte der Jahre,
voll Gesundheit und Kraft. Er begrüßte die Mutter fröhlich,
als er aber den Koffer und die Bündel erblickte, wurde er
befangen, trat schweigend ans Fenster und malte mit dem
Finger an die Scheibe. Doch bald unterhielt er sich wieder mit
seiner Mutter und sah den Reisevorbereitungen sorglos, ja
freudig zu.

»Du bist einer, mein Lieber«, meinte Anna Pawlowna. »Hast du aber lange geschlafen! Das Gesicht ist sogar verquollen. Ich will dir die Augen und die Wangen mit Rosenwasser waschen.«

»Nein, Mamachen, ist nicht nötig.«

»Was möchtest du frühstücken? Zuerst Tee oder Kaffee? Ich habe auch Beefsteak in Rahm braten lassen. Was möchtest du?«

»Mir ist's gleich, Mamachen.«

Anna Pawlowna fuhr fort, die Wäsche einzupacken, doch bald hielt sie inne und sah bekümmert auf ihren Sohn.

»Sascha!« rief sie nach einer Weile.

»Was wünschen Sie, Mamachen?«

Sie zögerte zu sprechen, als fürchte sie sich.

»Wohin willst du fahren, mein Lieber, und weshalb?« fragte sie endlich mit leiser Stimme.

»Wieso wohin, Mamachen? Nach Petersburg, weil... weil... um zu...«

»Höre, Sascha«, rief sie erregt und legte ihm die Hand auf die Schulter, offenbar in der Absicht, einen letzten Versuch zu machen, »noch ist es Zeit. Überlege es dir, bleib hier!«

»Hierbleiben! Wie könnte ich! Und außerdem... ist die Wäsche schon eingepackt«, antwortete er, da ihm nichts anderes einfiel.

»Die Wäsche eingepackt! Sieh her, sieh, sieh! Schau her, schon ist sie wieder ausgepackt.«

Mit wenigen Griffen hatte sie alles aus dem Koffer genommen.

»Was soll denn das, Mamachen! Ich bin fertig zur Abreise, und plötzlich wieder das! Was wird man sagen...«

Er war bekümmert.

»Ich rate dir nicht um meinetwillen, vielmehr um deinetwillen ab. Weshalb willst du fort? Das Glück zu suchen? Ja, geht es dir denn hier schlecht? Überlegt deine Mutter nicht Tag für Tag, wie sie jede deiner Launen befriedigen kann? Natürlich, du bist in dem Alter, in dem Fürsorge der Mutter allein nicht das Glück ausmacht, aber das verlange ich auch nicht. Ach, sieh dich um! Alle lesen dir die Wünsche von den

Augen ab. Und Sonjuschka, das Töchterchen Marja Wassiljewnas? Was, du wirst rot? Wie sie dich liebt, das Täubchen, Gott geb ihr Gesundheit! Hör nur, drei Nächte hat sie nicht geschlafen!«

»Aber Mamachen, was reden Sie da! Sie ist so...«

»Ja, ja, als hätte ich keine Augen im Kopf... Ach, daß ich's nicht vergesse: Sie hat deine Tachentücher zum Säumen mitgenommen. ›Ich will es allein‹, sagte sie, ›ganz allein machen, ich gebe sie nicht weg, und das Monogramm sticke ich auch ein.‹ Na, was willst du noch mehr? Bleib hier!«

Er hörte schweigend zu, den Kopf gesenkt, und spielte mit der Quaste des Schlafrocks.

»Was wirst du in Petersburg finden?« fuhr sie fort. »Meinst du, dort geht es dir so gut wie hier? Ach, mein Lieber! Gott weiß, was du dort erfahren und erdulden mußt, Kälte und Hunger und Not, alles wirst du erleiden. Böse Menschen gibt es überall viele, gute findest du nicht so schnell. Das Ansehen aber ist überall gleich, sei's auf dem Dorf oder sei's in der Hauptstadt. Lernst du das Petersburger Leben gar nicht erst kennen, verbringst du hier dein Leben, so wird es dir scheinen, du seist der Erste der Welt. Und so ist's mit allem, mein Lieber. Du bist gut erzogen und gewandt und hübsch. Ich alte Frau hätte nur Freude an dir, säh ich dich an. Du würdest heiraten, Gott würde dir Kinderchen schenken, und ich würde sie hätscheln. Du würdest ohne Kummer und Sorgen leben, deine Tage in Frieden verbringen und in Ruhe, ohne Neid gegen jemand zu hegen. Dort aber geht es dir vielleicht schlecht, und vielleicht wirst du meiner Worte gedenken... Bleib hier, Saschenka, ja?«

Er hüstelte und seufzte, sagte aber kein Wort.

»Sieh doch einmal hinaus«, fuhr sie fort, die Balkontür öffnend. »Tut es dir nicht leid, von diesem Fleckchen zu scheiden?«

Vom Balkon wehte Kühle ins Zimmer. Ein Garten mit alten Linden, dichten Heckenrosen, Faulbäumen und Fliederbüschen erstreckte sich vom Haus bis weit in die Ferne. Zwischen den Bäumen schimmerten bunte Blumen, liefen schmale Wege kreuz und quer. Etwas entfernt plätscherten leise die Wasser eines Sees an die Ufer. Eine Seite des Sees war von den goldenen Strahlen der Morgensonne übergossen und lag glatt wie ein Spiegel, die andere erschien blau wie der Himmel, der sich im Wasser spiegelte, und wurde leicht von Wellen gekräuselt. Und wie ein Amphitheater lagen dahinter die Fluren mit dem verschiedenfarbigen wogenden Getreide und schmiegten sich an dunklen Wald.

Anna Pawlowna, die Augen mit der einen Hand vor der Sonne schützend, wies mit der anderen ihrem Sohn eins nach dem andern.

»Sieh doch«, rief sie, »in welche Schönheit Gott unsere Felder gekleidet hat! Dort von jenem werden wir allein an Roggen an die fünfhundert Tschetwert ernten, und da ist noch Weizen und Buchweizen. Der Buchweizen ist zwar in diesem Jahre nicht so wie im vergangenen Jahr; es scheint eine schlechte Ernte zu werden. Aber der Wald dort, der Wald dort, der ist gewachsen! Man denke, wie groß Gottes Weisheit ist! Wir werden von unserem Anteil mindestens für tausend Rubel Brennholz verkaufen. Und das Wild, dieses Wild! Und all das ist dein, mein liebes Söhnchen; ich bin nur deine Verwalterin. Sieh nur, der See! Das ist eine Pracht! Eine wahrhaft himmlische Pracht! Fische sind auch drin. Wir kaufen nur Stör, von Kaulbarschen, Flußbarschen, Karauschen aber wimmelt es nur so. Das reicht für uns und auch fürs Gesinde. Da weiden deine Kühe und Pferde. Hier bist du allein der Herr über alles, dort aber will dich vielleicht jeder herumkommandieren. Und vor diesem Segen willst du davonlaufen, weißt nicht wohin, ins Unglück vielleicht, der Herr verzeih mir ... Bleib hier!«

Er schwieg.

»Du hörst ja nicht zu«, rief sie. »Wohin blickst du so starr?«

Nachdenklich und schweigend wies er in die Ferne. Anna Pawlowna folgte ihm mit den Augen, und ihr Gesicht verfärbte sich. Dort zwischen den Feldern schlängelte sich die Straße und verschwand im Wald, die Straße in das verheißene Land, nach Petersburg. Anna Pawlowna schwieg eine Weile, um neue Kräfte zu sammeln.

»So ist das also!« sprach sie endlich verzagt. »Nun, mein Lieber, Gott sei mit dir! Fahre hin, wenn es dich so von hier wegzieht. Ich halte dich nicht. Wenigstens sollst du nicht sagen, die Mutter hätte dir deine Jugend und dein Leben verkümmert.«

Arme Mutter! Das ist der Lohn für deine Liebe. Hast du das erwartet? Aber das ist es ja, daß Mütter keine Belohnung erwarten. Eine Mutter liebt ohne Überlegung und ohne Bedenken. Bist du ein großer Mann, berühmt, schön und stolz, geht dein Name von Mund zu Mund, spricht die ganze Welt von deinen Werken, so zittert der Kopf der alten Mutter vor Freude, sie weint und lacht und betet lange und heiß. Das Söhnchen aber denkt meistens gar nicht daran, seinen Ruhm mit der Mutter zu teilen. Bist du aber arm an Geist und Verstand, hat dich die Natur mit dem Mal der Häßlichkeit gezeichnet, quälen Leiden dein Herz oder deinen Körper erbärmlich, stoßen die Menschen dich schließlich von sich, ist kein Platz mehr für dich unter ihnen, um so mehr Platz findest du im Herzen der Mutter. Sie preßt das mißgestaltete, gescheiterte Kind um so heftiger an ihre Brust und betet um so länger und inständiger.

Kann man Alexander herzlos nennen, weil er sich von seiner Mutter trennen wollte? Er zählte zwanzig Jahre. Schon von der Zeit an, da er in Windeln lag, lächelte ihm das Leben. Die Mutter verwöhnte und verhätschelte ihn, wie man das einzige Kind verwöhnt. Die Kinderfrau sang ihm schon an der Wiege, daß er dereinst in Gold einhergehen und keinen Kummer kennen würde. Die Professoren versicherten, er würde es weit bringen, und bei seiner Rückkehr von der Universität lächelte ihm die Tochter der Nachbarin zu. Selbst der alte Kater Waska war zärtlicher zu ihm als zu den andern im Haus.

Kummer, Tränen, Elend kannte er nur vom Hörensagen, so wie man von einer Seuche hört, die insgeheim im Volk umgeht, aber nicht offen ausbricht. Daher erschien ihm die Zukunft in rosigem Licht. Ihn lockte etwas in die Ferne, was es war, das wußte er selbst nicht. Verführerische Bilder gaukelten vor ihm, er konnte sie aber nicht deutlich erkennen.

Wirre Laute drangen zu ihm, bald war es die Stimme des Ruhmes, bald die der Liebe. Das alles versetzte ihn in eine süße Erregung.

Bald wurde ihm die häusliche Welt zu eng. Die Natur, die Zärtlichkeiten der Mutter, die Verehrung der Kinderfrau und des gesamten Gesindes, das weiche Bett, das schmackhafte Essen und Waskas Schnurren – all diese Gaben, die man so hoch einschätzt an der Neige des Lebens, die tauschte er frohen Mutes gegen das Unbekannte, das voll geheimnisvollen, hinreißenden Reizes erscheint. Nicht einmal Sofjas Liebe, die erste, zarte, rosige Liebe, hielt ihn zurück. Was war ihm schon diese Liebe? Er träumte von gewaltiger Leidenschaft, die keine Grenzen kennt und zu ruhmreichen Taten anspornt. Er spürte vorläufig die kleine Liebe zu Sofja, während er wartete, daß ihm die große Liebe erschien. Auch träumte er von dem Nutzen, den er dem Vaterland bringen wollte. Er hatte fleißig und viel gelernt. Im Zeugnis wurde ihm bescheinigt, daß er ein Dutzend Wissenschaften beherrschte und ein Halbdutzend alter und neuer Sprachen. Vor allem aber träumte er vom Ruhme des Schriftstellers. Seine Verse erregten die Bewunderung der Kameraden. Viele Wege lagen vor ihm, und einer schien ihm immer besser als der andere zu sein. Er wußte nicht, welchen er einschlagen sollte. Nur der gerade Weg verbarg sich vor seinen Blicken. Und hätte er ihn damals bemerkt, so wäre er ihn vielleicht doch nicht gereist.

Wie konnte er hierbleiben? Die Mutter wünschte es – bei ihr lag das anders und war es so natürlich. In ihrem Herzen waren alle Gefühle erstorben außer einem, der Liebe zum Sohn, und von ganzem Herzen klammerte sie sich an dieses letzte Gut. Wenn sie ihn nicht hätte, was blieb ihr zu tun? Nur zu sterben. Es ist längst erwiesen, daß das Frauenherz ohne Liebe nicht zu leben vermag.

Alexander war verwöhnt, doch nicht verdorben durch das Leben daheim. Er war von Natur so wohlgeschaffen, daß die Liebe der Mutter und die Ergebenheit aller, die ihn umgaben, nur auf seine guten Seiten einwirkten. Sie entwickelten zum Beispie! frühzeitig in ihm herzliche Anhänglichkeit und pflanzten Vertrauen zu jedem im Übermaß in ihm. Sie waren es vielleicht auch, die seinen Ehrgeiz anregten. Doch Ehrgeiz um seiner selbst willen ist nur die Form, alles hängt von dem Material ab, das man in diese Form gießt.

Verhängnisvoll war aber für ihn, daß die Mutter bei aller Zärtlichkeit ihm nicht das wahre Bild vom Leben zu vermitteln vermochte und ihn nicht vorbereitete auf den Kampf mit dem, was ihn erwartete, wie es auf jeden dereinst wartet. Dazu ist eine geschickte Hand nötig, ein scharfer Verstand und ein großer Schatz an Erfahrung, die nicht von einem engen ländlichen Horizont beschränkt sein darf. Sie hätte ihn weniger lieben dürfen, nicht ständig für ihn denken, nicht jede Sorge und Unannehmlichkeit von ihm fernhalten, auch nicht in der Kindheit statt seiner leiden und weinen dürfen, damit er das Nahen des Gewitters selbst fühlte, damit er seine Kräfte maß und über sein Schicksal nachdachte, kurz, damit er erkannte, daß er ein Mann sei. Doch woher sollte Anna Pawlowna das alles wissen, und vor allem, wie hätte sie es ausführen sollen? Der Leser hat gesehen, wie sie ist. Ist es gefällig, sie nochmals zu betrachten?

Sie hatte den Egoismus ihres Sohnes schon wieder vergessen. Alexander Fjodorytsch traf sie dabei, wie sie Wäsche und Anzüge zum zweiten Mal einpackte. In ihrer Geschäftigkeit bei den Vorbereitungen zur Reise schien sie gar nicht mehr an ihren Kummer zu denken.

»Hier, Saschenka, merke dir gut, wohin ich alles lege«, sprach sie. »Ganz unten hin, auf den Boden des Koffers, die Bettücher, ein Dutzend. Sieh mal nach, ist es so eingetragen?«

»Ja, Mamachen.«

»Alle haben dein Zeichen, sieh her: A. A., und alle von Sonjuschka, dem Täubchen! Wäre sie nicht, unsere alten Närrinnen hätten sich nicht so geschwind gerührt. Und was jetzt? Ja, die Bezüge. Eins, zwei, drei, vier, so, das Dutzend ist voll. Hier sind die Hemden, drei Dutzend. Was für ein Leinen! Die reine Augenweide! Holländisches ist es. Ich war selber in der Fabrik bei Wassili Wassilitsch. Vom allerbesten hat er drei Stück ausgesucht. Mein Lieber, vergleiche nur jedesmal mit dem Verzeichnis, wenn du sie von der Wasch-

frau zurückbekommst. Alle sind funkelnagelneu. Dort wirst
du solche Hemden kaum sehen. Am Ende vertauscht man sie.
Es gibt so garstige Frauenzimmer, die keine Gottesfurcht
haben. Zweiundzwanzig Paar Socken... Weißt du, was ich
mir ausgedacht habe? Wir stecken deine Brieftasche mit dem
Geld in eine Socke. Bis Petersburg brauchst du es nicht; mag
dir nun etwas zustoßen – verhüt es Gott! –, sie können
herumwühlen und finden doch nichts. Und die Briefe an den
Onkel stecke ich auch da hinein. Das sage ich dir, der wird
sich freuen! Haben wir doch siebzehn Jahre kein Wort miteinander gewechselt. Das ist allerhand! Hier sind die Halstü-
cher, hier die Taschentücher. Ein halbes Dutzend ist noch bei
Sonjuschka. Verlier die Taschentücher nicht, mein Seelchen,
es ist herrlicher Halbbatist! Ich habe sie bei Michejew für
zwei und einen viertel Rubel gekauft. So, das war die Wäsche.
Nun die Anzüge... Aber wo ist denn Jewsej? Warum sieht er
nicht zu? Jewsej!«

Jewsej trat träge ins Zimmer.

»Was wünschen Sie?« fragte er noch träger.

»Was wünschen Sie?« rief die Adujewa zornig. »Warum
siehst du nicht zu, wie ich einpacke? Wenn unterwegs etwas
gebraucht wird, dann wühlst du das Unterste zuoberst! Er
kann sich nicht von seiner Liebsten losreißen, von diesem
Schatz! Der Tag ist lang, wirst noch Zeit für sie finden! Willst
du dort auch so für deinen Herrn sorgen? Nimm dich in acht
vor mir! Schau her: Das ist der gute Frack. Siehst du, wohin
ich ihn lege? Und du, Saschenka, schone ihn, strapaziere ihn
nicht alle Tage. Das Tuch kostet sechzehn Rubel der Arschin.
Wenn du zu besseren Leuten gehst, dann zieh ihn an, aber
setz dich vorsichtig hin, nicht wie es gerade kommt, wie deine
Tante, die sich nie auf einen leeren Stuhl oder Diwan setzt,
sondern sich wie mit Vorbedacht dort hinplumpsen läßt, wo
ein Hut oder etwas anderes liegt. Neulich hat sie sich auf
einen Teller mit Eingemachtem gesetzt. Solche Schande hat
sie auf sich geladen! Gehst du zu einfacheren Leuten, dann
zieh den dunkelroten Frack an. Jetzt die Westen, eins, zwei,
drei, vier. Zwei Paar Hosen. Ei, die Sachen reichen drei Jahre.
Ach, ich bin müde. 's ist keine Kleinigkeit, den ganzen Mor-

17

gen herumwirtschaften! Geh, Jewsej. Saschenka, wir wollen von etwas anderem reden. Wenn erst die Gäste kommen, ist keine Zeit mehr dafür.«

Sie setzte sich auf den Diwan und zog ihn neben sich.

»Nun, Sascha«, sprach sie nach kurzem Schweigen, »du fährst jetzt in die Fremde...«

»Wieso in die Fremde? Nach Petersburg! Was reden Sie da, Mamachen!«

»Warte, warte, höre, was ich sagen will! Gott allein weiß, was dich dort erwartet, was du dort alles sehen wirst, Gutes wie Schlechtes. Ich hoffe, Er, mein himmlischer Vater, wird dir beistehen. Und du, mein Lieber, vergiß Ihn nicht, um nichts in der Welt. Denke daran, daß ohne Glauben nirgends und nimmer Rettung ist. Du wirst dort zu großen Ehren gelangen, wirst in der vornehmen Welt verkehren – wir sind ja nicht schlechter als andere, dein Vater war Edelmann und Major. Dennoch demütige dich vor dem Herrn, bete im Glück wie im Unglück und nicht nach dem Sprichwort: Wenn der Donner nicht grollt, schlägt der Bauer kein Kreuz. Mancher wirft keinen Blick in die Kirche, solange ihm das Glück hold ist, aber wenn es ihm schlecht geht, dann stellt er gleich Kerzen auf und teilt an die Bettler aus. Das ist eine große Sünde. Da gerade von Bettlern die Rede ist: Vergeude dein Geld nicht an sie, gib nicht zuviel auf einmal. Wozu sie verwöhnen? Ihre Bewunderung erntest du nicht. Sie vertrinken es und lachen dich aus. Ich weiß, du hast ein weiches Herz, du machst am Ende für jeden ein Zehnkopekenstück locker. Nein, das ist nicht nötig; Gott hilft ihnen schon! Wirst du das Haus Gottes besuchen? Wirst du sonntags zur Messe gehen?«

Sie seufzte.

Alexander schwieg. Er dachte daran, daß er während seines Studiums an der Universität in der Gouvernementsstadt die Kirche nicht sehr eifrig besucht hatte. Und daheim hatte er die Mutter nur zur Messe begleitet, um ihr einen Gefallen zu tun. Lügen wollte er nicht; er schwieg. Die Mutter verstand sein Schweigen und seufzte wieder.

»Nun, ich zwinge dich nicht«, fuhr sie fort. »Du bist jung,

wie kannst du so ein eifriger Kirchgänger sein wie wir Alten? Auch wird dich wohl der Dienst daran hindern, oder du bleibst bis spät in der Nacht bei guten Leuten sitzen und verschläfst es dann. Gott wird sich deiner Jugend erbarmen. Gräme dich nicht; du hast eine Mutter. Die verschläft's nicht. Solange nur ein Tröpfchen Blut in mir ist, solange nicht die Tränen in meinen Augen versiegen und Gott mir meine Sünden nachsieht, schleppe ich mich auf allen vieren zur Kirchenschwelle, wenn meine Kraft zum Gehen nicht reicht. Meinen letzten Atemzug tu ich für dich, meine letzte Träne vergieß ich für dich, mein Lieber. Ich flehe für dich um Gesundheit und Würden und Orden, um himmlische und irdische Güter. Wie sollte der barmherzige Vater das Gebet einer armen Alten verachten? Für mich brauche ich nichts. Nehm Er mir alles, Gesundheit, das Leben, schlag Er mit Blindheit mich, aber dir verleih Er jegliche Freude, jegliches Glück und Gut...«

Sie konnte nicht weitersprechen, Tränen stürzten aus ihren Augen.

Alexander sprang auf.

»Mamachen!« rief er.

»Ach, setz dich, setz dich!« sagte sie und wischte schnell die Tränen ab. »Ich habe dir noch viel zu sagen. Was wollte ich nur? Es ist mir entfallen. Was für ein Gedächtnis ich heute habe... Ach ja! Halte die Fasten ein, mein Lieber. Das ist wichtig! Mittwochs und freitags – das wird Gott dir verzeihen, aber die großen Fasten – behüte dich Gott! Da ist Michailo Michailytsch, der gilt als ein kluger Mann, doch was steckt dahinter? Ob Fleischessenszeit oder Karwoche – stets frißt er dasselbe. Die Haare stehen einem zu Berg! Er hilft ja den Armen, aber ob der Herr seine Wohltaten annimmt? Hör nur, einmal hat er einem Alten einen Zehnrubelschein gegeben, der nahm ihn, drehte sich dann aber um und spie aus. Alle verneigen sich vor ihm und sagen ihm ins Gesicht Gott weiß was Nettes, hinter seinem Rücken jedoch bekreuzigen sie sich, wenn das Gespräch auf ihn kommt, wie vor dem Teufel.«

Alexander hörte mit einiger Ungeduld zu und sah von Zeit

zu Zeit aus dem Fenster nach der in der Ferne sich verlieren-
den Straße.

Sie verstummte für einen Augenblick.

»Achte vor allem auf deine Gesundheit«, fuhr sie dann fort.
»Wenn du gefährlich erkrankst, was Gott verhüte, so schreib.
Ich nehme alle Kraft zusammen und komme. Wer soll dich
dort pflegen? Die nutzen noch die Gelegenheit aus, um den
Kranken auszuplündern. Laufe nicht nachts durch die Straßen. Menschen, die grausam aussehen, geh aus dem Weg. Sei
sparsam mit dem Geld. Oh, spare es für die Zeit der Not!
Gib's mit Verstand aus. Von dem verfluchten Geld kommt
alles Gute und alles Übel. Verschwende nichts, und gewöhne
dich nicht an unnützen Luxus. Du bekommst von mir genau
zweitausendfünfhundert Rubel im Jahr. Zweitausendfünfhundert Rubel sind keine Kleinigkeit! Treib keinen großen
Aufwand oder dergleichen, versage dir aber auch nicht, was
du dir leisten kannst. Hast du Appetit auf Naschwerk, so
geize nicht. Ergib dich nicht dem Wein. Oh, er ist der größte
Feind des Menschen! Und noch etwas«, sie senkte die Stimme, »hüte dich vor den Frauen! Ich kenne sie. Es gibt
schamlose Weiber, die sich dir an den Hals werfen, wenn sie
sehen, wie...«

Liebevoll betrachtete sie ihren Sohn.

»Genug, Mamachen. Kann ich frühstücken?« fragte er fast
ärgerlich.

»Sofort, sofort. Noch ein Wort...

Laß dich's nicht nach verheirateten Frauen gelüsten«,
sprach sie weiter, »das ist eine große Sünde! Du sollst nicht
begehren deines Nächsten Weib, heißt's in der Schrift. Wenn
aber eine dich zu heiraten trachtet – Gott verhüt es! –, so
untersteh dich nicht, daran auch nur zu denken! Sie sind
gleich dabei, dich zu angeln, wenn sie sehen, daß du Geld hast
und ein hübscher Bursche bist. Es sei denn, dein Vorgesetzter
oder ein vornehmer, reicher Würdenträger wirft ein Auge auf
dich und will dich mit seiner Tochter verheiraten. Nun, dann
mag es sein. Aber benachrichtige mich. Ich werde mich
irgendwie zu dir schleppen und sehen, daß sie dir nicht eine
aufhalsen, nur um sie loszuwerden, eine alte Jungfer oder ein

nichtsnutziges Ding. Es ist für jeden schmeichelhaft, einen solchen Bräutigam eingefangen zu haben. Nun, und gewinnst du selbst eine lieb, und es erweist sich, daß sie ein gutes Mädchen ist, so« – hier sprach sie noch leiser –, »so schiebe Sonjuschka ruhig beiseite.« (Aus Liebe zu ihrem Sohn war die Alte sogar bereit, gegen ihr Gewissen zu handeln.) »Was Marja Karpowna sich überhaupt träumen läßt! Ihre Tochter ist für dich nicht die richtige Frau. Ein Mädchen vom Lande! Noch ganz anderen wird es schmeicheln, die deine zu sein!«

»Sofja! Nein, Mamachen, sie vergesse ich nie!« rief Alexander.

»Nun, nun, mein Lieber, beruhige dich! Ich sag das nur so. Tu deinen Dienst, kehre hierher zurück, und dann mag es kommen, wie Gott es will. Die Bräute laufen nicht davon! Vergißt du sie nicht, ist es auch recht. Nun, und...«

Sie wollte etwas sagen, aber traute sich nicht. Endlich neigte sie sich zu seinem Ohr und fragte leise:

»Und wirst du auch... an deine Mutter denken?«

»Was Sie nicht alles zusammenreden«, erwiderte er. »Lassen Sie schnell auftragen, was Sie da haben. Spiegeleier, nicht wahr? Ich Sie vergessen! Wie können Sie so etwas denken? Gott soll mich strafen...«

»Halt, halt, Sascha«, rief sie eilig, »was beschwörst du da auf dein Haupt! Nein, nein! Was auch geschieht, wenn es zu solcher Sünde kommt, will ich allein dafür leiden. Du bist jung, beginnst erst dein Leben, du wirst Freunde gewinnen, wirst heiraten, die junge Frau wird die Mutter und alles andere aus deinem Herzen verdrängen... Nein! Gott mag dich segnen, wie ich dich segne.«

Sie küßte ihn auf die Stirn und schloß damit ihre Belehrungen ab.

»Aber warum kommt denn niemand?« rief sie. »Weder Marja Karpowna noch Anton Iwanytsch noch der Geistliche kommen. Die Messe ist gewiß schon vorüber. Ach, da fährt jemand vor! Es scheint, Anton Iwanytsch... Ja, so ist es: Der Wolf in der Fabel.«

Wer kennt nicht Anton Iwanytsch? Er ist wie der Ewige Jude. Immer und überall ist er dabei, schon seit den ältesten

Zeiten, und wird auch in der fernsten Zukunft nicht fehlen. Er nahm an den griechischen wie an den römischen Gastmählern teil und aß natürlich mit von dem gemästeten Kalb, das der glückliche Vater geschlachtet hatte, weil sein verlorener Sohn heimgekehrt war.

Bei uns in Rußland kommt er in vielerlei Gestalt vor. Der, von dem hier die Rede ist, war so beschaffen: Er hatte an die zwanzig verpfändete und zweimal verpfändete Seelen und wohnte in einem Haus, das einer Hütte glich, oder in einem merkwürdigen Bau, der einer Scheune ähnelte, der Eingang auf der Rückseite gleich neben dem Flechtzaun, über Balken zu erreichen. Seit zwanzig Jahren versicherte er beständig, daß er im kommenden Frühjahr an den Bau eines neuen Hauses ginge. Einen Haushalt führte er nicht. Es gab in seiner Bekanntschaft keinen, der je bei ihm zu Mittag oder zu Abend gegessen oder eine Tasse Tee getrunken hätte, aber es gab auch keinen Menschen, bei dem er selber das nicht fünfzigmal im Jahr tat. Früher ging Anton Iwanytsch in weiten Pluderhosen und einer Kosakenbluse einher, jetzt trägt er werktags einen Gehrock und enge Hosen, feiertags einen Frack von Gott weiß welchem Schnitt. Er ist wohlbeleibt, denn er kennt weder Kummer noch Sorgen noch Aufregungen, obwohl er sich stellt, als lebe er nur für fremde Kümmernisse und Sorgen. Doch ist bekannt, daß Kummer und Sorgen der anderen uns nicht aufreiben; das ist so der Menschen Art.

Eigentlich brauchte keiner Anton Iwanytsch, doch ging ohne ihn keine Feier vonstatten, sei's eine Hochzeit, sei's ein Begräbnis. Er war bei allen Mittagsmahlen und Abendessen dabei, zu denen Gäste geladen wurden, bei allen häuslichen Beratungen, man tat keinen Schritt ohne ihn. Vielleicht denkt nun manch einer, er sei sehr nützlich gewesen, hätte dort einen wichtigen Dienst geleistet, da einen guten Rat gegeben, ein feines Geschäft ausgeklügelt – durchaus nicht! Kein Mensch vertraute ihm dergleichen an. Er konnte nichts, wußte nichts, nicht wie man sich mit den Gerichten herumschlägt, nicht wie man den Schiedsrichter spielt, noch wie man einen Streit beilegt, rein gar nichts.

Statt dessen beauftragte man ihn zum Beispiel, im Vorbeifahren einen Gruß von der einen zum andern zu bringen, und er richtete ihn zuverlässig aus und frühstückte gleich nebenbei. Oder man bat ihn, jemandem mitzuteilen, man habe das bewußte Schreiben erhalten; welches, das sagte man ihm jedoch nicht. Oder man ließ ihn ein Fäßchen Honig oder eine Handvoll Samen überbringen mit der Ermahnung, nichts zu vergießen oder zu verschütten. Oder er mußte daran erinnern, wann wessen Namenstag sei. Auch gebrauchte man Anton Iwanytsch in solchen Fällen, in denen es unangebracht erschien, einen Bedienten zu verwenden. »Da kann man Petruschka nicht schicken«, sagte man, »er würde alles verdrehen. Nein, es ist schon besser, Anton Iwanytsch fährt hin.« Oder: »Es ist unpassend, den Diener zu schicken; dieser oder jene wäre beleidigt. Senden wir lieber Anton Iwanytsch.«

Wie hätten sich alle gewundert, wenn er bei einem Mittagsmahl oder Abendessen gefehlt hätte.

»Wo ist denn Anton Iwanytsch?« hätte unbedingt jeder erstaunt gefragt. »Was ist mit ihm? Warum ist er nicht da?«

Und das Mittagsmahl wäre kein richtiges Mahl gewesen. Man hätte bestimmt einen Abgesandten zu ihm geschickt, um zu erkunden, was mit ihm sei, ob er krank sei oder verreist. Und wäre er krank, dann hätte man ihn mit so viel Teilnahme erfreut wie kaum einen Verwandten.

Anton Iwanytsch küßte Anna Pawlowna die Hand.

»Guten Tag, Mütterchen Anna Pawlowna! Ich habe die Ehre, Ihnen zu der neuen Anschaffung zu gratulieren.«

»Zu welcher Anschaffung, Anton Iwanytsch?« fragte Anna Pawlowna und betrachtete sich vom Kopf bis zum Fuß.

»Nun, die Brücke am Tor! Die ist doch offenbar eben erst gezimmert? Was, denke ich, die Bretter tanzen gar nicht mehr so unter den Rädern? Ich seh sie mir an: die ist ja neu!«

Wenn er Bekannte begrüßte, so pflegte er ihnen stets zu etwas zu gratulieren, entweder zum Fasten oder zum Frühling oder zum Herbst, wenn nach Tauwetter Frost eintrat, dann zum Frost, wenn es nach Frostwetter taute, dann zum Tauwetter.

Diesmal lag nichts dergleichen vor, er hatte sich aber was ausgedacht.

»Alexandra Wassiljewna, Matrjona Michailowna und Pjotr Sergeïtsch lassen sich Ihnen empfehlen«, fuhr er fort.

»Ich danke Ihnen ergebenst, Anton Iwanytsch! Sind ihre Kinderchen gesund?«

»Gott sei Dank. Ich bringe Ihnen den Segen Gottes: der Priester folgt mir auf dem Fuß. Aber haben Sie schon gehört, Gnädigste: unser Semjon Archipytsch?«

»Was denn?« fragte Anna Pawlowna erschrocken.

»Er hat doch das Zeitliche gesegnet.«

»Was sagen Sie da! Wann denn?«

»Gestern morgen. Man ließ es mich gegen Abend wissen, der Bursche kam zu mir geritten. Ich bin gleich aufgebrochen und habe die ganze Nacht nicht geschlafen. Alle in Tränen, und ich mußte trösten und alle notwendigen Maßregeln treffen. Alle waren wie gelähmt. Tränen, nur Tränen, ich allein auf dem Posten.«

»Herr, Herr, du mein Gott!« sprach Anna Pawlowna und wiegte ihr Haupt. »Was ist unser Leben! Wie konnte das nur geschehen? Er hat doch noch diese Woche einen Gruß durch Sie geschickt!«

»Ja, Mütterchen! Nun, er hat aber schon lange gekränkelt, ein uralter Mann. Ein Wunder, daß er sich bis jetzt hielt!«

»Was heißt alter Mann! Er war nur ein Jahr älter als mein Seliger. Nun, das Himmelreich sei sein!« meinte Anna Pawlowna und bekreuzigte sich. »Die arme Fedossja Petrowna tut mir leid. Mit den Kinderchen auf dem Arm allein zurückgeblieben. Das will etwas heißen! Fünf Kinder, und fast alles Mädchen! Und wann ist die Beerdigung?«

»Morgen.«

»Man sieht, jeder hat seinen Kummer, Anton Iwanytsch: ich gebe also heute meinem Sohn das Geleit.«

»Was hilft es, Anna Pawlowna, wir sind alle Menschen! Dulde, heißt es in der Heiligen Schrift.«

»Nehmen Sie es nur nicht übel, daß ich Sie behelligt habe, damit wir den Kummer gemeinsam zerstreuen. Sie lieben uns doch wie ein Verwandter.«

»Ach, Mütterchen Anna Pawlowna, wen könnte ich lieben, wenn nicht Sie? Es gibt hier wenige Menschen wie Sie. Sie kennen Ihren Wert nicht. Ich habe auch den Kopf voller Sorgen. Mein Bau geht mir im Kopf herum. Erst gestern habe ich mich wieder den ganzen Morgen mit dem Unternehmer herumgeschlagen und bin immer noch nicht einig mit ihm... Aber ich dachte, zu Ihnen muß ich... Was fängt sie jetzt allein, denke ich, ohne mich an? Sie ist nicht mehr jung, am Ende verliert sie den Kopf.«

»Gott gebe Ihnen Gesundheit, Anton Iwanytsch, daß Sie uns nicht vergessen! Ich bin wahrhaftig nicht ich selber. Eine solche Leere im Kopf, ich kann nichts sehen! Die Kehle ist von Tränen wie ausgebrannt. Bitte, nehmen Sie einen Imbiß; Sie sind müde und gewiß hungrig.«

»Danke ergebenst. Offen gestanden, ließ ich schon im Vorbeifahren bei Pjotr Sergeïtsch eine Kleinigkeit durch die Kehle laufen und habe auch einen Bissen zu mir genommen. Aber das soll mich nicht hindern. Inzwischen kommt der Priester und kann unser Mahl segnen. Da ist er schon auf der Treppe!«

Der Geistliche erschien. Auch Marja Karpowna kam mit ihrer Tochter, einem drallen, rotbäckigen Mädchen mit einem Lächeln auf den Lippen und verweinten Augen. Sofjas Augen und ihr ganzer Gesichtsausdruck sagten deutlich: ›Ich werde einfach lieben, ohne Verrücktheiten, werde für meinen Mann sorgen wie eine Kinderfrau, ihm stets gehorchen und mich niemals klüger dünken als er. Wie kann man auch klüger sein als ein Mann? Das wäre Sünde! Ich werde mich fleißig um meine Wirtschaft kümmern, werde nähen, ihm ein Halbdutzend Kinder gebären, sie selber nähren, warten, anziehen und ihnen die Kleider selber nähen.‹ – Die Fülle und Frische ihrer Wangen und die Üppigkeit ihres Busens bekräftigten das Versprechen betreffs der Kinder. Aber die Tränen in ihren Augen und das traurige Lächeln zeigten, daß ihr in diesem Augenblick solche prosaischen Interessen fernlagen.

Zunächst wurde der Bittgottesdienst abgehalten. Anton Iwanytsch rief dazu das Gesinde zusammen, zündete die Kerze an, nahm dem Geistlichen das Buch ab, als jener mit

Lesen fertig war, und reichte es an den Küster weiter, dann goß er von dem Weihwasser in ein Fläschchen und steckte das in die Tasche mit der Bemerkung: »Das ist für Agrafja Nikitischna.« Man setzte sich zu Tisch. Außer Anton Iwanytsch und dem Geistlichen rührte niemand etwas an, wie immer bei solchen Gelegenheiten. Dafür erwies aber Anton Iwanytsch dem homerischen Frühstück alle Ehre. Anna Pawlowna weinte ununterbrochen und wischte die Tränen verstohlen ab.

»Jetzt haben Sie aber genug Tränen vergeudet, Mütterchen Anna Pawlowna!« rief Anton Iwanytsch in gespieltem Ärger, indem er sich ein Glas Beerenschnaps eingoß. »Schicken Sie ihn denn auf die Schlachtbank, was?« Er trank das Glas zur Hälfte aus und schmatzte zufrieden.

»Das ist ein Schnaps! Was für ein Aroma der hat! So einen findet man im ganzen Gouvernement nicht, Mütterchen!« rief er mit dem Ausdruck größten Vergnügens.

»Der ist drei... drei... Jahre alt!« schluchzte Anna Pawlowna, »habe die Flasche... nur für Sie... aufgemacht.«

»Ach, Anna Pawlowna, wenn ich Sie nur ansehe, wird mir schon übel«, begann Anton Iwanytsch wieder. »Und keiner ist da, um Ihnen eine Lektion zu erteilen! Ich könnte Sie prügeln!«

»Sagen Sie selber, Anton Iwanytsch, der einzige Sohn und mir aus den Augen! Sterbe ich, ist keiner da, der mich begräbt.«

»Und wozu sind wir da? Ich bin wohl ein Fremder für Sie, wie? Und warum haben Sie es mit dem Sterben so eilig? Passen Sie auf, Sie heiraten noch einmal! Auf der Hochzeit würde ich aber tanzen! Und nun genug geweint!«

»Ich kann nicht, Anton Iwanytsch, ich kann wahrhaftig nicht. Ich weiß selber nicht, woher die Tränen kommen.«

»So einen Prachtkerl eingesperrt halten! Geben Sie ihm die Freiheit, er wird die Flügelchen recken und wer weiß was für Wunder vollbringen. Wird dort die Titel nur so einheimsen.«

»Ich wünschte, daß sich Ihre Worte erfüllten! Aber warum haben Sie von der Pastete so wenig genommen? Langen Sie zu!«

»Ich nehme schon! Will nur erst dieses Stück aufessen.«

»Auf Ihr Wohl, Alexander Fjodorytsch! Glückliche Reise! Und kehren Sie bald zurück und heiraten Sie! Sofja Wassiljewna, warum werden Sie rot?«

»Ich werde nicht . . . Ich bin nur . . .«

»Ach, die Jugend, die Jugend! Hahaha!«

»Wenn Sie da sind, Anton Iwanytsch, dann spürt man keinen Kummer«, erklärte Anna Pawlowna, »so gut verstehen Sie zu trösten. Gott gebe Ihnen Gesundheit! Und trinken Sie noch einen Schnaps!«

»Mache ich, Mütterchen, mache ich! Ich muß doch auf den Abschied trinken!«

Das Frühstück ging zu Ende. Der Kutscher hatte schon längst den Reisewagen angespannt. Er fuhr an der Freitreppe vor. Von dem Gesinde eilte einer nach dem andern herbei. Der trug einen Koffer, ein anderer ein Bündel, der dritte einen Sack und lief dann wieder nach etwas anderem weg. Wie Fliegen an einem süßen Tropfen, so klebte das Gesinde am Wagen, und jeder fuhr mit den Händen hinein.

»Den Koffer legt man besser so«, bemerkte der eine, »und hierher den Korb mit der Wegzehrung.«

»Und wohin stecken sie die Beine?« erwiderte ein anderer. »Besser den Koffer längs und den Korb an die Seite.«

»Dann fällt das Federbett herunter, wenn der Koffer längs steht. Besser quer. Was noch? Habt ihr die Stiefel verstaut?«

»Ich weiß nicht. Wer hat eingepackt?«

»Ich nicht. Sieh doch mal nach, sind sie dort oben?«

»Steig du doch hinauf.«

»Und was machst du? Ich hab keine Zeit, wie du siehst!«

»Hier ist noch was, vergeßt das nicht!« schrie ein Mädchen und drängte zwischen all den Köpfen ihre Hand durch, in der sie ein Bündel hielt.

»Gib her!«

»Steckt das hier noch irgendwie in den Koffer. Vorhin haben wir's vergessen«, rief eine andere, auf den Wagentritt steigend, und reichte Kamm und Bürste hinauf.

»Wohin soll ich das jetzt noch stecken?« schrie ein wohl-

27

beleibter Bedienter sie ärgerlich an. »Scher dich weg! Du siehst, der Koffer ist ganz zuunterst!«

»Die Herrin hat es befohlen; was geht es mich an! Wirf's doch weg! Ei, diese Teufel!«

»Nun, gib schon her, aber schnell! Das paßt hier in die Seitentasche.«

Das Hauptpferd warf immer wieder den Kopf auf und schüttelte ihn. Das Glöckchen gab dabei jedes Mal einen grellen Ton, der an den Abschied gemahnte. Die Seitenpferde standen nachdenklich, den Kopf gesenkt, als ahnten sie den Reiz der bevorstehenden Reise, und nur zuweilen schlugen sie mit dem Schweif oder schoben die Unterlippe zum Hauptpferd hin. Endlich kam der schicksalsschwere Augenblick. Man betete noch einmal.

»Setzen! Alle hinsetzen!« befahl Anton Iwanytsch. »Wollen Sie sich bitte setzen, Alexander Fjodorytsch! Und du, Jewsej, setz dich auch. Setz dich doch, setz dich!« Und er setzte sich selber für eine Sekunde seitlich auf einen Stuhl. »Nun, und jetzt mit Gott!«

Da fing Anna Pawlowna laut zu weinen an und hängte sich an Alexanders Hals.

»Leb wohl, leb wohl, mein Lieber!« hörte man zwischen dem Schluchzen. »Werde ich dich wiedersehen?«

Mehr war nicht zu verstehen. In diesem Augenblick vernahm man den Klang eines anderen Glöckchens. Ein Dreigespann mit einem Bauernwagen raste in den Hof. Vom Wagen sprang ein junger Mann, über und über mit Staub bedeckt, stürzte ins Zimmer und fiel Alexander um den Hals.

»Pospelow!« – »Adujew!« schrien beide gleichzeitig und umarmten und drückten einander.

»Sag, woher kommst du?«

»Von zu Hause, bin volle vierundzwanzig Stunden gefahren, nur um mich zu verabschieden.«

»Freund, Freund! Mein wahrer Freund!« rief Alexander, Tränen in den Augen. »Über hundertsechzig Werst zu fahren, um Lebewohl zu sagen! Oh, es gibt Freundschaft in der Welt! In alle Ewigkeit, nicht wahr?« rief Alexander feurig, preßte die Hand des Freundes und warf sich ihm an den Hals.

»Bis in das Grab!« erwiderte jener, preßte Alexanders Hand noch stärker und umarmte ihn.

»Schreibe mir!« – »Ja, ja, und du schreibe auch!«

Anna Pawlowna wußte nicht, was sie Pospelow alles Freundliches antun sollte. Die Abreise verzögerte sich um eine halbe Stunde. Endlich brach man auf.

Alle wollten zu Fuß bis an das Wäldchen gehen. Als sie durch den dunklen Flur kamen, fielen Sofja und Alexander einander in die Arme.

»Sascha, lieber Sascha!« – »Sonetschka!« flüsterten sie, und ihre Worte erstarben in einem Kuß.

»Werden Sie mich dort vergessen?« fragte sie, den Tränen nahe.

»Oh, wie wenig kennen Sie mich! Ich kehre zurück, glauben Sie mir, und nie wird eine andere...«

»Hier, nehmen Sie das schnell. Es ist eine Strähne von meinem Haar und ein Ringlein.«

Er versteckte beides geschwind in der Tasche.

Anna Pawlowna ging mit ihrem Sohn und Pospelow voran, dann folgte Marja Karpowna mit ihrer Tochter, schließlich der Geistliche und Anton Iwanytsch. In einiger Entfernung fuhr der Wagen. Der Kutscher konnte die Pferde kaum halten. Im Tor wurde Jewsej von dem Gesinde umringt.

»Lebt wohl, Jewsej Iwanytsch, leb wohl, Täubchen, vergiß uns nicht!« tönte es von allen Seiten.

»Lebt wohl, Brüderchen, lebt wohl, denkt meiner im Guten!«

»Leb wohl, Jewsejuschka, leb wohl, mein Augapfel!« rief seine Mutter, ihn umarmend. »Hier hast du ein Heiligenbild, das ist mein Segen. Halte an deinem Glauben fest, Jewsej, geh dort nicht zu den Muselmännern über! Sonst verfluche ich dich! Ergib dich nicht dem Trunk und stiehl nicht. Diene dem Herrn treu und aufrichtig. Leb wohl, lebe wohl!«

Sie bedeckte das Gesicht mit der Schürze und ging davon.

»Leb wohl, Mütterchen!« brummte Jewsej träge.

Ein Mädelchen von etwa zwölf Jahren stürzte auf ihn zu.

»Verabschiede dich doch von deinem Schwesterchen!« sagte eine alte Frau.

»Du bist ja auch da!« verwunderte sich Jewsej und küßte das Kind. »Nun, leb wohl, leb wohl! Und jetzt geh ins Haus, du Barfüßige!«

Im Hintergrund, abseits von den andern, stand Agrafena. Ihr Gesicht erschien grün.

»Leben Sie wohl, Agrafena Iwanowna!« sprach Jewsej gedehnt mit erhobener Stimme und streckte die Arme nach ihr aus. Sie duldete seine Umarmung, erwiderte sie aber nicht. Nur ihr Gesicht verzerrte sich.

»Da hast du was!« sprach sie, indem sie unter der Schürze einen gefüllten Beutel hervorzog und ihn Jewsej zusteckte. »Ich kann mir schon denken, daß du dich dort mit den Petersburgerinnen herumtreiben wirst!« fügte sie hinzu, ihn scheel anblickend. In diesem Blick drückte sich ihr ganzer Kummer und ihre ganze Eifersucht aus.

»Ich mich herumtreiben, ich?« erwiderte Jewsej. »Der Herr zerschmettere mich hier auf der Stelle, Er reiße mir die Augen aus! Ich will im Erdboden versinken, wenn ich dergleichen...«

»Schon gut, schon gut!« brummte Agrafena ungläubig. »Gerade du – puh.«

»Ach, fast hätte ich es vergessen!« sagte Jewsej und zog ein Spiel verschmierter Karten aus der Tasche. »Für Sie, Agrafena Iwanowna, für Sie zum Andenken. Hier bekommen Sie doch nirgends welche.«

Sie streckte die Hand aus.

»Schenk sie mir, Jewsej Iwanytsch!« schrie da Proschka aus der Menge.

»Dir! Lieber verbrenne ich sie, als daß ich sie dir schenke!« Und er steckte die Karten wieder in die Tasche.

»So gib sie doch mir, du Dummkopf!« meinte Agrafena.

»Nein, Agrafena Iwanowna, machen Sie, was Sie wollen, ich gebe sie nicht her. Sonst spielen Sie mit ihm. Leben Sie wohl!«

Er winkte mit der Hand ab und ging, ohne sich noch einmal umzusehen, träge hinter dem Wagen her, den er wohl samt Alexander, dem Kutscher und den Pferden auf den Schultern hätte wegtragen können.

»Verfluchter!« rief Agrafena ihm nach und wischte mit dem Zipfel ihres Tuches die tropfenden Tränen ab.

Am Wäldchen wurde haltgemacht. Solange Anna Pawlowna sich schluchzend von ihrem Sohn verabschiedete, klopfte Anton Iwanytsch dem einen Pferd den Hals, packte es dann an den Nüstern und schüttelte es hin und her. Dem Pferd schien das nicht zu gefallen, denn es fletschte die Zähne und schnaubte.

»Zieh den Gurt beim Hauptpferd fester«, wandte Anton Iwanytsch sich an den Kutscher, »dort, der Sattel ist auf die Seite gerutscht!«

Der Kutscher schaute nach dem Sattel, und da er sah, daß er auf seinem Platz war, rührte er sich nicht vom Bock, sondern richtete nur ein wenig mit der Peitsche das Hintergeschirr.

»Nun, es ist Zeit, Gott mit euch!« sprach dann Anton Iwanytsch. »Genug der Qual, Anna Pawlowna! Und Sie steigen ein, Alexander Fjodorytsch! Sie müssen noch im Hellen bis Schischkowo kommen. Leben Sie wohl, leben Sie wohl, Gott schenke Ihnen Glück, Titel, Orden, alles Gute und Schöne, Reichtum und Vermögen jeglicher Art!!! Nun mit Gott. Treib die Pferde an, aber nimm dich dort am Abhang in acht und fahre sachte!« fügte er, an den Kutscher gewandt, hinzu.

Alexander setzte sich, von Tränen überströmt, in den Wagen. Jewsej aber trat zu seiner Herrin, verneigte sich bis zu den Füßen vor ihr und küßte ihre Hand. Sie gab ihm einen Fünfrubelschein.

»Paß auf, Jewsej, und denke daran: Wenn du ihm ordentlich dienst, verheirate ich dich mit Agrafena. Wenn aber nicht, dann...«

Sie konnte nicht weitersprechen. Jewsej schwang sich auf den Bock. Der Kutscher, der des langen Wartens überdrüssig war, lebte auf. Er drückte die Mütze fest auf den Kopf, rückte sich zurecht auf seinem Platz und hob die Leine. Die Pferde liefen anfangs im leichten Trab. Er zog jedem der Seitenpferde mit der Peitsche eins über, sie bäumten sich, streckten sich, und das Dreigespann jagte die Straße entlang in den Wald. Die Schar, die den Reisenden das Geleit gegeben hatte, blieb stumm und reglos in einer Staubwolke zurück, bis der Wagen völlig den Augen entschwunden war. Anton Iwanytsch fand sich als erster wieder.

»Nun, jetzt nach Hause!« sagte er.

Alexander sah aus dem Wagen zurück, solange es möglich war, dann fiel er auf die Polster, das Gesicht nach unten.

»Anton Iwanytsch, verlassen Sie mich nicht, mich Elende!« bat Anna Pawlowna. »Essen Sie hier zu Mittag!«

»Gut, Mütterchen, ich bin bereit; wenn Sie wollen, bleibe ich auch noch zum Abend.«

»Dann können Sie auch hier übernachten.«

»Wie denn: Morgen ist die Beerdigung!«

»Ach ja! Nun, ich will Sie nicht zwingen. Grüßen Sie Fedossja Petrowna von mir. Sagen Sie ihr, daß mich ihr Leid herzlich betrübt und daß ich sie selber besucht hätte, aber Gott hat auch mir, wie man so sagt, einen Kummer gesandt. Ich habe meinen Sohn fortlassen müssen.«

»Ich sag es ihr, bestimmt, ich vergesse es nicht.«

»Du mein Täubchen, Saschenka!« flüsterte sie und sah sich noch einmal um. »Schon ist er fort, ist meinen Augen entschwunden!«

Den ganzen Tag über saß Anna Pawlowna schweigend, aß weder zu Mittag noch zu Abend. Dafür sprach und aß Anton Iwanytsch genug.

»Wo mag mein Täubchen jetzt sein?« fragte sie nur dann und wann.

»Jetzt muß er schon in Nepljujewo sein. Nein, was rede ich für Unsinn? Noch nicht in Nepljujewo, aber er nähert sich ihm. Dort wird er Tee trinken«, antwortete Anton Iwanytsch.

»Nein, um diese Zeit trinkt er nie Tee.«

Und so reiste Anna Pawlowna in Gedanken mit ihm. Dann, als er ihrer Berechnung nach in Petersburg angekommen sein mußte, betete sie für ihn, befragte die Karten oder unterhielt sich mit Marja Karpowna über ihn.

Und er?

Ihn sehen wir in Petersburg wieder.

II

Pjotr Iwanowitsch Adujew, der Onkel unseres Helden, war genau wie jener mit zwanzig Jahren von seinem älteren Bruder, dem Vater Alexanders, nach Petersburg geschickt worden und lebte dort seit siebzehn Jahren, ohne die Stadt einmal verlassen zu haben. Seit dem Tode seines Bruders stand er nicht mehr im Briefwechsel mit seinen Verwandten, und Anna Pawlowna hatte seit der Zeit nichts von ihm gehört, da er sein kleines Besitztum verkaufte, das unweit von ihrem Dorf lag.

In Petersburg galt er als vermögender Mann, und vielleicht nicht ohne Grund. Er diente bei einer bedeutenden Persönlichkeit als Beamter für besondere Aufträge und trug mehrere Bändchen im Knopfloch des Fracks. In einer der Hauptstraßen hatte er eine schöne Wohnung gemietet, hielt sich drei Bediente und ebenso viele Pferde. Er war noch nicht alt, sondern was man einen ›Mann in den besten Jahren‹ nennt, zwischen fünfunddreißig und vierzig. Übrigens verbreitete er sich nicht gern über sein Alter, nicht aus kleinlicher Eitelkeit, sondern aus Berechnung, als beabsichtige er, sein Leben so hoch wie möglich zu versichern. Jedenfalls verbarg sich hinter der Manier, daß er sein wahres Alter verschwieg, nicht die eitle Absicht, dem schönen Geschlecht zu gefallen.

Er war ein großer, gut gewachsener Mann von mattbrauner Gesichtsfarbe und mit regelmäßigen, markanten Zügen, mit schönem, gleichmäßigem Gang und zurückhaltendem, aber angenehmem Benehmen. Man pflegt solch einen Mann einen Bel homme zu nennen.

In seinem Gesicht prägte sich ebenfalls Zurückhaltung aus, das heißt die Fähigkeit, sich zu beherrschen, das Gesicht nicht zum Spiegel der Seele zu machen. Er war der Meinung, dies sei für einen selber wie für andere unangenehm, und dementsprechend gab er sich in der Gesellschaft. Man konnte sein Gesicht jedoch nicht hölzern nennen, nein, es war nur ruhig. Nur manchmal zeigte es Spuren von Müdigkeit, wahrscheinlich von anstrengender Arbeit. Er galt für einen rührigen und in Geschäften erfahrenen Mann. Er kleidete sich stets sorgfältig, sogar elegant, doch ohne Übertreibung, vielmehr mit Geschmack. Seine Wäsche war stets tadellos. Seine Hände waren voll und weiß, die Nägel lang und fein gebildet.

Eines Morgens, als er nach dem Erwachen geläutet hatte, brachte ihm der Diener mit dem Tee drei Briefe und meldete, ein junger Herr sei dagewesen, der sich Alexander Fjodorytsch Adujew nannte und ihn, Pjotr Iwanytsch, seinen Onkel. Er habe versprochen, gegen zwölf Uhr wiederzukommen.

Nach seiner Gewohnheit hörte Pjotr Iwanytsch diese Nachricht ruhig an, spitzte er nur etwas die Ohren und zog die Brauen hoch.

»Gut, geh jetzt«, sagte er zu dem Diener.

Dann nahm er einen der Briefe, um ihn zu entsiegeln, hielt aber inne und dachte nach.

»Ein Neffe aus der Provinz, das ist eine Überraschung!« brummte er. »Und ich hatte gehofft, sie hätten mich dortzulande vergessen! Übrigens, wozu mit ihnen viel Umstände machen! Werde ihn mir fernhalten...«

Er läutete nochmals.

»Sag diesem Herrn, wenn er kommt, ich sei gleich nach dem Aufstehen zur Fabrik gefahren und kehrte erst nach drei Monaten zurück.«

»Jawohl«, antwortete der Diener. »Und was, befehlen Sie, soll mit den Geschenken geschehen?«

»Mit was für Geschenken?«

»Der Diener hat sie gebracht. ›Die gnädige Frau‹, sagte er, ›hat Geschenke vom Land mitgeschickt.‹«

»Geschenke?«

»Ja, ein Fäßchen Honig, einen Beutel getrocknete Himbeeren...«

Pjotr Iwanytsch zuckte die Schultern.

»Außerdem zwei Stücke Leinwand und Eingemachtes.«

»Ich kann mir denken, was für Leinwand das ist.«

»Die Leinwand ist gut, und das Eingemachte ist mit Zucker gesüßt.«

»Nun geh, ich sehe gleich nach.«

Er nahm einen Brief, entfernte das Siegel und überflog die

erste Seite mit einem Blick. Genau wie eine große altslawische Urkunde. Anstelle des Buchstabens B hatte man zwei oben und unten durchstrichene Stäbchen gesetzt, anstelle des Buchstabens K einfach zwei Stäbchen. Die Satzzeichen fehlten.

Adujew begann halblaut zu lesen:

»Sehr geehrter Herr Pjotr Iwanytsch!

Da ich mit Ihrem verstorbenen Vater gut bekannt und sein Freund war und da ich Sie selbst als Kind nicht wenig verwöhnt und des öfteren in Ihrem Hause Brot und Salz gekostet habe, darum hege ich die feste Hoffnung auf Ihre Dienstbeflissenheit und Wohlgeneigtheit, daß Sie den alten Wassili Tichonytsch nicht vergessen haben, und wir gedenken hier Ihrer und Ihrer Eltern auf jegliche Weise im Guten und bitten Gott...«

»Was für ein Unsinn ist das? Von wem stammt der?« fragte Pjotr Iwanytsch und sah nach der Unterschrift. »Wassili Sajesshalow! Sajesshalow, schlag mich tot, ich entsinne mich nicht. Was will er von mir?«

Er las weiter.

»Und meine untertänigste Bitte und mein Anliegen an Sie – lehnen Sie es nicht ab, Väterchen. Bei Ihnen in Petersburg ist es anders als hier. Ich glaube, ihr wißt über alles Bescheid und seid mit allem vertraut und verwandt. Mir ist ein verfluchter Prozeß aufgedrängt worden, und es ist schon das siebente Jahr, daß ich ihn mir nicht vom Hals schaffen kann. Geruhen Sie, sich an den Wald zu erinnern, der zwei Werst von meinem Dörfchen entfernt liegt? Das Gericht hat in dem Kaufvertrag einen Fehler gemacht, und mein Gegner Medwedjew sperrt sich deshalb dagegen. Die Klausel, sagt er, ist gefälscht, weiter nichts. Dieser Medwedjew ist derselbe, der auf Ihren Besitzungen immer ohne Erlaubnis geangelt hat. Ihr verstorbenes Väterchen hat ihn oft verjagt und beschimpft, wollt ihn auch wegen Eigenmächtigkeit beim Gouverneur verklagen, aber in seiner Herzensgüte, der Herr schenk ihm das Himmelreich, hat er ihn laufen lassen, und man soll doch so einen Gauner nicht schonen. Helfen Sie mir,

35

Väterchen Pjotr Iwanytsch, die Angelegenheit ist jetzt vor dem Regierenden Senat. Ich weiß nicht, in welchem Departement und bei wem, aber Sie wird man bestimmt gleich an die rechte Stelle weisen. Fahren Sie zu den Sekretären und Senatoren, machen Sie sie mir geneigt, sagen Sie ihnen, daß ich wegen des Fehlers im Kaufvertrag, wirklich wegen des Fehlers leide. Für Sie wird man alles tun. Bei dieser Gelegenheit erwirken Sie mir dort Patente für drei Rangklassen und schicken Sie sie mir zu. Außerdem, Väterchen Pjotr Iwanytsch, habe ich noch eine Angelegenheit von äußerster Dringlichkeit für Sie. Nehmen Sie sich in herzlicher Anteilnahme eines unschuldig unterdrückten Dulders an, und helfen Sie ihm mit Rat und Tat. Wir haben in der Gouvernementsverwaltung einen Rat Droshshow, kein Mensch, sondern Gold, stirbt eher, als daß er seine Sache verrät. Ich kenne kein anderes Absteigequartier in der Stadt als sein Haus. Sobald ich dorthin komme, geradewegs zu ihm, wohne wochenlang dort, und Gott verhüte, daß ich nur daran dächte, bei jemand anderem abzusteigen. Er überhäuft mich mit Essen und Trinken, und Boston spielen wir vom Mittagessen bis tief in die Nacht. Und einen solchen Menschen hat man übergangen und nötigt ihn jetzt, seinen Abschied einzureichen. Teurer Vater, suchen Sie dort alle Würdenträger auf, bringen Sie ihnen bei, was für ein Mensch Afanassi Iwanytsch ist. Es brennt ihm unter den Nägeln, ernsthaft zu arbeiten. Sagen Sie, daß man ihn sozusagen fälschlich angeklagt hat infolge der Ränke des Gouvernementssekretärs. Auf Sie hört man, und benachrichtigen Sie mich mit der ersten Post. Und besuchen Sie meinen alten Kollegen Kostjakow. Ich hörte von Studjenizyn, einem Zugereisten, auch einem Petersburger wie Sie – gewiß kennen Sie ihn –, daß er im Peskiviertel wohnt. Dort zeigt Ihnen jedes Kind sein Haus. Schreiben Sie mir unverzüglich mit derselben Post, ob er noch lebt, ob er gesund ist, was er treibt, ob er sich meiner erinnert. Schließen Sie Bekanntschaft und Freundschaft mit ihm. Ein prächtiger Mensch, offenherzig und ein solcher Spaßvogel. Ich schließe mein Briefchen mit einer weiteren kleinen Bitte ...«

Adujew hörte auf zu lesen, zerriß den Brief langsam in vier

Stücke und warf sie in den Papierkorb unter dem Tisch. Dann reckte er sich und gähnte.

Er nahm den zweiten Brief und begann wieder halblaut zu lesen.

»Liebes Brüderchen, sehr geehrter Herr Pjotr Iwanytsch!«

»Was für ein Schwesterchen ist das!« rief Adujew und sah nach der Unterschrift. »Marja Gorbatowa...« Er blickte an die Decke, als suche er sich zu erinnern...

»Was ist das? Kommt mir bekannt vor... Bah, das ist herrlich, der Bruder war doch mit einer Gorbatowa verheiratet. Das ist ihre Schwester, es ist diese... Ah, ich entsinne mich...«

Er runzelte die Stirn und las.

»Obwohl das Schicksal uns vielleicht auf ewig getrennt hat und ein Abgrund zwischen uns liegt – die Jahre sind vergangen...«

Er ließ einige Zeilen aus und las dann weiter:

»Bis ans Ende meines Lebens werde ich daran denken, wie wir zusammen an unserem See spazierengingen und Sie mit Gefahr für Ihr Leben und Ihre Gesundheit bis zu den Knien ins Wasser stiegen und eine große gelbe Blume für mich aus dem Schilf holten, wie aus deren Stengel der Saft floß und unsere Hände beschmutzte, und Sie schöpften Wasser mit Ihrer Mütze, damit wir uns waschen konnten. Wir haben damals viel darüber gelacht. Wie glücklich war ich damals! Die Blume bewahre ich noch heute in einem Büchlein auf...«

Adujew hielt inne. Es war offensichtlich, daß dieser Umstand ihm ganz und gar nicht gefiel. Er schüttelte sogar argwöhnisch den Kopf.

»Und haben Sie noch das Bändchen«, fuhr er zu lesen fort, »das Sie aus meiner Kommode entwendeten, trotz all meines Schreiens und Bittens...«

»Ich soll ein Bändchen entwendet haben!« rief er laut und zog eine finstere Miene. Nach kurzem Zögern überflog er wieder einige Zeilen und las dann weiter:

»Und ich habe mich dem ehelosen Dasein geweiht und fühle mich völlig glücklich. Niemand verbietet mir, an jene seligen Zeiten zu denken...«

›Ach, eine alte Jungfer!‹ dachte Pjotr Iwanytsch. ›Kein Wunder, daß sie noch gelbe Blumen im Kopf hat! Was gibt es weiter?‹

»Sind Sie verheiratet, liebstes Brüderchen, und mit wem? Wer ist die liebe Gefährtin, die Ihren Lebensweg durch ihr Dasein verschönt? Sagen Sie es mir, ich werde sie lieben wie meine leibliche Schwester und in meinen Träumen ihr Bild mit dem Ihren vereinen, für sie beten. Wenn Sie aber nicht verheiratet sind, dann sagen Sie mir, aus welchem Grund. Schreiben Sie es mir offen. Ihre Geheimnisse liest niemand bei mir. Ich bewahre sie in meinem Herzen, nur mit dem Herzen zusammen kann man sie mir entreißen. Zögern Sie nicht, ich vergehe vor Ungeduld, Ihre unfaßbaren Zeilen zu lesen...«

›Nein, deine Zeilen sind unfaßbar!‹ dachte Pjotr Iwanytsch.

»Ich wußte nicht«, las er, »daß unser lieber Saschenka sich plötzlich in den Kopf gesetzt hat, die prachtvolle Hauptstadt zu besuchen. Der Glückliche! Er wird die schönen Häuser und Geschäfte ansehen, sich an der Herrlichkeit ergötzen und wird den vergötterten Onkel an seine Brust drücken. Ich aber, ich werde indessen Tränen vergießen, der glücklichen Zeit gedenkend. Hätte ich von seiner Reise gewußt, ich hätte Tag und Nacht gesessen und ein Kissen für Sie gestickt: einen Neger mit zwei Hunden. Sie glauben nicht, wie oft ich geweint habe, wenn ich dieses Muster ansah. Was ist heiliger als Freundschaft und Treue? Nur dieser Gedanke beschäftigt mich jetzt, ihm will ich meine Tage weihen. Aber ich bekomme hier keine gute Wolle, und deshalb bitte ich Sie ergebenst, liebstes Brüderchen, mir nach den Pröbchen, die ich beilege, die beste englische Wolle zu schicken, die es gibt, so schnell wie möglich, aus dem ersten Geschäft. Aber was sage ich? Welch entsetzlicher Gedanke hemmt meine Feder! Vielleicht haben Sie uns vergessen, und wie sollten Sie sich auch der armen Dulderin erinnern, die sich von der Welt zurückzog und Tränen vergießt? Aber nein! Ich kann mir nicht denken, daß Sie ein solches Ungeheuer sind wie die anderen Männer. Nein, mein Herz sagt mir, daß Sie die früheren Gefühle für uns alle bewahrt haben inmitten der Herrlichkeit und aller Vergnügungen der prachtvollen Hauptstadt. Dieser Gedanke ist Balsam für mein leidendes Herz. Verzeihen Sie, ich kann nicht fortfahren, meine Hand zittert...

Ich bleibe bis ins Grab Ihre
Marja Gorbatowa

P. S. Haben Sie nicht hübsche Büchlein, Brüderchen? Schikken Sie mir, was Sie nicht brauchen. Ich würde auf jeder Seite Ihrer gedenken und weinen. Oder kaufen Sie im Laden neue, wenn sie nicht zu teuer sind. Man sagt, die Werke des Herrn Sagoskin und des Herrn Marlinski seien sehr schön. Besorgen Sie wenigstens diese. Und dann sah ich in der Zeitung noch einen Titel: Über die Vorurteile, von Herrn Pusina; schicken Sie es mir, ich kann Vorurteile nicht leiden.«

Als Adujew zu Ende gelesen, wollte er den Brief dem ersten nachschicken, hielt aber inne.

›Nein‹, dachte er, ›den hebe ich auf. Es gibt Liebhaber von solchen Briefen. Manche stellen ganze Kollektionen davon zusammen. Vielleicht kann ich jemandem damit gefällig sein.‹

Er warf den Brief in ein perlenbesticktes Körbchen, das an der Wand hing, dann nahm er den dritten Brief und las:

»Mein liebster Schwager Pjotr Iwanytsch!

Erinnern Sie sich, wie wir vor siebzehn Jahren Ihren Abschied feierten? Nun, Gott hat es gefügt, daß ich auch mein eigenes Kind für eine weite Reise segnen muß. Erfreuen Sie sich an ihm, Väterchen, und gedenken Sie des Verstorbenen, unseres Täubchens Fjodor Iwanytsch, ist Saschenka doch ganz nach ihm geraten. Gott allein weiß, was mein Mutterherz erduldet, da ich ihn in die Fremde gehen lassen muß. Ich schicke ihn geradewegs zu Ihnen, mein Freund, habe ihm befohlen, auf jeden Fall bei Ihnen abzusteigen...«

Adujew schüttelte wieder den Kopf.

»Törichte Alte!« brummte er und las dann weiter:

»In seiner Unerfahrenheit würde er vielleicht in einem Gasthof absteigen, doch ich weiß, wie kränkend das für den

39

leiblichen Onkel ist, und habe ihm deshalb eingeprägt, gleich zu Ihnen zu fahren. Das wird eine Freude sein bei diesem Wiedersehen! Versagen Sie ihm Ihren Rat nicht, lieber Schwager, und nehmen Sie ihn in Ihre Obhut; ich gebe ihn in Ihre Hände.«

Pjotr Iwanytsch hielt wieder inne.

»Er hat ja dort nur Sie«, las er dann weiter. »Geben Sie acht auf ihn, verwöhnen Sie ihn nicht zu sehr, aber halten Sie ihn auch nicht zu streng. Denn streng wird mancher zu ihm sein, streng sind schon die Fremden, aber liebevoll behandelt ihn nur ein Verwandter. Und er ist selber so freundlich. Wenn Sie ihn nur sehen, lassen Sie nicht mehr von ihm. Und sagen Sie dem Vorgesetzten, unter dem er dienen wird, daß er auf meinen Saschenka achtgebe und ihn vor allem recht sanft behandle. Er war doch mein Hätschelkind. Halten Sie ihn von Wein und Karten fern. Nachts – ich nehme doch an, daß Sie in einem Zimmer schlafen – pflegt Saschenka auf dem Rücken zu liegen. Dann stöhnt das Herzchen schrecklich und wälzt sich herum. Wecken Sie ihn ganz sanft und schlagen Sie ein Kreuz über ihm, sofort wird es besser, und im Sommer decken Sie ihm ein Tüchlein über den Mund; er sperrt ihn im Schlaf auf, und gegen Morgen kriechen die verfluchten Fliegen hinein. Lassen Sie ihn im Notfall auch mit Geld nicht im Stich...«

Adujews Gesicht verfinsterte sich, hellte sich aber bald wieder auf, als er las:

»Doch werde ich schicken, was er braucht, und jetzt habe ich ihm tausend Rubel gegeben. Daß er sie nur nicht für unnütze Dinge ausgibt und daß nicht Schmeichler sie ihm entlocken; denn bei euch in der Hauptstadt soll es viele Betrüger und alle möglichen gewissenlosen Menschen geben. Und somit verzeihen Sie, teurer Schwager; ich bin das Schreiben nicht mehr gewöhnt. Ich verbleibe Ihre Sie innig verehrende

Schwägerin A. Adujewa

P. S. Ich schicke einige Gastgeschenke vom Land mit: Himbeeren aus unserem Garten, weißen Honig, klar wie Tränen, holländische Leinwand für zwei Dutzend Hemden und im

Hause Eingewecktes. Lassen Sie sich's bekommen, und ziehen Sie es gerne an. Wenn es zu Ende geht, schicke ich mehr. Geben Sie auch acht auf Jewsej. Er ist ruhig und kein Trinker, aber dort in der Hauptstadt wird er am Ende verdorben; dann kann er ab und zu die Rute bekommen.«

Pjotr Iwanytsch legte den Brief bedächtig auf den Tisch, holte noch bedächtiger eine Zigarre hervor, rollte sie in den Händen und steckte sie an. Lange überdachte er diesen Streich, wie er in Gedanken nannte, was seine Schwägerin ihm da spielte. Er überlegte genau, einerseits, was man mit ihm gemacht hatte, andererseits, was er nun zu tun habe.

Er zerlegte den Fall in folgende Gesichtspunkte: Seinen Neffen kannte er nicht, liebte ihn folglich auch nicht, und deshalb legte sein Herz ihm keinerlei Verpflichtungen gegen ihn auf. Die Angelegenheit mußte nach den Gesetzen des gesunden Menschenverstandes und der Gerechtigkeit entschieden werden. Sein Bruder war verheiratet gewesen und hatte das Eheleben genossen; weshalb sollte dann er, Pjotr Iwanytsch, sich die Sorge um den Sohn des Bruders aufladen, er, der nicht die Vorteile des Ehestandes genoß? Dazu hatte er selbstverständlich keinerlei Veranlassung.

Andererseits bot sich die Angelegenheit folgendermaßen dar: Die Mutter hatte ihren Sohn direkt zu ihm geschickt, ihn in seine Hände gelegt, ohne daß sie wußte, ob er diese Bürde auf sich nehmen wollte, ob er noch lebte und sich in solchen Verhältnissen befand, daß er etwas für seinen Neffen tun konnte. Das war natürlich töricht; doch da es geschehen war, da der Neffe in Petersburg weilte, ohne Hilfe, ohne Bekannte, sogar ohne Empfehlungsschreiben, jung, ohne jede Erfahrung... war es dann recht, ihn der Willkür des Schicksals zu überlassen, ihn in der Menge allein zu lassen, ohne jede Verhaltensregeln, ohne Rat? Und wenn ihm etwas Schlimmes zustieß, müßte er dies nicht vor seinem Gewissen verantworten?...

Zudem erinnerte Adujew sich jetzt, wie vor siebzehn Jahren sein verstorbener Bruder und dieselbe Anna Pawlowna ihn auf die Reise geschickt hatten. In Petersburg konnten

41

sie natürlich nichts für ihn tun, er hatte seinen Weg allein gefunden. Doch er entsann sich ihrer Tränen beim Abschied, ihrer Segenswünsche, die eine Mutter nicht inniger mitgeben konnte, ihrer Zärtlichkeiten, ihrer Pasteten und schließlich ihrer letzten Worte: »Wenn Saschenka herangewachsen ist« – er war damals ein dreijähriges Kind –, »werden Sie, Brüderchen, vielleicht auch gut zu ihm sein...« Pjotr Iwanytsch stand plötzlich auf und ging schnellen Schrittes ins Vorzimmer.

»Wassili!« befahl er. »Wenn mein Neffe kommt, so weise ihn nicht ab. Und erkundige dich, ob das Zimmer oben, das zu vermieten war, schon besetzt ist, und wenn nicht, so sage, ich behielte es mir vor. Ah, das sind die Geschenke! Nun, was wollen wir damit machen?«

»Unser Krämer hat gesehen, wie sie heraufgetragen wurden. Er fragte, ob wir ihm nicht den Honig ablassen wollten. ›Ich zahle einen guten Preis‹, sagte er. Auch die Himbeeren nimmt er...«

»Ausgezeichnet! Gib es ihm. Und wohin mit der Leinwand? Eignet die sich nicht für Bezüge? So pack die Leinwand weg und das Eingeweckte auch, das essen wir; es scheint gut zu sein.«

Gerade als Pjotr Iwanytsch sich rasieren wollte, erschien Alexander Fjodorytsch. Er wollte seinem Onkel um den Hals fallen, jener aber drückte mit kräftiger Hand die zarte, jugendliche Hand des Neffen und hielt ihn in einiger Entfernung von sich, wie um ihn zu betrachten, mehr aber, um seinen Ansturm aufzuhalten und auf einen Händedruck zu beschränken.

»Deine Mutter schreibt die Wahrheit«, sagte er, »du bist ein lebendes Bildnis meines verstorbenen Bruders. Ich hätte dich auf der Straße erkannt. Aber du bist hübscher als er. Nun, ich werde mich ohne Umstände weiterrasieren, du aber setz dich dorthin, mir gegenüber, damit ich dich sehen kann, und dann laß uns plaudern.«

Damit nahm Pjotr Iwanytsch seine Tätigkeit wieder auf, als sei niemand zugegen, seifte die Wangen ein, bald die eine, bald die andere mit der Zunge spannend. Alexander war durch diesen Empfang verwirrt und wußte nicht, wie das Gespräch beginnen. Er führte die Kälte seines Onkels darauf zurück, daß er nicht gleich zu ihm gekommen war.

»Nun, was macht dein Mütterchen? Ist es gesund? Es ist wohl alt geworden?« fragte der Onkel, Grimassen vor dem Spiegel schneidend.

»Mamachen ist Gott sei Dank gesund, sie läßt Sie grüßen und Tantchen Marja Pawlowna auch«, bestellte Alexander schüchtern. »Tantchen hat mir aufgetragen, Sie zu umarmen...« Er stand auf und ging auf den Onkel zu, um ihn auf die Wange zu küssen oder auf den Kopf oder auf die Schulter oder wohin es eben gelänge.

»Dein Tantchen hätte auch mit den Jahren klüger werden können. Doch wie ich sehe, ist sie dieselbe Törin, die sie vor zwanzig Jahren war...«

Alexander kehrte betroffen rückwärts auf seinen Platz zurück.

»Sie haben ihren Brief bekommen, Onkelchen?« fragte er.

»Ja.«

»Wassili Tichonytsch Sajesshalow«, begann Alexander wieder, »bittet Sie flehentlich, sich nach seiner Angelegenheit zu erkundigen und sich darum zu kümmern...«

»Ja, er schreibt es. Sind denn diese Esel bei euch noch nicht ausgestorben?«

Alexander wußte nicht, was er denken sollte, so niederschmetternd wirkten diese Äußerungen auf ihn.

»Onkelchen, entschuldigen Sie«, begann er fast zitternd.

»Was?«

»Entschuldigen Sie, daß ich nicht gleich zu Ihnen kam, sondern bei der Post abgestiegen bin. Ich kannte Ihre Wohnung nicht...«

»Was gibt es da zu entschuldigen? Du hast sehr recht getan. Weiß Gott, was dein Mütterchen sich gedacht hat. Wie hättest du zu mir kommen können, ohne zu wissen, ob du bei mir bleiben kannst oder nicht? Ich habe eine Junggesellenwohnung, wie du siehst, für einen allein: Flur, Salon, Eßzimmer, Herrenzimmer, noch ein Arbeitszimmer, Garderoben und Ankleidezimmer, keinen überflüssigen Raum. Ich würde dich beengen und du mich... Doch ich habe hier im Hause Wohnung für dich gefunden...«

»Ach, lieber Onkel!« rief Alexander. »Wie soll ich Ihnen für diese Fürsorge danken?«

Und er sprang wieder von seinem Platz auf in der Absicht, seine Erkenntlichkeit mit Wort und Tat zu beweisen.

»Ruhig, ruhig, rühr mich nicht an«, beschwichtigte ihn sein Onkel. »Die Rasiermesser sind äußerst scharf; ehe du dich versiehst, schneidest du dich und auch mich.«

Alexander erkannte, daß es ihm trotz aller Anstrengungen an diesem Tag nicht gelingen würde, den vergötterten Onkel auch nur einmal zu umarmen und an die Brust zu drücken, und er verschob das Vorhaben auf ein anderes Mal.

»Das Zimmer ist sehr nett«, erklärte Pjotr Iwanytsch. »Die Fenster gehen zwar auf eine Mauer hinaus, aber du wirst ja nicht immer am Fenster sitzen. Wenn du zu Hause bist, beschäftigst du dich und hast keine Zeit, aus dem Fenster zu gaffen. Und nicht teuer – vierzig Rubel im Monat. Für den Diener ist ein Vorzimmer da. Du mußt dich von Anfang an daran gewöhnen, allein zu leben, ohne Kinderfrau, dir eine kleine Wirtschaft einrichten, das heißt deinen eigenen Tisch halten, Tee, kurz, einen eigenen Winkel haben, un chez soi, wie der Franzose sagt. Dort kannst du zwanglos empfangen, wen du willst. Übrigens, wenn ich zu Hause esse, dann bist du auch willkommen, an den anderen Tagen aber...

Hier essen die jungen Leute gewöhnlich im Wirtshaus. Doch rate ich dir, das Mittagbrot holen zu lassen; zu Hause hast du es bequemer und läufst nicht Gefahr, mit Gott weiß wem zusammenzutreffen. Ist es nicht so?«

»Ich bin Ihnen sehr dankbar, lieber Onkel...«

»Warum dankbar? Bist du nicht mein Verwandter? Ich erfülle nur meine Pflicht. So, jetzt werde ich mich anziehen und fortfahren. Ich habe meinen Dienst und meine Fabrik...«

»Ich wußte gar nicht, daß Sie eine Fabrik haben, Onkelchen.«

»Eine Glas- und Porzellanfabrik. Übrigens gehört sie mir nicht allein, wir sind drei Gesellschafter.«

»Geht sie gut?«

»Ja, ziemlich. Wir setzen mehr in der Provinz auf dem Jahrmarkt ab. Die letzten zwei Jahre, die waren sehr gut. Noch fünf solche Jahre, dann... Der eine Gesellschafter ist zwar unzuverlässig, er verschwendet zuviel, aber ich verstehe es, ihn im Zaume zu halten. Nun, auf Wiedersehen. Sieh dir jetzt die Stadt an, bummle ein bißchen durch die Straßen, iß irgendwo zu Mittag, am Abend aber komm zu mir zum Tee; ich bin zu Hause. Dann sprechen wir weiter. He, Wassili! Du zeigst ihm das Zimmer und hilfst ihm, sich einzurichten.«

›So ist das also hier in Petersburg‹, dachte Alexander, als er in seiner neuen Behausung saß. ›Wenn schon der leibliche Onkel so ist, wie mögen erst die andern sein?‹

Tief in Gedanken versunken ging der junge Adujew in seinem Zimmer auf und ab. Jewsej aber, der das Zimmer aufräumte, brummte vor sich hin: »Was für ein Leben ist das hier! Bei Pjotr Iwanytsch wird der Küchenherd einmal im Monat geheizt, wie ich höre. Die Leute essen bei Fremden zu Mittag. Ei, du mein Gott! Ist das ein Völkchen! Nicht zu sagen! Und nennen sich noch Petersburger! Bei uns frißt jeder Hund aus seinem eigenen Napf.«

Wie es schien, teilte Alexander die Meinung Jewsejs, obwohl er schwieg. Er trat ans Fenster und sah nichts als Dächer und Schornsteine und schwarze, schmutzige Giebelmauern. Und er verglich dies mit dem, was er vor zwei Wochen aus dem Fenster seines Hauses auf dem Lande gesehen. Ihm wurde schwer ums Herz.

Er ging auf die Straße. Ein Trubel, alle rannten drauflos, nur mit sich beschäftigt, nur einen kurzen Blick auf die Vorübergehenden werfend, und auch das nur, um nicht mit ihnen zusammenzustoßen. Er dachte an seine Gouvernementsstadt, wo jede Begegnung, ganz gleich mit wem, irgendwie interessant war. Da geht Iwan Iwanytsch zu Pjotr Petrowitsch, und alle in der Stadt wissen, was er dort will. Da kommt Marja Martynowna vom Nachmittagsgottesdienst. Da fährt Afanassi Sawitsch zum Angeln. Dort galoppiert Hals über Kopf der Gendarm vom Gouverneur zum Doktor, und jeder weiß, daß Ihre Exzellenz ein Kind zur Welt zu bringen geruht, obwohl es sich nach der Meinung mancher Gevatterinnen und mancher alter Weiber nicht gehört, vorher davon zu wissen. Alle fragen: »Was ist es, ein Töchterchen oder ein Sohn?« Die feinen Damen setzen ihre Paradehauben instand. Da tritt Matwei Matweïtsch aus seinem Haus mit einem dicken Spazierstock, Punkt sechs Uhr abends, und jeder weiß, daß er sich wie allabendlich Bewegung verschafft, daß ohne dies sein Magen nicht verdaut und daß er unbedingt am Fenster des alten Rats stehenbleibt, der, was auch allen bekannt ist, zu dieser Zeit seinen Tee trinkt. Wer einem begegnet, der grüßt, mit dem wechselt man ein paar Worte, und wenn man einander auch nicht begrüßt, so weiß man doch, wer einer ist, wohin er geht und wozu, und in seinen Augen steht geschrieben: Auch ich weiß, wer Sie sind, wohin Sie gehen und wozu. Und wenn sich einmal zwei treffen, die sich nicht kennen, die einander noch nicht gesehen haben, so verwandelt sich das Antlitz beider sofort in ein Fragezeichen. Sie bleiben mindestens zweimal stehen und sehen sich nacheinander um, und wenn sie nach Hause kommen, beschreiben sie die Kleidung und den Gang der neuen Person, und ein Reden und Raten hebt an, wer das wohl sei, woher er käme und wozu. Hier aber stieß man einander gleichsam mit Blicken aus dem Weg, als sei jeder des anderen Feind.

Anfangs betrachtete Alexander mit der Neugier des Provinzlers jeden, der ihm begegnete, und jeden ordentlich gekleideten Menschen hielt er für einen Minister oder einen Gesandten oder für einen Schriftsteller. ›Ist er das nicht?‹ dachte er. ›Ist das nicht dieser?‹ Doch bald wurde er dessen müde. Minister, Schriftsteller, Gesandte begegneten ihm auf Schritt und Tritt.

Er betrachtete die Häuser, und ihm wurde noch trauriger zumute. Diese einförmigen, steinernen Massen, eins dicht ans andere gedrängt, die sich wie kolossale Mausoleen dahinzogen, verursachten ihm Beklemmung. Dort endete die Straße; gleich würden die Augen ins Freie schweifen, dachte er, ein Hügel oder Grünes oder ein verfallener Zaun – nein, wieder begann solch ein steinerner Wall aus einförmigen Häusern mit vier Reihen Fenstern. Auch diese Straße hatte

46

ein Ende, eine andere begrenzte sie, und dort zog sich eine neue Reihe ebensolcher Häuser hin. Ob man nach rechts sah oder nach links, überall war man wie von einem Heer Riesen umgeben, von Häusern, Häusern und noch einmal Häusern, von Stein, nichts als Stein, immer dasselbe ... Keine Weite, keine Öffnung für das Auge, eingeschlossen von allen Seiten, und es schien, als sei das Denken und Fühlen der Menschen ebenso verschlossen.

Die ersten Eindrücke von Petersburg sind für einen Provinzler beklemmend. Ihm ist ängstlich und traurig zumute. Keiner beachtet ihn hier, er kommt sich verloren vor. Weder das Neue noch die Vielfalt noch die Menschenmenge vermögen ihn aufzuheitern. In seinem provinziellen Egoismus erklärt er allem den Krieg, was er hier sieht und von daheim nicht kennt. Er versetzt sich in Gedanken in seine Heimatstadt. Welch paradiesischer Anblick! Das eine Haus hat ein spitzes Dach und ist von einem Staketenzaun aus Akazienholz umgeben. Das Dach trägt einen Aufbau, ein Asyl für Tauben; der Kaufmann Isjumin scheucht gerne Tauben auf. Deshalb hat er ein Taubenhaus beschafft und auf das Dach gesetzt, und morgens wie abends steht er in Schlafrock und Nachtmütze auf dem Dach mit einem Stock, an dessen Ende ein Lappen gebunden ist, pfeift und fuchtelt mit dem Stock. Ein anderes Haus sieht wie eine Laterne aus: auf allen vier Seiten nur Fenster und das Dach flach, ein Haus alter Bauart. Sieh nur, es scheint, als wolle es einstürzen oder von selber in Flammen aufgehen. Die Schindeln haben eine unbestimmbare hellgraue Farbe angenommen. Es ist unheimlich, in einem solchen Hause zu wohnen, doch wohnt man darin. Der Hausherr betrachtet zwar dann und wann die Decke, die sich immer mehr neigt, und wiegt sein Haupt und brummt: »Ob sie noch bis zum Frühjahr hält? Vielleicht!« meint er dann und lebt weiter darin, weniger um sich als um seine Tasche besorgt. Daneben prangt kokett das sonderbare Haus des Doktors, das sich in einem Halbkreis erstreckt, mit zwei Flügeln, die wie Schilderhäuschen aussehen. Ein anderes Haus versteckt sich im Grünen. Jenes kehrt der Straße die Hinterseite zu, und hier zieht sich ein Zaun über zwei Werst

47

hin, hinter dem rotbäckige Äpfel von den Bäumen herab-
schauen, eine Versuchung für die kleinen Buben. Zu den
Kirchen halten die Häuser eine ehrerbietige Entfernung ein.
Um sie herum wächst dichtes Gras, liegen Grabplatten. Die
Gerichtsbehörden – man sieht gleich, daß es Gerichtsbehörden sind: in ihre Nähe geht niemand, ohne daß er es nötig hat.
Hier aber in der Hauptstadt kann man sie von gewöhnlichen
Häusern nicht unterscheiden, ja, es ist eine Schande, sogar ein
Kramladen befindet sich im selben Gebäude. Und hast du
dort in der Gouvernementsstadt zwei, drei Straßen durch-
schritten, so spürst du schon die frische Luft, Flechtzäune
tauchen auf, dahinter Gemüsegärten und dann das freie Feld
mit dem Sommergetreide. Und eine Stille, eine Beständigkeit,
eine Eintönigkeit, auf der Straße wie in den Menschen derselbe begnadete Stillstand! Und alle leben frei, gelöst, niemand
fühlt sich beengt. Selbst die Hennen und Hähne spazieren frei
durch die Straßen, die Ziegen und Kühe rupfen Gras, Kinder
lassen Drachen steigen.

Hier aber ... welche Seelenangst! Und der Mensch aus der
Provinz seufzt nach dem Zaun vor seinen Fenstern, nach der
staubigen oder schlammigen Straße, nach der holprigen
Brücke, dem Aushängeschild an der Schenke. Es widerstrebt
ihm zuzugeben, daß die Isaakskathedrale schöner und höher
ist als die Kirche in seiner Gouvernementsstadt, daß der Saal
des Adelsklubs größer ist als der dortige Saal. Er schweigt
verärgert bei solchen Vergleichen, und manchmal wagt er zu
bemerken, daß man einen solchen Stoff oder einen solchen
Wein bei ihm zu Hause billiger und besser bekommt, daß
man die ausländischen Raritäten, diese großen Krebse und
Muscheln und die roten Fischchen dort keines Blicks würdigen würde und daß es euch natürlich freisteht, bei den
Ausländern Stoffe und allerhand Tand einzukaufen; sie ziehen euch das Fell über die Ohren, und ihr tut euch noch etwas
zugute darauf, solche Dummköpfe zu sein! Wie lebt er auf,
wenn er feststellt, daß in seiner Gouvernementsstadt der
Kaviar, die Birnen oder die Kalatschen besser sind als hier.
»Das nennt man Birnen bei euch?« fragt er. »Bei uns würde
nicht einmal das Gesinde so etwas essen!«

48

Noch trauriger wird dem Provinzler zumute, wenn er eins der Häuser betritt mit einem Empfehlungsschreiben aus seiner Heimat. Er denkt, daß aller Arme sich ihm weit öffnen werden, daß man nicht wissen wird, wie man ihn empfangen, welchen Platz man ihm anbieten, womit man ihn bewirten soll. Man wird geschickt auskundschaften, welches sein Lieblingsgericht ist, er wird verlegen werden von diesen Freundlichkeiten, wird endlich alle Förmlichkeit abwerfen, den Hausherrn und die Hausfrau nach Herzenslust küssen, mit ihnen das Du tauschen, als seien sie schon zwanzig Jahre miteinander bekannt. Alle werden sich am Beerenschnaps ein Räuschlein antrinken, vielleicht im Chor ein Lied anstimmen...

Was denkt er! Man sieht ihn kaum an, zeigt sich verdrießlich, entschuldigt sich mit Arbeit. Wenn es ein Geschäft gilt, bestimmt man eine Zeit, zu der weder zu Mittag noch zu Abend gegessen wird, die Frühstücksstunde aber kennt man gar nicht, es gibt weder Wodka noch einen Imbiß. Der Hausherr weicht vor der Umarmung zurück, sieht den Gast sonderbar an. Im Nebenzimmer klirrt man mit Löffeln und Gläsern. Jetzt wäre es Zeit, ihn einzuladen, aber durch geschickte Winke trachtet man, ihn loszuwerden. Alles ist verschlossen, überall Schellen. Ist das nicht ein Jammer? Und die kalten, menschenfeindlichen Gesichter. Dagegen bei uns dort tritt unverzagt ein! Hat man gerade zu Mittag gegessen, so ißt man dem Gast zuliebe noch einmal. Der Samowar kommt morgens und abends gar nicht vom Tisch, und Schellen gibt es nicht einmal an den Geschäften. Alle umarmen sich und küssen sich mit jedem, der in den Weg kommt. Der Nachbar ist dort ein wahrer Nachbar, man lebt Hand in Hand, ist ein Herz und eine Seele. Ein Verwandter – ein Verwandter ist so, daß er für die Seinen stirbt... Ach, es ist traurig.

Alexander erreichte mühsam den Admiralitätsplatz. Dort blieb er wie erstarrt stehen. Er verharrte fast eine Stunde vor dem Ehernen Reiter, doch nicht mit bitterem Vorwurf im Herzen wie der arme Eugen, sondern voll Begeisterung. Er sah die Newa, die Gebäude am Ufer, und seine Augen leuchteten auf. Er schämte sich plötzlich seiner Vorliebe für holprige Brücken, Vorgärtchen und verfallene Zäune. Ihm wurde leicht und froh ums Herz. Der Trubel, die Menschenmenge, alles bekam in seinen Augen eine andere Bedeutung. Die Hoffnungen, die durch die beklemmenden Eindrücke vorübergehend unterdrückt worden waren, lebten wieder auf. Das neue Leben nahm ihn in seine Arme und lockte ihn zu unbekannten Zielen. Sein Herz schlug kräftig. Er träumte von edler Tätigkeit, von erhabenem Streben, und in der Vorstellung, er sei der Bürger einer neuen Welt, schritt er gewichtig den Newski-Prospekt entlang... Unter solchen Träumereien kehrte er nach Hause zurück.

Um elf Uhr abends ließ ihn der Onkel zum Tee rufen.

»Ich bin eben erst aus dem Theater gekommen«, erklärte er, auf dem Diwan liegend.

»Wie schade, daß Sie mir das nicht vorhin sagten, Onkelchen; ich wäre mitgekommen.«

»Ich hatte Sperrsitz. Wo hättest du sitzen wollen; auf meinem Schoß?« fragte Pjotr Iwanytsch. »Geh doch morgen allein.«

»Allein in der Menge ist einem so traurig, Onkelchen. Mit keinem kann man seine Eindrücke tauschen...«

»Wozu auch! Man muß allein fühlen und denken, kurz, allein leben können. Manchmal ist man dazu gezwungen. Und ehe du ins Theater gehst, mußt du dich anständig einkleiden.«

Alexander musterte seinen Anzug und wunderte sich über des Onkels Worte. ›Wieso bin ich denn nicht anständig angezogen?‹ dachte er. ›Blauer Frack, blaue Hose...‹

»Ich habe viele Sachen, Onkelchen«, erklärte er. »Königstein hat sie genäht. Er arbeitet bei uns für den Gouverneur.«

»Schon gut, dennoch taugen sie nichts. In den nächsten Tagen bringe ich dich zu meinem Schneider. Aber das sind Kleinigkeiten. Wir haben Wichtigeres zu besprechen. Sag mal, wozu bist du hierhergekommen?«

»Ich bin gekommen..., um hier zu leben.«

»Zu leben? Wenn du darunter Essen, Trinken und Schlafen verstehst, so war es nicht der Mühe wert, so weit zu reisen.

Hier wird es dir weder gelingen, so zu essen noch so zu schlafen wie daheim. Hast du aber etwas anderes gemeint, so erkläre es mir...«

»Um das Leben zu genießen, wollte ich sagen«, fügte Alexander, über und über errötend, hinzu. »Auf dem Lande habe ich mich gelangweilt, stets ein und dasselbe...«

»Ah, so ist es! Du wirst dir also eine Beletage am Newski-Prospekt mieten, dir einen Wagen halten, einen großen Bekanntenkreis um dich versammeln, Empfangstage haben?«

»Aber das ist doch sehr teuer«, bemerkte Alexander naiv.

»Deine Mutter schreibt, sie habe dir tausend Rubel mitgegeben. Das ist wenig«, erklärte Pjotr Iwanytsch. »Einer meiner Bekannten ist kürzlich hierhergekommen, weil er sich auch auf dem Lande langweilte. Er will das Leben genießen, so brachte er fünfzigtausend mit und wird jedes Jahr wieder soviel bekommen. Der wird bestimmt in Petersburg das Leben genießen, du aber – nein! Deshalb bist du nicht hergekommen.«

»Nach Ihren Worten zu schließen, lieber Onkel, weiß ich selber nicht, wozu ich hergekommen bin.«

»Du sagst es. Das klingt schon besser; hier liegt die Wahrheit. Aber in Ordnung ist das nicht. Hast du dir denn, als du hierher aufbrachst, nicht die Frage vorgelegt: ›Weshalb fahre ich fort?‹ Das wäre nicht überflüssig gewesen.«

»Bevor ich mir die Frage stellte, hatte ich schon die Antwort bereit!« erwiderte Alexander stolz.

»Warum sagst du es dann nicht? Nun, weshalb?«

»Mich trieb ein unüberwindlicher Drang, der Durst nach edler Tätigkeit. In mir brannte der Wunsch, Klarheit zu erlangen, zu verwirklichen...«

Pjotr Iwanytsch richtete sich auf dem Diwan etwas auf, nahm die Zigarre aus dem Mund und spitzte die Ohren.

»Hoffnungen zu verwirklichen, die sich drängten...«

»Du machst wohl Gedichte?« fragte Pjotr Iwanytsch unvermittelt.

»Auch Prosa, lieber Onkel. Soll ich sie holen?«

»Nein, nein! Später einmal. Ich frage nur so.«

»Warum?«

»Nun, du sprichst so ...«

»Etwa schlecht?«

»Nein, vielleicht sehr gut, aber seltsam.«

»Unser Professor für Ästhetik sprach so, und er galt als der beredsamste aller Professoren«, erklärte Alexander verwirrt.

»Worüber sprach er denn so?«

»Über sein Gebiet.«

»Aha!«

»Onkelchen, wie soll ich denn sprechen?«

»Etwas einfacher, wie alle, nicht wie ein Professor der Ästhetik. Das kann man aber nicht mit einem Wort erklären. Du wirst es später selber merken. Soweit ich mich an meine Vorlesungen an der Universität erinnern und deine Sprache übersetzen kann, willst du wohl sagen, daß du hierhergekommen bist, um Karriere zu machen und Vermögen zu erwerben. Ist es so?«

»Ja, lieber Onkel, Karriere ...«

»Und Vermögen«, fügte Pjotr Iwanytsch hinzu. »Was wäre Karriere ohne Vermögen? Der Gedanke ist gut, nur ... Du bist vergebens hergekommen.«

»Wieso? Ich hoffe, Sie sprechen nicht aus eigener Erfahrung?« rief Alexander und sah sich um.

»Gescheit gesprochen. Ja, ich bin gut eingerichtet, und um meine Geschäfte steht es nicht schlecht. Aber soviel ich sehe, ist zwischen dir und mir ein großer Unterschied.«

»Ich wage keinesfalls, mich mit Ihnen zu vergleichen ...«

»Das ist es nicht. Du bist vielleicht zehnmal klüger und besser als ich. Aber es scheint, als seist du eine Natur, die sich einer anderen Lebensart nicht anpassen kann. Die dortige Lebensart aber – oho! Sieh, du bist von deiner Mutter verzärtelt und verwöhnt. Wie sollst du das alles aushalten, was ich ausgehalten habe? Du bist gewiß ein Träumer, hier aber ist zum Träumen keine Zeit. Unsereiner kommt hierher, um ernsthaft zu arbeiten.«

»Vielleicht bin ich auch imstande, etwas zu arbeiten, wenn Sie mir mit Ihrem Rat und Ihrer Erfahrung beistehen ...«

»Dir zu raten, das wage ich nicht. Für deine ländliche Wesensart kann ich nicht einstehen. Wenn dummes Zeug

52

dabei herauskommt, machst du mir Vorwürfe. Aber meine Meinung zu sagen, gut, das lehne ich nicht ab. Du kannst auf mich hören oder nicht, wie du willst. Aber nein! Ich hoffe nicht auf Erfolg. Ihr habt dort eure eigene Lebensanschauung; wie willst du sie ändern! Ihr habt überspannte Ideen im Kopf, wie Liebe, Freundschaft und die Reize des Lebens, das Glück. Sie denken, das Leben besteht nur aus Ach und Oh, sie weinen, schluchzen und machen den Frauenzimmern den Hof, ernsthaft arbeiten aber können sie nicht. Wie soll ich dir das alles austreiben? Das ist schwierig!«

»Onkelchen, ich werde mich bemühen, mich den derzeitigen Anschauungen anzupassen. Schon heute, als ich die riesigen Gebäude betrachtete, die Schiffe, die uns Gaben aus fernen Ländern bringen, dachte ich über die Erfolge des derzeitigen Menschengeschlechts nach, und ich begriff die Bewegung dieser vernünftig tätigen Menge, war bereit, mich mit ihr zu vereinen...«

Pjotr Iwanytsch zog bei dem Monolog bedeutsam die Brauen hoch und sah seinen Neffen scharf an. Jener hielt im Sprechen inne.

»Es ist eine ganz einfache Sache«, bemerkte der Onkel, »sie aber, Gott weiß, was sie daraus machen... Vernünftig tätigen Menge! Wahrhaftig, es wäre besser für dich, du wärest dort geblieben. Du hättest ein herrliches Leben geführt, wärst der Klügste von allen, gältest für einen Schriftsteller und einen beredsamen Mann, glaubtest an unwandelbare, ewige Freundschaft und Liebe, an die Verwandtschaft, das Glück, würdest heiraten, und unversehens hättest du deinen Lebensabend erreicht und wärst auf deine Art wirklich glücklich gewesen. Bei der hiesigen Lebensart aber wirst du nicht glücklich. Hier muß man alle diese Anschauungen umkrempeln.«

»Wie denn, lieber Onkel, Freundschaft und Liebe, diese heiligen, erhabenen Gefühle, die versehentlich vom Himmel in den Erdenschmutz fielen...«

»Was?«

Alexander verstummte.

53

»Liebe und Freundschaft fielen in den Schmutz! Ei, wie kannst du solchen Unsinn reden?«

»Bedeuten sie hier nicht dasselbe wie bei uns, will ich sagen?«

»Auch hier gibt es Liebe und Freundschaft; wo findet man diese Güter nicht? Aber sie sind nicht wie dort bei euch. Mit der Zeit wirst du's merken. Vergiß vor allem diese *heiligen* und *himmlischen* Gefühle und sieh die Dinge einfacher, so wie sie wirklich sind. Das ist wahrhaftig besser, dann wirst du auch einfacher reden. Doch das sei nicht meine Sorge. Du bist nicht hergekommen, um wieder umzukehren. Wenn du nicht findest, was du suchst, so beklage dich bei dir selber. Ich werde dich rechtzeitig darauf aufmerksam machen, was meiner Meinung nach gut und was schlecht ist; dann mach, was du willst. Wir wollen's versuchen, vielleicht gelingt es, etwas aus dir zu machen. Ja! Deine Mutter bat, ich möge dich mit Geld versorgen... Merke, was ich dir sage: Darum bitte mich nicht! Das stört stets das gute Einvernehmen zwischen anständigen Leuten. Doch denke nicht, daß ich es dir abschlagen würde. Nein, wenn es dahin kommt, daß du kein anderes Mittel weißt, dann hilft es nichts, dann wende dich an mich. Immerhin ist es besser, vom Onkel etwas anzunehmen als von einem Fremden, zumindest kostet es keine Prozente. Aber damit du nicht zu diesem äußersten Mittel zu greifen brauchst, werde ich dir möglichst schnell eine Stellung verschaffen, in der du Geld verdienen kannst. Nun, auf Wiedersehen. Komm morgen früh wieder; wir wollen besprechen, was und wie wir beginnen.«

Alexander Fjodorytsch wandte sich zum Gehen.

»Höre, willst du nicht Abendbrot essen?« rief Pjotr Iwanytsch ihm nach.

»Ja, lieber Onkel, ich würde gern, bitte...«

»Ich habe nichts da.«

Alexander schwieg. ›Wozu dann die verheißungsvolle Frage?‹ dachte er.

»Ich halte mir nichts zu essen zu Hause. Die Wirtshäuser aber sind jetzt geschlossen«, fuhr der Onkel fort. »Da hast du gleich zu Beginn eine Lehre; nimm sie dir an! Bei euch steht man mit der Sonne auf und geht mit ihr schlafen, ißt und trinkt, wenn die Natur es befiehlt. Ist es kalt, setzt man eine Mütze mit Ohrenklappen auf und will gar nichts mehr hören. Ist es hell, so ist es Tag, ist es finster, Nacht. Dir fallen schon die Augen zu, ich aber setze mich noch an die Arbeit. Am Monatsende muß ich die Konten abschließen. Dort atmet ihr das ganze Jahr frische Luft, hier kostet auch dieses Vergnügen Geld, und so ist es mit allem! Völlige Antipoden! Hier ißt man auch nicht Abendbrot, besonders nicht auf eigene Rechnung und auch auf meine nicht. Das ist sogar zu deinem Guten: Du wirst in der Nacht nicht stöhnen und dich nicht herumwälzen. Ich hätte auch keine Zeit, Kreuze über dir zu schlagen.«

»Daran gewöhnt man sich leicht, lieber Onkel.«

»Gut, wenn es so ist. Bei euch ist alles noch beim alten. Man kann nachts zu Besuch kommen, und gleich wird ein Mahl angerichtet.«

»Nun, lieber Onkel, ich hoffe, an diesem Zug ist nichts zu tadeln. Die Tugend der Russen . . .«

»Genug! Was heißt hier Tugend? Aus Langeweile freut man sich dort über jeden Schurken: ›Sei willkommen, iß, soviel du willst, unterhalte nur unseren Müßiggang, hilf uns, die Zeit totzuschlagen, und laß dich ansehen. 's ist doch mal etwas anderes. Um das Essen ist's uns nicht leid; das kostet uns hier sowieso nichts . . .‹ Eine höchst widerwärtige Tugend!«

So legte sich Alexander schlafen und versuchte zu ergründen, was für ein Mensch sein Onkel sei. Er rief sich das ganze Gespräch ins Gedächtnis zurück. Vieles hatte er nicht verstanden, anderes glaubte er nicht ganz.

›Ich soll nicht gut reden!‹ dachte er. ›Liebe und Freundschaft sind nicht ewig! Macht der Onkel sich etwa über mich lustig? Ist die hiesige Lebensart wirklich so? Was hat denn Sofja an mir besonders gefallen, wenn nicht meine Gabe des Wortes? Und ihre Liebe sollte wirklich nicht ewig sein? Und Abendbrot ißt man hier in der Tat nicht?‹

Er wälzte sich noch lange im Bett hin und her. Sein Kopf,

der voll beunruhigender Gedanken steckte, und der leere Magen ließen ihn nicht schlafen.

Zwei Wochen vergingen.

Von Tag zu Tag war Pjotr Iwanytsch zufriedener mit seinem Neffen.

»Er hat Takt«, sagte er zu dem einen Teilhaber in seiner Fabrik, »was ich von einem Dorfjungen niemals erwartet hätte. Er drängt sich nicht auf, kommt nicht zu mir, ohne daß ich ihn rufe. Und wenn er merkt, daß er überflüssig ist, entfernt er sich gleich. Um Geld bittet er auch nicht. Er ist ein ruhiger junger Mann. Er hat wohl seine Eigenheiten... Verfolgt mich mit seinen Küssen, spricht wie ein Seminarist... Nun, auch das wird er sich noch abgewöhnen. Es ist schon gut, daß er mir nicht zur Last fällt.«

»Hat er Vermögen?« fragte der Teilhaber.

»Nein. An die hundert Seelchen!«

»Was tut das? Wenn er die Fähigkeiten hat, wird er hier vorwärtskommen. Sie haben doch auch klein angefangen, und jetzt, Gott sei Dank...«

»Nein! Wo denken Sie hin! Der bringt nichts zustande. Diese törichte Schwärmerei taugt zu nichts. Ach und oh! An die hiesige Lebensart gewöhnt er sich nicht. Wie sollte er Karriere machen? Der ist vergebens hergekommen. Aber das ist seine Sache.«

Alexander hielt es für seine Pflicht, den Onkel zu lieben, doch konnte er sich durchaus nicht an seine Sinnes- und Denkart gewöhnen.

›Mein Onkel scheint ein guter Mensch zu sein‹, schrieb er eines Morgens an Pospelow, ›er ist sehr klug, aber völlig prosaisch, immer mit Geschäften, mit Berechnungen beschäftigt. Sein Geist ist festgeschmiedet an die Erde und erhebt sich nie zu jener reinen, von irdischem Unrat befreiten Betrachtung der Erscheinungen des menschlichen Geistes. Für ihn ist der Himmel unlöslich mit der Erde verbunden, und unsere beiden Seelen werden wohl nie völlig in eins verschmelzen. Als ich herkam, dachte ich, er als mein Onkel würde mir einen Platz in seinem Herzen einräumen, mich in der kalten Menge hier mit den glühenden Umarmungen der

Freundschaft erwärmen. Die Freundschaft, du weißt es, ist *eine zweite Vorsehung*! Aber er ist selber nichts anderes als der Ausdruck der Menge. Ich dachte, meine Zeit mit ihm zu verbringen, mich keine Minute von ihm zu trennen, was aber fand ich? Kühle Ratschläge, die er vernünftig nennt. Wären sie lieber unvernünftig, aber voll warmer, herzlicher Teilnahme. Er ist nicht gerade stolz, aber ein Feind jeglicher inniger Herzensergüsse. Wir essen weder zusammen zu Mittag noch zu Abend, fahren nie zusammen aus. Wenn er nach Hause kommt, erzählt er nie, wo er war, was er getan hat, er sagt auch nie, wohin er fährt und wozu, was für Bekannte er hat, ob ihm etwas gefällt oder nicht, wie er die Zeit verbringt. Er ist nie besonders ärgerlich, nie besonders freundlich oder traurig oder fröhlich. Seinem Herzen ist alles Drängen der Liebe, der Freundschaft, alles Streben nach Schönem fremd. Oft redest du und redest wie ein begeisterter Prophet, fast wie unser großer, unvergeßlicher Iwan Semjonytsch, wenn er – weißt Du noch? – vom Katheder herabdonnerte und wir voll Begeisterung vor seinem feurigen Blick und seinen Worten zitterten. Onkelchen aber? Hört zu, die Augenbrauen hochgezogen, und sieht mich ganz seltsam an, oder er fängt an zu lachen auf seine Art, ein Lachen, daß mir das Blut in den Adern erstarrt. Und dann ist die Begeisterung hin! Manchmal kommt er mir vor wie der Dämon von Puschkin. Er glaubt nicht an *Liebe* und ähnliches, sagt, es gäbe kein Glück, und es sei uns auch nicht verheißen. Es gäbe einfach das Leben, das zu gleichen Teilen aus Gut und Böse, aus Vergnügen, Erfolg, Gesundheit und Frieden, andererseits aus Unzufriedenheit, Mißerfolg, Sorgen, Krankheit und so weiter besteht. Man müsse das alles ganz einfach sehen, sich den Kopf nicht über unnütze Fragen zerbrechen. Was? Unnütze Fragen! Zum Beispiel, wozu wir erschaffen wurden und wonach wir streben sollen. Das sei nicht unsere Sorge, und wir sähen deshalb nicht, was vor unserer Nase liegt, und verrichteten unsere Arbeit nicht. Du hörst nur immer Arbeit! Bei ihm kannst du nicht unterscheiden, ob er unter dem Eindruck eines Vergnügens oder einer prosaischen Arbeit steht. Über seinen Konten oder im Theater – stets ist er derselbe. Er kennt keine starken

Eindrücke, und das Schöne liebt er offenbar nicht. Es ist seiner Seele fremd. Ich glaube, er hat nicht einmal Puschkin gelesen...‹

Unvermutet erschien Pjotr Iwanytsch im Zimmer seines Neffen und traf ihn über dem Brief.

»Ich komme, um zu sehen, wie du dich eingerichtet hast«, erklärte er, »und um mit dir über die Arbeit zu sprechen.«

Alexander sprang auf und versteckte flink etwas in der Hand.

»Steck es weg, versteck dein Geheimnis!« rief Pjotr Iwanytsch. »Ich drehe mich um. Nun, ist es weg? Und was ist da herausgefallen? Was ist denn das?«

»Nichts, lieber Onkel«, setzte Alexander zum Sprechen an, verstummte aber gleich wieder verlegen.

»Es sieht aus wie Haare. Das ist wahrhaftig nichts! Habe ich schon das eine gesehen, so zeige auch, was du in der Hand versteckt hältst.«

Wie ein ertappter Schuljunge öffnete Alexander unwillkürlich die Hand und wies einen Ring vor.

»Was ist das? Woher hast du den?« fragte Pjotr Iwanytsch.

»Es sind materielle Zeichen... immaterieller Beziehungen, lieber Onkel...«

»Was? Was? Gib die Zeichen mal her.«

»Es sind Pfänder...«

»Du hast sie wahrscheinlich vom Land mitgebracht?«

»Von Sofja, lieber Onkel, als Andenken... beim Abschied...«

»Tatsächlich. Und das hast du tausendfünfhundert Werst mitgenommen?«

Der Onkel schüttelte den Kopf.

»Hättest du lieber noch einen Beutel getrockneter Himbeeren mitgebracht; die konnte man wenigstens verkaufen. Aber diese Pfänder...«

Er betrachtete bald das Haar, bald das Ringlein. An dem Haar roch er, das Ringlein wog er auf der Hand. Dann nahm er ein Blatt Papier vom Tisch, wickelte beide Dinge ein, knüllte alles zu einem Knäuel zusammen und – flugs, zum Fenster hinaus.

»Onkelchen!« schrie Alexander außer sich und packte seinen Arm. Zu spät: Das Knäuel flog über die äußerste Ecke des Nachbardaches, fiel hinab zum Kanal, prallte auf dem Rand einer mit Ziegeln beladenen Barke ab und sprang ins Wasser.

Alexander sah seinen Onkel schweigend mit dem Ausdruck bitteren Vorwurfs an.

»Onkelchen!« wiederholte er.

»Was?«

»Wie soll ich Ihr Vorgehen nennen?«

»Das Aus-dem-Fenster-in-den-Kanal-Werfen immaterieller Zeichen und alles anderen Trödels und Unsinns, den man nicht aufzubewahren braucht...«

»Unsinn, das Unsinn?«

»Was dachtest denn du? Die Hälfte deines Herzens... Ich komme wegen der Arbeit zu ihm, und womit beschäftigt er sich? Sitzt da und grübelt über solchem Trödel!«

»Hindert das denn an der Arbeit, lieber Onkel?«

»Sehr. Die Zeit vergeht, und du hast mir bis jetzt noch nicht einmal deine Absichten eröffnet. Ob du in den Staatsdienst eintreten willst oder eine andere Beschäftigung erwählt hast – kein Wort! Und das alles, weil du Sofja und ihre Zeichen im Sinn hast. Da schreibst du ihr wohl einen Brief, ja?«

»Ja... Ich habe angefangen...«

»Und hast du an deine Mutter geschrieben?«

»Noch nicht, ich wollte morgen.«

»Warum morgen? An die Mutter morgen, aber an Sofja, die du nach einem Monat vergessen haben mußt, heute...«

»Sofja? Wie kann ich sie vergessen?«

»Du mußt. Ich habe deine Pfänder nicht weggeworfen, damit du noch einen Monat unnötig an sie denkst. Du wärst imstande dazu. Ich erwies dir einen doppelten Dienst. Die Zeichen würden dich an eine Dummheit erinnern, die dich in einigen Jahren erröten machen würde.«

»Erröten bei so einer reinen, heiligen Erinnerung? Das hieße, die Poesie verkennen...«

»Was für Poesie kann in etwas Törichtem stecken? Solche

Poesie enthält zum Beispiel der Brief deiner Tante! Die gelbe Blume, der See, ein Geheimnis ... Als ich ihn las, wurde mir so schlecht, daß ich es gar nicht sagen kann! Beinahe wäre ich rot geworden, wenn ich mir das nicht schon lange abgewöhnt hätte!«

»Lieber Onkel, das ist schrecklich, schrecklich! Sie haben also nie geliebt?«

»Zeichen konnte ich nie leiden.«

»Was ist das für ein stumpfes Leben!« rief Alexander in starker Erregung. »Das ist ein Vegetieren, aber kein Leben! Vegetieren, *ohne Begeistern, ohne Liebe, ohne Tränen, ohne Leben überhaupt* ...«

»Und ohne Haare!« fügte der Onkel hinzu.

»Lieber Onkel, wie können Sie sich kaltblütig über etwas lustig machen, was das Beste auf Erden ist? Das ist ja ein Verbrechen ... Die Liebe ... Die heiligen Wallungen!«

»Ich kenne diese heilige Liebe: In deinem Alter braucht man nur eine Locke, einen Schuh, ein Strumpfband zu sehen, eine Hand zu berühren, und schon überläuft einen die heilige, erhabene Liebe vom Kopf bis zum Fuß. Und läßt man ihr freien Lauf, dann ... Diese Liebe liegt leider noch vor dir, der entgehst du auf gar keinen Fall. Aber die Pflicht läuft dir davon, wenn du dich nicht endlich damit befaßt.«

»Ist denn die Liebe keine Pflicht?«

»Nein, eine angenehme Zerstreuung, der man sich aber nicht zu sehr hingeben soll, sonst wird Narretei daraus. Das ist es, was ich für dich fürchte.« Der Onkel schüttelte den Kopf.

»Ich habe vielleicht eine Stellung für dich. Du willst doch in den Staatsdienst eintreten?« fragte er.

»Ach, lieber Onkel, wie ich mich freue!«

Alexander stürzte auf seinen Onkel zu und küßte ihn auf die Wange.

»Hat doch Gelegenheit gefunden!« rief der Onkel, seine Wange abwischend. »Wie konnte ich das nicht voraussehen! Nun, so höre. Sag, was kannst du, wozu fühlst du dich befähigt?«

»Ich weiß Bescheid in der Gottesgelehrtheit, im bürgerlichen, Kriminal-, Natur- und Völkerrecht, in der Diplomatie, politischen Ökonomie, Philosophie, Ästhetik, Archäologie...«

»Halt ein, halt ein! Kannst du auch ordentlich russisch schreiben? Das ist vorerst das wichtigste.«

»Welche Frage, lieber Onkel! Ob ich russisch schreiben kann!« rief Alexander und eilte zu seiner Kommode, aus der er allerlei Papiere hervorzog. Der Onkel aber nahm indessen einen Brief vom Tisch und las ihn.

Alexander trat mit den Papieren zum Tisch und sah, daß der Onkel den Brief las. Die Papiere fielen ihm aus der Hand.

»Was lesen Sie da, lieber Onkel?« rief er erschrocken aus.

»Da lag ein Brief, an deinen Freund wahrscheinlich. Entschuldige, ich wollte nur sehen, wie du schreibst.«

»Und Sie haben ihn ganz gelesen?«

»Ja, fast, nur noch zwei Zeilen, ich bin gleich fertig. Aber was denn? Es sind doch keine Geheimnisse drin, sonst würde er nicht so herumliegen...«

»Was denken Sie jetzt bloß von mir?«

»Ich denke, daß du ordentlich schreibst, richtig, flüssig...«

»Also haben Sie doch nicht alles gelesen?« fragte Alexander lebhaft.

»Doch, mir scheint, alles«, erklärte Pjotr Iwanytsch, indem er beide Seiten überflog. »Zuerst beschreibst du Petersburg, deine Eindrücke, und dann mich.«

»Mein Gott!« rief Alexander, das Gesicht mit den Händen bedeckend.

»Was hast du? Was ist dir?«

»Und Sie sagen das so ruhig? Sie zürnen nicht, hassen mich nicht?«

»Nein! Warum sollte ich böse sein?«

»Sagen Sie das noch einmal, beruhigen Sie mich.«

»Nein, nein, nein.«

»Ich kann es immer noch nicht glauben. Beweisen Sie es mir, Onkelchen...«

»Womit?«

»Umarmen Sie mich.«

»Entschuldige, das kann ich nicht.«

»Warum nicht?«

»Weil das unvernünftig, das heißt sinnlos wäre, oder, um in der Sprache deines Professors zu reden, weil mein Bewußtsein mich nicht dazu treibt. Ja, wenn du eine Frau wärst, das wäre etwas anderes. Dann geschieht das ohne Sinn, aus einem anderen Beweggrund.«

»Das Gefühl verlangt nach Offenbarung, lieber Onkel, fordert, daß es ausbrechen, daß es sich ergießen kann...«

»Bei mir verlangt es nichts und fordert es nichts, und wenn es etwas verlangte, würde ich es im Zaume halten, und das rate ich dir auch.«

»Warum?«

»Damit du nicht zu erröten brauchst, wenn du dir den Menschen, den du umarmt hast, hinterher näher besiehst.«

»Kann es nicht vorkommen, lieber Onkel, daß man einen Menschen von sich stößt und es später bereut?«

»Das kommt vor. Deshalb stoße ich nie jemanden von mir.«

»Sie stoßen auch mich nicht von sich wegen meines Vergehens, nennen mich nicht ein Ungeheuer?«

»Wer Unsinn schreibt, ist gleich ein Ungeheuer in deinen Augen. Da gäbe es Ungeheuer wie Sand am Meer.«

»Aber so bittere Wahrheiten über sich zu lesen, und von wem? Vom leiblichen Neffen!«

»Du bildest dir ein, du hast die Wahrheit geschrieben?«

»Oh, Onkelchen. Natürlich hab' ich mich geirrt. Ich werde es ändern. Verzeihen Sie...«

»Willst du, daß ich dir die Wahrheit diktiere?«

»Haben Sie die Güte.«

»Setz dich und schreib.«

Alexander holte ein Blatt Papier hervor und nahm die Feder zur Hand. Pjotr Iwanytsch aber diktierte, den Brief vor Augen: »Lieber Freund! – Hast du das?«

»Ja.«

»Petersburg und meine Eindrücke von dieser Stadt werde ich Dir nicht schildern.«

»Nicht schildern«, wiederholte Alexander, als er die Worte geschrieben hatte.

»Petersburg wurde schon oft beschrieben, und was noch nicht beschrieben ist, das muß man selber sehen. Meine Eindrücke nützen Dir gar nichts. Es hat keinen Zweck, Zeit und Papier darauf zu verschwenden. Ich will Dir lieber meinen Onkel beschreiben, weil das mich persönlich betrifft.«

»Meinen Onkel«, wiederholte Alexander.

»Nun, du schreibst hier, ich sei sehr gut und klug. Vielleicht stimmt das, vielleicht nicht. Nehmen wir lieber die Mitte. Schreib: Mein Onkel ist weder dumm noch schlecht. Mir wünscht er Gutes...«

»Onkelchen! Ich fühle es und weiß es zu schätzen...«, rief Alexander und reckte sich, um seinen Onkel zu küssen.

»Obwohl er sich mir nicht an den Hals hängt«, fuhr Pjotr Iwanytsch in seinem Diktat fort. Alexander setzte sich wieder auf seinen Platz, ohne den Onkel erreicht zu haben.

»Er wünscht mir Gutes, weil er keine Veranlassung hat, mir Schlechtes zu wünschen, und weil meine Mutter, die ihm einst Gutes erwies, für mich gebeten hat. Er sagt, er liebe mich nicht, und das hat seinen guten Grund: In zwei Wochen kann man niemanden liebgewinnen. Auch ich liebe ihn noch nicht, obwohl ich ihm das Gegenteil versichere.«

»Wie kann ich das schreiben?« rief Alexander.

»Schreib, schreib: Aber wir fangen an, uns aneinander zu gewöhnen. Er sagt sogar, man könne ganz ohne Liebe auskommen. Er sitzt nicht vom Morgen bis zum Abend Arm in Arm mit mir beisammen, weil das völlig unnötig ist und er auch keine Zeit dazu hat. – Ein Feind inniger Herzensergüsse, das kann bleiben, das ist gut. Hast du alles?«

»Ja.«

»Nun, was steht hier noch? Prosaischer Geist, Dämon... Schreib:«

Während Alexander schrieb, nahm Pjotr Iwanytsch ein Blatt Papier vom Tisch, rollte es zusammen, zündete es an und brannte seine Zigarre daran an. Dann warf er das Papier auf den Boden und zertrat es.

»Mein Onkel ist kein Dämon und auch kein Engel, sondern ein Mensch wie alle andern auch«, diktierte er, »nur uns beiden unähnlich. Sein Denken und Fühlen ist dem Irdischen verbunden, er meint, da wir auf der Erde leben, brauchten wir uns nicht in den Himmel zu erheben, wo wir zur Zeit noch nicht willkommen sind. Wir sollten uns vielmehr den Pflichten widmen, zu denen wir Menschen berufen sind. Deshalb macht er sich mit allem Irdischen vertraut, unter anderem mit dem Leben, wie es tatsächlich ist und nicht, wie wir es uns wünschen. Er glaubt an das Gute wie an das Böse, an das Schöne wie an das Häßliche. Auch an Liebe und Freundschaft glaubt er, meint aber nicht, daß sie vom Himmel in den Schmutz gefallen sind, sondern denkt, sie wurden mit den Menschen und für die Menschen geschaffen, man müsse sie auch so verstehen und überhaupt die Dinge aufmerksam und von der richtigen Seite betrachten, und man dürfe nicht zu hoch hinaus Gott weiß wohin streben. Unter ehrlichen Menschen räumt er die Möglichkeit der Zuneigung ein, die sich durch häufigen Umgang und Gewohnheit in Freundschaft verwandelt. Aber er meint auch, bei einer Trennung verliere die Gewohnheit die Macht, und die Menschen vergäßen einander, was ganz und gar kein Verbrechen sei. Deshalb ist er überzeugt, daß ich Dich vergessen werde und Du mich. Das erscheint mir und wahrscheinlich auch Dir seltsam, aber er rät, daß wir uns an den Gedanken gewöhnen, damit wir nicht beide zu Narren werden. Von der Liebe hat er dieselbe Meinung, mit kleinen Abweichungen. Er glaubt nicht an unwandelbare, ewige Liebe, wie er nicht an Geister glaubt, und er rät uns, auch nicht daran zu glauben. Im übrigen rät er mir, möglichst wenig daran zu denken, und ich gebe den Rat an Dich weiter. Er sagt, das komme von selber, ohne daß man es will. Das Leben bestände nicht nur aus Liebe, sagt er. Wie alles andere habe sie ihre Zeit. Es sei töricht, das ganze Leben nur von Liebe zu träumen. Wer nur die Liebe sucht und keine Minute ohne sie auskommen kann, lebt mit dem Herzen und mit noch Schlimmerem auf Kosten des Verstandes. Der Onkel arbeitet gern, und das rät er auch mir, und ich rate es Dir: Wir gehören zu einer Gesellschaft, sagt er, die uns braucht. Über der Arbeit vergißt er sich selbst nicht. Die Arbeit bringt Geld, und das Geld verschafft den Komfort, den er liebt. Überdies verfolgt er gewisse Absichten, denen zufolge ich wahrscheinlich nicht sein Erbe sein werde. Mein Onkel denkt nicht nur an den Dienst und an seine Fabrik, er kennt nicht nur Puschkin auswendig...«

»Sie, lieber Onkel?« rief Alexander erstaunt.

»Ja, irgendwann wirst du dich davon überzeugen. Schreib: Er liest in zwei Sprachen alles Wichtige, was auf allen Wissensgebieten erscheint, liebt die Kunst, besitzt eine herrliche Sammlung von Gemälden aus der flämischen Schule – die entspricht seinem Geschmack –, geht oft ins Theater, aber er rennt nicht hin und her, wirft sich nicht herum, ruft nicht ach und oh, weil er meint, das sei kindisch, man müsse sich beherrschen, niemandem seine Empfindungen aufdrängen, weil niemand danach verlangt. Er redet kein seltsames Zeug, was er auch mir rät wie ich Dir. Leb wohl, schreib nicht zu oft, und vergeude nicht die Zeit. Dein Freund soundso. Und dann den Tag und den Monat.«

»Wie kann ich so einen Brief abschicken?« sagte Alexander. »›Schreib nicht zu oft‹ einem Manne zu schreiben, der hundertundsechzig Werst zurückgelegt hat, nur um mir zum letzten Mal Lebewohl zu sagen! ›Ich rate dir dies und das und jenes‹... Er ist nicht dümmer als ich, war zweiter Kandidat.«

»Wenn es auch nicht notwendig ist, schick ihn trotzdem so ab. Vielleicht wird er noch klüger davon. Das bringt ihn auf allerlei neue Gedanken; denn ihr habt wohl das Studium an der Universität abgeschlossen, die Schule aber hat für euch erst begonnen.«

»Ich kann mich nicht dazu entschließen, lieber Onkel...«

»Ich mische mich nie in fremde Angelegenheiten. Aber du selber hast mich gebeten, ich solle etwas für dich tun. Ich bemühe mich, dich auf den richtigen Weg zu führen und dir den ersten Schritt zu erleichtern, du aber sperrst dich dagegen. Nun, wie du willst. Ich sage nur meine Meinung, zwingen werde ich dich nicht; ich bin nicht deine Kinderfrau.«

»Entschuldigen Sie, lieber Onkel, ich bin bereit zu gehorchen«, erklärte Alexander und versiegelte rasch den Brief.

Als er den einen versiegelt hatte, suchte er den zweiten, den an Sofja. Er sah auf dem Tisch nach – nichts, unter dem Tisch – auch nichts, im Tischkasten – nicht zu finden.

»Suchst du etwas?« fragte sein Onkel.

»Ich suche den andern Brief, den an Sofja.«

Auch der Onkel suchte mit.

»Wo ist er nur?« meinte er. »Ich habe ihn wirklich nicht aus dem Fenster geworfen...«

»Onkelchen! Was haben Sie getan? Sie haben damit Ihre Zigarre angebrannt!« rief Alexander bekümmert und hob die verkohlten Reste des Briefes auf.

»Wirklich?« verwunderte sich der Onkel. »Wie konnte ich? Habe es gar nicht bemerkt. Ei schau, so eine Kostbarkeit hab ich verbrannt... Doch, weißt du was? Einerseits ist es gut...«

»Ach Onkelchen, bei Gott, es ist in keiner Hinsicht gut«, bemerkte Alexander verzweifelt.

»Doch, es ist gut: mit der heutigen Post kannst du ihr nicht mehr schreiben, bis zur nächsten Post aber hast du dich wahrscheinlich schon anders besonnen, beschäftigst dich mit deinem Dienst, hast etwas anderes im Sinn, und auf diese Weise begehst du eine Dummheit weniger.«

»Aber was wird sie von mir denken?«

»Nun, was sie will. Ich meine sogar, auch für sie ist es gut so. Du willst sie doch nicht heiraten? Sie denkt, du hast sie vergessen, vergißt dich auch und wird weniger erröten, wenn sie ihrem zukünftigen Bräutigam beteuert, sie habe keinen geliebt außer ihm.«

»Sie sind ein erstaunlicher Mensch, lieber Onkel! Für Sie gibt es nichts Beständiges, nicht die Heiligkeit von Versprechen. Das Leben ist so schön, so voll Reiz und Wonne. Es ist wie ein ruhiger, herrlicher See...«

»Auf dem gelbe Blumen wachsen, nicht wahr?« unterbrach ihn der Onkel.

»Wie ein See«, fuhr Alexander fort. »Es ist voll des Rätselhaften, Verlockenden, das so viel in sich birgt...«

»Schlamm, mein Lieber.«

»Warum schöpfen Sie den Schlamm, lieber Onkel, warum zerstören Sie alle Freuden, Hoffnungen, alles Gute...? Warum sehen Sie alles von der schlechten Seite an?«

»Ich sehe es, wie es wirklich ist, und das rate ich dir auch. Dann wirst du nicht zum Narren. Mit deinen Anschauungen ist das Leben nur dort, in der Provinz, gut, wo man's nicht kennt. Dort leben auch keine Menschen, sondern Engel. Sajesshalow ist ein Heiliger, deine Tante eine erhabene, empfindsame Seele, Sofja, nehme ich an, eine ebensolche Närrin, und dann noch...«

»Sprechen Sie zu Ende, Onkelchen!« rief Alexander außer sich.

»Und dann noch solche Träumer wie du. Sie recken die Nase in den Wind, ob es nicht von irgendwo nach unwandelbarer Freundschaft und Liebe riecht. Zum hundertsten Male sage ich dir: Du bist vergebens hergekommen!«

»Sie wird ihrem Bräutigam beteuern, sie habe keinen je geliebt!« sprach Alexander, mehr zu sich.

»Du bist immer noch dabei!«

»Nein, ich bin überzeugt, sie wird ihm offen, mit edler Aufrichtigkeit meine Briefe übergeben und...«

»Und die Zeichen«, ergänzte Pjotr Iwanytsch.

»Ja, und die Pfänder unserer Verbindung und wird sagen: ›Hier, das ist er, der zuerst an die Saiten meines Herzens gerührt, er, bei dessen Namen sie das erste Mal klangen...‹«

Die Brauen des Onkels hoben sich, und seine Augen weiteten sich. Alexander verstummte.

»Warum spielst du nicht weiter auf deinen Saiten? Nun, mein Lieber, deine Sofja wäre wahrhaftig töricht, wenn sie solche Streiche machte. Ich hoffe, sie hat eine Mutter oder einen anderen Menschen, der sie davon abhält.«

»Sie erachten es für richtig, lieber Onkel, diesen heiligsten Aufschwung der Seele, diesen edlen Erguß des Herzens Torheit zu nennen? Was soll ich von Ihnen denken?«

»Was dir beliebt. Sie nötigt ihren Bräutigam, Gott weiß was zu argwöhnen. Am Ende kommt die Heirat nicht zustande, und weshalb? Weil ihr zusammen gelbe Blumen gepflückt habt. Nein, so etwas tut man nicht. Nun, russisch kannst du also schreiben – morgen fahren wir ins Departement. Ich habe schon mit einem früheren Kollegen, einem Abteilungsleiter, von dir gesprochen. Er sagte, eine Stelle sei frei. Wir dürfen keine Zeit verlieren. Was für einen Packen hast du da vorgeholt?«

»Meine Nachschriften von der Universität. Da, wenn Sie ein paar Seiten aus der Vorlesung von Iwan Semjonytsch über die Kunst der Griechen lesen wollen...«

Er blätterte schon geschäftig in den Seiten.

»Ach, tu mir den Gefallen, verschone mich damit!« bat stirnrunzelnd Pjotr Iwanytsch. »Und was ist das?«

»Das sind meine Abhandlungen. Ich möchte sie meinem Chef zeigen. Das hier insbesondere ist ein Projekt, das ich ausgearbeitet habe...«

»Ah, eines von den Projekten, die schon vor tausend Jahren ausgeführt wurden oder nie ausgeführt werden können noch ausgeführt zu werden brauchen.«

»Was denken Sie, lieber Onkel! Das Projekt ist einer bedeutenden Persönlichkeit vorgelegt worden, einem Freund der Aufklärung. Dafür hat er mich einmal mit dem Rektor zum Mittagessen geladen. Hier ist der Anfang eines weiteren Projekts.«

»Iß zweimal bei mir zu Mittag, nur führe das zweite Projekt nicht zu Ende.«

»Warum nicht?«

»Nun, etwas Brauchbares schreibst du noch nicht, aber die Zeit vergeht dabei.«

»Wie! Nachdem ich die Vorlesungen besucht habe...?«

»Zuzeiten werden sie dir nützen, jetzt aber achte auf das, lies, lerne und tue das, was man von dir verlangt.«

»Aber wie soll mein Chef meine Fähigkeiten kennenlernen?«

»Er wird sie im Augenblick erkennen. Er ist ein Meister der Menschenkenntnis. Was für einen Posten möchtest du denn haben?«

»Ich weiß nicht, Onkelchen...«

»Es gibt Minister«, erklärte Pjotr Iwanytsch, »ihre Gehilfen, Direktoren, Vizedirektoren, Abteilungsleiter, Kanzleivorsteher, ihre Gehilfen, Beamte für besondere Angelegenheiten – was willst du noch?«

Alexander dachte nach. Er geriet in Verwirrung und wußte nicht, welchen Posten er wählen sollte.

»Nun, fürs erste wäre der Posten eines Kanzleivorstehers nicht schlecht«, meinte er.

»Ja, der wäre nicht schlecht!« wiederholte Pjotr Iwanytsch.

»Ich würde mir ein Bild von der Arbeit verschaffen, lieber Onkel, und so könnte ich nach zwei Monaten Abteilungsleiter werden...«

Der Onkel spitzte die Ohren.

»Natürlich, natürlich!« spottete er. »Nach weiteren drei Monaten Direktor und nach einem Jahr Minister. So stellst du es dir vor, nicht wahr?«

Alexander errötete und schwieg.

»Der Abteilungsleiter hat Ihnen wahrscheinlich gesagt, was für ein Posten frei ist?« fragte er dann.

»Nein«, antwortete der Onkel, »das hat er nicht. Aber wir verlassen uns am besten auf ihn. Du siehst, daß uns die Wahl schwerfällt. Er aber weiß schon, wozu er dich bestimmt. Sage ihm nichts von deinen Schwierigkeiten bezüglich der Wahl und auch von deinen Projekten kein Wort. Am Ende wäre er beleidigt, weil wir ihm nicht vertrauen, und schüchtert dich mit der Dienstordnung ein. Er ist ziemlich streng. Ich würde dir auch nicht raten, den hiesigen Schönen von *materiellen Zeichen* zu sprechen; sie verstehen das nicht. Wie sollten sie auch! Das ist zu hoch für sie. Selbst ich habe es nur mit Mühe begriffen, sie aber verziehen bestimmt das Gesicht.«

Solange der Onkel sprach, drehte Alexander eine Rolle in den Händen.

»Was hast du da noch?«

Alexander hatte ungeduldig auf die Frage gewartet.

»Das sind – ich wollte sie Ihnen schon lange zeigen – meine Gedichte. Sie haben sich einmal dafür interessiert...«

»Woran ich mich nicht erinnere. Mir scheint, daß ich mich nicht dafür interessierte.«

69

»Sehen Sie, lieber Onkel, ich denke, der Dienst ist eine trockene Beschäftigung, an der die Seele nicht teilnimmt. Die Seele aber dürstet danach, sich zu offenbaren, die Fülle an Gefühlen und Gedanken, von denen sie überfließt, mit Nahestehenden zu teilen...«

»Nun und?« fragte ungeduldig der Onkel.

»Ich fühle mich zu schöpferischer Arbeit berufen...«

»Das heißt, du willst dich außer mit deinem Dienst mit etwas anderem befassen. So lautet es wohl übersetzt? Nun, das ist sehr lobenswert. Womit denn? Mit Schriftstellerei?«

»Ja, lieber Onkel. Ich wollte Sie fragen, ob Sie nicht Gelegenheit haben, etwas unterzubringen...«

»Bist du überzeugt, daß du Talent hast? Ohne das bist du nur ein Tagelöhner der Kunst. Was ist das schon? Talent, das ist was anderes: du kannst richtig arbeiten, viel Schönes schaffen, und außerdem ist es ein Kapital, ist deine hundert Seelen wert.«

»Sie messen auch das mit Geld?«

»Womit soll ich es denn messen? Je mehr man dich liest, um so mehr Geld zahlt man dir.«

»Und der Ruhm, der Ruhm? Das ist der wahre Lohn des Sängers.«

»Er ist es müde, sich ewig mit Sängern abzugeben. Es sind zu viele, die ihn beanspruchen. Das war früher, daß der Ruhm wie ein Weib hinter einem jeden her war. Jetzt aber, hast du es nicht bemerkt? Entweder gibt es gar keinen Ruhm mehr, oder er hält sich versteckt – ja! Einer kann bekannt sein, aber von Ruhm hört man nichts mehr. Oder er tritt jetzt in anderer Gestalt auf: wer besser schreibt, bekommt mehr Geld, wer schlechter schreibt, darf es nicht übelnehmen. Dafür kann heutzutage ein anständiger Schriftsteller auch anständig leben. Er friert nicht und stirbt nicht vor Hunger in einer Bodenkammer, obwohl man nicht auf der Straße hinter ihm herläuft und nicht mit Fingern auf ihn weist wie auf einen Hanswurst. Man hat begriffen, daß der Dichter kein Himmelsbewohner, sondern ein Mensch ist, daß er ebenso wie andere sieht, geht, denkt und Dummheiten macht. Was gibt es denn an ihm zu sehen?«

»Wie andere! Was denken Sie, lieber Onkel! Wie kann man so etwas sagen! Dem Dichter ist ein eigenes Siegel aufgedrückt, in ihm verbergen sich höhere Kräfte.«

»Wie in manchem anderen auch, im Mathematiker, Uhrmacher und in unseresgleichen, dem Fabrikbesitzer. Newton, Gutenberg, Watt waren ebenso mit einer höheren Kraft begabt wie Shakespeare, Dante und andere. Wenn ich unseren Pargolowsker Ton durch irgendein Verfahren dahin bringe, daß aus ihm Porzellan entsteht, besser als das sächsische oder das von Sèvres, meinst du, es würde keine höhere Kraft darin liegen?«

»Sie verwechseln Kunst mit Handwerk, lieber Onkel.«

»Gott behüte! Kunst ist etwas für sich, und Handwerk ist etwas für sich. Schöpfertum aber kann sich in dem einen wie in dem anderen äußern, wie es dem einen oder dem anderen fehlen kann. Ist es nicht vorhanden, nennt man den Handwerker noch Handwerker, aber nicht Schöpfer; ein Dichter ohne Schöpfertum aber ist kein Dichter, sondern Schriftsteller... Hat man euch das auf der Universität nicht gelehrt? Wozu habt ihr dann studiert?«

Den Onkel ärgerte es schon, daß er sich in Erklärungen über etwas eingelassen hatte, das er für eine dieser Binsenwahrheiten hielt.

›Das kommt innigen Herzensergüssen gleich‹, dachte er. »Zeig mal her, was hast du da?« sagte er dann. »Gedichte!«

Der Onkel nahm die Rolle und las die erste Seite:

> »Woher schweben Kummer und Schmerz
> unversehens wie Wolken herbei,
> entzweien mit dem Leben das Herz...

Gib mir mal Feuer, Alexander.«

Er zündete sich eine Zigarre an und las weiter:

> »und bringen ihm nutzlose Wünsche bei?
> Warum stürzt plötzlich auf die Seele
> ein schwerer Traum, gewittergleich,
> so daß es bange in ihr schwelet,
> ob neues Unglück sie erreicht?

In den ersten vier Versen ist dasselbe gesagt und das Pulver verschossen«, bemerkte Pjotr Iwanytsch und fuhr dann fort:

> »Wer rät, warum die kalten Tränen
> dann auf der bleichen Stirne stehn...

Wie ist das möglich, auf der Stirne steht Schweiß, aber Tränen – das hab ich noch nicht gesehen.

> Was, wird der Mensch dann sicher wähnen,
> wird wohl mit ihm vonstatten gehn?
> Dann wird der fernen Himmel Schweigen
> sich fürchterlich und schrecklich zeigen.

›Fürchterlich und schrecklich‹ – ein und dasselbe!

> Ich blicke gen Himmel: Der Mond segelt dort...

Der Mond ist unerläßlich, ohne ihn geht es nicht! Wenn nun noch *Baum* und *Traum* kommt, dann bist du verloren; ich sage mich von dir los!

> Ich blicke gen Himmel: Der Mond segelt dort
> lautlos vom einen zum anderen Ort,
> und wie mich dünkt, verhüllet er
> ein schlimmes Geheimnis von alters her.

Nicht schlecht! Gib mir noch mal Feuer... Die Zigarre ist ausgegangen. Wo war ich – ja!

> Im Äther zittern mit flimmerndem Schein
> die Sterne, sie scheinen sich einig zu sein,
> daß sie ihr arglistig' Schweigen bewahren
> und sich versteckend zusammenscharen.
> So droht stets Unheil in der Welt,
> überall ist Böses bereitgestellt.
> Die Sorglosigkeit, in der man uns wiegt,
> ist nur zum Schein; und der Schein, der trügt.
> Die Schwermut kann man auch nicht fassen...«

Der Onkel gähnte herzhaft und fuhr dann fort:

>>denn, ohne Spuren zu hinterlassen,
geht sie vorbei und eilt davon.
Es ist, wie wenn vom Steppenwind
die Fährten des Wilds im Sand verwischt sind.

Nun, das Wild hier ist nicht schlecht! Warum denn der Strich? Aha! Erst war von der Schwermut die Rede, jetzt von der Freude...<<

Und er las schnell weiter, mehr für sich:

>>Doch bisweilen kann es sein,
ein guter Geist zieht in uns ein.
Gewaltsam, wie sich ein Strom ergießt,
ins Herz dann lebhaft' Entzücken fließt,
und unsere Brust erbebet süß...

und so weiter. Weder gut noch schlecht!<< sagte er und hörte auf zu lesen. >>Doch haben andere noch schlechter angefangen. Versuche es, schreib, beschäftige dich damit, wenn du Lust hast. Vielleicht zeigt sich Talent, dann wäre es was anderes.<<

Alexander war betrübt. Er hatte ein völlig anderes Urteil erwartet. Es tröstete ihn etwas, daß er den Onkel für einen kalten, fast herzlosen Menschen hielt.

>>Hier ist eine Übersetzung aus Schiller<<, sagte er.

>>Genug, ich sehe schon. Du kennst also auch Sprachen?<<

>>Französisch, Deutsch und etwas Englisch.<<

>>Ich gratuliere dir, das hättest du gleich sagen sollen. Aus dir kann man viel machen. Vorhin hast du mir von politischer Ökonomie, Philosophie, Archäologie und Gott weiß wovon erzählt, von der Hauptsache aber kein Wort. Bescheidenheit. Ich werde sofort eine schriftstellerische Tätigkeit für dich suchen.<<

>>Wirklich, lieber Onkel? Sie verpflichten mich unendlich! Lassen Sie sich umarmen.<<

>>Warte, bis es soweit ist.<<

>>Wollen Sie nicht meinem zukünftigen Chef etwas aus

meinen Werken zeigen, um ihm eine Vorstellung davon zu geben?«

»Nein, ist nicht nötig. Sollte es erforderlich sein, so zeig sie ihm selber. Doch wird es wohl gar nicht nötig sein. Schenkst du mir deine Projekte und Werke?«

»Schenken? Bitte sehr, lieber Onkel!« rief Alexander, von dem Verlangen seines Onkels geschmeichelt. »Wenn es Ihnen genehm ist, stelle ich ein Verzeichnis aller Aufsätze in chronologischer Ordnung auf.«

»Nein, nicht nötig. Danke für das Geschenk. Jewsej! Schaff die Papiere zu Wassili.«

»Warum denn zu Wassili? Doch in Ihr Arbeitszimmer.«

»Er bat mich um Papier zum Tapezieren...«

»Wie, lieber Onkel?« fragte Alexander erschrocken und entriß ihm den Packen.

»Du hast es mir doch geschenkt; was kümmert es dich, wozu ich dein Geschenk verwende?«

»Sie schonen nichts, nichts!« stöhnte Alexander verzweifelt und preßte die Papiere mit beiden Händen an die Brust.

»Alexander, hör auf mich«, sagte der Onkel, ihm die Papiere entreißend. »Du brauchst später nicht zu erröten und wirst mir noch dankbar sein.«

Alexander ließ die Papiere los.

»Na also, schaff sie fort, Jewsej«, befahl Pjotr Iwanytsch. »So, jetzt ist es in deinem Zimmer sauber und schön. Keine Dummheiten mehr. Jetzt hängt es von dir ab, ob du es mit Unrat anfüllst oder mit etwas Vernünftigem. Jetzt wollen wir in die Fabrik fahren, um uns dort die Beine zu vertreten, auf andere Gedanken zu kommen, frische Luft zu atmen und zu sehen, wie man arbeitet.«

Am nächsten Morgen brachte Pjotr Iwanytsch seinen Neffen ins Departement, und während er sich mit seinem Freund, dem Abteilungsleiter, unterhielt, sah Alexander sich in dieser ihm neuen Welt um. Er träumte noch immer von Projekten und zerbrach sich den Kopf, was für eine Staatsfrage ihm zur Lösung übertragen werden würde. Währenddessen stand er herum und betrachtete alles.

›Wie die Fabrik des Onkels!‹ stellte er schließlich fest.

›Dort nimmt ein Meister einen Klumpen von der Porzellanmasse, wirft ihn in die Maschine, dreht ihn ein-, zwei-, dreimal, und sieh, es kommt ein konusförmiges, ovales oder halbkugelförmiges Gebilde heraus. Das übergibt er einem andern, der trocknet es im Ofen, ein dritter vergoldet, ein vierter bemalt es, und so entsteht eine Tasse, eine Vase oder ein Schälchen. Und hier: Ein Bittsteller kommt von der Straße herein und überreicht ein Papier, gebückt und mit kläglichem Lächeln. Der Meister nimmt es, berührt es leicht mit der Feder und übergibt es dem nächsten. Jener wirft es in die Masse von tausend anderen Papieren, aber es geht darin nicht unter. Mit Nummer und Datum versehen, läuft es unbeschadet durch zwanzig Hände, vermehrt sich, bringt ähnliche Papiere hervor. Ein dritter nimmt es und geht zum Schrank, schaut in ein Buch oder ein anderes Papier, sagt dem vierten einige magische Worte, und die Feder von jenem hebt an zu kritzeln. Wenn er ein Weilchen gekritzelt hat, übergibt er die Mutter mit einem Kind einem fünften. Nun kritzelt dessen Feder, und wieder wird eine Frucht geboren. Der fünfte putzt sie hübsch heraus und reicht sie weiter. Und so wandert das Papier und wandert und geht niemals verloren. Seine Erzeuger sterben, es selber aber lebt in alle Ewigkeit fort. Wenn es schon vom Staub der Jahrhunderte bedeckt ist, stöbert man es immer noch auf und zieht es zu Rate. Und jeden Tag, jede Stunde, heute und morgen und in alle Ewigkeit arbeitet die Maschine der Bürokratie, gleichmäßig, ununterbrochen, ohne auszuruhen, als seien da keine Menschen am Werk, sondern nur Räder und Federn . . .

Wo ist der Geist, der diese Aktenfabrik belebt und bewegt?‹ dachte Alexander. ›In den Büchern, den Akten selber oder in den Köpfen der Menschen?‹

Und was für Gesichter sah er hier! Solche traf man nicht auf der Straße; unter Gottes freiem Himmel fand man sie nicht. Hier, so schien es, wurden sie geboren, wuchsen sie auf, verwuchsen mit ihrem Posten, hier würden sie auch sterben. Alexander betrachtete aufmerksam den Abteilungsleiter: ein wahrer Jupiter, ein Donnergott. Er öffnet den Mund, und schon eilt Merkur mit dem kupfernen Schild vor der Brust herbei. Er streckt die Hand aus mit einer Akte, und zehn Hände strecken sich ihm entgegen, um sie zu empfangen.

»Iwan Iwanytsch!« rief er.

Iwan Iwanytsch sprang hinter seinem Tisch auf, rannte zu Jupiter hin und blieb wie erstarrt vor ihm stehen. Alexander fühlte sich auch eingeschüchtert, ohne zu wissen, warum.

»Geben Sie mir eine Prise!«

Jener reichte ihm die offene Tabaksdose unterwürfig mit beiden Händen.

»Und prüfen Sie ihn!« befahl der Chef, auf Alexander zeigend.

›Der soll mich also prüfen‹, dachte Alexander, während er die Gestalt Iwan Iwanytschs, sein gelbes Gesicht und die durchgescheuerten Ellbogen betrachtete. ›Entscheidet etwa dieser Mensch auch Staatsprobleme?‹

»Haben Sie eine gute Hand?« fragte Iwan Iwanytsch.

»Eine Hand?«

»Ja doch, die Schrift. Haben Sie die Güte, das Papierchen abzuschreiben.«

Alexander wunderte sich über dieses Verlangen, doch kam er ihm nach. Als Iwan Iwanytsch sein Werk betrachtete, runzelte er die Stirn.

»Man schreibt schlecht«, meldete er dem Abteilungsleiter. Der sah sich das Papier an.

»Ja, das ist nicht schön. Ins reine kann er nicht schreiben. Nun, er mag zunächst Konzepte abschreiben, und dann, wenn er sich etwas eingewöhnt hat, wird er mit der Anlegung von Akten beschäftigt. Vielleicht taugt er dafür. Er hat ja auf der Universität studiert.«

Bald wurde auch Alexander eine Feder in der Maschine. Er schrieb, schrieb, schrieb ohne Ende und wunderte sich schon, daß man des Morgens auch etwas anderes tun konnte. Und wenn er an seine Projekte dachte, stieg ihm die Röte ins Gesicht.

›Lieber Onkel‹, dachte er, ›in einem hattest du schon recht, erbarmungslos recht. Etwa in allem andern auch? Habe ich mich wirklich getäuscht in meinem begeisterten, erhabenen Denken und in meinem heißen Glauben an die Liebe, die

Freundschaft... an die Menschen... und an mich selber? Was ist nur das Leben?‹

Er beugte sich über seine Akte, und seine Feder kratzte heftiger, an den Wimpern jedoch funkelten Tränen.

»Dir lächelt zweifellos das Glück«, sagte Pjotr Iwanytsch zu seinem Neffen. »Ich habe anfangs ein volles Jahr ohne Gehalt gedient, du aber bist mit einem Mal auf das höchste Gehalt gekommen. Es werden siebenhundertfünfzig Rubel und mit der Gratifikation tausend Rubel sein. Fabelhaft für den Anfang! Dein Abteilungsleiter lobt dich. Er sagt nur, du seist zerstreut; bald setzt du die Kommas nicht, bald vergißt du, das Rubrum auf die Akte zu schreiben. Bitte, gewöhn dir das ab. Die Hauptsache ist, daß du auf das achtest, was du vor Augen hast, und dich nicht dahin versteigst.«

Der Onkel zeigte nach oben. Von jener Zeit an gab er sich noch freundlicher gegen seinen Neffen.

»Onkelchen, mein Kanzleivorsteher ist ein prächtiger Mensch!« schwärmte Alexander eines Tages.

»Woher weißt du das?«

»Wir sind uns nahegekommen. Eine erhabene Seele, solch lautere, edle Denkungsart! Und der Gehilfe ebenso; das scheint ein Mensch mit festem Willen, mit eisernem Charakter zu sein.«

»Du bist ihnen schon nahegekommen?«

»Ja, gewiß.«

»Der Kanzleivorsteher hat dich wohl zu seinen Donnerstagen geladen?«

»Ach und ob, zu allen Donnerstagen. Er fühlt offenbar eine besondere Neigung zu mir.«

»Und der Gehilfe hat dich gebeten, ihm Geld zu leihen?«

»Ja, Onkelchen, eine Kleinigkeit... Ich habe ihm fünfundzwanzig Rubel gegeben, soviel ich bei mir hatte. Er bat mich um weitere fünfzig.«

»Hast es ihm schon gegeben! Ach!« rief der Onkel ärgerlich. »Daran bin zum Teil ich schuld, weil ich dich nicht gewarnt habe. Aber ich dachte nicht, daß du so naiv bist, nach einer Bekanntschaft von zwei Wochen Geld zu verlei-

77

hen. Da ist nichts zu machen; tragen wir das Unglück gemeinsam, zwölf und einen halben Rubel rechne mir an.«

»Warum, lieber Onkel? Er gibt's doch zurück.«

»Er denkt nicht daran! Ich kenne ihn. Hundert Rubel von mir sind bei ihm seit der Zeit verschwunden, da ich selber dort diente. Er nimmt von jedem. Wenn er dich wieder um etwas bittet, so sage ihm, er möchte an das denken, was er mir schuldet, dann gibt er es auf! Und zu dem Kanzleivorsteher geh nicht hin.«

»Warum denn nicht, lieber Onkel?«

»Er ist ein Kartenspieler. Setzt dich mit zwei Burschen zusammen, die mit ihm unter einer Decke stecken und dir nicht einen Groschen lassen.«

»Ein Kartenspieler!« rief Alexander erstaunt. »Ist das möglich? Mir scheint, er neigt zu innigen Herzensergüssen ...«

»Sage ihm so ganz nebenbei im Gespräch, daß ich all dein Geld verwahre, dann wirst du sehen, ob er zu innigen Herzensergüssen neigt und ob er dich noch einmal einlädt.«

Alexander war nachdenklich geworden. Sein Onkel schüttelte den Kopf.

»Und du dachtest, dort sitzen nur Engel um dich! *Innige Herzensergüsse, besondere Neigung!* Warum hast du nicht eher bedacht, ob nicht auch Schurken um dich sind? Du bist vergebens hierhergekommen!« sagte er. »Bestimmt, vergebens!«

Eines Morgens war Alexander gerade erwacht, als Jewsej ihm ein großes Paket mit einem Briefchen vom Onkel brachte.

›Endlich habe ich nun auch eine schriftstellerische Tätigkeit für dich gefunden‹, stand in dem Briefchen. ›Ich habe gestern einen bekannten Journalisten getroffen, er schickt dir eine Probearbeit.‹

Alexander zitterten die Hände vor Freude, als er das Paket entsiegelte. Drin war ein deutsches Manuskript.

»Was ist das? Prosa?« fragte er. »Wovon handelt es denn?«

Und er las, was mit Bleistift darüber stand: ›*Der Dünger*, ein Aufsatz für die Rubrik Landwirtschaft. Es wird gebeten, ihn möglichst schnell zu übersetzen.‹

Lange saß er in Gedanken versunken über dem Aufsatz, dann griff er langsam mit einem Seufzer nach seiner Feder und begann zu übersetzen. Nach zwei Tagen war der Aufsatz fertig, und er schickte ihn ab.

»Ausgezeichnet, ausgezeichnet!« lobte ihn nach einigen Tagen Pjotr Iwanytsch. »Der Redakteur ist höchst zufrieden, nur findet er, der Stil sei nicht sachlich genug. Nun, beim ersten Mal kann man nicht alles verlangen. Er will dich kennenlernen. Geh morgen zu ihm, gegen sieben Uhr abends. Dann hat er wieder einen Aufsatz bereit.«

»Über dasselbe Thema, lieber Onkel?«

»Nein, über etwas anderes. Er hat mir's gesagt, aber ich hab es vergessen... Ach ja: *Der Kartoffelsirup.* Offenbar bist du mit einer Glückshaube auf die Welt gekommen, Alexander. Ich beginne zu hoffen, daß aus dir etwas wird. Vielleicht frage ich bald nicht mehr, wozu du hergekommen bist. Noch ist kein Monat vergangen, und von allen Seiten strömt es dir zu. Dort tausend Rubel, und der Redakteur versprach im Monat hundert Rubel für vier Druckbogen. Das sind ja zweitausendzweihundert Rubel! Nein, so habe ich nicht angefangen!« sagte er und zog die Brauen leicht zusammen. »Schreib deiner Mutter, daß du Fuß gefaßt hast und wie. Ich werde ihr auch antworten, ihr schreiben, ich hätte für dich getan, was ich konnte, um des Guten willen, das sie mir einst erwies.«

»Mamachen wird Ihnen... sehr dankbar sein, lieber Onkel, und ich auch«, erklärte Alexander mit einem Seufzer, aber er stürzte nicht mehr auf seinen Onkel zu, um ihn zu umarmen.

III

Mehr als zwei Jahre waren vergangen. Wer hätte in dem jungen Mann im stutzerhaften Anzug und mit den feinen Manieren unseren Jüngling aus der Provinz wiedererkannt? Er hatte sich sehr verändert, war männlicher geworden. Die Weichheit der Linien seines Jünglingsgesichts, die Zartheit und Durchsichtigkeit der Haut, der Flaum am Kinn – das alles war verschwunden. Auch von der schüchternen Verlegenheit und den anmutig unbeholfenen Bewegungen war nichts zurückgeblieben. Seine Gesichtszüge waren gereift und ausdrucksvoll und verrieten Charakter. Die Lilien und Rosen waren einer leichten Bräune gewichen. An die Stelle des Flaums war ein kleiner Backenbart getreten. Sein leichter, unsicherer Schritt hatte sich in einen festen, gleichmäßigen Gang verwandelt. Die Stimme hatte einige Baßtöne gewonnen. Aus dem grob skizzierten Bild war ein vollendetes Porträt entstanden. Der Jüngling hatte sich in einen Mann verwandelt. In seinen Augen blitzten Selbstbewußtsein und Kühnheit, nicht jene Kühnheit, die man eine Werst weit hört, die alle frech ansieht und jedem Entgegenkommenden mit Gebärden und Blicken zu verstehen gibt: Paß auf, sieh dich vor, rühr mich nicht an, tritt mir nicht auf den Fuß; denn sonst – du verstehst? Wir machen kurzen Prozeß. Nein, der Ausdruck jener Kühnheit, von der ich spreche, stößt nicht ab, sondern nimmt für sich ein. Sie gibt sich in dem Streben nach Gutem, nach Erfolg zu erkennen, durch den Wunsch, die Hindernisse auf dem Wege zu nehmen. Der frühere Ausdruck von Schwärmerei auf Alexanders Gesicht war durch einen leichten Schatten von Nachdenklichkeit gemäßigt, dem ersten Zeichen des Mißtrauens, das sich in seine Seele schlich, vielleicht die einzige Folge der Lehren seines Onkels und der schonungslosen Analyse, der dieser alles unterzog, was Alexander vor Augen und ins Herz trat. Alexander hatte sich schließlich auch Takt angeeignet, das heißt die Fähigkeit, mit Menschen umzugehen. Er fiel nicht mehr jedem um den Hals, besonders seit der Zeit nicht mehr, da er an den Mann, der zu *innigen Herzensergüssen* neigte, zweimal alles im Spiel verloren, ungeachtet der Warnung des Onkels, und da der Mann mit dem festen Charakter und dem eisernen Willen ihm leihweise eine Menge Geld abgenommen hatte. Auch andere Menschen und Erlebnisse trugen zu seiner Wandlung viel bei. An dem einen Orte bemerkte er, wie man heimlich über seine jünglingshafte Begeisterung lachte und ihn einen Romantiker schimpfte. Anderswo hatte man seiner fast gar nicht geachtet, weil er für sie ni chaud ni froid war. Er gab keine Essen, hielt sich keinen Wagen, spielte nicht um hohe Summen. Anfangs blutete und schmerzte Alexanders Herz bei diesen Zusammenstößen seiner rosenfarbenen Träume mit der Wirklichkeit. Es kam ihm nicht in den Sinn, sich zu fragen: Was habe ich denn Großes geleistet, wodurch habe ich mich vor der Menge ausgezeichnet? Wo sind meine Verdienste, und weshalb sollte man mich besonders beachten? Vielmehr litt seine Eigenliebe gar sehr.

Dann kam er jedoch allmählich zu der Erkenntnis, daß es nicht nur Rosen im Leben gibt, sondern auch Dornen, die manchmal stechen, obwohl nicht so derb, wie der Onkel erzählte. Und so lernte er, sich zu beherrschen, äußerte das Drängen und Wallen seines Gefühls nicht mehr so oft und sprach weniger seltsames Zeug, zumindest Fremden gegenüber.

Doch war er, zum nicht geringen Kummer Pjotr Iwanytschs, noch immer weit entfernt davon, den simplen Ursprung all dessen, was die menschliche Seele erregt und erschüttert, kaltherzig bloßzulegen. Er wollte nichts davon hören, daß man alle Geheimnisse und Rätsel des Herzens in Klarheit überführen könne.

Jeden Morgen erteilte ihm Pjotr Iwanytsch regelrechten Unterricht. Alexander hörte zu, war betroffen oder verfiel in Gedanken, dann aber fuhr er zu einer Abendgesellschaft, und wenn er zurückkehrte, war er nicht mehr er selbst. Drei Tage lief er wie ein Verrückter umher, und des Onkels Theorie war zum Teufel. Der Zauber und der Dunst der Ballatmosphäre, das Dröhnen der Musik, die entblößten Schultern, das Feuer der Blicke, das Lächeln rosiger Lippen ließen ihn in der Nacht nicht schlafen. Er träumte bald von der Taille, die er berührt, bald von dem schmachtenden, langen Blick, den man ihm beim Abschied geschenkt, bald von dem feurigen Atem, unter dem er beim Walzer dahingeschmolzen, oder von dem Geflüster am Fenster unter dem Tosen der Mazurka, als die Augen funkelten und der Mund Gott weiß was sprach. Und sein Herz klopfte. Er umarmte krampfhaft zitternd sein Kissen und wälzte sich lange herum.

»Wo ist nur die Liebe? Oh, ich dürste nach Liebe, nach Liebe!« rief er. »Ob sie bald kommt? Wann nahen die herrlichen Augenblicke, wonnevolle Qualen, Zittern vor Seligkeit, Tränen...« und so weiter.

Am nächsten Tag erschien er bei seinem Onkel.

»Das war gestern eine Gesellschaft bei Saraiskis, lieber Onkel!« schwärmte er, in Erinnerungen an den Ball versunken.

»War es schön?«

»Oh, wundervoll!«

»Gab es ein ordentliches Essen?«

»Ich habe nichts gegessen.«

»Wieso? In deinem Alter nichts essen, wie ist das möglich? Ich sehe, du gewöhnst dich ernstlich an das hiesige Leben, sogar zu sehr. Was war denn so wundervoll? Die Toiletten, die Beleuchtung?«

»Jaa.«

»Und feine Leute?«

»O ja! Sehr feine. Die Augen, die Schultern!«

»Schultern? Von wem?«

»Sie fragten doch nach ihnen?«

»Nach wem?«

»Nun, nach den jungen Mädchen.«

»Nein, das tat ich nicht. Aber gleichviel, waren viele hübsche da?«

»Oh, sehr viele. Nur schade, daß sich alle gleichen. Was die eine in einem bestimmten Fall sagt und tut, das wiederholt die nächste wie eine auswendig gelernte Lektion. Eine war da..., die war den andern gar nicht ähnlich... Sonst aber findet man keine Selbständigkeit, keinen Charakter. Bewegungen, Blicke – immer dasselbe. Keinen eigenen Gedanken findet man, keinen Schimmer von Gefühl. Alles wird vom selben Lack bedeckt und beschönigt. Nichts, so scheint es, kann es zutage fördern. Bleibt es tatsächlich für immer verborgen und offenbart sich niemandem? Erstickt das Korsett wirklich auf ewig den Seufzer der Liebe und das Wehklagen des zerrissenen Herzens? Gewährt man dem Gefühl keine Freiheit?«

»Dem Ehemann wird alles offenbar. Wollten sie aber sonst so wie du laut ihre Meinung sagen, dann würden wohl viele in Ewigkeit als Jungfern sitzenbleiben. Es gibt solche Närrinnen, die vor der Zeit zeigen, was versteckt und unterdrückt bleiben sollte; dafür gibt es später Tränen über Tränen. Ohne Überlegung!«

»Auch dabei Überlegung, lieber Onkel?«

»Wie bei allem, mein Lieber. Und wer nicht überlegt, den nennt man einen unüberlegten Dummkopf. Kurz und bündig.«

»Den edlen Drang des Gefühls in der Brust zügeln...«

»Oh, ich weiß, du wirst es nicht zügeln. Du bist auf der Straße wie im Theater bereit, dich deinem Freund an den Hals zu werfen und in Tränen auszubrechen.«

»Was würde das schaden, lieber Onkel? Man würde nur sagen, das ist ein Mensch mit starkem Gefühl, wer so empfindet, ist fähig zu allem Schönen und Edlen und unfähig...«

»Unfähig zu überlegen. Eine großartige Gestalt – so ein Mensch mit starken Gefühlen, mit gewaltigen Leidenschaften! Was gibt es nicht alles für Stimmungen! Entzücken, Begeisterung: da ist der Mensch sich am wenigsten ähnlich, und Rühmliches ist nicht dabei. Die Frage, ob er seine Gefühle zu lenken versteht. Wenn er das kann, dann ist er ein Mensch.«

»Ihrer Meinung nach muß man das Gefühl regulieren wie Dampf«, bemerkte Alexander, »bald etwas ablassen, bald zurückhalten, das Ventil öffnen oder schließen...«

»Ja, die Natur hat dem Menschen nicht umsonst ein solches Ventil mitgegeben, den gesunden Verstand. Du gebrauchst ihn aber nicht immer. Schade! Und bist doch sonst ein anständiger Kerl!«

»Nein, lieber Onkel, Ihnen zuzuhören, stimmt traurig! Machen Sie mich lieber mit der Dame bekannt, die hierhergekommen ist...«

»Mit wem? Mit der Ljubezkaja? Sie war gestern abend da?«

»Ja, sie hat lange mit mir von Ihnen gesprochen, hat nach ihrer Angelegenheit gefragt.«

»Ach ja! Das paßt gut...«

Der Onkel nahm ein Schreiben aus dem Kasten.

»Bring ihr das Schreiben, sag ihr, daß sie es beim Gericht erst gestern ausgestellt haben, und das mit Mühe und Not. Erkläre ihr die Sache gut. Du hast doch zugehört, als ich mit dem Beamten sprach?«

»Ja, ich weiß, ich weiß. Ich werde es ihr schon erklären.«

Alexander griff mit beiden Händen nach dem Schreiben und steckte es in die Tasche. Pjotr Iwanytsch schaute ihn an.

»Doch was fällt dir ein, daß du mit ihr bekannt werden willst? Sie scheint mir gar nicht interessant, hat eine Warze neben der Nase.«

»Eine Warze? Ich entsinne mich nicht. Wie haben Sie das bemerkt, Onkelchen?«

»Neben der Nase, und das soll man nicht merken! Was willst du denn von ihr?«

»Sie ist so gut und ehrenwert...«

»Wie kommt das, die Warze hast du nicht gesehen, hast aber schon erkannt, daß sie gut und ehrenwert ist? Merkwürdig. Ja, erlaube mal, sie hat doch eine Tochter, die kleine Brünette! Ach, jetzt wundere ich mich nicht mehr. Deshalb sahst du die Warze nicht!« Beide lachten.

»Und ich wundere mich, lieber Onkel, daß Sie mehr auf die Warze als auf die Tochter sahen.«

»Gib mir das Schreiben zurück. Du wirst dort alles Gefühl ausströmen lassen und ganz vergessen, das Ventil wieder zu schließen, wirst ihr Gott weiß was erklären und Unsinn anrichten...«

»Nein, lieber Onkel, das werde ich nicht. Und das Schreiben gebe ich nicht wieder her, auch wenn Sie es wünschen. Ich werde gleich...«

Er verschwand aus dem Zimmer.

Bis zu dieser Zeit war alles seinen Gang gegangen. Im Amt hatte man die Fähigkeiten Alexanders erkannt und ihm einen guten Posten gegeben. Iwan Iwanytsch reichte nunmehr auch ihm ehrerbietig die Tabaksdose, denn er ahnte, daß Alexander ihn überholen würde wie viele andere, wenn er nur ein kleines Weilchen, wie Iwan Iwanytsch zu sagen pflegte, gedient hätte, daß er sich ihm in den Nacken setzen und sich zum Abteilungsleiter aufschwingen würde und dann womöglich zum Vizedirektor, wie jener, oder zum Direktor, wie dieser, und dieser wie jener hatten ihre Beamtenlaufbahn unter seiner Anleitung begonnen. »Ich aber arbeite für sie!« fügte er hinzu. – Auch in der Redaktion der Zeitschrift war Alexander eine wichtige Persönlichkeit geworden. Er befaßte sich mit der Auswahl, dem Übersetzen und Verbessern von fremden Artikeln, schrieb auch selber theoretische Betrachtungen über Landwirtschaft. Geld hatte er seiner Meinung nach viel, auf jeden Fall soviel er brauchte, nach Meinung seines Onkels jedoch noch nicht genug. Doch er arbeitete nicht immer für Geld. Den erquickenden Gedanken an eine andere, höhere Berufung hatte er nicht aufgegeben. Seine jugendlichen Kräfte reichten für alles. Er stahl die Zeit von Schlaf und Dienst und schrieb Gedichte, Erzählungen, historische Skizzen und Biographien. Der Onkel benutzte seine Werke nicht mehr zum Tapezieren, sondern las sie schweigend, pfiff dann leise vor sich hin oder sprach: »Ja, das ist besser als das vorige.« Einige Aufsätze erschienen unter fremdem Namen. Alexander lauschte unter freudigem Beben dem ermutigenden Urteil der Freunde, deren er eine Menge im Amt, in Konditoreien und in Privathäusern hatte. Der Traum, der ihm nach der Liebe am schönsten erschien, wollte sich erfüllen. Die Zukunft versprach ihm viel Glanz und Triumph. Es schien, als erwarte ihn kein gewöhnliches Schicksal, als plötzlich...

Mehrere Monate vergingen. Alexander wurde nirgends mehr gesehen, als sei er verschwunden. Auch den Onkel besuchte er selten. Der schrieb es seinen Arbeiten zu und störte ihn nicht. Aber der Redakteur der Zeitschrift beklagte sich, als er Pjotr Iwanytsch traf, daß Alexander die Aufsätze zu lange behielte. Der Onkel versprach, dies bei der ersten Gelegenheit mit seinem Neffen zu klären. Die Gelegenheit bot sich nach einigen Tagen. Alexander stürzte am Morgen wie ein Wahnsinniger zu seinem Onkel hinein. In seinem Gang und in seinen Bewegungen zeigte sich freudige Aufregung.

»Guten Tag, lieber Onkel! Ach, wie froh bin ich, daß ich Sie sehe!« rief er und wollte den Onkel umarmen. Doch der konnte sich hinter seinen Schreibtisch zurückziehen.

»Guten Tag, Alexander! Warum hast du dich so lange nicht sehen lassen?«

»Ich ... war beschäftigt, lieber Onkel, habe Auszüge aus den deutschen Ökonomisten gemacht.«

»Ach! Was lügt dann der Redakteur? Er sagte mir vor drei Tagen, du tätest nichts – ein echter Journalist! Wenn ich ihn wiedersehe, putze ich ihn herunter.«

»Nein, sagen Sie nichts zu ihm«, unterbrach ihn Alexander, »ich habe ihm meine Arbeit noch nicht geschickt, darum hat er das gesagt.«

»Was ist denn mit dir? Du machst so ein feierliches Gesicht! Hat man dich zum Assessor gemacht oder dir einen Orden verliehen?«

Alexander schüttelte den Kopf.

»Hast du Geld bekommen?«

»Nein.«

»Warum siehst du dann wie ein Heerführer drein? Ist es nichts, dann störe mich nicht. Setze dich lieber hin und schreibe nach Moskau an den Kaufmann Dubacsow, daß er mir schleunigst das restliche Geld schickt. Lies seinen Brief. Wo ist er? Hier.«

Beide schwiegen und schrieben.

»Fertig!« rief Alexander nach einigen Minuten.

»Das ging schnell. Ein tüchtiger Junge! Zeig her. Aber was ist denn das? Du hast ja an mich geschrieben. Sehr geehrter Herr Pjotr Iwanytsch! Er heißt doch Timofei Nikonytsch. Wieso fünfhundertzwanzig Rubel! Fünftausendzweihundert! Was ist mit dir, Alexander?«

Pjotr Iwanytsch legte die Feder hin und sah seinen Neffen an. Der wurde rot.

»Sehen Sie nichts in meinem Gesicht?« fragte er.

»Es ist ein bißchen töricht. Warte ... Bist du verliebt?« fragte Pjotr Iwanytsch.

Alexander schwieg.

»Nun, ist es so? Habe ich es erraten?«

Alexander nickte bestätigend mit triumphierendem Lächeln und strahlendem Blick.

»Das ist es! Warum ich das nicht gleich erriet! Deshalb hast du gefaulenzt, darum sieht man dich nirgends. Saraiskis und Skatschins verfolgten mich mit ihren Fragen: Wo ist nur Alexander Fjodorytsch? Da ist er – im siebenten Himmel!«

Pjotr Iwanytsch schrieb weiter.

»In Nadenka Ljubezkaja!« rief Alexander.

»Ich habe nicht nach dem Namen gefragt«, erwiderte der Onkel. »Wer es auch ist, Torheit ist's auf jeden Fall. In welche Ljubezkaja? In die mit der Warze?«

»Ach, Onkelchen!« unterbrach ihn Alexander ärgerlich. »Was für eine Warze?«

»Direkt neben der Nase. Hast du sie immer noch nicht bemerkt?«

»Sie verwechseln alles. Ich glaube, es ist die Mutter, die eine Warze hat.«

»Nun, das ist gleich.«

»Ist gleich! Nadenka! Dieser Engel! Haben Sie sie wirklich noch nicht bemerkt? Sie einmal zu sehen – und nicht zu beachten!«

»Was ist denn an ihr Besonderes? Was ist beachtenswert an ihr? Eine Warze hat sie doch nicht, sagst du?«

»Die Warze hat's Ihnen angetan! Versündigen Sie sich nicht, lieber Onkel. Kann man etwa behaupten, sie gleiche diesen mondänen, gezierten Marionetten? Sehen Sie ihr Gesicht an: stille, tiefe Nachdenklichkeit ruht darauf. Sie ist ein gefühlvolles, auch ein denkendes Mädchen... Eine tief veranlagte Natur...«

Der Onkel schickte sich an, die Feder wieder über das Papier kratzen zu lassen, aber Alexander fuhr fort: »Im Gespräch mit ihr hören Sie nichts Abgeschmacktes, keinen Gemeinplatz. Ihr Urteil strahlt von hellem Verstand. Und das Feuer in ihrem Fühlen! Wie tief erfaßt sie das Leben! Sie vergiften es mit Ihrem Blick, Nadenka aber versöhnt mich mit ihm.«

Alexander verstummte und versank für einen Augenblick in träumerische Gedanken an Nadenka. Dann fing er wieder an: »Und wenn sie die Augen aufschlägt, sehen Sie gleich, welch leidenschaftlichem und zärtlichem Herzen sie als Begleiter dienen. Und die Stimme, die Stimme! Die Melodie, diese Wonne in ihr! Und wenn diese Stimme ertönt, um zu gestehen... Größere Seligkeit gibt's nicht auf Erden! Onkelchen, wie herrlich das Leben ist! Wie glücklich bin ich!«

Tränen traten ihm in die Augen. Er stürzte auf den Onkel zu und umarmte ihn mit Schwung.

»Alexander!« rief Pjotr Iwanytsch, von seinem Platz aufspringend. »Schließ schnell das Ventil, du hast den ganzen Dampf rausgelassen! Du bist verrückt! Sieh, was du angerichtet hast! In einer Sekunde gleich zwei Dummheiten: Hast meine Frisur eingerissen und den Brief bekleckst. Ich dachte, du hättest deine alten Gewohnheiten völlig abgelegt. Du hast dich lange nicht so gezeigt. Sieh bloß in den Spiegel! Nun, gibt es ein dümmeres Gesicht? Und du bist doch nicht dumm!«

»Hahaha, ich bin glücklich, lieber Onkel!«

»Das merkt man!«

»Nicht wahr? Ich weiß, in meinem Blick leuchtet der Stolz. Ich schaue der Menge ins Gesicht, wie nur ein Held blicken kann, ein Dichter oder ein Verliebter, der glücklich ist, weil man seine Liebe erwidert.«

»Und wie Verrückte gucken oder noch schlimmer. Was soll ich jetzt mit dem Brief machen?«

»Erlauben Sie, ich radiere es, dann sieht man's nicht mehr«, sagte Alexander. Er stürzte zum Schreibtisch, noch immer in zitternder Erregung, radierte, blies, rieb und rieb ein Loch in den Brief. Vom Reiben geriet der Schreibtisch ins Wackeln und stieß an eine Etagere. Auf der Etagere stand eine kleine Büste aus italienischem Alabaster, Sophokles oder Aischylos. Durch die Erschütterung schaukelte der ehrwürdige Tragiker ein paarmal auf seinem leichten Postament hin und her, stürzte dann hinunter und zersprang in tausend Stücke.

»Die dritte Dummheit, Alexander!« rief Pjotr Iwanytsch und hob die Scherben auf. »Und sie kostet fünzig Rubel.«

»Ich werd's bezahlen, lieber Onkel! Oh, ich werd's bezahlen, aber verwünschen Sie nicht meinen Gefühlsüberschwang. Er ist rein und edel. Ich bin glücklich, glücklich! Mein Gott, wie schön ist das Leben!«

Der Onkel runzelte die Stirn und schüttelte den Kopf.

»Wann wirst du endlich klüger, Alexander? Gott weiß, was er da spricht!«

Dabei betrachtete er betrübt die zerbrochene Büste.

»Ich werd's bezahlen!« sagte er. »Bezahlen. Das wäre die vierte Dummheit. Ich sehe, du möchtest von deinem Glück erzählen. Nun, da kann man nichts machen. Wenn es den Onkeln bestimmt ist, an jedem Unsinn ihrer Neffen teilzuhaben, so sei es. Ich gebe dir eine Viertelstunde. Sitz ruhig, mach keine fünfte Dummheit und erzähle. Dann aber, nach dieser neuerlichen Dummheit, geh; ich habe keine Zeit. Nun, du bist glücklich ... Wie das? Erzähle schnell.«

»Wenn es auch so ist, Onkelchen, so kann man es doch nicht erzählen«, bemerkte Alexander mit bescheidenem Lächeln.

»Ich hatte dir vorgearbeitet. Aber wie ich sehe, willst du doch mit dem üblichen Vorspiel beginnen. Das bedeutet, daß sich die Erzählung eine volle Stunde hinziehen wird. Ich habe keine Zeit; die Post wartet nicht. Halte, ich werde es am besten selber erzählen.«

»Sie? Wie komisch!«

»Nun, so höre. Es ist sehr komisch. Du hast gestern deine Schöne unter vier Augen gesprochen ...«

»Woher wissen Sie das?« fuhr Alexander hitzig dazwischen. »Lassen Sie mich beobachten?«

»Ei freilich, ich stelle deinetwegen Spione an. Wie kommst du darauf, daß ich so besorgt um dich wäre? Was gehst du mich an!«

Diese Worte begleitete ein eisiger Blick.

»Woher wissen Sie es sonst?« fragte Alexander und trat auf den Onkel zu.

»Setz dich, setz dich; um Gottes willen, nicht an den Tisch, du zerschlägst wieder etwas. Es steht alles auf deinem Gesicht; ich lese es ab. Nun, ihr habt euch einander erklärt«, fuhr er fort.

Alexander errötete und schwieg. Es war offensichtlich, daß sein Onkel wieder ins Schwarze getroffen hatte.

»Ihr habt euch, wie es gewöhnlich geschieht, beide sehr töricht benommen«, erzählte Pjotr Iwanytsch.

Sein Neffe machte eine ungeduldige Bewegung.

»Die Geschichte begann, als ihr allein wart, mit einer Kleinigkeit, mit einem Stickmuster«, fuhr der Onkel fort. »Du fragtest sie, für wen sie stickt. Sie antwortete: für Mamachen oder für Tantchen oder etwas Ähnliches, und dabei zittertet ihr wie im Fieber...«

»Das stimmt nicht, Onkelchen, das haben Sie nicht erraten. Mit einem Muster nicht. Wir waren im Garten...«, rief Alexander, sich verratend, und verstummte gleich wieder.

»Nun, dann mit einer Blume, was?« mutmaßte Pjotr Iwanytsch. »Vielleicht sogar mit einer gelben. Es bleibt sich gleich; was einem auch ins Auge fällt, wenn sich nur ein Gespräch daran knüpfen läßt. Denn die Worte gehen dann nicht von der Zunge. Du fragtest, ob ihr die Blume gefiele. Sie antwortete: ›Ja.‹ ›Warum?‹ heißt es dann. ›Nur so‹, sagte sie, und dann schwiegt ihr beide; denn ihr wolltet etwas ganz anderes sagen, doch das Gespräch kam nicht in Gang. Dann saht ihr einander an, lächeltet und wurdet rot.«

»Ach, Onkelchen, Onkelchen, was reden Sie da!« rief Alexander in höchster Verwirrung.

»Dann«, fuhr sein Onkel erbarmungslos fort, »sprachst du wie nebenbei davon, daß eine neue Welt sich dir eröffnet habe. Sie sah dich überrascht an, als vernähme sie etwas ganz Neues. Du wußtest nicht aus noch ein, vermute ich, verlorst den Faden, sprachst dann kaum vernehmlich weiter, du hättest erst jetzt den Sinn des Lebens erkannt, hättest sie schon früher gesehen... Wie heißt sie? Marja, was?«

»Nadenka.«

»...aber nur wie im Traum, hättest die Begegnung mit ihr geahnt, Sympathie hätte euch zueinander geführt, und all deine Gedichte und deine Prosa würdest du ihr allein, das heißt von jetzt an, weihen. Und dabei hast du nur so mit den Armen gefuchtelt, vermute ich. Wahrscheinlich hast du etwas umgeworfen oder zerbrochen.«

»Onkelchen, Sie haben uns belauscht!« schrie Alexander außer sich.

»Ja, ich saß hinter einem Strauch. Ich habe nichts anderes zu tun, als dir nachzulaufen und jeglichen Unsinn zu belauschen.«

»Woher wissen Sie das alles?« fragte Alexander zweifelnd.

»Was Wunder! Seit Adam und Eva ist es bei allen dieselbe Geschichte mit kleinen Abwandlungen. Kennst du den Charakter der handelnden Personen, dann kennst du auch die Abwandlungen. Das wundert dich, der du noch dazu Schriftsteller bist! Jetzt wirst du drei Tage lang hüpfen und springen wie ein Besessener, dich jedem an den Hals werfen, nur um Gottes willen mir nicht. Ich würde dir raten, dich für diese Zeit in dein Zimmer einzuschließen, dort allen Dampf herauszulassen und all deine Kunststücke Jewsej vorzuspielen, damit sie sonst niemand sieht. Dann wirst du dich etwas fassen, wirst schon nach anderem trachten, nach einem Kuß zum Beispiel...«

»Einen Kuß von Nadenka! Oh, welch hoher, himmlischer Lohn!« brachte Alexander fast heulend hervor.

»Himmlischer Lohn!«

»Was denn, Ihrer Meinung nach wohl ein irdischer, materieller?«

»Zweifellos, die Wirkung der Elektrizität. Verliebte sind wie zwei Leidener Flaschen. Sie sind beide stark geladen, in Küssen entlädt sich die Elektrizität, und wenn sie sich völlig entladen hat – ist die Liebe verflogen, es folgt die Abkühlung...«

»Onkelchen!«

»Ja! Was dachtest denn du?«

»Was für Ansichten! Was für Vorstellungen!«

»Ja, ich vergaß: Bei dir werden noch materielle Zeichen eine Rolle spielen. Wirst wieder allen möglichen Trödel sammeln, ihn betrachten und darüber grübeln, und die Arbeit tritt in den Hintergrund.«

Alexander griff rasch nach seiner Tasche.

»Wie, hast du schon etwas? Du wirst all das tun, was alle Menschen seit Erschaffung der Welt tun.«

»Was also auch Sie getan haben, lieber Onkel?«

»Ja, nur törichter.«

»Törichter! Sie nennen es Torheit, daß ich inniger, stärker liebe als Sie, mich nicht lustig mache über Gefühle, nicht kaltblütig damit scherze und spiele wie Sie, nicht den Schleier von heiligen Geheimnissen reiße...«

»Du wirst lieben wie andere auch, weder inniger noch stärker, wirst auch den Schleier von den heiligen Geheimnissen reißen. Nur wirst du an die Unwandelbarkeit und Ewigkeit der Liebe glauben, wirst an nichts anderes mehr denken, und das ist eben das Törichte. Du bereitest dir selber Kummer, mehr als nötig ist.«

»Oh, was Sie sagen, ist schrecklich, schrecklich, lieber Onkel! Wie oft gelobte ich mir, vor Ihnen zu verbergen, was in meinem Herzen vorgeht.«

»Warum hast du es nicht gehalten? Da kommt er, stört mich...«

»Aber Sie sind doch der einzige Mensch, der mir nahesteht. Mit wem soll ich denn den Gefühlsüberschwang teilen? Und Sie stoßen mir ohne Erbarmen Ihr Seziermesser in die geheimsten Winkel des Herzens.«

»Das tue ich nicht zu meinem Vergnügen. Du selbst hast mich um Rat gebeten. Vor wieviel Torheiten hab ich dich bewahrt!«

»Nein, lieber Onkel, mag ich in Ihren Augen auf ewig töricht scheinen, mit solchen Vorstellungen vom Leben und von den Menschen kann ich nicht existieren. Das ist schmerzlich, traurig! Dann brauche ich das Leben nicht, unter solchen Bedingungen will ich es nicht. Hören Sie? Ich will nicht.«

»Ich höre. Aber was soll ich tun? Ich kann es dir doch nicht nehmen.«

»Und dennoch!« rief Alexander, »Ihren Prophezeiungen zum Trotz werde ich glücklich sein, werde immer und ewig lieben.«

»Ach nein! Ich ahne, du wirst noch manches bei mir zerschlagen. Aber das wäre das Schlimmste nicht: Liebe ist Liebe, niemand hält dich davon ab. Nicht wir haben es auf dem Gewissen, daß man sich in deinem Alter besonders eifrig mit der Liebe befaßt. Doch immerhin nicht in solchem Maße, daß man die Arbeit darüber vergißt. Liebe ist Liebe, und Arbeit ist Arbeit.«

»Ich mache ja Auszüge aus den deutschen . . .«

»Genug, du hast gar keine gemacht. Du gibst dich nur *der süßen Wonne* hin, und der Redakteur wird dich entlassen.«

»Mag er! Ich leide keine Not. Kann ich an verächtlichen Mammon denken, wenn . . .«

»*An verächtlichen Mammon!* Verächtlich! Bau dir am besten eine Hütte in den Bergen, iß Brot und trinke Wasser und singe:

> Raum ist in der kleinsten Hütte
> für ein zärtlich liebend Paar.

Aber wenn das verächtliche Metall nicht mehr reicht, mich bitte nicht darum, ich gebe dir nichts.«

»Mich deucht, ich habe Sie selten damit belästigt.«

»Bisher nicht, Gott sei Dank; es kann aber noch kommen, wenn du die Arbeit vernachlässigst. Auch die Liebe erfordert Geld, sei es für überflüssigen Prunk oder andere Verschwendung. Ach, das ist mir eine Liebe mit zwanzig Jahren! Verächtlich ist die, nur verächtlich; sie taugt zu nichts!«

»Wann taugt sie denn etwas, lieber Onkel? Mit vierzig?«

»Ich weiß nicht, wie die Liebe mit vierzig ist, aber mit neununddreißig . . .«

»Wie Ihre?«

»Nun gut, wie meine.«

»Das heißt, wie keine.«

»Warum denkst du das?«

»Können Sie denn lieben?«

»Warum nicht? Bin ich kein Mensch, oder bin ich achtzig Jahre? Nur, wenn ich liebe, dann liebe ich vernünftig, habe mich in der Gewalt, zerschlage nichts und werfe nichts um.«

»Vernünftige Liebe! Eine schöne Liebe, die sich in der Gewalt hat!« bemerkte Alexander spöttisch. »Die sich keine Sekunde vergißt . . .«

»Wilde, tierische Liebe vergißt sich«, unterbrach ihn Pjotr

Iwanytsch, »aber vernünftige Liebe muß sich in der Gewalt haben, andernfalls ist's keine Liebe...«

»Was denn?«

»Nun, etwas Abscheuliches, wie du sagen würdest.«

»Sie... lieben!« rief Alexander, den Onkel ungläubig betrachtend. »Hahaha!«

Pjotr Iwanytsch schwieg und schrieb.

»Wen denn, lieber Onkel?«

»Das möchtest du wissen?«

»Ja.«

»Meine Braut.«

»Brau... Braut!« Kaum brachte Alexander das Wort hervor. Er sprang auf und trat auf den Onkel zu.

»Nicht zu nahe, nicht zu nahe, Alexander, schließ das Ventil!« warnte Pjotr Iwanytsch den Neffen, als er sah, was für große Augen der machte, und rückte die kleinen Gegenstände auf seinem Schreibtisch, Büsten, Figuren, Uhr und Tintenfaß, flink an sich heran.

»Das heißt, Sie wollen heiraten?« fragte Alexander, noch genauso verwundert.

»Das heißt es.«

»Und Sie sind so ruhig! Schreiben Briefe nach Moskau, unterhalten sich über nebensächliche Dinge, fahren in Ihre Fabrik und urteilen noch so höllisch kalt über die Liebe!«

»Höllisch kalt, das ist neu! Man sagt, in der Hölle sei es heiß. Aber weshalb siehst du mich so sonderbar an?«

»Sie – wollen heiraten!«

»Was ist daran Erstaunliches?« fragte Pjotr Iwanytsch und legte seine Feder hin.

»Was? Heiraten, und mir kein Wort davon sagen!«

»Entschuldige, ich vergaß, dich um Erlaubnis zu bitten.«

»Nicht um Erlaubnis bitten, lieber Onkel, aber wissen muß ich es doch. Mein leiblicher Onkel heiratet, und ich weiß nichts davon, mir sagen Sie es nicht einmal.«

»Ich habe es doch eben gesagt.«

»Ja, weil es gerade gelegen kam.«

»Ich bemühe mich, möglichst alles zur gelegenen Zeit zu tun.«

»Nein, daß Sie nicht mir als erstem Ihre Freude mitgeteilt haben! Sie wissen, wie sehr ich Sie liebe und alles mit Ihnen teile...«

»Ich vermeide das Teilen im allgemeinen und beim Heiraten besonders.«

»Onkelchen, wissen Sie was?« fragte Alexander lebhaft, »vielleicht, nein, ich kann es nicht vor Ihnen verbergen... Ich bin nicht so, sage alles freiheraus...«

»Ach, Alexander, ich habe keine Zeit; wenn es eine neue Geschichte ist, hat sie nicht Zeit bis morgen?«

»Ich will nur sagen, daß vielleicht... Ich bin demselben Glück nahe...«

»Was?« fragte Pjotr Iwanytsch und spitzte leicht die Ohren. »Das ist ja interessant.«

»Aha! Interessant? So werde ich Sie quälen; ich sage es nicht.«

Pjotr Iwanytsch griff gleichmütig nach einem Kuvert, steckte den Brief hinein und versiegelte es.

»Ich werde vielleicht auch heiraten!« flüsterte Alexander seinem Onkel ins Ohr. Pjotr Iwanytsch unterbrach das Siegeln und sah seinen Neffen ernst an.

»Schließ das Ventil, Alexander!« mahnte er.

»Sie scherzen, scherzen, lieber Onkel, ich aber spreche im Ernst. Ich werde Mamachen um ihre Einwilligung bitten.«

»Du und heiraten!«

»Was ist dabei?«

»In deinem Alter!«

»Ich bin dreiundzwanzig Jahre.«

»Da wird es Zeit! Nur Bauern, die eine Arbeitskraft im Haus brauchen, heiraten in dem Alter.«

»Aber wenn ich in ein Mädchen verliebt bin und die Möglichkeit habe zu heiraten, soll ich dann nach Ihrer Meinung...«

»Ich rate dir auf jeden Fall ab, eine Frau zu heiraten, in die du verliebt bist.«

»Wie, lieber Onkel? Das ist neu, das habe ich noch nie gehört.«

»Du hast vieles noch nicht gehört!«

»Ich dachte bisher, daß man eine Ehe nicht ohne Liebe schließen darf.«

»Ehe ist Ehe und Liebe Liebe«, erklärte Pjotr Iwanytsch.

»Wie soll man denn heiraten ... aus Berechnung?«

»Nicht aus Berechnung, doch mit Berechnung. Nur darf sich die Berechnung nicht allein auf das Geld beziehen. Der Mann ist so beschaffen, daß er in Gemeinschaft mit einer Frau leben muß. Auch du wirst einmal erwägen, ob du heiraten sollst, wirst unter den Frauen suchen und wählen ...«

»Suchen, wählen!« wiederholte Alexander verwundert.

»Ja, wählen. Eben deshalb rate ich dir, nicht zu heiraten, wenn du verliebt bist. Denn die Liebe vergeht, das ist ein Gemeinplatz.«

»Es ist die gröbste Lüge und Verleumdung.«

»Nun, jetzt bist du nicht zu überzeugen. Mit der Zeit wirst du es einsehen. Für heute aber merke dir nur meine Worte: Die Liebe vergeht, ich wiederhole es, und dann wird die Frau, die dir jetzt als Muster der Vollkommenheit erscheint, sich vielleicht als sehr wenig vollkommen erweisen, aber es wird nichts mehr zu ändern sein. Die Liebe verdeckt den Mangel an guten Eigenschaften, die eine Ehefrau haben muß. Wenn du aber kaltblütig eine Frau auswählst, kannst du beurteilen, ob sie diese oder jene Eigenschaften besitzt, die du dir bei deiner Frau wünschst. Darin besteht die wichtigste Berechnung. Und hast du so eine Frau gefunden, wird sie dir unbedingt für alle Zeiten gefallen, weil sie deinen Wünschen entspricht. Daraus erwachsen enge Beziehungen zwischen ihr und dir, die sich dann verwandeln ...«

»In Liebe?« fragte Alexander.

»Ja, in Gewohnheit.«

»Heiraten, ohne hingerissen zu sein, ohne die Poesie der Liebe, ohne Leidenschaft, überlegen, wie und wozu!!«

»Du würdest also heiraten, ohne zu überlegen und ohne dich zu fragen: wozu? Genauso, wie du nicht gefragt hast: wozu?, als du hierherkamst?«

»Sie heiraten also aus Berechnung? fragte Alexander.

»Mit Berechnung«, verbesserte Pjotr Iwanytsch.

»Das ist dasselbe.«

»Nein, aus Berechnung heißt wegen des Geldes heiraten, das ist niedrig. Aber ohne Berechnung heiraten ist dumm! Für dich jedoch paßt sich das Heiraten jetzt überhaupt nicht.«

»Wann soll ich denn heiraten? Wenn ich anfange alt zu werden? Soll ich dem geschmacklosen Beispiel anderer folgen?«

»Darunter auch meinem? Danke!«

»Ich spreche nicht von Ihnen, lieber Onkel, sondern ganz allgemein. Man hört von einer Hochzeit, geht hin, und was sieht man? Ein herrliches, zartes Wesen, fast noch ein Kind, das nur auf die magische Berührung der Liebe wartete, um sich zu einer prachtvollen Blüte zu entfalten, und plötzlich reißt man es weg von den Puppen, der Kinderfrau, den kindlichen Spielen, von den Tänzen und, Gott sei gedankt, wenn nur davon; denn meistens schaut man nicht in ihr Herz, das ihr vielleicht schon nicht mehr gehört. Man kleidet sie in Tüll und seidene Spitzen, schmückt sie mit Blumen, und ihrer Tränen und ihrer Blässe nicht achtend, schleppt man sie weg wie ein Opferlamm und stellt sie – neben wen? Neben einen bejahrten, meistens häßlichen Mann, der den Glanz der Jugend schon vergeudet hat. Er wirft entweder Blicke kränkenden Begehrens auf sie oder betrachtet sie kalt vom Kopf bis zu den Füßen, wobei er denkt: ›Hübsch bist du, ja, aber wahrscheinlich hast du noch allerhand Albernheiten im Kopf: Liebe und Rosen. Die Torheit treib ich dir aus, das sind Dummheiten! Bei mir wird nicht mehr geseufzt und geträumt, da führst du dich anständig auf.‹ Oder noch schlimmer: Er träumt von ihrem Vermögen. Der jüngste ist mindestens dreißig Jahre. Oft hat er schon eine Glatze, allerdings auch ein Ordenskreuz, manchmal sogar einen Stern. Und nun sagt Ihr: ›Das ist er, dem alle Schätze deiner Jugend bestimmt sind. Das erste Klopfen deines Herzens gehört ihm, dein Geständnis, deine Blicke, deine Worte und deine jungfräulichen Zärtlichkeiten, dein ganzes Leben.‹ Und um sie drängen sich in Scharen die Männer, die nach Jugend und Schönheit zu ihr passen und denen der Platz neben der Braut gebührte. Sie verschlingen das arme Opferlamm mit ihren

97

Blicken, als wollten sie sagen: ›Ja, wenn einmal unsere Frische und Gesundheit erschöpft sind, wenn wir kahlköpfig werden, dann heiraten auch wir und holen uns auch so eine prächtige Blüte.‹ Entsetzlich!«

»Überspannt, schlecht, Alexander!« war Pjotr Iwanytschs Antwort. »Da schreibst du schon zwei Jahre lang über Dünger, die Kartoffel und andere ernsthafte Dinge, die einen strengen, gedrängten Stil fordern, und noch immer sprichst du so überspannt. Um Gottes willen, verfall nicht in Ekstase, oder schweig wenigstens, wenn die Torheit über dich kommt. Laß sie vorübergehn; Gescheites sprichst und tust du dann doch nicht. Es wird auf jeden Fall eine Geschmacklosigkeit.«

»Wie denn, lieber Onkel, wird in der Ekstase nicht die Idee des Dichters geboren?«

»Ich weiß nicht, wie sie geboren wird, weiß nur, daß sie fertig aus seinem Kopf kommt, das heißt, wenn sie durch Überlegung erarbeitet ist, und nur dann ist sie gut. Nun«, begann Pjotr Iwanytsch nach kurzem Schweigen erneut, »mit wem sollte man denn nach deiner Meinung die herrlichen Geschöpfe verheiraten?«

»Mit denen, die sie lieben, die den Glanz ihrer jugendlichen Schönheit noch nicht vergeudet haben, bei denen sich im Kopf wie im Herzen überall noch Leben findet, in deren Augen der Glanz noch nicht erloschen, auf deren Wangen die Röte noch nicht verglüht, die Frische noch nicht vergangen ist – die Zeichen der Gesundheit. Mit denen, die ihre schöne Gefährtin nicht mit entkräfteter Hand den Weg des Lebens führen, die ihr zum Geschenk ein Herz voll Liebe darbringen, das ihre Gefühle zu verstehen und zu teilen vermag, wenn das Recht der Natur...«

»Genug! Das heißt mit so jungen Burschen wie dir. Wenn wir *inmitten von Feldern und dichten Wäldern* lebten, dann mag das sein. So aber verheirate mal einen jungen Burschen wie dich, da käme viel heraus! Im ersten Jahr wäre er nicht bei Verstand, aber dann sähe er hinter die Kulissen, oder er machte das eigene Stubenmädchen zur Nebenbuhlerin seiner Frau, weil jenes Recht der Natur, von dem du sprichst, den

Wechsel verlangt, Neuheiten. Eine herrliche Ordnung! Und wenn die Frau die Streiche ihres Mannes bemerkt, dann faßt sie plötzlich eine Vorliebe für Helme, Paraden und Maskeraden und macht dich zu einem... Und ist kein Vermögen da, wird es noch schlimmer! ›Ich habe nichts‹, heißt es dann.«

Pjotr Iwanytsch zog eine saure Miene.

»›Ich bin verheiratet‹, heißt es dann«, fuhr er fort, »›habe drei Kinder‹, heißt es, ›helfen Sie mir, ich kann sie nicht ernähren, bin arm...‹ Arm! Wie abscheulich! Nein, ich hoffe, du gerätst weder in die eine noch in die andere Kategorie.«

»Ich gerate in die Kategorie glücklicher Ehemänner, lieber Onkel, und Nadenka in die der glücklichen Frauen. Ich will nicht heiraten wie die meisten, die alle die alte Leier hersagen: ›Die Jugend ist vorbei, das Alleinsein langweilt mich, also muß ich heiraten!‹ Zu denen gehöre ich nicht!«

»Du faselst, mein Lieber.«

»Wieso?«

»Weil du ein Mensch bist wie die andern auch, und die andern kenne ich längst. Nun sag mal, warum willst du denn heiraten?«

»Warum? Nadenka – meine Frau!« rief Alexander und bedeckte das Gesicht mit den Händen.

»Warum also? Siehst du, du weißt es selbst nicht.«

»O Onkel! Allein bei dem Gedanken vergeht mir der Atem! Sie wissen nicht, wie ich sie liebe! Ich liebe, wie noch nie jemand geliebt hat, mit allen Kräften meiner Seele, alles gebe ich für sie hin.«

»Alexander! Schimpf lieber oder umarme mich, wenn es sein muß, als daß du so dumme Phrasen hersagst! Wie bringst du nur so etwas über die Lippen? ›Wie noch nie jemand geliebt hat!‹«

Pjotr Iwanytsch zuckte die Schultern.

»Was denn, ist das etwa nicht möglich?«

»Doch, in der Tat, wenn ich mir deine Liebe betrachte, meine ich, es sei sogar möglich: törichter kann man nicht lieben!«

»Aber sie sagt, daß wir ein Jahr warten sollten, daß wir zu

jung sind, uns prüfen müssen. Ein ganzes Jahr... und
dann...«

»Ein Jahr! Aha! Das hättest du eher sagen sollen!« unterbrach ihn Pjotr Iwanytsch. »Das hat sie vorgeschlagen? Wie
klug sie ist! Wie alt ist sie?«

»Achtzehn.«

»Und du dreiundzwanzig. Nun, Bruder, sie ist dreiund-
zwanzigmal klüger als du. Sie versteht es, wie ich sehe: Mit
dir spielt sie, kokettiert, verbringt fröhlich die Zeit und
dann... Unter diesen jungen Dingern gibt es welche, die sehr
klug sind! Nun, du wirst also nicht heiraten. Ich dachte, du
willst das möglichst schnell deichseln und heimlich. In deinem Alter ist eine solche Dummheit so flink geschehen, daß
man gar nicht eingreifen kann. Aber nach einem Jahr! Bis
dahin hat sie dich betrogen...«

»Sie – mich betrügen! Kokettiert! Junges Ding! Sie, Nadenka! Pfui, Onkelchen! Mit wem haben Sie Ihr Leben
verbracht, mit wem hatten Sie es zu tun, wen haben Sie
geliebt, daß Sie so schwarzen Argwohn hegen?«

»Ich habe mit Menschen gelebt, habe ein Weib geliebt.«

»Sie soll mich täuschen! Dieser Engel, die verkörperte
Aufrichtigkeit, ein Weib, das Gott, wie es scheint, als erstes
in völliger Reinheit und Glorie schuf...«

»Ist dennoch ein Weib und wird dich wahrscheinlich betrügen.«

»Behaupten Sie etwa auch, daß ich sie ebenfalls betrügen
werde?«

»Mit der Zeit, ja, auch du.«

»Ich! Von denen, die Sie nicht kennen, mögen Sie annneh-
men, was Ihnen beliebt, aber von mir – ist es nicht sündhaft,
mich solcher Abscheulichkeit zu verdächtigen? Wer bin ich
denn in Ihren Augen?«

»Ein Mensch.«

»Sie sind nicht alle gleich. So wissen Sie denn, daß ich ihr im
vollen Ernst das Versprechen gegeben habe, sie für das ganze
Leben zu lieben. Ich bin bereit, das mit einem Schwur zu
erhärten...«

»Ich weiß, ich weiß! Ein anständiger Mann zweifelt nicht

an der Aufrichtigkeit eines Schwurs, den er einer Frau leistet, aber dann wird er ihr dennoch untreu oder erkaltet und weiß selber nicht wie. Das geschieht nicht mit Absicht, und es ist gar nichts Abscheuliches dabei. Man kann keinem die Schuld geben. Die Natur läßt nicht zu, daß man sich ewig liebt. Und wer an unwandelbare, ewige Liebe glaubt, tut schließlich dasselbe wie die, die nicht daran glauben. Er merkt es nur nicht oder will es nicht zugeben. ›Über so etwas bin ich erhaben‹, meint er, ›ich bin kein Mensch, ich bin ein Engel‹ – Dummheit!«

»Wie kann es dann Liebesehen geben, wo sich die Eheleute ewig lieben und das ganze Leben miteinander verbringen?«

»Ewig! Wer nur zwei Wochen liebt, den nennt man einen Windhund, und sind es zwei, drei Jahre – gleich heißt es ewig! Untersuche nur einmal das Wesen der Liebe, und du wirst selber merken, daß sie nicht ewig währt. Das Lebhafte, Feurige, Fieberhafte dieses Gefühls läßt nicht zu, daß es von Dauer ist. Manche Liebespaare und Eheleute verbringen das ganze Leben zusammen – das stimmt! Aber lieben sie einander auch fürs Leben? Verbindet sie stets die ursprüngliche Liebe? Suchen sie sich jeden Augenblick, und können sie sich aneinander nicht satt sehen? Wo bleiben schließlich die kleinen Gefälligkeiten, die unablässigen Aufmerksamkeiten, die Gier, beisammen zu sein, die Tränen, das Entzücken – all dieser Unsinn? Die Unaufmerksamkeit und Kälte der Ehemänner ist schon sprichwörtlich. ›Ihre Liebe verwandelt sich in Freundschaft!‹ erklären alle wichtig. So ist es keine Liebe mehr! In Freundschaft! Was für eine Freundschaft ist das? Mann und Frau verbinden gemeinsame Interessen, die Umstände, das gleiche Schicksal – also verbringen sie ihr Leben zusammen. Ist es aber nicht an dem, so gehen sie auseinander und lieben andere – der eine früher, der andere später. Das nennt man dann Verrat! Und wenn sie eine Zeitlang zusammen waren, so bleiben sie endlich aus Gewohnheit zusammen, die, das sage ich dir im Vertrauen, stärker ist als Liebe. Nicht zu Unrecht nennt man sie die zweite Natur. Sonst würden die Menschen bei einer Trennung oder beim Tod des geliebten Wesens nicht aufhören, sich zu quälen, so aber trösten sie sich. Und doch heißt es immer wieder: ewig, ewig! Ohne Überlegung schreit man drauflos.«

»Warum fürchten Sie dann nicht für sich, lieber Onkel? Ihre Braut – entschuldigen Sie – bekommt Sie demnach auch einmal satt?«

»Das denke ich nicht.«

»Wie eitel!«

»Das ist nicht Eitelkeit, sondern Berechnung.«

»Wieder Berechnung!«

»Nun, Überlegung, wenn du willst.«

»Und wenn sie sich in jemand verliebt?«

»Man darf es nicht dahin kommen lassen. Und wenn so ein Unglück geschähe, muß die Liebe geschickt abgekühlt werden.«

»Das sollte möglich sein? Liegt es denn in Ihrer Macht...«

»Durchaus.«

»Dann täten das alle betrogenen Männer«, entgegnete Alexander, »wenn sie könnten...«

»Nicht alle Männer sind gleich, mein Lieber. Die einen sind gleichgültig gegen die Frau, kümmern sich nicht darum, was um sie her geschieht, und wollen nichts bemerken. Andere möchten es aus Eitelkeit wohl und sind um so schlechter dran. Sie verstehen die Sache nicht recht anzupacken.«

»Wie machen Sie es denn?«

»Das ist mein Geheimnis. Dir kann ich es nicht begreiflich machen; du bist im Fieber.«

»Ich bin jetzt glücklich und danke Gott; was vor mir liegt, das will ich nicht wissen.«

»Die erste Hälfte deines Satzes ist so klug, als hätte sie kein Verliebter gesprochen. Sie beweist die Fähigkeit, Gegebenes zu nutzen. Die zweite aber, verzeih, taugt ganz und gar nichts. Ich will nicht wissen, was vor mir liegt, das heißt, ich will nicht daran denken, was gestern war, was heute ist. Ich werde nichts erwägen und nichts überlegen, mich auf das eine nicht vorbereiten, vor dem andern nicht auf der Hut sein. Ich gehe nur der Nase nach. Ich bitte dich, was soll daraus werden?«

»Wie soll man es denn Ihrer Meinung nach halten, lieber

Onkel? Wenn der Augenblick der Seligkeit naht, das Vergrößerungsglas nehmen und sie untersuchen...«

»Nein, das Verkleinerungsglas, damit man nicht vor Freude verrückt wird, nicht jedem um den Hals fliegt.«

»Oder es kommen Zeiten des Kummers«, fuhr Alexander fort, »soll man den auch durch Ihr Verkleinerungsglas untersuchen?«

»Nein, Kummer durch das Vergrößerungsglas. Eine Unannehmlichkeit ist leichter zu tragen, wenn man sie sich doppelt so groß vorstellt, wie sie wirklich ist.«

»Warum nur soll ich jede Freude gleich zu Beginn durch kalte Betrachtung töten«, fuhr Alexander ärgerlich fort, »mich nicht daran berauschen, sondern denken: ›Jetzt wandelt sie sich, vergeht‹? Weshalb soll ich mich mit Kummer abquälen, der noch nicht da ist?«

»Dafür denkst du dann, wenn er naht«, unterbrach ihn der Onkel, »auch der Kummer vergeht, wie er immer verging, bei mir, bei diesem, bei jenem. Ich meine, das ist nicht schlecht, und es lohnt sich, das zu beachten. Dann quält es dich auch nicht, wenn du erkennst, wie rasch jede Aussicht auf Glück im Leben sich wandelt. Du wirst so ruhig und kaltblütig sein, wie ein Mensch nur sein kann.«

»Also darin liegt das Geheimnis Ihrer Ruhe!« bemerkte Alexander nachdenklich.

Pjotr Iwanytsch schwieg und schrieb.

»Aber was ist das für ein Leben?« begann Alexander wieder. »Nicht seiner selbst vergessen und immer denken, denken... Nein, ich fühle, das ist nicht das Rechte! Ich will leben, ohne Ihr kaltes Analysieren, ohne nachzudenken, ob Unheil und Gefahr auf mich warten. Gleichviel! Warum soll ich mir vorzeitig Gedanken machen und mir das Leben verbittern...«

»Da habe ich ihm gesagt warum, und er ist noch immer bei seiner Meinung! Zwinge mich nicht, einen kränkenden Vergleich auf deine Kosten anzustellen. Wenn du Gefahr, ein Hindernis, Unheil voraussiehst, fällt es dir leichter, dagegen zu kämpfen oder es zu ertragen. Du verlierst nicht den Verstand und stirbst nicht daran. Und kommt die Freude, dann wirst du nicht hüpfen und Büsten umwerfen. Ist das klar? Man sagt ihm: ›Sieh, das ist der Anfang, stell dir danach das Ende vor‹, aber er schüttelt den Kopf, schließt die Augen wie beim Anblick eines Gespenstes und lebt weiter wie ein Kind. Nach deiner Meinung müßte man von einem Tag auf den andern leben, wie es gerade kommt, auf der Schwelle vor seiner Hütte sitzen und das Leben nach Essen, Tänzen, Liebe und unwandelbarer Freundschaft messen. Das goldene Zeitalter wünschen sich alle! Ich habe dir schon gesagt, daß man mit deinen Ideen gut auf dem Lande sitzen kann mit einer Frau und einem Halbdutzend Kindern, hier aber muß man arbeiten. Und dazu ist es nötig, unablässig zu überlegen und zu bedenken, was man gestern getan hat und was man heute tut, um zu wissen, was morgen zu tun ist, das heißt, man muß sich und seine Tätigkeit ständig überprüfen. Damit erreichen wir etwas Vernünftiges. So aber ... Doch mit dir ist nicht zu reden, du phantasierst jetzt. Oh, es ist bald ein Uhr. Kein Wort mehr, Alexander, geh, ich höre nicht mehr zu. Iß morgen bei mir zu Mittag, es wird noch jemand da sein.«

»Ihre Freunde?«

»Ja, Konew, Smirnow, Fedorow – du kennst sie, und noch jemand ...«

»Konew, Smirnow, Fedorow! Das sind ja dieselben Leute, mit denen Sie Geschäfte haben.«

»Nun ja, alles nützliche Leute.«

»Das sind also Ihre Freunde? Wahrhaftig, ich habe noch nie gesehen, daß Sie einen von ihnen besonders herzlich empfingen.«

»Ich habe dir schon öfters gesagt, daß ich die Menschen Freunde nenne, mit denen ich oft zusammen bin, die mir Gewinn bringen oder Vergnügen bereiten. Ich bitte dich! Wozu soll ich jemand für umsonst ernähren?«

»Und ich dachte, Sie wollten vor Ihrer Hochzeit Abschied nehmen von wahren Freunden, von denen, die Sie herzlich lieben, wollten bei einem Becher Wein mit ihnen der Jugend gedenken und sie bei der Trennung vielleicht kräftig ans Herz drücken.«

»Hör auf, in deinen paar Worten ist alles enthalten, was es

im Leben nicht gibt oder nicht geben sollte. Deine Tante würde dir entzückt um den Hals fallen! Bedenke: Du sprichst von *wahren Freunden*, da es einfach Freunde gibt, vom *Becher*, da man aus Pokalen oder aus Gläsern trinkt, von Umarmungen *bei der Trennung*, wo es gar keine Trennung gibt. Ach, Alexander!«

»Und es tut Ihnen nicht leid, sich von diesen Freunden zu trennen oder sie zumindest seltener zu sehen?« fragte Alexander.

»Nein, ich bin niemals jemand so nahegekommen, daß ich das bedauert hätte, und ich rate dir dasselbe.«

»Doch Ihre Freunde sind vielleicht anders, ihnen tut es vielleicht leid, in Ihnen einen guten Kameraden, einen Gesellschafter zu verlieren?«

»Das ist ihre Sache, nicht meine. Ich habe auch schon öfter solche Kameraden verloren und bin nicht daran gestorben. Also, kommst du morgen?«

»Onkelchen, morgen bin ich...«

»Was?«

»Aufs Land eingeladen.«

»Wahrscheinlich zu Ljubezkis?«

»Ja.«

»So! Nun, wie du willst. Denk an die Arbeit, Alexander. Sonst sage ich dem Redakteur, womit du dich befaßt...«

»Ach, Onkelchen, wie könnten Sie? Ich schließe die Auszüge aus den deutschen Ökonomisten ganz bestimmt ab...«

»Fang lieber erst einmal damit an. Und vergiß ja nicht, daß du mich nicht um das *verächtliche Metall* bitten darfst, wenn du dich nun völlig *der süßen Wonne* ergibst.«

IV

Alexander lebte hinfort zwei Leben. Den Vormittag verschlang der Dienst. Er wühlte in verstaubten Akten, versetzte sich in Umstände, die ihn ganz und gar nicht berührten, rechnete auf dem Papier mit Millionen, die ihm nicht gehörten. Von Zeit zu Zeit weigerte sich aber sein Kopf, für andere zu denken, die Feder entfiel seiner Hand, und jene *süße Wonne* überwältigte ihn, die Pjotr Iwanytsch so ärgerte.

Dann warf sich Alexander auf dem Stuhl zurück und enteilte in Gedanken an einen anmutigen, friedlichen Ort, wo es keine Akten gab, keine Tinte, keine wunderlichen Menschen, keine Vizeuniformen, wo Stille, Kühle und Wonne herrschten, wo in einem elegant eingerichteten Salon Blumen lieblich dufteten, ein Klavier ertönte, ein Papagei im Käfig hüpfte und im Garten die Fliederbüsche und Birken ihre Zweige wiegten. Und Beherrscherin von alldem war sie...

Während Alexander morgens im Departement saß, war er unsichtbar im Landhaus der Ljubezkis auf einer der Inseln zugegen, und abends erschien er dort sichtbar, in seiner ganzen Größe. Werfen wir einen neugierigen Blick auf sein Glück.

Es war ein heißer Tag, ein Tag, wie sie in Petersburg selten sind. Die Sonne spendete den Fluren Leben, peinigte aber die Straßen der Stadt. Ihre Strahlen brachten den Granit zum Glühen, und die vom Stein zurückgeworfene Hitze dörrte die Menschen aus.

Die Leute gingen langsam, die Köpfe gesenkt. Die Hunde streckten die Zunge heraus. Die Stadt glich einer jener sagenhaften Städte, in denen auf das Zeichen eines Zauberers plötzlich alles versteinert ist. Keine Equipage ratterte über das Pflaster, die Fenster waren von Markisen verdeckt wie Augen hinter gesenkten Lidern. Das Holzpflaster glänzte wie Parkett. Die Fußsteige brannten, wenn man darüber lief. Alles wirkte bedrückt und schläfrig.

Der Fußgänger wischte sich den Schweiß von der Stirn und suchte den Schatten. Eine Kutsche mit sechs Fahrgästen schleppte sich so langsam zur Stadt hinaus, daß sie kaum Staub hinter sich aufwirbelte. Um vier Uhr verließen die Beamten die Ämter und schritten bedächtig nach Hause.

Alexander aber stürmte heraus, als wolle im Haus die Decke einstürzen, sah auf die Uhr – zu spät: Zum Mittagessen kam er nicht mehr rechtzeitig. Er stürzte in ein Restaurant.

»Was gibt es? Schnell!«

»Suppe julienne und à la reine, Soße à la provençale, à la

maître d'hôtel, gebratenen Truthahn, Wild, Omelette soufflée.«

»Nun, Suppe à la provençale, Soße julienne und Braten soufflée. Nur recht schnell!«

Der Kellner sah ihn an.

»Nun, was denn?« fragte Alexander ungeduldig.

Der Kellner rannte hinaus und brachte, was ihm einfiel. Alexander war völlig zufrieden. Den vierten Gang wartete er nicht ab, sondern rannte zum Ufer der Newa. Dort warteten zwei Ruderer in einem Boot auf ihn.

Nach einer Stunde Fahrt erspähte er das verheißene Fleckchen, erhob sich im Boot und richtete den Blick in die Ferne. Erst lag es wie Nebel vor seinen Augen vor Unruhe und Angst, die in Zweifel übergingen. Dann erhellte sich sein Gesicht plötzlich vom Licht der Freude wie unter dem Strahl der Sonne. Er gewahrte am Gitter des Gartens ein bekanntes Kleid. Da hatte man ihn auch bemerkt und winkte mit einem Tuch. Man erwartete ihn, vielleicht schon lange. Ihm brannten die Sohlen vor Ungeduld.

›Ach, könnte ich über das Wasser laufen!‹ dachte Alexander. ›Da erfindet man allen möglichen Unsinn, so etwas aber nicht.‹

Die Ruderer bewegten die Riemen langsam, gleichmäßig, wie eine Maschine. Der Schweiß rann in Strömen über ihre verbrannten Gesichter. Sie kümmerte es nicht, daß Alexanders Herz in der Brust zuckte, daß er, ohne den einen Punkt aus den Augen zu lassen, selbstvergessen bald den einen, bald den anderen Fuß über den Bootsrand setzte. Sie störte das nicht. Sie ruderten mit demselben Gleichmut, von Zeit zu Zeit das Gesicht mit dem Ärmel abwischend.

»Schneller!« rief er. »Einen halben Rubel Trinkgeld.«

Wie machten sie sich an die Arbeit, wippten auf und nieder auf ihren Plätzen! Wohin war ihre Müdigkeit? Woher nahmen sie die Kraft? Die Ruder zogen nur so durchs Wasser. Das Boot glitt so geschwind dahin, daß drei Faden wie nichts erschienen. Sie setzten die Ruder noch ein dutzendmal, und schon beschrieb das Heck einen Bogen, das Boot fuhr schwungvoll ans Ufer heran und legte sich hier auf die Seite. Alexander und Nadenka lächelten sich von ferne zu und ließen sich nicht aus den Augen. Statt aufs Ufer trat Alexander mit einem Fuß ins Wasser. Nadenka lachte laut auf.

»Sachte, mein Herr, warten Sie, ich gebe Ihnen die Hand«, mahnte der eine Ruderer, als Alexander bereits an Land stand.

»Wartet hier auf mich«, befahl er und lief auf Nadenka zu.

Sie lächelte Alexander von ferne zärtlich an. Bei jedem Schlag, der den Kahn näher ans Ufer brachte, hatte sich ihre Brust stärker gehoben und gesenkt.

»Nadeshda Alexandrowna!« rief Alexander, fast atemlos vor Freude.

»Alexander Fjodorytsch!« antwortete sie.

Unwillkürlich stürzten sie aufeinander zu, verhielten aber dann, schauten sich lächelnd mit feuchten Augen an und vermochten nichts zu sagen. So vergingen mehrere Minuten.

Es war zu entschuldigen, daß Pjotr Iwanytsch Nadenka bei der ersten Begegnung nicht beachtet hatte. Sie war keine Schönheit und fesselte die Aufmerksamkeit nicht auf den ersten Blick.

Wer aber ihre Züge eingehend betrachtete, ließ die Augen lange nicht von ihr. Ihr Antlitz blieb nur selten ruhig. Nachdenklichkeit und die mannigfaltigen Empfindungen ihrer äußerst eindrucksfähigen und leicht erregbaren Seele wechselten bei ihr unausgesetzt, und die Nuancen dieser Empfindungen vereinigten sich zu einem wundersamen Spiel und verliehen ihrem Gesicht immer wieder einen neuen, überraschenden Ausdruck. Zum Beispiel sprühen ihre Augen plötzlich sengende Blitze, im nächsten Augenblick jedoch verbergen sie sich hinter den langen Wimpern. Ihr Gesicht erscheint unbeweglich und leblos. Man glaubt, eine Marmorstatue vor sich zu haben. Unwillkürlich erwartet man wieder einen versengenden Strahl – aber nein! Die Lider heben sich langsam, leise. Man wird erleuchtet vom milden Glanz ihrer Augen, als schwebe der Mond langsam hinter Wolken hervor. Einen solchen Blick erwidert das Herz unbedingt mit leichtem Klopfen. Von ihren Bewegungen galt dasselbe. Viel

Anmut lag darin, aber nicht die Anmut einer Sylphide. Nadenkas Anmut hatte viel Ursprüngliches, Ungestümes, wie es die Natur jedem mitgibt, was aber dann von Menschenhand bis auf die letzten Spuren ausgelöscht wird, statt nur gemäßigt zu werden. Nadenkas Bewegungen ließen solche Spuren häufig erkennen. Manchmal saß sie in malerischer Haltung. Aber plötzlich wurde durch eine innere Bewegung die schöne Pose von einer völlig unerwarteten, wiederum bezaubernden Gebärde zerstört. Ebenso unverhoffte Wendungen kennzeichneten ihr Gespräch: bald ein sicheres Urteil, bald Verträumtheit, ein scharfes Wort, dann wieder kindische Ausfälle oder listige Verstellung. Alles deutete auf ihren feurigen Geist, ihr eigensinniges und unbeständiges Herz. Nicht Alexander allein sollte den Verstand ihretwegen verlieren. Nur ein Pjotr Iwanytsch blieb unversehrt. Doch gibt es viele solcher Männer?

»Sie haben auf mich gewartet! Mein Gott, wie glücklich bin ich!« rief Alexander.

»Ich auf Sie gewartet! Ich dachte nicht daran!« erwiderte Nadenka kopfschüttelnd. »Sie wissen, ich bin immer im Garten.«

»Sie zürnen mir?« fragte er schüchtern.

»Warum? Was für eine Idee!«

»Nun, so geben Sie mir Ihr Händchen.«

Sie reichte ihm die Hand, aber kaum hatte er sie berührt, wurde sie ihm wieder entrissen, und im Augenblick war Nadenka verwandelt. Das Lächeln verschwand, auf ihrem Gesicht spiegelte sich so etwas wie Ärger.

»Was ist denn das, Sie trinken Milch?« fragte Alexander.

Nadenka hielt eine Tasse und Zwieback in der Hand.

»Ich esse zu Mittag«, erklärte sie.

»Zu Mittag, um sechs Uhr, und Milch?«

»Nach dem üppigen Essen bei Ihrem Onkel kommt Ihnen die Milch natürlich merkwürdig vor. Aber wir sind hier auf dem Lande; wir leben bescheiden.«

Sie biß mit den Schneidezähnen ein paar Bröckchen Zwieback ab und trank Milch dazu, wobei sie mit dem Mund eine allerliebste Grimasse schnitt.

»Ich habe nicht bei meinem Onkel gegessen, hab es gestern gleich abgelehnt«, erwiderte Alexander.

»Sie sind gewissenlos! Wie kann man so lügen! Wo waren Sie denn bis jetzt?«

»Heute hab ich bis vier Uhr im Amt zugebracht...«

»Und jetzt ist es sechs. Lügen Sie nicht, geben Sie zu, Sie haben sich von gutem Essen und angenehmer Gesellschaft verlocken lassen? Dabei haben Sie sich sehr gut unterhalten.«

»Mein Ehrenwort, ich hab nicht einmal bei meinem Onkel vorgesprochen«, rechtfertigte sich Alexander eifrig. »Könnte ich denn sonst schon bei Ihnen sein?«

»Ah! Ihnen erscheint das zu früh! Sie wären am Ende noch zwei Stunden später gekommen!« rief Nadenka, und mit einer gewandten Pirouette drehte sie sich von ihm weg und ging den Weg zum Haus entlang. Alexander folgte ihr.

»Kommen Sie mir nicht zu nahe, kommen Sie mir nicht zu nahe«, befahl sie, ihn mit der Hand abwehrend. »Ich kann Sie nicht sehen.«

»Genug gescherzt, Nadeshda Alexandrowna!«

»Ich scherze durchaus nicht. Sagen Sie, wo sind Sie bis jetzt gewesen?«

»Um vier Uhr habe ich das Departement verlassen«, begann Alexander, »eine Stunde bin ich hierhergefahren...«

»Dann wäre es also fünf, aber jetzt ist es sechs. Wo haben Sie denn die Stunde verbracht? Sehen Sie, wie Sie lügen!«

»Ich habe im Vorbeigehen im Restaurant etwas gegessen...«

»Im Vorbeigehen! Nur eine Stunde lang!« spottete sie. »Sie Ärmster! Sie müssen hungrig sein. Möchten Sie nicht etwas Milch?«

»Oh, geben Sie mir Ihre Tasse, geben Sie sie mir«, bat Alexander, die Hand ausstreckend.

Aber sie blieb plötzlich stehen, drehte die Tasse mit dem Boden nach oben, und ohne Alexander zu beachten, sah sie aufmerksam zu, wie die letzten Tropfen Milch in den Sand rannen.

»Sie sind erbarmungslos!« klagte er. »Wie können Sie mich so quälen?«

»Sehen Sie, Alexander Fjodorytsch, sehen Sie«, unterbrach ihn Nadenka, in ihre Beschäftigung vertieft, »ob ich mit dem Tropfen den Käfer treffe, der hier auf dem Weg kriecht? Ach, getroffen! Der Ärmste, er wird sterben!« rief sie. Dann nahm sie den Käfer sorgsam auf, setzte ihn auf die Hand und hauchte ihn an.

»Wie Sie sich um den Käfer sorgen!« meinte Alexander verdrießlich.

»Der Ärmste! Sehen Sie: Er wird sterben«, sprach Nadenka traurig. »Was hab ich getan?«

Sie trug den Käfer kurze Zeit auf der Hand, aber als er sich regte und herumzukriechen begann, schauderte sie, warf ihn flink auf die Erde und zertrat ihn, wobei sie erklärte: »Abscheulicher Käfer!«

»Wo waren Sie also?« fragte sie dann.

»Ich habe es doch gesagt…«

»Ach ja, bei Ihrem Onkel! Waren viele Gäste da? Haben Sie Champagner getrunken? Ich rieche sogar von hier aus, wie es nach Champagner duftet.«

»Aber nein, nicht beim Onkel!« unterbrach sie Alexander verzweifelt. »Wer hat Ihnen das gesagt?«

»Sie haben es doch selber erzählt.«

»Bei ihm setzt man sich jetzt erst zu Tisch, nehme ich an. Sie kennen diese Essen nicht. Die sind nicht in einer Stunde zu Ende.«

»Sie haben zwei Stunden gegessen, von vier bis fünf und von fünf bis sechs.«

»Und wann bin ich hierhergefahren?«

Sie erwiderte nichts, sprang leicht in die Höhe und brach einen Akazienzweig ab. Dann lief sie den Weg weiter.

Alexander folgte ihr. »Wohin wollen Sie denn?« fragte er.

»Wohin? Wieso wohin? Das ist gut! Zu Mamachen.«

»Warum? Wir stören sie vielleicht.«

»Nein, das tut nichts.«

Marja Michailowna, die Mutter Nadeshda Alexandrownas, war eine jener guten, einfältigen Mütter, die alles herrlich finden, was ihre Kinder tun. Zum Beispiel läßt sie den Wagen anspannen.

»Wohin wollen Sie, Mamachen?« fragt ihre Tochter.

»Wir wollen spazierenfahren; es ist so herrliches Wetter«, sagt die Mutter.

»Wie könnten wir: Alexander Fjodorytsch will doch kommen.«

Und der Wagen wird wieder ausgespannt.

Ein andermal setzt Marja Michailowna sich an ihren nie fertig werdenden Schal, seufzt, schnupft Tabak und klappert mit den beinernen Stricknadeln, oder sie vertieft sich in einen französischen Roman.

»Maman, warum ziehen Sie sich nicht an?« fragt Nadenka streng.

»Wohin wollen wir denn?«

»Wir wollen doch spazierengehen.«

»Spazieren?«

»Ja. Alexander Fjodorytsch holt uns ab. Das haben Sie schon wieder vergessen!«

»Ich habe es ja gar nicht gewußt.«

»Wie kann man das nicht wissen!« bemerkt Nadenka unzufrieden.

Die Mutter läßt Schal und Buch im Stich und geht, sich umzuziehen. So genoß Nadenka völlige Freiheit, verfügte über sich und die Mutter, ihre Zeit und Beschäftigungen, wie sie es wollte. Im übrigen war sie eine gute, zärtliche Tochter, eine gehorsame kann man nicht sagen, weil nicht sie der Mutter, sondern die Mutter ihr gehorchte. Dafür kann man sagen, sie hatte eine gehorsame Mutter.

»Gehen Sie zu Mamachen!« befahl Nadenka, als sie vor der Tür zum Salon standen.

»Und Sie?«

»Ich komme später.«

»Dann gehe ich auch später hinein.«

»Gehen Sie voraus, gehen Sie.«

Alexander trat ein und kehrte sogleich auf Zehenspitzen wieder um.

»Sie schläft im Sessel«, flüsterte er.

»Das macht nichts, kommen Sie. Maman, Maman!«

»Ah!«

»Alexander Fjodorytsch ist da.«

»Ah!«

»Monsieur Adujew will Sie begrüßen.«

»Ah!«

»Sehen Sie, wie fest sie schläft. Wecken Sie sie nicht!« hielt Alexander das Mädchen zurück.

»Nein, ich wecke sie. Maman!«

»Ah!«

»So wachen Sie doch auf. Alexander Fjodorytsch ist da.«

»Wo ist Alexander Fjodorytsch?« fragte Marja Michailowna, ihn gerade ansehend, und rückte ihre verrutschte Haube zurecht. »Ach, Sie sind es, Alexander Fjodorytsch! Willkommen! Und ich habe hier gesessen und bin eingeschlummert, ich weiß selber nicht wie. Es kommt wohl ein Wetter. Mein Hühnerauge schmerzt auch etwas, es wird Regen geben. Ich habe geschlafen, und da seh ich im Traum, daß Ignati Gäste anmeldet, ich verstand nur nicht, wen. Ich höre, wie er sagt, ›sie sind gekommen‹, aber wer, verstehe ich nicht. Da rief Nadenka, und ich bin sofort erwacht. Ich habe einen leichten Schlaf; wenn etwas nur leise knarrt, hab ich auch schon die Augen auf. Setzen Sie sich doch, Alexander Fjodorytsch. Wie geht es Ihnen?«

»Danke ergebenst.«

»Ist Pjotr Iwanytsch wohlauf?«

»Gottlob, ich danke ergebenst.«

»Warum besucht er uns nie? Ich habe erst gestern gedacht: ›Wenn er nur‹, hab ich gedacht, ›einmal zu uns käme!‹ Aber nein. Er ist offenbar sehr beschäftigt?«

»Sehr«, bestätigte Alexander.

»Auch Sie haben sich gestern nicht sehen lassen!« fuhr Marja Michailowna fort. »Ich bin kaum aufgewacht, da frage ich: ›Was macht Nadenka?‹ – ›Sie schläft noch‹, sagt man. ›Nun, laß sie schlafen‹, sag ich, ›den ganzen Tag an der Luft im Garten, es ist immer schönes Wetter, da wird sie müde.‹ In ihrem Alter schläft man fest, nicht so wie in meinen Jahren. Ich leide so unter Schlaflosigkeit, glauben Sie mir? Das macht mir richtigen Kummer. Ob es von den Nerven kommt – ich weiß es nicht. Da bringt man mir den Kaffee. Ich trinke ihn doch immer im Bett. Ich trinke und denke: ›Was ist da los, Alexander Fjodorytsch läßt sich nicht blicken? Er wird doch wohlauf sein?‹ Dann stehe ich auf und sehe, daß es elf Uhr ist. Ich bitte Sie! Und die Dienstboten sagen mir's nicht. Ich komme zu Nadenka, sie ist noch immer nicht wach. Ich wecke sie. ›Es ist Zeit, meine Liebe‹, sag ich, ›bald zwölf Uhr. Was ist mit dir?‹ Ich bin doch den ganzen Tag hinter ihr her wie eine Kinderfrau. Ich habe auch die Gouvernante entlassen, damit nicht Fremde um sie sind. Vertrau sie Fremden an, und sie machen Gott weiß was mit ihr. Nein, ich habe mich selber um ihre Erziehung gekümmert, passe streng auf, lasse sie keinen Schritt von mir, und ich kann sagen, Nadenka fühlt das. Keinen Gedanken hält sie vor mir geheim. Ich sehe bis in ihr Herz... Dann kam der Koch. Ich habe mich fast eine Stunde mit ihm unterhalten. Dann habe ich die ›Mémoires du diable‹ gelesen. Ach, was für ein angenehmer Autor dieser Soulié ist! Wie nett er alles beschreibt! Dann kam unsere Nachbarin Marja Iwanowna mit ihrem Mann. So habe ich gar nicht bemerkt, wie der Morgen verging. Als ich auf die Uhr sah, war es schon vier und Zeit zum Mittagessen! Ach ja: Warum sind Sie denn nicht zum Essen gekommen? Wir haben bis fünf Uhr auf Sie gewartet.«

»Bis fünf?« wunderte sich Alexander. »Es war mir unmöglich, Marja Michailowna, der Dienst hielt mich fest. Ich bitte Sie, nie länger als bis vier Uhr zu warten.«

»Das hab ich auch gesagt, aber Nadenka: ›Wir wollen warten, wir wollen warten.‹«

»Ich! Ach, ach, Maman, was reden Sie da! Habe ich nicht gesagt: ›Es ist Zeit zum Essen, Maman‹, und Sie sagten: ›Nein, wir müssen noch warten; Alexander Fjodorytsch war lange nicht da, gewiß kommt er heute zum Essen.‹«

»Sehen Sie, sehen Sie!« rief Marja Michailowna kopfschüttelnd. »Ach, die Gewissenlose! Ihre Worte legt sie mir in den Mund!«

Nadenka wandte sich ab und verschwand zwischen den Blumen, wo sie den Papagei neckte.

»Ich sage: ›Ach, wie kann Alexander Fjodorytsch noch kommen?‹« fuhr Marja Michailowna fort. »»Es ist schon halb fünf.‹ – ›Nein, Maman‹, sagt sie, ›wir müssen warten – er kommt.‹ Ich seh nach der Uhr: dreiviertel. ›Wie du willst, Nadenka‹, sag ich, ›aber Alexander Fjodorytsch ist wahrscheinlich eingeladen und kommt nicht. Ich habe Hunger.‹ – ›Nein‹, sagt sie, ›bis fünf Uhr müssen wir noch warten.‹ So hat sie mich darben lassen. Ist es nicht so, gnädiges Fräulein?«

»Papagei, Papagei!« ertönte es hinter den Blumen. »Wo hast du heute zu Mittag gegessen, bei deinem Onkel?«

»Was? Sie hat sich versteckt!« sprach die Mutter weiter. »Es ist ihr offenbar peinlich, Gottes Welt in die Augen zu sehen!«

»Durchaus nicht«, erwiderte Nadenka, kam hinter dem Boskett hervor und setzte sich ans Fenster.

»Und auch dann kam sie nicht zu Tisch«, erklärte Marja Michailowna, »bat um eine Tasse Milch und ging in den Garten. So hat sie nicht einmal zu Mittag gegessen. Wie? Sieh mir mal in die Augen, gnädiges Fräulein.«

Alexander wurde starr bei der Erzählung. Er blickte Nadenka an, doch sie kehrte ihm den Rücken und zerpflückte ein Efeublatt.

»Nadeshda Alexandrowna!« rief er. »Darf ich mich wirklich so glücklich schätzen, daß Sie an mich dachten?«

»Kommen Sie mir nicht zu nahe!« schrie sie, ärgerlich darüber, daß ihre Heimlichkeiten aufgedeckt waren. »Mamachen scherzt, und Sie glauben ihr auch noch!«

»Wo sind denn die Beeren, die du für Alexander Fjodorytsch angerichtet hast?« fragte die Mutter.

»Beeren?«

»Ja.«

»Die haben Sie doch zu Mittag gegessen«, erwiderte Nadenka.

»Ich! Besinne dich, meine Liebe: Du hast sie mir ja nicht gegeben, hast sie versteckt. ›Wenn Alexander Fjodorytsch da ist, gebe ich Ihnen auch welche!‹ hat sie gesagt. Das ist eine!«

Alexander sah Nadenka verschmitzt und zärtlich an. Sie wurde rot.

»Sie hat sie selber gewaschen, Alexander Fjodorytsch«, fügte die Mutter hinzu.

»Was dichten Sie bloß alles zusammen, Maman? Ich habe zwei oder drei Beeren gewaschen, und die habe ich auch selber gegessen, und Wassilissa...«

»Glauben Sie ihr nicht, glauben Sie ihr nicht, Alexander Fjodorytsch. Wassilissa habe ich schon am Morgen in die Stadt geschickt. Warum es verheimlichen? Alexander Fjodorytsch ist es bestimmt angenehm, daß du sie gewaschen hast und nicht Wassilissa.«

Nadenka lächelte, verschwand dann aufs neue hinter den Blumen und erschien mit einem Teller voll Beeren. Sie reichte ihn Alexander. Er küßte ihre Hand und empfing die Beeren wie einen Marschallstab.

»Sie sind es nicht wert! So lange auf sich warten zu lassen!« sagte Nadenka. »Ich habe zwei Stunden am Gitter gestanden. Stellen Sie sich vor: Es kommt jemand, ich denke, Sie sind es, und winke mit dem Tuch, da sind es Fremde, ein Soldat. Und er winkte zurück, der Verwegene!«

Am Abend kamen und gingen Gäste. Es dämmerte. Ljubezkis und Alexander waren wieder allein. Allmählich löste auch dieses Trio sich auf. Nadenka ging in den Garten. Zwischen Marja Michailowna und Alexander ergab sich ein unharmonisches Duett. Lange sang sie ihm vor, was sie gestern getan hatte und heute und was sie morgen tun würde. Quälende Unruhe und Langeweile bemächtigten sich seiner. Der Abend verging rasch, und er hatte noch kein Wort mit Nadenka allein sprechen können. Da erlöste ihn der Koch. Dieser Wohltäter kam, um zu fragen, was er zum Abendbrot anrichten solle. Alexander benahm es den Atem vor Ungeduld, noch stärker als vorhin im Boot. Kaum entspann sich ein Gespräch über Koteletts und Sauermilch, als Alexander sich geschickt zurückzog. Wie vieler Manöver bedurfte es, um nur aus der Nähe von Marja Michailownas Sessel zu kommen! Er trat zuerst ans Fenster und sah auf den Hof hinaus, während es seine Füße gewaltsam zur geöffneten Tür zog. Dann ging er gemessenen Schritts zum Klavier, wobei er sich kaum bezwingen konnte, nicht Hals über Kopf hinauszustürzen, schlug ein paar Tasten an, nahm fieberhaft zitternd die Noten vom Ständer, warf einen Blick hinein und legte sie wieder hin, besaß sogar die Festigkeit, an zwei Blüten zu riechen und den Papagei zu wecken. Doch dann hatte seine Ungeduld den höchsten Grad erreicht. Er stand schon neben der Tür. Es wäre aber nicht schicklich gewesen, ohne weiteres wegzulaufen; er mußte noch kurze Zeit warten und dann wie unabsichtlich vor die Tür treten. Schon zog sich der Koch ein paar Schritte zurück, noch ein Wort – und er ging, dann würde die Ljubezkaja sich zweifellos wieder an ihn wenden. Alexander hielt es nicht länger aus. Wie eine Schlange wand er sich zur Tür hinaus. Mehrere Stufen auslassend, sprang er die Treppe hinab und befand sich mit wenigen Sätzen am Ende der Allee, am Ufer, neben Nadenka.

»Haben Sie sich meiner doch noch erinnert!« sagte sie, diesmal mit sanftem Vorwurf.

»Ach, was für Qualen hab ich gelitten«, antwortete Alexander, »und Sie haben mir nicht geholfen!«

Nadenka zeigte ihm ein Buch.

»Ich hätte Sie damit herausgerufen, wären Sie in diesem Augenblick nicht gekommen«, erklärte sie. »Setzen Sie sich, Maman kommt jetzt nicht mehr; sie hat Angst vor der Feuchtigkeit. Ich habe Ihnen so viel zu sagen, so viel... Ach!«

»Und ich auch... Ach!«

Sie sagten aber nichts oder fast nichts, außer dem, worüber sie schon oftmals gesprochen hatten. Das Übliche: Träume, Himmel, Sterne, Sympathien, Glück. Sie verlegten sich mehr auf die Sprache der Blicke, des Lächelns und der empfindsamen Seufzer. Das Buch fiel ins Gras.

Die Nacht brach herein... Nein, diese Nacht! Gibt es denn in Petersburg im Sommer überhaupt Nächte? Das ist keine Nacht, nein... Man müßte einen anderen Namen ausdenken – vielleicht Helldunkel... Rundum ist es still. Die Newa scheint zu schlafen. Nur dann und wann plätschern ihre Wellen wie im Traum leise ans Ufer und verstummen wieder. Und dann erhebt sich ein verspätetes Lüftchen, streicht über die schlafenden Wasser, kann sie jedoch nicht erwecken, kräuselt nur die Oberfläche, weht Nadenka und Alexander mit seiner Kühle an oder trägt ihnen den Klang fernen Gesangs zu. Und wieder ist alles still, die Newa liegt wieder reglos, wie ein schlafender Mensch, der bei einem leisen Geräusch die Augen geöffnet hat und sie gleich wieder schließt; der Schlaf drückt seine schweren Lider nun um so fester zu. Dann tönt es von der Brücke her wie ein ferner Donner, darauf das Bellen des Wachhundes von der nahen Fischerei, und wieder ist es still. Die Bäume bilden ein dunkles Gewölbe und wiegen sachte und lautlos die Zweige. In den Landhäusern am Ufer schimmern die Lichter.

Was liegt in solchen Stunden Besonderes in der warmen Luft? Was huscht geheimnisvoll über die Blumen, die Bäume, das Gras, haucht unerklärliche Wonne in die Seele? Weshalb erwachen andere Gedanken, andere Gefühle als mitten im Lärm, unter den Menschen? Der Schlaf der Natur, das Dämmern, die schweigenden Bäume, die duftenden Blumen und die Einsamkeit bilden für die Liebe eine wunderbare Kulisse! Machtvoll stimmt alles den Verstand zum Träumen, das Herz zu den seltenen Empfindungen, die im alltäglichen, geregelten, strengen Leben nutzlos, unangebracht, lächerlich und abwegig erscheinen... Ja, nutzlos, obwohl die Seele nur in solchen Augenblicken ahnungsvoll die Möglichkeit des Glückes ermißt, das man zu anderer Zeit so eifrig sucht und nicht findet.

Alexander und Nadenka traten an den Fluß und lehnten sich auf das Gitter. Nadenka sah lange in Gedanken verloren auf die Newa, in die Ferne, Alexander aber betrachtete sie. Übervoll von Glück waren ihre Seelen, die Herzen schmerzten süß und quälend zugleich, aber die Lippen schwiegen.

Da berührte Alexander leise ihre Taille. Sie schob seine Hand sacht mit dem Ellbogen weg. Er näherte sich ihr wieder, sie wehrte sich schwächer, ohne den Blick von der Newa zu wenden. Beim dritten Mal wehrte sie ihm nicht mehr.

Er faßte ihre Hand – auch die entzog sie ihm nicht. Er drückte die Hand, sie erwiderte den Druck. So standen sie schweigend, aber was empfanden sie!

»Nadenka!« sprach er leise.

Sie schwieg.

Ersterbenden Herzens neigte sich Alexander zu ihr. Sie spürte auf der Wange seinen brennenden Atem, erbebte, wandte sich ab und – trat doch nicht in edler Entrüstung zurück, schrie nicht auf! Sie war nicht imstande, sich zu verstellen und sich zu entfernen. Der Zauber der Liebe zwang die Vernunft zu schweigen, und als Alexanders Mund sich an den ihren schmiegte, erwiderte sie seinen Kuß, wenn auch nur schwach, kaum spürbar.

›Wie unanständig!‹ rufen da die gestrengen Mütter. ›Allein im Garten, ohne Mutter, küßt sie einen jungen Mann!‹ Was soll man machen! Unanständig ist es, doch sie erwiderte den Kuß.

»Oh, wie glücklich der Mensch sein kann!« sagte Alexander für sich und neigte sich wieder zu ihrem Mund, so mehrere Sekunden verweilend.

Sie stand bleich, reglos, an ihren Wimpern glänzten Tränen, die Brust atmete schwer und heftig.

»Wie ein Traum!« flüsterte er.

Plötzlich schreckte Nadenka auf. Der Augenblick der Selbstvergessenheit war mit einemmal verflogen.

»Was soll das heißen? Sie vergessen sich!« rief sie und entfernte sich ein paar Schritte von ihm. »Das sage ich Mamachen!«

Alexander fiel aus den Wolken.

»Nadeshda Alexandrowna! Zerstören Sie meine Seligkeit nicht mit einem Vorwurf«, begann er, »machen Sie es nicht wie . . .«

Sie sah ihn an und lachte laut und fröhlich auf, kam zurück, stellte sich wieder ans Gitter und lehnte Kopf und Arm vertrauensvoll an seine Schulter.

»Sie lieben mich also sehr?« fragte sie, während sie eine Träne abwischte, die über ihre Wange rollte.

Alexander machte eine unbeschreibliche Geste mit den Schultern. Sein Gesicht zeigte einen ›überaus törichten Ausdruck‹, wie Pjotr Iwanytsch gesagt hätte und was vielleicht auch zutraf. Aber wieviel Glück verbarg sich auch hinter dem törichten Ausdruck!

Sie blickten wie zuvor schweigend aufs Wasser, in den

Himmel, in die Ferne, als wäre nichts zwischen ihnen geschehen. Sie hatten nur Angst, einander anzusehen. Endlich sahen sie sich doch in die Augen und lächelten, wandten sich aber gleich wieder ab.

»Gibt es wirklich Kummer auf Erden?« brach Nadenka das Schweigen.

»Man sagt, ja...«, antwortete Alexander nachdenklich, »aber ich glaube es nicht.«

»Was für Kummer soll denn das sein?«

»Onkelchen sagt – Armut.«

»Armut! Fühlen denn Arme nicht dasselbe wie wir? Dann sind sie doch gleich nicht mehr arm.«

»Onkelchen sagt, ihnen stünde der Sinn nicht danach; sie müßten für Essen und Trinken sorgen...«

»Pfui, fürs Essen! Ihr Onkelchen sagt nicht die Wahrheit. Man kann auch ohne das glücklich sein: ich habe heute nicht zu Mittag gegessen, und wie glücklich bin ich?«

Er lachte.

»Ja, für diesen Augenblick würde ich alles den Armen geben, alles!« fuhr Nadenka fort. »Die Armen sollen nur kommen. Ach, warum kann ich nicht alle mit etwas trösten und erfreuen?«

»Engel, Engel!« stieß Alexander entzückt hervor und preßte ihre Hand.

»Oh, Sie tun mir weh!« unterbrach ihn Nadenka stirnrunzelnd und entzog ihm die Hand.

Aber er ergriff sie wieder und bedeckte sie mit feurigen Küssen.

»Für diesen Abend«, fuhr sie fort, »werde ich beten, heute, morgen, immer! Wie glücklich bin ich! Und Sie?«

Plötzlich wurde sie nachdenklich. In ihren Augen glomm Unruhe auf.

»Wissen Sie«, bemerkte sie, »man sagt, was einmal war, das kehrt nicht wieder! Also wird auch dieser Augenblick sich nicht wiederholen?«

»O nein!« erwiderte Alexander. »Das ist nicht wahr. Er kehrt wieder! Noch schönere Augenblicke kommen. Ja, ich fühle es!«

Sie schüttelte ungläubig den Kopf. Und ihm fielen plötzlich die Lehren des Onkels ein, so daß er verstummte.

›Nein‹, sprach er zu sich selber, ›nein, das kann nicht sein! Der Onkel kennt kein solches Glück, deshalb ist er so streng und mißtrauisch gegen die Menschen. Der Arme! Er tut mir leid mit seinem kalten, verhärteten Herzen. Es hat keinen Liebesrausch kennengelernt, daher seine bitteren Schmähreden gegen das Leben. Gott wird ihm verzeihen! Wenn er meine Seligkeit sähe, würde selbst er nicht daran rühren, würde sie nicht mit schmutzigem Zweifel entweihn. Er tut mir leid . . .‹

»Nein, Nadenka, nein, wir werden glücklich sein!« fuhr er laut fort. »Sieh dich nur um: Freut sich nicht alles hier, da es unsere Liebe erkennt? Gott selber segnet sie. Wie fröhlich werden wir Hand in Hand durch das Leben gehen! Wie *stolz und erhaben* werden wir sein *durch unsere gegenseitige Liebe*!«

»Ach hören Sie auf wahrzusagen, hören Sie auf!« unterbrach sie ihn. »Prophezeien Sie nicht. Mir wird unheimlich, wenn Sie so reden. Mir ist auch jetzt traurig zumute . . .«

»Was haben wir denn zu fürchten? Sollten wir uns selber nicht trauen dürfen?«

»Nein, das kann man nicht!« rief sie kopfschüttelnd. Er sah sie an und wurde nachdenklich.

»Warum nicht?« fragte er dann. »Was kann denn die Welt unseres Glückes zerstören? Wen kümmert das? Wir werden immer allein sein, uns von den anderen zurückziehen. Was haben wir mit ihnen zu tun? Und was sie mit uns? Sie werden nicht mehr an uns denken, uns vergessen, und dann stören uns auch keine Gerüchte von Kummer und Unheil mehr, so wie hier im Garten kein Laut die feierliche Stille stört . . .«

»Nadenka! Alexander Fjodorytsch!« ertönte es da von der Treppe. »Wo seid ihr?«

»Hören Sie!« sprach Nadenka in prophetischem Ton. »Das ist ein Wink des Schicksals. Dieser Augenblick wird sich nicht wiederholen, ich fühle es . . .«

Sie ergriff seine Hand, drückte sie, sah ihn merkwürdig traurig an und stürzte davon, die finstere Allee entlang.

Er blieb allein, in Gedanken verloren, zurück.

»Alexander Fjodorytsch!« ertönte es erneut von der Treppe. »Die Sauermilch steht längst auf dem Tisch.«

Er zuckte die Schultern und ging ins Zimmer.

»Nach einem Augenblick unsagbarer Seligkeit plötzlich Sauermilch!« beklagte er sich bei Nadenka. »Ist's wirklich immer so im Leben?«

»Wenn's nichts Schlimmeres ist«, erwiderte sie fröhlich. »Sauermilch ist etwas sehr Gutes, vor allem für einen, der nicht zu Mittag gegessen hat.«

Das Glück beseelte sie. Ihre Wangen glühten, die Augen strahlten in ungewöhnlichem Glanz. Geschäftig sorgte sie für ihn, plauderte fröhlich. Auch nicht ein Schatten der eben noch empfundenen Trauer war zurückgeblieben; die Freude hatte sie verschlungen.

Die Morgenröte breitete sich schon über die Hälfte des Himmels, als Alexander das Boot bestieg. In Erwartung der versprochenen Belohnung spuckten die Ruderer in die Hände und arbeiteten aus Leibeskräften, wie am Abend zuvor auf ihren Plätzen auf und nieder wippend.

»Langsamer!« befahl Alexander. »Dann gibt es noch einen halben Rubel als Trinkgeld!«

Sie sahen ihn an, dann einander. Der eine kratzte sich auf der Brust, der andere auf dem Rücken, und dann bewegten sie die Ruder kaum noch, berührten kaum das Wasser. Das Boot glitt dahin wie ein Schwan.

›Und Onkel will mich glauben machen, Glück sei eine Chimäre, man dürfe an nichts ohne Einschränkung glauben, das Leben sei... Gewissenloser! Warum will er mich so grausam betrügen? Nein, so ist das Leben! So habe ich mir's vorgestellt, so muß es sein, so ist es, und so wird es bleiben! Anders wäre es kein Leben!‹

Ein leichter, frischer Morgenwind wehte aus dem Norden. Alexander erschauerte unter der Kühle und unter seinen Erinnerungen, dann gähnte er, wickelte sich in den Mantel und versank in Träume.

V

Alexander hatte den Gipfel seines Glücks erreicht. Ihm blieb nichts zu wünschen übrig. Der Dienst, die Arbeit für die Zeitschrift – alles war hintangesetzt, vergessen. Bei einer Beförderung hatte man ihn schon übergangen. Er merkte es kaum; nur weil sein Onkel ihn darauf aufmerksam machte. Pjotr Iwanytsch riet ihm, die Torheiten zu lassen, doch Alexander zuckte bei dem Worte ›Torheiten‹ die Schultern, lächelte mitleidig und schwieg. Als der Onkel die Nutzlosigkeit seiner Vorstellungen sah, zuckte auch er die Schultern, lächelte mitleidig und verstummte. Er bemerkte nur noch: »Wie du willst, das ist deine Sache. Aber sieh dich vor, bitte mich nicht um den verächtlichen Mammon.«

»Keine Angst, lieber Onkel«, erwiderte Alexander darauf. »Es ist nur schlecht, wenn man wenig Geld hat, aber ich habe genug, und viel brauche ich nicht.«

»Nun, dann gratuliere ich dir«, fügte Pjotr Iwanytsch hinzu.

Alexander ging ihm sichtlich aus dem Wege. Er hatte jegliches Vertrauen zu des Onkels traurigen Prophezeiungen verloren und fürchtete seine kalte Betrachtung der Liebe überhaupt und die kränkenden Bemerkungen über seine Beziehungen zu Nadenka im besonderen.

Es war ihm zuwider, zuzuhören, wie der Onkel seine Liebe einfach analysierte, nach Gesetzen, die für alle gelten sollten, und somit die nach Alexanders Meinung erhabene, heilige Angelegenheit entweihte. Er hielt seine Freude geheim, die Aussicht auf ein rosiges Glück; denn er ahnte, daß die Rosen unversehens in Staub zerfallen oder sich in Dung verwandeln würden, wenn der Onkel mit seiner Analyse nur daran rührte. Auch der Onkel ging ihm anfangs aus dem Wege, weil er dachte: ›Da hat der dumme Junge sich der Faulheit ergeben, wird in Schulden geraten, mich um Geld angehen und mir zur Last liegen.‹

Im Gang, im Blick, im ganzen Gebaren Alexanders lag etwas Triumphierendes, Geheimnisvolles. Gegen andere verhielt er sich wie ein Kapitalist an der Börse gegen kleine

Kaufleute, bescheiden und würdevoll, indem er bei sich dachte: ›Ihr Bedauernswerten! Wer von euch besitzt einen Schatz wie ich? Wer vermag so zu fühlen? Wessen Seele ist so mächtig‹ . . . und so weiter.

Er war überzeugt, daß er allein auf der Welt so liebte und geliebt wurde.

Übrigens ging er nicht nur dem Onkel aus dem Wege, sondern auch der *Menge*, wie er zu sagen pflegte. Entweder huldigte er seiner Gottheit, oder er saß allein zu Hause in seinem Arbeitszimmer, berauschte sich an seiner Seligkeit, analysierte, zerlegte sie in unendlich kleine Atome. Er nannte das *sich eine eigene Welt schaffen* und schuf sich tatsächlich in seiner Einsamkeit aus dem Nichts eine Welt. Darin zog er sich immer öfter zurück. Zum Dienst ging er ungern und selten, erklärte ihn für *lästigen Zwang, ein notwendiges Übel* oder *traurige Prosa*. Er wußte viele Varianten zu diesem Thema. Zu dem Redakteur und zu seinen Bekannten ging er gar nicht mehr.

Das Zwiegespräch mit seinem *Ich* war für ihn die höchste Lust. ›Nur wenn der Mensch allein ist‹, schrieb er in einer Erzählung, ›sieht er sich wie im Spiegel. Nur dann lernt er, an die menschliche Größe und Würde zu glauben. Wie herrlich ist er im Zwiegespräch mit seinen seelischen Kräften! Er mustert sie streng wie ein Feldherr, ordnet sie nach einem weise überlegten Plan und stürmt an ihrer Spitze davon und wirket und schafft! Welch ein erbärmlicher Wicht ist dagegen, wer nicht versteht mit sich allein zu sein, wer sich davor fürchtet, vor sich selbst flieht und stets Gesellschaft sucht, fremden Verstand und Geist . . .‹ Man konnte meinen, ein Denker entdecke neue Gesetze über die Ordnung der Welt oder das menschliche Dasein, dabei war's nur ein Verliebter!

Da sitzt er in seinem Voltairesessel. Vor ihm ein Blatt Papier, auf das er einige Verse geworfen hat. Bald beugt er sich über das Blatt, verbessert etwas oder fügt zwei, drei Verse hinzu, bald wirft er sich im Sessel zurück und verliert sich in Gedanken. Ein Lächeln spielt auf seinen Lippen; offensichtlich hat er den vollen *Becher* des Glücks eben erst abgesetzt. Seine Augen schließen sich schmachtend wie bei einem schlummernden Kater, oder sie blitzen im Feuer innerer Erregung auf.

Rundum ist's still. Nur von fern, von der Hauptstraße her, hört man das Dröhnen von Equipagen, und dann und wann hebt Jewsej, der müde ist vom Stiefelputzen, laut zu sprechen an: »Daß ich es nicht vergesse: Kürzlich hab ich für einen Groschen Essig geholt und für zehn Kopeken Kohl; morgen muß ich das zurückzahlen, sonst borgt mir der Kaufmann womöglich nicht wieder – der Hund! Pfundweise wiegt man das Brot ab, wie in einem Hungerjahr – eine Schande! Ach Gott, hab ich mich gequält! Ich putze nur den Stiefel fertig, dann geh ich schlafen. In Gratschi schlafen sie wahrscheinlich schon lange; da geht es nicht so zu wie hier! Wann wird es dem Herrgott gefallen, daß ich es wiedersehe!«

Er seufzte laut, hauchte auf den Stiefel und bearbeitete ihn erneut mit der Bürste. Er hielt diese Arbeit für seine wichtigste, ja fast für seine einzige Pflicht, und maß an der Fähigkeit, Stiefel zu putzen, den Wert eines Dieners und der Menschen überhaupt. Er putzte mit wahrer Leidenschaft.

»Hör auf, Jewsej! Du störst mich bei der Arbeit mit deinen Albernheiten!« rief Alexander.

»Albernheiten!« brummte Jewsej vor sich hin, »das ist allerhand! Du treibst Albernheiten, und ich arbeite. Sieh einer, wie schmutzig er seine Stiefel gemacht hat; man kriegt sie kaum wieder sauber.«

Er stellte den Stiefel auf den Tisch und besah sich liebevoll im spiegelnden Glanz des Leders.

»Da soll mal einer kommen und so Stiefel putzen«, meinte er. »Albernheiten!«

Alexander versank immer tiefer in seine Träume von Nadenka und von seinem Schaffen.

Sein Tisch war leer. Alles, was an die früheren Beschäftigungen gemahnte, an den Dienst, die Arbeit für die Zeitschrift, lag unter dem Tisch, auf dem Schrank oder unter dem Bett. »Allein der Anblick *dieses Schmutzes*«, sprach er, »verscheucht den schöpferischen Gedanken. Er fliegt davon wie die Nachtigall aus dem Hain beim Kreischen ungeschmierter Räder, das von der Straße herübertönt.«

Oft traf ihn die Morgenröte über einer Elegie. Jede Stunde, die er nicht bei Ljubezkis verbrachte, widmete er seinem Schaffen. Wenn ein Gedicht vollendet war, las er es Nadenka vor. Die schrieb es ab auf schönes Papier und lernte es auswendig, und er ›erfuhr das höchste Glück des Dichters – sein Werk von lieben Lippen zu hören‹.

»Du bist meine Muse«, sprach er zu ihr, »sei die Vestalin des heiligen Feuers, das in meiner Brust brennt. Wenn du es verläßt, erlischt es auf ewig.«

Dann sandte er die Gedichte unter fremdem Namen an eine Zeitschrift. Sie wurden gedruckt, weil sie nicht schlecht waren, stellenweise nicht ohne Kraft und alle durchdrungen von feurigem Gefühl, auch flüssig geschrieben.

Nadenka war stolz auf seine Liebe und nannte ihn ›mein Dichter‹.

»Ja, dein, auf ewig dein!« fügte er hinzu. Der Ruhm schien ihm zu lächeln, und den Kranz, dachte er, würde ihm Nadenka flechten und den Lorbeer mit Myrten umwinden, und dann... »Leben, Leben, wie bist du schön!« rief er aus. – »Und der Onkel? Warum stört er den Frieden meiner Seele? Ist er vielleicht ein Dämon, den mir das Schicksal gesandt? Warum verbittert er mit Galle mein Glück? Ist es Neid, weil seinem Herzen diese reinen Freuden fremd sind, oder das dunkle Verlangen, zu schaden... Oh, weg von ihm, weg! Er tötet, vergiftet mit seinem Haß meine liebende Seele, verdirbt sie...«

Und er floh seinen Onkel, ließ sich wochenlang, monatelang nicht bei ihm sehen. Und wenn bei einem Zusammentreffen das Gespräch auf Fragen des Gefühls kam, so schwieg er spöttisch oder hörte zu wie ein Mensch, dessen Überzeugung durch keinen Beweis zu erschüttern ist. Er hielt sein Urteil für unfehlbar, seine Ansichten und Gefühle für unumstößlich und war entschlossen, sich in Zukunft nur von ihnen leiten zu lassen. Er sagte, er sei kein Knabe mehr, *warum sollten denn nur Fremder Ansichten heilig sein?* und so weiter.

Sein Onkel aber blieb sich stets gleich. Er fragte seinen Neffen nicht aus, sein seltsames Benehmen bemerkte er nicht oder wollte nichts bemerken. Als er sah, daß Alexanders Lage sich gleichblieb, daß er seine bisherige Lebensweise beibehielt, ihn nicht um Geld bat, wurde er wieder freundlich zu ihm und warf ihm nur sanft vor, daß er so selten zu ihm kam.

»Meine Frau ist böse auf dich«, sagte er. »Sie hat sich an dich gewöhnt. Wir essen jeden Tag zu Hause; komm doch einmal.«

Das war alles. Alexander ging selten zu ihm. Er hatte ja auch keine Zeit: den Vormittag im Dienst, nach dem Mittagessen bis in den Abend bei den Ljubezkis; es blieb nur die Nacht, und nachts zog er sich in die eigene, von ihm erdachte *Welt* zurück und fuhr fort in seinem Schaffen. Außerdem schadete es nicht, auch ein wenig zu schlafen.

Auf dem Gebiet der schönen Prosa war er weniger erfolgreich. Er schrieb eine Komödie, zwei Erzählungen, eine Skizze und eine Reisebeschreibung. Seine Schaffenskraft war erstaunlich, das Papier rauchte nur so unter der Feder. Die Komödie und eine Erzählung zeigte er zuerst seinem Onkel und bat, ihm zu sagen, ob sie etwas taugten. Der Onkel las aufs Geratewohl einige Seiten und schickte dann alles zurück mit der Aufschrift: ›Es taugt... für den Verschlag!‹

Alexander war außer sich und sandte die Manuskripte an eine Zeitschrift. Aber man gab ihm beide zurück. An zwei Stellen der Komödie war am Rande mit Bleistift vermerkt: ›Nicht schlecht‹, das war alles. In der Erzählung fanden sich häufig Bemerkungen wie: ›Schwach, unwahr, unreif, matt, unentwickelt‹, und am Schluß hieß es: ›Allgemein ist Unkenntnis des Herzens festzustellen, übertriebene Heftigkeit, Unnatürlichkeit, alles geht auf Stelzen, nirgends findet man einen Menschen... Der Held ist verstümmelt... Solche Menschen gibt es nicht... Zur Veröffentlichung ungeeignet! Im übrigen scheint der Autor nicht ohne Begabung, er muß nur arbeiten!‹

»Solche Menschen gibt es nicht!« meinte Alexander, gekränkt und verwundert zugleich. »Wie kann es sie nicht geben? Ich selber bin doch der Held. Soll ich etwa gewöhnliche Menschen als Helden darstellen, die man auf Schritt und Tritt trifft, die wie die Menge denken und fühlen, das tun, was alle tun – die erbärmlichen Gestalten alltäglicher geringwertiger Tragödien und Komödien, die durch kein besonderes Siegel gekennzeichnet sind ... Soll sich die Kunst so weit erniedrigen?«

Er rief den Schatten Byrons an, damit der bestätige, daß die von Alexander verkündete Lehre von der schönen Literatur einwandfrei sei, berief sich auf Goethe und Schiller. Als einzig mögliche Helden eines Dramas oder einer Erzählung konnte er sich Seeräuber oder große Dichter oder Künstler vorstellen, und er ließ diese Helden nach seiner Art handeln und fühlen.

In der einen Erzählung hatte er als Handlungsort Amerika gewählt. Die Szenerie war üppig: die amerikanische Natur, Berge und mitten darin ein Verbannter mit seiner Geliebten, die er entführt hat. Die ganze Welt hat sie vergessen. Sie freuen sich ihrer Liebe und der Natur, und als die Nachricht eintrifft, daß sie begnadigt sind und in die Heimat zurückkehren können, lehnen sie es ab. Etwa zwanzig Jahre später kommt ein Europäer in dieses Land, geht mit den Indianern auf Jagd und findet auf einem Berg eine Hütte und in ihr ein Skelett. – Der Europäer war der Widersacher des Helden. Wie schön erschien ihm die Erzählung! Mit welcher Begeisterung hatte er sie Nadenka an Winterabenden vorgelesen! Wie begierig hatte sie ihm gelauscht! Und so etwas nahm man nicht an!

Er verlor kein Wort über diesen Mißerfolg gegen Nadenka, schluckte die Kränkung schweigend hinunter und vertuschte sie.

»Was ist mit der Erzählung?« fragte sie. »Hat man sie gedruckt?«

»Nein«, erwiderte er. »Das geht nicht; es ist zuviel darin, was bei uns seltsam und unverständlich erschiene ...«

Wenn er gewußt hätte, daß er die Wahrheit sprach in einem ganz anderen Sinn, als er meinte!

Die Forderung zu arbeiten erschien ihm ebenfalls seltsam. »Wozu hat man denn Talent?« fragte er. »Arbeiten muß der unbegabte Sklave, das Talent schafft mühelos und frei ...« Aber als er daran dachte, daß seine Aufsätze über Landwirtschaft und auch seine Gedichte anfangs nichts Rechtes waren, doch dann allmählich besser wurden und die besondere Aufmerksamkeit des Publikums auf sich zogen, wurde er nachdenklich, begriff die Ungereimtheit seines Schlusses und verschob die schöne Prosa mit einem Seufzer auf eine spätere Zeit. Wenn sein Herz gleichmäßig schlagen und die Gedanken sich ordnen würden, dann, gab er sich selber das Wort, wollte er arbeiten, wie sich's gehört.

Die Tage gingen dahin, Tage ununterbrochenen Genusses für Alexander. Er war glücklich, wenn er Nadenka die Fingerspitzen küßte, ihr zwei Stunden lang in malerischer Pose gegenübersaß, ohne den Blick von ihr zu wenden, seufzend und vor Wonne vergehend oder zu der Gelegenheit passende Gedichte aufsagend.

Die Gerechtigkeit verlangt zu erwähnen, daß sie auf seine Seufzer und Gedichte manchmal mit Gähnen antwortete. Und das war kein Wunder: Ihr Herz war beschäftigt, aber der Kopf blieb müßig, Alexander bemühte sich nicht, ihm Nahrung zu geben. Das Jahr, das Nadenka zur Prüfung festgesetzt hatte, ging seinem Ende zu. Sie wohnte mit ihrer Mutter wieder im Landhaus. Alexander brachte die Rede auf ihr Versprechen, bat um Erlaubnis, mit ihrer Mutter reden zu dürfen. Nadenka wollte es bis zur Übersiedlung in die Stadt verschieben, aber Alexander drängte.

Endlich, eines Abends beim Abschied, erlaubte sie ihm, am nächsten Tag mit ihrer Mutter zu reden.

Alexander schlief die ganze Nacht nicht, ging nicht zum Dienst. In seinem Kopf kreiste alles um den morgigen Tag. Er überlegte unablässig, was er Marja Michailowna zu sagen hätte, wollte eine Rede aufsetzen, sich vorbereiten, aber kaum besann er sich, daß es um Nadenkas Hand ging, so verlor er sich in Träumen und vergaß wieder alles. So kam er am Abend ins Landhaus, ohne im geringsten vorbereitet zu sein. Das war aber auch nicht nötig. Nadenka kam ihm wie gewöhnlich in den Garten entgegen, doch mit einer Spur von Nachdenklichkeit in den Augen, ohne Lächeln und wie zerstreut.

»Heute können Sie nicht mit Mamachen sprechen«, sagte sie. »Dieser garstige Graf sitzt bei uns!«

»Graf! Was für ein Graf?«

»Das wissen Sie nicht! Graf Nowinski natürlich, unser Nachbar. Dort ist sein Haus. Wie oft haben Sie seinen Garten gerühmt!«

»Graf Nowinski! Bei Ihnen!« rief Alexander verwundert. »Aus welchem Anlaß?«

»Ich weiß es selber noch nicht recht«, antwortete Nadenka. »Ich saß hier und las Ihr Buch. Mamachen aber war nicht zu Hause; sie war bei Marja Iwanowna. Als es anfing zu regnen, ging ich ins Zimmer. Da fährt ein Wagen an der Freitreppe vor, hellblau mit weißem Polster, derselbe, der immer an uns vorbeifuhr – Sie haben ihn noch gelobt. Ich sehe, daß Mamachen mit einem Mann aussteigt. Sie kommen herein. Mamachen sagt: ›Das, Graf, ist meine Tochter. Bitte, seien Sie ihr gewogen und lieben Sie sie.‹ Er verbeugte sich und ich auch. Ich genierte mich, wurde rot und lief auf mein Zimmer. Mamachen aber – sie ist unerträglich –, ich höre, wie sie sagt: ›Verzeihen Sie, Graf, sie wächst bei mir so weltfremd auf ...‹ Da erriet ich, daß es unser Nachbar, Graf Nowinski, sein muß. Wahrscheinlich hat er Mamachen wegen des Regens in seiner Equipage von Marja Iwanowna hergebracht.«

»Ist er ... alt?« fragte Alexander.

»Wieso alt? Pfui, was denken Sie? Jung, hübsch!«

»Schon haben Sie gesehen, daß er hübsch ist!« rügte Alexander verdrossen.

»Das ist gut! Muß man da lange hinsehen? Ich habe schon mit ihm gesprochen. Ach, er ist überaus liebenswürdig, fragte, was ich treibe. Über Musik hat er gesprochen, bat mich, etwas zu singen. Ich hab es aber nicht getan, ich kann ja fast nichts. Diesen Winter bitte ich Maman unbedingt, einen guten Gesangslehrer für mich zu nehmen. Der Graf sagt, das sei heute Mode – zu singen.«

Das alles wurde ungewöhnlich lebhaft vorgebracht.

»Ich dachte, Nadeshda Alexandrowna«, bemerkte Alexander, »daß Sie diesen Winter genug zu tun haben werden, auch ohne Gesang ...«

»Was denn?«

»Was!« wiederholte Alexander vorwurfsvoll.

»Ach! Ja ... Sind Sie im Boot hergekommen?«

Er sah sie schweigend an. Sie drehte sich um und ging ins Haus.

Alexander trat etwas unruhig in den Salon. Was für ein Graf war das? Wie sollte er sich zu ihm stellen? Wie würde der Graf sich verhalten? Stolz? Herablassend? Er trat ein. Der Graf erhob sich und verneigte sich höflich als erster. Alexander erwiderte seine Verbeugung, gezwungen und ungeschickt. Die Hausherrin stellte sie vor. Der Graf mißfiel ihm irgendwie. Dabei war er ein schöner Mann: groß, schlank, blond, mit großen, ausdrucksvollen Augen und einem gewinnenden Lächeln. In seinem Benehmen lag Einfachheit, Vornehmheit, eine gewisse Weichheit. Er hätte wohl jeden für sich gewonnen, doch Alexander gewann er nicht.

Ungeachtet Marja Michailownas Einladung, sich in ihre Nähe zu setzen, ließ sich Alexander in der Ecke nieder und sah ein Buch an, was durchaus nicht weltmännisch, sondern unpassend und ungeschickt war. Nadenka stand hinter dem Sessel der Mutter, betrachtete neugierig den Grafen und hörte zu, was und wie er sprach: er war etwas Neues für sie.

Alexander konnte nicht verbergen, daß ihm der Graf mißfiel. Dieser schien seine Unhöflichkeit nicht zu bemerken. Er war aufmerksam, und im Bemühen, ein allgemeines Gespräch zu führen, wandte er sich auch an Alexander. Aber vergebens: Jener schwieg oder antwortete nur ja oder nein.

Als die Ljubezkaja zufällig seinen Namen wiederholte, fragte der Graf, ob er mit Pjotr Iwanytsch verwandt sei.

»Mein Onkel!« antwortete Alexander kurz.

»Ich treffe ihn oft in Gesellschaften«, erklärte der Graf.

»Kann sein. Was ist Besonderes dabei?« warf Alexander hin und zuckte die Schultern.

Der Graf verbiß ein Lächeln. Nadenka wechselte einen Blick mit der Mutter und schlug errötend die Augen nieder.

»Ihr Onkel ist ein kluger und liebenswürdiger Mann!« bemerkte der Graf leicht ironisch.

Alexander schwieg.

Nadenka hielt es nicht länger aus, sie trat zu Alexander, und während sich der Graf mit ihrer Mutter unterhielt,

131

flüsterte sie ihm zu: »Daß Sie sich nicht schämen! Der Graf ist so freundlich zu Ihnen, und Sie?«

»Freundlich!« antwortete Alexander in seinem Ärger fast laut: »Ich brauche seine Freundlichkeit nicht. Sagen Sie das Wort nicht noch einmal...«

Nadenka trat brüsk von ihm weg und sah ihn von ferne mit großen Augen lange starr an. Dann stellte sie sich wieder hinter den Sessel der Mutter und beachtete Alexander nicht mehr.

Alexander aber wartete darauf, daß der Graf ging und er endlich mit der Mutter sprechen konnte. Aber es schlug zehn, elf Uhr, der Graf ging nicht, sondern sprach immerfort.

Alle Gegenstände, um die das Gespräch sich gewöhnlich am Anfang einer Bekanntschaft dreht, waren erschöpft. Der Graf begann zu scherzen. Er zeigte Witz dabei. In seinen Späßen lag nichts Gezwungenes, auch nicht die Absicht, geistreich zu erscheinen; sie waren unterhaltsam, erwiesen seine Gabe, ergötzlich zu erzählen, nicht etwa nur Anekdoten, sondern einfach Neuigkeiten, irgendeinen Vorfall, oder auch eine ernste Sache mit einem unverhofften Wort ins Spaßige zu wenden.

Mutter wie Tochter ergaben sich völlig dem Einfluß seiner Scherze, und selbst Alexander mußte mehrmals hinter dem Buch ein unfreiwilliges Lächeln verbergen. Doch im Herzen wütete er.

Der Graf sprach über alles gleichmäßig gut und einfühlsam, von der Musik, von den Menschen, von fremden Ländern. Auch auf die Männer und Frauen kam das Gespräch: Er schalt die Männer, sich selber inbegriffen, lobte gewandt die Frauen allgemein und machte den Damen des Hauses im besonderen Komplimente.

Alexander dachte an seine schriftstellerische Arbeit, an seine Gedichte. Damit könnte ich ihn mundtot machen. Die Rede kam auf die Literatur. Mutter und Tochter empfahlen Alexander als Schriftsteller.

›Jetzt wird er bestimmt verlegen!‹ dachte Alexander.

Aber nein. Der Graf sprach über Literatur, als hätte er sich nie mit etwas anderem befaßt. Er machte einige beiläufige,

132

treffende Bemerkungen über zeitgenössische russische und französische Berühmtheiten. Zu allem übrigen ergab sich, daß er zu den besten Vertretern der russischen Literatur in freundschaftlichen Beziehungen stand und in Paris mit mehreren französischen Schriftstellern bekannt geworden war. Nur von wenigen sprach er respektvoll, von anderen entwarf er leichthin eine Karikatur.

Alexanders Gedichte kannte er nicht, hatte noch nichts davon gehört...

Nadenka sah Alexander merkwürdig an, als wollte sie sagen: Was stellst du nur dar, mein Lieber? Hast es noch nicht weit gebracht...

Alexander verlor allen Mut. Das Unhöfliche, Dreiste seiner Miene machte Verzagtheit Platz. Er sah aus wie ein Hahn, dem im Gewitter der Schwanz verregnet ist und der sich nun unter dem Vordach versteckt.

Am Büfett klirrte man mit Gläsern und Löffeln, man deckte den Tisch, aber der Graf ging nicht. Alle Hoffnung schwand dahin. Er nahm sogar die Einladung der Ljubezkaja an, zum Abendbrot zu bleiben und Sauermilch mitzuessen.

»Ein Graf, der Sauermilch ißt!« flüsterte Alexander, wobei er den Grafen haßerfüllt ansah.

Der Graf aß mit Appetit und scherzte weiter, als wäre er zu Hause.

»Zum ersten Mal im Hause und ißt für drei, der Unverschämte!« flüsterte Alexander Nadenka zu.

»Was denn! Ihm schmeckt es!« erwiderte sie schlicht.

Endlich ging der Graf, doch es war zu spät, um über die Angelegenheit zu sprechen. Alexander nahm den Hut und eilte hinaus. Nadenka lief ihm nach, und es gelang ihr, ihn zu beruhigen.

»Also morgen?« fragte Alexander.

»Morgen sind wir nicht zu Hause.«

»Nun denn, übermorgen.«

Sie trennten sich.

Am übernächsten Tag kam Alexander etwas früher als sonst. Schon im Garten drangen fremde Klänge aus dem Zimmer zu ihm. War es ein Violoncello oder was sonst... Er trat näher... Gesang von einer Männerstimme, und was für eine Stimme! Klangvoll, frisch und anscheinend innig um das Herz eines Weibes werbend. Sie ging auch Alexander ans Herz, aber in anderer Weise: Es stockte und verging fast vor Kummer, vor Neid und Haß, in einer dunklen, drückenden Ahnung. Alexander trat vom Hof aus ins Vorzimmer.

»Wer ist da?« fragte er den Diener.

»Graf Nowinski.«

»Schon lange?«

»Seit sechs Uhr.«

»Sage dem gnädigen Fräulein leise, daß ich da war und noch einmal vorspreche.«

»Jawohl.«

Alexander ging hinaus und streifte durch die Sommersiedlung, ohne zu merken, wo er ging. Nach zwei Stunden kam er zurück.

»Nun, ist man immer noch da?« fragte er.

»Ja, und es scheint, als bliebe man zum Essen. Die gnädige Frau befahl, zum Abendbrot Haselhühner zu braten.«

»Und du hast dem gnädigen Fräulein gesagt, daß ich da war?«

»Jawohl.«

»Nun, und was sagte sie?«

»Nichts geruhte sie sagen zu lassen.«

Alexander fuhr nach Hause und ließ sich zwei Tage nicht sehen. Gott weiß, was er in dieser Zeit dachte und fühlte. Endlich fuhr er wieder hinaus.

Da sah er das Haus, stand im Boot auf, und die Augen mit der Hand vor der Sonne bedeckend, blickte er voraus. Da schimmerte zwischen den Bäumen das blaue Kleid, das Nadenka so gut stand. Die blaue Farbe paßte gut zu ihrem Gesicht. Sie hatte das Kleid stets angezogen, wenn sie Alexander besonders gefallen wollte. Ihm wurde leichter ums Herz.

›Ah! Sie will mich entschädigen für die ungewollte Vernachlässigung, die nun überwunden ist. Nicht sie ist schuld, ich bin es. Wie konnte ich mich so unverzeihlich benehmen? Damit bringt man die anderen nur gegen sich auf. Ein fremder

Mann, eine neue Bekanntschaft... Es ist natürlich, daß sie als Frau des Hauses... Ah! Da kommt sie hinter dem Busch den schmalen Pfad herunter. Sie wird zum Gitter gehen, dort stehenbleiben und warten...‹

Wirklich betrat sie die große Allee... Aber wer verließ mit ihr den kleinen Weg?

»Der Graf!« rief Alexander kummervoll, kaum seinen Augen trauend.

»Was?« fragte der Ruderer.

»Allein mit ihm im Garten...«, flüsterte Alexander, »wie mit mir...«

Der Graf und Nadenka kamen ans Gitter; doch ohne einen Blick auf den Fluß zu werfen, drehten sie sich um und gingen die Allee langsam zurück. Er neigte sich zu ihr und schien leise etwas zu sagen. Sie ging mit gesenktem Kopf.

Alexander stand noch immer im Boot, mit offenem Mund, ohne sich zu rühren, die Arme zum Ufer gestreckt. Dann ließ er sie sinken und setzte sich. Die Ruderer ruderten weiter.

»Wohin rudert ihr?« schrie Alexander sie wütend an, als er wieder zu sich fand. »Zurück!«

»Zurück?« wiederholte der eine und sah ihn an, den Mund aufgerissen.

»Zurück! Bist du denn taub?«

»Und dorthin wollen Sie nicht?«

Der andere Ruderer drehte schweigend und geschickt mit dem linken Ruder um, dann legten sich beide in die Riemen, und das Boot jagte eilends zurück. Alexander zog den Hut fast bis zu den Schultern und versank in qualvolles Grübeln.

Nach diesem Vorfall fuhr er zwei Wochen lang nicht zu Ljubezkis.

Zwei Wochen: Welch lange Zeit für einen Verliebten! Jede Minute erwartete er: Jetzt werden sie den Diener schicken, um zu erfahren, was mit ihm sei, ob er etwa krank sei. So, wie sie es stets getan, wenn er krank geworden oder nicht bei Laune war. Nadenka pflegte erst der Form wegen im Namen der Mutter anzufragen, aber was schrieb sie dann nicht alles von sich aus! Was für liebe Vorwürfe, welch zärtliche Unruhe! Diese Ungeduld!

Nein, jetzt gebe ich nicht so bald nach, nahm Alexander sich vor. Ich werde sie quälen. Ich will sie lehren, wie man mit einem fremden Mann umgeht. Die Versöhnung wird nicht leicht sein!

Und er dachte sich einen grausamen Racheplan aus, träumte von ihrer Reue, davon, wie er großmütig verzeihen und sie belehren würde. Aber man schickte keinen Diener und bekannte sich nicht schuldig. Es war, als existiere er nicht mehr für sie.

Er magerte ab, wurde bleich. Eifersucht ist quälender als jede andere Krankheit, vor allem die Eifersucht, die ohne Beweise verdächtigt. Wenn der Beweis erbracht ist, hat die Eifersucht ein Ende und die Liebe meistens auch. Dann weiß man wenigstens, was man zu tun hat. Bis dahin aber – eine Qual! Und Alexander fühlte sie in ihrer ganzen Macht.

Endlich entschloß er sich, am nächsten Morgen hinzufahren; denn er hoffte, Nadenka dann allein zu treffen und sich mit ihr auszusprechen.

Sein Boot legte an. Im Garten war niemand, im Salon und Gastzimmer auch nicht. Er trat ins Vorzimmer, öffnete die Tür zum Hof...

Was für ein Schauspiel bot sich ihm dar! Zwei Reitknechte in gräflicher Livree hielten zwei Pferde. Auf das eine hoben der Graf und ein Diener Nadenka hinauf. Das andere hielt man für den Grafen bereit. Auf der Treppe stand Marja Michailowna. Sie sah dieser Szene unruhig und stirnrunzelnd zu.

»Setz dich fester, Nadenka!« rief sie. »Geben Sie um Christi willen acht auf sie, Graf. Ach, ich hab Angst, mein Gott, hab ich Angst! Halt dich an den Ohren fest, Nadenka. Du siehst, es ist ein richtiger Teufel, tänzelt nur so.«

»Ach was, Maman«, erwiderte Nadenka fröhlich, »ich kann doch schon reiten. Passen Sie auf.«

Sie versetzte dem Pferd eins mit der Peitsche, das Tier warf sich nach vorn und bockte und bäumte sich dann auf der Stelle.

»Ach, ach! Haltet es!« schrie Marja Michailowna auf und fuchtelte mit den Armen. »Halt ein, es wirft dich ab!«

Doch Nadenka zog die Zügel an, und das Pferd stand.

»Sehen Sie, wie es gehorcht!« triumphierte sie und klopfte dem Pferde den Hals.

Alexander bemerkte man gar nicht. Bleichen Gesichts sah er schweigend auf Nadenka, und wie zum Hohn erschien sie ihm so schön wie noch nie. Wie gut stand ihr das lange Reitkleid und das Hütchen mit grünem Schleier! Wie zeichnete sich die Taille ab! Ihr Gesicht war belebt von schamhaftem Stolz und der Herrlichkeit eines neuen Gefühls. Die Röte der Befriedigung kam und ging auf ihren Wangen. Das Pferd bockte leicht und zwang die schlanke Reiterin, sich anmutig nach vorn zu neigen und wieder nach hinten zu werfen. Ihr Körper wiegte sich im Sattel wie ein Blütenstengel im Wind. Dann führte ein Reitknecht das Pferd des Grafen vor.

»Graf! Reiten wir wieder durch das Wäldchen?« fragte Nadenka.

›Wieder!‹ dachte Alexander.

»Sehr gern«, antwortete der Graf.

Die Pferde setzten sich in Trab.

»Nadeshda Alexandrowna!« schrie Alexander mit wilder Stimme auf.

Alle standen wie versteinert, wie angewurzelt und sahen hilflos auf Alexander. Das währte fast eine Minute.

»Ach, es ist Alexander Fjodorytsch!« sagte schließlich die Mutter, die sich als erste wieder faßte. Der Graf verneigte sich höflich. Nadenka schlug flink den Schleier zurück, drehte sich um und blickte ihn erschrocken an, das Mündchen leicht geöffnet. Dann wandte sie sich schnell ab, versetzte dem Pferd einen Hieb mit der Peitsche, und das Tier stob davon, war mit zwei Sätzen zum Tor hinaus. Der Graf setzte ihr nach.

»Langsamer, langsamer, um Gottes willen, langsamer!« schrie die Mutter ihnen nach. »Halte dich an den Ohren fest. Ach Herr du mein Gott, ehe sie sich versieht, liegt sie unten. Das sind Passionen!«

Und schon waren beide dem Blick entschwunden. Man hörte nur das Getrappel der Pferde, und eine Staubwolke lag über der Straße. Alexander blieb allein mit der Ljubezkaja zurück. Er sah sie schweigend an, als wollte er mit den Augen fragen: Was bedeutet das? Sie ließ ihn nicht lange auf Antwort warten.

»Da sind sie fortgeritten!« sprach sie. »Spurlos verschwunden! Nun, die Jugend mag sich austoben, und wir wollen plaudern, Alexander Fjodorytsch. Warum haben wir zwei Wochen lang von Ihnen nichts gehört noch gesehen? Sind Sie unser überdrüssig, ja?«

»Ich war krank, Marja Michailowna«, erklärte er düster.

»Ja, das sieht man: Sie sind mager geworden und blaß! Setzen Sie sich schnell, ruhen Sie aus. Soll ich Ihnen ein paar Eier pflaumenweich kochen lassen? Bis zum Mittagessen ist es noch lange.«

»Ich danke Ihnen. Ich mag nichts.«

»Warum nicht? Sie sind doch schnell fertig, und die Eier sind herrlich. Der Bauer hat sie erst heute gebracht.«

»Nein, nein.«

»Was haben Sie denn? Ich warte immer und warte, denke: ›Was bedeutet das nur, er kommt nicht, bringt die französischen Bücher nicht?‹ Erinnern Sie sich, Sie haben mir etwas versprochen: ›Peau de chagrin‹, nicht wahr? Ich warte, warte, nein! Alexander Fjodorytsch, denke ich, ist unser überdrüssig, ja überdrüssig.«

»Ich fürchte, Marja Michailowna, Sie sind meiner überdrüssig?«

»Alexander Fjodorytsch, es ist eine Sünde, so etwas zu denken. Ich liebe Sie wie einen Verwandten. Ich weiß zwar nicht, wie es mit Nadenka ist. Aber sie ist ein Kind; was versteht sie schon? Wo soll sie gelernt haben, die Menschen zu schätzen! Ich hab jeden Tag zu ihr gesagt: ›Was ist das‹, sag ich, ›Alexander Fjodorytsch läßt sich nicht sehen, warum kommt er nicht?‹ Und habe immer gewartet. Glauben Sie, daß ich mich keinen Tag vor fünf zu Tisch gesetzt habe? Ich dachte immer: ›Jetzt kommt er.‹ Nadenka hat schon manchmal gesagt: ›Was ist, Maman, auf wen warten Sie? Ich möchte essen und der Graf, glaube ich, auch ...‹«

»Der Graf ... ist häufig hier?« fragte Alexander.

»Fast jeden Tag, manchmal auch zweimal am Tage. Ein

guter Mensch, hat uns so liebgewonnen... Nun, Nadenka sagt also: ›Ich will essen, und nichts anderes! Es ist Zeit, zu Tisch zu gehen.‹ – ›Und wenn Alexander Fjodorytsch kommt?‹ frage ich. ›Er kommt? Es hat keinen Zweck, zu warten...‹« Mit diesen Worten schnitt die Ljubezkaja Alexander wie mit einem Messer ins Herz.

»Das... hat sie gesagt?« fragte er und versuchte zu lächeln.

»Ja, so drängelt sie immerzu. Doch ich bin streng, wenn ich auch gutmütig aussehe. Ich habe sie schon gescholten: ›Bald wartest du auf ihn bis um fünf‹, sage ich, ›ißt nicht zu Mittag, bald willst du überhaupt nicht warten, du Unvernünftige! Das gehört sich nicht! Alexander Fjodorytsch ist unser alter Bekannter, er hat uns gern, und sein Onkelchen Pjotr Iwanytsch hat uns seine Gewogenheit schon öfter bewiesen... Es gehört sich nicht, ihn so zu vernachlässigen! Er wird am Ende böse und kommt nicht wieder...‹«

»Was sagte sie da?« fragte Alexander.

»Gar nichts, Sie wissen doch, sie ist so lebhaft, springt auf, trällert ein Liedchen und läuft davon oder sagt: ›Er wird kommen, wenn er Lust hat!‹ So ein Wildfang! Ich denke auch: Er wird kommen! Aber sieh da, es vergeht wieder ein Tag – nichts! Ich wieder: ›Was ist das, Nadenka, ist denn Alexander Fjodorytsch überhaupt gesund?‹ – ›Ich weiß nicht, Maman‹, antwortet sie, ›woher soll ich das wissen?‹ – ›Wir wollen mal zu ihm schicken, damit wir hören, was mit ihm ist.‹ Wir wollten es bestimmt, und doch ist nichts daraus geworden. Ich vergaß es, verließ mich auf sie, sie aber ist wie der Wind. Jetzt hat ihr's das Reiten angetan! Sah einmal vom Fenster aus den Grafen zu Pferde und drang gleich in mich: ›Ich will reiten, weiter nichts!‹ Ich wende dies ein und jenes. ›Nein, ich will!‹ Die Wahnwitzige! Nein, wer hätte zu meiner Zeit an Reiten gedacht! Uns hat man völlig anders erzogen. Heute aber, man scheut sich's zu sagen, fangen die Damen schon zu rauchen an. Uns gegenüber, dort, wohnt eine junge Witwe. Sie sitzt den ganzen Tag auf ihrem Balkon, den Stengel im Mund, und raucht. Man geht vorbei, fährt vorbei – sie kümmert das nicht! Früher, zu meiner Zeit, wenn da im Salon ein Mann nur nach Tabak roch...«

139

»Hat das schon vor längerer Zeit angefangen?« fragte Alexander.

»Ich weiß nicht, man sagt, vor fünf Jahren sei es Mode geworden. Das kommt doch alles von den Franzosen...«

»Nein, ich meine: Reitet Nadeshda Alexandrowna schon lange?«

»Anderthalb Wochen. Der Graf ist so gut, so gefällig. Was tut er nicht alles für uns. Er verwöhnt sie so! Sehen Sie, die Blumen! Alle aus seinem Garten. Es ist einem manchmal peinlich. ›Was soll das, Graf‹, sage ich, ›Sie verwöhnen sie. Sie kommt außer Rand und Band!‹ Und ich schelte sie. Marja Iwanowna, Nadenka und ich waren bei ihm in der Reitbahn. Ich beaufsichtige sie ja stets selbst, wie Sie wissen! Wer gibt auch besser als die Mutter auf ihre Tochter acht? Ich habe mich selber mit ihrer Erziehung befaßt und kann, ohne mich zu loben sagen: Gott gebe jedem so eine Tochter! Dort unter unsern Augen hat Nadenka auch reiten gelernt. Dann haben wir in seinem Garten gefrühstückt, und jetzt reiten sie jeden Tag aus. Ei, was für ein schönes Haus er hat! Wir haben es uns angesehen: alles geschmackvoll und prächtig!«

»Jeden Tag!« sagte Alexander für sich.

»Und warum sollen sie sich nicht vergnügen! Ich war auch einmal jung...'s ist lange her!«

»Und bleiben sie immer lange aus?«

»An die drei Stunden. Nun, und Sie, was hat Ihnen denn gefehlt?«

»Ich weiß nicht... Mir schmerzt die Brust...«, sagte er, die Hand ans Herz pressend.

»Haben Sie nichts eingenommen?«

»Nein.«

»Ja, so sind die jungen Leute! Alles hat nichts zu bedeuten, alles wird schon wieder werden, und dann merken sie auf einmal, wie die Zeit enteilt! Was ist es denn? Reißt es, oder nagt es, oder sticht es?«

»Es reißt und nagt und sticht!« antwortete Alexander zerstreut.

»Das ist eine Erkältung, Gott behüte Sie! Die dürfen Sie nicht vernachlässigen, Sie richten sich sonst zugrunde. Es kann eine Lungenentzündung daraus werden. Und keine Arznei! Wissen Sie was? Nehmen Sie Rheumasalbe, und reiben Sie die Brust über Nacht kräftig ein, bis die Haut rot wird, und statt Tee trinken Sie einen Kräuteraufguß; ich gebe Ihnen das Rezept.«

Nadenka kehrte bleich vor Erschöpfung zurück. Fast atemlos warf sie sich auf den Diwan.

»Sieh nur!« rief Marja Michailowna und legte ihr die Hand auf die Stirn, »wie abgehetzt du bist, kriegst kaum Luft. Trink ein Glas Wasser und geh und zieh dich um, öffne das Mieder. Wirklich, zum Guten gereicht die Reiterei nicht!«

Alexander und der Graf verbrachten den ganzen Tag bei Ljubezkis. Der Graf war unverändert höflich und aufmerksam gegen Alexander, lud ihn ein, zu ihm zu kommen und seinen Garten anzusehen, forderte ihn auf, sich an den Reitpartien zu beteiligen, bot ihm ein Pferd an.

»Ich kann nicht reiten«, erwiderte Alexander kalt.

»Das können Sie nicht?« fragte Nadenka. »Und es ist so lustig! Reiten wir morgen wieder, Graf?«

Der Graf verbeugte sich.

»Genug jetzt, Nadenka«, bemerkte die Mutter, »du belästigst den Grafen.«

Nichts wies jedoch darauf hin, daß zwischen dem Grafen und Nadenka besondere Beziehungen bestünden. Er war zu Mutter und Tochter gleich liebenswürdig, suchte keine Gelegenheit, Nadenka allein zu sprechen, lief ihr nicht in den Garten nach, sah sie nicht anders an als ihre Mutter. Ihr freier Umgang mit ihm und die Reitpartien erklärten sich von ihrer Seite durch das Wilde und die Unausgeglichenheit ihres Wesens, ihre Naivität, vielleicht auch durch den Mangel an Erziehung, die Unkenntnis der gesellschaftlichen Regeln; von seiten der Mutter durch Schwäche und Kurzsichtigkeit. Die Aufmerksamkeiten und Gefälligkeiten des Grafen und seine täglichen Besuche konnte man darauf zurückführen, daß ihre Landhäuser nebeneinander lagen und daß er bei Ljubezkis stets freudige Aufnahme fand.

Es schien alles ganz natürlich zu sein, wenn man es unbefangen betrachtete. Doch Alexander blickte durch ein Vergrößerungsglas und sah viel mehr, als man mit bloßem Auge sieht.

Warum, fragte er, hatte sich Nadenka ihm gegenüber verändert? Sie wartete nicht mehr im Garten auf ihn, begrüßte ihn nicht mehr mit einem Lächeln, sondern erschrak bei seinem Anblick. Sie kleidete sich in letzter Zeit bedeutend sorgfältiger, gab sich nicht mehr nachlässig. Sie hielt sich vorsichtig zurück, als überlege sie mehr. Manchmal verbarg sich in ihren Augen und hinter ihren Worten etwas wie ein Geheimnis... Wo waren die liebenswürdigen Launen, die Wildheit, die Schalkhaftigkeit, der Mutwille? Alles verschwunden. Sie war ernst, nachdenklich, schweigsam. Es schien, als quäle sie etwas. Jetzt glich sie all den andern Mädchen, verstellte sich genau wie sie, log wie sie, erkundigte sich besorgt nach seinem Befinden, war gleichbleibend aufmerksam und liebenswürdig nur um der Form willen... zu ihm... zu Alexander! Mit dem sie... O Gott! Sein Herz wollte stillstehen.

›Das hat seinen Grund, seinen Grund‹, wiederholte er immer wieder bei sich, ›dahinter verbirgt sich etwas! Ich werde es herausbekommen, was immer es sei, und dann wehe...

> Ich dulde nicht, daß der Verführer
> mit Feuer, Seufzern, Schmeichelein
> versucht ihr Herz, das jung und rein;
> daß dieser Wurm, den ich verachte,
> der Lilie Kelch mit Gift verdirbt,
> so daß die Blüte kaum erwachte
> und nach zwei Morgenröten stirbt.‹

Und als der Graf an diesem Abend gegangen war, suchte Alexander einen Augenblick abzupassen, um mit Nadenka allein zu sprechen. Was tat er nicht alles! Er nahm das Buch, mit dem sie ihn von der Mutter weg in den Garten zu rufen pflegte, zeigte es ihr und ging zum Ufer, überzeugt, daß sie ihm gleich nacheilen werde. Er wartete, wartete – sie kam nicht. Er kehrte ins Zimmer zurück. Sie las ein anderes Buch und schenkte ihm keinen Blick. Er setzte sich zu ihr. Sie hob nicht einmal die Augen. Dann fragte sie ihn nebenbei, ob er etwas geschrieben habe, ob etwas Neues erschienen sei. Vom Vergangenen kein Wort.

Er fing ein Gespräch mit der Mutter an. Nadenka ging in den Garten. Dann verließ die Mutter das Zimmer, und Alexander stürzte Nadenka in den Garten nach. Als sie ihn sah, stand sie von ihrer Bank auf, kam ihm aber nicht entgegen, sondern ging durch die kreisförmige Allee langsam dem Hause zu, als fliehe sie ihn. Er beschleunigte seine Schritte, sie auch.

»Nadeshda Alexandrowna!« rief er ihr von ferne zu. »Ich möchte ein paar Worte mit Ihnen sprechen.«

»Gehen wir ins Zimmer; hier ist es feucht«, antwortete sie.

Drinnen setzte sie sich wieder zur Mutter. Alexander wurde fast übel.

»Sie haben jetzt auch Angst vor Feuchtigkeit?« fragte er spitz.

»Ja, jetzt sind die Abende finster und kalt«, meinte sie gähnend.

»Bald siedeln wir auch wieder um«, bemerkte die Mutter. »Machen Sie sich die Mühe, Alexander Fjodorytsch, gehen Sie in unsere Wohnung und erinnern Sie den Hauswirt, daß er zwei Schlösser an der Tür und am Fensterladen von Nadenkas Schlafzimmer in Ordnung bringt. Er hat es versprochen, vergißt es aber bestimmt. Sie sind doch alle so, wollen nur Geld einnehmen.«

Alexander stand auf, um sich zu verabschieden.

»Aber sehen Sie zu, daß Sie nicht wieder zu lange ausbleiben!« bat ihn Marja Michailowna.

Nadenka schwieg.

Schon an der Tür, wandte er sich noch einmal um. Sie tat ein paar Schritte auf ihn zu. Sein Herz erbebte.

›Endlich!‹ dachte er.

»Kommen Sie morgen zu uns?« fragte sie kalt, aber ihre Augen hefteten sich in brennender Neugier auf ihn.

»Ich weiß nicht. Warum?«

»Nur so. Kommen Sie?«

»Möchten Sie es?«

143

»Kommen Sie morgen zu uns?« wiederholte sie in demselben kalten Ton, aber mit großer Ungeduld.

»Nein!« antwortete er ärgerlich.

»Und übermorgen?«

»Nein. Ich werde eine ganze Woche nicht kommen, vielleicht zwei ... lange!« Und er sah sie forschend an, suchte in ihren Augen zu lesen, welchen Eindruck die Worte machten.

Sie schwieg, aber bei seiner Antwort hatte sie die Augen niedergeschlagen. Was hätten sie offenbart? Waren sie verschleiert von Kummer, oder war ein Blitz der Freude darin aufgeleuchtet? Nichts konnte man auf diesem schönen, marmornen Antlitz entziffern.

Alexander preßte seinen Hut in der Hand zusammen und ging.

»Vergessen Sie nicht, die Brust mit Rheumasalbe einzureiben!« rief ihm Marja Michailowna nach. Und so hatte Alexander wieder eine Aufgabe: zu ergründen, warum Nadenka diese Frage gestellt hatte, was sich dahinter verbarg: der Wunsch oder die Angst, ihn zu sehen?

»O diese Qual!« sprach er verzweifelt.

Der arme Alexander hielt es nicht lange aus: am dritten Tag fuhr er wieder hinaus. Nadenka stand im Garten am Gitter, als er heranruderte. Er freute sich schon, doch als er sich dem Ufer näherte, drehte sie sich um, als habe sie ihn nicht gesehen, schlenderte erst ein Stück den kleinen Pfad entlang, als spaziere sie ziellos umher, und ging dann ins Haus.

Er traf sie bei ihrer Mutter. Ein paar Leute aus der Stadt waren da, die Nachbarin Marja Iwanowna und der unvermeidliche Graf. Alexanders Qualen waren unerträglich. Wieder verging der ganze Tag in nichtssagenden Gesprächen. Wie waren ihm die Gäste zuwider! Sie sprachen ruhig über allen möglichen Unsinn, erörterten dies und jenes, scherzten, lachten.

›Sie lachen!‹ dachte Alexander. ›Nadenka hat sich mir gegenüber verändert, und sie können lachen! Sie stört das nicht! Erbärmliche, alberne Menschen: freuen sich über alles!‹

Nadenka ging in den Garten. Der Graf folgte ihr nicht. Seit

kurzem schienen er und Nadenka einander in Gegenwart Alexanders zu meiden. Wenn er sie zu zweit im Garten oder in einem Zimmer antraf, gingen sie bald auseinander und kamen nicht wieder zusammen, wenn er zugegen war. Eine neue schreckliche Entdeckung für ihn, ein Zeichen, daß sie sich verabredet hatten.

Die Gäste gingen. Auch der Graf entfernte sich. Nadenka wußte das nicht und beeilte sich nicht, ins Haus zu kommen. Alexander ging ohne Umstände von Marja Michailowna weg in den Garten. Nadenka stand mit dem Rücken zu ihm, hielt sich am Gitter fest und stützte den Kopf auf die Hand, wie an jenem unvergeßlichen Abend... Sie sah und hörte ihn nicht.

Wie schlug sein Herz, als er auf Zehenspitzen zu ihr schlich. Sein Atem stockte.

»Nadeshda Alexandrowna!« Er brachte es in seiner Erregung kaum vernehmlich hervor.

Sie schrak zusammen, als hätte man neben ihr einen Schuß abgefeuert, drehte sich um und trat einen Schritt von ihm weg.

»Sagen Sie bitte, was ist das für Rauch dort?« begann sie verwirrt und wies lebhaft auf das gegenüberliegende Ufer. »Ist das eine Feuersbrunst oder ein solcher Ofen... in der Fabrik?«

Er sah sie schweigend an.

»Wahrhaftig, ich dachte, ein Feuer... Warum sehen Sie mich so an? Glauben Sie es nicht?«

Sie verstummte.

»Auch Sie«, begann er kopfschüttelnd, »auch Sie sind wie die andern, wie alle! Wer hätte das erwartet... vor kaum zwei Monaten?«

»Was meinen Sie? Ich verstehe Sie nicht«, sagte sie und wollte gehen.

»Warten Sie, Nadeshda Alexandrowna, ich habe nicht die Kraft, die Folter länger zu ertragen.«

»Was für eine Folter? Ich weiß wirklich nicht...«

»Verstellen Sie sich nicht! Sagen Sie, sind das noch Sie? Sind Sie dieselbe, die Sie waren?«

»Ich bin immer dieselbe!« behauptete sie.

»Wie? Sie haben sich nicht mir gegenüber verändert?«

»Nein. Mich dünkt, ich bin stets freundlich zu Ihnen, bin froh, wenn Sie kommen...«

»Froh! Und warum laufen Sie vom Gitter weg?«

»Ich laufe weg? Sehen Sie, was Sie alles erfinden! Ich stehe am Gitter, und Sie sagen, ich liefe weg.«

Sie lachte gezwungen auf.

»Nadeshda Alexandrowna, lassen Sie die Heuchelei!« fuhr Alexander fort.

»Wieso Heuchelei? Was unterstellen Sie mir?«

»Sind Sie das? Mein Gott! Vor anderthalb Monaten, und auch noch hier...«

»Was ist das nur für Rauch am andern Ufer? Das möchte ich wissen.«

»Entsetzlich, entsetzlich!« sprach Alexander.

»Was habe ich Ihnen denn getan? Sie kommen nicht mehr zu uns – wie Sie wollen... Sie gegen Ihren Willen halten...«, versuchte es Nadenka.

»Sie verstellen sich! Als wüßten Sie nicht, warum ich nicht mehr gekommen bin.«

Sie blickte zur Seite und schüttelte den Kopf.

»Und der Graf?« fragte er fast drohend.

»Welcher Graf?«

Sie machte eine Miene, als höre sie zum ersten Mal von dem Grafen.

»Welcher Graf! Sagen Sie nur noch«, forschte er, ihr in die Augen sehend, »daß er Ihnen gleichgültig ist.«

»Sie sind verrückt!« erwiderte sie, vor ihm zurückweichend.

»Ja, Sie irren sich nicht!« bestätigte er. »Mein Verstand nimmt von Tag zu Tag mehr ab. Wie kann man so undankbar, so hinterlistig gegen einen Menschen handeln, der Sie mehr als alles auf der Welt liebte, der alles um Ihretwillen vergaß, alles..., der dachte, bald auf ewig glücklich zu sein, und Sie...«

»Und ich?« fragte sie und wich noch weiter zurück.

»Sie?« erwiderte er, außer sich von dieser Kaltblütigkeit. »Sie haben alles vergessen. Ich erinnere Sie daran, daß Sie hier, an dieser Stelle, hundertmal geschworen haben, mir zu gehören: ›Diese Schwüre hört Gott!‹ sagten Sie. Ja, er hat sie gehört! Sie müssen erröten vor dem Himmel, vor diesen Bäumen, vor jedem Grashalm... Alle sind Zeugen unseres Glücks. Jedes Sandkorn spricht hier von unserer Liebe. Sehen Sie, blicken Sie um sich! Sie sind eine Eidbrecherin!!!«

Sie sah ihn entsetzt an. Seine Augen blitzten, seine Lippen waren weiß.

»Wie böse Sie sind!« lächelte sie verschüchtert. »Warum zürnen Sie mir? Ich habe Sie doch nicht abgewiesen. Sie haben ja mit Maman noch gar nicht gesprochen... Woher wissen Sie denn...«

»Nach diesen Vorkommnissen noch mit ihr sprechen!«

»Nach welchen Vorkommnissen? Ich weiß nicht...«

»Nach welchen? Ich werde es Ihnen gleich sagen: Was hat Ihr Beisammensein mit dem Grafen zu bedeuten, die Reitpartien?«

»Ich kann doch nicht vor ihm davonlaufen, wenn Maman das Zimmer verläßt! Und das Reiten bedeutet..., daß ich gern reite. Es ist so schön. Man galoppiert dahin... Ach, was für ein liebes Pferd ist Ljussi! Haben Sie es gesehen? Es kennt mich schon...«

»Und die Veränderung mir gegenüber?« fuhr er fort. »Weshalb ist der Graf jeden Tag bei Ihnen, vom Morgen bis zum Abend?«

»Ach mein Gott! Was weiß ich! Sie sind lächerlich! Maman will es so.«

»Das ist nicht wahr! Maman will das, was Sie wollen. Für wen sind all die Geschenke, Noten, Alben, Blumen? Alle für Maman?«

»Ja, Maman liebt Blumen sehr. Erst gestern kaufte sie beim Gärtner...«

»Und was haben Sie mit ihm zu flüstern?« fuhr Alexander fort, ohne auf ihre Worte zu achten. »Sehen Sie, Sie werden blaß. Sie fühlen sich schuldig. Das Glück eines Menschen zu zerstören, alles so schnell, so leicht zu vergessen und zu vernichten! Das ist Hinterlist, Undankbarkeit, Lüge, Verrat! Ja, Verrat! Wie konnten Sie sich so weit vergessen? Der reiche

Graf, der Salonlöwe, hat Sie für wert befunden, Ihnen einen wohlwollenden Blick zuzuwerfen – und Sie schmelzen dahin, fallen mit dem Gesicht auf die Erde vor dieser Flittersonne. Wo bleibt da die Scham!! Daß mir der Graf nicht mehr herkommt!« stieß er mit erstickter Stimme hervor: »Hören Sie? Unterlassen Sie jeden Verkehr mit ihm, brechen Sie alle Beziehungen ab, damit er den Weg zu Ihrem Hause vergißt! Ich will es nicht...«

In seiner Raserei packte er sie am Arm.

»Maman, Maman! Hierher!« schrie Nadenka mit durchdringender Stimme, riß sich von Alexander los und stürzte Hals über Kopf nach dem Haus.

Er setzte sich auf die Bank und faßte sich an den Kopf.

Sie kam erschrocken und bleich ins Zimmer und fiel auf einen Stuhl. »Was hast du? Was ist dir? Warum hast du geschrien?« fragte die Mutter aufgeregt, ihr entgegengehend.

»Alexander Fjodorytsch ... ist nicht wohl!« Sie vermochte kaum zu sprechen.

»Was gibt es da zu erschrecken?«

»Er ist so entsetzlich ... Maman, lassen Sie ihn nicht zu mir, um Gottes willen.«

»Wie du mich erschreckt hast, Wahnwitzige! Was ist denn, wenn ihm nicht wohl ist? Ich weiß, ihm tut die Brust weh. Was ist daran Entsetzliches? Es ist doch keine Schwindsucht! Er muß sich mit Rheumasalbe einreiben, und alles wird wieder gut. Da sieht man, er hat nicht gehört, hat sich nicht eingerieben.«

Alexander kam wieder zu sich. Das Fieber war verflogen, doch seine Qual war nun doppelt so groß. Er hatte die Zweifel nicht geklärt, sondern Nadenka erschreckt und würde jetzt natürlich keine Antwort mehr von ihr erlangen. Er hätte die Sache anders anfangen müssen. Es kam ihm plötzlich wie jedem Verliebten auch das in den Sinn: Wie, wenn sie unschuldig ist? Vielleicht ist ihr der Graf tatsächlich gleichgültig. Die einfältige Mutter lädt ihn jeden Tag ein, was soll sie da machen? Er, als Weltmann, ist liebenswürdig, Nadenka ein hübsches Mädchen; vielleicht will er ihr auch gefallen, aber das besagt ja noch nicht, daß er ihr tatsächlich gefällt.

Vielleicht findet sie Gefallen an seinen Blumen, dem Reiten, den unschuldigen Zerstreuungen, aber nicht an dem Grafen selber? Und nehmen wir sogar einmal an, ein wenig Koketterie sei dabei: Ist das nicht zu verzeihen? Andere sind älter und machen Gott weiß was für Sachen.

Er atmete auf, ein Freudenstrahl erwärmte sein Herz. Alle Verliebten sind so: bald völlig blind, bald zu hellsichtig. Es ist ja so angenehm, den Gegenstand der Liebe zu rechtfertigen!

Aber woher die Veränderung mir gegenüber? fragte er sich plötzlich und wurde wieder bleich. Warum flieht sie mich, schweigt, als ob sie sich schäme? Warum hat sie sich gestern, an einem gewöhnlichen Tag, so geputzt? Es waren keine Gäste da außer ihm. Warum hat sie gefragt, ob das Ballett bald wieder beginne? Eine einfache Frage, doch er entsann sich, daß der Graf beiläufig zugesagt hatte, stets eine Loge zu beschaffen, allen Schwierigkeiten zum Trotz. Folglich würde er mit ihnen ins Theater gehen. Warum ist sie gestern aus dem Garten weggelaufen? Warum ist sie nicht in den Garten gekommen? Warum hat sie dies gefragt, warum hat sie nicht gefragt...

Und er stürzte aufs neue in schwere Zweifel und quälte sich grausam und kam sogar zu dem Schluß, daß Nadenka ihn niemals geliebt habe.

»Mein Gott, mein Gott!« rief er verzweifelt. »Wie schwer, wie bitter ist es, zu leben! Schenk mir die Ruhe des Todes, Schlaf für die Seele...«

Nach einer Viertelstunde trat er ins Zimmer, niedergeschlagen und ängstlich.

»Leben Sie wohl, Nadeshda Alexandrowna«, sagte er schüchtern.

»Leben Sie wohl«, antwortete sie kurz, ohne die Augen zu heben.

»Wann erlauben Sie mir wiederzukommen?«

»Wann es Ihnen gefällt. Übrigens... Wir siedeln diese Woche in die Stadt um. Wir werden Sie dann wissen lassen...«

Er brach auf. Es vergingen mehr als zwei Wochen. Alle waren von ihrem Landsitz schon in die Stadt zurückgekehrt.

Die Salons der Aristokraten strahlten in neuem Glanz. Auch der Beamte zündete im Gastzimmer zwei Wandleuchter an, kaufte ein halbes Pud Stearinkerzen, stellte zwei Kartentische auf in Erwartung von Stepan Iwanytsch und Iwan Stepanytsch und eröffnete seiner Frau, sie würden dienstags Gesellschaften geben.

Alexander aber hatte immer noch keine Einladung von Ljubezkis erhalten. Er traf ihren Koch und das Stubenmädchen. Als das Stubenmädchen ihn sah, rannte es weg. Offenbar war es von seiner Herrin beeinflußt. Der Koch blieb stehen.

»Haben Sie uns denn vergessen, gnädiger Herr?« fragte er. »Es sind schon anderthalb Wochen, daß wir umgesiedelt sind.«

»Aber vielleicht habt ihr... noch nicht ausgepackt, empfangt noch keine Gäste?«

»Wie sollten wir nicht, gnädiger Herr! Alle waren schon da, nur Sie nicht. Die gnädige Frau kann sich nicht genug wundern. Seine Durchlaucht geruht, uns jeden Tag zu besuchen... So ein gütiger Herr. Ich bin neulich bei ihm gewesen mit einem Heft vom gnädigen Fräulein, da schenkte er mir einen Zehnrubelschein.«

»Du bist ein Dummkopf!« rief Alexander und lief dem Schwätzer davon. Am Abend ging er an der Wohnung der Ljubezkis vorbei. Sie war erleuchtet. An der Anfahrt stand ein Wagen.

»Wem gehört der Wagen?« erkundigte er sich.

»Dem Grafen Nowinski.«

Am nächsten, am dritten Tag war es dasselbe. Endlich ging er hinauf. Die Mutter empfing ihn erfreut, mit Vorwürfen wegen seiner langen Abwesenheit und schalt ihn, weil er die Brust nicht mit Rheumasalbe einrieb. Nadenka war ruhig, der Graf höflich. Das Gespräch kam nicht in Gang.

Das wiederholte sich ein paarmal. Vergebens sah er Nadenka nachdrücklich an. Sie schien seine Blicke nicht zu bemerken, und wie hatte sie früher darauf geachtet! Während er mit Marja Michailowna sprach, hatte sie sich manchmal ihm gegenüber hinter ihre Mutter gestellt, ihm Grimassen geschnitten, ihre Possen getrieben und ihn verlegen gemacht.

Unerträglicher Schmerz bemächtigte sich seiner. Er dachte nur noch darüber nach, wie er das freiwillig auf sich genommene Kreuz abwerfen konnte. Er wollte eine Aussprache herbeiführen. Wie die Antwort auch ausfällt, dachte er, es ist einerlei, nur muß mir statt des Zweifels Gewißheit werden.

Lange überlegte er, wie er die Sache angreifen sollte, endlich hatte er sich etwas zurechtgelegt und ging zu Ljubezkis.

Alle Umstände waren ihm günstig. An der Anfahrt stand kein Wagen.

Er ging leise durch den Salon und blieb einen Augenblick vor der Tür zum Gastzimmer stehen, um Atem zu schöpfen. Drinnen spielte Nadenka Klavier. Die Ljubezkaja saß im Nebenzimmer auf dem Diwan und strickte an ihrem Schal. Nadenka hatte die Schritte im Salon gehört, spielte leiser und streckte das Köpfchen vor. Sie wartete lächelnd auf das Erscheinen des Gastes. Der Gast erschien, und das Lächeln verschwand augenblicklich. An seiner Stelle zeigte sich Schrecken. Sie verzog das Gesicht und erhob sich vom Stuhl. Diesen Gast hatte sie nicht erwartet.

Alexander verbeugte sich schweigend und ging wie ein Schatten weiter zur Mutter. Er schritt leise, ohne die frühere Selbstsicherheit, den Kopf gesenkt. Nadenka setzte sich wieder, spielte weiter und sah sich von Zeit zu Zeit unruhig um.

Nach einer halben Stunde wurde die Mutter aus dem Zimmer gerufen. Alexander trat zu Nadenka. Sie stand auf und wollte gehen.

»Nadeshda Alexandrowna!« bat er niedergeschlagen. »Warten Sie, widmen Sie mir fünf Minuten, nicht mehr.«

»Ich kann Sie nicht anhören«, wehrte sie ab und wollte gehen, »das letzte Mal waren Sie...«

»Ich habe damals gefehlt. Jetzt werde ich anders reden, ich gebe Ihnen mein Wort. Sie bekommen keinen einzigen Vorwurf zu hören. Schlagen Sie es mir nicht ab, es ist vielleicht zum letzten Mal. Eine Aussprache ist unerläßlich. Sie haben mir doch erlaubt, bei Mamachen um Ihre Hand anzuhalten. Danach ist so vieles geschehen, was... Kurz gesagt, ich muß meine Frage wiederholen. Setzen Sie sich und spielen Sie weiter: Mamachen soll uns lieber nicht hören; es ist doch nicht das erste Mal...«

Sie gehorchte mechanisch. Leicht errötend griff sie ein paar Akkorde und richtete ihren Blick in unruhiger Erwartung auf ihn.

»Alexander Fjodorytsch, wo sind Sie?« fragte die Mutter, auf ihren Platz zurückkehrend.

»Ich wollte mich mit Nadeshda Alexandrowna... über Literatur unterhalten«, antwortete er.

»Gut, gut, unterhalten Sie sich; Sie haben lange nicht mit ihr gesprochen.«

»Antworten Sie mir kurz und aufrichtig nur auf eine Frage«, begann er halblaut, »und unsere Aussprache ist gleich beendet... Sie lieben mich nicht mehr?«

»Quelle idée!« erwiderte sie verwirrt. »Sie wissen, wie Maman und ich Ihre Freundschaft stets schätzten, wie wir uns freuten, wenn Sie kamen...«

Alexander sah sie an und dachte: ›Bist du das, das launenhafte, doch wahrhafte Kind? Der Schalk, der Wildfang? Wie schnell hat sie gelernt, sich zu verstellen! Wie geschwind haben sich die weiblichen Instinkte entwickelt! Waren die reizenden Launen tatsächlich Keime von Heuchelei und von Hinterlist? Wie flink hat das Mädchen auch ohne meines Onkels Methode sich in ein Weib verwandelt! Und alles in der Schule des Grafen, in zwei, drei Monaten! Oh, Onkel, Onkel, auch darin hattest du erbarmungslos recht!‹

»Hören Sie«, sprach er in einem Ton, daß die Maske plötzlich vom Gesicht der Heuchlerin fiel, »lassen wir Mamachen beiseite. Seien Sie für kurze Zeit die Nadenka von früher, als Sie mich ein wenig liebten... und antworten Sie mir geradezu; ich muß es wissen, bei Gott, ich muß!«

Sie schwieg, wechselte ihre Noten, betrachtete dann unverwandt eine schwierige Passage und spielte sie mehrmals.

»Nun gut, ich ändere meine Frage«, fuhr Alexander fort.

»Sagen Sie, hat jemand – ich nenne nicht einmal den Namen – nur, hat jemand mich aus Ihrem Herzen verdrängt?«

Sie putzte die Kerze, richtete lange den Docht, aber sie schwieg.

»Nadeshda Alexandrowna, antworten Sie doch. Ein Wort befreit mich von meinen Qualen, Sie – von einer unangenehmen Erklärung.«

»Ach, mein Gott, hören Sie auf! Was soll ich Ihnen sagen? Ich habe nichts zu sagen!« erwiderte sie und wandte sich von ihm ab.

Ein anderer hätte sich mit der Antwort begnügt, hätte eingesehen, daß er sich nicht länger zu bemühen brauchte. Er hätte alles aus der stummen, qualvollen Bedrängnis erkannt, die auch auf ihrem Gesicht stand und aus ihren Gebärden hervorging. Aber Alexander war nicht zufrieden. Wie ein Henker folterte er sein Opfer und war von dem wilden, verzweifelten Wunsch beseelt, den Kelch auf einmal und bis zur Neige zu leeren.

»Nein!« sprach er. »Machen Sie der Folter heute ein Ende. Zweifel, einer schwärzer als der andere, beunruhigen meinen Verstand, reißen mein Herz in Stücke. Ich habe genug gelitten. Ich glaube, meine Brust zerspringt von der Anspannung. Nichts kann mich in meinem Verdacht überzeugen: Sie selber müssen alles klären, sonst finde ich niemals Ruhe.«

Er sah sie an und wartete auf Antwort. Sie schwieg.

»Erbarmen Sie sich meiner!« begann er wieder. »Schauen Sie mich an: Sehe ich mir selber noch ähnlich? Alle erschrecken vor mir, erkennen mich nicht wieder ... Alle bemitleiden mich, nur Sie allein ...«

Wahrhaftig: Seine Augen brannten in wildem Feuer. Er war mager, bleich, auf seiner Stirn stand dicker Schweiß.

Sie warf ihm einen verstohlenen Blick zu, und in ihren Augen schimmerte etwas wie Mitleid. Sie faßte sogar seine Hand, ließ sie jedoch seufzend gleich wieder los und schwieg weiter.

»Was ist?« fragte er.

»Ach, lassen Sie mich in Ruhe!« bat sie bekümmert. »Sie quälen mich mit Ihren Fragen.«

»Ich flehe Sie an, um Gottes willen, beenden Sie alles mit einem Wort. Was hilft Ihnen die Verschlossenheit? Mir bleibt eine törichte Hoffnung, ich lasse nicht von Ihnen, ich komme jeden Tag, bleich und verstört... Ich bringe Kummer über Sie. Weisen Sie mich aus dem Haus, gehe ich auf und ab unter den Fenstern, verfolge Sie im Theater, auf der Straße, überall, wie ein Gespenst, wie ein Memento mori. All das ist töricht, vielleicht lächerlich für den, dem zum Lachen zumute ist – aber für mich ist es schlimm! Sie wissen nicht, was Leidenschaft ist, wohin sie einen führen kann! Gott gebe, daß Sie das niemals erfahren! Was hat es für einen Sinn? Ist es nicht besser, Sie sagen es gleich?«

»Was haben Sie mich denn gefragt?« sagte Nadenka, sich auf dem Stuhle zurücklehnend. »Ich finde mich nicht mehr zurecht... Mein Kopf ist wie im Nebel...«

Sie preßte krampfhaft die Hand vor die Stirn, nahm sie aber gleich wieder weg.

»Ich frage Sie: Hat mich ein anderer aus Ihrem Herz verdrängt? Ein Wort – *ja* oder *nein* – entscheidet alles. Sie hätten es längst sagen sollen!«

Sie wollte etwas sagen, vermochte es aber nicht, sondern senkte die Augen und schlug mit einem Finger immer auf dieselbe Taste. Man sah, sie kämpfte heftig mit sich. »Ach!« stieß sie endlich bekümmert hervor. Alexander wischte sich die Stirn mit dem Tuch ab.

»Ja oder nein?« wiederholte er, den Atem anhaltend.

Ein paar Sekunden vergingen.

»Ja oder nein?«

»Ja!« flüsterte Nadenka kaum hörbar, dann beugte sie sich tief über die Tasten und griff scheinbar selbstvergessen kräftige Akkorde. Das *Ja* war kaum vernehmlich, wie ein Hauch gesprochen, doch es betäubte Alexander. Ihm war, als spränge sein Herz aus der Brust, die Knie knickten ihm ein. Er ließ sich auf einen Stuhl neben dem Klavier fallen und schwieg.

Nadenka warf ihm einen ängstlichen Blick zu. Er sah sie an, ohne zu wissen, was er sah.

»Alexander Fjodorytsch!« rief plötzlich die Mutter aus ihrem Zimmer. »In welchem Ohr klingt es?«

Er schwieg.

»Maman fragt Sie etwas«, mahnte Nadenka.

»Was?«

»In welchem Ohr klingt es?« wiederholte die Mutter. »Aber schnell!«

»In beiden!« gab Alexander düster zur Antwort.

»Ach was, im linken! Ich habe geraten, ob der Graf heute kommt.«

»Der Graf!« stieß Alexander hervor.

»Verzeihen Sie mir!« flehte Nadenka, auf ihn zustürzend. »Ich verstehe mich selbst nicht... Das kam alles so unverhofft, gegen meinen Willen... Ich weiß nicht wie... Ich konnte Sie nicht betrügen...«

»Ich halte mein Wort, Nadeshda Alexandrowna«, antwortete er, »ich mache Ihnen keinen Vorwurf. Ich danke Ihnen für Ihre Aufrichtigkeit... Sie haben sehr viel getan... heute... Es war schwer für mich, dieses *Ja* zu hören... aber für Sie war es noch schwerer, es auszusprechen... Leben Sie wohl! Sie werden mich nicht wiedersehen: als Belohnung für Ihre Aufrichtigkeit... Aber der Graf, der Graf!«

Die Zähne zusammenbeißend, ging er zur Tür.

»Ja«, meinte er, noch einmal umkehrend, »wie wird das für Sie ausgehen? Der Graf heiratet Sie nicht; was für Absichten hat er?«

»Ich weiß nicht«, antwortete Nadenka, traurig den Kopf schüttelnd.

»Mein Gott, wie verblendet sind Sie!« rief Alexander entsetzt.

»Er kann keine schlechten Absichten haben...«, erwiderte sie mit schwacher Stimme.

»Hüten Sie sich, Nadeshda Alexandrowna!«

Er nahm ihre Hand, küßte sie und verließ mit ungleichmäßigen Schritten das Zimmer. Er war entsetzlich anzusehen. Nadenka blieb reglos auf ihrem Platz sitzen.

»Nadenka, warum spielst du nicht?« fragte die Mutter nach ein paar Minuten. Nadenka erwachte wie aus einem schweren Traum und seufzte.

»Sofort, Maman!« antwortete sie, und den Kopf nachdenklich zur Seite geneigt, schlug sie zaghaft die Tasten an. Ihre Finger zitterten. Offensichtlich litt sie unter Gewissensbissen und unter den Zweifeln, die mit den Worten: ›Hüten Sie sich!‹ in ihr geweckt worden waren. Als der Graf kam, war sie schweigsam, niedergeschlagen. Etwas Gezwungenes lag in ihrem Verhalten. Unter dem Vorwand, Kopfschmerzen zu haben, ging sie bald auf ihr Zimmer. Auch ihr erschien es an diesem Abend bitter, auf der Welt zu sein.

Alexander war kaum die Treppe hinuntergestiegen, als ihn die Kräfte verließen. Er setzte sich auf die letzte Stufe, bedeckte die Augen mit dem Tuch und fing an, laut, doch tränenlos zu weinen. Zur selben Zeit kam der Pförtner am Treppenflur vorbei. Er blieb stehen und horchte.

»Marfa, he, Marfa!« rief er, an seine schmutzige Tür tretend. »Komm doch mal her, horch mal, wie hier einer heult, wie ein Tier. Ich dachte, unser Mohrle hat sich von der Kette gerissen, aber nein, das ist nicht Mohrle.«

»Nein, das ist nicht Mohrle!« wiederholte Marfa, als sie gehorcht hatte. »Was für ein seltsames Tier ist das nur?«

»Geh mal und bring die Laterne. Dort hinter dem Ofen hängt sie.« Marfa brachte die Laterne. »Heult's immer noch?« fragte sie.

»Ja! Ob gar ein Gauner sich eingeschlichen hat?«

»Wer ist da?« fragte der Pförtner.

Keine Antwort.

»Wer ist da?« wiederholte Marfa.

Immer noch dieses Heulen. Sie traten beide in den Flur. Alexander stürzte hinaus.

»Ach, ein Herr war es«, sagte Marfa, ihm nachblickend. »Und du behauptest, ein Gauner! Da sieht man, wie weit dein Verstand reicht, so was zu sagen! Wie wird denn ein Gauner in einem fremden Flur heulen!«

»Nun, dann war er bestimmt betrunken!«

»Noch besser!« gab Marfa zurück. »Du denkst, alle sind wie du? Nicht alle Betrunkenen heulen.«

»Was hat er denn sonst, Hunger vielleicht?« bemerkte der Pförtner ärgerlich.

»Was!« wiederholte Marfa, ihn ansehend, und wußte

nicht, was sie antworten sollte. »Woher soll ich das wissen, vielleicht hat er was verloren – Geld...«

Beide hockten sich schnell hin und suchten mit der Laterne alle Winkel des Fußbodens ab.

»Etwas verloren!« brummte der Pförtner, den Boden ableuchtend. »Wo kann man hier was verlieren? Die Treppe ist sauber, aus Stein, jede Stecknadel siehst du... Verloren! Das hört man doch, wenn man hier was verliert; das klirrt auf den Steinen. Das hätte er aufgehoben! Wo kann man hier was verlieren? Nirgends! Verloren! Warum nicht gar verloren! Das war gerade einer, der was verliert! Mir nichts, dir nichts etwas verliert! Nein! Sei unbesorgt, so einer ist darauf bedacht, daß er was in die Tasche steckt! Und so einer soll was verlieren! Die kennen wir, die Gauner! Der und was verlieren! Wo hat er denn was verloren?«

Und noch lange krochen sie auf dem Boden herum und suchten nach verlorenem Geld.

»Nein, nichts!« seufzte endlich der Pförtner, dann blies er die Kerze aus, drückte den Docht mit zwei Fingern zusammen und wischte die Finger am Schafspelz ab.

VI

Am selben Abend gegen zwölf Uhr, als Pjotr Iwanytsch gerade, mit Kerze und Buch in der Hand, mit der andern die Zipfel des Schlafrocks haltend, aus dem Arbeitszimmer ins Schlafzimmer ging, um sich zu Bett zu legen, meldete ihm der Kammerdiener, daß ihn Alexander Fjodorytsch zu sehen wünsche.

Pjotr Iwanytsch zog die Brauen hoch, überlegte etwas, dann sagte er ruhig: »Bitte ihn ins Arbeitszimmer, ich komme gleich.«

»Guten Abend, Alexander«, begrüßte er seinen Neffen, als er ins Zimmer zurückkehrte. »Wir haben uns lange nicht gesehen. Bei Tage wartet man vergebens auf dich, und jetzt platzt du mitten in der Nacht hier herein! Was gibt es so spät? Doch was ist dir? Du bist ja nicht wiederzuerkennen?«

Alexander setzte sich zu Tode erschöpft in den Sessel, ohne ein Wort zu erwidern. Pjotr Iwanytsch sah ihn neugierig an.

Alexander seufzte.

»Du bist doch gesund?« fragte Pjotr Iwanytsch besorgt.

»Ja«, antwortete Alexander mit schwacher Stimme, »ich bewege mich, esse, trinke, folglich bin ich gesund.«

»Immerhin spaße nicht, befrage den Arzt.«

»Das haben mir schon andere geraten, aber mir kann kein Arzt, keine Rheumasalbe helfen; mein Leiden ist nicht physischer Art.«

»Was ist denn mit dir? Hast du Geld verspielt oder Geld verloren?« fragte Pjotr Iwanytsch lebhaft.

»Sie können sich keinen Kummer vorstellen, der nicht mit Geld zusammenhängt!« bemerkte Alexander und versuchte zu lächeln.

»Was ist das schon für Kummer, der keinen Kupfergroschen kostet, wie manchmal der deine?«

»Nun, zum Beispiel mein Kummer jetzt. Wissen Sie, was wirklich geschehen ist?«

»Was soll geschehen sein? Bei dir zu Hause ist alles wohl, das weiß ich aus den Briefen, mit denen dein Mütterchen mich jeden Monat traktiert. Im Dienst kann nichts Schlimmres geschehen, als schon geschehen ist: man hat dir einen Untergebenen übergeordnet, das ist das Äußerste. Du sagst, du seiest gesund, habest weder Geld verloren noch welches verspielt... Das ist das Wichtige, alles übrige richtet sich leicht wieder ein. Es könnte diese Narrheit sein, die Liebe, meine ich...«

»Ja, die Liebe. Aber wissen Sie, was passiert ist? Wenn Sie das erfahren, dann urteilen Sie vielleicht nicht mehr so leichtfertig, sondern entsetzen sich...«

»Erzähle schon, ich habe mich lange nicht mehr entsetzt«, sagte der Onkel und ließ sich nieder. »Übrigens, das ist nicht schwer zu erraten: Wahrscheinlich hat man dich betrogen.«

Alexander sprang auf, wollte etwas sagen, behielt es aber für sich und setzte sich wieder auf seinen Platz.

»Nun, ist es wahr? Siehst du, ich habe dir's gesagt, du aber: ›Nein, wie wäre das möglich!‹«

»War es möglich, das zu ahnen?« fragte Alexander. »Nach allem . . .«

»Nicht ahnen solltest du es, sondern voraussehen, das heißt wissen, das ist verläßlicher, und danach handeln.«

»Sie können so ruhig darüber sprechen, lieber Onkel, während ich . . .«, klagte Alexander.

»Was geht es mich an?«

»Ja, ich vergaß: Ihretwegen könnte die ganze Stadt abbrennen oder im Erdboden versinken – Ihnen ist alles einerlei!«

»Ergebener Diener! Und meine Fabrik?«

»Sie scherzen, ich aber leide, ohne Scherz. Mir ist so schwer ums Herz, ich bin tatsächlich krank.«

»Bist du wirklich von der Liebe so abgemagert? O Schande! Nein: du warst krank, jetzt aber beginnst du zu genesen, und das wird Zeit! Anderthalb Jahre zieht die Torheit sich hin, das ist allerhand! Noch kurze Zeit, und auch ich hätte vielleicht an die unwandelbare, ewige Liebe geglaubt.«

»Onkelchen«, bat Alexander, »verschonen Sie mich. Jetzt ist die Hölle in meiner Brust . . .«

»Jawohl! Und was weiter?«

Alexander rückte den Sessel an den Schreibtisch, der Onkel aber rückte Tintenfaß, Briefbeschwerer und anderes aus der Nähe des Neffen.

›Kommt nachts hier herein‹, dachte er, ›in seiner Brust die Hölle . . . Bestimmt wird er wieder etwas zerschlagen.‹

»Trost werde ich bei Ihnen nicht finden, und ich verlange auch nicht danach«, begann Alexander. »Ich bitte Sie um Ihre Hilfe als Onkel, als Verwandter. Ich erscheine Ihnen töricht, nicht wahr?«

»Ja, wenn du nicht zu bedauern wärst.«

»So tue ich Ihnen leid?«

»Sehr. Bin ich etwa aus Holz? Ein guter Junge, klug, ordentlich erzogen, und geht zugrunde um nichts und wieder nichts. Ja, warum? Wegen Narrenspossen!«

»Beweisen Sie mir, daß ich Ihnen leid tue.«

»Womit denn? Geld, sagst du, brauchst du nicht . . .«

»Geld, Geld! Oh, bestünde mein Unglück nur in Mangel an Geld, so würde ich mein Schicksal preisen!«

»Sage das nicht«, bemerkte Pjotr Iwanytsch ernst. »Du bist jung – du würdest dein Schicksal verfluchen, aber nicht preisen! Ich habe es früher mehr als einmal verflucht – ich!«

»So hören Sie mich doch geduldig an...«

»Bleibst du noch lange, Alexander?« fragte der Onkel.

»Ja, ich brauche Ihre ganze Aufmerksamkeit. Warum?«

»Nun, siehst du, ich möchte Abendbrot essen. Ich war im Begriff, ohne Essen schlafen zu gehen, aber wenn wir nun noch lange aufbleiben, wollen wir essen und eine Flasche Wein trinken, und unterdessen erzählst du mir alles.«

»Sie können essen?« fragte Alexander verwundert.

»Ja, sehr gut kann ich das. Willst du denn nichts?«

»Ich und essen! Auch Sie werden keinen Bissen hinunterbringen, wenn Sie erfahren, daß es um Leben und Tod geht.«

»Um Leben und Tod?« wiederholte der Onkel. »Ja, das ist natürlich sehr wichtig. Aber trotzdem – versuchen wir es, vielleicht rutscht es doch.«

Er läutete.

»Erkundige dich, was es zu essen gibt«, befahl er dem eintretenden Diener, »und laß eine Flasche Lafite bringen, mit dem grünen Etikett.«

Der Diener verschwand.

»Lieber Onkel, Sie sind nicht in der Geistesverfassung, um die traurige Geschichte meines Kummers zu hören«, sagte Alexander und griff nach dem Hut. »Ich komme lieber morgen wieder...«

»Nein, nein, kommt nicht in Frage«, fiel Pjotr Iwanytsch seinem Neffen lebhaft ins Wort und hielt ihn am Arm zurück. »Ich bin stets in der gleichen Verfassung. Morgen triffst du mich vielleicht beim Frühstück oder, noch schlimmer, bei der Arbeit. Es ist schon besser, wir kommen mit einemmal zum Schluß. Das Essen schadet der Sache nicht. Ich höre und verstehe dabei sogar besser. Einem hungrigen Magen ist schlecht predigen, weißt du.«

Das Essen wurde aufgetragen.

»Nun, Alexander, fang an«, ermunterte Pjotr Iwanytsch.

»Aber ich will nicht essen, lieber Onkel!« rief Alexander

ungeduldig und zuckte die Schultern, als er sah, wie sein Onkel um das Essen bemüht war.

»Trink wenigstens ein Glas Wein; der Wein ist nicht schlecht!« Alexander schüttelte den Kopf.

»Nun, so nimm eine Zigarre und erzähle, ich aber höre mit beiden Ohren zu«, sagte Pjotr Iwanytsch und machte sich rasch ans Essen.

»Sie kennen den Grafen Nowinski?« fragte Alexander nach kurzem Schweigen.

»Den Grafen Platon?«

»Ja.«

»Wir sind Freunde. Was ist mit ihm?«

»Ich gratuliere Ihnen zu solchem Freund; er ist ein Schurke!«

Pjotr Iwanytsch hörte plötzlich zu kauen auf und sah seinen Neffen verwundert an.

»Was du nicht sagst!« rief er. »Kennst du ihn denn?«

»Sehr gut.«

»Schon lange?«

»Drei Monate.«

»Wie wäre das möglich? Ich kenne ihn seit fünf Jahren und habe ihn immer für einen anständigen Menschen gehalten, und wen man auch hört – alle loben ihn. Und du sprichst auf einmal so vernichtend von ihm.«

»Seit wann nehmen Sie denn die Menschen in Schutz, lieber Onkel? Früher...«

»Anständige Leute habe ich auch früher in Schutz genommen. Aber seit wann beschimpfst du sie denn, bezeichnest sie nicht mehr als Engel?«

»Bis jetzt kannte ich sie nicht, aber nun... Oh, die Menschen, die Menschen! *Ein erbärmlich Geschlecht, wert nur des Spotts und der Tränen!* Ich gestehe, ich fehlte schwer, als ich nicht auf Ihren Rat hörte, mich vor jedem in acht zu nehmen...«

»Das rate ich dir auch jetzt noch; Vorsicht schadet nie. Erweist sich einer als Taugenichts, so hat man sich nicht getäuscht, und ist er ein anständiger Mensch, so hat man sich gern geirrt.«

»Zeigen Sie mir einen anständigen Menschen!« bemerkte Alexander verächtlich.

»Nun, wir zwei zum Beispiel, warum sollen wir nicht anständig sein? Auch der Graf, wenn schon von ihm die Rede ist, ist ein anständiger Mann. Sind das nicht genug? Alle haben ein bißchen Schlechtigkeit in sich, aber nicht alles und nicht alle sind schlecht.«

»Alle, alle!« behauptete Alexander entschieden.

»Und du?«

»Ich? Ich nehme aus der Menge zwar ein gebrochenes, doch von Gemeinheiten reines Herz mit, eine zerrissene Seele, aber frei vom Vorwurf der Lüge, der Heuchelei, des Verrats, ich habe mich nicht angesteckt...«

»Nun gut, wir werden sehen. Was hat dir denn der Graf getan?«

»Was er mir getan hat? Er hat mir alles geraubt.«

»Sprich deutlicher. Unter dem Wort *alles* kann man Gott weiß was verstehen, sogar Geld. Das tut er nicht...«

»Das, was mir teurer ist als alle Schätze der Welt«, erklärte Alexander.

»Was könnte das sein?«

»Alles, das Glück, das Leben.«

»Du lebst aber doch!«

»Leider ja! Aber dieses Leben ist schlimmer als hundert Tode.«

»Sag doch geradeheraus, was ist geschehen?«

»Entsetzliches!« rief Alexander. »Mein Gott, mein Gott!«

»Ach, hat er dir etwa deine Schöne abspenstig gemacht, diese... Wie heißt sie doch? Ja, darin ist er ein Meister, da kannst du dich kaum mit ihm messen. Der Schlingel, der Schlingel!« rief Pjotr Iwanytsch und schob ein Stück Truthahn in den Mund.

»Für diese Meisterschaft wird er teuer bezahlen!« drohte Alexander aufflammend. »Ich überlasse sie ihm nicht kampflos... Der Tod soll entscheiden, wer Nadenka besitzen soll. Ich werde den gemeinen Lüstling vernichten! Er soll nicht leben, soll sich des geraubten Schatzes nicht freuen. Ich wische ihn weg vom Antlitz der Erde!«

Pjotr Iwanytsch lachte laut auf.

»Provinz!« rief er. »Apropos der Graf, Alexander: Hat er nicht gesagt, ob man ihm Porzellan aus dem Ausland geschickt hat? Er hat sich dort im Frühjahr eine Kollektion bestellt; ich möchte es einmal ansehen.«

»Nicht von Porzellan ist die Rede, lieber Onkel. Haben Sie gehört, was ich sagte?« unterbrach Alexander ihn streng.

»Mm-m!« brummte der Onkel bestätigend und nagte dabei einen Knochen ab.

»Was sagen Sie dazu?«

»Nichts. Ich höre zu, was du sagst.«

»Hören Sie doch nur einmal in Ihrem Leben aufmerksam zu. Ich komme in einer wichtigen Angelegenheit zu Ihnen, möchte meine Ruhe wiedergewinnen, eine Million mich erregender, quälender Fragen klären... Ich bin außer mir, weiß nicht, wo mir der Kopf steht, helfen Sie mir...«

»Bitte, ich stehe zu deinen Diensten. Sage nur, was ich tun soll. Ich bin sogar bereit, mit Geld... Wenn es nur nicht für Narrheiten ist...«

»Narrheiten! Nein, es ist keine Narrheit, wenn ich vielleicht in wenigen Stunden nicht mehr auf Erden weile oder zum Mörder geworden bin... Aber Sie lachen, speisen kaltblütig zu Abend.«

»Ich bitte ergebenst! Du hast dich wahrscheinlich satt gegessen, ein anderer aber soll Hunger leiden!«

»Ich weiß seit zwei Tagen nicht, was Essen ist.«

»Oh, es geht tatsächlich um etwas Wichtiges?«

»Sagen Sie nur ein Wort: Wollen Sie mir einen großen Dienst erweisen?«

»Was für einen?«

»Willigen Sie ein, mein Sekundant zu sein?«

»Die Koteletts sind ganz kalt!« bemerkte Pjotr Iwanytsch unzufrieden und schob den Teller weg.

»Onkel, machen Sie sich lustig über mich?«

»Urteile selbst, ob man solchen Unsinn ernsthaft anhören kann: mich zum Sekundanten zu bitten!«

»Was sagen Sie dazu?«

»Das versteht sich von selbst: ich lehne ab.«

»Gut, ein anderer wird sich finden, ein Fremder, der Anteil nimmt an der bitteren Kränkung, die man mir zugefügt hat. Sie nehmen nur die Mühe auf sich, mit dem Grafen zu sprechen, um die Bedingungen zu erfahren . . .«

»Das kann ich nicht, die Zunge würde mir nicht gehorchen, wenn ich ihm so eine Torheit vorschlagen wollte.«

»So leben Sie wohl!« sagte Alexander und nahm seinen Hut.

»Was! Du gehst schon? Willst du nicht deinen Wein austrinken?«

Alexander war schon zur Tür gegangen, dort aber setzte er sich in größter Verzagtheit auf einen Stuhl.

»Zu wem soll ich gehen, wo soll ich Teilnahme suchen?« fragte er leise.

»Hör mal, Alexander!« begann der Onkel, wischte den Mund mit der Serviette ab und rückte den Sessel zu seinem Neffen. »Ich sehe, ich muß tatsächlich ernsthaft mit dir reden, ohne Scherz. So sei es. Du bist um Hilfe zu mir gekommen; ich helfe dir, aber anders als du denkst und unter einer Bedingung: daß du meinem Rat folgst. Bitte niemanden zum Sekundanten, das hat keinen Sinn. Du machst aus einer Lappalie eine große Begebenheit, die wird überall herumgetragen, man lacht dich aus oder, noch schlimmer, bereitet dir Unannehmlichkeiten. Niemand steht dir als Sekundant bei, fände sich aber so ein Verrückter, so wäre es vergebens: der Graf wird sich nicht schlagen, ich kenne ihn.«

»Wird sich nicht schlagen! So ist in ihm kein Tropfen adliges Blut!« bemerkte Alexander bissig. »Ich glaubte nicht, daß er in solchem Maße gemein ist!«

»Er ist nicht gemein, er ist nur klug.«

»So bin ich Ihrer Meinung nach töricht?«

»N . . .nein, verliebt«, sagte Pjotr Iwanytsch zögernd.

»Lieber Onkel, wenn Sie beabsichtigen, mir die Sinnlosigkeit des Duells zu erklären, weil es auf Einbildung beruhe, so versichere ich Sie: Das ist vergebliche Mühe, ich bleibe fest.«

»Nein! Es ist schon längst erwiesen, daß ein Duell Torheit

ist, und alle schlagen sich. Es gibt zu viele Esel, sie bringt man nicht zur Vernunft. Ich will dir nur beweisen, daß es insbesondere in deinem Fall nicht passend ist, sich zu schlagen.«

»Ich bin neugierig, wie Sie mich überzeugen wollen.«

»Nun, so höre. Sag mal, auf wen bist du besonders böse, auf den Grafen oder auf sie... Wie heißt sie... Anjuta, nicht wahr?«

»Ich hasse ihn, verachte sie«, erklärte Alexander.

»Beginnen wir mit dem Grafen: Gesetzt, er nähme deine Herausforderung an, gesetzt sogar, du fändest einen Dummen als Sekundanten – was wird daraus? Der Graf wird dich töten wie eine Fliege, und hinterher lachen dich alle obendrein aus. Eine schöne Rache! Das willst du doch nicht? Du möchtest doch den Grafen vernichten.«

»Man weiß nicht, wer wen tötet«, bemerkte Alexander.

»Sicher er dich. Du kannst doch bestimmt überhaupt nicht schießen, und nach den Regeln gehört der erste Schuß ihm.«

»Hier wird Gottes Gericht entscheiden.«

»Nun, wenn du es willst; es entscheidet zu seinen Gunsten. Der Graf, sagt man, setzt auf fünfzehn Schritt genau Kugel auf Kugel. Aber deinetwegen wird er absichtlich fehlen! Gesetzt sogar, Gottes Gericht ließe so eine Ungeschicklichkeit und Ungerechtigkeit zu, und du würdest ihn zufällig töten – was hätte das für Sinn? Gewännst du damit die Liebe deiner Schönen zurück? Nein, sie würde dich hassen, und außerdem würdest du zu den Soldaten gesteckt. Die Hauptsache aber, du würdest dir schon am nächsten Tag vor Verzweiflung die Haare ausraufen und sofort gegen deine Geliebte erkalten...«

Alexander zuckte verächtlich die Schultern.

»Sie sind so rasch in Ihrem Urteil, lieber Onkel«, sagte er. »So entscheiden Sie denn, was ich in meiner Lage tun soll.«

»Nichts. Laß die Sache auf sich beruhen. Sie ist einmal verdorben.«

»Das Glück in seinen Händen lassen, ihn den stolzen Besitzer sein lassen... Oh, mich hält keine Drohung zurück! Sie kennen meine Qualen nicht! Sie haben nie geliebt, wenn Sie glauben, mich mit dieser kalten Moral aufzuhalten. In Ihren Adern fließt kein Blut, sondern Milch...«

»Genug Unsinn geschwatzt, Alexander! Gibt's auf der Welt nicht viele solche Mädchen wie deine Marja oder Sofja, oder wie heißt sie?«

»Sie heißt Nadeshda.«

»Nadeshda? Und wer war Sofja?«

»Sofja, das war auf dem Lande«, sagte Alexander unwillig.

»Siehst du«, fuhr der Onkel fort. »Dort Sofja, hier Nadeshda und woanders Marja. Das Herz ist ein tiefer Brunnen, man braucht lange, bis man auf den Grund kommt. Es liebt bis ins Alter...«

»Nein, das Herz liebt nur einmal...«

»Du wiederholst nur, was du von anderen gehört hast! Das Herz liebt so lange, bis seine Kräfte erschöpft sind. Es lebt sein Leben und hat wie alles am Menschen eine Jugend und ein Alter. Hat es mit der einen Liebe kein Glück, so verhält es nur und schweigt bis zur nächsten. Wird es an der gehindert, muß es davon Abschied nehmen – die Fähigkeit, zu lieben, bleibt unverbraucht bis zum dritten, vierten Mal, bis zu der Zeit, da das Herz endlich all seine Kraft einer glücklichen Vereinigung schenkt, an der es nicht gehindert wird, dann aber erkaltet es allmählich. Ein anderer hat beim ersten Mal Glück in der Liebe, und schon schreit man, daß man nur einmal lieben könne. Solange der Mensch nicht alt ist, solange er gesund ist...«

»Sie sprechen immer von der Jugend, Onkelchen, also von physischer Liebe...«

»Von der Jugend spreche ich, weil die Altersliebe ein Irrtum ist, Entartung. Und was heißt physische Liebe? Solche Liebe gibt es nicht, wie es auch rein geistige Liebe nicht gibt. An der Liebe haben Seele und Körper gleichermaßen Anteil. Sonst ist die Liebe unvollständig. Wir sind weder Geist noch Tier. Du sagst ja selber: ›In Ihren Adern fließt kein Blut, sondern Milch.‹ Siehst du: einerseits das Blut in den Adern, das ist das Physische, andererseits Eigenliebe, Gewohnheit, das ist das Geistige. Da hast du die Liebe! Wo bin ich stehengeblieben... Ja! Zu den Soldaten. Außerdem läßt deine Schöne dich nach so einem Vorfall nicht mehr vor ihre Augen. Du würdest also ihr wie dir vergebens schaden. Siehst du das ein? Ich hoffe, wir haben die Frage von der einen Seite endgültig durchgearbeitet. Jetzt...«

Pjotr Iwanytsch goß sich Wein ein und trank ihn aus.

»So ein Dummkopf!« bemerkte er. »Bringt kalten Lafite.«

Alexander schwieg und saß mit gesenktem Kopf.

»Jetzt sage mir«, fuhr der Onkel fort, während er das Glas in den Händen wärmte, »weshalb wolltest du den Grafen vom Antlitz der Erde wegwischen?«

»Ich sagte Ihnen schon, weshalb! Hat er nicht mein Glück zerstört? Er brach wie ein wildes Tier ein...«

»In den Schafstall!« unterbrach ihn der Onkel.

»Hat mir alles geraubt«, fuhr Alexander fort.

»Er hat nichts geraubt, aber er ist gekommen und hat genommen. War er denn verpflichtet sich zu erkundigen, ob deine Schöne vergeben sei? Ich verstehe die Torheit nicht, die allerdings die meisten Verliebten seit Erschaffung der Welt bis in unsere Zeit begehen: dem Rivalen zu zürnen! Es kann keinen größeren Unsinn geben. *Ihn vom Antlitz der Erde wegwischen!* Warum? Weil er gefallen hat! Als sei das seine Schuld, und als würde es besser davon, daß man ihn bestraft! Und deine... Wie heißt sie? Katenka, was? Hat sie sich denn gewehrt gegen ihn? Hat sie sich bemüht, der Gefahr zu entfliehen? Sie hat sich ihm ergeben, liebt dich nicht mehr, darüber gibt's nichts zu streiten. Die gewinnst du nicht zurück. Und auf ihrem Wort zu bestehen – das wäre Egoismus! Von der Ehefrau Treue verlangen – das hat Sinn, dazu ist sie verpflichtet, davon hängt oft das eigentliche Wohlergehen der Familie ab. Aber daß sie keinen andern liebt, das kann man nicht einmal von ihr verlangen. Man kann nur verlangen, daß sie... Na ja... Aber hast du sie auch nicht dem Grafen mit beiden Händen übergeben? Hast du sie ihm streitig gemacht?«

»Ich will sie ihm ja streitig machen«, rief Alexander und sprang von seinem Platz auf, »Sie aber zügeln den edlen Drang...«

»Streitig machen mit dem Knüppel in der Hand!« unterbrach ihn sein Onkel. »Wir leben nicht in der kirgisischen Steppe. In der gebildeten Welt gibt es andere Waffen. Die hättest du beizeiten anwenden müssen, hättest mit dem Grafen ein Duell anderer Art unter den Augen deiner Schönen ausfechten müssen.«

Alexander sah seinen Onkel verwundert an.

»Was für ein Duell?« fragte er.

»Das werde ich dir gleich sagen. Wie hast du dich bisher verhalten?«

Alexander erzählte unter lebhaften Gesten den Gang der Dinge mit größter Weitschweifigkeit, vieles zu seinen Gunsten färbend und...

»Siehst du, du bist selber an allem schuld«, stellte Pjotr Iwanytsch stirnrunzelnd fest, als er die Geschichte angehört hatte. »Du hast viele Torheiten begangen! Ach, Alexander, der Satan hat dich hergebracht! Das hat sich gelohnt, wegen so was hierherzufahren! Das alles hättest du bei euch aufführen können, am See, mit der Tante. Ei, wie kann man sich so kindisch benehmen, Szenen machen, toben? Pfui! Wer tut das heute noch? Wenn nun deine... Wie heißt sie? Julija... dem Grafen alles erzählt? Aber nein, das braucht man nicht zu befürchten, Gott sei Dank! Sie ist wahrscheinlich so klug, daß sie auf seine Frage nach eurem Verhältnis geantwortet hat...«

»Was?« fragte Alexander rasch.

»Daß sie dich zum Narren hielt, daß du in sie verliebt warst, ihr jedoch zuwider bist, sie gelangweilt hast... Wie sie das immer tun...«

»Sie glauben, daß sie... so etwas... gesagt hat?« fragte Alexander erbleichend.

»Zweifellos. Bildest du dir wirklich ein, sie erzählt, wie ihr dort im Garten gelbe Blumen gepflückt habt? O heilige Einfalt!«

»Was für ein Duell hätte ich denn mit dem Grafen ausfechten sollen?« fragte Alexander ungeduldig.

»Nun paß auf: Du hättest ihm nicht grob begegnen, nicht vor ihm davonlaufen, ihm nicht Grimassen ziehen, sondern im Gegenteil auf seine Liebenswürdigkeit doppelt, dreifach, zehnmal so liebenswürdig antworten sollen, und diese – wie heißt sie? Nadenka? Jetzt habe ich es wohl getroffen? – durftest du nicht mit Vorwürfen reizen, hättest Nachsicht mit ihren Launen haben, dir den Anschein geben sollen, als bemerktest du gar nichts, als vermutetest du nicht einmal, daß sie dich verraten könne, als sei das ein Ding der Unmöglichkeit. Du hättest nicht zulassen sollen, daß sie sich bis zur Vertraulichkeit einander näherten, sondern hättest ihre Begegnungen unter vier Augen geschickt, wie unabsichtlich stören, stets mit ihnen zusammen sein, sogar mit ihnen reiten sollen. Und dabei hättest du deinen Rivalen unter ihren Augen unauffällig zum Kampf herausfordern müssen, dafür alle Kräfte deines Verstandes ausrüsten und vorschicken, die erste Batterie aus Scharfsinn und List aufstellen müssen und so weiter... Du hättest die schwachen Seiten deines Rivalen aufdecken und treffen müssen, als geschähe es unabsichtlich, in aller Gutmütigkeit, sogar gegen deinen Willen, mit Bedauern, mußtest ihn allmählich der Drapierung entkleiden, in der ein junger Mann sich malerisch vor seiner Schönen darstellt. Du hättest herausfinden müssen, was sie an ihm am meisten betört und dann hättest du diese Seiten geschickt angreifen müssen, sie ganz einfach deuten, sie im gewöhnlichen Licht darstellen, zeigen müssen, daß der neue Held gar nichts Besonderes ist und nur für sie ein Feiertagsgewand angelegt hat. Das alles kaltblütig, geduldig, klug ausführen – das ist das wahre Duell unserer Zeit! Aber wie könntest du das!«

Dabei trank Pjotr Iwanytsch sein Glas aus und goß sich sofort wieder ein.

»Verächtliche Hinterlist! Zur List seine Zuflucht nehmen, um das Herz einer Frau zu erobern!« bemerkte Alexander entrüstet.

»Du aber nimmst deine Zuflucht zum Knüppel. Ist das besser? Durch List kann man sich die Anhänglichkeit eines Menschen erhalten, aber mit Gewalt – das glaube ich nicht. Der Wunsch, den Rivalen aus dem Felde zu schlagen, ist mir verständlich: du bemühst dich, dir dadurch die geliebte Frau zu bewahren, beugst der Gefahr vor oder wendest sie ab – das

ist natürlich! Aber ihn dafür töten, daß er Liebe erweckt hat –
das ist, als ob man die Stelle schlägt, an der man sich gestoßen
hat, wie Kinder es tun. Mach, was du willst, aber der Graf ist
nicht schuld! Wie ich sehe, verstehst du gar nichts von den
Geheimnissen des Herzens, daher sind deine Liebesaffären
und deine Erzählungen so schlecht.«

»Liebesaffären!« sagte Alexander und schüttelte verächtlich den Kopf. »Ist etwa eine Liebe, die durch List eingeflößt
wird, schmeichelhaft und dauerhaft?«

»Ob sie schmeichelhaft ist, weiß ich nicht. Wie man es
nimmt; mir wäre es gleich. Ich habe von der Liebe überhaupt
keine hohe Meinung, das weißt du. Von mir aus brauchte es
sie gar nicht zu geben ... Aber dauerhafter ist sie, das ist
wahr. Mit dem Herzen kann man nicht geradezu verfahren.
Es ist ein kompliziertes Instrument; wenn du nicht weißt,
welche Feder gedrückt werden muß, so spielt es Gott weiß
was. Du kannst ihm Liebe einflößen, wodurch du willst, aber
erhalten mußt du sie mit dem Verstand. Die List ist ein
Ausfluß des Verstandes, daran ist nichts Verächtliches. Man
braucht nicht den Rivalen herabzusetzen und zur Verleumdung seine Zuflucht zu nehmen. Damit bringt man die Schöne gegen sich auf. Du mußt ihm nur den Flitter abreißen, mit
dem er deine Geliebte blendet, aus einem Helden in ihren
Augen einen schlichten, gewöhnlichen Menschen machen ...
Ich meine, es ist entschuldbar, wenn man sein Gut mit einer
anständigen List verteidigt. Man verschmäht sie auch im
Krieg nicht. Da wolltest du heiraten! Ein schöner Ehemann
wärst du geworden, wenn du deiner Frau Szenen gemacht
und Rivalen den Knüppel gewiesen hättest. Da wärst du ...«

Pjotr Iwanytsch wies auf die Stirn.

»Deine Warenka war um zwanzig Prozent klüger als du,
als sie vorschlug, ein Jahr zu warten.«

»Doch wie konnte ich Listen anwenden, selbst wenn ich es
wollte? Da darf man nicht so lieben wie ich. Andere stellen
sich manchmal kalt, lassen sich aus Berechnung ein paar Tage
nicht sehen, und das wirkt ... Aber ich! Mich verstellen,
berechnend sein! Wenn mir bei ihrem Anblick der Atem
stockte, die Knie zitterten und mir den Dienst versagten,

wenn ich zu allen Qualen bereit war, nur um sie sehen zu können... Nein! Was Sie auch sagen, für mich bedeutet es größere Wonne, mit allen Kräften der Seele zu lieben, auch wenn ich darum leiden muß, als ohne zu lieben geliebt zu werden oder nur halb zu lieben, zum Zeitvertreib, nach einem abscheulichen System, mit der Frau wie mit einem Schoßhündchen zu spielen und sie dann wegzustoßen...«

Pjotr Iwanytsch zuckte die Schultern.

»Nun, so leide, wenn dir das so süß erscheint«, sagte er. »O Provinz! O Asien! Im Orient müßtest du leben, dort befiehlt man noch den Weibern, wen sie lieben sollen. Und wenn sie nicht gehorchen, ersäuft man sie. Nein«, fuhr er, wie zu sich selber, fort, »um hier mit einer Frau glücklich zu sein, das heißt nicht nach deiner Art, nicht wie ein Verrückter, sondern vernünftig, sind viele Voraussetzungen nötig. Man muß verstehen, aus dem Mädchen eine Frau zu formen, nach einem wohlüberlegten Plan, nach einer Methode, wenn du so willst, damit sie ihre Bestimmung erfaßt und erfüllt. Man muß einen magischen Kreis um sie ziehen, nicht zu eng, damit sie die Grenzen nicht spürt und sie nicht überschreitet. Mit List nicht nur ihr Herz beherrschen – was ist das schon! Ein Besitz, der leicht entgleitet, nicht dauerhaft ist! Aber den Verstand, den Willen, ihren Charakter und Geschmack dem eigenen unterwerfen, damit sie die Dinge durch deine Augen sieht, mit deinem Verstand denkt...«

»Das heißt, sie zur Puppe machen oder zum stummen Sklaven des Mannes!« unterbrach ihn Alexander.

»Wieso? Richte es so ein, daß sie die Wesensart und Würde des Weibes nicht ablegt. Laß ihr die Freiheit des Handelns in ihrem Bereich, aber beobachte mit durchdringenden Sinnen jede Bewegung, jeden Seufzer, jede Handlung, damit das wache, scheinbar gleichmütige Auge des Mannes jeder augenblicklichen Wallung, jedem Aufflammen, jedem Keimen eines Gefühls begegnet. Übe beständig Kontrolle, ohne jede Tyrannei und geschickt, ohne daß sie es merkt, und führe sie den gewünschten Weg. Oh, das erfordert eine schwere und eine gute Schule, und diese Schule ist ein kluger, erfahrener Mann – das ist die ganze Kunst!«

Er hüstelte bedeutsam und leerte sein Glas auf einen Zug.

»Dann«, fuhr er fort, »kann der Mann ruhig schlafen, auch wenn die Frau nicht neben ihm liegt, oder er kann unbesorgt im Arbeitszimmer sitzen, wenn die Frau schläft...«

»Ah, das ist es, das berühmte Geheimnis des Eheglücks!« bemerkte Alexander. »Durch Täuschung den Verstand, Herz und Willen der Frau an sich fesseln und sich daran freuen, sich damit brüsten. Das ist das Glück! Und wenn sie es merkt?«

»Warum sich brüsten?« fragte der Onkel. »Das braucht man nicht!«

»Wenn ich so sehe, lieber Onkel«, fuhr Alexander fort, »wie Sie unbesorgt hier sitzen, während Tantchen schläft, vermute ich, daß dieser Mann...«

»Pst, pst! Schweig!« fiel ihm sein Onkel ins Wort und winkte ab. »Es ist gut, daß meine Frau schläft, sonst...«

In diesem Augenblick öffnete sich die Tür, aber niemand zeigte sich.

»Die Frau aber«, sprach eine weibliche Stimme aus dem Korridor, »darf sich nicht den Anschein geben, als durchschaue sie die großartige Schule des Mannes. Sie muß eine eigene, unbedeutende Schule einführen, darf aber nicht beim Wein davon schwatzen.«

Beide Adujews stürzten zur Tür. Im Korridor hörte man schnelle Schritte, das Rascheln eines Kleides, und dann war alles still.

Onkel und Neffe sahen sich an.

»Was nun, lieber Onkel?« fragte der Neffe nach kurzem Schweigen.

»Was? Nichts!« entgegnete Pjotr Iwanytsch und zog die Brauen zusammen. »Hab mich zur ungelegenen Zeit gerühmt. Lerne daraus, Alexander, und heirate lieber nicht, oder nimm eine dumme Frau; mit einer klugen wirst du nicht fertig. Das ist eine gute Schule!«

Er überlegte, dann schlug er sich gegen die Stirn.

»Wie konnte ich nicht daran denken, daß sie von deinem späten Kommen gehört hat?« rief er ärgerlich aus. »Daß eine Frau nicht einschläft, wenn es ein Zimmer weiter ein Geheimnis zwischen zwei Männern gibt, daß sie dann unbedingt ihr Stubenmädchen schickt oder selbst kommt... Das nicht vorauszusehen! Wie töricht! Aber an allem bist du schuld und dieses verfluchte Glas Lafite! Hab mich verplappert! Eine solche Lehre von einer zwanzigjährigen Frau...«

»Sie haben Angst, lieber Onkel!«

»Wovor Angst? Nicht so viel! Ich habe einen Fehler gemacht, jetzt muß ich Kaltblütigkeit bewahren, muß mich herauszuwinden verstehen.«

Er verfiel wieder in Gedanken.

»Sie hat sich gerühmt«, begann er erneut, »daß sie eine Schule habe! Das kann gar nicht sein; dazu ist sie zu jung! Das hat sie nur so... aus Ärger! Aber den magischen Kreis hat sie jetzt bemerkt, nun wird sie auch auf Listen sinnen... Oh, ich kenne die Frauennatur! Aber wir werden sehen...«

Er lächelte stolz und vergnügt; die Falten auf seiner Stirn glätteten sich.

»Nur muß man die Sache jetzt anders führen«, fügte er hinzu, »die alte Methode taugt nichts mehr. Jetzt muß man...«

Er stutzte plötzlich und verstummte, ängstlich nach der Türe sehend.

»Aber das hat alles Zeit«, fuhr er fort. »Jetzt befassen wir uns mit deiner Angelegenheit, Alexander. Wovon haben wir gesprochen? Ja, du wolltest sie wohl ermorden, deine, diese... Wie heißt sie?«

»Ich verachte sie viel zu tief«, sagte Alexander mit einem schweren Seufzer.

»Siehst du, du bist schon zur Hälfte geheilt. Ist das aber auch wahr? Du scheinst dich noch zu ärgern. Übrigens, verachte sie, verachte sie, das ist das beste in deiner Lage. Ich wollte etwas sagen... Doch nein...«

»Ach, sprechen Sie, um Gottes willen, sprechen Sie!« rief Alexander. »Ich habe jetzt keinen Funken Verstand. Ich leide Qualen, vergehe... Geben Sie mir etwas von Ihrer kalten Vernunft! Sagen Sie alles, was mein krankes Herz erleichtern und beruhigen kann...«

»Wenn ich es sage, kehrst du am Ende zu ihr zurück...«

173

»Welcher Gedanke! Nach all dem...«

»Man vergißt noch ganz andere Dinge! Ehrenwort – du gehst nicht wieder hin?«

»Ich schwöre es, wenn Sie wollen.«

»Nein, dein Ehrenwort; das ist verläßlicher.«

»Ehrenwort.«

»Nun, so sieh: Wir haben entschieden, daß der Graf unschuldig ist...«

»Nehmen wir an. Was folgt daraus?«

»Nun, und worin besteht die Schuld deiner... Wie heißt sie?«

»Worin die Schuld Nadenkas besteht?« rief Alexander verwundert aus. »Sie soll wohl schuldlos sein?«

»Ja! So sage mir doch, worin? Es gibt keinen Grund, sie zu verachten.«

»Keinen Grund! Nein, lieber Onkel, das ist, um toll zu werden! Nehmen wir an, der Graf... Das mag noch hingehen... Er wußte nicht... Und auch das trifft nicht zu! Aber sie? Wer ist denn dann schuld? Ich?«

»Es scheint fast so. Tatsächlich aber ist es niemand. Sag, weshalb verachtest du sie?«

»Für ihre gemeine Handlungsweise.«

»Worin besteht sie denn?«

»Für grenzenlose, erhabene Leidenschaft mit Undank zu zahlen...«

»Was gibt es da zu danken? Hast du sie denn ihr zuliebe, ihr zu Gefallen geliebt? Wolltest du ihr damit einen Dienst erweisen? Was? Dann hättest du besser die Mutter geliebt.«

Alexander sah ihn an und wußte nichts zu sagen.

»Du durftest ihr nicht die ganze Macht deines Gefühls offenbaren. Die Frau erkaltet, wenn der Mann ihr alles gesteht... Du mußtest ihren Charakter erforschen und dementsprechend handeln, durftest aber nicht wie ein Hündchen zu ihren Füßen liegen.

Wie kann man versäumen, sich über den Teilhaber zu unterrichten, mit dem man ein Geschäft, gleich welcher Art, betreiben will! Dann hättest du durchschaut, daß man von ihr nicht mehr erwarten konnte. Sie hat ihren Roman mit dir bis zum Ende gespielt. Genauso wird sie den mit dem Grafen durchspielen und vielleicht noch einem dritten. Mehr kann man von ihr nicht verlangen. Sie kann nicht höher und weiter hinaus! Das liegt nicht in ihrer Natur. Du hast dir da Gott weiß was eingebildet.«

»Aber warum hat sie sich in einen andern verliebt?« unterbrach ihn Alexander.

»Was der Grund dafür ist? Eine kluge Frage! Ach, du unreifer Knabe! Warum hast du dich denn verliebt? Nun schlag dir diese Liebe schnell wieder aus dem Sinn!«

»Hängt das denn von mir ab?«

»Und hing es von ihr ab, daß sie sich in den Grafen verliebte? Du hast doch selber immer wieder gesagt, das Drängen des Gefühls dürfe man nicht unterdrücken. Aber wenn es dich betrifft, dann fragst du, warum sie sich verliebt hat! Warum ist der gestorben, warum verlor die den Verstand? Was soll man antworten auf solche Fragen? Die Liebe muß einmal enden, sie kann nicht ewig dauern.«

»Doch, das kann sie. Ich fühle diese Kraft des Herzens in mir; ich könnte ewig lieben…«

»Ja! Und sobald dich eine etwas heftiger liebt, nimmst du dein Wort zurück! So sind alle, das kenne ich!«

»Mochte ihre Liebe enden«, sagte Alexander, »aber warum so?«

»Ist das nicht einerlei? Man hat dich doch geliebt, du hast dein Vergnügen daran gehabt – und damit genug!«

»Sie hat sich einem andern ergeben!« rief Alexander erbleichend.

»Möchtest du, daß sie heimlich einen andern liebt, dir aber weiterhin ihre Liebe beteuert? Entscheide selber, was sie tun sollte, ob sie schuld ist.«

»Oh, ich räche mich an ihr!« rief Alexander.

»Du bist undankbar«, fuhr Pjotr Iwanytsch fort. »Das ist häßlich! Was immer eine Frau dir antut, ob sie dich verrät, dir gegenüber erkaltet, *arglistig*, wie es im Gedicht heißt, handelt – gib die Schuld der Natur, hänge meinetwegen in solchem Falle philosophischen Betrachtungen nach, schilt die Welt, das Leben, was du auch willst, aber greife niemals die Persön-

175

lichkeit der Frau mit Worten oder mit Taten an. Die Waffe gegen die Frau ist die Nachsicht, die grausamste Waffe Vergessen! Nur das ist einem anständigen Manne erlaubt. Denke daran, daß du anderthalb Jahre lang vor Freude jedem um den Hals fielst, nicht wußtest, was du vor lauter Glück anstellen solltest! Anderthalb Jahre unausgesetzten Vergnügens! Was du auch sagst – du bist undankbar!«

»Ach, lieber Onkel, nichts auf Erden war mir heiliger als die Liebe. Ohne sie ist das Leben kein Leben...«

»Ah!« unterbrach ihn Pjotr Iwanytsch verärgert. »Es wird einem übel, wenn man solchen Unsinn hört!«

»Ich hätte Nadenka vergöttert«, fuhr Alexander fort, »und wäre auf kein Glück der Erde neidisch gewesen. Ich träumte davon, mit Nadenka das ganze Leben zu verbringen – und nun? Wo ist die gewaltige, edle Leidenschaft, von der ich träumte? Eine törichte, klägliche Komödie von Seufzern, Szenen, Eifersucht, Lügen und Hinterlist ist daraus geworden. Mein Gott, mein Gott!«

»Warum hast du dir etwas eingebildet, was es nicht gibt? War ich es nicht, der dir wiederholt sagte, daß du ein Leben leben willst, das es nicht gibt? Nach deiner Meinung hat ein Mann nichts weiter zu tun, als Liebhaber, Ehemann, Vater zu sein... Von allem anderen willst du nichts wissen. Aber der Mensch ist auch Bürger, hat eine Tätigkeit, einen Beruf, ist vielleicht Schriftsteller, Gutsbesitzer, Soldat, Beamter, Fabrikant... Bei dir aber steht das alles im Schatten der Liebe und Freundschaft. Das reine Arkadien! Hat Romane über Romane gelesen, hat eifrig den Lehren seiner Tante gelauscht, dort, in der Wildnis, und kam mit solchen Anschauungen hierher. Erfand sogar die *edle Leidenschaft*!«

»Ja, edle Leidenschaft!«

»Genug, ich bitte dich! Als könnte Leidenschaft edel sein!«

»Was?«

»Ja, das. Leidenschaft bedeutet doch, daß Gefühl, Neigung, Anhänglichkeit oder ähnliches ein solches Ausmaß erreicht haben, daß der gesunde Menschenverstand aufhört zu wirken. Was ist denn daran Edles? Das verstehe ich nicht. Es ist reiner Wahnsinn, aber nicht des Menschen würdig.

Und warum siehst du nur eine Seite der Medaille? Ich meine die Liebe. Nimm auch die andere vor, und du wirst erkennen, daß die Liebe nichts Häßliches ist. Denk an die glücklichen Stunden. Du hast mir beständig in den Ohren gelegen...«

»Oh, erinnern Sie mich nicht daran, erinnern Sie mich nicht daran!« rief Alexander, mit der Hand abwehrend. »Sie haben leicht so reden, weil Sie der Frau, die Sie lieben, vertrauen können. Ich hätte sehen mögen, was Sie an meiner Stelle getan hätten.«

»Was ich getan hätte? Ich wäre in die Fabrik gefahren, um mich zu zerstreuen. Willst du das nicht morgen tun?«

»Nein, wir werden uns nie verstehen«, erklärte Alexander betrübt. »Ihre Ansicht vom Leben beruhigt mich nicht, sondern stößt mich vom Leben ab. Ich bin traurig. Kälte weht meine Seele an. Bisher hat mich die Liebe vor dieser Kälte geschützt. Sie ist nicht mehr, und im Herzen herrscht jetzt der Kummer. Mir ist entsetzlich zumute, trostlos...«

»Suche dir Arbeit.«

»All das ist richtig, lieber Onkel. Sie und Ihresgleichen mögen das gut finden. Sie sind von Natur ein kühler Mensch. Ihre Seele ist nicht fähig, sich zu erheben...«

»Du aber, bildest du dir ein, hast eine machtvolle Seele? Gestern warst du vor Freude im siebenten Himmel, kaum aber kommt etwas dazwischen, so kannst du den Kummer nicht ertragen.«

»Dampf, Dampf!« sprach Alexander schwach, sich kaum verteidigend. »Sie denken, fühlen und reden, wie eine Lokomotive, die die Schienen entlangläuft: gleichmäßig, glatt, ruhig.«

»Ich hoffe, du hältst das nicht für unrecht. Es ist besser, als aus den Gleisen zu springen, krachend in den Graben zu stürzen, wie du jetzt, und nicht wieder aufstehen zu können. Dampf, Dampf! Eben der Dampf, siehst du, gereicht dem Menschen zur Ehre. Diese Erfindung ist der Anfang davon, daß wir Menschen werden. Vor Kummer sterben kann auch das Tier. Es gibt Beispiele, daß Hunde auf dem Grab ihres Herrn starben oder beim Wiedersehen nach langer Trennung vor Freude ihr Leben aushauchten. Was für ein Verdienst

177

liegt darin? Du aber dachtest, du seist ein besonderes Wesen von höherer Ordnung, ein ungewöhnlicher Mensch...«

Pjotr Iwanytsch warf einen Blick auf den Neffen und hielt plötzlich inne.

»Was ist? Du weinst doch nicht etwa?« fragte er, und sein Gesicht verdunkelte sich, das heißt, es wurde rot.

Alexander schwieg. Die letzten Schlüsse hatten ihn völlig zu Boden geworfen. Es war nichts dagegen zu sagen, doch ihn beherrschte sein Gefühl. Er dachte an sein verlorenes Glück, daran, daß jetzt ein anderer... Und die Tränen flossen ihm in Strömen über die Wangen.

»Ei, ei, ei! Schäm dich!« sagte Pjotr Iwanytsch. »Und du bist ein Mann! Weine nicht in meiner Gegenwart, um Gottes willen!«

»Onkelchen, erinnern Sie sich an die Jahre Ihrer Jugend«, schluchzte Alexander. »Hätten Sie die bitterste Kränkung, die das Schicksal einem Menschen zufügen kann, wirklich gleichmütig und ruhig ertragen? Ein und ein halbes Jahr lang ein so erfülltes Leben leben und plötzlich – gar nichts! Leere... Nach solcher Aufrichtigkeit Hinterlist, Verschlossenheit, Kälte – mir gegenüber! Mein Gott, gibt es noch schlimmere Qualen? Vom anderen ist leicht gesagt: ›Man hat ihn betrogen!‹ Es aber selber erfahren... Wie sie sich verändert hat! Wie sie anfing, sich für den Grafen zu putzen! Wenn ich kam, geschah es, daß sie erblaßte, kaum sprechen konnte..., log... O nein...«

Seine Tränen flossen stärker.

»Wäre mir der Trost geblieben«, fuhr er dann fort, »daß ich sie verloren habe, weil die Umstände es so fügten, hätte man sie gegen ihren Willen gezwungen,... selbst wenn sie gestorben wäre – auch das hätte ich leichter ertragen... Aber so, nein, nein... Ein anderer! Das ist schrecklich, unerträglich! Und kein Mittel, sie dem Räuber zu entreißen. Sie haben mir die Waffen aus den Händen genommen. Was soll ich tun? Raten Sie mir! Ich fühle mich benommen, krank. Der Kummer, die Qual! Ich werde sterben, mich erschießen...«

Er stützte die Ellenbogen auf, verbarg den Kopf in den Händen und schluchzte bitterlich.

Pjotr Iwanytsch verlor die Fassung. Er schritt ein paarmal im Zimmer auf und ab, blieb dann vor Alexander stehen und kratzte sich den Kopf, wußte nicht, was beginnen.

»Trink deinen Wein, Alexander«, sagte er, so zart er konnte, »vielleicht, daß...«

Alexander antwortete nicht, nur Kopf und Schultern zuckten krampfhaft. Er weinte immer noch. Pjotr Iwanytsch winkte stirnrunzelnd ab und ging aus dem Zimmer.

»Was ist mit Alexander zu machen?« fragte er seine Frau. »Er sitzt in meinem Zimmer und heult unaufhörlich, hat mich vertrieben damit. Ich bin ganz erschöpft von der Unterhaltung mit ihm.«

»Und du hast ihn allein gelassen? Der Arme! Laß mich, ich gehe zu ihm.«

»Du kannst ja nichts machen; er ist eben so eine Natur. Ganz wie die Tante, das ist auch so 'ne Heulsuse. Ich habe ihm schon gut zugeredet.«

»Nur zugeredet?«

»Und ihn überzeugt; er stimmte mir zu.«

»Oh, daran zweifle ich nicht. Du bist sehr klug und... schlau!« fügte sie hinzu.

»Gott sei Dank, wenn es so ist. Das ist alles, was man braucht, wie mir scheint.«

»Es scheint so, aber er weint.«

»Ich bin nicht schuld, ich habe alles getan, um ihn zu trösten.«

»Was denn?«

»Ist das etwa nichts? Habe eine geschlagene Stunde geredet. Der Hals ist mir trocken davon... Die ganze Theorie der Liebe, wie auf dem Präsentierteller habe ich sie ihm dargelegt, und Geld hab ich ihm angeboten, mit Abendessen und Wein habe ich mich bemüht...«

»Und er weint trotzdem?«

»Er schreit nur so! Am Ende wurde es noch schlimmer.«

»Erstaunlich! Laß mich, ich will es versuchen. Du aber denke indessen über deine neue Methode nach...«

»Was, was?« Doch sie war schon wie ein Schatten aus dem Zimmer geglitten.

Alexander saß noch immer am Tisch, den Kopf auf die Arme gelegt. Jemand berührte seine Schulter. Er hob den Kopf: Eine junge, schöne Frau stand vor ihm, im Morgenrock und mit einer Haube à la Finnoise.

»Ma tante!« rief er.

Sie setzte sich zu ihm, sah ihn aufmerksam an, wie nur manche Frauen anzusehen verstehen, dann trocknete sie sanft mit ihrem Tuch seine Augen und küßte ihn auf die Stirn. Er aber preßte die Lippen auf ihre Hand. Lange sprachen sie miteinander.

Nach einer Stunde ging er fort, nachdenklich, doch um die Lippen ein Lächeln, und er schlief das erstemal ruhig nach den vielen schlaflosen Nächten. Sie kehrte mit verweinten Augen in ihr Schlafgemach zurück. Pjotr Iwanytsch schnarchte schon lange.

ZWEITER TEIL

I

Es war etwa ein Jahr seit den Vorfällen vergangen, die im letzten Kapitel geschildert wurden.

Alexander war allmählich von düsterer Verzweiflung zu kühler Wehmut übergegangen. Er donnerte keine Verwünschungen mehr gegen den Grafen und Nadenka, knirschte nicht mehr mit den Zähnen, sondern strafte sie mit tiefer Verachtung.

Lisaweta Alexandrowna tröstete ihn mit der ganzen Zärtlichkeit eines Freundes und einer Schwester. Dieser liebevollen Vormundschaft unterwarf er sich gern. Naturen wie er lieben es, ihren Willen einem andern unterzuordnen. Für sie ist die Kinderfrau unerläßlich.

Seine Leidenschaft war endlich verraucht, der echte Kummer verflogen, aber es tat ihm leid, sich davon zu trennen. Er zog ihn mit Gewalt in die Länge oder, besser gesagt, schuf sich künstlichen Schmerz, spielte, kokettierte damit und schwelgte darin.

Er gefiel sich ein wenig darin, die Rolle des Märtyrers zu spielen. Er war ruhig, ernst und finster wie ein Mensch, der nach seinen eigenen Worten einen *Schicksalsschlag* erlitten hat, sprach gern von erhabenen Leiden, heiligen, hehren Gefühlen, die in den Schmutz gezogen, zertreten wurden – »und von wem?« fügte er dann hinzu, »von einem jungen Ding, einer Koketten, und einem verächtlichen Wüstling, einem mit Flittergold behängten Salonlöwen. Hat mich das Schicksal wirklich in diese Welt gesandt, damit ich all das Erhabene, das ich in mir trage, Nichtigem opfre?«

Solche Anmaßung hätte kein Mann einem andern Mann und keine Frau einer andern Frau verziehen, sie hätten den andern sofort von seinem hohen Pferd geholt. Doch was verzeihen junge Leute verschiedenen Geschlechts einander nicht alles!

Lisaweta Alexandrowna hörte seine Jeremiaden nachsichtig an und tröstete ihn, so gut sie konnte. Ihr war sein Gebaren durchaus nicht zuwider, vielleicht weil sie in ihrem Neffen ihr eigenes Fühlen wiederfand, aus seinen Klagen um die Liebe auch ihr nicht fremde Qualen sprachen.

Sie lauschte begierig dem Stöhnen seines Herzens und erwiderte es mit unhörbaren Seufzern und mit Tränen, die niemand sah. Sogar für die erheuchelten, süßlichen Schmerzensergüsse des Neffen fand sie tröstende Worte in demselben Ton und Geist. Doch Alexander wollte sie nicht einmal hören.

»Oh, sagen Sie nichts, ma tante«, bat er. »Ich will den heiligen Namen der Liebe nicht schänden, indem ich ihn für mein Verhältnis zu dieser...«

Er zog eine verächtliche Miene und hätte fast wie Pjotr Iwanytsch gefragt: ›Wie heißt sie?‹

»Übrigens«, fügte er mit noch größerer Verachtung hinzu, »läßt sich ihr Verhalten entschuldigen: Ich stand viel zu hoch über ihr und dem Grafen und dieser ganzen erbärmlichen, niederen Sphäre. Kein Wunder, daß sie mich verkannte.«

Und er behielt die verächtliche Miene nach diesen Worten noch lange bei.

»Der Onkel sagt immer, daß ich Nadenka dankbar sein müsse«, fuhr er dann fort. »Wofür denn? Wodurch zeichnete sich ihre Liebe aus? Nur Gemeinplätze, Abgeschmacktheiten. War daran denn irgend etwas, was über die gewöhnlichen, alltäglichen Banalitäten hinausging? Zeigte sich in dieser Liebe auch nur ein wenig Heldentum und Selbstaufopferung? Nein, sie tat fast alles mit Wissen der Mutter! Hat sie meinetwegen auch nur ein einziges Mal gegen die gesellschaftliche Konvention, gegen die Pflicht verstoßen? Niemals! Und das soll Liebe sein!!! Ein Mädchen – und hat nicht verstanden, diesem Gefühl Poesie einzuhauchen!«

»Was für eine Liebe verlangen Sie denn von der Frau?« fragte Lisaweta Alexandrowna.

»Was für eine Liebe?« erwiderte Alexander. »Ich verlange,

daß ich der Erste bin in ihrem Herzen. Die Frau, die ich liebe, darf außer mir keinen Mann beachten, keinen sehen. Alle müssen ihr unerträglich erscheinen. Ich bin größer« – er richtete sich gerade auf –, »schöner, besser, edler als alle. Jede Sekunde, die sie nicht bei mir ist, muß für sie verloren sein. Aus meinen Augen, aus meinen Gesprächen muß sie ihre Seligkeit schöpfen und darf keinen anderen kennen...«

Lisaweta Alexandrowna verbarg mühsam ein Lächeln. Alexander bemerkte es nicht.

»Sie muß alles für mich opfern«, fuhr er leuchtenden Auges fort, »verächtliche Vorteile und Spekulationen, muß das despotische Joch der Mutter, das des Mannes von sich werfen, fliehen, wenn nötig bis ans Ende der Welt, alle Entbehrungen mit Willensstärke ertragen, schließlich selbst den Tod verachten – das ist Liebe! Aber diese...«

»Und womit belohnen Sie solche Liebe?« fragte die Tante.

»Ich? Oh!« begann Alexander, den Blick zum Himmel gekehrt. »Ich würde ihr mein ganzes Leben weihen. Ich läge ihr zu Füßen. Mein höchstes Glück wäre, ihr in die Augen zu sehen. Für mich wäre jedes ihrer Worte Gesetz. Ich würde ihre Schönheit besingen, unsere Liebe, die Natur:

> Durch ihre Lippen würde auch meinem Mund
> Petrarcas und der Liebe Sprache kund.

Aber hab ich denn Nadenka nicht bewiesen, wie ich zu lieben vermag?«

»Sie glauben also an kein Gefühl, das sich nicht äußert, wie Sie es wünschen? Ein starkes Gefühl verbirgt sich...«

»Sie wollen mich wohl glauben machen, ma tante, daß sich ein Gefühl wie das des Onkels zum Beispiel verbirgt?«

Lisaweta Alexandrowna errötete. Innerlich mußte sie ihrem Neffen beistimmen, daß ein Gefühl, das sich nicht offenbart, verdächtig ist, vielleicht gar nicht vorhanden ist, daß es sich sonst nach außen Bahn brechen würde, daß nicht nur die Liebe selber, auch das Darbringen der Liebe einen unerklärlichen Reiz hat.

In Gedanken durchlief sie die Zeit ihrer Ehe und versank in tiefes Nachdenken. Die vorlaute Bemerkung des Neffen hatte in ihrem Herzen an ein Geheimnis gerührt, das sie tief verborgen hielt, und die Frage aufgeworfen: War sie glücklich?

Sie hatte kein Recht, sich zu beklagen. Alle äußeren Voraussetzungen des Glücks, dem die meisten Menschen nachjagen, waren bei ihr erfüllt wie nach einem Programm. In der Gegenwart Wohlhabenheit, sogar Luxus, Sicherheit für die Zukunft – das bewahrte sie vor den zahllosen bitteren Sorgen, die vielen armen Menschen das Herz aussaugen und ihre Brust verdorren lassen.

Ihr Mann hatte sich unermüdlich geplagt und plagte sich noch. Aber was war das hauptsächliche Ziel seiner Mühen? Arbeitete er für das Ziel aller Menschen, erfüllte er die Aufgabe, die ihm vom Schicksal gestellt war, oder mühte er sich für kleinliche Zwecke, wollte er wegen seines Rangs und Vermögens unter den Menschen beachtet werden oder schließlich, damit nicht Not und widrige Umstände ihn unter ihr Joch beugten? Gott weiß es. Er liebte es nicht, von hohen Zielen zu sprechen, bezeichnete das als Geschwätz, er sagte vielmehr einfach und trocken, daß man *ernsthaft arbeiten* müsse.

Lisaweta Alexandrowna kam nur zu dem traurigen Schluß, daß sie und die Liebe zu ihr nicht der einzige Zweck seines Eifers und seiner Anstrengung waren. Auch vor seiner Heirat hatte er sich geplagt, als er seine Frau noch nicht kannte. Von Liebe hatte er zu ihr nie gesprochen und das auch nie von ihr verlangt. Ihrer Fragen danach entledigte er sich mit einem Scherz, einem Witz oder durch Schlaf. Bald nach ihrer Bekanntschaft hatte er von Heirat gesprochen, als wollte er zu verstehen geben, die Liebe verstände sich von selbst und man brauche nicht viel darüber zu reden.

Er war ein Feind der Übertreibung – das mochte gut sein. Aber er liebte auch die aufrichtigen Äußerungen des Herzens nicht, glaubte auch nicht, daß andere derer bedürfen. Dabei hätte er mit einem Blick, einem Wort tiefe Leidenschaft in ihr wecken können. Aber er schwieg, er wollte das nicht. Nicht einmal seiner Eitelkeit schmeichelte das.

Sie versuchte seine Eifersucht zu wecken, meinte, dann

184

würde seine Liebe sich zweifellos äußern. Aber nichts dergleichen geschah. Kaum bemerkte er, daß sie in der Gesellschaft einen jungen Mann auszeichnete, so beeilte er sich, ihn zu sich einzuladen, war freundlich zu ihm, konnte seine Vorzüge nicht genug loben und scheute sich nicht, ihn mit seiner Frau allein zu lassen.

Manchmal täuschte sich Lisaweta Alexandrowna selber, träumte davon, daß Pjotr Iwanytsch vielleicht strategisch vorging, daß er womöglich eine geheime Methode verfolge, indem er in ihr stets Zweifel erregte, um ihre Liebe wachzuhalten. Aber beim ersten Wort ihres Mannes über die Liebe war sie wieder enttäuscht.

Wäre er noch grob gewesen, ungeschlacht, herzlos, schwer von Begriff, einer der Männer, deren Name Legion ist, die zu betrügen so sündlos, so nötig, so erquicklich für sie und ihr Glück ist, die dazu geschaffen scheinen, daß die Frau in ihrer Umgebung einen Mann sucht, der das völlige Gegenteil ist, und daß sie ihn liebt – dann wäre es etwas anderes. Dann hätte sie vielleicht gehandelt wie die meisten Frauen in solcher Lage. Aber Pjotr Iwanytsch war ein Mann von Takt und Verstand, wie man ihn nicht häufig trifft. Er war zartfühlend, scharfsinnig, gewandt. Er verstand jede Erregung des Herzens, alle Stürme der Seele, aber er verstand sie nur – das war alles. Den ganzen Kodex der Herzensangelegenheiten hatte er im Kopf, nicht im Herzen. Aus seiner Beurteilung solcher Dinge ersah man, daß er nachsprach, was er gehört und gelernt, aber noch nicht selber erlebt hatte. Über Leidenschaften urteilte er richtig, erkannte ihnen aber keine Macht über sich zu, lachte sogar über sie, hielt sie für Fehler, eine widerliche Entartung des echten Gefühls, für eine Art Krankheit, für die sich mit der Zeit eine Arznei findet.

Lisaweta Alexandrowna spürte, daß er seiner ganzen Umgebung geistig überlegen war, und das peinigte sie. Wäre er nicht so klug, dachte sie, dann wäre ich gerettet ... Er richtete sein Leben nach festen Zielen aus – das war klar – und verlangte, daß auch seine Frau ihr Leben nicht verträumte.

›Aber, mein Gott!‹ dachte Lisaweta Alexandrowna, ›hat er denn nur geheiratet, um eine Hausfrau zu haben, um seiner

Junggesellenwohnung die Würde und Vollständigkeit des Familienlebens zu geben, um mehr Gewicht in der Gesellschaft zu haben? Hausfrau, Ehefrau – im prosaischsten Sinn dieser Worte! Erfaßt er bei all seiner Klugheit nicht, daß zu den festen Zielen der Frau unbedingt die Liebe gehört? Sie hat Pflichten gegenüber ihrer Familie, aber kann sie die ohne Liebe erfüllen? Kinderfrauen, Ammen, selbst sie schaffen sich einen Götzen in dem Kind, das sie pflegen. Und eine Frau, und eine Mutter! Oh, könnte ich mir Gefühl unter Qualen erkaufen, ich würde alle Leiden erdulden, die untrennbar von der Leidenschaft sind, nur um ein erfülltes Leben zu leben, nur um mein Dasein zu spüren und nicht nur zu vegetieren!...‹

Sie warf einen Blick auf die prunkvollen Möbel, auf alles Spielzeug und den kostbaren Tand in ihrem Boudoir – und der ganze Komfort, mit dem in anderen Fällen die sorgende Hand eines liebenden Mannes die geliebte Frau umgibt, kam ihr vor wie kalter Hohn auf das wahre Glück. Sie hatte in ihrem Neffen und in ihrem Mann zwei schreckliche Gegensätze vor Augen: der eine begeistert bis zum Wahnwitz, der andere kalt bis zur Erstarrung.

›Wie wenig verstehen beide und die meisten anderen Männer das wahre Gefühl! Und wie verstehe ich es‹, dachte sie. ›Aber was nützt es? Wozu? Oh, wenn ich...‹

Sie schloß die Augen und blieb so ein paar Minuten sitzen, dann sah sie sich um, seufzte tief auf und nahm ihre gewöhnliche, ruhige Miene an. Arme Seele! Niemand wußte davon, niemand sah es. Man würde ihr die unsichtbaren, ungreifbaren, namenlosen Leiden als Vergehen vorwerfen, diese Leiden ohne Wunde, ohne Blut, die nicht von Lumpen, sondern von Brokat verdeckt waren. Aber sie verbarg ihren Kummer in heroischer Selbstverleugnung und fand noch genügend Kraft, um andere zu trösten.

Bald sprach Alexander nicht mehr von erhabenen Leiden und unterschätzter, unverstandener Liebe. Er ging zu einem allgemeineren Thema über. Er beklagte sich über die Langeweile des Lebens, die seelische Leere, den ermüdenden Schmerz.

»Die Qualen hab' ich ausgestanden,
Das Träumen freuet mich nicht mehr ...«

wiederholte er immer wieder.

»Und jetzt verfolgt mich ein schwarzer Dämon, ma tante. Er ist stets hinter mir, nachts, bei freundschaftlicher Unterhaltung, beim Becherschwingen auf dem Festmahl, in Augenblicken tiefer Versenkung!«

So vergingen einige Wochen. Es schien, als genügten zwei weitere Wochen und der wunderliche Kauz hätte sich völlig beruhigt und würde vielleicht ein ordentlicher, das heißt ein gewöhnlicher, einfacher Mensch. Aber nein! Das Besondere, Seltsame seiner Natur fand überall Gelegenheit, in Erscheinung zu treten.

Eines Tages kam er, auf alle Welt erbost, zu seiner Tante. Jedes Wort eine Stichelei, jedes Urteil ein Spottvers, auch gegen die gerichtet, die Achtung verdienten. Niemand wurde verschont. Es traf auch sie, auch Pjotr Iwanytsch. Lisaweta Alexandrowna suchte den Grund für diese Anwandlung zu erfahren.

»Sie wollen wissen«, begann er leise, triumphierend, »was mich *erregt* und *aufbringt*? Hören Sie denn: Sie wissen, ich besaß einen Freund, den ich mehrere Jahre lang nicht sah, der aber stets in meinem Herzen einen Winkel innehatte. Der liebe Onkel nötigte mich zu Beginn meines Hierseins, ihm einen seltsamen Brief zu schreiben, der seine Denkweise und seine Lieblingsregeln enthielt. Aber ich zerriß den Brief und schickte ihm einen andern, so daß mein Freund keine Ursache hatte, sich gegen mich zu verändern. Nach diesem Schreiben hörte unser Briefwechsel auf, und ich verlor meinen Freund aus den Augen. Doch was geschah? Vor einigen Tagen geh ich den Newski-Prospekt entlang, und plötzlich erblicke ich ihn. Ich blieb wie erstarrt stehen, ein Schauern überlief mich, Tränen traten mir in die Augen. Ich streckte ihm beide Hände entgegen und brachte vor Freude kein Wort hervor. Mein Atem stockte. Er nahm meine Hand und drückte sie. ›Guten Tag, Adujew!‹ sagte er in einem Ton, als hätten wir uns erst gestern getrennt. ›Bist du schon lange hier?‹ Wunderte sich, daß wir uns bisher nicht getroffen, fragte leichthin, was ich treibe, wo ich diene, hielt es für seine Schuldigkeit, mich wissen zu lassen, er habe einen sehr guten Posten, sei mit dem Dienst, den Vorgesetzten und den Kollegen zufrieden, mit allen Menschen, mit seinem Schicksal. Dann sagte er, er habe jetzt keine Zeit, müsse sich beeilen, zu einem Festmahl zu kommen – hören Sie, ma tante? Beim Wiedersehen mit einem Freund nach langer Trennung! Er konnte das Essen nicht verschieben...«

»Aber vielleicht hätte man auf ihn gewartet«, bemerkte die Tante. »Der Anstand erlaubte ihm nicht...«

»Anstand und Freundschaft? Auch Sie, ma tante! Aber das ist nicht alles. Ich will es Ihnen lieber erzählen. Er steckte mir seine Anschrift zu, sagte, daß er mich am nächsten Abend erwarte, und verschwand. Lange sah ich ihm nach und konnte es nicht fassen. Das war der Gespiele meiner Kindheit, das der Freund meiner Jugend! Gut! Aber dann überlegte ich mir, daß er vielleicht alles bis zu dem Abend aufschiebt, daß er diesen einem aufrichtigen, intimen Gespräch widmen wollte. Meinetwegen, denke ich, ich gehe hin. Als ich zu ihm kam, waren an die zehn Freunde bei ihm. Er reichte mir die Hand, freundlicher als am Vortag, das stimmt, aber dafür schlug er gleich, ohne sonst ein Wort mit mir gesprochen zu haben, vor, sich an den Kartentisch zu setzen. Ich sagte, daß ich nicht spiele, und setzte mich allein auf den Diwan, in der Annahme, er würde die Karten wegwerfen und sich zu mir gesellen. ›Du spielst nicht?‹ fragte er verwundert. ›Was machst du denn dann?‹ Eine schöne Frage! Da saß ich und wartete eine Stunde, zwei, er kam nicht. Ich verlor die Geduld. Er bot mir bald eine Zigarre an, bald eine Pfeife, bedauerte, daß ich nicht spiele, daß ich mich langweile, bemühte sich, mich zu unterhalten – womit, was denken Sie? Er wandte sich immer wieder zu mir, um mir von jedem Erfolg und Mißerfolg im Spiel zu berichten. Endlich hielt ich es nicht mehr aus, trat zu ihm und fragte, ob er beabsichtige, mir einige Zeit an diesem Abend zu widmen. Mein Herz pochte heftig, die Stimme zitterte mir. Das schien ihn zu wundern. Er sah mich merkwürdig an. ›Gut‹, sagte er, ›laß mich nur das Partiechen zu

Ende spielen.‹ Kaum hatte er das gesagt, griff ich nach meinem Hut, um zu gehen, aber er merkte es und hielt mich zurück. ›Das Spiel geht zu Ende‹, erklärte er, ›wir werden gleich essen.‹ Endlich waren sie fertig. Er setzte sich zu mir und gähnte: damit begann unser freundschaftliches Gespräch. ›Du wolltest mir etwas sagen?‹ Das fragte er so monoton und gefühllos, daß ich ihn, ohne zu antworten, mit traurigem Lächeln ansah. Da schien er plötzlich aufzuleben und überschüttete mich mit Fragen: ›Was ist dir? Brauchst du etwas? Kann ich dir im Dienst nützlich sein?‹ und dergleichen. Ich schüttelte den Kopf und sagte, daß ich mit ihm weder vom Dienst noch von materiellem Gewinn sprechen wollte, sondern von dem, was dem Herzen näher läge: von den goldenen Tagen der Kindheit, unseren Spielen, unseren Streichen... Er ließ mich – stellen Sie sich doch vor! – nicht einmal zu Ende reden. ›Du bist noch derselbe Träumer‹, sprach er. Dann wechselte er unvermittelt das Thema, als hielte er, was ich sagte, für Torheit, fragte mich ernsthaft aus über mein Ergehen, meine Hoffnungen auf die Zukunft, meine Karriere, ganz wie der Onkel. Ich staunte, wollte nicht glauben, daß das Herz eines Menschen in solchem Grade verhärten kann. Ich wollte es zum letzten Male versuchen, knüpfte an seine Frage nach meinem Ergehen an und erzählte, wie man mit mir verfahren sei. ›Hör dir an, was die *Leute* mir angetan haben...‹, begann ich. ›Was denn?‹ unterbrach er mich erschrocken. ›Sie haben dich wohl bestohlen?‹ Er dachte, ich spräche von Lakaien. Anderen Kummer kennt er nicht, wie der Onkel. Daß der Mensch so zu Stein werden kann! ›Ja!‹ antwortete ich. ›Die Leute haben meine Seele bestohlen...‹ Dann erzählte ich von meiner Liebe, meinen Qualen, der seelischen Leere... Ich ließ mich hinreißen, dachte, daß die Geschichte meiner Leiden die Eiskruste auftauen würde, daß die Tränen in seinen Augen noch nicht ausgetrocknet seien... Da plötzlich – lacht er laut auf! Ich sah, daß er sein Taschentuch in den Händen hielt: bei meiner Erzählung hatte er lange sein Lachen unterdrückt und es schließlich doch nicht mehr aushalten können... Ich hielt entsetzt inne.

›Genug, genug‹, rief er, ›trink lieber ein Glas Wodka, und dann wollen wir essen. Diener! Wodka! Gehen wir, gehen wir, hahaha! Es gibt köstliches... Roast... hahaha!... Roastbeef...‹

Er nahm mich beim Arm, aber ich riß mich los und floh vor dem Ungeheuer... So sind die Menschen, ma tante!« schloß Alexander, machte eine wegwerfende Handbewegung und ging.

Lisaweta Alexandrowna hatte Mitleid mit Alexander, Mitleid mit seinem feurigen, doch irregeleiteten Herzen. Sie erkannte, daß er bei guter Erziehung und mit der richtigen Lebensauffassung selbst glücklich sein und einen Menschen beglücken könnte. Jetzt aber war er ein Opfer seiner eigenen Blindheit und qualvoller Verirrungen seines Herzens. Er machte sich selbst das Leben zur Qual. Wie sollte man sein Herz auf den rechten Weg weisen? Wo war der rettende Kompaß? Sie fühlte, daß nur eine zarte, freundschaftliche Hand diese Blume pflegen konnte.

Einmal war es ihr gelungen, das unruhevolle Drängen im Herzen des Neffen zu zügeln, aber das war eine Liebesangelegenheit gewesen. Sie wußte, wie man mit einem gekränkten Herzen umgehen muß. Als geschickte Diplomatin hatte sie als erste Nadenka mit Vorwürfen überschüttet, ihr Verhalten in schwärzesten Farben gemalt, sie in Alexanders Augen erniedrigt und ihm bewiesen, daß sie seiner Liebe nicht wert war. Damit hatte sie den quälenden Schmerz aus Alexanders Herz gerissen und ihm dafür ein ruhiges, wenn auch nicht ganz gerechtes Gefühl eingepflanzt – Verachtung. Pjotr Iwanytsch hatte sich dagegen bemüht, Nadenka zu rechtfertigen, doch statt Alexander damit Ruhe zu schenken, steigerte er seine Qual nur noch, nötigte ihm den Gedanken auf, daß man einen Würdigeren ihm vorgezogen habe.

Mit der Freundschaft aber war es eine andere Sache. Lisaweta Alexandrowna sah, daß der Freund, der Alexander schuldig erschien, in den Augen der meisten Menschen im Recht war. Aber wie sollte sie das Alexander erklären? Diese Heldentat nahm sie nicht auf sich, sondern flüchtete zu ihrem Mann. Sie vermutete nicht ohne Grund, ihm würde es an Einwänden gegen die Freundschaft nicht fehlen.

»Pjotr Iwanytsch!« sagte sie eines Tages freundlich zu ihm. »Ich habe eine Bitte an dich.«

»Was für eine?«

»Rate.«

»Sag es; du weißt, ich schlag dir nichts ab. Wahrscheinlich geht es um das Landhaus in Peterhof, doch dafür ist es noch zu früh...«

»Nein!« sagte Lisaweta Alexandrowna.

»Was dann? Du erwähntest, daß du vor unseren Pferden Angst hast, wolltest zahmere haben...«

»Nein!«

»Nun, neue Möbel?«

Sie schüttelte den Kopf.

»Mach, was du willst, ich weiß es nicht«, sagte Pjotr Iwanytsch. »Hier, nimm lieber den Schein und kaufe, was du brauchst. Es ist mein Gewinn von gestern.«

Er zog die Brieftasche heraus.

»Nein, laß nur, steck das Geld weg«, erwiderte sie. »Die Sache kostet dich keine Kopeke.«

»Geld nicht zu nehmen, das einem geschenkt wird«, bemerkte Pjotr Iwanytsch und steckte die Brieftasche ein. »Unbegreiflich! Was brauchst du also?«

»Ich brauche etwas guten Willen...«

»Soviel du magst.«

»So höre: Vor drei Tagen war Alexander bei mir...«

»Ach, mir ahnt Schlimmes!« unterbrach sie Pjotr Iwanytsch. »Nun?«

»Er ist so trübsinnig«, fuhr Lisaweta Alexandrowna fort. »Ich fürchte, daß ihn das zu etwas verleitet...«

»Aber was ist denn wieder mit ihm? Hat man ihn wieder in der Liebe betrogen, was?«

»Nein, in der Freundschaft.«

»In der Freundschaft? Es wird immer schlimmer! Wieso in der Freundschaft? Merkwürdig. Erzähle bitte.«

»Das ist so.«

Und Lisaweta Alexandrowna erzählte ihm alles, was sie

vom Neffen erfahren hatte. Pjotr Iwanytsch zuckte heftig die Schultern.

»Was meinst du, was ich da tun soll? Du siehst, wie er ist!«

»Zeig ihm doch Teilnahme, frag ihn, wie's um sein Herz steht...«

»Nein, das frage nur du.«

»Sprich mit ihm... Wie soll ich sagen...? Zartfühlend, nicht so, wie du sonst sprichst. Mach dich nicht lustig über seine Gefühle...«

»Befiehlst du noch, daß ich weine?«

»Das wäre nicht schlecht.«

»Doch was würde ihm das nützen?«

»Viel... und nicht ihm allein...«, bemerkte Lisaweta Alexandrowna leise.

»Was?« fragte Pjotr Iwanytsch.

Sie schwieg.

«Geh mir weg mit Alexander. Bis hierher steht er mir!« stöhnte Pjotr Iwanytsch und zeigte auf seinen Hals.

»Womit hat er dich so belästigt?«

»Womit? Sechs Jahre lang habe ich meine Not mit ihm. Bald weint er, ohne aufzuhören, und ich muß ihn trösten, bald muß ich mit seiner Mutter korrespondieren...«

»Tatsächlich, du bist ein armer Mann! Wie schaffst du das nur alles? Diese entsetzliche Mühe: einmal im Monat einen Brief von einer alten Frau empfangen und ungelesen in den Papierkorb werfen und außerdem mit dem Neffen sprechen! Ei, das hält dich ja alles vom Whist ab! Oh, ihr Männer, ihr Männer! Wenn es gutes Essen gibt, Lafite mit goldenem Etikett und Karten – dann habt ihr alles, dann fragt ihr nach keinem mehr! Und wenn dabei noch Gelegenheit ist, sich wichtig zu tun und seine Klugheit zu zeigen, dann seid ihr glücklich.«

»So wie ihr gerne kokettiert«, bemerkte Pjotr Iwanytsch. »Jedem das Seine, meine Liebe! Was soll da noch fehlen?«

»Was? Nun, das Herz! Davon ist niemals auch nur die Rede.«

»Das auch noch!«

»Wir sind sehr klug, wie können wir uns mit solchen

Bagatellen abgeben? Wir lenken das Geschick der Menschen. Man sieht darauf, was der Mensch in der Tasche und im Knopfloch des Fracks hat, das übrige interessiert nicht. Man möchte, daß alle so wären! Da fand sich einer, der voll Gefühl ist, fähig zu lieben und Liebe zu erringen ...«

»Ruhmvoll errang er die Liebe dieser ... Wie heißt sie? Werotschka, was?« bemerkte Pjotr Iwanytsch.

»Er hatte jemand gefunden, den er für gleichgestimmt hielt! Das ist die Ironie des Schicksals. Es scheint, als führe es absichtlich stets einen zärtlichen, gefühlvollen Menschen mit einem kalten Geschöpf zusammen! Armer Alexander! Sein Verstand hält nicht Schritt mit dem Herzen, so ist er schuld in deren Augen, deren Verstand zu sehr vorauseilt, die alles nur mit dem Verstand fassen wollen ...«

»Gib immerhin zu, daß das die Hauptsache ist, sonst ...«

»Das gebe ich nicht zu, um nichts in der Welt. Vielleicht ist es die Hauptsache in der Fabrik, doch ihr vergeßt, daß der Mensch außerdem einen Sinn hat ...«

»Fünf Sinne!« berichtete Pjotr Iwanytsch. »Das habe ich schon aus der Fibel gelernt.«

»Wie ärgerlich und traurig!« flüsterte Lisaweta Alexandrowna.

»Nun, nun, sei nicht böse. Ich tue alles, was du befiehlst. Sag mir nur wie!« beschwichtigte sie Pjotr Iwanytsch.

»Du sollst ihm eine sanfte Lehre erteilen ...«

»Eine Lektion? Bitte sehr, das ist meines Amtes.«

»Gleich wieder eine Lektion! Erkläre ihm möglichst freundlich, was man heutzutage von einem Freund verlangen und erwarten kann, sage ihm, daß sein Freund nicht so schuldig ist, wie er denkt. Aber muß ich dir das erst sagen? Du bist so klug ... so listenreich ...«, fügte Lisaweta Alexandrowna hinzu.

Bei dem letzten Wort runzelte Pjotr Iwanytsch etwas die Stirn.

»Habt ihr nicht genug aufrichtige Herzensergüsse getauscht?« fragte er böse. »Habt getuschelt und getuschelt und immer noch nicht alles über Freundschaft und Liebe ergründet. Jetzt verwickelt ihr auch mich noch hinein ...«

»Dafür ist es zum letzten Mal«, bat Lisaweta Alexandrowna. »Ich hoffe, er ist dann getröstet.«

Ungläubig schüttelte Pjotr Iwanytsch den Kopf.

»Hat er Geld?« fragte er. »Vielleicht nicht, und ist deshalb...«

»Du hast nur das Geld im Sinn! Er wäre bereit, alles Geld für ein freundliches Wort des Freundes zu geben.«

»Das wäre noch schöner, es sähe ihm ähnlich! Auch in seinem Departement hat er einmal einem Beamten Geld gegeben wegen aufrichtiger Herzensergüsse... Es hat geläutet. Vielleicht ist er es? Was soll ich tun? Sag es noch mal: eine Lektion erteilen... Noch etwas? Geld?«

»Wieso eine Lektion? Du wirst es noch schlimmer machen. Ich bat dich, von Freundschaft mit ihm zu sprechen, über das Herz, und möglichst freundlich, aufmerksam...«

Alexander verbeugte sich schweigend, aß schweigend reichlich zu Mittag, drehte in den Pausen Kugeln aus Brot und betrachtete mürrisch Karaffen und Flaschen. Nach dem Essen griff er nach seinem Hut.

»Wohin willst du?« fragte Pjotr Iwanytsch. »Setz dich zu uns.«

Alexander gehorchte schweigend. Pjotr Iwanytsch überlegte, wie er die Sache möglichst zart und geschickt anfassen könnte. Schließlich fragte er unvermittelt: »Alexander, ich hörte, dein Freund hätte niederträchtig an dir gehandelt?«

Bei diesen unerwarteten Worten zuckte Alexander zusammen, als sei er verwundet, und richtete einen vorwurfsvollen Blick auf die Tante. Sie hatte ein solch schroffes Angreifen der Sache ebensowenig erwartet und senkte den Blick auf ihre Arbeit. Dann aber schaute sie ihren Mann ebenfalls vorwurfsvoll an. Er aber stand unter dem zweifachen Schutz der Schläfrigkeit und der Verdauung und spürte daher nicht den Aufprall der Blicke.

Alexander antwortete auf seine Frage mit einem kaum hörbaren Seufzer.

»In der Tat«, fuhr Pjotr Iwanytsch fort, »das ist niederträchtig! Das ist ein Freund! Hat ihn fünf Jahre nicht gesehen und ist so erkaltet, daß er ihn bei der ersten Wiederbegegnung nicht in seiner Umarmung erstickt, sondern ihn für den Abend zu sich lädt, ihn an den Kartentisch setzen will, ihn beköstigen will... Und dann – der niederträchtige Mensch! – bemerkt er die saure Miene des Freundes und fragt ihn nach seinem Ergehen, seinen Verhältnissen und seinen Sorgen, diese widerliche Neugier! Und weiterhin erdreistet er sich – o Gipfel der Arglist! – ihm seine Dienste anzubieten, seine Hilfe, vielleicht Geld! Und keinerlei aufrichtige Herzensergüsse! Schrecklich, schrecklich! Zeige mir bitte das Ungeheuer, bring ihn am Freitag zum Essen mit... Wie hoch spielt er?«

»Ich weiß nicht«, erwiderte Alexander verärgert. »Machen Sie sich nur lustig, Onkel. Sie haben recht: Ich allein bin schuld. Den Menschen zu trauen, Sympathie zu suchen – bei wem? Perlen ausstreuen – vor wem? Rundum nur Niedrigkeit, Kleinlichkeit, Kleinmut, und ich habe mir den Jünglingsglauben an das Gute, an Heldenmut, Beständigkeit bewahrt...«

Pjotr Iwanytsch nickte wieder und wieder gemessen mit dem Kopf.

»Pjotr Iwanytsch!« flüsterte ihm Lisaweta Alexandrowna zu und zupfte ihn am Ärmel. »Schläfst du?«

»Was fällt dir ein!« rief Pjotr Iwanytsch erwachend. »Ich höre alles: Heldenmut, Beständigkeit, wie kann ich da schlafen?«

»Stören Sie den Onkel nicht, ma tante!« sagte Alexander. »Wenn er nicht schläft, wird seine Verdauung gestört, und Gott weiß, was daraus entsteht. Der Mensch ist zwar der Beherrscher der Erde, doch auch der Sklave des Magens.«

Er versuchte bei den Worten bitter zu lächeln, doch sein Lächeln wurde irgendwie sauer.

»Sage mir nur, was du von deinem Freund wolltest? Ein Opfer etwa: daß er die Wand hinaufkletterte oder sich aus dem Fenster stürzte? Was verstehst du unter Freundschaft, was soll sie sein?« fragte ihn Pjotr Iwanytsch.

»Ich werde kein Opfer mehr verlangen, seien Sie unbesorgt. Ich bin dank den Menschen zu einer kläglichen Meinung von Freundschaft und Liebe herabgestiegen. Da habe ich diese Zeilen immer bei mir getragen, die mir als treffendste Definition dieser beiden Gefühle erschienen, wie ich sie verstand und wie sie sein müßten, doch jetzt sehe ich, es ist Lüge, Verleumdung der Menschen oder klägliche Unkenntnis ihres Herzens... Die Menschen sind solcher Gefühle nicht fähig. Weg damit – es sind verlogene Worte...«

Er zog die Brieftasche heraus und aus der Brieftasche zwei beschriebene Blättchen.

»Was ist das?« fragte der Onkel. »Zeig mal.«

»Es lohnt sich nicht!« wehrte Alexander ab und wollte die Blätter zerreißen.

»Lesen Sie vor, lesen Sie vor!« bat Lisaweta Alexandrowna.

»So definieren zwei moderne französische Schriftsteller die wahre Freundschaft und die Liebe, und ich war einverstanden mit ihnen, dachte, ich würde im Leben solchen Geschöpfen begegnen und das in ihnen finden... Aber was ist es!« Er winkte verächtlich ab, und dann las er vor: »Man hege nicht jene falsche, zaghafte Freundschaft, die in unseren goldverzierten Palästen gedeiht, die einer Hand voll Gold nicht widersteht, die einen Doppelsinn hinter jedem Wort fürchtet, sondern jene gewaltige Freundschaft, die Blut um Blut gibt, die sich in der Schlacht und beim Blutvergießen bewährt, beim Donner der Kanonen, im Heulen des Sturms, wenn Freunde mit pulvergeschwärzten Lippen sich küssen und blutbefleckt in die Arme schließen... Und ist Pylades tödlich verwundet, so nimmt Orestes standhaft Abschied von ihm und verkürzt seine Qual durch einen treuen Stoß mit dem Dolch, schwört schreckliche Rache und hält den Schwur, dann wischt er sich die Träne ab und wird wieder ruhig...«

Pjotr Iwanytsch lachte sein leises, verhaltenes Lachen.

»Über wen lachen Sie, lieber Onkel?« fragte Alexander.

»Über den Autor, wenn er das nicht im Scherz, sondern aus Überzeugung behauptet, auch über dich, wenn du die Freundschaft tatsächlich so verstehst.«

»Ist das wirklich nur lächerlich?« fragte Lisaweta Alexandrowna.

»Nur. Verzeihung: lächerlich und traurig zugleich. Übrigens ist Alexander einverstanden mit mir und erlaubt, daß ich lache. Er hat soeben zugegeben, daß diese Auffassung von Freundschaft Lüge ist und Verleumdung der Menschen. Das ist ein großer Schritt vorwärts.«

»Lüge, weil die Menschen unfähig sind, sich zu der Freundschaft, wie sie sein soll, zu erheben...«

»Wenn die Menschen dazu unfähig sind, dann muß sie nicht so sein«, bemerkte Pjotr Iwanytsch.

»Aber es gibt Beispiele...«

»Das sind Ausnahmen, und Ausnahmen sind fast immer schlecht. Blutbefleckt in die Arme schließen, schrecklicher Schwur, Stoß mit dem Dolch!«

Und er lachte aufs neue.

»Nun lies einmal das von der Liebe«, fuhr er dann fort. »Mir ist der Schlaf vergangen.«

»Wenn Ihnen das wieder Gelegenheit zum Lachen bietet, bitte sehr!« sagte Alexander und las das folgende vor: »Lieben bedeutet, sich nicht selbst zu gehören, aufzuhören, für sich selber zu leben, im Sein eines andern aufzugehen, alles menschliche Fühlen nur auf eine Person zu richten – Hoffnung, Furcht, Kummer, Entzücken. Lieben heißt, im Unendlichen zu leben...«

»Weiß der Teufel, was das heißt!« unterbrach ihn Pjotr Iwanytsch. »So ein Wortschwall!«

»Nein, das ist sehr gut! Mir gefällt es«, bemerkte Lisaweta Alexandrowna. »Lesen Sie weiter, Alexander.«

»...keine Grenze des Gefühls zu kennen, sich völlig einem Wesen zu widmen«, fuhr Alexander zu lesen fort, »nur für sein Glück zu leben, zu denken, in der Erniedrigung Größe zu finden, Wonne im Gram und Gram in der Wonne, allen möglichen Widersinnigkeiten zu frönen außer Liebe und Haß. Lieben bedeutet, in einer Idealwelt zu leben...«

Bei diesen Worten schüttelte Pjotr Iwanytsch den Kopf.

Alexander fuhr fort: »...in einer Idealwelt zu leben, die an Glanz und Herrlichkeit jeglichen andern Glanz und jegliche Herrlichkeit übertrifft. Der Himmel erscheint in dieser Welt reiner, üppiger die Natur. Lieben bedeutet, das Leben und die Zeit einzuteilen in Gegenwart und Abwesenheit, in zwei Jahreszeiten: Frühling und Winter. Gegenwart bedeutet

Frühling, Winter Abwesenheit; denn wie herrlich auch die Blumen und wie rein das Azurblau des Himmels, die Abwesenheit des Geliebten schwächt den Reiz des einen wie des andern ab. Lieben bedeutet, nur ein Geschöpf in der ganzen Welt zu sehen und in diesem Geschöpf die Welt. Endlich bedeutet lieben, jeden Blick des Geliebten zu erhaschen, wie der Beduine jeden Tautropfen auffängt, um die von der Sonnenglut ausgedörrten Lippen zu letzen; in Abwesenheit des Geliebten von einem Schwarm Gedanken umwirbelt zu sein, doch in seiner Gegenwart nicht einen äußern zu können, sich bemühen, an Aufopferung einander zu übertreffen...«

»Genug, um Gottes willen, genug!« unterbrach ihn Pjotr Iwanytsch. »Meine Geduld ist zu Ende! Du wolltest es zerreißen: zerreiß es doch, zerreiß es schnell! Ja, so ist es recht!«

Pjotr Iwanytsch erhob sich sogar aus seinem Sessel und ging im Zimmer auf und ab.

»Gab es denn wirklich ein Zeitalter, da man im Ernst so gedacht und sich das alles vorgemacht hat?« fragte er. »Ist das, was man von Rittern und Schäferinnen schreibt, keine schmähliche Erfindung? Und wie kann man Lust verspüren, an diese kläglichen Saiten der menschlichen Seele zu rühren und ihren Klang eingehend zu analysieren? Liebe! All dem solche Bedeutung beimessen.«

»Wozu sich so weit zurückversetzen, Onkel?« fragte Alexander. »Ich selber fühle diese Kraft der Liebe in mir, und ich bin stolz darauf. Mein Unglück besteht nur darin, daß ich keinem Geschöpf begegnet bin, das dieser Liebe wert und mit eben der Kraft begabt war...«

»Kraft der Liebe!« wiederholte Pjotr Iwanytsch. »Genausogut könntest du sagen – Kraft der Schwäche.«

»Das verstehst du nicht, Pjotr Iwanytsch«, bemerkte Lisaweta Alexandrowna. »Du willst nicht glauben, daß andere Menschen so viel Liebe in sich tragen...«

»Und du? Glaubst du denn daran?« fragte Pjotr Iwanytsch und trat zu ihr. »Aber nein, du scherzt! Er ist noch ein Kind und weiß über sich und über andere nicht Bescheid, du aber müßtest dich schämen! Könntest du wirklich einen Mann achten, der so liebt? Liebt man sich so?«

Lisaweta Alexandrowna ließ ihre Arbeit sinken.

»Wie denn?« fragte sie leise, faßte seine Hand und zog ihn zu sich.

Pjotr Iwanytsch befreite sanft seine Hand, verstohlen auf Alexander zeigend, der am Fenster stand, mit dem Rücken zu ihnen, und trat die Wanderung durch das Zimmer wieder an.

»Wie!« sagte er. »Als hättest du nicht gehört, wie man liebt!«

»Wie man liebt!« wiederholte sie nachdenklich, und zögernd nahm sie ihre Arbeit wieder auf.

Eine Viertelstunde fast dauerte das Schweigen. Pjotr Iwanytsch unterbrach es als erster.

»Was treibst du jetzt?« fragte er seinen Neffen.

»Ja ... nichts.«

»Das ist wenig. Liest du wenigstens etwas?«

»Ja.«

»Was denn?«

»Die Fabeln Krylows.«

»Ein gutes Buch. Aber doch nicht nur das?«

»Jetzt nur das. Mein Gott! Das sind Porträts der Menschen, das ist die Wahrheit!«

»Du bist ein bißchen ärgerlich auf die Menschen. Hat das wirklich die Liebe zu dieser ... wie heißt sie? – bewirkt?«

»Oh, die Torheit hab ich vergessen. Kürzlich bin ich an dem Ort vorbeigefahren, wo ich so glücklich war und so gelitten habe. Ich dachte, die Erinnerungen würden mir das Herz zerreißen.«

»Und ist es zerrissen?«

»Ich sah das Haus, den Garten, das Gitter, und mein Herz klopfte nicht einmal.«

»Nun siehst du, das hab ich doch gesagt. Warum sind die Menschen dir also zuwider?«

»Warum! Wegen ihrer Niedrigkeit, der Kleinlichkeit ihres Herzens ... Mein Gott! Wenn man bedenkt, wieviel Gemeinheit dort aufgeht, wo die Natur so wundervollen Samen auswarf ...«

199

»Aber was kümmert das dich? Willst du etwa die Menschen bessern?«

»Was mich das kümmert? Werde nicht auch ich von dem Schmutz bespritzt, in dem die Menschen sich baden? Sie wissen, was mir geschehen ist, und nach alledem soll ich die Menschen nicht hassen, nicht verachten!«

»Was ist dir denn geschehen?«

»Verrat der Geliebten, brutales, kaltes Vergessen des Freundes. Und überhaupt ist mir's ekelhaft und zuwider, Menschen zu sehen, mit ihnen zu leben! All ihre Gedanken, Worte, Taten – alles ist auf Sand gegründet. Heute jagen sie einem Ziel nach, sputen sich, werfen einander zu Boden, begehen Gemeinheiten, schmeicheln, erniedrigen sich, schmieden Ränke, morgen aber – haben sie ihr Ziel schon vergessen und jagen einem andern nach. Heute sind sie von einem entzückt, morgen beschimpfen sie ihn. Heute sind sie feurig, zärtlich, morgen kalt... Nein! Wie man's auch ansieht, das Leben ist schrecklich, widerwärtig! Und die Menschen...«

Pjotr Iwanytsch war erneut im Begriff, in seinem Sessel einzuschlummern.

»Pjotr Iwanytsch!« mahnte Lisaweta Alexandrowna und stieß ihn sanft an.

»Du fängst Grillen! Arbeiten mußt du«, bemerkte Pjotr Iwanytsch und rieb sich die Augen. »Dann wirst du auch die Menschen nicht schelten um nichts und wieder nichts. Was gefällt dir nicht an deinen Bekannten? Alle sind anständige Leute.«

»Jawohl! Wen man auch herausgreift, man erwischt bestimmt ein Tier aus den Fabeln Krylows«, erwiderte Alexander.

»Chosarows zum Beispiel?«

»Eine ganze Tierfamilie!« unterbrach ihn Alexander. »Der eine verschwendet Schmeicheleien an Sie, ist freundlich zu Ihnen, doch hinter dem Rücken... Ich habe gehört, was er über mich sagte. Der andere weint heute mit Ihnen wegen der Kränkung, die Ihnen widerfuhr, und morgen heult er mit dem, der Sie gekränkt hat. Heute lacht er mit Ihnen über einen andern und morgen mit dem andern über Sie... Widerwärtig!«

»Nun, und Lumins?«

»Die sind auch gut! Er ist genau wie der Esel, vor dem die Nachtigall weit, weit weg flog. Und sie sieht aus wie ein fetter Fuchs...«

»Was sagst du zu Sonins?«

»Da gibt es nichts Gutes zu sagen. Sonin weiß stets guten Rat, wenn das Unglück geschehen ist, doch wenden Sie sich einmal an ihn in der Not... Dann läßt er Sie ohne Abendbrot ziehen, wie der Fuchs den Wolf. Erinnern Sie sich, wie er um Sie herumschwänzelte, als er einen Posten suchte durch Ihre Vermittlung? Und jetzt hören Sie einmal, wie er über Sie spricht...«

»Auch Wolotschkow gefällt dir nicht?«

»Ein niederes Tier und bösartig obendrein...«

Alexander spuckte sogar aus.

»Nun, den hast du ordentlich heruntergemacht!« stellte Pjotr Iwanytsch fest.

»Was soll ich also von den Menschen erwarten?« setzte Alexander das Gespräch fort.

»Alles: Freundschaft und Liebe, den Rang eines Stabsoffiziers und Geld... Nun, und jetzt beschließe die Galerie mit unseren Bildern: Sag, was für Tiere sind meine Frau und ich?«

Alexander antwortete nicht, doch über sein Gesicht huschte ein leiser, kaum merklicher Schimmer von Ironie. Er lächelte. Weder diese Ironie noch das Lächeln entgingen Pjotr Iwanytsch.

Er wechselte einen Blick mit seiner Frau, sie senkte die Augen.

»Und was für ein Tier bist du selber?« fragte Pjotr Iwanytsch.

»Ich tat den Menschen nichts Böses!« behauptete Alexander mit Würde. »Ich erfüllte ihnen gegenüber stets meine Pflicht... Ich habe ein liebendes Herz. Ich öffnete meine Arme weit, um die Menschen zu umarmen, doch was machten sie?«

»Hör nur, wie lächerlich er redet!« bemerkte Pjotr Iwanytsch zu seiner Frau.

»Dir scheint alles lächerlich!« antwortete sie.

»Und ich selber«, fuhr Alexander fort, »verlangte von den Menschen nichts, weder gute Taten noch Großherzigkeit, noch Aufopferung, verlangte nur, was sich gehört, was mir von Rechts wegen zusteht...«

»So bist du also im Recht? Bist völlig trocken aus dem Wasser gekommen. Warte, ich will dich aufs neue ins Wasser setzen...«

Lisaweta Alexandrowna merkte, daß ihr Mann einen strengen Ton anschlug, und sie wurde unruhig.

»Pjotr Iwanytsch!« flüsterte sie. »Hör auf...«

»Nein, er soll die Wahrheit hören. Ich bin schnell fertig. Alexander, sag bitte, als du soeben deine Bekannten teils zu Nichtsnutzen, teils zu Dummköpfen stempeltest, hat sich da in deinem Herzen nicht etwas wie Gewissensbisse geregt?«

»Weshalb, lieber Onkel?«

»Weil du bei diesen Tieren mehrere Jahre lang stets freudig aufgenommen wurdest. Nehmen wir an, diese Leute verstellten sich gegen die, bei denen sie etwas erreichen wollten, sie schmiedeten Ränke gegen sie, wie du es nennst. Aber von dir hatten sie nichts zu erwarten. Was nötigte sie also, dich einzuladen, freundlich zu dir zu sein? Das ist nicht schön, Alexander!« fügte Pjotr Iwanytsch ernst hinzu. »Ein anderer würde Fehler, die er vielleicht von ihnen weiß, allein deshalb verschweigen.«

Alexander errötete über und über.

»Ihre Aufmerksamkeit mir gegenüber schrieb ich Ihrer Empfehlung zu«, erwiderte er, aber nicht mehr würdevoll, sondern ziemlich bescheiden. »Außerdem sind das gesellschaftliche Beziehungen...«

»Nun gut: Nehmen wir die, die nicht gesellschaftlicher Art sind. Ich habe dir schon zu beweisen versucht, weiß nur nicht, ob mir's gelang, daß du gegen diese... – wie heißt sie? Saschenka, nicht wahr? – ungerecht warst. Du warst anderthalb Jahre in ihrem Haus wie daheim, hast vom Morgen bis zum Abend dort zugebracht, wurdest auch noch geliebt von dem *verächtlichen jungen Ding*, wie du sie zu nennen pflegst. Mir scheint, das verdient nicht Verachtung...«

»Doch warum verriet sie mich?«

»Das heißt, warum sie einen andern liebte? Auch das hatten wir schon zur Zufriedenheit geklärt. Meinst du wirklich, du wärest ihrer nicht überdrüssig geworden, hätte sie dich weiter geliebt?«

»Ich? Niemals!«

»Nun, so hast du noch nicht darüber nachgedacht. Fahren wir fort. Du sagst, du hättest keine Freunde; ich aber habe immer gedacht, du hättest ihrer drei.«

»Drei?« rief Alexander. »Einst hatte ich einen, aber auch der...«

»Drei«, beharrte Pjotr Iwanytsch. »Der erste, fangen wir mit dem ältesten an, ist dieser *eine*. Ein anderer hätte sich abgewandt von dir, nachdem ihr euch mehrere Jahre nicht gesehen hattet. Er aber lud dich zu sich ein, und als du mit saurer Miene kamst, fragte er dich teilnehmend, ob du etwas brauchst, bot dir seine Dienste an, seine Hilfe, und ich bin überzeugt, er hätte dir auch Geld gegeben. Jawohl! Und in unserm Jahrhundert stolpern über diesen Prüfstein viele Gefühle. Nein, mach mich mit ihm bekannt; er ist ein anständiger Mensch, wie ich sehe. Aber deiner Meinung nach ist er hinterhältig.«

Alexander stand mit gesenktem Kopf.

»Nun, und was meinst du, wer dein zweiter Freund ist?« fragte Pjotr Iwanytsch.

»Wer?« fragte Alexander unschlüssig. »Ja, niemand...«

»Gewissenloser!« unterbrach ihn Pjotr Iwanytsch. »Was? Lisa! Und er wird nicht rot! Als was siehst du mich an, wenn die Frage erlaubt ist?«

»Sie... sind mein Verwandter.«

»Ein gewichtiger Titel! Nein, ich dachte – mehr. Das ist nicht schön, Alexander. Das ist ein Zug, der bei Eintragungen in der Schule sogar *garstig* genannt wird und den es, scheint mir, bei Krylow nicht gibt.«

»Aber Sie stießen mich immer zurück...«, sprach Alexander schüchtern, ohne den Blick zu heben.

»Ja, wenn du mich umarmen wolltest.«

»Sie machten sich über mich lustig, über das Gefühl...«

»Und weshalb, und warum?« fragte Pjotr Iwanytsch.

»Sie spürten mir nach auf Schritt und Tritt.«

»Ah! Jetzt kommt es heraus! Spüre ihm nach! So einen Hofmeister mußt du dir engagieren! Warum hab ich mich nur geplagt? Ich könnte noch mehr sagen, doch klänge das wie ein geschmackloser Vorwurf...«

»Onkelchen!« rief Alexander, indem er auf ihn zutrat und ihm beide Hände hinstreckte.

»Auf deinen Platz, ich bin noch nicht fertig!« wies Pjotr Iwanytsch ihn kühl zurück. »Den dritten und besten Freund nennst du mir, hoffe ich, selber...«

Alexander sah ihn abermals an, als wollte er fragen: ›Wo ist er denn?‹ Pjotr Iwanytsch zeigte auf seine Frau.

»Da ist er.«

»Pjotr Iwanytsch«, unterbrach ihn Lisaweta Alexandrowna. »Tu nicht so gescheit, um Gottes willen, laß das.«

»Nein, misch dich nicht ein.«

»Ich weiß die Freundschaft von Tantchen zu schätzen«, murmelte Alexander undeutlich.

»Nein, das weißt du nicht. Wenn du es wüßtest, dann hättest du den Freund nicht an der Decke gesucht, sondern hättest auf sie gezeigt. Hättest du ihre Freundschaft empfunden, so hättest du aus Achtung vor ihrem Wert die Menschen nicht verachtet. Sie allein hätte in deinen Augen anderer Mängel aufgewogen. Wer hat deine Tränen getrocknet und mit dir zusammen geschluchzt? Wer hat Anteil an jeder Dummheit von dir genommen, und welchen Anteil! Nur die Mutter könnte sich alles so warm zu Herzen nehmen, was dich betrifft, und die verstände es nicht einmal so. Hättest du das empfunden, so hättest du vorhin nicht so ironisch gelächelt, du hättest gesehen, daß hier weder ein Fuchs noch ein Wolf sitzt, daß es vielmehr eine Frau ist, die dich liebhat wie eine leibliche Schwester...«

»Ah, ma tante!« rief Alexander, durch diesen Vorwurf außer sich und völlig vernichtet. »Glauben Sie wirklich, ich schätzte das nicht und hielte Sie nicht für eine glänzende

Ausnahme unter der Menge? Mein Gott, mein Gott! Ich schwöre ...«

»Ich glaube es, ich glaube es, Alexander!« antwortete sie. »Hören Sie nicht auf Pjotr Iwanytsch; er macht aus einer Mücke 'nen Elefanten, freut sich der Gelegenheit, seine Klugheit zu zeigen. Hör auf, Pjotr Iwanytsch, um Gottes willen.«

»Gleich bin ich fertig, gleich, *nur noch ein letztes Wort!* Du sagtest, du hättest stets erfüllt, was die Pflicht gegen andere von dir verlangt?«

Alexander erwiderte kein Wort mehr und hob den Blick nicht.

»Nun sage, liebst du deine Mutter?«

Sofort wurde Alexander lebendig.

»Welche Frage!« rief er. »Wen sollte ich lieben, wenn nicht sie? Ich vergöttere sie, ich würde mein Leben für sie geben ...«

»Gut. Dir ist also bekannt, daß sie nur durch dich atmen und leben kann, daß jede deiner Freuden und Leiden Freude und Leid für sie bedeutet. Sie mißt jetzt die Zeit nicht nach Monaten und nicht nach Worten, sondern nach Nachrichten über dich und von dir. Sag mal, ist es lange her, daß du ihr geschrieben hast?«

Alexander fuhr zusammen.

»Etwa ... drei Wochen«, murmelte er.

»Nein: vier Monate! Wie soll ich ein solches Verhalten nennen? Nun, was für ein Tier bist du? Vielleicht kannst du es gar nicht nennen, weil es bei Krylow so eins nicht gibt.«

»Was ist geschehen?« fragte Alexander erschrocken.

»Die alte Frau ist krank vor Kummer.«

»Wirklich? Mein Gott! Mein Gott!«

»Das ist nicht wahr! Das ist nicht wahr!« rief Lisaweta Alexandrowna, lief zum Schreibpult und nahm einen Brief heraus, den sie Alexander reichte. »Sie ist nicht krank, hat aber große Sehnsucht.«

»Lisa, du verwöhnst ihn«, bemerkte Pjotr Iwanytsch.

»Und du bist über die Maßen streng. Alexander befand sich in Umständen, die ihn vorübergehend abgelenkt haben ...«

»Über einem jungen Ding die Mutter vergessen – herrliche Umstände!«

»So hör doch auf, um Gottes willen!« bat sie flehentlich, auf den Neffen weisend.

Als Alexander den Brief seiner Mutter gelesen, bedeckte er das Gesicht damit.

»Hindern Sie den Onkel nicht, ma tante. Mag er mich mit Vorwürfen überschütten, ich habe Schlimmeres verdient. Ich bin ein Ungeheuer!« sprach er mit verzweifelter Miene.

»Nun, Alexander, beruhige dich!« bemerkte Pjotr Iwanytsch. »Solche Ungeheuer gibt's viele. Hast dich durch eine Torheit hinreißen lassen und vorübergehend die Mutter vergessen – das ist natürlich. Die Liebe zur Mutter ist ein ruhevolles Gefühl. Sie aber kennt nur eins auf der Welt – dich. Daher ist es natürlich, daß sie sich kränkt. Es ist noch kein Grund, dich umzubringen. Ich sage nur mit den Worten deines Lieblingsautors:

Betrachte dich selber, Gevatter, statt dich damit zu quälen,
die Fratzen unter deinen Gevattern zu zählen,

und sei nachsichtig gegen die Schwächen anderer. Das ist eine Regel, ohne die weder dir noch andern das Leben erträglich wäre. So, das war's. Nun gehe ich schlafen.«

»Lieber Onkel, sind Sie böse?« fragte Alexander mit tiefer Reue.

»Wie kommst du darauf? Warum soll ich mir die Laune verderben? Ich denke nicht daran, böse zu sein. Ich wollte nur die Rolle des Bären spielen in der Fabel ›Der Affe und der Spiegel‹. Habe sie doch gut gespielt, was? Ja, Lisa?«

Er wollte sie im Vorbeigehen küssen, aber sie wandte sich ab.

»Mich dünkt, ich habe deine Befehle aufs genaueste ausgeführt«, fügte Pjotr Iwanytsch hinzu. »Was hast du denn? Ja, eins hab ich vergessen... Wie befindet sich dein Herz, Alexander?« fragte er.

Alexander schwieg.

»Und Geld brauchst du nicht?« fragte Pjotr Iwanytsch weiter.

»Nein, lieber Onkel.«

»Niemals bittet er darum!« bemerkte Pjotr Iwanytsch und schloß die Tür hinter sich.

»Was wird Onkelchen von mir denken?« fragte Alexander nach kurzem Schweigen.

»Dasselbe wie bisher«, antwortete Lisaweta Alexandrowna. »Sie glauben, daß er das alles im Zorn gesagt hat, aus Überzeugung?«

»Wie denn sonst?«

»O nein! Glauben Sie mir, er wollte sich wichtig machen. Sehen Sie, wie er in allem methodisch vorging? Legte die Beweise gegen Sie der Reihe nach dar, erst die schwächeren, dann immer stärkere, suchte erst den Grund für Ihre schlechte Meinung von den Menschen herauszubekommen und dann... Alles Methode! Jetzt hat er es schon wieder vergessen, denke ich.«

»Das ist ein Verstand! Diese Kenntnis des Lebens und der Menschen und diese Selbstbeherrschung!«

»Ja, er hat viel Verstand und zu viel Selbstbeherrschung«, sagte Lisaweta Alexandrowna nachdenklich. »Aber...«

»Und Sie, ma tante, werden Sie mich nun nicht mehr achten? Aber glauben Sie mir, nur derartige Erschütterungen, wie ich sie erfuhr, konnten mich so ablenken. Mein Gott! Armes Mütterchen!«

Lisaweta Alexandrowna gab ihm die Hand.

»Ich werde nicht aufhören, das Herz in Ihnen zu achten, Alexander«, sagte sie. »Das Gefühl ist es auch, das Sie zu Fehlern hinreißt, deshalb werde ich sie immer verzeihen.«

»Ach, ma tante! Sie sind das Ideal einer Frau!«

»Nur einfach eine Frau.«

Auf Alexander wirkte die Strafpredigt seines Onkels sehr stark. Noch während er bei der Tante saß, versank er in quälende Gedanken. Die Ruhe, die sie mit so viel Mühe und so geschickt in sein Herz gesenkt hatte, schien ihn plötzlich verlassen zu haben. Vergebens erwartete sie einen boshaften Ausfall, forderte sogar zu Sticheleien heraus und ahmte das Spotten Pjotr Iwanytschs übereifrig nach! Alex-

207

ander blieb taub und stumm. Er sah aus, als habe man ihn mit einem Zuber kalten Wassers übergossen.

»Was ist mit Ihnen? Warum sind Sie so niedergeschlagen?« fragte die Tante.

»Nur so, ma tante. Mir ist etwas traurig ums Herz. Onkelchen hat mich gelehrt, mich selbst zu erkennen. Fabelhaft hat er mich über alles aufgeklärt.«

»Hören Sie nicht auf ihn. Er sagt auch nicht immer die Wahrheit.«

»Nein, trösten Sie mich nicht. Ich bin mir jetzt selber zuwider. Habe die Menschen verachtet, gehaßt und jetzt mich selber dazu. Vor anderen kann man sich verbergen, doch wohin soll man vor sich selber fliehen? Also ist alles eitel, alle Güter, das ganze öde Leben, die Menschen, ich selbst...«

»Ach, dieser Pjotr Iwanytsch!« seufzte Lisaweta Alexandrowna tief. »Über jeden bringt er Kummer!«

»Ein Trost ist mir noch geblieben: daß ich niemand betrogen, in der Liebe und der Freundschaft niemand verraten habe...«

»Man wußte Sie nicht zu schätzen«, sagte die Tante. »Doch glauben Sie mir, ein Herz wird sich finden, das Sie richtig einschätzt. Dafür bürge ich Ihnen. Sie sind noch so jung, vergessen Sie alles, zerstreuen Sie sich. Sie haben Talent, schreiben Sie. Schreiben Sie jetzt etwas?«

»Nein.«

»So schreiben Sie.«

»Ich fürchte, ma tante...«

»Hören Sie nicht auf Pjotr Iwanytsch. Unterhalten Sie sich mit ihm, worüber Sie wollen, über Politik, Landwirtschaft, nur nicht über Dichtung. Darüber wird er Ihnen niemals die Wahrheit sagen. Das Publikum wird Sie richtig einschätzen, Sie werden sehen. Sie schreiben?«

»Gut.«

»Beginnen bald?«

»Sobald ich kann. Mir ist jetzt nur die Hoffnung darauf geblieben.«

Pjotr Iwanytsch hatte ausgeschlafen und kam, zum Ausgehen gekleidet, mit dem Hut in der Hand zu ihnen. Auch er riet Alexander zu arbeiten, im Dienst und für die landwirtschaftliche Abteilung der Zeitschrift.

»Ich werde mich bemühen, Onkel«, antwortete Alexander. »Aber ich habe schon Tantchen versprochen...«

Lisaweta Alexandrowna gab ihm ein Zeichen zu schweigen, doch Pjotr Iwanytsch merkte es.

»Was, was hat er versprochen?« fragte er.

»Neue Noten mitzubringen«, antwortete sie.

»Nein, das ist nicht wahr. Was ist es, Alexander?«

»Eine Erzählung zu schreiben oder sonst etwas...«

»Du hast die schöne Literatur noch nicht aufgegeben?« fragte Pjotr Iwanytsch und wischte dabei ein Stäubchen von seinem Mantel. »Und du, Lisa, bringst ihn vom vernünftigen Weg ab – das ist unrecht!«

»Ich habe kein Recht, das Schreiben aufzugeben«, bemerkte Alexander.

»Wer zwingt dich denn dazu?«

»Warum soll ich eigenmächtig und undankbar die ehrenvolle Bestimmung verschmähen, zu der ich berufen bin? Nur eine leuchtende Hoffnung ist mir im Leben geblieben, und ich soll auch sie vernichten? Wenn ich zerstöre, was eine höhere Macht in mich gelegt hat, dann zerstöre ich mich selber...«

»Und was wurde in dich gelegt? Erklär mir das, bitte.«

»Das kann ich nicht erklären, Onkel. Das muß man aus sich selber verstehen. Haben Ihnen je die Haare zu Berge gestanden, außer unter dem Kamm?«

»Nein!« antwortete Pjotr Iwanytsch.

»Nun, da sehen Sie es. Haben Leidenschaften in Ihnen getobt, hat Ihre Phantasie gesiedet und schöne Wahngebilde erzeugt, die Sie um Verkörperung baten? Hat Ihr Herz einmal schneller als gewöhnlich geschlagen?«

»Überspannt, überspannt! Was soll das?« fragte Pjotr Iwanytsch.

»Es heißt, wer das nicht erlebt hat, dem kann man auch nicht erklären, warum man schreiben möchte, wenn ein ruheloser Geist Tag und Nacht, im Traum wie im Wachen drängt: Schreibe, schreibe...!«

»Aber du kannst doch nicht schreiben.«

»Genug, Pjotr Iwanytsch. Wenn du es selber nicht kannst, warum willst du dann andere daran hindern?« bemerkte Lisaweta Alexandrowna.

»Verzeihen Sie mir, lieber Onkel, wenn ich mir zu bemerken erlaube, daß Sie das nicht beurteilen können.«

»Wer kann es denn? Sie?«

Pjotr Iwanytsch zeigte auf seine Frau.

»Sie sagt das mit bestimmter Absicht, und du glaubst ihr«, fügte er hinzu.

»Auch Sie selber haben mir, als ich hierherkam, geraten zu schreiben, mich darin zu versuchen...«

»Nun und? Du hast es versucht, es kommt nichts dabei heraus – also läßt man es bleiben.«

»Haben Sie tatsächlich nie einen vernünftigen Gedanken bei mir gefunden, keinen gelungenen Vers?«

»Wie sollte ich nicht! Die gibt es. Du bist nicht dumm; wie sollte man bei einem gescheiten Menschen in einigen Pud seiner Werke keinen gelungenen Gedanken entdecken? Doch das bedeutet nicht Talent, sondern Verstand.«

»Ach!« rief Lisaweta Alexandrowna, sich ärgerlich auf ihrem Sessel umdrehend.

»Und Herzklopfen, Zittern, süße Wonne und ähnliches – wer erlebt so etwas nicht?«

»Du als erster, glaube ich!« bemerkte seine Frau.

»Na höre! Erinnerst du dich, wie begeistert ich war...«

»Wovon? Ich entsinne mich nicht.«

»Alle machen das durch«, fuhr Pjotr Iwanytsch fort, sich an seinen Neffen wendend. »Wen berührt nicht die Stille oder Dunkelheit der Nacht oder so, das Rauschen des dichten Waldes, ein Garten, ein See, das Meer? Wenn das nur Künstler empfänden, so könnte sie niemand verstehen. Doch alle diese Empfindungen in seinen Werken widerspiegeln – das ist eine andere Sache, dazu braucht man Talent, und das scheinst du nicht zu haben. Es läßt sich nicht verbergen. Es funkelt in jedem Vers, in jedem Pinselstrich...«

»Pjotr Iwanytsch! Es ist Zeit für dich zu gehen«, mahnte Lisaweta Alexandrowna.

»Gleich. – Du möchtest dich hervortun?« fuhr er fort. »Dazu hast du Gelegenheit. Der Redakteur lobt dich, sagt, deine Aufsätze über Landwirtschaft seien ausgezeichnet geschrieben, es seien Gedanken darin, alles deute auf einen gebildeten Verfasser, sagt er, keinen bloßen Handwerker. Ich hab mich gefreut: ›Ha‹, dachte ich, ›die Adujews haben alle ein Köpfchen!‹ Du siehst, auch ich habe Ehrgeiz! Du kannst dich im Dienst auszeichnen und außerdem als Schriftsteller berühmt werden...«

»Eine schöne Berühmtheit: Schriftsteller auf dem Gebiete des Düngers!«

»Jedem das Seine. Dem einen ist es bestimmt, in himmlischen Weiten zu schweben, dem anderen, im Dung zu wühlen und dort Schätze zu bergen. Ich verstehe nicht, wie man eine bescheidene Bestimmung geringschätzen kann. Auch sie hat ihre Poesie. Du könntest dich empordienen, mit deinen Arbeiten Geld erwerben, dich vorteilhaft verheiraten wie die meisten... Ich verstehe nicht, was du noch willst. Die Pflicht erfüllen, das Leben in Ehren, mit Arbeit verbringen – darin besteht das Glück! So ist es meiner Meinung nach. Ich habe den Rang eines Staatsrats, von Beruf bin ich Fabrikant; biete mir dagegen einmal den Stand des ersten Dichters an, bei Gott, ich lehne ihn ab!«

»Höre, Pjotr Iwanytsch, du wirst dich wahrhaftig verspäten!« unterbrach ihn Lisaweta Alexandrowna. »Es ist bald zehn Uhr.«

»Tatsächlich, es ist Zeit. Nun, auf Wiedersehen. Da bilden sie sich, Gott weiß weshalb, ein, ungewöhnliche Menschen zu sein«, brummte Pjotr Iwanytsch im Gehen, »und dabei...«

II

Als Alexander nach Hause kam, setzte er sich in den Sessel und dachte nach. Er rief sich das ganze Gespräch mit Onkel und Tante ins Gedächtnis zurück und verlangte strenge Rechenschaft von sich.

Wie konnte er, der sich erlaubt hatte, andere Menschen zu hassen und zu verachten, ihre Nichtigkeit, Kleinlichkeit, ihre Schwächen zu untersuchen und zu verurteilen, allen und jedem seiner Bekannten ihr Teil zu versetzen, wie konnte er in seinem Alter vergessen, auch sich selber zu prüfen! So blind zu sein! Der Onkel hatte ihm eine Lehre erteilt wie einem Schuljungen, hatte ihn bis aufs Mark bloßgestellt, und noch dazu vor einer Frau! Hätte er doch selber in den Spiegel gesehen! Wie mußte der Onkel an diesem Abend in den Augen seiner Frau gewonnen haben! Das wäre nicht schlimm, so mußte es sein. Doch hatte er auf seine Kosten gewonnen. Der Onkel war ihm überlegen, unanfechtbar, in allem und überall.

Wo bleibt denn nach alledem, dachte er, das Vorrecht der Jugend, der Frische, der Feurigkeit des Geistes und der Gefühle, wenn ein Mann mit etwas Erfahrung, doch mit vertrocknetem, kraftlosem Herzen ihn auf Schritt und Tritt umwerfen kann, so im Vorbeigehen, ganz nachlässig? Wann wird dieser Kampf einmal gleichstehen, und wann wird endlich das Übergewicht auf seiner Seite sein? Auf seiner Seite war doch, dünkte ihm, das Talent und eine Fülle seelischer Kräfte... Und doch erschien der Onkel im Vergleich mit ihm wie ein Riese. Mit welcher Sicherheit er disputierte, wie leicht er jeden Widerspruch aufhob, und wie er sein Ziel erreichte, mit einem Scherz, gähnend, spottend über Gefühl, über Herzensergüsse unter Freunden und Liebenden, kurz, über alles, was ältere Leute den jungen gewöhnlich neiden.

Als Alexander all dies überdachte, errötete er vor Scham. Er gelobte sich, streng auf sich zu achten und bei der ersten Gelegenheit den Onkel zu schlagen, ihm zu beweisen, daß keine Erfahrung ersetzt, was *eine höhere Macht in den Menschen hineinlegt*, daß von dieser Stunde an, was immer er, Pjotr Iwanytsch, ihm prophezeie, nicht eine seiner kalten, methodischen Vorhersagen eintreffen werde. Alexander wird selbst seinen Weg finden und wird ihn nicht zaghaft, sondern festen, gleichmäßigen Schrittes gehen. Er ist nicht mehr derselbe wie vor drei Jahren. Er ist mit seinem Blick in die geheimen Kammern des Herzens gedrungen, hat das Spiel der

Leidenschaft durchschaut, sich das Geheimnis des Lebens erschlossen, unter Qualen natürlich, doch hat er sich dafür auf ewig gegen Qualen gestählt. Die Zukunft lag klar vor ihm, er erhob sich, war neu beflügelt, er war kein Kind mehr, sondern ein Mann – mutig voran! Der Onkel wird sehen und schließlich vor ihm, dem erfahrenen Meister, die Rolle des kläglichen Schülers spielen. Er wird zu seinem Erstaunen erfahren, daß es ein anderes Leben gibt, andere Auszeichnungen, ein anderes Glück als die klägliche Karriere, die er sich selber erwählt und die er auch ihm aufdrängen wollte, vielleicht aus Neid. Noch eine, eine edle Anstrengung – und der Kampf war zu Ende!

Alexander lebte auf. Er schuf sich wieder eine eigene Welt, nicht viel vernünftiger als die erste. Die Tante bestärkte ihn in dieser Stimmung, doch insgeheim, wenn Pjotr Iwanytsch schlief oder in der Fabrik oder im Englischen Klub war.

Sie pflegte Alexander stets nach seinen Arbeiten zu fragen. Und das gefiel ihm sehr! Er erzählte von den geplanten Werken und forderte manchmal ihren Beifall, indem er sie um Rat bat.

Sie stritt oft mit ihm, stimmte aber noch öfter mit ihm überein.

Alexander ergab sich der Arbeit, wie man sich der letzten Hoffnung ergibt. »Danach«, sprach er zu seiner Tante, »gibt's nichts mehr. Dann folgt kahle Steppe, ohne Wasser, ohne Grün, Finsternis, Wüste. Was soll das für ein Leben sein? Da legt man sich besser ins Grab!« Und er arbeitete ohne Ermüdung.

Manchmal entsann er sich der erloschenen Liebe, er geriet in Erregung, griff zur Feder – und schrieb eine ergreifende Elegie. Ein andermal strömte ihm die Galle zum Herzen und wühlte den vor kurzem noch wütenden Haß und die Menschenverachtung aufs neue auf, und ehe er es sich versah, waren einige kraftvolle Verse entstanden. Zur selben Zeit schrieb er auch eine Erzählung. Er verwandte viel Überlegung, Gefühl, Schreibarbeit, rund ein halbes Jahr Zeit darauf. Endlich war die Erzählung fertig, durchgesehen und ins reine geschrieben. Die Tante war entzückt.

In dieser Erzählung spielte die Handlung nicht mehr in Amerika, sondern bei Tambow auf dem Lande. Die handelnden Personen waren gewöhnliche Menschen: Verleumder, Lügner und Ungeheuer jeglicher Art im Frack, Verräterinnen im Korsett und mit Hut. Alles war ordentlich, wie sich's gehört.

»Ma tante, ich denke, das kann man Onkelchen zeigen?«

»Ja, ja, natürlich«, stimmte sie bei. »Aber... ist es nicht besser, es so zum Druck zu geben, ohne ihn? Er ist doch immer dagegen, wird etwas einwenden... Sie wissen, es erscheint ihm kindisch.«

»Nein, ich zeige es ihm lieber!« erwiderte Alexander. »Nach Ihrem Urteil und meiner eigenen Erkenntnis habe ich vor niemand Angst, und im übrigen mag er sehen...«

Sie zeigten das Heft Pjotr Iwanytsch. Als er es sah, runzelte er ein wenig die Stirn und schüttelte den Kopf.

»Was ist das, habt ihr das gemeinsam verfaßt?« fragte er. »Ein bißchen viel. Und so klein geschrieben. Es ist doch eine Lust zu schreiben!«

»Warte mit dem Kopfschütteln«, bat seine Frau. »Erst höre. Lesen Sie es uns vor, Alexander. Du höre nur aufmerksam zu, schlaf nicht, und dann sprich dein Urteil. Mängel kann man an allem finden, wenn man sie sucht. Du aber sei nachsichtig.«

»Nein, warum? Seien Sie nur gerecht«, fügte Alexander hinzu.«

»Nichts zu machen«, seufzte Pjotr Iwanytsch. »Ich will es anhören, doch unter zwei Bedingungen: Erstens, daß er nicht gleich nach dem Essen vorliest, sonst lege ich nicht die Hand ins Feuer dafür, daß ich nicht einschlafe. Das geht nicht gegen dich, Alexander; was auch gelesen wird, nach dem Essen überkommt mich immer der Schlaf. Und zweitens, wenn es was Vernünftiges ist, sag ich meine Meinung, wenn nicht, schweige ich, und ihr könnt denken, was ihr wollt.«

Die Vorlesung begann. Pjotr Iwanytsch entschlummerte nicht ein einziges Mal, hörte zu, ohne den Blick von Alexander zu wenden, fast ohne mit den Augen zu zwinkern, und nickte zweimal beifällig.

»Siehst du!« flüsterte seine Frau. »Ich hab dir's gesagt.«
Er nickte auch ihr zu.

Es wurde an zwei Abenden hintereinander gelesen. Nach der ersten Vorlesung erzählte Pjotr Iwanytsch seiner Frau zu deren Erstaunen alles, was weiterhin kam.

»Woher weißt du das?« fragte sie.

»Das ist kein Wunder! Die Idee ist nicht neu, tausendmal wurde darüber geschrieben. Es wäre gar nicht nötig weiterzulesen, doch wollen wir sehen, wie er sie entwickelt.«

Als Alexander am nächsten Abend bis zur letzten Seite gekommen war, läutete Pjotr Iwanytsch. Der Diener trat ein.

»Leg meine Sachen zurecht«, befahl Pjotr Iwanytsch. »Entschuldige, Alexander, daß ich unterbrach; ich habe Eile, ich komme sonst zu spät zum Whist in den Klub.«

Alexander las zu Ende. Pjotr Iwanytsch wollte so rasch wie möglich gehen.

»Auf Wiedersehen!« sagte er zu seiner Frau und zu Alexander. »Ich komme nicht noch mal herein.«

»Warte, warte!« rief seine Frau. »Sagst du denn nichts zu der Erzählung?«

»Nach unserer Abmachung ist das nicht angebracht!« erwiderte er und wollte gehen.

»Das ist Dickköpfigkeit!« erklärte sie. »Oh, er ist dickköpfig, ich kenne ihn! Machen Sie sich nichts daraus, Alexander.«

›Es ist Mißgunst!‹ dachte Alexander. ›Er will mich in den Schmutz treten, in seine Sphäre hinabziehen. Er ist ein gescheiter Beamter, ein Fabrikant, doch weiter nichts. Ich aber bin Dichter...‹

»Das ist unbegreiflich, Pjotr Iwanytsch!« meinte Lisaweta Alexandrowna fast unter Tränen. »Sage doch wenigstens etwas. Ich sah, wie du zustimmend nicktest, also hat es dir gefallen. Aus Dickköpfigkeit willst du es nur nicht zugeben. ›Wie könnten wir zugeben, daß uns die Erzählung gefällt! Dazu sind wir zu klug.‹ Gesteh doch ein, daß sie gut ist.«

»Ich habe genickt, weil man aus der Erzählung erkennt, daß Alexander klug ist. Aber er hat unklug gehandelt, daß er sie schrieb.«

»Trotzdem, Onkel, ein solches Urteil...«

215

»Höre: Du glaubst mir doch nicht, so hat es keinen Sinn, zu streiten. Laß uns lieber einen Schiedsrichter wählen. Ich will sogar folgendes tun, um das unter uns ein für allemal zu beenden: Ich gebe mich für den Autor dieser Erzählung aus und schicke sie an meinen Freund, der bei der Zeitschrift arbeitet. Wir wollen sehen, was er sagt. Du kennst ihn und vertraust gewiß seinem Urteil. Er ist ein erfahrener Mann.«

»Gut, wollen wir sehen.«

Pjotr Iwanytsch setzte sich an den Schreibtisch und schrieb ganz rasch ein paar Zeilen. Dann reichte er den Brief Alexander.

›Ich bin auf meine alten Tage unter die Schriftsteller gegangen‹, hatte er geschrieben. ›Was soll man machen! Ich möchte berühmt werden, mich auch hierin hervortun – bin übergeschnappt! Und so habe ich auch beiliegende Erzählung zustande gebracht. Sehen Sie sie durch, und taugt sie etwas, so drucken Sie sie in Ihrer Zeitschrift ab, gegen Honorar, versteht sich; Sie wissen, ich arbeite nicht gern umsonst. Sie werden sich wundern und es nicht glauben, doch ich erlaube Ihnen sogar, meinen Familiennamen darunterzusetzen. Ich lüge also nicht.‹

Überzeugt, daß die Erzählung günstig beurteilt würde, erwartete Alexander ruhig die Antwort. Er freute sich sogar, daß sein Onkel in dem Brief das Honorar erwähnt hatte.

›Sehr, sehr klug‹, dachte er. ›Mamachen klagt, das Getreide sei billig. Womöglich schickt sie sobald kein Geld, da kommen anderthalb Tausend zur gelegenen Zeit.‹

Es vergingen jedoch drei Wochen, und eine Antwort war noch immer nicht da. Endlich wurde eines Morgens ein großes Paket mit einem Brief bei Pjotr Iwanytsch abgegeben.

»Aha! Zurückgeschickt!« stellte er fest und warf seiner Frau einen verschmitzten Blick zu.

Er entsiegelte den Brief nicht und zeigte ihn auch seiner Frau nicht, sosehr sie darum bat. Am selben Abend, bevor er in den Klub fuhr, suchte er seinen Neffen auf.

Die Tür war nicht verschlossen. Er trat ein. Im Vorzimmer schnarchte Jewsej, quer über den Fußboden gestreckt. Die Kerze war abgebrannt, und der Docht hing am Leuchter herab. Pjotr Iwanytsch schaute ins nächste Zimmer hinein: finster.

»Oh, Provinz!« brummte er.

Er versetzte Jewsej einige Püffe, wies auf die Tür, die Kerze, und drohte ihm mit dem Stock. Im dritten Zimmer saß Alexander am Tisch, die Arme auf den Tisch gelegt, den Kopf auf die Arme, und schlief auch. Vor ihm lag ein Blatt Papier. Pjotr Iwanytsch warf einen Blick darauf – Verse.

Er nahm das Blatt und las folgendes:

> Die schöne Zeit des Frühlings ist verflogen,
> des Liebeszaubers Augenblick entschwand,
> die Liebe strömt nicht mehr in heißen Wogen,
> in meiner Brust den Todesschlaf sie fand.
> Auf ihrem Altar, der seitdem verwaist war,
> errichtet' ich ein andres Götzenbild,
> ich bet es an ... doch ...

und so weiter. »Er ist selber eingeschlafen! Bete, mein Lieber, faulenze nicht!« sagte Pjotr Iwanytsch laut. »Die eigenen Verse, und wie nehmen sie dich mit! Wozu noch ein anderes Urteil? Du hast dir selber das Urteil gesprochen.«

»Ah!« sagte Alexander, sich streckend. »Sie sind immer noch gegen meine Gedichte! Sagen Sie offen, lieber Onkel: Was treibt Sie, so hartnäckig ein Talent zu verfolgen, da Sie doch anerkennen müssen ...«

»Der Neid, Alexander. Urteile selber: Du erwirbst Ruhm, Ehre, vielleicht sogar Unsterblichkeit, ich aber bleibe im Dunkel und bin gezwungen, mich mit dem Stand eines nützlichen Arbeiters zufriedenzugeben. Und ich bin doch auch ein Adujew! Du kannst sagen, was du willst, das ist kränkend! Was bin ich denn? Habe mein Leben in aller Stille verbracht, ungekannt, habe nur meine Pflicht erfüllt und war noch stolz und glücklich. Ist das nicht ein erbärmliches Los? Wenn ich tot bin, das heißt, nichts mehr fühle und weiß, werden *der Rhapsoden beredte Saiten* nicht von mir künden, *ferne Zeiten, Nachwelt, Weltall* werden nicht erfüllt sein von meinem Namen, werden nicht wissen, daß auf der Welt ein Staatsrat Pjotr Iwanytsch Adujew gelebt hat, und ich werde im Grab keinen Trost dafür finden, wenn ich und mein Grab auf die Nachwelt überkommen. Wie anders du: *Wenn du deine rauschenden Flügel entfaltest* und *unter den Wolken* dahinschwebst, kann ich mich nur damit trösten, daß unter der Masse der menschlichen Werke auch *ein Tropfen von meinem Honig* sich findet, wie dein Lieblingsdichter sagt.«

»Um Gottes willen, lassen Sie ihn aus dem Spiel. Was heißt hier Lieblingsdichter! Verspottet nur seine Mitmenschen.«

»Aha! Verspottet sie! Bist du etwa Krylows seit der Zeit überdrüssig, da du dein Porträt bei ihm fandest? Apropos: Weißt du, daß dein künftiger Ruhm, deine Unsterblichkeit in meiner Tasche stecken? Ich wünschte allerdings, dein Honorar steckte darin, das wäre sicherer.«

»Was für Ruhm?«

»Die Antwort auf meinen Brief.«

»Ach! Geben Sie her, um Gottes willen, schnell. Was schreibt er?«

»Ich hab's nicht gelesen. Lies selber, doch laut.«

»Das hielten Sie aus?«

»Was kümmert es mich?«

»Was! Ich bin doch Ihr leiblicher Neffe, wie kann man da nicht neugierig sein? So eine Kälte! Das ist Egoismus, Onkel!«

»Vielleicht, ich leugne es nicht. Übrigens weiß ich, was drin steht. Na, lies!«

Alexander begann laut zu lesen. Pjotr Iwanytsch klopfte indes mit seinem Stock gegen die Stiefel. In dem Brief stand folgendes:

»Was für eine Geheimniskrämerei ist das, mein liebster Pjotr Iwanytsch? Sie schreiben Erzählungen! Wer soll Ihnen das glauben? Und Sie meinten, Sie könnten mich überlisten, mich alten Raben! Und wenn es wahr wäre, was Gott verhüte, wenn Sie den wahrhaft kostbaren Zeilen, von denen jede sicherlich mehr als einen Dukaten wert ist, Ihre Feder eine Zeitlang versagten, wenn Sie aufhörten, achtbare Bilanzen zu ziehen, und die vor mir liegende Erzählung verfaßten, so würde ich Ihnen auch dann erklären, daß die zerbrechlichen

Erzeugnisse Ihrer Fabrik bedeutend dauerhafter sind als dieses Werk...«

Alexanders Stimme fiel plötzlich ab.

»Aber ich lehne es ab, Sie einem so beleidigenden Verdacht auszusetzen«, fuhr er zaghaft und leise fort.

»Ich verstehe nichts, Alexander, lauter!« befahl Pjotr Iwanytsch.

Alexander las leise weiter:

»Sie wollen wahrscheinlich aus Anteilnahme an dem Autor der Erzählung meine Meinung erfahren. Da ist sie. Der Autor ist sicher ein junger Mann. Er ist nicht dumm, doch unnötig ärgerlich auf die Welt. In welch grimmigem, erbittertem Geiste schreibt er! Wohl ein Enttäuschter. Oh, mein Gott! Wann stirbt dieses Volk einmal aus? Wie schade, daß bei uns so viele Begabungen durch falsche Anschauung des Lebens sich in leeren, fruchtlosen Träumen verlieren, in vergeblichem Streben nach dem, wozu sie nicht berufen sind.«

Alexander hielt inne, um Atem zu schöpfen. Pjotr Iwanytsch brannte sich eine Zigarre an und blies Rauchringe. Sein Gesicht drückte wie gewöhnlich vollkommene Ruhe aus. Alexander las weiter mit dumpfer, kaum vernehmlicher Stimme:

»Eigenliebe, Verträumtheit, vorzeitige Entwicklung leidenschaftlicher Gefühle und Unbeweglichkeit des Verstandes mit der unausbleiblichen Folge, der Faulheit, das sind die Wurzeln dieses Übels. Lernen, praktische Tätigkeit, das kann unsere müßige, kranke Jugend ernüchtern.«

»Die ganze Sache wäre in drei Zeilen zu klären«, bemerkte Pjotr Iwanytsch, während er auf die Uhr sah, »und er schreibt in einem Brief an den Freund eine ganze Dissertation! Ist er nicht ein Pedant? Willst du weiterlesen, Alexander? Laß es sein, es ist langweilig. Ich möchte dir etwas sagen...«

»Nein, Onkelchen, erlauben Sie; ich will den Kelch bis zur Neige leeren, ich lese zu Ende.«

»Nun, wohl bekomm's!«

»Diese betrübliche Ausrichtung der seelischen Kräfte«, las Alexander, »offenbart sich in jeder Zeile der mir übersandten Erzählung. Sagen Sie Ihrem Protegé, daß ein Schriftsteller nur dann etwas Brauchbares schreibt, wenn er nicht von seinen Gefühlen und Leidenschaften hingerissen ist. Er muß mit ruhigem, klarem Blick das Leben und die Menschen insgesamt überschauen, sonst schildert er nur sein *Ich*, das niemand interessiert. Dieser Fehler tritt in der Erzählung sehr stark hervor. Die zweite und wichtigste Bedingung – das sagen Sie dem Autor wohl nicht, aus Mitgefühl mit seiner Jugend und mit dem Autorenehrgeiz, dem Ehrgeiz, der am stärksten beunruhigt–, die zweite Bedingung ist, daß man Talent hat, und davon fehlt hier jede Spur. Übrigens ist die Sprache durchweg regelrecht und rein. Der Autor hat sogar Stil...« Nur mit Anstrengung hatte Alexander bis hierher gelesen.

»Das wurde Zeit!« sagte Pjotr Iwanytsch, »Gott weiß, was er zusammenredet! Wir wissen nun selber, was wir zu tun haben.« Alexander ließ den Arm sinken. Er starrte trüben Blicks auf die Wand, schweigend, wie betäubt von einem unerwarteten Schlag. Pjotr Iwanytsch nahm ihm den Brief aus der Hand und las folgendes unter einem P. S.: ›Wenn Sie die Erzählung unbedingt in unserer Zeitschrift bringen möchten – meinetwegen. Ihnen zuliebe setze ich sie in den Sommermonaten hinein, wenn wenig gelesen wird. Doch an eine Entlohnung ist gar nicht zu denken.‹

»Nun, Alexander, wie fühlst du dich?« fragte Pjotr Iwanytsch.

»Ruhiger, als zu erwarten«, antwortete Alexander mühsam. »Ich fühle mich wie ein Mensch, den alles betrog.«

»Nein, wie ein Mensch, der sich selber betrog und andere auch betrügen wollte...«

Alexander hörte den Einwand nicht.

»War das wirklich auch nur ein Traum? Hat mich auch das getrogen?« flüsterte er. »Ein bitterer Verlust! Nun, ich brauche mich nicht mehr an Täuschungen zu gewöhnen. Aber ich verstehe nicht, wozu der unbezwingbare Drang zum Schöpfertum in mich gelegt worden ist?«

»Das ist es ja! Der Drang wurde in dich gelegt, doch das Schöpfertum, scheint's, vergessen«, sagte Pjotr Iwanytsch. »Ich hab es gesagt!«

Alexander antwortete mit einem Seufzer und versank in Nachdenken. Dann sprang er plötzlich lebhaft auf und öffnete alle Kästen, holte etliche Hefte, Blätter und Papierfetzen daraus hervor und warf sie ergrimmt in den Kamin.

»Hier, vergiß das nicht!« sagte Pjotr Iwanytsch und schob ihm das Blatt mit dem Anfang des Gedichts zu, das auf dem Tisch lag.

»Auch das dahin!« rief Alexander verzweifelt und warf das Gedicht in den Kamin.

»Hast du nicht noch etwas?« fragte Pjotr Iwanytsch und sah sich um. »Sieh nur gut nach. Etwas Vernünftiges soll man auf einmal abmachen. Was ist das auf dem Schrank für ein Bündel?«

»Hinein damit!« rief Alexander, indes er das Bündel herunterholte. »Das sind meine Aufsätze über Landwirtschaft.«

»Die verbrenn nicht, verbrenn sie nicht! Gib sie mir!« wehrte ihm Pjotr Iwanytsch, die Hand ausstreckend. »Das ist kein Unsinn.«

Doch Alexander hörte nicht.

»Nein!« meinte er böse. »Ist das edle Schöpfertum in der Sphäre des Schönen für mich verloren, so will ich auch keine Arbeit für das Allgemeinwohl. Darin soll das Schicksal mich nicht bezwingen!«

Und das Bündel flog in den Kamin.

»Das war unnötig!« bemerkte Pjotr Iwanytsch, während er mit seinem Stock unter dem Tisch im Papierkorb herumstöberte, ob sich nicht noch etwas fände, was man ins Feuer werfen könnte.

»Und was machen wir mit der Erzählung, Alexander? Sie ist bei mir.«

»Haben Sie nicht etwas zu tapezieren?«

»Nein, jetzt nicht. Soll ich sie holen lassen? Jewsej! Er ist wieder eingeschlafen. Paß auf, man stiehlt noch meinen Mantel unter deiner Nase weg! Geh rasch zu mir, verlang von Wassili das dicke Heft, das in meinem Arbeitszimmer auf dem Schreibtisch liegt, und bring es hierher.«

Alexander saß, den Kopf in die Hand gestützt, und sah in den Kamin. Jewsej brachte das Heft. Alexander betrachtete

221

die Frucht von einem halben Jahr Arbeit und versank in Nachdenken. Pjotr Iwanytsch bemerkte das.

»Alexander, mach ein Ende«, mahnte er, »und dann wollen wir von etwas anderem sprechen.«

»Auch das dahin!« schrie Alexander und schleuderte das Heft in den Ofen.

Beide sahen zu, wie es zu brennen anfing, Pjotr Iwanytsch offensichtlich befriedigt, Alexander kummervoll, fast unter Tränen. Da bewegte sich das oberste Blatt und hob sich auf, als würde es von unsichtbarer Hand umgewendet. Sein Rand bog sich, es wurde schwarz, dann krümmte es sich, und plötzlich ging es in Flammen auf. Nach ihm rasch ein zweites, ein drittes, und dann hoben sich mehrere Seiten und loderten im Bündel auf, während das folgende Blatt noch weiß war. Doch nach wenigen Sekunden schwärzte sich auch dessen Rand.

Alexander konnte jedoch darauf lesen: III. Kapitel. Er entsann sich, was darin stand, und es tat ihm leid darum. Er stand aus dem Sessel auf und ergriff die Kohlenzange, um die Reste seiner Schöpfung zu retten. ›Vielleicht ist noch...‹, flüsterte eine Hoffnung ihm zu.

»Halt, ich nehme lieber den Stock«, wehrte ihm Pjotr Iwanytsch. »Du brennst dich vielleicht mit der Zange.«

Er schob das Heft tief in den Kamin, direkt auf die Kohlen. Alexander stand unentschlossen. Das Heft war dick und ergab sich nicht auf einmal dem Wirken des Feuers. Erst kroch dichter Rauch unter ihm vor, dann und wann stieß eine Flamme von unten hervor, leckte am Rand und versteckte sich wieder, einen schwarzen Fleck hinterlassend. Es war noch zu retten. Schon streckte Alexander die Hand aus, aber im selben Augenblick erhellte die Flamme die Sessel, Pjotr Iwanytschs Gesicht und den Tisch. Das ganze Heft flammte auf und erlosch binnen kurzem. Ein Häufchen Asche blieb übrig, über das hier und da feurige Schlänglein hinhuschten. Alexander warf die Zange hin.

»Alles vorbei!« sagte er.

»Vorbei!« wiederholte Pjotr Iwanytsch.

»Uff!« stieß Alexander hervor. »Ich bin frei!«

»Schon zum zweiten Male helfe ich dir, deine Wohnung zu säubern«, sagte Pjotr Iwanytsch. »Ich hoffe, daß diesmal...«

»Das kommt nicht wieder, Onkelchen.«

»Amen!« sprach der Onkel und legte ihm die Hand auf die Schulter. »Nun rate ich dir, nicht zu zaudern, Alexander: Schreibe gleich an Iwan Iwanytsch, daß er dir Arbeit schickt aus der landwirtschaftlichen Abteilung. Du wirst jetzt auf den heißen Resten aller Torheiten etwas besonders Kluges schreiben. Er sagte ja immer: ›Was denn‹, sagt er, ›Ihr Neffe...‹«

Alexander schüttelte bekümmert den Kopf.

»Ich kann nicht«, sagte er, »nein, ich kann nicht. Es ist alles vorbei.«

»Was willst du denn jetzt machen?«

»Was?« wiederholte er und überlegte. »Vorläufig nichts.«

»Das versteht man nur in der Provinz, das Nichtstun, aber hier... Warum bist du denn hergekommen? Unbegreiflich! Nun, einstweilen genug davon. Ich habe eine Bitte an dich.«

Alexander hob langsam den Kopf und sah den Onkel fragend an.

»Du kennst doch meinen Teilhaber Surkow?« begann Pjotr Iwanytsch und rückte seinen Sessel an den Alexanders heran.

Alexander nickte.

»Ja, du hast manchmal mit ihm bei mir zu Mittag gegessen. Hast du aber auch richtig gemerkt, was das für ein Vogel ist? Er ist ein guter Kerl, doch völlig hohl. Ihn beherrscht eine Schwäche, die Frauen. Zum Unglück ist er, wie du siehst, gar nicht häßlich, das heißt, rotbäckig, rund und gesund, groß, auch immer frisiert, parfümiert, nach dem Modejournal gekleidet. Und so bildet er sich ein, alle Frauen verlieren den Verstand seinetwegen – also ein Geck! Und, der Teufel hole ihn, ich würde das gar nicht beachten, doch das Schlimme ist: Kaum bahnt sich eine Liebelei an, so fängt er an zu verschwenden. Dann regnet es Überraschungen, Geschenke, Aufmerksamkeiten bei ihm. Er wird zum Stutzer, wechselt dauernd die Wagen, die Pferde... Ein wahres Elend! Er ist auch meiner Frau nachgelaufen. Da brauchte ich nicht mehr den Diener wegen eines Billetts ins Theater zu schicken:

223

Surkow brachte es sicher. Ob die Pferde gewechselt, etwas Rares besorgt, die Menge auseinandergetrieben, ein Landhaus gesucht werden mußte, wohin du ihn schicktest – ein Goldstück! Dabei war er nützlich. So einer ist nicht mit Geld zu bezahlen. Schade! Ich griff erst absichtlich nicht ein, doch meiner Frau war er zuwider, so verscheuchte ich ihn. Wenn er sich aufs Verschwenden verlegt, dann reichen seine Prozente nicht aus, er bittet um Geld, und weist man ihn ab, bringt er die Rede auf sein Kapital. ›Was nützt mir Ihre Fabrik?‹ sagt er. ›Niemals hab ich bares Geld in Händen.‹ Gut, wenn er so irgendeine nähme ... Aber nein: Stets sucht er Verhältnisse in der Gesellschaft: ›Ich brauche eine *vornehme Liebschaft*‹, sagt er. ›Ich kann ohne Liebe nicht leben!‹ Ist er nicht ein Esel? Der Kerl ist fast vierzig Jahre alt und kann ohne Liebe nicht leben!«

Alexander dachte an sich und lächelte traurig.

»Er lügt immer«, fuhr Pjotr Iwanytsch fort. »Ich habe erst allmählich erkannt, warum er sich so plagt. Er will sich nur großtun, damit man sagt, er habe ein Verhältnis mit der und der, damit man ihn in der Loge von der und der sieht oder damit er spätabends im Landhaus mit einer auf dem Balkon sitzt, in einsamer Gegend mit ihr im Wagen fährt oder reitet. Und dabei stellt sich heraus, daß die sogenannten vornehmen Liebschaften – der Teufel hole sie! – bedeutend teurer als die gewöhnlichen kommen. Das hat er davon, der Erznarr!«

»Wohinaus soll das, lieber Onkel?« erkundigte sich Alexander. »Ich sehe nicht, was ich dabei tun kann.«

»Du wirst es gleich merken. Vor kurzem kehrte aus dem Ausland eine junge Witwe zurück, Julija Pawlowna Tafajewa. Sie ist gar nicht häßlich. Surkow und ich sind mit ihrem Mann befreundet gewesen. Tafajew starb im Ausland. Nun, errätst du es?«

»Ja: Surkow hat sich in die Witwe verliebt.«

»So ist es. Er ist völlig zum Narren geworden. Und weiter?«

»Weiter ... weiß ich nicht ...«

»Du bist mir einer! Nun, so höre. Surkow hat mir schon ein paarmal verkündet, daß er bald Geld nötig habe. Ich erriet

224

gleich, was das bedeutet, doch woher der Wind weht – das riet ich nicht. Ich mußte ihn ausfragen, wozu er Geld brauche. Er wich mir aus und wand sich, endlich erzählte er, er wolle sich eine Wohnung einrichten, in der Litejnaja Straße. Ich mußte überlegen, was in der Straße sein könnte, und mir fiel ein, daß die Tafajewa dort wohnt, und schnurgerade dem Haus gegenüber, das er gewählt hat. Er hat sogar schon ein Handgeld gegeben. Ein Unglück droht und ist nur zu vermeiden, wenn ... du mir hilfst. Errätst du es jetzt?«

Alexander hob die Nase etwas, ließ den Blick über Wand und Decke gleiten, zwinkerte ein paarmal und schaute dann den Onkel an, schwieg aber.

Lächelnd betrachtete ihn Pjotr Iwanytsch. Er beobachtete gar zu gern, wenn der Verstand eines andern oder sein Ahnungsvermögen versagten, und er ließ ihn das merken.

»Was ist mit dir, Alexander? Und dabei schreibst du Geschichten!« spöttelte er.

»Ach, ich hab's, Onkelchen!«

»Na, Gott sei Dank!«

»Sarkow bittet um Geld, Sie haben keines, Sie wollen, daß ich ...« Er konnte nicht weiterreden.

Pjotr Iwanytsch lachte auf. Alexander ließ den Satz unvollendet und sah seinen Onkel verwundert an.

»Nein, das ist es nicht!« sagte Pjotr Iwanytsch. »Habe ich jemals kein Geld gehabt? Versuch es, wende dich an mich, wann immer du willst, dann wirst du es sehen. Nein, es geht darum: Die Tafajewa ließ mich durch Surkow an die Bekanntschaft mit ihrem Mann erinnern. Ich machte ihr einen Besuch. Sie bat mich wiederzukommen. Ich versprach es und sagte, daß ich dich mitbringen würde. Nun, ich hoffe, jetzt hast du begriffen?«

»Mich?« wiederholte Alexander und sah seinen Onkel mit weit aufgerissenen Augen an. »Ja, natürlich ... Jetzt hab ich begriffen«, fügte er eilig hinzu, doch beim letzten Wort stockte er.

»Was hast du begriffen?« fragte Pjotr Iwanytsch.

»Und wenn Sie mich totschlagen, lieber Onkel, ich begreife rein gar nichts! Entschuldigen Sie ... Vielleicht führt sie ein nettes Haus... Sie möchten, daß ich mich zerstreue... weil ich mich langweile...«

»Ei, das ist prächtig! Werde ich dich deshalb in Häuser einführen! Dann fehlte nur, daß ich dir nachts ein Tuch über den Mund decke gegen die Fliegen! Nein, das alles ist es nicht. Es handelt sich vielmehr darum: Mach die Tafajewa in dich verliebt.«

Alexander zog rasch die Brauen hoch und sah seinen Onkel an.

»Sie scherzen, Onkelchen. Das ist geschmacklos!« wehrte er ab.

»Wo es tatsächlich um etwas Geschmackloses geht, bist du ernsthaft dabei. Einfache, natürliche Angelegenheiten jedoch, die sind in deinen Augen geschmacklos. Was ist denn dabei? Bedenke, wie geschmacklos die Liebe selbst ist: ein Spiel des Blutes, Eigenliebe... Doch was diskutiere ich mit dir; du glaubst ja immer noch, daß es einem unausweichlich bestimmt ist, nur einen Menschen zu lieben, an die Sympathie der Seelen!«

»Entschuldigen Sie, ich glaube an nichts mehr. Aber kann man denn willkürlich lieben und in sich verliebt machen?«

»Man kann es, aber du nicht. Hab keine Angst, so einen schwierigen Auftrag geb ich dir nicht. Du sollst nur folgendes tun: Mach der Tafajewa den Hof, sei aufmerksam, gib Surkow keine Gelegenheit, mit ihr allein zu sein... Ganz einfach, bring ihn in Wut. Sei ihm im Wege. Sagt er ein Wort, sprichst du zwei, äußert er eine Meinung, widerlege sie. Bringe ihn fortwährend aus dem Konzept, gib es ihm auf Schritt und Tritt...«

»Wozu?«

»Du verstehst es immer noch nicht! Dazu, mein Lieber, daß er zuerst vor Eifersucht und vor Ärger verrückt wird und dann erkaltet. Beides folgt bei ihm rasch aufeinander. Er ist eitel bis zur Torheit. Dann wird die Wohnung nicht nötig sein, das Kapital bleibt unangetastet. Die Geschäfte der Fabrik gehen weiter ihren Gang... Nun, verstehst du? Es ist schon das fünfte Mal, daß ich ihm diesen Streich spiele, früher, als ich noch ledig war und jünger, ein paarmal in eigener Person, und sonst schicke ich insgeheim einen Freund.«

»Aber wir kennen uns gar nicht«, wandte Alexander ein.

»Ebendeshalb führe ich dich am Mittwoch zu ihr. Mittwochs treffen sich einige ihrer alten Bekannten bei ihr.«

»Doch wenn sie Surkows Liebe erwidert, dann reizen meine Gefälligkeiten und meine Aufmerksamkeit nicht allein ihn. Das müssen Sie zugeben.«

»Ach, hör auf! Wenn eine ordentliche Frau merkt, daß einer ein Tor ist, dann gibt sie sich mit ihm nicht weiter ab, jedenfalls nicht vor Zeugen; ihre Eigenliebe läßt das nicht zu. Gleich ist ein anderer zur Stelle, der klüger und schöner ist. Sie schämt sich und läßt den Toren rasch fallen. Das ist es, wozu ich dich auserwählt habe.«

Alexander verbeugte sich.

»Surkow ist nicht gefährlich«, fuhr Alexanders Onkel fort. »Aber die Tafajewa empfängt sehr wenige Leute, so wird er in dem kleinen Kreis am Ende für einen Prachtkerl und für einen Löwen gehalten. Auf Frauen wirkt das Äußere. Er versteht es meisterhaft, jemand gefällig zu sein. Nun, so duldet man ihn. Sie kokettiert vielleicht mit ihm, und er bildet sich ein... Auch kluge Frauen haben es gern, wenn man ihretwegen Dummheiten macht, besonders wenn sie kostspielig sind. Nur lieben sie meistens nicht den, der die Dummheit begeht, sondern einen andern... Viele wollen das nicht begreifen, unter ihnen auch Surkow, so bringe du ihn zur Vernunft.«

»Aber Surkow wird sie wahrscheinlich nicht nur mittwochs besuchen. Mittwochs kann ich ihm hinderlich sein, aber was an den anderen Tagen?«

»Alles muß man dich erst lehren! Schmeichle du ihr, stell dich ein bißchen verliebt – schon nach dem zweiten Besuch wird sie dich nicht mehr für Mittwoch einladen, sondern für Donnerstag oder Freitag. Verdoppele deine Aufmerksamkeit, und dann werde ich sie etwas bereden, eine Bemerkung fallenlassen, als ob du tatsächlich und so... ›Sie hätte anscheinend... Soviel ich sähe... Eine so empfindsame, gewiß feinsinnige...‹ Auch sie ist nicht ohne Sympathie, denke ich, ist Herzensergüssen zugetan...«

227

»Wie wäre das möglich?« fragte Alexander bedenklich. »Wenn ich mich noch verlieben könnte, ja! Aber das kann ich nicht mehr, so wird auch der Erfolg ausbleiben.«

»Im Gegenteil, es wird gelingen. Wenn du dich verlieben würdest, könntest du dich nicht verstellen. Sie würde das sofort bemerken und euch beide zum Narren halten. Jetzt aber... Bringe mir nur den Surkow in Wut. Ich kenne ihn doch wie meine fünf Finger. Wenn er sieht, daß sein Weizen nicht blüht, wird er das Geld nicht umsonst verschwenden, und mehr brauche ich nicht. Hör, Alexander, das ist sehr wichtig für mich. Wenn du das tätest – entsinnst du dich der beiden Vasen in meiner Fabrik, die dir gefielen? Sie sind dein, nur die Sockel mußt du dir selber kaufen.«

»Ich bitte Sie, Onkelchen, meinen Sie wirklich, daß ich...«

»Warum solltest du dich umsonst bemühen und deine Zeit verlieren? Das wäre noch schöner! Nichts gibt es! Die Vasen sind hübsch. In unserer Zeit tut man nichts umsonst. Wenn ich einmal für dich etwas tue, so biete mir auch ein Geschenk an, ich werde es nehmen.«

»Seltsamer Auftrag!« bemerkte Alexander unschlüssig.

»Ich hoffe, du lehnst es nicht ab, ihn mir zu Gefallen auszuführen. Ich bin auch bereit, für dich zu tun, was ich kann. Wenn du Geld brauchst, wende dich an mich... Also am Mittwoch! Die Geschichte dauert einen Monat, wenn's hoch kommt zwei. Ich sage dir, wenn du dich nicht mehr zu mühen brauchst. Dann hörst du gleich auf.«

»Bitte sehr, Onkelchen, ich bin bereit. Es ist nur seltsam... Für den Erfolg lege ich meine Hand nicht ins Feuer... Wenn ich mich noch verlieben könnte, dann... Aber das kann ich nicht mehr...«

»Und es ist gut, daß du's nicht kannst, sonst würdest du die Sache verderben. Ich lege selber die Hand ins Feuer für den Erfolg. Leb wohl!«

Er ging. Alexander aber saß noch lange an seinem Kamin vor der geliebten Asche.

Als Pjotr Iwanytsch in seine Wohnung zurückkam, fragte ihn seine Frau: »Was macht Alexander, was seine Erzählung, schreibt er wieder etwas?«

»Nein, ich habe ihn für immer kuriert.«

Pjotr Iwanytsch erzählte ihr den Inhalt des Briefes, den er mit der Erzählung erhalten, und davon, wie sie alles verbrannt hatten.

»Du bist erbarmungslos, Pjotr Iwanytsch!« stellte Lisaweta Alexandrowna fest. »Oder du kannst nichts richtig machen, was du auch in die Hand nimmst.«

»Du aber hast recht getan, als du ihn nötigtest, Papier zu beschmieren! Hat er etwa Talent?«

»Nein.«

Verwundert sah Pjotr Iwanytsch sie an.

»Warum hast du denn dann...?«

»Hast du das noch nicht verstanden, noch nicht erraten?«

Er schwieg, und unwillkürlich kam ihm die Szene mit Alexander ins Gedächtnis zurück.

»Was gibt es da nicht zu verstehen? Das ist völlig klar!« sagte er und sah sie groß an.

»Was denn, sag?«

»Daß... daß... du ihm eine Lektion erteilen wolltest..., nur anders, schonender, auf deine Art...«

»Er versteht's nicht und ist doch ein kluger Mann! Warum war er die ganze Zeit über fröhlich, gesund, fast glücklich? Weil er hoffte. Und ich habe die Hoffnung genährt. Nun, ist es jetzt klar?«

»So hast du ihn absichtlich irregeführt?«

»Ich denke, das ist erlaubt. Aber was hast du getan? Du hast gar kein Erbarmen mit ihm, hast ihm die letzte Hoffnung genommen.«

»Hör auf! Wieso letzte Hoffnung: er wird noch viele Dummheiten machen.«

»Was wird er jetzt tun? Wird er wieder den Kopf hängen lassen?«

»Nein, das wird er nicht, dazu kommt's nicht; ich hab ihm eine Arbeit gegeben.«

»Was, wieder eine Übersetzung über Kartoffeln? Kann das vielleicht einen jungen Mann fesseln, und noch dazu einen feurigen, begeisterungsfähigen Mann? Bei dir braucht nur der Kopf beschäftigt zu sein.«

»Nein, meine Liebe, nichts über Kartoffeln, sondern etwas für die Fabrik.«

III

Der Mittwoch kam. Im Salon Julija Pawlownas hatten sich zwölf oder fünfzehn Gäste versammelt. Vier junge Damen, zwei bärtige Ausländer, Bekannte der Hausfrau von jenseits der Grenzen, und ein Offizier bildeten den einen Kreis.

Abseits von ihnen saß in einem Lehnstuhl ein alter Herr, anscheinend ein abgedankter Offizier, mit zwei Büscheln grauer Haare unter der Nase und einer Menge Bändchen im Knopfloch. Er unterhielt sich mit einem bejahrten Herrn über die demnächst zu zahlenden Pachten.

Im Nebenzimmer spielten zwei Herren mit einer alten Dame Karten. Am Klavier saß ein sehr junges Mädchen, ein anderes plauderte daneben mit einem Studenten.

Die Adujews erschienen. Wenige verstanden es, so ungezwungen und würdevoll einen Salon zu betreten wie Pjotr Iwanytsch. Alexander folgte ihm mit einer gewissen Unschlüssigkeit.

Welcher Unterschied zwischen den beiden: Der eine einen ganzen Kopf größer, wohlgestaltet, stark, ein Mann von kräftiger, gesunder Natur, Selbstvertrauen in den Augen und im Gebaren. Aus keinem Blick, keiner Bewegung, keinem Wort ließen sich die Gedanken oder der Charakter Pjotr Iwanytschs erraten, alles war verborgen unter weltmännischer Art und durch die Kunst, sich zu beherrschen. Jede Gebärde und jeder Blick schienen bei ihm wohlüberlegt. Sein blasses, leidenschaftsloses Gesicht zeigte, daß bei diesem Mann das despotische Regiment des Verstandes den Leidenschaften kaum Spielraum ließ, daß bei ihm der Kopf entschied, ob das Herz schneller schlug oder nicht.

Bei Alexander dagegen deutete alles auf eine schwächliche und zarte Veranlagung hin, der unbeständige Ausdruck seines Gesichts, eine gewisse Trägheit oder Langsamkeit und

230

Unausgeglichenheit in den Bewegungen, der matte Blick, der gleich verriet, welche Empfindung sein Herz beunruhigte oder welcher Gedanke sich im Kopf regte. Er war von mittlerer Größe, mager und blaß – blaß nicht von Natur wie Pjotr Iwanytsch, sondern vom ununterbrochenen Aufruhr seines Gemüts. Sein helles, schön schimmerndes Haar wuchs nicht wie bei jenem als dichter Wald auf dem Kopf und den Wangen, sondern fiel in langen, dünnen, überaus weichen, seidigen Strähnen über Schläfen und Nacken.

Der Onkel stellte den Neffen vor.

»Und mein Freund Surkow ist nicht da?« fragte er, indem er sich verwundert umsah. »Er hat Sie vergessen.«

»O nein! Ich bin ihm sehr zu Dank verbunden«, erwiderte die Hausherrin. »Er besucht mich häufig. Sie wissen, ich empfange fast niemand außer den Bekannten meines verstorbenen Mannes.«

»Aber wo ist er denn?«

»Er wird gleich kommen. Denken Sie, er gab sein Wort, meiner Kusine und mir für das morgige Schauspiel eine Loge zu beschaffen, obwohl man sagt, das sei völlig unmöglich... Er ist deshalb fortgefahren.«

»Er wird sie beschaffen; ich bürge für ihn. Er ist ein Genie in solchen Dingen. Er verschafft mir immer eine, wenn keine Bekanntschaft, keine Protektion helfen. Woher er sie nimmt und zu welchem Preis, das ist sein Geheimnis.«

Auch Surkow erschien. Er hatte frisch Toilette gemacht, und in jeder Falte, jeder Kleinigkeit seines Anzugs zeigte sich deutlich der Anspruch, der Löwe zu sein, jeden Modenarren zu übertreffen und die Mode selber. Verlangte zum Beispiel die Mode zurückgeschlagene Schöße am Frack, dann standen seine Schöße so weit ab, daß sie den gespreizten Flügeln eines Vogels glichen. Trug man Stehkragen, so bestellte er sich einen, daß er im Frack wie ein Spitzbube aussah, den man von hinten gepackt hat und der sich losreißen will. Er wies den Schneider persönlich an, wie er nähen sollte. Als er diesmal zur Tafajewa kam, war die Schärpe an seinem Hemd mit einer Nadel von solch unermeßlicher Größe befestigt, daß sie einem Knüppel glich.

»Nun, haben Sie eine bekommen?« ertönte es von allen Seiten.

Als Surkow gerade antworten wollte, erblickte er Pjotr Iwanytsch und seinen Neffen, hielt inne und sah sie verwundert an.

»Er ahnt etwas!« flüsterte Pjotr Iwanytsch seinem Neffen zu. »Bah! Doch er hat den Stock bei sich. Was mag das bedeuten?«

»Was soll das?« fragte er Surkow, auf den Stock zeigend.

»Kürzlich, beim Aussteigen aus dem Wagen... bin ich fehlgetreten, und nun hinke ich ein wenig«, antwortete jener hüstelnd.

»Unsinn!« flüsterte Pjotr Iwanytsch wieder Alexander zu. »Sieh dir den Knauf an dem Stock an: Siehst du den goldenen Löwenkopf? Vorgestern hat er vor mir geprahlt, er habe beim Barbier dafür sechshundert Rubel gezahlt, und nun führt er ihn vor. Da hast du ein Pröbchen der Mittel, mit denen er wirkt. Schlag dich mit ihm und vertreibe ihn aus der Stellung.«

Pjotr Iwanytsch wies aus dem Fenster auf das gegenüberliegende Haus.

»Denke daran, daß die Vasen dein sind, und faß dir ein Herz«, fügte er hinzu.

»Haben Sie eine Karte für das morgige Schauspiel?« fragte Surkow die Tafajewa, indem er triumphierend zu ihr trat.

»Nein.«

»*Gestatten Sie, daß ich Ihnen die überreiche!*« fuhr er fort und sagte die ganze Antwort Sagorezkis aus ›*Verstand schafft Leiden*‹ auf.

Der Schnurrbart des Offiziers bewegte sich leicht unter einem Lächeln. Pjotr Iwanytsch sah seinen Neffen von der Seite an, und Julija Pawlowna wurde rot. Sie lud Pjotr Iwanytsch in die Loge ein.

»Ich bin Ihnen sehr verbunden«, erwiderte er, »doch habe ich morgen im Theater Dienst bei meiner Frau. Aber gestatten Sie, daß ich Ihnen an meiner Statt diesen jungen Mann vorschlage...«

Er zeigte auf Alexander.

»Ich wollte auch ihn einladen; wir sind nur drei: meine Kusine und ich und...«

»Er wird mich ersetzen«, sagte Pjotr Iwanytsch, »und diesen Schlingel notfalls auch.«

Er wies auf Surkow und redete leise auf sie ein. Sie sah dabei Alexander zweimal verstohlen an und lächelte.

»Danke sehr«, erwiderte Surkow. »Doch wäre es nicht übel gewesen, diesen Ersatz vorzuschlagen, als noch keine Karte da war. Da hätte ich sehen mögen, wie Sie mich ersetzten.«

»Ach, ich bin Ihnen sehr dankbar für Ihre Liebenswürdigkeit«, sagte die Hausherrin lebhaft zu Surkow. »Ich habe Sie nur nicht in die Loge geladen, weil Sie einen Sperrsitz haben. Sie ziehen es wahrscheinlich vor, unmittelbar vor der Bühne zu sitzen... besonders beim Ballett...«

»Nein, nein, Sie sind arglistig. Denken Sie das nicht; den Platz neben Ihnen vertauschen – um nichts in der Welt!«

»Aber er ist schon vergeben...«

»Wie? An wen?«

»An Monsieur René.«

Sie zeigte auf einen der bärtigen Fremden.

»Oui, Madame m'a fait cet honneur...«, plapperte jener lebhaft.

Surkow sah ihn, dann die Tafajewa an, den Mund aufgerissen.

»Ich tausche mit ihm; ich biete ihm den Sperrsitz an«, sagte er.

»Versuchen Sie es.«

Der Bärtige wehrte mit Händen und Füßen ab.

»Ich danke Ihnen ergebenst!« wandte sich Surkow an Pjotr Iwanytsch und sah Alexander scheel an. »Das ist Ihr Werk.«

»Nichts zu danken. Willst du nicht in meine Loge kommen? Ich bin allein mit meiner Frau; ihr habt euch doch lange nicht gesehen, könntest ihr mal wieder den Hof machen.«

Verärgert wandte Surkow sich ab. Pjotr Iwanytsch verschwand unauffällig. Julija bat Alexander auf den Platz neben sich und unterhielt sich eine volle Stunde mit ihm. Surkow mischte sich ein paarmal ins Gespräch, aber immer ungele-

233

gen. Er sagte etwas vom Ballett und erhielt ein *Ja* zur Antwort, wenn es *nein* hätte heißen müssen, und umgekehrt. Es war klar, daß man nicht auf ihn hörte. Dann sprang er plötzlich auf Austern über, versicherte, er habe am Morgen hundertundachtzig Stück verzehrt – und empfing nicht einmal einen Blick dafür. Er gab noch einige Gemeinplätze von sich, dann sah er die Sinnlosigkeit ein, nahm seinen Hut und schwänzelte um Julija herum, um ihr zu erkennen zu geben, daß er unzufrieden sei und sich zum Gehen anschicke. Aber sie bemerkte es nicht.

»Ich gehe!« erklärte er endlich mit Nachdruck. »Leben Sie wohl!«

Aus diesen Worten klang schlechtverhehlter Ärger.

»Schon?« fragte Sie ruhig. »Morgen lassen Sie sich doch wenigstens für einen Moment in meiner Loge sehen?«

»O Arglist! Einen Moment, da Sie wissen, daß ich für den Platz neben Ihnen einen Platz im Paradies ausschlagen würde.«

»Wenn's ein Theaterparadies wäre, dann glaube ich Ihnen!«

Er hatte noch keine Lust zu gehen. Sein Ärger war verflogen vor dem freundlichen Wort, das Julija ihm zum Abschied hingeworfen. Aber alle hatten gesehen, daß er sich verabschiedet hatte: wider Willen mußte er gehen, doch im Gehen sah er sich um wie ein Hündchen, das seinem Herrn folgen wollte, aber zurückgejagt wurde.

Julija Pawlowna war dreiundzwanzig oder vierundzwanzig Jahre alt. Pjotr Iwanytsch hatte richtig geraten: sie hatte tatsächlich schwache Nerven, was sie jedoch nicht hinderte, zugleich eine sehr hübsche, graziöse und kluge Frau zu sein. Sie war nur scheu, verträumt, empfindsam wie die meisten nervösen Frauen. Ihr Antlitz war zart und fein, ihr Blick sanft und stets versonnen, oft traurig – scheinbar grundlos, aber es waren wohl die Nerven.

Sie hatte von der Welt und vom Leben keine günstige Meinung, machte sich Gedanken über die Probleme ihres Daseins und fand, sie sei hier überflüssig. Doch Gott verhüte, daß man in ihrer Gegenwart, und sei es auch nur nebenbei, vom Grabe oder vom Tod sprach – dann wurde sie bleich. Die lichte Seite des Lebens entzog sich ihrem Blick. Für Spaziergänge im Garten und Hain wählte sie die dunkle, dichte Allee und schaute gleichgültig auf die lachende Landschaft. Im Theater sah sie sich Tragödien an, selten eine Komödie, ein Vaudeville niemals. Sie hielt sich die Ohren zu, wenn die Klänge eines fröhlichen Liedes zu ihr drangen, und lächelte nie über Späße.

Manchmal spiegelte ihr Gesicht eine Qual wider, die jedoch keinem Leiden, keiner Krankheit entsprang, sondern die Wonne für sie war. Man sah, sie kämpfte gegen einen verlockenden Traum und konnte nicht Herr über ihn werden. Nach solchem Kampf blieb sie für lange Zeit schweigsam, traurig, verfiel dann plötzlich ohne ersichtlichen Grund in fröhliche Stimmung, ohne jedoch ihr Wesen zu ändern; was sie belustigte, hätte andere nicht lustig gestimmt. Alles die Nerven! Und wenn man solchen Damen zuhörte, was sie dann alles erzählten! Die Worte *Schicksal, Sympathie, unwiderstehliche Neigung, unerklärliche Schwermut, dunkles Verlangen* flossen nur so von ihren Lippen, und es endete stets mit einem Seufzer, mit dem Wort ›Nerven‹ und mit einem Riechfläschchen.

»Wie Sie mich verstehen!« sagte die Tafajewa zu Alexander beim Abschied. »Von den Männern hat noch keiner, nicht einmal mein eigener Mann, meine Art richtig verstanden.«

Die Sache lag aber so, daß Alexander ähnlich wie sie beschaffen war. Das war eine Lust für ihn!

»Auf Wiedersehen!«

Sie reichte ihm die Hand.

»Ich hoffe, daß Sie jetzt auch ohne Onkel den Weg zu mir finden?« fügte sie hinzu.

Der Winter kam. Alexander pflegte freitags bei seinem Onkel zu speisen. Schon vier Freitage waren vergangen, er zeigte sich nicht und kam auch an keinem anderen Tag. Lisaweta Alexandrowna ärgerte sich, Pjotr Iwanytsch brummte, weil er genötigt war, eine halbe Stunde vergebens auf ihn zu warten.

Indessen war Alexander nicht untätig: er erfüllte den Auftrag des Onkels. Surkow kam schon lange nicht mehr zur Tafajewa und erklärte überall, zwischen ihnen sei alles aus, er habe *die Bande zerrissen.* Als Alexander eines Abends nach Hause kam – Donnerstag war es –, fand er auf dem Tisch zwei Vasen und einen Brief von seinem Onkel. Pjotr Iwanytsch dankte ihm für den freundschaftlichen Eifer und lud ihn für den nächsten Tag der Gewohnheit gemäß zum Essen ein. Alexander überlegte, die Einladung störte offenbar seine Pläne. Doch ging er am nächsten Tag eine Stunde vor dem Essen zu Pjotr Iwanytsch.

»Was ist mit dir? Du läßt dich überhaupt nicht mehr sehen? Haben Sie uns vergessen?« überschütteten ihn Onkel und Tante mit Fragen.

»Na, hast mir einen Dienst erwiesen«, fuhr Pjotr Iwanytsch fort, »über alles Erwarten! Und da tat er so bescheiden: ›Ich kann nicht‹, hat er gesagt, ›ich verstehe es nicht!‹ Verstehe es nicht! Ich wollte schon längst mit dir sprechen, aber man wird deiner nicht habhaft. Nun, ich bin dir sehr dankbar! Hast du die Vasen heil erhalten?«

»Ja, aber ich schicke sie Ihnen zurück.«

»Warum? Nein, nein, sie gehören mit vollem Recht dir.«

»Nein«, lehnte Alexander entschieden ab, »ich nehme das Geschenk nicht an.«

»Nun, wie du willst! Meiner Frau gefallen sie; sie nimmt sie.«

»Ich habe gar nicht gewußt, Alexander«, sagte Lisaweta Alexandrowna, verschmitzt lächelnd, »daß Sie so geschickt sind in solchen Dingen... Sie haben mir kein Wort davon...«

»Das hat sich Onkelchen ausgedacht«, antwortete Alexander verlegen. »Ich habe so gut wie nichts getan, er hat mich alles gelehrt...«

»Ja, ja, hör nur: Er selbst versteht nichts. Und hat das Geschäftchen so ausgeklügelt... Bin dir sehr, sehr dankbar! Und der Dummkopf, mein Surkow, hat fast den Verstand verloren. Er hat mich lachen gemacht. Vor zwei Wochen stürzte er ganz außer sich zu mir herein. Ich wußte sofort, warum, ließ es mir aber nicht merken, schrieb, als ob ich nichts wisse. ›Ah, du bist es‹, sag ich. ›Was hast du mir Gutes zu berichten?‹ Er lächelte, wollte sich ruhig geben, doch hatte er Tränen in den Augen. ›Nichts Gutes‹, sagte er. ›Ich komme mit schlechter Nachricht.‹ Ich sah ihn wie verwundert an. ›Was ist denn?‹ frag ich. ›Über Ihren Neffen nämlich‹, sagt er. ›Ei, was denn? Du erschreckst mich, sprich schnell!‹ bitte ich. Da ist es um seine Ruhe geschehen. Er fängt an zu schreien, zu toben. Ich wich mitsamt dem Sessel zurück, sagen konnte ich nichts: er sprühte nur so. ›Sie haben sich selber beklagt‹, sagt er, ›daß er zu wenig arbeitet, doch verleiten Sie ihn ja zur Untätigkeit.‹ ›Ich?‹ – ›Ja, Sie. Wer hat ihn denn mit Julija bekannt gemacht?‹ Du mußt wissen, daß er, schon vom zweiten Tag der Bekanntschaft mit einer Frau an, sie beim Vornamen nennt. ›Was ist dabei Schlimmes?‹ frag ich. ›Schlimm ist‹, sagt er, ›daß er jetzt von früh bis spät bei ihr sitzt...‹«

Alexander errötete.

»Da siehst du, wie er vor Bosheit lügt, dachte ich«, fuhr Pjotr Iwanytsch fort, seinen Neffen beobachtend. »Wie wird Alexander von früh bis spät bei ihr sitzen! Darum bat ich ihn nicht. Nicht wahr?«

Pjotr Iwanytsch heftete seinen kalten, ruhigen Blick auf den Neffen, der sich wie von Feuer gebrannt fühlte.

»Ja... ich gehe... manchmal hin...«, murmelte Alexander.

»Manchmal – das ist ein Unterschied«, sprach sein Onkel weiter. »Darum hab ich dich gebeten, aber nicht jeden Tag. Ich wußte, er lügt. Was solltest du jeden Tag dort? Würdest vor Langeweile vergehen!«

»Nein, sie ist eine kluge Frau, fabelhaft gebildet, liebt die Musik...«, stotterte Alexander undeutlich und rieb sich die Augen, obwohl sie nicht juckten, strich sich über die linke Schläfe, zog dann sein Taschentuch hervor und wischte sich über den Mund.

Lisaweta Alexandrowna sah ihn verstohlen aufmerksam an und wandte sich dann lächelnd zum Fenster.

»Ah! Nun, um so besser«, sagte Pjotr Iwanytsch, »wenn es dir nicht langweilig war. Ich fürchtete immer, daß ich dir eine unangenehme Mühsal auflud. Ich sage also zu Surkow: ›Danke, mein Lieber, daß du an meinem Neffen Anteil nimmst. Ich bin dir sehr, sehr dankbar. Aber übertreibst du die Sache nicht? Das Unglück ist doch gar nicht so groß...‹ – ›Wieso nicht?‹ schrie er. ›Er geht seiner Pflicht nicht nach‹, sagt er, ›ein junger Mann muß arbeiten...‹ – ›Auch das ist kein Unglück‹, sag ich. ›Was kümmert es dich!‹ – ›Was es mich kümmert?‹ sagt er. ›Er hat sich's einfallen lassen, gegen mich zu intrigieren...‹ – ›Ach, darum geht es!‹ foppe ich ihn. ›Er bläst Julija der Teufel weiß was über mich ein. Sie ist mir gegenüber völlig verändert. Ich lehre ihn Mores, den Milchbart‹ – entschuldige, ich wiederhole nur seine Worte –, ›worin kann er sich mit mir messen?‹ sagt er. ›Er hat es nur durch Verleumdung erreicht. Ich hoffe, Sie bringen ihn zur Vernunft...‹ – ›Ich wasche ihm den Kopf‹, sage ich, ›unbedingt! Nur ist das auch alles wahr? Womit hat er dich so verärgert?‹ Du hast ihr Blumen geschenkt, nicht wahr?« Pjotr Iwanytsch hielt wieder inne, als erwarte er eine Antwort. Alexander schwieg jedoch. Pjotr Iwanytsch fuhr fort: »›Wie?‹ sagt er, ›es soll nicht wahr sein? Warum bringt er ihr jeden Tag Blumen? Jetzt ist Winter‹, sagt er. ›Was das kostet! Ich weiß‹, sagt er, ›was die Sträuße bedeuten.‹ Das ist mein Fleisch und mein Blut, dachte ich. Nein, ich sehe, Verwandtschaft ist kein leerer Wahn! Würdest du dich für einen Fremden so plagen? ›Tatsächlich jeden Tag?‹ zweifle ich. ›Warte, ich frage ihn, du lügst mir vielleicht etwas vor.‹ Und er hat gewiß gelogen! Ja? Es kann nicht sein, daß du...«

Alexander wäre am liebsten in die Erde versunken. Aber Pjotr Iwanytsch sah ihm schonungslos gerade in die Augen und wartete auf eine Antwort.

»Manchmal... hab ich ihr tatsächlich... welche gebracht...«, gestand Alexander, die Augen niedergeschlagen.

»Wiederum manchmal, nicht jeden Tag. Das wäre tatsächlich zu kostspielig. Sage mir übrigens, was dich alles kostet; ich will nicht, daß du um meinetwillen dein Geld hinauswirfst. Genug, daß du die Mühe hast. Stell mir eine

Rechnung aus. Nun, Surkow schwatzte in seiner Wut noch lange dummes Zeug. ›Immer gehen oder fahren sie zusammen spazieren‹, sagt er, ›da, wo wenig Leute sind.‹«

Bei diesen Worten krümmte sich Alexander zusammen. Er streckte die Beine unter dem Stuhl vor und zog sie dann schnell wieder an sich.

»Ich schüttelte zweifelnd den Kopf«, erzählte sein Onkel weiter. »›Wie wird er tagtäglich spazierengehen!‹ sag ich. ›Fragen Sie die Leute‹, sagt er. ›Ich will ihn lieber selber fragen‹, sag ich. Es ist doch nicht wahr?«

»Ich bin tatsächlich ... einige Male ... mit ihr spazierengegangen ...« – »Also nicht jeden Tag; darum bat ich dich nicht. Ich wußte, er lügt. ›Nun‹, sag ich zu ihm, ›was ist schon dabei? Sie ist Witwe, hat keinen Mann unter ihren Verwandten, Alexander hält sich zurück, ist nicht so ein Galgenstrick wie du. So nimmt sie ihn mit; sie kann doch nicht allein ausgehen.‹ Er will nichts hören. ›Nein‹, sagt er, ›mich führen Sie nicht hinters Licht! Ich weiß Bescheid. Immer mit ihr im Theater, ich besorge auch noch die Loge‹, sagt er, ›unter Gott weiß welchen Schwierigkeiten bisweilen, und er läßt sich darin nieder.‹ Da hielt ich es nicht mehr aus und lachte laut los. Das geschieht dir ganz recht, du Tölpel, denk ich! Ei, der Alexander, das ist ein Neffe! Mir ist nur peinlich, daß du meinetwegen so viel Mühe hast.«

Alexander befand sich wie auf der Folter. Große Schweißtropfen rollten von seiner Stirn. Er hörte kaum, was sein Onkel sprach, und wagte nicht, ihn und die Tante anzusehen.

Lisaweta Alexandrowna erbarmte sich seiner. Sie schüttelte vorwurfsvoll den Kopf, ihrem Manne bedeutend, daß er seinen Neffen quäle. Aber Pjotr Iwanytsch ließ nicht locker.

»Surkow fiel es in seiner Eifersucht ein«, fuhr er fort, »mir zu versichern, daß du bis über die Ohren in die Tafajewa verliebt seist. ›Nein, entschuldige‹, sag ich zu ihm, ›doch das ist bestimmt nicht wahr. Nach allem, was ihm widerfuhr, verliebt er sich nicht mehr. Er kennt die Frauen zu gut und verachtet sie ...‹ Nicht wahr?«

Alexander nickte, ohne den Blick zu heben.

Lisaweta Alexandrowna litt mit ihm.

»Pjotr Iwanytsch!« fiel sie ein, um das Thema zu wechseln.

»Ja, was ist?«

»Vorhin kam ein Diener mit einem Brief von Lukjanows.«

»Ich weiß, es ist gut. Wo war ich stehengeblieben?«

»Pjotr Iwanytsch, du hast wieder die Asche auf meine Blumen gestäubt. Sieh her, was ist das?«

»Macht nichts, meine Liebe. Man sagt, Asche fördert das Wachstum ... Ich wollte sagen ...«

»Ist es nicht Zeit zu essen, Pjotr Iwanytsch?«

»Gut, laß auftragen! Da hast du mich zur rechten Zeit ans Essen erinnert. Surkow sagt, daß du, Alexander, fast jeden Mittag dort ißt, daß du deshalb freitags nicht mehr zu uns kommst, sagt er, daß ihr ganze Tage zusammen verbringt ... Der Teufel weiß, was er da log. Ich hatte es schließlich satt und jagte ihn hinaus. Es ist ja erwiesen, daß er log. Heute ist Freitag, und du bist zur Stelle!«

Alexander schlug ein Bein über das andere und neigte den Kopf auf die linke Schulter.

»Ich bin dir ganz außerordentlich dankbar. Das war der Dienst eines Freundes und eines Verwandten zugleich!« schloß Pjotr Iwanytsch. »Surkow hat sich überzeugt, daß für ihn nichts zu holen ist, und hat sich zurückgezogen. ›Sie bildet sich ein‹, sagt er, ›daß ich nach ihr seufze – sie irrt sich! Und ich wollte mir eine Etage ihren Fenstern gegenüber einrichten und Gott weiß, was ich für Absichten hatte. Sie ließ sich vielleicht gar nicht träumen, welch ein Glück ihr bevorstand‹, sagt er. ›Ich war nicht abgeneigt, sie zu heiraten‹, sagt er, ›wenn sie verstanden hätte, mich an sich zu fesseln. Jetzt ist alles vorbei. Ihr Rat war gut, Pjotr Iwanytsch‹, sagt er. ›Ich spare mein Geld und meine Zeit!‹ Und jetzt spielt der gute Junge den Byron, geht mit düsterer Miene umher, verlangt aber kein Geld. Und ich sage mit ihm: Es ist alles vorbei! Deine Arbeit ist getan, Alexander, und meisterhaft! Ich bin für lange Zeit beruhigt. Bemühe dich nicht mehr. Du brauchst bei ihr gar nicht mehr vorzusprechen; ich kann mir vorstellen, wie langweilig es dort für dich ist! Verzeih mir bitte. Ich mache das irgendwie gut. Wenn du Geld brauchst, wende dich an mich. Lisa! Laß einen guten Wein zum Essen auftragen, wir trinken ihn auf den Erfolg der Sache.«

Pjotr Iwanytsch ging aus dem Zimmer. Lisaweta Alexandrowna sah ein paarmal verstohlen auf Alexander, und da er kein Wort sprach, ging auch sie hinaus, um den Leuten einen Befehl zu erteilen.

Alexander saß selbstvergessen da und starrte unverwandt auf die Knie. Endlich hob er den Kopf, blickte sich um – niemand im Zimmer. Er holte tief Atem, sah auf die Uhr – es war vier. Eilig nahm er seinen Hut, winkte nach der Seite ab, nach der sein Onkel verschwunden war, und stahl sich dann auf Zehenspitzen, nach allen Seiten spähend, bis in den Vorraum, nahm dort seinen Mantel über den Arm, stürzte Hals über Kopf die Treppe hinab und fuhr zur Tafajewa.

Surkow hatte nicht gelogen: Alexander liebte Julija. Die ersten Zeichen dieser Liebe nahm er fast mit Schrecken wahr wie die einer Krankheit. Furcht und Scham quälten ihn, Furcht, wieder allen Launen seines und eines fremden Herzens unterworfen zu sein, Scham vor den andern, am meisten vor seinem Onkel. Er hätte viel darum gegeben, wenn er es vor ihm hätte geheimhalten können. Erst unlängst, vor drei Monaten, hatte er der Liebe so stolz und entschlossen entsagt, auf dieses unruhevolle Gefühl einen Grabgesang geschrieben, den sein Onkel gelesen, hatte die Frauen offenkundig verachtet – und plötzlich lag er wieder zu Füßen einer Frau! Ein neuer Beweis kindischer Voreiligkeit. Mein Gott! Wann würde er sich von dem schier unbezwingbaren Einfluß des Onkels befreien? Nahm sein Leben tatsächlich nie eine eigene, unerwartete Wendung, sollte es ewig nach den Voraussagen Pjotr Iwanytschs verlaufen?

Der Gedanke brachte ihn zur Verzweiflung. Er wäre gern vor der neuen Liebe geflohen. Aber wie konnte er? Welcher Unterschied zwischen seiner Liebe zu Nadenka und der zu Julija! Die erste Liebe war nichts als ein unglücklicher Irrtum seines Herzens gewesen, das nach Nahrung verlangte. Doch war das Herz in jenen Jahren so gar nicht wählerisch. Es nahm das erste, was sich ihm bot. Julija aber! Das war kein launisches junges Ding, das weder ihn noch sich selber noch die Liebe verstand. Sie war eine Frau in voller Blüte, schwach an Körper, aber mit Tatkraft des Geistes – Tatkraft für die Liebe! Sie war ganz Liebe. Eine andere Grundlage für das Glück und das Leben erkannte sie nicht an. Zu lieben sei eine Kleinigkeit? Es war eine Gabe, und Julija war ein Genie darin. Das war die Liebe, von der er geträumt, eine ihrer selbst bewußte, verständige, aber zugleich starke Liebe, die nichts kennt außerhalb ihrer Sphäre.

»Ich bin vor Freude nicht außer Atem wie ein Tier«, sagte er sich, »mir vergehen nicht die Sinne, aber ein Prozeß vollzieht sich in mir, der wichtiger und erhabener ist. Ich erkenne mein Glück, begrüße es, und es ist vollkommen, wenn auch vielleicht ruhiger...« Wie edelmütig, unverstellt, ganz ohne Ziererei ergab sich Julija ihrem Gefühl! Es schien, als hätte sie auf einen Menschen mit tiefem Verständnis für die Liebe gewartet, und dieser Mensch war erschienen. Als rechtmäßiger Machthaber übernahm er stolz die Herrschaft über den ererbten Besitz und wurde in Ergebenheit anerkannt. ›Welche Freude, welche Seligkeit‹, dachte Alexander, als er von seinem Onkel zu ihr fuhr, zu wissen, daß es ein Wesen auf der Welt gibt, das, wo es auch war und was es auch tat, seiner gedachte, das all sein Denken, Tun und Trachten, alles auf einen Punkt, auf eine Vorstellung konzentrierte, auf den Geliebten! ›Es ist, als seien wir Doppelgänger.‹ Was der eine auch hört, was er sieht, woran er vorübergeht oder was an ihm vorbeigeht, alles mißt er an dem Eindruck, den es auf den andern, auf seinen Doppelgänger, macht. Beide kennen diesen Eindruck, beide haben einander studiert. Und dann prägt sich der so verglichene Eindruck den Herzen unauslöschlich ein. Der Doppelgänger versagt sich Empfindungen, die der andere nicht teilen oder nicht übernehmen kann. Er liebt, was der andere liebt, und haßt, was der andere haßt. Sie leben unzertrennlich in einem Gedanken, in einem Gefühl. Sie haben ein geistiges Auge, ein Gehör, einen Verstand, eine Seele...

»Herr, wohin in der Litejnaja-Straße?« fragte der Kutscher.

Julija liebte Alexander noch mehr als er sie. Sie hatte die ganze Kraft ihrer Liebe noch gar nicht erkannt und dachte auch nicht darüber nach. Sie liebte zum ersten Mal – das wäre nicht schlimm gewesen, man kann nicht gleich zum zweiten Mal lieben. Schlimm aber war, daß ihr Gefühl, von Romanen beeinflußt, aufs äußerste entwickelt war und vorbereitet auf eine Liebe, die nicht zart war wie die erste, sondern romanhaft, wie sie im Leben nicht vorkommt, und die, weil sie wirklich unmöglich ist, immer unglücklich ausgeht. Julijas Verstand indessen empfing vom ausschließlichen Lesen von Romanen eine ungesunde Nahrung und blieb hinter ihrem Gefühl zurück. Sie konnte sich eine stille, einfache Liebe ohne stürmische Äußerungen und ohne maßlose Zärtlichkeit gar nicht vorstellen. Ihre Liebe zu einem Mann wäre sofort erloschen, wenn er *ihr nicht zu Füßen fiel*, sobald sich Gelegenheit bot, wenn er sich ihr nicht *mit allen Kräften seiner Seele verschwor*, wenn er sich erdreistet hätte, *sie in seinen Umarmungen nicht zu verbrennen und in Asche zu verwandeln*, wenn er es gewagt hätte, sich mit anderem außer mit Liebe die Zeit zu vertreiben, und wenn er *den Becher des Lebens* anders als in Tropfen aus ihren Tränen und Küssen getrunken hätte.

Daher rührte die Verträumtheit, in der sie sich eine eigene Welt schuf. Wenn irgend etwas in der gewöhnlichen Welt sich nicht nach den Gesetzen ihrer eigenen Welt vollzog, so geriet ihr Herz in Erregung, sie litt. Der ohnedies schwache Körper der Frau war einer Erschütterung ausgesetzt, die manchmal ziemlich heftig war. Die häufigen Aufregungen reizten die Nerven und zerrütteten sie endlich völlig. Daher die Gedankenverlorenheit vieler Frauen und die grundlose Traurigkeit, die trübe Ansicht vom Leben. Daher erscheint ihnen die harmonische, weise erschaffene und nach unwandelbaren Gesetzen sich vollendende Ordnung des menschlichen Daseins als schwere Kette. Kurz, daher schreckt die Wirklichkeit sie und nötigt sie, eine Welt aufzubauen, die einer Fata Morgana gleichkommt.

Wer hatte sich denn bemüht, Julijas Gefühl zu erziehen, vorzeitig und verkehrt und ihren Verstand sich selbst überlassend? Wer? Nun, jenes klassische Triumvirat von Pädagogen, die auf den Ruf der Eltern erscheinen, um den jugendlichen Verstand in ihre Obhut zu nehmen, ihm *das Wirken und die Ursache* aller Dinge entdecken, den Vorhang von der Vergangenheit reißen und zeigen, was unter uns, über uns, was in uns selbst ist – ein schwieriges Amt! Für dieses wichtige Unternehmen rief man auch drei Nationen herbei. Die Eltern traten von der Erziehung zurück in der Meinung, alle ihre Sorgen hätten ein Ende, wenn sie, sich auf den Rat guter Freunde verlassend, den Franzosen Poulé engagierten für den Unterricht in französischer Literatur und in anderen Wissenszweigen, ferner den Deutschen Schmidt, weil es einmal üblich war, Deutsch zu lernen, auch wenn man es niemals erlernte, endlich den russischen Lehrer Iwan Iwanytsch.

»Doch sie sind alle ungekämmt«, sagte die Mutter, »immer so häßlich gekleidet, sehen schlimmer aus als ein Lakai. Manchmal riechen sie nach Wein ...«

»Wie soll man ohne russischen Lehrer auskommen? Das geht nicht«, entschied der Vater. »Sorge dich nicht, ich suche selber einen möglichst sauberen aus.«

So ging der Franzose ans Werk. Vater wie Mutter umhegten ihn. Man lud ihn zu Tisch wie einen Gast, behandelte ihn sehr ehrerbietig; es war ein teurer Franzose.

Er hatte es leicht, Julija zu unterrichten. Dank ihrer Gouvernante plauderte sie französisch, las und schrieb es fast fehlerlos. Monsieur Poulé blieb nur, sie mit Aufsätzen zu beschäftigen. Er stellte ihr verschiedene Themen: den Sonnenaufgang beschreiben, Liebe und Freundschaft zu definieren, einen Glückwunsch an die Eltern aufsetzen oder ihren Schmerz über die Trennung von einer Freundin ergießen.

Aber Julija sah von ihrem Fenster aus nur, wie hinter dem Haus des Kaufmanns Girin die Sonne unterging, von Freundinnen brauchte sie sich niemals zu trennen, und Freundschaft und Liebe ... Da tauchte in ihr zum ersten Mal eine Vorstellung von diesen Gefühlen auf. Einmal mußte man von ihnen erfahren.

Als der Vorrat an solchen Themen erschöpft war, entschloß sich Poulé, an das geheiligte dünne Heftchen heranzugehen, auf dessen Titelblatt mit großen Buchstaben steht: ›Cours de littérature française‹. Wer erinnert sich nicht dieses Heftes? Nach zwei Monaten kannte Julija die französische Literatur, das heißt das dünne Heftchen auswendig, und nach drei Monaten hatte sie es wieder vergessen. Aber verhängnisvolle Spuren blieben zurück. Sie wußte, daß es einen Voltaire gegeben und hing ihm manchmal die ›Märtyrer‹ auf. Chateaubriand schrieb sie das ›Dictionnaire philosophique‹ zu. Montaigne nannte sie Monsieur de Montaigne und erwähnte ihn manchmal vereint mit Hugo. Von Molière sagte sie, er *schreibe* für das Theater. Aus Racine hatte sie die berühmte Tirade gelernt: ›A peine nous sortions des portes de Trezènes.‹

In der Mythologie gefiel ihr die Komödie zwischen Vulkan, Mars und Venus am besten. Sie wäre für Vulkan eingetreten, doch als sie erfuhr, daß er lahm war und plump und außerdem Schmied, trat sie gleich auf die Seite des Mars. Sie gewann auch die Sage von Semele und Jupiter lieb und die von der Verbannung Apollos und seinen Streichen auf Erden und nahm alles so auf, wie es geschrieben stand, ohne eine tiefere Bedeutung in den Geschichten zu ahnen. Ob der Franzose einen Sinn darin sah – Gott weiß es! Auf ihre Fragen nach der Religion der Alten antwortete er ihr wichtig und die Stirne runzelnd: »Des bétises! Mais cette bête de Vulcain devait avoir une drôle de mine... Écoutez«, fügte er dann hinzu, die Augen etwas zusammenkneifend und ihre Hand tätschelnd. »Que feriez-vous à la place de Venus?« Sie erwiderte nichts, aber sie wurde das erste Mal in ihrem Leben rot, ohne zu wissen warum.

Schließlich vollendete der Franzose Julijas Erziehung damit, daß er sie mit der neuen Schule der französischen Literatur auch praktisch bekannt machte. Er gab ihr ›Le manuscrit vert‹, ›Les sept péchés capitaux‹, ›L'âne mort‹ und eine ganze Phalanx von Büchern, die zu der Zeit viel Lärm erregten und Frankreich, ja ganz Europa überschwemmten.

Das arme Mädchen stürzte sich gierig in dieses grenzenlose

Meer. Was für Helden dünkten sie die Janins, Balzacs, Drouineaus und der ganze Reigen von großen Männern! Was bedeutete, mit ihren wunderbaren Schilderungen verglichen, die kümmerliche Sage von Vulkan? Venus war die reine Unschuld vor den neuen Heldinnen! Und Julija las gierig die neue Schule und liest sie wahrscheinlich noch heute.

Während der Franzose so weit ging, gelang es dem gründlichen Deutschen nicht einmal, die Grammatik durchzunehmen. Er stellte eifrig Tabellchen auf für die Deklination und Konjugation, erdachte spaßige Methoden, nach denen die Endungen der Fälle zu merken waren, lehrte sie: Schreib mit, nach, nächst, zuwider stets mit dem dritten Falle nieder und so weiter.

Als man jedoch Literatur von ihm verlangte, erschrak der arme Kerl. Man zeigte ihm das Heft des Franzosen, er schüttelte den Kopf und erklärte, so könne man im Deutschen nicht unterrichten. Doch gäbe es eine Sammlung von Aller, in der alle Schriftsteller mit ihren Werken aufgeführt seien. Aber damit hatte er kein Glück; man drang in ihn, daß er Julija mit mehreren Autoren bekannt mache wie Monsieur Poulé.

Endlich versprach es der Deutsche. Mit starken Bedenken kam er nach Hause. Er schloß seinen Schrank auf oder, besser gesagt, klappte ihn auf, hob eine Tür heraus und lehnte sie gegen die Wand, weil der Schrank seit undenklichen Zeiten weder Angeln noch Schloß hatte. Er holte alte Stiefel hervor, einen halben Zuckerhut, eine Flasche Schnupftabak, eine Karaffe mit Schnaps und eine Rinde Schwarzbrot, dann eine zerbrochene Kaffeemühle, weiter ein Rasiermesser mit einem Stück Seife und einem Bürstchen in einer Pomadenbüchse, alte Hosenträger, einen Schleifstein für das Messer zum Federanspitzen und noch etlichen ähnlichen Plunder. Endlich zeigte sich ein Buch, ein zweites, drittes, viertes – ja, fünf an der Zahl, das war alles. Er klopfte eins ans andere. Staub stieg wie eine Rauchwolke auf und schwebte feierlich um das Haupt des Pädagogen.

Das erste Buch waren Geßners ›Idyllen‹. »Gut!« sagte der Deutsche und las mit Entzücken die Idylle vom zerschlagenen Krug. Er schlug das zweite Buch auf: der Gothaische Kalender vom Jahre 1804. Er blätterte darin. Der Kalender enthielt die Dynastien der europäischen Herrscher, Bilder von Schlössern und Wasserfällen. »Sehr gut!« sagte der Deutsche. Das dritte war die Bibel. Er legte sie auf die Seite und murmelte fromm: »Nein.« Das vierte waren Youngs ›Nachtgedanken‹. Er schüttelte den Kopf und murmelte: »Nein.« Das letzte war Weise! Und der Deutsche lächelte triumphierend. »Da hab' ich's!« sagte er. Als man ihm erzählte, daß es auch Schiller, Goethe und noch andere gäbe, schüttelte er den Kopf und versicherte hartnäckig: »Nein!«

Julija gähnte, als der Deutsche ihr kaum die erste Seite aus Weise übersetzt hatte, dann hörte sie gar nicht mehr zu. So blieb ihr vom Deutschen nur im Gedächtnis: Schreib mit, nach, nächst, zuwider stets mit dem dritten Falle nieder.

Und der Russe? Er erfüllte seine Pflicht noch gewissenhafter. Er versicherte Julija fast unter Tränen, daß *das Hauptwort* und *das Tätigkeitswort* ein bestimmter Satzteil seien und *das Verhältniswort* wieder einer, und endlich erreichte er, daß sie ihm glaubte und alle Satzteile auswendig lernte. Sie konnte sogar alle Verhältniswörter, Bindewörter, Umstandswörter hintereinander aufzählen, und wenn der Lehrer wichtig fragte: »Welches sind die Empfindungswörter der Furcht und des Staunens?«, so nannte sie rasch, ohne Atem zu holen: »Ach, ei, o weh, oh, ah, na, aha.« Und der Lehrer war entzückt.

Sie erfuhr auch einige Wahrheiten aus der Satzlehre, vermochte sie aber nie anzuwenden, sondern blieb für das ganze Leben bei ihren grammatischen Fehlern.

Aus der Geschichte erfuhr sie, daß es Alexander von Makedonien gegeben, daß er viele Kriege geführt hatte, außerordentlich kühn war und natürlich sehr schön. Doch welche Bedeutung er und seine Zeit sonst noch hatten, das kam weder ihr noch dem Lehrer jemals in den Sinn, und auch Kaidanow verbreitete sich nicht weiter darüber.

Als von diesem Lehrer Literatur verlangt wurde, schleppte er einen Haufen alter, abgegriffener Bücher herbei. Es waren Kantemir, Sumarokow, dazu Lomonossow, Dershawin, Oserow. Alle staunten. Vorsichtig schlugen sie ein Buch auf, schnupperten daran und warfen es weg, verlangten etwas Neueres. Der Lehrer brachte Karamsin. Doch Karamsin nach der neuen französischen Schule! Julija las die ›Arme Lisa‹, ein paar Seiten aus den ›Briefen‹ und gab sie zurück.

Zwischen diesen Beschäftigungen blieben der armen Schülerin zahlreiche Pausen, doch keine gesunde, edle Nahrung für ihren Geist. Der Verstand sank in Schlummer, aber das Herz schlug Alarm. Da erschien ein gefälliger Vetter und brachte ihr ein paar Kapitel aus ›Eugen Onegin‹, den ›Gefangenen im Kaukasus‹ und ähnliches mit. Und das junge Mädchen erkannte die Anmut des russischen Verses. Den ›Onegin‹ lernte sie auswendig und behielt ihn stets unter ihrem Kopfkissen. Doch verstand es der Vetter ebensowenig wie die anderen Lehrer, ihr Bedeutung und Vorzüge dieses Werkes auseinanderzusetzen. Sie nahm sich Tatjana zum Vorbild und wiederholte vor ihrem Ideal in Gedanken die flammenden Verse aus Tatjanas Brief an Onegin, und ihr Herz schlug heftig und schmerzte. Ihre Phantasie suchte bald einen Onegin, bald einen Helden der neuen Schule – bleich, traurig, enttäuscht...

Ein Italiener und ein zweiter Franzose vervollständigten Julijas Erziehung, indem sie ihrer Stimme und ihren Bewegungen Ebenmaß liehen, das heißt sie tanzen, singen und Klavierspielen lehrten oder, besser gesagt, sie lehrten, bis zu ihrer Verheiratung ein wenig auf dem Klavier zu klimpern, aber nicht, die Musik zu verstehen. Und als sie achtzehn Jahre zählte, da erschien sie schon in den Salons mit ihrem stets sinnenden Blick, ihrer interessanten Blässe, der luftigen Taille, den kleinen Füßen, um sich der Welt zu zeigen.

Sie fiel Tafajew auf, einem Mann, der alle guten Eigenschaften eines Freiers vereinte, das heißt einen achtbaren Titel, ein schönes Vermögen, einen Orden am Hals, kurz, Karriere und Geld. Man konnte ihn nicht nur als schlichten, guten Menschen bezeichnen. O nein! Er ließ sich nicht beleidigen und urteilte vernünftig über Rußlands augenblickliche Lage, darüber, was seiner Wirtschaft und seiner Industrie mangle, und in seinem Kreis galt er als tüchtiger Mann.

Das bleiche, verträumte Mädchen machte einen starken

Eindruck auf ihn, ein seltsamer Widerspruch zu seiner handfesten Art. Auf Gesellschaften verließ er den Kartentisch, um die ätherische Erscheinung näher zu betrachten, die vor ihm dahinschwebte, und fiel in ungewohnte Nachdenklichkeit. Traf ihn ihr schmachtender Blick, zufällig, versteht sich, so geriet er, der sich sonst in Salongesprächen so gewandt schlug, in Verlegenheit vor dem schüchternen jungen Ding, wollte ihr manchmal gern etwas sagen, brachte es aber nicht über sich. Das verdroß ihn, und er beschloß, unter Vermittlung mehrerer Tanten, energischer vorzugehen.

Die Auskünfte über die Mitgift erwiesen sich als zufriedenstellend. ›Was denn, wir passen zusammen!‹ entschied er bei sich. ›Ich bin erst fünfundvierzig Jahre, sie ist achtzehn. Mit unserem Vermögen können nicht nur wir zwei anständig leben. Das Äußere? Sie ist recht hübsch, und ich bin, was man einen stattlichen Mann nennt. Man sagt, sie sei gebildet; was tut das? Auch ich habe mal was gelernt. Ich erinnere mich, man hat mich Latein und auch römische Geschichte gelehrt. Noch jetzt entsinne ich mich, da war dieser Konsul, wie hieß er? Hol ihn der Teufel! Ich weiß, auch von der Reformation wurde gelesen... Und die Verse: Beatus ille... Wie geht es weiter? Puer, pueri, puero... Nein, so nicht, weiß der Teufel – ich hab alles vergessen. Bei Gott, man lernt doch nur, um zu vergessen. Und wenn man mich totschlägt, ich behaupte, daß auch dieser und jener, alle die klugen Leute von Rang, daß keiner von ihnen sagen kann, was das für ein Konsul war oder in welchem Jahr die Olympischen Spiele stattfanden. Also lernt man es nur, weil sich's so gehört! Nur damit's den Anschein hat, daß man es lernt. Wie sollte man's auch nicht vergessen, spricht man doch in der Gesellschaft nie wieder darüber, und finge einer davon an, so führte man ihn wahrscheinlich hinaus! Nein, wir passen zusammen.‹

Und so begegnete Julija, kaum daß sie aus der Kindheit hinaustrat, beim ersten Schritt der allertraurigsten Wirklichkeit – einem alltäglichen Mann. Wie weit war er von den Helden entfernt, die ihre Phantasie und die Dichter erschufen!

Fünf Jahre verbrachte sie in dem traurigen Traum, wie sie

249

die lieblose Ehe nannte, und plötzlich winkten ihr Freiheit und Liebe. Sie lächelte, breitete feurig die Arme aus und gab sich ihrer Leidenschaft hin, wie sich ein Mensch dem schnellen Lauf eines Pferdes überläßt: Er jagt dahin mit dem kraftvollen Tier, jede Entfernung vergessend. Der Atem stockt, die Gegenstände eilen vorbei, Frische weht ihm ins Gesicht, die Brust erträgt kaum die Wonne... Oder wie ein Mensch, der sich in einem Boote sorglos der Strömung anvertraut: Die Sonne wärmt ihn, die grünen Ufer flimmern vor seinen Augen, die spielenden Wellen umkosen den Bug und flüstern so lieblich, eilen voraus und locken immer weiter und weiter, den endlosen Weg der Strömung weisend... Und der Mensch läßt sich hinreißen. Es ist keine Zeit, vorauszuschauen und zu bedenken wie der Weg endet. Jagt das Pferd in den Abgrund, drängt die Woge gegen den Fels? ... Der Wind trägt die Gedanken hinweg, die Augen schließen sich, der Zauber ist unüberwindlich... so überwand ihn auch Julija nicht, wurde hingerissen, immer weiter und weiter... Endlich waren für sie die poetischen Stunden des Lebens gekommen. Sie gewann diesen Aufruhr der Seele lieb, der bald voll süßer Wonnen war, bald quälend, suchte die Erregung sogar, erfand sich selber Glück und Qual. Leidenschaftlich ergab sie sich ihrer Liebe, wie man sich dem Opium ergibt, und trank gierig das Gift der Seele.

Julija war schon in erregter Erwartung. Sie stand am Fenster, und ihre Ungeduld wuchs mit jeder Minute. Sie zerpflückte eine chinesische Rose, warf ärgerlich die Blätter zu Boden, und ihr Herz erstarrte schier. Das waren Augenblicke der Qual. Sie spielte in Gedanken Frage und Antwort: Kommt er, oder kommt er nicht? Ihre ganze Vorstellungskraft war darauf gerichtet, die schwierige Frage zu lösen. Wenn ihre Vorstellung bejahte, lächelte sie, wenn nicht, wurde sie blaß.

Als Alexander vorfuhr, sank sie bleich vor Erschöpfung in einen Sessel, so stark arbeiteten ihre Nerven. Als er eintrat... Es ist unmöglich, den Blick zu beschreiben, mit dem sie ihn grüßte, die Freude, die sich augenblicklich über ihr Antlitz ergoß, als hätten sie sich ein Jahr nicht gesehen, und es war doch erst gestern gewesen. Sie wies schweigend auf die Wanduhr, doch kaum tat er den Mund auf, um sich zu rechtfertigen, glaubte sie ihm, ohne gehört zu haben, verzieh ihm, vergaß die Qual der Ungeduld, reichte ihm die Hand, und beide setzten sich auf den Diwan und unterhielten sich lange, schwiegen lange, sahen sich lange in die Augen. Hätte nicht der Diener sie ans Essen erinnert, sie hätten es sicher vergessen.

Es war eine Wonne! Niemals hatte Alexander von so einer Fülle *aufrichtiger Herzensergüsse* auch nur geträumt. Im Sommer die Spaziergänge zu zweit vor die Stadt. Während die Menge von Musik oder Feuerwerk angelockt wurde, sah man die beiden fern zwischen den Bäumen Arm in Arm wandeln. Im Winter kam Alexander zum Essen, und danach saßen sie nebeneinander vor dem Kamin bis weit in die Nacht. Manchmal ließen sie den Schlitten anspannen, und nach rascher Fahrt durch die finsteren Straßen eilten sie, ihr endloses Gespräch am Samowar fortzusetzen. Jede Erscheinung in ihrer Umgebung, jede flüchtige Regung des Geistes und des Gefühls, gemeinsam nahmen sie alles wahr und teilten es miteinander.

Eine Begegnung mit seinem Onkel fürchtete Alexander wie Feuer. Zu Lisaweta Alexandrowna kam er manchmal, aber es gelang ihr nie, ihn zur Offenheit zu bewegen. Er war immer in Unruhe, daß sein Onkel ihn traf und wieder eine Szene mit ihm aufführte. Deshalb hielt er seine Besuche stets kurz.

War er glücklich? Bei anderen hätte man in dem Fall mit Ja wie mit Nein antworten können, bei ihm nur mit Nein. Bei ihm begann die Liebe mit Leiden. In Augenblicken, da es ihm gelang, die Vergangenheit zu vergessen, glaubte er an die Möglichkeit eines Glücks, an Julija und ihre Liebe. Ein andermal verdüsterte er sich selbst in der Glut *aufrichtiger Herzensergüsse*, lauschte ängstlich ihren entzückten, leidenschaftlichen Phantastereien. Er glaubte, daß sie ihn bald verraten oder ein *anderer Schicksalsschlag* die herrliche Welt der Seligkeit im Nu zugrunde richten werde. Kostete er

251

Augenblicke der Freude, so war ihm bewußt, daß er sie mit Leiden erkaufen mußte, und Schwermut überkam ihn wieder.

Doch der Winter verging, der Sommer kam, und die Liebe hatte kein Ende. Julija kettete sich immer fester an ihn. Kein Verrat, kein *Schicksalsschlag* ereignete sich; es kam völlig anders. Sein Blick hellte sich auf. Er gewöhnte sich an den Gedanken, daß Anhänglichkeit beständig sein könne. ›Nur ist die Liebe dann nicht mehr so feurig‹, dachte er einst, als er Julija ansah, ›dafür ist sie dauerhaft, vielleicht sogar ewig! Ja, ohne Zweifel. Ah, endlich! Ich verstehe dich, Schicksal! Du willst mich entschädigen für die erlittenen Qualen und mich nach langer Wanderung in eine sichere Herberge führen. Es ist der Zufluchtsort des Glücks...‹ »Julija!« rief er laut.

Sie schreckte zusammen.

»Was ist?« fragte sie.

»Nichts! Es...«

»Nein, sagen Sie: Sie hatten einen Gedanken?« Alexander wehrte ab. Sie drang in ihn.

»Ich dachte, daß zur Vollkommenheit unseres Glückes fehlt...«

»Was«, fragte sie beunruhigt.

»Ach, nichts! Mir kam eine seltsame Idee.« Julija war betroffen.

»Ach, quälen Sie mich nicht, sagen Sie es rasch!« bat sie.

Alexander versank in Gedanken und sprach leise, wie zu sich.

»Das Recht zu erwerben, sie keinen Augenblick zu verlassen, nicht nach Hause gehen zu müssen... Immer und überall bei ihr zu sein. In den Augen der Welt ihr rechtmäßiger Besitzer zu sein... Sie nennt mich laut, ohne rot oder blaß zu werden, den ihren... Und so fürs Leben! Und ewig stolz darauf sein...«

In diesem hochtrabenden Stil Wort für Wort sprechend, kam er endlich zu dem Wort *Ehe*. Julija erbebte, dann begann sie zu weinen. In unaussprechlicher Zärtlichkeit und Dankbarkeit reichte sie ihm die Hand, und nun wurden beide lebhaft, beide begannen auf einmal zu reden. Alexander wurde aufgetragen, mit seiner Tante zu sprechen und sie in dieser schwierigen Angelegenheit um ihren Beistand zu bitten.

Vor Freude wußten sie nicht, was tun. Der Abend war herrlich. Sie fuhren vor die Stadt in eine einsame Gegend, fanden mit Mühe einen Hügel und saßen dort den ganzen Abend, betrachteten die untergehende Sonne, träumten von ihrem künftigen Leben, nahmen sich vor, den Kreis ihrer Bekannten sehr eng zu halten, keinen unliebsamen Besuch zu empfangen und keinen zu machen.

Dann kehrten sie nach Hause zurück und unterhielten sich über die zukünftige Ordnung im Haus, die Verteilung der Zimmer und so weiter. Sie gelangten dahin, wie sie die Zimmer einrichten wollten. Alexander schlug vor, ihr Ankleidezimmer in sein Arbeitszimmer umzuwandeln, damit es neben dem Schlafzimmer läge.

»Was für Möbel möchten Sie in Ihr Arbeitszimmer haben?« fragte sie.

»Ich möchte Nußbaum mit Bezügen aus blauem Samt.«

»Das ist nett und schmutzt wenig. Für das Arbeitszimmer eines Mannes muß man unbedingt dunkle Farben wählen, helle verderben bald vom Rauch. Und hier, in dem schmalen Durchgang aus Ihrem Zimmer ins Schlafzimmer, stelle ich ein Boskett auf. Nicht wahr, das wird schön? Dort stelle ich einen Sessel hin, so daß ich, wenn ich da lese oder arbeite, Sie in Ihrem Zimmer sehe.«

»Bald brauche ich nicht mehr von Ihnen Abschied zu nehmen«, sagte Alexander, als er fortging.

Sie verschloß ihm den Mund mit der Hand.

Am nächsten Tag suchte Alexander Lisaweta Alexandrowna auf, um ihr zu eröffnen, was sie längst wußte, und sie um ihren Rat und ihre Hilfe zu bitten. Pjotr Iwanytsch war nicht zu Hause.

»Ei, was, das ist schön!« rief sie, als sie seine Beichte angehört hatte. »Sie sind kein Knabe mehr, können Ihr Gefühl beurteilen und selber über sich bestimmen. Nur übereilen Sie nichts, lernen Sie sie erst richtig kennen.«

»Ach, ma tante, wenn Sie sie kennten! So viele vorzügliche Eigenschaften!«

»Zum Beispiel?«

»Sie liebt mich so ...«

»Das ist natürlich ein großer Vorzug, doch nicht nur das ist für die Ehe nötig.«

Sie zählte ein paar allgemeine Weisheiten über den Ehestand auf, darüber, wie die Frau, wie der Mann beschaffen sein müssen.

»Warten Sie nur«, schloß sie. »Jetzt ist es Herbst. Alle kehren in die Stadt zurück. Dann mache ich Ihrer Braut einen Besuch. Wir lernen uns kennen, und ich nehme mich wärmstens der Angelegenheit an. Lassen Sie nicht von ihr. Ich bin überzeugt, daß Sie der glücklichste Ehemann werden.«

Sie freute sich sehr.

Frauen verheiraten Männer über die Maßen gern. Manchmal sehen sie, daß eine Heirat nicht vorwärtsgeht und nicht vorwärtsgehen sollte, und doch fördern sie die Angelegenheit auf jegliche Weise. Sie wollen nur die Hochzeit zustande bringen, dann mögen die Neuvermählten tun, was sie wollen. Gott weiß, weshalb sie sich so bemühen.

Alexander bat seine Tante, Pjotr Iwanytsch bis zum Abschluß der Sache nichts davon zu sagen.

Der Sommer verflog, der langweilige Herbst schleppte sich gleichfalls vorüber, ein neuer Winter brach herein. Alexander und Julija sahen sich noch ebenso häufig.

Sie hatte eine Art Rechnung zusammengestellt über die Tage, Stunden, Minuten, die sie gemeinsam verbringen konnten. Sie spürte jede Gelegenheit auf.

»Gehen Sie morgen früh zeitig zum Dienst?« fragte sie manchmal.

»Gegen elf Uhr.«

»So kommen Sie um zehn zu mir, und wir frühstücken zusammen. Ist es nicht möglich, daß Sie gar nicht hingehen? Als ginge es nicht ohne Sie ...«

»Wieso? Das Vaterland ..., die Pflicht ...«, widersprach Alexander.

»Herrlich! Sagen Sie doch, daß Sie lieben und geliebt

werden. Hat Ihr Vorgesetzter etwa niemals geliebt? Wenn er ein Herz hat, wird er's verstehen. Oder bringen Sie Ihre Arbeit mit. Wer hindert Sie, hier zu arbeiten?«

Ein andermal ließ sie ihn nicht ins Theater und zu Bekannten fast nie. Als Alexanders Tante zu Besuch zu ihr kam und Julija sah, wie jung und hübsch Lisaweta Alexandrowna war, konnte sie sich lange nicht fassen. Sie hatte sich die Tante häßlich und bejahrt vorgestellt, wie die meisten Tanten sind, und da kam, ›ich bitte Sie‹, eine Frau von sechsundzwanzig oder siebenundzwanzig Jahren und eine Schönheit dazu! Sie machte Alexander eine Szene und ließ ihn seltener zu seinem Onkel.

Doch was war ihre Eifersucht und ihr Despotismus im Vergleich mit dem Alexanders! Er hatte sich von ihrer Anhänglichkeit überzeugt, hatte gesehen, daß Verrat und Abkühlung nicht in ihrem Wesen lagen, und war doch eifersüchtig. Aber wie! Das war nicht Eifersucht aus übermäßiger Liebe, weinend, stöhnend, wehklagend aus qualvoll schmerzendem Herzen, zitternd vor Angst, das Glück zu verlieren, nein, eine kalte, gleichgültige, bösartige Eifersucht war es. Er tyrannisierte die arme Frau aus Liebe wie andere nicht aus Haß. Kam es ihm zum Beispiel vor, als blicke sie ihn abends, wenn Gäste da waren, nicht lange und zärtlich und oft genug an, dann sah er um sich wie ein reißendes Tier, und wehe, war in Julijas Nähe ein junger Mann. Es brauchte gar kein Jüngling zu sein, sondern einfach ein Mann, oft auch eine Frau, manchmal nur ein Gegenstand. Beleidigungen, Sticheleien, finstere Verdächtigungen und Vorwürfe hagelten nur so auf sie herab. Sie mußte sich sofort rechtfertigen und ihr Vergehen durch allerlei Opfer und bedingungslose Unterwürfigkeit sühnen: mit jenem nicht sprechen, dort nicht sitzen, nicht dahin gehen, das hämische Lächeln und Flüstern boshafter Beobachter dulden, erröten, erbleichen, sich kompromittieren.

Wenn man sie einlud, warf sie ihm vor einer Antwort einen fragenden Blick zu, und runzelte er nur ein wenig die Stirn, so sagte sie bleich und zitternd ab. Manchmal gab er seine Erlaubnis, sie macht sich bereit, kleidet sich an, will in ihren

255

Wagen steigen – da legt er plötzlich in einer Laune wieder sein drohendes *Veto* ein! Und sie kleidete sich wieder aus, die Pferde wurden ausgespannt. Später bat er wohl um Verzeihung, stellte anheim, doch noch zu fahren, aber wie sollte sie noch einmal Toilette machen, den Wagen anspannen lassen? So blieb sie daheim. Er war nicht nur auf schöne Männer eifersüchtig, auf geistige Vorzüge oder Talente, sondern auch auf Mißgestalten, endlich auf alle, deren Physiognomie ihm mißfiel.

Einst kam ein Gast aus der Gegend, in der die Verwandten Julijas lebten. Der Gast war ein bejahrter, unschöner Mann, sprach nur von der Ernte und seiner Angelegenheit beim Senat, und Alexander langweilte es, ihm zuzuhören. Er zog sich ins Nebenzimmer zurück; zur Eifersucht lag kein Grund vor. Endlich verabschiedete sich der Gast.

»Ich hörte«, sagte er, »daß Sie mittwochs empfangen. Erlauben Sie, daß ich mich zu Ihren Bekannten geselle?«

Julija lächelte, und ihr lag auf der Zunge zu sagen: »Bitte sehr!«, als plötzlich aus dem Nebenzimmer ein Flüstern ertönte, vernehmlicher als ein Schrei: »Ich will es nicht!«

»Ich will es nicht!« wiederholte Julija erbebend und eilfertig ihrem Gast.

Doch sie ertrug alles. Sie ließ sich vor ihren Besuchern verleugnen, ging nirgends hin und saß mit Alexander Auge in Auge.

Sie fuhren fort, sich systematisch an ihrer Seligkeit zu berauschen. Als der Vorrat an naheliegenden, bekannten Genüssen erschöpft war, suchte Julija neue zu finden, noch mehr Abwechslung in die an Freuden ohnedies reiche Welt zu bringen. Welche Erfindungsgabe sie dabei offenbarte! Aber auch diese Gabe versiegte. Man wiederholte sich. Nichts blieb zu wünschen und auszukosten.

Es gab keinen Fleck vor der Stadt, den sie nicht besucht, kein Theaterstück, das sie nicht gemeinsam gesehen, kein Buch, das sie nicht gelesen und erörtert hatten. Sie hatten ihr Fühlen und Denken studiert, ihre Vorzüge und ihre Fehler, und nichts hinderte sie, den gefaßten Plan in die Tat umzusetzen.

Die aufrichtigen Herzensergüsse waren selten geworden. Sie saßen manchmal ganze Stunden beisammen, ohne ein Wort zu sprechen. Doch Julija war auch im Schweigen glücklich.

Dann und wann richtet sie eine Frage an Alexander, empfängt ein Ja oder Nein – und ist zufrieden. Und wenn sie keine Antwort erhält, sieht sie ihn unverwandt an. Er lächelt ihr zu, und sie ist wieder glücklich. Wenn er nicht lächelt und ihr keine Antwort erteilt, achtet sie auf jede seiner Bewegungen, auf jeden Blick und deutet sein Verhalten nach ihrem Ermessen, und dann entgeht er ihren Vorwürfen nicht.

Von der Zukunft sprachen sie nicht mehr. Alexander empfand dabei eine gewisse Verlegenheit, ein Unbehagen, das er sich selbst nicht erklären konnte und weshalb er solche Gespräche vermied. Er fing an zu grübeln. Der magische Kreis der Liebe, der sein Leben umschloß, riß hie und da, und in der Ferne zeigten sich ihm bald die Gesichter von Freunden und wilde Vergnügen, bald glänzende Bälle mit einer Schar schöner Frauen, bald sein tüchtiger, ewig geschäftiger Onkel, bald die verlassene Arbeit...

In solcher Geistesverfassung saß er eines Abends bei Julija. Draußen tobte ein Schneesturm. Der Schnee schlug gegen die Scheiben und blieb in Flocken daran haften. Der Wind drang in den Kamin und heulte ein trostloses Lied. Im Zimmer hörte man das gleichmäßige Ticken der Tischuhr und dann und wann Julijas Seufzer.

Da Alexander nicht wußte, was tun, ließ er den Blick im Zimmer umherschweifen, sah auf die Uhr – es war erst zehn, und er mußte noch zwei Stunden hier sitzen. Er gähnte. Sein Blick blieb an Julija hängen.

Sie stand mit dem Rücken am Kamin, das bleiche Antlitz auf die Schulter geneigt, und folgte Alexander mit den Augen, nicht etwa mißtrauisch oder forschend, sondern zärtlich, liebevoll, glücklich. Offensichtlich kämpfte sie mit einer geheimen Empfindung, einem süßen Traum und schien davon ermattet.

Ihre Nerven arbeiteten so stark, daß selbst das Zittern

der Wonne sie in krankhafte Mattigkeit stürzte. Qual und Seligkeit waren unzertrennlich bei ihr.

Alexander begegnete ihr mit einem nichtssagenden, unsteten Blick. Er trat ans Fenster und sah auf die Straße, leicht gegen die Scheibe trommelnd.

Von der Straße drang wirrer Lärm von Stimmen und fahrenden Wagen zu ihnen. In allen Fenstern schimmerten Lichter, huschten Schatten vorbei. Ihm schien, daß dort, wo es besonders hell war, eine fröhliche Menge versammelt saß. Dort fand vielleicht ein lebhafter Austausch von Gedanken, von feurigen, schnell aufflammenden Empfindungen statt, dort lebte man geräuschvoll und froh. Dort aber, hinter dem schwach erleuchteten Fenster sitzt bestimmt ein arbeitsamer, anständiger Mann über einem vernünftigen Werk. Und Alexander bedachte, daß er schon fast zwei Jahre lang ein untätiges, törichtes Leben führte. Da waren zwei Jahre von der Summe seines Lebens dahin, und alles wegen der Liebe! Plötzlich fiel er über die Liebe her.

›Was ist das auch für eine Liebe!‹ dachte er. ›Schläfrig, ohne Tatkraft. Die Frau unterwirft sich dem Gefühl ohne Kampf, ohne Anstrengung, ohne Widerstand wie ein Opfertier. Ein schwaches, charakterloses Weib! Beglückt den ersten besten mit ihrer Liebe. Wäre ich nicht, sie hätte genauso Surkow geliebt, sie hatte sich ja schon verliebt. Ja, wie sie sich auch verteidigen mag, ich hab es gesehen! Wenn einer kommt, der forscher ist und geschickter als ich, ergibt sie sich dem... Das ist einfach charakterlos! Ist das etwa Liebe? Wo bleibt die Sympathie der Seelen, von der empfindsame Menschen erzählen? Aber hat es unsere Seelen nicht auch zueinander hingezogen? Es schien, als flössen sie für ewig zusammen. Und nun so etwas!‹ »Der Teufel weiß, was da los ist, man wird nicht klug daraus!« flüsterte er unwillig.

»Was machen Sie da? Worüber denken Sie nach?« fragte Julija.

»Nur so...«, gähnte er und setzte sich auf den Diwan, möglichst weit weg von ihr, mit einem Arm die Ecke eines gestickten Kissens umfassend.

»Setzen Sie sich doch hierher, näher zu mir.«

Er blieb sitzen und antwortete nicht.

»Was haben Sie?« fuhr sie fort und trat zu ihm. »Sie sind heute unausstehlich.«

»Ich weiß nicht«, sagte er träge. »Mir ist so... als ob ich...«

Er wußte nicht, was er ihr und sich selbst antworten sollte. Er war sich noch nicht recht klar darüber, was mit ihm geschah.

Sie setzte sich zu ihm und begann von der Zukunft zu sprechen. Allmählich lebhafter werdend, entwarf sie scherzend ein Bild von glücklichem Familienleben und schloß dann zärtlich: »Sie werden mein Mann! Sehen Sie«, sagte sie und wies rundum, »bald wird das alles Ihnen gehören. Sie werden hier im Hause der Herr sein wie in meinem Herzen. Ich bin jetzt unabhängig, kann tun, was ich will, fahren, wohin mein Auge mich leitet, dann aber wird sich hier nur auf Ihren Befehl etwas rühren. Auch ich bin dann durch Ihren Willen gefesselt. Aber welch herrliche Kette ist das! Schmieden Sie sie recht bald. Wann wird es sein? Das ganze Leben träumte ich von so einem Mann, von so einer Liebe... Und nun erfüllt sich der Traum. Und das Glück ist nahe... Ich kann es kaum glauben. Wissen Sie, es ist wirklich wie ein Traum. Ist das nicht die Belohnung für all meine Leiden?«

Alexander war es qualvoll, diese Worte zu hören.

»Und wenn ich Sie nicht mehr liebte?« fragte er plötzlich, bemüht, seiner Stimme einen scherzhaften Klang zu verleihen.

»Ich würde Ihnen die Ohren abreißen!« erwiderte sie und faßte ihn am Ohr. Dann seufzte sie und verfiel in Gedanken, allein wegen seiner scherzhaften Frage. Er schwieg.

»Aber was ist mit Ihnen?« fragte sie dann wieder lebhaft. »Sie schweigen, hören kaum zu, sehen zur Seite...«

Sie rückte näher zu ihm, legte ihm die Hand auf die Schulter und sprach leise, fast flüsternd, immer über das gleiche Thema, doch nicht mehr so sicher wie zuerst. Sie erinnerte an ihre Annäherung, an den Beginn ihrer Liebe, die ersten Anzeichen und an ihre ersten Freuden. Sie geriet fast außer Atem vor Wonne. Auf ihren blassen Wangen erschienen zwei rosige Flecke. Ihre Augen blitzten, dann wurden sie matt und schlossen sich halb. Ihre Brust atmete heftig. Sie sprach kaum vernehmlich und spielte dabei mit dem weichen Haar Alexanders. Dann sah sie ihm in die Augen. Er befreite seinen Kopf sachte aus ihrer Hand, zog einen Kamm aus der Tasche und kämmte sorgfältig das in Unordnung geratene Haar. Sie stand auf und sah ihn aufmerksam an.

»Was ist mit Ihnen, Alexander?« fragte sie unruhig.

›Wie sie sich aufdrängt! Was weiß ich?‹ dachte er, schwieg aber.

»Langweilen Sie sich?« fragte sie plötzlich, und in ihrer Stimme klang Frage wie Zweifel.

›Langweilen!‹ dachte er. ›Das Wort ist gefunden! Ja, quälende, tödliche Langeweile ist das! Schon vor einigen Wochen kroch dieser Wurm mir ins Herz und zernagt es ... Oh, mein Gott, was soll ich tun? Und sie spricht von Liebe, von Ehe. Wie soll ich sie zur Vernunft bringen?‹

Sie setzte sich ans Klavier und spielte ein paar seiner Lieblingsstücke. Er hörte nicht zu, verfolgte nur seine Gedanken.

Julija ließ die Hände sinken. Sie seufzte, hüllte sich in den Schal und warf sich in die andere Ecke des Diwans. Von dort aus beobachtete sie Alexander mit bekümmertem Blick.

Er nahm seinen Hut.

»Wohin wollen Sie?« fragte sie verwundert.

»Nach Hause.«

»Es ist noch nicht elf.«

»Ich muß an Mamachen schreiben; ich habe ihr lange nicht geschrieben.«

»Wieso lange? Sie haben doch vorgestern erst geschrieben.«

Er schwieg, es war nichts zu sagen. Er hatte tatsächlich geschrieben und es ihr beiläufig erzählt, hatte das aber vergessen. Die Liebe aber vergißt die geringste Kleinigkeit nicht. In ihren Augen ist alles wichtig, was den Geliebten betrifft. Im Geiste eines liebenden Menschen bildet sich ein kompliziertes Gewebe aus Beobachtungen, scharfsinnigen Erwägungen, Erinnerungen, Mutmaßungen über alles, was den geliebten

Menschen umgibt, was sich in seiner Sphäre ereignet, was ihn beeinflußt. Dem Liebenden genügt ein Wort, ein Wink..., was heißt ein Wink!, ein Blick, eine kaum merkliche Regung der Lippen, um eine Vermutung aufzustellen, von ihr zu Erwägungen überzugehen, von Erwägungen zu einem entschiedenen Schluß, und dann zu leiden oder glücklich zu sein, nur auf Grund der eigenen Gedanken. Ein Verliebter hat mit seiner Logik, die manchmal bewundernswert ist, aber manchmal auch falsch, schnell ein Gebäude aus Vermutungen, Verdächtigungen errichtet, aber die Kraft der Liebe zerstört es noch schneller bis auf den Grund. Häufig genügt dazu ein Lächeln, eine Träne, wenn es viel ist, zwei oder drei Worte – und der Verdacht ist dahin. Bei solcher Art Kontrolle läßt sich ein Liebender nicht einschläfern noch hintergehen. Bald setzt der Verliebte sich etwas in den Kopf, was einem andern nicht im Traume einfiele, bald sieht er nicht, was unmittelbar vor seiner Nase geschieht, bald ist er scharfsichtig bis zum Hellsehen, bald kurzsichtig bis zur Blindheit.

Julija sprang wie eine Katze vom Diwan auf und packte ihn am Arm.

»Was soll das? Wohin wollen Sie?« fragte sie.

»Aber gar nichts, wirklich nichts. Ich möchte nur schlafen, ich habe heute wenig geschlafen – das ist alles.«

»Wenig geschlafen! Wo Sie mir selber heute morgen erzählt haben, daß Sie neun Stunden geschlafen haben und daß Ihnen sogar der Kopf davon schmerzte?«

Wieder war es nicht richtig.

»Nun, mein Kopf schmerzt...«, sagte er etwas verlegen. »Deshalb will ich auch gehen.«

»Und nach dem Essen sagten Sie, der Kopfschmerz sei vergangen.«

»Mein Gott, was für ein Gedächtnis Sie haben! Unerträglich! Nun, ich will einfach nach Hause.«

»Gefällt es Ihnen denn hier nicht? Was haben Sie dort, zu Hause?«

Sie sah ihm in die Augen und schüttelte ungläubig den Kopf. Er beruhigte sie irgendwie und ging fort.

»Wie wäre es, wenn ich heute nicht zu Julija führe?« fragte
er sich, als er am nächsten Morgen erwachte.

Er ging ein paarmal durchs Zimmer. »Ich fahre wirklich
nicht hin!« fügte er entschlossen hinzu. »Jewsej, ankleiden!«
Und er verließ das Haus, um durch die Stadt zu schlendern.

›Wie lustig ist es, wie angenehm, allein spazierenzugehen!‹
dachte er. ›Zu gehen, wohin man will, stehenzubleiben, ein
Schild zu lesen, in ein Schaufenster zu gucken, da und dort
hineinzugehen ... Sehr, sehr schön! Die Freiheit ist ein großer Segen! Ja, denn Freiheit im weitesten und höchsten Sinne
bedeutet – allein spazierenzugehen!‹

Er stieß seinen Stock auf den Bürgersteig und verbeugte
sich fröhlich vor seinen Bekannten. Als er die Morskaja
entlangging, sah er am Fenster eines Hauses ein bekanntes
Gesicht. Der Bekannte winkte ihm einzutreten. Er sah ge-
nauer hin. Ei, das war ja Dumé! Und er trat ein, aß mit zu
Mittag, blieb bis zum Abend bei ihm sitzen, am Abend fuhr
er ins Theater und vom Theater zum Abendessen. Er bemühte sich, nicht an zu Hause zu denken; er wußte, was dort auf
ihn wartete. Tatsächlich, bei seiner Rückkehr fand er auf dem
Tisch ein Halbdutzend Briefe und einen schläfrigen Lakaien
im Vorzimmer. Dem Diener war befohlen, nicht fortzuge-
hen, sondern auf ihn zu warten. Die Briefe enthielten Vorwürfe, Fragen und Spuren von Tränen. Am nächsten Tag
mußte er sich rechtfertigen. Er schützte eine dienstliche Angelegenheit vor. Irgendwie söhnten sie sich aus.

Nach einigen Tagen wiederholte sich dasselbe. Dann wieder und wieder. Julija magerte ab, ging nirgends mehr hin und
empfing niemand, doch sie schwieg, weil Alexander bei Vorwürfen ärgerlich wurde.

Zwei Wochen danach hatte Alexander mit Freunden einen
Tag verabredet, an dem sie sich nach Herzenslust amüsieren
wollten. Aber am selben Morgen erhielt er von Julija einen
Brief mit der Bitte, den ganzen Tag mit ihr zu verbringen und
etwas früher als sonst zu kommen. Sie schrieb, sie sei krank,
traurig, ihre Nerven litten und so weiter. Er geriet in Zorn,
fuhr aber zu ihr, um ihr zu sagen, daß er viel zu tun habe und
nicht bei ihr bleiben könne.

»Ja, natürlich: Mittagessen bei Dumé, Theater, Spazierenfahren in den Bergen – das sind wichtige Pflichten...«, sagte
sie matt.

»Was soll das heißen?« fragte er ärgerlich. »Anscheinend
beobachten Sie mich? Das dulde ich nicht.«

Er stand auf und wollte gehen.

»Warten Sie, hören Sie!« bat sie, »wir wollen miteinander
reden.«

»Ich habe keine Zeit.«

»Einen Augenblick. Setzen Sie sich.«

Er setzte sich unwillig auf den Rand eines Stuhls.

Sie betrachtete ihn unruhig, die Hände gefaltet, als versuche sie auf seinem Gesicht im voraus die Antwort zu lesen auf
das, was sie ihn fragen wollte.

Er wand sich vor Ungeduld auf seinem Platz hin und her.

»Schnell! Ich habe keine Zeit!« sagte er kalt.

Sie seufzte.

»Sie lieben mich nicht mehr?« fragte sie, den Kopf leise
schüttelnd.

»Das alte Lied!« bemerkte er und wischte mit dem Ärmel
über den Hut.

»Wie überdrüssig Sie meiner sind«, klagte sie.

Er stand auf und ging mit schnellen Schritten im Zimmer
auf und ab.

Nach einer Weile war ein Schluchzen zu hören.

»Jetzt reicht's mir!« schrie er fast rasend, indem er vor ihr
stehenblieb. »Sie haben mich genug gequält!«

»Ich Sie gequält!« rief sie und weinte heftiger.

»Unerträglich!« stöhnte Alexander und wandte sich zum
Gehen.

»Nein, ich werde es nicht mehr tun, ich werde es nicht
mehr tun!« rief sie hastig, die Tränen abwischend. »Sehen Sie,
ich weine nicht mehr, nur gehen Sie nicht, setzen Sie sich.«

Sie versuchte zu lächeln, aber die Tränen liefen ihr in
Strömen über die Wangen. Alexander fühlte Mitleid. Er
setzte sich und wippte mit dem übergeschlagenen Bein. In
Gedanken legte er sich eine Frage nach der anderen vor und
kam zu dem Schluß, daß er abgekühlt sei, daß er Julija nicht

mehr liebe. Aber warum? Gott weiß es! Sie liebte ihn mit jedem Tag heftiger; kam es vielleicht daher? Mein Gott, welcher Widerspruch! Alle Voraussetzungen für das Glück waren gegeben. Nichts stand im Wege, nicht einmal Liebe zu einer anderen Frau lenkte ihn ab, doch er war erkaltet! Oh, Leben! Aber wie Julija beruhigen? Sich opfern? Mit ihr lange, langweilige Tage verbringen, sich verstellen – er vermochte es nicht, und sich nicht verstellen bedeutete, jeden Augenblick Tränen zu sehen, Vorwürfe zu hören, sie und sich selber zu quälen... Ihr jetzt von der Theorie seines Onkels, von Abkühlung und Verrat zu sprechen – ich bitte ergebenst: sie weinte, ohne davon zu wissen, und dann erst! Was sollte er tun?

Als Julija merkte, daß er schwieg, ergriff sie ihn bei der Hand und sah ihm in die Augen. Er wandte sich langsam ab und befreite seine Hand sachte. Es war nicht nur, daß er keine Zuneigung fühlte, bei ihrer Berührung überlief ihn sogar ein kalter, unangenehmer Schauer. Sie verdoppelte ihre Zärtlichkeiten. Er erwiderte sie nicht, wurde noch kälter und mürrischer. Da riß sie ihre Hand zurück und entbrannte in Zorn. Ihr weiblicher Stolz war erwacht, die gekränkte Eigenliebe, die Scham. Sie warf den Kopf zurück, richtete sich hoch auf und wurde rot vor Ärger.

»Verlassen Sie mich!« befal sie kurz.

Er ging rasch aus dem Zimmer, ohne jede Erwiderung. Doch als das Geräusch seiner Schritte verhallte, stürzte sie ihm nach!

»Alexander Fjodorytsch! Alexander Fjodorytsch!« schrie sie.

Er drehte sich um.

»Wohin wollen Sie denn?«

»Sie haben mich doch gehen geheißen.«

»Und Sie sind froh, gehen zu können. Bleiben Sie!«

»Ich hab keine Zeit!«

Sie ergriff seine Hand, und wieder ergossen sich flammende Worte, Flehen und Tränen über ihn. Er äußerte mit keinem Blick, keinem Wort, keiner Bewegung Anteilnahme, stand wie aus Holz und trat nur von einem Fuß auf den andern. Seine Kaltblütigkeit brachte sie außer sich. Es hagelte Drohungen, Vorwürfe. Wer hätte das sanfte, schwachnervige Weib in ihr wiedererkannt? Ihre Frisur löste sich, die Augen brannten in fiebrigem Glanz, die Wangen flammten, ihre Gesichtszüge verzerrten sich. ›Wie häßlich sie ist!‹ dachte Alexander und verzog das Gesicht.

»Ich räche mich«, drohte sie. »Sie denken, so leicht mit dem Schicksal einer Frau spielen zu können? Haben sich in mein Herz geschlichen mit Schmeicheleien, durch Heuchelei, haben sich meiner völlig bemächtigt, und jetzt werfen Sie mich weg, da ich nicht mehr die Kraft habe, Sie aus meinem Gedächtnis zu streichen... Nein, ich lasse Sie nicht! Ich verfolge Sie überallhin. Sie entkommen mir nicht! Gehen Sie aufs Land – folge ich Ihnen, ins Ausland – auch dorthin geh ich, überallhin. So leicht trenne ich mich nicht von dem Glück. Mir ist alles einerlei. Wie auch mein Leben sein wird, ich habe nichts mehr zu verlieren. Aber ich werde auch das Ihre vergiften. Ich räche mich, räche mich! Bestimmt habe ich eine Rivalin! Es kann nicht sein, daß Sie mich einfach verlassen. Ich werde sie finden, und Sie werden sehen, was dann geschieht! Auch Sie sollen Ihres Lebens nicht froh werden! Mit welchem Entzücken würde ich hören, daß Sie zugrunde gegangen sind... Ich könnte Sie selber töten!« schrie sie rasend und wild.

›Wie töricht das ist! Wie abgeschmackt!‹ dachte Alexander und zuckte die Schultern.

Als sie sah, daß er auch ihren Drohungen gegenüber gleichmütig blieb, ging sie zu einem leisen, traurigen Tonfall über. Dann sah sie ihn schweigend an.

»Erbarmen Sie sich meiner!« begann sie aufs neue. »Verlassen Sie mich nicht. Was soll ich jetzt ohne Sie tun? Eine Trennung ertrage ich nicht. Ich sterbe! Bedenken Sie: Frauen lieben anders als Männer, zärtlicher, heftiger. Die Liebe ist alles für sie, besonders für mich. Andere kokettieren, lieben die Welt, den Lärm, eitles Treiben; ich habe mich nie daran gewöhnt, habe eine andere Art. Ich liebe die Stille, die Einsamkeit, Bücher, Musik, doch mehr als alles auf der Welt Sie...«

Alexander äußerte Ungeduld.

»Nun gut«, fuhr sie lebhaft fort. »Sie brauchen mich nicht zu lieben, aber erfüllen Sie Ihr Versprechen: Heiraten Sie mich, seien Sie nur bei mir. Sie sollen frei sein, tun, was Sie wollen, sogar lieben, wen Sie wollen, wenn ich Sie nur manchmal, dann und wann, sehe... Oh, mein Gott, erbarmen Sie sich, erbarmen Sie sich!«

Sie fing an zu weinen und konnte nicht weitersprechen. Die Aufregung hatte sie völlig erschöpft. Sie fiel auf den Diwan, legte die Hand auf die Augen, die Zähne schlugen aufeinander, der Mund verzerrte sich krampfhaft. Ein hysterischer Anfall hielt sie gepackt. Erst nach einer Stunde fand sie sich wieder. Das Stubenmädchen war um sie bemüht. Sie sah sich um. »Wo ist denn...?« fragte sie.

»Der Herr ist fort!«

»Fort!« wiederholte sie verzagt und saß lange schweigend und reglos.

Am nächsten Tag kam ein Brief nach dem andern zu Alexander. Er ließ sich nicht sehen und gab keine Antwort. Am dritten, am vierten Tag war es dasselbe. Julija schrieb an Pjotr Iwanytsch und bat ihn in einer wichtigen Angelegenheit zu sich. Seine Frau mochte sie nicht, weil sie jung und hübsch war und dabei Alexanders Tante.

Pjotr Iwanytsch fand sie ernstlich krank, fast sterbend. Er blieb zwei Stunden bei ihr, dann fuhr er zu Alexander.

»Ei, so ein Heuchler!« begrüßte er ihn.

»Was soll das?« fragte Alexander.

»Seht nur, als ging's ihn nichts an! Versteht's nicht, eine Frau in sich verliebt zu machen, und bringt sie sogar um den Verstand.«

»Ich verstehe Sie nicht, Onkelchen...«

»Was gibt es da nicht zu verstehen? Du verstehst schon! Ich war bei der Tafajewa, sie hat mir alles erzählt!«

»Was?« murmelte Alexander äußerst verlegen. »Sie hat alles erzählt!«

»Alles. Wie sie dich liebt! Glücklicher! Nun, da hast du immer geheult, daß du keine Leidenschaft findest: da hast du sie, nun tröste dich! Sie ist verrückt, eifersüchtig, weint, tobt... Aber warum verwickelt ihr mich in eure Angelegenheiten? Nun willst du mir sogar noch Frauen aufbürden. Das fehlte noch. Ich habe den ganzen Vormittag mit ihr vertan. Ich dachte, wunder was für Geschäfte es gäbe, daß sie ihr Vermögen beim Vormundschaftsrat anlegen will... Sie sagte einmal so etwas. Und worum ging es? Ei, das war ein Geschäft!«

»Warum waren Sie denn bei ihr?«

»Sie ließ mich rufen, beklagte sich über dich. Und in der Tat, schämst du dich nicht, sie so zu vernachlässigen? Vier Tage warst du nicht bei ihr. Das ist allerhand! Sie stirbt, die Arme! Los, fahr schnell hin...«

»Was haben Sie ihr denn gesagt?«

»Was man so sagt: daß du sie ebenfalls sinnlos liebst, daß du schon lange ein zärtliches Herz suchst, daß *aufrichtige Herzensergüsse* dir schrecklich gefallen und auch du ohne Liebe nicht leben kannst. Ich sagte, sie beunruhige sich umsonst, du würdest wiederkommen. Ich riet ihr, dich nicht zu sehr zu bedrängen, dir dann und wann etwas Freiheit zu lassen, denn sonst, sagte ich, würdet ihr euch langweilig werden. Nun, was man in solchen Fällen so sagt. Sie wurde vergnügt, verriet, daß eure Hochzeit ausgemacht und meine Frau in die Sache verwickelt sei. Und mir sagt man nichts, ihr seid mir Leute! Doch was denn: Gott mit euch! Die hat wenigstens etwas. Davon könnt ihr beide leben. Ich sagte ihr, daß du dein Versprechen unbedingt hältst. Ich habe mir wirklich Mühe gegeben, Alexander, zum Dank für den Dienst, den du mir erwiesen hast. Versicherte ihr, daß du sie *so flammend, so zärtlich* liebst...«

»Was haben Sie getan, lieber Onkel!« rief Alexander und wechselte die Farbe. »Ich... ich liebe sie nicht mehr! Ich will sie nicht heiraten! Ich bin kalt wie Eis ihr gegenüber! Eher geh ich ins Wasser, als...«

»Na, na, na!« meinte Pjotr Iwanytsch mit geheucheltem Staunen, »höre ich richtig? Warst nicht du es, der sagte – erinnerst du dich? –, daß du der Menschen Art verachtest und besonders die Frauen, daß es auf der Welt kein Herz gibt, das des deinen würdig ist? Was hast du noch gesagt? Geb Gott, daß ich mich entsinne...«

267

»Um Gottes willen, kein Wort mehr, Onkel; der Vorwurf genügt, wozu noch die Moralpredigt? Sie denken, ich begreif es sonst nicht ... Oh, Menschen, Menschen!«

Er begann plötzlich zu lachen, und der Onkel lachte mit.

»So ist es besser!« lobte Pjotr Iwanytsch. »Ich habe gesagt, daß du einst über dich selbst lachen wirst, nun ist es soweit ...«

Und beide brachen wieder in Lachen aus.

»Aber nun sag mal«, fuhr Pjotr Iwanytsch fort, »was denkst du jetzt über diese ... Wie hieß sie? Paschenka, nicht wahr? Die mit der Warze?«

»Onkelchen, das ist nicht großherzig.«

»Ich frage ja nur, um zu erfahren, ob du sie immer noch verachtest?«

»Lassen Sie das, um Gottes willen, und helfen Sie mir lieber aus der entsetzlichen Lage. Sie sind so klug, so vernünftig ...«

»Ah! Nun Komplimente, Schmeicheleien! Nein, heirate du nur.«

»Um nichts in der Welt, Onkelchen! Ich flehe Sie an, helfen Sie mir!«

»So ist das nun, Alexander. Gut, daß ich schon lange hinter deine Streiche gekommen bin ...«

»Was, schon lange?«

»Nun ja, ich wußte von Anfang an von deiner Verbindung.«

»Ma tante hat es Ihnen wahrscheinlich erzählt.«

»Warum nicht gar! *Ich* hab es ihr erzählt. Was ist dabei zu verwundern? Auf deinem Gesicht stand alles geschrieben. Nun, sorge dich nicht, ich habe dir schon geholfen.«

»Wie? Wann?«

»Schon heute morgen. Sei ruhig: die Tafajewa behelligt dich nicht mehr ...«

»Wie haben Sie das gemacht? Was haben Sie ihr gesagt?«

»Das zu wiederholen, dauert zu lange, Alexander. Das ist langweilig.«

»Vielleicht haben Sie ihr Gott weiß welche Schlechtigkeiten von mir erzählt. Sie haßt mich und verachtet mich ...«

»Ist das nicht ganz gleichgültig? Ich hab sie beruhigt, und das genügt, sagte, daß du nicht lieben kannst, es gar nicht wert seist, daß man sich um dich bemüht...«

»Und sie?«

»Sie ist nun sogar froh, daß du sie verlassen hast.«

»Was, froh?« meinte Alexander nachdenklich.

»Ja.«

»Sie haben kein Bedauern, keinen Kummer an ihr bemerkt? Ihr ist es gleich? So geht das nicht!«

Unruhig schritt er im Zimmer umher.

»Froh, ruhig!« wiederholte er. »Ich bitte ergebenst! Ich muß gleich zu ihr!«

»So sind die Menschen!« bemerkte Pjotr Iwanytsch. »So ist das Herz. Wenn man nach seinen Gelüsten lebte, das würde was Schönes. Hattest du keine Angst, daß sie dich holen ließ? Hast du mich nicht um Hilfe gebeten? Und jetzt regst du dich auf, weil sie nach der Trennung von dir nicht vor Kummer stirbt.«

»Froh, zufrieden!« sprach Alexander, hin- und hergehend und ohne auf seinen Onkel zu hören. »Ah! Sie hat mich also nicht geliebt! Weder Kummer noch Tränen. Nein, ich muß sie sehen.«

Pjotr Iwanytsch zuckte die Schultern.

»Was Sie auch sagen, Onkelchen: ich kann es nicht so lassen!« fügte Alexander hinzu und griff nach dem Hut.

»Nun, so kehre zu ihr zurück. Dann kommst du nie wieder los, mir aber bleib dann vom Leibe. Ich mische mich nicht wieder ein. Auch jetzt hab ich mich nur eingemischt, weil ich dich in diese Lage gebracht habe. Nun genug, warum läßt du wieder den Kopf hängen?«

»Es ist schmachvoll zu leben!« sprach Alexander mit einem Seufzer.

»Und nichts zu tun«, fügte sein Onkel hinzu. »Genug! Komm heute zu uns. Bei Tisch lachen wir über deine Geschichte, und dann fahren wir in die Fabrik.«

»Wie gering, wie nichtig ich bin!« sprach Alexander, in Gedanken verloren. »Ich habe kein Herz! Ich bin erbärmlich und arm an Geist!«

»Und das alles durch die Liebe!« unterbrach ihn Pjotr Iwanytsch. »Welch törichte Beschäftigung! Überlaß das einem Surkow. Du bist ein tüchtiger junger Mann, kannst dich mit Wichtigerem abgeben. Den Frauen bist du genug nachgelaufen.«

»Aber Sie lieben doch auch Ihre Frau?«

»Ja, natürlich, ich bin sehr an sie gewöhnt. Aber das hindert mich nicht, meine Pflicht zu tun. Nun, so leb wohl, komm nachher.«

Alexander blieb verwirrt und düsteren Sinnes zurück. Da schlich sich Jewsej an ihn heran mit einem Stiefel, in den er die Hand versenkt hielt.

»Gnädiger Herr, geruhen Sie mal herzusehen!« bat er in rührender Weise. »Was für eine Wichse das ist! Man kann sie blank reiben wie einen Spiegel und kostet nur einen viertel Rubel.«

Alexander kam zu sich, sah mechanisch auf den Stiefel, dann auf Jewsej.

»Geh hinaus!« befahl er. »Du bist ein Dummkopf!«

»Die müßte man aufs Dorf schicken«, fing Jewsej wieder an.

»Geh, sag ich dir, geh!« schrie Alexander fast weinend. »Du hast mich genug gequält. Du bringst mich noch ins Grab mit deinen Stiefeln ... Du ... Barbar!«

Jewsej machte sich geschwind aus dem Staub.

IV

»Warum kommt denn Alexander nicht zu uns? Drei Monate hab ich ihn nicht gesehen«, fragte Pjotr Iwanytsch eines Tages, als er nach Hause kam, seine Frau.

»Ich habe schon die Hoffnung verloren, ihn noch einmal wiederzusehen«, erwiderte sie.

»Was mag mit ihm sein? Ist wieder verliebt, was?«

»Ich weiß nicht.«

»Ist er gesund?«

»Ja.«

»Schreibe ihm bitte, ich müßte ihn sprechen. In seinem Amt gibt es erneut einen Wechsel, und er weiß es nicht einmal, glaube ich. Ich verstehe diese Sorglosigkeit nicht.«

»Ich habe schon ein dutzendmal an ihn geschrieben und ihn eingeladen. Er sagt, er habe keine Zeit, und dabei spielt er Dame oder angelt mit irgendwelchen Käuzen. Geh lieber selber zu ihm; dann erfährst du, was los ist.«

»Nein, ich mag nicht. Wir schicken einen Diener.«

»Alexander wird nicht kommen.«

»Versuchen wir es.«

Sie schickten den Diener zu ihm. Er kehrte bald zurück.

»Nun, war er zu Hause?« fragte Pjotr Iwanytsch.

»Jawohl. Sie trugen mir Grüße auf.«

»Was macht er?«

»Sie liegen auf dem Diwan.«

»Wie, um diese Zeit?«

»Ich hörte, sie sollen immer da liegen.«

»Aber was tut er da? Schläft er?«

»Aber nein. Erst dachte ich selber, sie schlafen, doch hielten sie die Augen offen, geruhten die Decke anzusehen.«

Pjotr Iwanytsch zuckte die Schultern.

»Wird er kommen?« fragte er.

»Aber nein. ›Grüße das Onkelchen‹, sagte er, ›und richte ihm aus, daß ich mich entschuldigen lasse. Ich fühle mich nicht recht gesund.‹ Auch Sie, gnädige Frau, lassen sie grüßen.«

»Was ist wieder mit ihm? Das ist wirklich erstaunlich! So war er aber schon immer. Laß den Wagen nicht ausspannen. Es bleibt mir nichts anderes übrig, ich fahre zu ihm. Aber das ist wirklich das letzte Mal.«

Auch Pjotr Iwanytsch traf Alexander auf dem Diwan. Als sein Onkel eintrat, richtete er sich langsam auf.

»Du fühlst dich nicht wohl?« fragte Pjotr Iwanytsch.

»So ist es«, bestätigte Alexander gähnend.

»Was treibst du denn?«

»Nichts.«

»Und du hältst es aus ohne Arbeit?«

»Ja.«

271

»Alexander, ich hörte heute, daß bei euch Iwanow ausscheidet.«

»Ja.«

»Wer kommt denn auf seinen Platz?«

»Man sagt, Itschenko.«

»Und was wirst du?«

»Ich? Nichts.«

»Wieso nichts? Warum bekommst du nicht seine Stelle?«

»Man befindet mich nicht für würdig. Was ist da zu machen? Wahrscheinlich tauge ich nicht dafür.«

»Alexander, ich bitte dich! Darum muß man sich bemühen. Du hättest zum Direktor gehen müssen.«

»Nein«, widersprach Alexander kopfschüttelnd.

»Dir ist offenbar alles gleich?«

»Alles.«

»Aber man übergeht dich zum dritten Mal.«

»Mir ist es gleich, mögen sie doch!«

»Wir wollen sehen, was du sagst, wenn dein früherer Untergebener dir Befehle erteilt oder wenn du aufstehen und dich vor ihm verbeugen mußt, sobald er das Zimmer betritt.«

»Was denn, dann stehe ich eben auf und verbeuge mich vor ihm.«

»Und die Eigenliebe?«

»Ich habe keine.«

»Du hast aber doch irgendwelche Interessen im Leben?«

»Ich hatte welche, hab sie aber verloren.«

»Das kann nicht sein, die Interessen wechseln nur. Warum hast du sie verloren, andere aber verlieren sie nicht? Das scheint mir zu früh, du bist noch nicht einmal dreißig Jahre...«

Alexander zuckte die Schultern.

Pjotr Iwanytsch hatte keine Lust mehr, die Unterhaltung fortzusetzen. Er nannte das alles Launen. Aber er wußte, daß er zu Hause den Fragen seiner Frau nicht entging, und deshalb fuhr er unwillig fort: »Du müßtest dich zerstreuen, in Gesellschaft gehen, lesen.«

»Ich mag nicht, Onkelchen.«

»Man redet schon über dich, sagt, du seist soso... ein

bißchen ... geistesgestört von der Liebe, tätest Gott weiß was, triebst dich mit irgendwelchen Käuzen herum ... Ich würde allein deshalb in Gesellschaft gehen.«

»Mögen sie reden, was sie wollen.«

»Hör, Alexander, Spaß beiseite. Das sind alles Kleinigkeiten. Du magst dich verbeugen oder nicht, Gesellschaften besuchen oder auch nicht – darum geht's nicht. Aber denke daran, daß du wie jeder Mensch Karriere machen mußt. Denkst du manchmal darüber nach?«

»Wie sollte ich nicht: Sie ist schon beendet.«

»Wie das?«

»Ich habe mir den Kreis meines Wirkens gezogen, und den will ich nicht verlassen. Da bin ich mein eigener Herr, das ist meine Karriere.«

»Das ist Faulheit.«

»Vielleicht.«

»Du hast kein Recht, auf der faulen Haut zu liegen, wenn du arbeiten kannst, wenn du Kraft dazu hast. Ist deine Pflicht denn schon getan?«

»Ich tue meine Pflicht, niemand kann mir Müßiggang vorwerfen. Vormittags bin ich im Dienst. Doch darüber hinaus noch arbeiten, das ist Luxus, freiwillige Pflicht. Warum soll ich mich plagen?«

»Alle plagen sich wegen etwas. Der eine hält es für seine Pflicht zu arbeiten, soweit seine Kraft reicht, der andere tut es des Geldes, der dritte der Ehre wegen. Weshalb sollst du eine Ausnahme sein?«

»Ehre, Geld! Besonders Geld! Wozu das? Ich bin doch satt, gekleidet. Dafür reicht es.«

»Und schlecht gekleidet jetzt«, bemerkte der Onkel. »Brauchst du denn weiter nichts?«

»Nein.«

»Und der Luxus geistiger und seelischer Genüsse und die Kunst ...«, äffte Pjotr Iwanytsch Alexander nach. »Du kannst doch vorwärtskommen, du bist zu Höherem bestimmt, dich ruft die Pflicht zu edlem Werk. Und das Streben nach Höherem, hast du das denn vergessen?«

»Um Gottes willen, um Gottes willen!« meinte Alexander

beunruhigt. »Onkelchen, auch Sie fangen an, überspannt daherzureden! Früher passierte Ihnen das nicht. Doch nicht meinetwegen? Das ist vergebliche Mühe! Ich habe nach Höherem gestrebt – erinnern Sie sich? Doch was kam dabei heraus?«

»Ich entsinne mich, wie du gleich mit einem Mal Minister werden wolltest und dann Schriftsteller. Doch als du merktest, daß ein langer, mühsamer Weg zu den höheren Ständen führt und daß ein Schriftsteller Talent haben muß, da bist du gleich wieder umgekehrt. Viele deinesgleichen kommen hierher, den Blick nur nach oben gerichtet, aber die Pflicht vor ihrer Nase sehen sie nicht. Wenn es gilt, eine Akte aufzusetzen, dann siehst du, was mit ihnen los ist. Ich spreche nicht von dir, du hast bewiesen, daß du arbeiten und mit der Zeit etwas werden kannst. Aber es ist langweilig, lange zu warten. Wir wollen schnell etwas werden, gelingt das nicht, lassen wir gleich den Kopf hängen.«

»Aber ich will nicht nach Höherem streben. Ich will bleiben, was ich bin. Habe ich denn nicht das Recht, mir eine Beschäftigung zu wählen, ob sie unter meinen Fähigkeiten liegt oder nicht – was hat das zu sagen? Wenn ich meine Arbeit gewissenhaft tue, dann erfülle ich meine Pflicht. Mag man mir vorwerfen, daß ich zu Höherem unfähig bin, mich soll das nicht kränken, sogar wenn es wahr wäre. Sie haben doch selber gesagt, daß auch in einem bescheidenen Los Poesie liegen kann, und jetzt werfen Sie mir vor, daß ich mir ein möglichst bescheidenes wähle. Wer will mir verbieten, ein paar Stufen tiefer zu steigen und auf der stehenzubleiben, die mir gefällt? Eine höhere Bestimmung möchte ich nicht – hören Sie, ich möchte nicht!«

»Ich höre es! Ich bin nicht taub, doch sind das alles Trugschlüsse.«

»Das macht nichts. Ich habe meinen Platz gefunden und werde auf ihm in aller Ewigkeit sitzen. Ich habe einfache, unkomplizierte Menschen gefunden. Es macht nichts, daß sie beschränkten Verstandes sind. Ich spiele Dame mit ihnen und angle – und das ist herrlich! Mag ich nach Ihrer Meinung dafür gestraft werden, mag ich um Gratifikation, Geld, Ehre,

Ansehen kommen, um alles, was Ihnen so schmeichelt, ich verzichte für immer darauf...«

»Alexander, du stellst dich ruhig und gleichgültig gegen alles, doch deine Rede schäumt von Ärger. Es klingt, als sprächst du nicht in Worten, sondern in Tränen. Du hast viel Galle in dir und weißt nicht, über wen du sie ausschütten sollst, weil du allein schuld bist.«

»Mag es so sein!« sprach Alexander.

»Was willst du denn? Der Mensch muß doch etwas wollen.«

»Ich will nicht gestört werden in meiner verborgenen Welt, will mich um nichts kümmern und ruhig sein.«

»Ist das denn ein Leben?«

»Nach meiner Meinung ist das kein Leben, was Sie führen. Folglich bin ich auch im Recht.«

»Du möchtest das Leben nach deiner Art ändern. Ich kann mir vorstellen, das wäre schön! Bei dir würden alle als Liebende und Freunde paarweise unter Rosen lustwandeln...«

Alexander entgegnete nichts.

Schweigend betrachtete ihn Pjotr Iwanytsch. Er war wieder abgemagert, die Augen waren eingefallen, auf Wangen und Stirn hatten sich vorzeitig Falten gebildet.

Der Onkel erschrak. Er glaubte wenig an seelische Qualen, doch fürchtete er, unter dieser Mutlosigkeit verberge sich der Anfang einer physischen Krankheit. ›Der gute Junge schnappt am Ende noch über‹, dachte er, ›und dann werde fertig mit seiner Mutter! Da wird sich ein Briefwechsel anspinnen! Und ehe ich mich versehe, kommt sie hierher.‹

»Ja, Alexander, du bist ein Enttäuschter, das sehe ich«, sagte er.

›Wie kann ich ihn nur wieder auf seine Lieblingsideen bringen? Warte, ich verstelle mich...‹

»Höre, Alexander«, sagte er. »Du läßt dich zu sehr gehen. Schüttle die Teilnahmslosigkeit von dir. Das ist nicht gut! Woher kommt sie denn? Du hast es dir vielleicht zu sehr zu Herzen genommen, daß ich mich manchmal geringschätzig über Liebe und Freundschaft geäußert habe. Das tat ich doch nur im Scherz, um deine Begeisterung zu dämpfen, die in unserem praktischen Jahrhundert unangebracht ist, besonders hier in Petersburg, wo alles seine Regeln hat, Mode wie Leidenschaften, Geschäfte, Vergnügungen, alles abgewogen, altbekannt, abgeschätzt, allem seine Grenzen gesetzt. Wozu soll man auffällig abweichen von der allgemeinen Ordnung? Meinst du tatsächlich, ich sei gefühllos, ich erkenne die Liebe nicht an? Liebe ist ein wunderbares Gefühl. Es gibt nichts Heiligeres als den Bund zweier Herzen oder die Freundschaft zum Beispiel... Ich bin zutiefst überzeugt, daß ein Gefühl beständig sein muß, ewig...«

Alexander fing an zu lachen.

»Was hast du?« fragte Pjotr Iwanytsch.

»Sie reden überspannt, Onkelchen, überspannt. Wollen Sie nicht eine Zigarre? Rauchen wir eine. Dann reden Sie weiter, und ich höre zu.«

»Was hast du denn?«

»Weiter gar nichts. Sie wollen mich anführen und haben mich doch einmal einen gescheiten Menschen genannt! Wollten wie mit einem Ball mit mir spielen. Das ist beleidigend! Ich kann doch nicht ewig ein Jüngling bleiben. Zu etwas war die Schule nütze, die ich durchgemacht habe. Wie können Sie so sinnlose Reden halten! Als hätte ich keine Augen im Kopf! Sie haben nur einen Ulk vorgeführt, und ich war Zuschauer.«

›Das nehme ich nicht auf mich‹, dachte Pjotr Iwanytsch. ›Ich schicke ihn zu meiner Frau.‹

»Komm mal wieder zu uns«, forderte er ihn auf. »Meine Frau möchte dich gerne sehen.«

»Ich kann nicht, Onkelchen.«

»Tust du etwa gut daran, sie so zu vernachlässigen?«

»Vielleicht ist es schlecht, doch entschuldigen Sie mich um Gottes willen, und erwarten Sie mich jetzt nicht. Gedulden Sie sich noch einige Zeit, ich werde schon kommen.«

»Nun, wie du willst«, sagte Pjotr Iwanytsch. Er winkte ab und fuhr nach Hause.

Seiner Frau sagte er, er ziehe sich von Alexander zurück. Der möge machen, was er wolle, er, Pjotr Iwanytsch, habe alles getan, was er könne, und jetzt wasche er seine Hände in Unschuld.

Als Alexander Julija entflohen war, stürzte er sich in einen Wirbel rauschender Freuden. Er befolgte die Verse unseres bekannten Dichters:

> Gehn wir dahin, wo alles atmet Freude,
> wo der Wirbel der Vergnügungen rauscht,
> wo man nicht lebt, sondern Leben und Jugend
>   vergeudet!
> Bei lustigen Spielen an einem fröhlichen Tisch,
> trügerischem Glück für kurze Zeit frönend
> und mich an eitle Träume gewöhnend,
> beim Wein mit dem Schicksal versöhne ich mich.
> Beschwicht'ge des Herzens bittere Sorgen,
> laß die Gedanken nicht eilen gen morgen;
> ich will nicht, daß mein Auge noch schau
> in der Himmel sanftes, strahlendes Blau . . .
> und so weiter.

Auf einmal war eine Familie von Freunden da und mit ihnen der unvermeidliche *Becher*. Die Freunde betrachteten ihre Gesichter tiefsinnig im schäumenden Naß und in ihren Lackstiefeln. »Hinweg mit dem Kummer!« riefen sie jubelnd. »Hinweg mit den Sorgen! Laßt uns die Jugend und das Leben verschwenden, vernichten, verbrennen, bis zur Neige auskosten! Hurra!« Und Gläser und Flaschen flogen klirrend zu Boden.

Die Freiheit, die lärmende Geselligkeit und das sorglose Leben ließen ihn für kurze Zeit Julija und seinen Kummer vergessen. Aber es blieb immer dasselbe: Das Mittagessen im Restaurant, die Gesichter mit den trüben Augen um ihn, das trunkene, törichte Geschwätz der Gefährten und zu allem Übel ein ständig verdorbener Magen. Nein, das war nicht nach seinem Sinn. Der schwache Körper Alexanders und sein Gemüt, das auf einen traurigen, elegischen Ton gestimmt war, hielten diese Art Vergnügen nicht aus.

Er floh *die fröhlichen Spiele am Tische der Freuden* und fand sich in seinem Zimmer allein, allein mit sich, mit den vergessenen Büchern. Doch das Buch entfiel seiner Hand, die Feder gehorchte der Eingebung nicht. Schiller, Goethe, Byron wiesen ihm die düstere Seite des Menschseins – die lichte bemerkte er nicht. Ihm stand der Sinn nicht danach.

Und wie glücklich war er einst in diesem Zimmer gewesen! Damals war er nicht allein. Eine herrliche Erscheinung weilte bei ihm, segnete tags seine sorgsame Arbeit und wachte zu seinen Häupten bei Nacht. Damals umgaben ihn Träume, die Zukunft war in Nebel gehüllt, doch nicht in schweren Nebel, der schlechtes Wetter verkündet, sondern in Nebel, der die lichte Morgenröte versteckt. Hinter dem Nebel verbarg sich etwas, wahrscheinlich das Glück... Und jetzt? Nicht nur sein Zimmer, die ganze Welt erschien ihm verödet, und in ihm selber herrschten Kälte und Schmerz.

Wenn er sein Leben betrachtete, sein Herz befragte und seinen Kopf, so bemerkte er mit Schrecken, daß ihm kein Traum, keine rosige Hoffnung verblieb. Alles lag schon hinter ihm. Der Nebel hatte sich zerstreut. Vor ihm breitete sich wie Steppe die nackte Wirklichkeit aus. Mein Gott! Diese unübersehbare Weite! Dieser langweilige, trostlose Anblick! Die Vergangenheit verloren, die Zukunft zunichte, Glück gab es nicht, alles nur Hirngespinste – aber leben mußte man!

Er wußte selbst nicht, was er wollte, nur, was er alles *nicht* wollte.

Sein Kopf befand sich wie im Nebel. Er schlief nicht, sondern schien bewußtlos zu sein. In einem unaufhörlichen Reigen zogen drückende Gedanken durch seinen Kopf.

Was konnte ihn noch hinreißen? Bezaubernde Hoffnungen und Sorglosigkeit gab es nicht mehr! Er kannte alles, was vor ihm lag. Streben auf dem Wege der Ehre und Achtung? Was hatte er davon. Lohnte es sich, wegen einiger zwanzig, dreißig Jahre zu kämpfen wie ein Fisch gegen das Eis? Und wärmte das etwa das Herz? Erquickte es wohl das Gemüt, wenn ein paar Leute sich vor einem verbeugten und vielleicht dabei dachten: Der Teufel hole dich!

Die Liebe? Ja, das war das Rechte! Er kannte sie gründlich und hatte die Fähigkeit zu lieben verloren. Sein Gedächtnis hielt ihm eifrig wie zum Hohn Nadenka vor, doch nicht die unschuldige, treuherzige – an die erinnerte es ihn nie –, sondern die Verräterin, mit allem, was sie umgab, den Bäumen, dem kleinen Weg, den Blumen, und inmitten von alledem die kleine Schlange mit dem vertrauten Lächeln, mit der Röte der Lust und der Scham. Und alles für einen andern, nicht etwa für ihn! Er faßte sich stöhnend ans Herz.

›Die Freundschaft‹, dachte er, ›ist die andere Dummheit! Alles ist schon erprobt, Neues gibt's nicht. Was vergangen, kehrt nicht wieder – aber leben mußte man!‹

Er glaubte an niemand und an nichts, fand auch im Genuß kein Vergessen, kostete davon wie ein Mensch ohne Appetit eine leckere Speise, gleichgültig, weil er wußte, darauf folgt die Langeweile, die seelische Leere kann nicht ausgefüllt werden. Vertraute man einem Gefühl, so trog es, versetzte nur das Gemüt in Aufruhr und fügte zu den früheren Wunden noch ein paar neue hinzu. Sah er zwei Menschen, in Liebe verbunden und sich selbst vor Entzücken vergessend, so lächelte er ironisch und dachte: ›Wartet nur, ihr kommt schon zu euch. Nach den ersten Freuden setzt die Eifersucht ein, folgen Versöhnungsszenen und Tränen. Lebt ihr zusammen, dann langweilt ihr euch zu Tode, trennt ihr euch, dann weint ihr noch mehr. Vereint ihr euch wieder, ist es noch schlimmer. Wahnwitzige! Sie streiten sich ununterbrochen, schmollen, leiden Eifersucht, versöhnen sich für einen Augenblick, um sich noch heftiger zu zanken: Das ist ihre Liebe, ihre Hingabe. Und alle nennen es, mit Schaum auf den Lippen, manchmal Tränen der Verzweiflung in ihren Augen, hartnäckig *Glück!* Und eure Freundschaft... *Wirf einen Knochen hin, dann siehst du, was deine Hunde tun!*‹

Er hatte Angst, sich etwas zu wünschen, weil er wußte, daß das Schicksal oft im Augenblick der Erfüllung das Glück wieder entreißt und dafür etwas anderes bietet, was man gar nicht will, irgend etwas Nichtsnutziges. Und wenn es das Gewünschte gewährt, so quält es einen zuvor bis aufs Blut, bis man erschöpft ist, erniedrigt einen in den eigenen Augen und wirft es dann hin, wie man einem Hund einen Brocken hinwirft, nachdem man ihn gezwungen hat, an den leckeren

Bissen heranzukriechen, ihn anzusehen, auf der Schnauze zu halten, sich im Staube zu wälzen, auf den Hinterbeinen zu stehen, und dann erst – faß!

Ihn schreckte auch der Wechsel von Glück und Unglück im Leben. Freuden sah er nicht voraus, doch Kummer lag bestimmt vor ihm, dem entging niemand. Alle waren dem gleichen Gesetz unterworfen. Jedem war, so schien es ihm, das gleiche Maß an Glück und Unglück bestimmt. Sein Glück war vergangen, und was war es gewesen? Eine Fata Morgana, ein Blendwerk. Nur der Kummer war wirklich, und er lag noch vor ihm. Da erwarteten ihn Krankheiten und Alter, Verluste jeglicher Art, vielleicht sogar Not... Alle diese *Schicksalsschläge*, wie die Tante auf dem Lande es nannte, lauerten ihm auf. Und was gab es für Trost? Die hohe Bestimmung zum Dichter war Trug. Man hatte ihm eine schwere Last aufgebürdet und nannte sie Pflicht! Es blieben die erbärmlichen Güter: Geld, Komfort, Titel... ›Ich danke!‹ Oh, wie traurig stimmt es, das Leben zu analysieren, es zu verstehen und nicht zu verstehen, wozu es einem gegeben ist!

So hing er seiner Schwermut nach und sah keinen Ausweg aus dem Pfuhle der Zweifel. Die Erfahrungen hatten ihn ohne Erfolg durchgeknetet, hatten seinem Leben keine Gesundung gebracht, hatten nicht die Luft gereinigt und ihm kein Licht aufgesteckt. Er wußte nicht, was er tun sollte, wälzte sich auf dem Diwan umher, ging seine Bekannten im Geiste durch und grämte sich nur noch ärger. Der eine versah seinen Dienst ausgezeichnet, genoß Achtung und Ruhm als guter Verwaltungsbeamter. Der andere gründete sich eine Familie und zog das Leben in der Stille, weder Neid noch Wünsche hegend, allen eitlen Gütern der Welt vor. Der dritte... Aber was soll das? Alle hatten sich eingerichtet, hatten festen Fuß gefaßt und gingen einen gutgewählten, deutlich erkennbaren Weg. Nur ich allein... Was bin ich bloß für ein Mensch?

Und er suchte sich selbst zu erkennen: Könnte er Verwaltungsbeamter oder Schwadronschef sein? Wäre er im Familienleben zufrieden? Und er sah ein, daß ihn das alles nicht befriedigen würde. Stets regte sich ein Teufelchen in ihm und

flüsterte, dies sei zu gering für ihn, er müsse höher hinaus . . .
Aber wohin und wie, das wußte es nicht. Als Autor war er
erfolglos gewesen. ›Was tun, was beginnen?‹ fragte er sich
und wußte keine Antwort. Und der Ärger nagte an ihm:
Nun, so würde er doch Verwaltungsbeamter oder Schwadronschef . . . Aber nein, die Zeit war vorbei, er hätte beim
Abc wieder anfangen müssen.

Die Verzweiflung preßte ihm Tränen aus den Augen,
Tränen des Ärgers, des Neids, der Mißgunst gegen jedermann, die allerquälendsten Tränen. Er bereute es bitter, daß
er nicht auf seine Mutter gehört hatte, daß er aus der Wildnis
geflohen war.

›Mamachen hat mit ihrem Herzen den vor mir liegenden
Kummer geahnt‹, dachte er. ›Dort lägen die unruhevollen
Triebe in festem Schlaf, dort gäbe es nicht solch stürmischen
Aufruhr, solche Schwierigkeiten im Leben. Alle menschlichen Gefühle, alle Leidenschaften suchten mich auch dort
heim, doch Eigenliebe, Stolz und Eifersucht, alles berührte
das Herz in den engen Grenzen unseres Kreises nur in
geringem Maß, und alles würde befriedigt. Der Erste im
Kreis! Ja! Alles ist relativ. Der göttliche Funke des himmlischen Feuers, das stärker oder schwächer in jedem brennt,
wäre unbemerkt in mir entglommen und in dem untätigen
Leben bald wieder erloschen, oder er hätte sich zur Anhänglichkeit an Frau und Kinder entzündet. Das Dasein wäre mir
nicht vergiftet. Ich ginge stolz meiner Bestimmung entgegen.
Mein Lebensweg wäre ruhig, erschiene mir einfach, verständlich, das Leben entspräche meinen Kräften, ich bestünde den
Kampf mit ihm . . . Und die Liebe? Sie blühte wie eine üppige
Blume und füllte mein Leben völlig aus. Sofja liebte mich in
der Stille. Ich hätte nicht den Glauben an alles verloren, nur
Rosen gepflückt, ohne Dornen zu kennen, auch keine Eifersucht erfahren, weil kein Rivale da war! Warum hat es mich so
heftig blindlings in die Ferne gezogen, in den Nebel, in den
ungleichen Kampf mit dem Schicksal, dessen Härte ich nicht
kannte? Wie herrlich mir damals das Leben und die Menschheit erschienen! So sähe ich sie noch jetzt, sie hätten sich mir
nie richtig gezeigt. Ich erwartete damals so viel vom Leben

281

und würde jetzt noch etwas von ihm erwarten, denn ich hätte es nicht so genau untersucht. Wieviele Schätze hatte ich in mir entdeckt! Wohin sind sie? Ich habe sie eingetauscht gegen die Welt, habe die Aufrichtigkeit meines Herzens gegeben, die erste innige Leidenschaft – und was hab ich dafür erhalten? Bittere Enttäuschung, habe erfahren, daß alles Trug ist, nichts von Dauer, daß man weder auf sich selber noch auf andere hoffen darf – und lernte die andern und mich fürchten... Bei dieser Analyse des Lebens erkannte ich seine Nichtigkeit, aber ich kann mich nicht damit abfinden, wie mein Onkel und viele andere auch... Und jetzt...!‹

Jetzt wünschte er nur noch eins: Vergessen des Vergangenen, Ruhe, Schlaf für die Seele. Er wurde immer gleichgültiger gegen das Leben, sah alles mit schläfrigen Augen an. In der Menge, im Lärm der Gesellschaft langweilte er sich; er floh die Gesellschaft, die Langeweile folgte ihm.

Er wunderte sich, daß die Menschen fröhlich sein konnten, unausgesetzt sich beschäftigen konnten, sich jeden Tag von neuen Interessen hinreißen ließen. Es schien ihm merkwürdig, daß nicht alle schläfrig umhergingen wie er, nicht weinten und, statt vom Wetter zu schwatzen, sich nicht von Schmerz und wechselseitigem Leid unterhielten. Sie sprachen höchstens von Schmerz in den Füßen oder woanders, von Rheumatismus oder Hämorrhoiden. Nur der Körper bereitete ihnen Sorge, an die Seele dachten sie nicht. ›Leere, nichtssagende Menschen, Tiere!‹ dachte er. Doch manchmal verfiel er tief in Gedanken. ›Ihrer sind viele, dieser nichtssagenden Menschen‹, meinte er beunruhigt, ›und ich bin allein. Sind wirklich alle leer, im Unrecht... und ich?‹

Dann schien es ihm, er sei allein schuld an allem, und er wurde noch unglücklicher.

Mit seinen alten Bekannten traf er sich nicht mehr. Beim Nahen eines neuen Gesichts überlief es ihn kalt. Nach dem Gespräch mit seinem Onkel versank er noch tiefer in seinen apathischen Schlaf. Seine Seele verbarg sich in tiefstem Schlummer. Er ergab sich einer götzenhaften Gleichgültigkeit, lebte müßig, mied hartnäckig alles, was an die gebildete Welt gemahnte.

»Wie man sein Leben verbringt, ist gleich, wenn man es nur hinter sich bringt!« sagte er. »Jedem steht es frei, das Leben zu nehmen, wie er will. Und wenn man stirbt...«

Er suchte Gespräche mit Leuten galliger, erbitterter Gemütsverfassung und mit verstocktem Herzen, und sein Herz erleichterte es, wenn er bissigen Spott über das Schicksal anhörte. Oder er verbrachte die Zeit mit Leuten, die ihm weder an Verstand noch an Erziehung gleich waren, meist mit dem alten Kostjakow, mit dem Sajesshalow in jenem Brief Pjotr Iwanytsch bekannt machen wollte.

Kostjakow wohnte im Peskiviertel. Auf seiner Straße ging er im Schlafrock einher, den er mit einem Taschentuch gürtete, und trug eine Mütze mit Lackschirm. Eine Köchin wohnte bei ihm, mit der er abends Karten spielte. Wenn ein Feuer ausbrach, erschien er als erster und ging als letzter wieder weg. Kam er an einer Kirche vorbei, in der man das Totenamt hielt, so zwängte er sich durch die Menge, um dem Verstorbenen ins Gesicht sehen zu können, und geleitete ihn dann mit zum Friedhof. Jede Art Zeremonie, fröhliche wie traurige, liebte er leidenschaftlich, wohnte auch gern anderen außerordentlichen Vorgängen bei wie Schlägereien, tödlich verlaufenden Unglücken, Deckeneinstürzen und so weiter und las die Aufzählung solcher Ereignisse in der Zeitung mit großem Genuß. Außerdem las er medizinische Bücher, ›um zu wissen, was im Menschen ist‹, wie er sagte. Im Winter hatte Alexander mit ihm Dame gespielt, und im Sommer angelten sie vor der Stadt. Der Alte sprach über dies und jenes. Gingen sie dem freien Feld zu, redete er vom Getreide und von der Saat, am Ufer von Fischen und Schifffahrt, in den Straßen machte er Bemerkungen über die Häuser, deren Bau, Material und die Mieten. Abstraktes interessierte ihn nicht. Das Leben sah er als gute Sache an, solange man Geld hatte, und umgekehrt. Ein solcher Mensch war Alexander nicht gefährlich, er konnte sein Gemüt nicht in Aufruhr versetzen.

Alexander bemühte sich eifrig, die Wurzeln des Geistes in sich zu töten, so wie sich Einsiedler um die Abtötung des Fleisches bemühen. Im Dienst war er schweigsam, bei einer

283

Begegnung mit Bekannten machte er sich mit wenigen Worten frei, redete sich mit Zeitmangel heraus und eilte davon. Dafür sah er seinen Freund Kostjakow jeden Tag. Entweder saß der Alte den ganzen Tag bei ihm, oder er lud Alexander zu einer Kohlsuppe zu sich. Er hatte Alexander beigebracht, Branntweinaufguß zu bereiten, Krautsuppe mit Fleisch und Kutteln zu kochen. Dann machten sie sich gemeinsam auf den Weg ins Freie, in die Umgebung der Stadt. Kostjakow hatte überall viele Bekannte. Mit den Bauern erörterte er ihr Leben und Treiben, mit den Weibern scherzte er, er war tatsächlich der Spaßmacher, als den ihn Sajesshalow empfohlen hatte. Alexander ließ ihm völlige Freiheit im Reden, er selber aber schwieg zumeist.

Er merkte schon, daß die Ideen aus der Welt, die er verlassen hatte, ihn seltener heimsuchten. Sie regten sich immer träger in seinem Kopf, und da sie in der neuen Umgebung weder Widerhall noch Widerspruch fanden, erstarben sie, ohne über die Lippen zu treten und ohne fruchtbar zu werden. In seiner Seele war es öde und wüst wie in einem verwilderten Garten. Es fehlte nur wenig, und er war völlig erstarrt. Noch ein paar Monate, und es war überstanden. Doch da geschah folgendes:

Eines Tages angelte Alexander mit Kostjakow. Kostjakow, in kurzem Stepprock und Ledermütze, hatte am Ufer mehrere Angeln von verschiedener Größe ausgelegt, Bodenangeln, solche mit Kork, mit Schellen und mit Glöckchen. Nun beobachtete er, ohne mit der Wimper zu zucken, nur sein kurzes Pfeifchen rauchend, die ganze Batterie Angeln, unter denen auch die Alexanders war; denn er lehnte an einem Baum und sah nach einer anderen Richtung. So standen sie lange und schwiegen.

»Alexander Fjodorytsch, sehen Sie, bei Ihnen beißt einer an«, flüsterte Kostjakow plötzlich.

Alexander warf einen Blick auf das Wasser und wandte sich wieder ab.

»Nein, das schien Ihnen nur durch den Wellengang so«, erwiderte er.

»Sehen Sie, sehen Sie!« rief Kostjakow. »Er beißt an, bei

Gott, er beißt an! Ei, ei! Ziehen Sie sie heraus! Ziehen Sie! Halten Sie fest!«

In der Tat war der Kork ins Wasser getaucht, zog die Angelschnur hurtig nach, und der Schnur folgte die an einem Strauch befestigte Rute. Alexander griff nach der Rute und dann nach der Schnur.

»Sachte, ganz leicht, nicht so... Was machen Sie denn?« schrie Kostjakow, während er geschickt nach der Schnur haschte. »Väterchen! Der ist schwer! Reißen Sie nicht so. Führen Sie, führen Sie, sonst reißt er sich los. Ja so, nach rechts, nach links, hierher, ans Ufer! Gehen Sie zurück, weiter! Jetzt ziehen Sie, ziehen Sie, nur nicht zu plötzlich. So, ja so.«

Über dem Wasser erschien ein gewaltiger Hecht. Er wand sich blitzschnell zu einem Ring, wobei seine silbrigen Schuppen blitzten, peitschte mit dem Schwanz nach rechts und nach links und überschüttete die beiden mit Spritzern. Kostjakow wurde ganz bleich.

»Das ist ein Hecht!« rief er fast erschrocken aus, reckte sich über das Wasser, stolperte und fiel über die Angeln, fing jedoch mit beiden Händen den über dem Wasser sich windenden Hecht. »Nun ans Ufer, ans Ufer, dorthin, weiter! Erst dort gehört er uns, so sehr er sich windet. Da, wie er entschlüpfen will, ein wahrer Satan! Ach, das ist einer!«

»Ach!« wiederholte jemand hinter ihnen.

Alexander drehte sich um. Zwei Schritte von ihnen entfernt standen ein alter Herr und, an seinem Arm, ein hübsches Mädchen, groß, mit bloßem Kopf, einen Sonnenschirm in den Händen. Sie beugte sich etwas vor und folgte, die Brauen leicht zusammengezogen, in lebhafter Anteilnahme jeder Bewegung Kostjakows. Sie hatte Alexander noch gar nicht bemerkt.

Ihn verwirrte die unverhoffte Erscheinung. Die Rute fiel ihm aus der Hand, der Hecht platschte ins Wasser, tat einen gewandten Schlag mit dem Schwanz und schnellte sich in die Tiefe; die Angelschnur zog er hinter sich her. All das geschah in einem Augenblick.

»Alexander Fjodorytsch! Was machen Sie da?« schrie

Kostjakow wie besessen und suchte die Schnur zu fassen. Er zog sie an, holte aber nur das leere Ende heraus, ohne Haken und ohne den Hecht.

Ganz blaß wandte er sich zu Alexander, zeigte ihm das Ende der Schnur und sah ihn fast eine Minute lang wortlos und wütend an, dann spuckte er aus.

»Nie wieder geh ich mit Ihnen angeln, sonst will ich verflucht sein!« stieß er hervor und trat von Alexander weg zu den Angeln.

Da bemerkte das junge Mädchen, daß Alexander sie ansah, wurde rot und zog sich zurück. Der alte Herr, offensichtlich ihr Vater, verbeugte sich vor Alexander. Der erwiderte mürrisch seine Verbeugung, warf dann die Angel hin und setzte sich ein paar Schritte entfernt auf eine Bank unter einen Baum.

›Nicht einmal hier hat man seine Ruhe!‹ dachte er. ›Da kommt so ein Ödipus mit einer Antigone daher. Schon wieder eine Frau! Nirgends ist man vor ihnen sicher. Mein Gott, wie es von ihnen wimmelt!‹

»Ach Sie, Sie Angler!« sagte indessen Kostjakow, der seine Angeln richtete und Alexander von Zeit zu Zeit einen bösen Blick zuwarf. »Sie werden nie einen Fisch fangen! Fangen Sie lieber Mäuse, wenn Sie daheim auf dem Diwan sitzen, statt Fische! Wie kann man einen Fisch fangen, wenn man ihn aus der Hand fallen läßt? Wir hatten ihn schon fast im Mund, nur gebraten war er noch nicht! Ein Wunder, daß er Ihnen nicht noch vom Teller springt!«

»Beißt denn was an?« fragte der alte Herr.

»Ja, sehen Sie«, antwortete Kostjakow, »hätte hier an meinen sechs Angeln nur ein ekliger Kaulbarsch wie zum Hohn angebissen! An der dort mit dem Kork aber – wenn's noch die Bodenangel gewesen wäre! –, was legt da um diese Zeit an? Ein Hecht von zehn Pfund! Und den lassen wir uns entgehen. Da sagt man, dem Jäger läuft das Wild zu. Das sieht man! Von mir soll sich mal einer losreißen, ich würde ihn noch im Wasser fangen! Und hier schwimmt einem ein Hecht von alleine ins Maul, und wir schlafen! Und so was nennt sich dann Angler! Das sind mir Angler! Kann man das überhaupt

Angler nennen? Nein, ein richtiger Angler zuckt nicht mit der Wimper, und wenn neben ihm eine Kanone losgeht! Dann ist's ein Angler! Sie werden nie einen Fisch fangen!«

Das Mädchen hatte indessen feststellen können, daß Alexander ein völlig anderer Mensch war als Kostjakow. Alexanders Anzug war anders, die Figur, sein Alter, die Manieren und alles. Sie erkannte schnell die Zeichen guter Erziehung an ihm, las seine Denkart von seinem Gesicht ab. Selbst der Schatten von Trauer entging ihr nicht.

›Aber warum läuft er davon?‹ dachte sie. ›Merkwürdig, ich sehe doch nicht so aus, daß man vor mir wegläuft…‹

Sie richtete sich stolz auf, senkte die Lider, hob sie dann wieder und blickte Alexander ungnädig an.

Sie ärgerte sich, zog ihren Vater weg und ging erhaben an Alexander vorbei. Der alte Herr verbeugte sich wieder, die Tochter würdigte ihn nicht eines Blickes.

›Mag er merken, daß man ihn überhaupt nicht beachtet‹, dachte sie, während sie verstohlen guckte, ob Alexander sie ansah.

Alexander warf nicht einen Blick auf sie, aber er nahm unwillkürlich eine malerische Haltung an.

›Das ist einer! Sieht nicht einmal her!‹ dachte das Mädchen. ›So eine Frechheit!‹

Am nächsten Tag schleppte Kostjakow Alexander doch wieder zum Angeln und war so kraft seines eigenen Schwurs verflucht.

Zwei Tage lang störte nichts ihre Einsamkeit. Anfangs sah Alexander sich ängstlich um, aber als er niemand erblickte, gewann er seine Ruhe wieder. Am zweiten Tag zog er einen großen Flußbarsch heraus. Kostjakow söhnte sich halb und halb mit ihm aus.

»Aber ein Hecht ist das nicht!« seufzte er. »Hatten das Glück in den Händen und haben es nicht zu nutzen gewußt. Ein zweites Mal geschieht das nicht. Und ich habe wieder nichts! An sechs Angeln – nichts.«

»Läuten Sie doch mit den Glöckchen!« spottete ein Bauer, der stehengeblieben war, um den Erfolg ihres Angelns zu sehen. »Vielleicht kommt dann ein Fisch zum Gebet.«

Kostjakow sah ihn aufgebracht an.

»Schweig, du ungebildeter Mensch!« schimpfte er. »Du Bauer!«

Der Bauer machte sich davon.

»Du Knüppel!« schrie ihm Kostjakow nach, »Vieh bleibt Vieh! Macht sich über den Bruder lustig, Verfluchter! Vieh, sag ich dir, Bauer!«

Man hüte sich, einen Jäger im Augenblick des Mißlingens zu reizen!

Als sie am dritten Tag angelten, schweigend, den Blick starr auf das Wasser gerichtet, ließ sich ein Geräusch hinter ihnen vernehmen. Alexander sah sich um und fuhr zusammen, als hätte ihn eine Mücke gestochen, nicht mehr und nicht minder. Da standen der alte Herr und das Mädchen.

Alexander schielte zu ihnen hin und erwiderte kaum die Verbeugung des Alten. Doch schien es, als hätte er die Besucher erwartet. Gewöhnlich ging er nachlässig gekleidet zum Angeln, heute aber hatte er einen neuen Mantel an und ein blaues Halstuch kokett umgebunden, das Haar geordnet, sogar ein wenig gebrannt, und ähnelte so einem Fischer in einer Idylle. Er wartete nur, solange der Anstand es forderte, dann ging er davon und setzte sich unter den Baum!

›Cela passe toute permission!‹ dachte Antigone zornentflammt.

»Entschuldigen Sie«, sagte Ödipus zu Alexander. »Wir stören vielleicht?«

»Nein«, antwortete Alexander, »ich bin müde.«

»Beißt etwas an?« fragte der Alte Kostjakow.

»Wie kann einer anbeißen, wenn man dicht daneben redet«, antwortete jener verärgert. »Da kam so ein Waldschratt vorbei und schwatzte, und seitdem beißt keiner mehr an. Aber Sie wohnen wohl hier in der Nähe?« erkundigte er sich bei Ödipus.

»Das ist unser Landhaus, das mit dem Balkon«, erklärte der Alte.

»Bezahlen Sie viel dafür?«

»Fünfhundert Rubel für den Sommer.«

»Anscheinend ein hübsches Haus, zweckmäßig und im

Hof viele Nebengebäude. Dreißigtausend hat es wohl den Besitzer gekostet.«

»Ja, ungefähr.«

»Soso. Und das ist Ihr Töchterchen?«

»Ja.«

»Soso. Ein schönes Fräulein! Wollen Sie spazierengehen?«

»Ja, wenn man auf dem Lande wohnt, muß man spazierengehen.«

»Gewiß, gewiß, wie sollten Sie nicht. Das Wetter ist schön, nicht so wie vorige Woche. Das war ein Wetter, ei ei ei! Gott bewahre uns davor. Ich denke, die Wintersaat hat etwas abbekommen.«

»Gott wird es fügen, daß sie sich erholt.«

»Gott geb's!«

»So beißt heute keiner bei Ihnen an?«

»Bei mir nicht, doch bei dem Herrn hier, sehen Sie.«

Er zeigte den Flußbarsch.

»Ich sage Ihnen«, fuhr er fort, »das ist selten, was für ein Glück der Herr hat. Schade, daß er sich nichts dabei denkt, sonst brauchten wir bei seinem Glück nie mit leeren Händen zu gehen. So einen Hecht auszulassen.«

Er seufzte.

Antigone horchte interessiert auf, aber Kostjakow sprach nicht weiter.

Der Alte und seine Tochter erschienen nun öfter. Auch Alexander würdigte sie seiner Beachtung. Er wechselte mit dem alten Herrn manchmal einige Worte, mit der Tochter aber nicht. Anfangs ärgerte sie sich darüber, dann war sie gekränkt, schließlich traurig. Hätte Alexander mit ihr gesprochen, ihr die übliche Aufmerksamkeit geschenkt, dann hätte sie gar nicht an ihn gedacht. So aber war es ganz anders. Das menschliche Herz scheint nur von Widersprüchen zu leben. Wenn sie nicht wären, gäb's auch kein Herz in der Brust.

Antigone dachte sich einen schrecklichen Racheplan aus, ließ ihn jedoch wieder fallen.

Als der Alte mit seiner Tochter wieder einmal zu unseren Freunden trat und Alexander wie gewöhnlich nach kurzer

Zeit die Angel auf den Strauch gelegt und sich auf seinen Platz gesetzt hatte, betrachtete er mechanisch bald den Vater, bald die Tochter.

Sie standen so, daß sie ihm die Seite zukehrten. Am Vater entdeckte er nichts, was bemerkenswert war. Weißer Kittel, Nankinghose, flacher Hut mit breitem Rand, der mit grünem Plüsch unterlegt war. Aber die Tochter! Wie anmutig stützte sie sich auf den Arm des alten Herrn! Der Wind wehte ihr bald die Locken aus dem Gesicht, wie um Alexander ihr schönes Profil und den weißen Hals zu zeigen, bald hob er ihren seidenen Umhang und stellte die schlanke Taille zur Schau, bald spielte er mit ihrem Rock und entdeckte ihm ihr Füßchen. Sie sah nachdenklich aufs Wasser.

Alexander konnte den Blick lange nicht von ihr wenden und fühlte, wie ihn ein fiebriger Schauer überlief. Er wandte sich ab von dem Trugbild und schlug mit einer Gerte den Blumen die Köpfe ab.

›Ah, ich weiß, was das bedeutet!‹ dachte er. ›Laß ihm freien Lauf, und schon geht es los! Dann ist die Liebe gleich fertig. Wie töricht! Der Onkel hat recht. Aber tierisches Fühlen soll mich nicht hinreißen, nein, so tief erniedrige ich mich nicht.‹

»Darf ich einmal angeln?« fragte das Mädchen schüchtern Kostjakow.

»Sie dürfen, Fräulein, warum nicht?« antwortete jener und reichte ihr Alexanders Angel.

»Nun, da haben Sie einen Gefährten!« meinte der Vater zu Kostjakow und streifte, die Tochter zurücklassend, weiter am Ufer entlang.

»Sieh zu, Lisa, daß du einen Fisch zum Abendbrot fängst«, sagte er noch.

Einige Minuten vergingen in Schweigen.

»Warum ist denn Ihr Gefährte so mürrisch?« fragte Lisa leise Kostjakow.

»Man hat ihn zum dritten Mal bei der Beförderung übergangen, Fräulein.«

»Was?« fragte sie, die Brauen leicht hebend.

»Zum dritten Mal, sage ich, hat man ihm keine bessere Stelle gegeben.«

Sie schüttelte den Kopf.

›Nein, das kann nicht sein‹, dachte sie. ›Das ist es nicht!‹

»Sie glauben mir nicht, Fräulein? Verflucht will ich sein! Und den Hecht – erinnern Sie sich? – hat er auch nur deshalb entkommen lassen.«

›Das ist es nicht, das nicht‹, dachte sie, schon ganz überzeugt. ›Ich weiß, weshalb er den Hecht losließ.‹

»Ach, ach!« rief sie plötzlich. »Sehen Sie, sie bewegt sich, sie bewegt sich.«

Sie holte die Schnur ein, hatte aber nichts gefangen.

»Er hat sich losgerissen«, meinte Kostjakow, als er die Angel untersuchte. »Sieh da, wie er das Würmchen geschnappt hat! Es war gewiß ein großer Barsch. Aber Sie können es nicht, Fräulein. Sie haben ihn nicht richtig anbeißen lassen.«

»Muß man das denn auch verstehen?«

»Wie alles«, sagte Alexander mechanisch.

Sie fuhr auf, wandte sich lebhaft um und ließ dabei ihrerseits die Angel ins Wasser fallen. Aber Alexander sah schon nach der andern Seite.

»Wie kann man das lernen?« fragte sie mit leicht zitternder Stimme.

»Öfter üben«, antwortete Alexander.

›Na also‹, dachte sie, fast vor Vergnügen vergehend. ›Das heißt öfter herkommen, ich verstehe! Gut, ich komme, mein Herr Wilder, aber ich quäle Sie für Ihre Frechheiten...‹

So übersetzte ihre Eitelkeit sich Alexanders Antwort, er aber sagte an dem Tag nichts mehr.

›Sie denkt vielleicht Gott weiß was!‹ meinte er bei sich. ›Fängt an sich zu zieren, zu kokettieren... Wie dumm!‹

Von diesem Tag an kamen der Alte und seine Tochter tagtäglich. Manchmal kam Lisa ohne den Alten mit einer Kinderfrau. Sie brachte sich eine Arbeit mit oder Bücher und setzte sich unter den Baum, wobei sie sich den Anschein gab, als sei sie gegen Alexander völlig gleichgültig.

Sie dachte damit seine Eigenliebe zu reizen und ihn, wie sie sagte, *zu quälen*. Sie sprach mit ihrer Kinderfrau über das Haus und die Wirtschaft und tat, als sähe sie Alexander nicht einmal. Und er sah sie manchmal tatsächlich nicht, und wenn, so verbeugte er sich nur kühl, sprach aber kein Wort.

Als sie merkte, daß sie mit dem üblichen Manöver keinen Erfolg hatte, änderte sie ihren Angriffsplan und sprach ihn ein paarmal von sich aus an. Manchmal nahm sie auch seine Angel. Allmählich wurde Alexander gesprächiger, aber er war vorsichtig und ließ keinerlei Vertraulichkeit aufkommen. Ob aus Berechnung oder wegen *der alten Wunden, die noch nicht ausgeheilt waren*, wie er es nannte, jedenfalls war er auch im Gespräch kalt gegen sie.

Einmal ließ der alte Herr den Samowar ans Ufer tragen. Lisa schenkte Tee aus. Alexander lehnte den Tee hartnäckig ab, unter dem Vorwand, daß er am Abend keinen Tee trinke.

›Bei all den Tees kommt man sich nahe, schließt Bekanntschaft; das will ich nicht!‹ dachte er.

»Was sagen Sie da? Und gestern haben Sie vier Glas getrunken!« verriet Kostjakow.

»Im Freien trinke ich nichts«, fügte Alexander hastig hinzu.

»Wie töricht!« bemerkte Kostjakow. »Der Tee ist wundervoll, Blumentee. Ich schätze ihn auf fünfzehn Rubel. Geben Sie mir noch einen, Fräulein. Auch Rum wäre nicht schlecht!«

Man brachte auch Rum.

Der alte Herr lud Alexander zu sich ein, aber der lehnte schroff ab. Als Lisa seine Absage hörte, schmollte sie. Sie versuchte, die Gründe für seine Menschenscheu zu erfahren. Aber wie schlau sie auch das Gespräch auf diesen Gegenstand lenkte, Alexander wich ihr noch schlauer aus.

Die Geheimnistuerei reizte die Neugier Lisas und vielleicht auch ein anderes Gefühl. Auf ihrem Antlitz, das bis dahin klar wie der Sommerhimmel war, erschien ein Wölkchen der Unruhe, der Nachdenklichkeit. Oft richtete sie den Blick traurig auf Alexander, wandte dann die Augen mit einem Seufzer wieder ab und blickte zu Boden, während sie vielleicht dachte: ›Sie sind unglücklich! Vielleicht betrogen... Oh, wie glücklich könnte ich Sie machen! Wie würde ich Sie umhegen, Sie lieben... Vor dem Schicksal selber würde ich Sie beschützen... ich...‹, und so weiter.

So denken die meisten Frauen, und die meisten täuschen die, die ihrem Sirenengesang trauen. Alexander schien nichts zu bemerken. Er unterhielt sich mit ihr wie mit einem Freund, wie mit seinem Onkel. Keine Spur von der Zärtlichkeit, die sich unwillkürlich in die Freundschaft zwischen Mann und Frau einschleicht und das Verhältnis einer Freundschaft unähnlich macht. Daher sagt man, daß es zwischen Mann und Frau keine Freundschaft gibt, und nicht geben kann, daß, was zwischen ihnen Freundschaft genannt wird, nichts anderes ist als der Anfang oder der Rest einer Liebe oder auch Liebe selber. Aber wenn man sah, wie Alexander mit Lisa verkehrte, so konnte man glauben, daß es solche Freundschaft doch gibt.

Nur einmal entdeckte er ihr seine Denkart zum Teil oder wollte sie ihr entdecken. Er nahm das Buch von der Bank, das sie mitgebracht hatte, und schlug es auf. Es war ›Childe Harold‹ in französischer Übersetzung. Alexander schüttelte seufzend den Kopf und legte schweigend das Buch wieder hin.

»Gefällt Ihnen Byron nicht? Sind Sie gegen Byron?« fragte sie. »Byron ist so ein großer Dichter und gefällt Ihnen nicht!«

»Ich habe gar nichts gesagt, und Sie greifen mich an«, erwiderte er.

»Warum schütteln Sie dann den Kopf?«

»Nur so. Ich bedauere es, daß das Buch in Ihre Hände geriet.«

»Wen bedauern Sie, das Buch oder mich?«

Alexander schwieg.

»Warum soll ich nicht Byron lesen?« fragte sie.

»Aus zwei Gründen«, erklärte Alexander nach kurzem Schweigen. Er legte seine Hand auf die ihre, der größeren Überzeugungskraft wegen oder weil ihr Händchen so weiß und weich war, und begann leise, gemäßigt zu reden, indessen sein Blick über Lisas Locken, über Hals und Taille glitt. Je länger seine Augen so wanderten, um so lauter erhob er die Stimme.

»Erstens«, sagte er, »weil Sie Byron französisch lesen und folglich Schönheit und Macht der Sprache des Dichters verlorengeht. Sehen Sie, was für eine blasse, farblose, klägliche Sprache das ist! Das ist nur die Asche des großen Dichters, seine Ideen sind verwässert. Zweitens würde ich Ihnen nicht raten, Byron zu lesen, weil... er vielleicht in Ihrer Seele Saiten anschlägt, die ohne ihn für immer schweigen...«

Hier drückte er fest und bedeutungsvoll ihre Hand, als wollte er seinen Worten damit Nachdruck verleihen.

»Wozu brauchen Sie Byron zu lesen?« fuhr er fort. »Vielleicht fließt Ihr Leben ruhig dahin wie der Fluß. Sehen Sie, wie schmal er ist und wie flach. Er spiegelt weder den ganzen Himmel noch die Wolken wider. An seinen Ufern sind weder Felsen noch Schluchten. Lustig fließt er dahin, kaum kräuselt ein leichter Wellengang seine Oberfläche. Er spiegelt nur das Grün seiner Ufer, ein Stückchen Himmel mit kleinen Wölkchen... So würde wahrscheinlich Ihr Leben verlaufen. Sie aber drängen sich nach unnötigem Aufruhr, nach Stürmen, wollen das Leben und die Menschen durch ein düsteres Glas betrachten... Lassen Sie das, lesen Sie ihn nicht! Betrachten Sie alles mit einem Lächeln, sehen Sie nicht in die Ferne, leben Sie Tag für Tag, suchen Sie nicht die dunklen Seiten im Leben und in den Menschen, sonst...«

»Was sonst?«

»Nichts!« sagte Alexander, als besinne er sich.

»Nein, sagen Sie mir's. Sie haben wahrscheinlich viel durchgemacht?«

»Wo ist meine Angel? Erlauben Sie, es ist Zeit für mich.«

Er schien bestürzt, weil er sich so unvorsichtig mitgeteilt hatte.

»Nein, noch ein Wort«, hielt ihn Lisa zurück. »Der Dichter muß doch Mitfühlen erwecken. Byron ist ein großer Dichter, warum wollen Sie denn nicht, daß ich mit ihm fühle? Bin ich so unbedeutend und dumm, daß ich ihn nicht verstehe?«

Sie war gekränkt.

»Das ganz und gar nicht. Aber fühlen Sie das mit, was Ihrem weiblichen Herzen entspricht. Suchen Sie, was im Einklang mit ihm steht, sonst kann es zu schrecklichem Mißklang kommen... im Kopf wie im Herzen.« Er schüttelte den Kopf und deutete an, daß er selber das Opfer eines solchen Mißklangs sei.

»Der eine zeigt Ihnen eine Blume«, sprach er, »und läßt Sie an ihrer Schönheit und ihrem Duft sich ergötzen, ein anderer aber weist Sie nur auf den giftigen Saft im Blütenkelch hin. Dann sind Schönheit und Wohlgeruch für Sie verloren. Er läßt Sie bedauern, daß der Kelch den Saft birgt, und Sie vergessen, daß es auch den Wohlgeruch gibt. Es besteht ein Unterschied zwischen diesen beiden Menschen und zwischen dem Mitfühlen mit jedem von ihnen. Suchen Sie doch nicht das Gift, gehen Sie nicht allem bis auf den Grund, was mit uns und um uns geschieht. Suchen Sie nicht unnötig viel Erfahrung, nicht sie führt zum Glück.«

Er verstummte. Sie hatte ihm vertrauensvoll und nachdenklich zugehört.

»Sprechen Sie, sprechen Sie«, bat sie mit kindlicher Hingabe. »Ich möchte Ihnen ganze Tage zuhören, ihnen in allem gehorchen.«

»Mir?« wehrte Alexander kalt ab. »Ich bitte Sie! Welches Recht habe ich, über ihren Willen zu verfügen? Entschuldigen Sie, daß ich mir erlaubt habe, diesen Hinweis zu geben. Lesen Sie, was Sie wollen... ›Childe Harold‹ ist ein sehr schönes Buch, Byron ein großer Dichter!«

»Nein, verstellen Sie sich nicht! Sprechen Sie nicht so. Sagen Sie mir, was soll ich lesen?«

Er schlug ihr mit pedantischer Wichtigkeit einige historische Werke und Reisebeschreibungen vor, doch sie erklärte, die hätten sie schon im Pensionat gelangweilt. Dann wies er sie auf Walter Scott hin, auf Cooper, ein paar französische und englische Schriftsteller und Schriftstellerinnen, auf zwei oder drei russische Autoren, dabei bemüht, wie unabsichtlich literarischen Geschmack und sein Feingefühl zu zeigen. Dann war von solchen Fragen zwischen ihnen nicht mehr die Rede.

Immer wieder wollte Alexander entfliehen. »Was sollen mir die Frauen!« sprach er. »Lieben kann ich nicht, ich bin tot für sie . . .«

»Schon gut, schon gut!« bemerkte darauf Kostjakow. »Heiraten Sie nur, dann werden Sie sehen. Ich hätte auch lieber nur gespielt mit den jungen Mädchen und Weibern, und als es Zeit zur Trauung wurde, war mir, als trieben sie mir einen Pfahl in den Kopf. So hat mich jemand zur Hochzeit gestoßen!«

Und Alexander floh nicht. Alle früheren Träume regten sich wieder. Das Herz schlug in schnellerem Takt. Lisas Taille, Füßchen, Locken gaukelten vor seinen Augen, und das Leben wurde wieder ein klein wenig heller. Schon mehrere Tage hatte nicht Kostjakow ihn zum Angeln aufgefordert, vielmehr schleppte er Kostjakow mit. ›Wieder das alte! Wieder!‹ sagte sich Alexander. ›Aber ich bleibe fest!‹ Und dabei eilte er flink zum Fluß.

Lisa wartete jedesmal ungeduldig auf das Kommen der Freunde. Für Kostjakow war jeden Abend eine Tasse duftender Tee mit Rum zubereitet, und vielleicht verdankte es Lisa zum Teil dieser List, daß sie keinen Abend versäumten. Wenn sie sich verspäteten, ging Lisa ihnen mit ihrem Vater entgegen. Wenn schlechtes Wetter die Freunde zu Hause festhielt, war am nächsten Tag der Vorwürfe gegen sie und das Wetter kein Ende.

Alexander überlegte und überlegte, und endlich beschloß er, seine Spaziergänge für einige Zeit einzustellen. Gott weiß warum, er wußte es selbst nicht, aber er ging die ganze Woche nicht angeln. Auch Kostjakow nicht. Endlich schlugen sie wieder einmal den Weg zum Fluß ein.

Schon eine Werst vor der Stelle, an der sie zu angeln pflegten, trafen sie Lisa mit ihrer Kinderfrau. Sie schrie auf, als sie die beiden erblickte, dann wurde sie rot und verlegen. Alexander verbeugte sich kalt, Kostjakow fing an zu schwatzen.

»Da sind wir wieder«, sagte er. »Sie haben uns nicht erwartet? Hehehe! Das sehe ich: Der Samowar ist nicht da! Wir haben uns lange nicht gesehen, Fräulein, lange! Beißen sie an? Ich habe mir alle Mühe gegeben, aber Alexander Fjodorytsch ließ sich nicht überreden. Er sitzt... oder nein, er liegt nämlich immer zu Hause.«

Sie sah Alexander vorwurfsvoll an.

»Was bedeutet das?« fragte sie.

»Was?«

»Sie waren die ganze Woche nicht hier.«

»Ja, eine Woche mag es wohl sein.«

»Warum nicht?«

»Nur so, ich mochte nicht.«

»Mochte nicht!« wiederholte sie staunend.

»Ja, was ist dabei?«

Sie schwieg, dachte aber offenbar: ›Kommen Sie denn nicht gerne hierher?‹

»Ich wollte Papachen zu Ihnen in die Stadt schicken«, erklärte sie. »Aber ich wußte nicht, wo Sie wohnen.«

»In die Stadt, zu mir? Wozu?«

»Eine herrliche Frage!« sagte sie beleidigt. »Wozu? Um zu erfahren, ob Ihnen etwas geschehen ist, ob Sie gesund sind.«

»Was interessiert das denn Sie?«

»Was mich das interessiert? Mein Gott!«

»Wieso mein Gott?«

»Wieso! Ich habe... Ich habe doch Ihre Bücher...« Sie war verwirrt. »Eine Woche lang nicht zu kommen!« fügte sie hinzu.

»Muß ich denn unbedingt jeden Tag hier sein?«

»Unbedingt!«

»Warum?«

»Warum, warum!« Sie sah ihn traurig an und wiederholte: »Warum, warum!«

Er betrachtete sie. Was war das? Tränen, Verwirrung, bald Freude, bald Vorwürfe? Sie war blaß, etwas schmaler geworden, ihre Augen waren gerötet.

›So ist das! Schon!‹ dachte Alexander. ›Ich hatte es nicht so bald erwartet!‹ Dann lachte er laut auf.

»Warum, fragen Sie? Hören Sie...«, fuhr sie fort. In ihren Augen war ein Entschluß aufgeblitzt. Sie wollte offenbar etwas Wichtiges sagen, aber in diesem Augenblick trat ihr Vater zu ihnen.

»Bis morgen«, sagte sie. »Morgen muß ich mit Ihnen sprechen. Heute kann ich nicht; mein Herz ist zu voll. Kommen Sie morgen? Ja? Hören Sie? Sie vergessen uns nicht? Lassen uns nicht im Stich?«

Und sie eilte davon, ohne auf Antwort zu warten.

Der Vater hatte sie aufmerksam betrachtet und sich dann Alexander zugewandt; er schüttelte den Kopf. Alexander blickte ihr schweigend nach. Er schien zu bedauern und sich zu ärgern, daß er sie unabsichtlich in diese Lage gebracht hatte. Das Blut strömte ihm nicht zum Herzen, aber zum Kopf.

Als er nach Hause ging, dachte er: ›Sie liebt mich. Mein Gott, wie langweilig! Wie abgeschmackt! Jetzt kann ich auch nicht mehr hierhin gehen, und an der Stelle beißen die Fische so wunderbar an. Wie ärgerlich!‹

Doch schien er innerlich nicht unzufrieden damit, sondern war fröhlich und plauderte unausgesetzt mit Kostjakow.

Die gefällige Phantasie zeichnete ihm wie mit Absicht Lisas Bild in ganzer Größe, die üppigen Schultern, die schlanke Taille, das Füßchen nicht zu vergessen. Eine seltsame Empfindung regte sich in ihm, ein Schauer überlief ihn wieder, doch verging er, ohne zum Herzen zu dringen. Er untersuchte die Empfindung von ihrem Ursprung an.

»Du Tier!« murmelte er vor sich hin. »Was für Gedanken gehen dir im Kopf herum... Ah, entblößte Schultern, der Busen, das Füßchen... Das Vertrauen ausnutzen, die Unerfahrenheit... betrügen... Nun gut, betrügen, aber was dann? Dieselbe Langeweile und vielleicht Gewissensbisse dazu, und weshalb? Nein, nein! Ich erlaube es mir nicht, bringe sie auch nicht dahin... Oh, ich bin fest! Ich weiß in mir genügend Reinheit der Seele, Adel des Herzens... Ich falle nicht in den Schmutz, und ich reiße auch sie nicht hinein.«

Den ganzen Tag über wartete Lisa auf ihn mit dem Zittern der Lust. Dann aber preßte ihr Herz sich zusammen, ihr wurde bange, sie wußte selbst nicht warum, sie wurde traurig und wünschte fast, daß Alexander nicht käme. Doch als die festgesetzte Stunde anbrach und Alexander nicht erschien, verwandelte ihre Ungeduld sich in qualvollen Schmerz. Mit dem letzten Strahl der Sonne erlosch jede Hoffnung; sie weinte.

Am nächsten Tag lebte sie wieder auf, war am Morgen wieder fröhlich, doch gegen Abend schmerzte ihr Herz um so ärger und erstarb fast vor Furcht und vor Hoffnung. Wieder kamen sie nicht.

Am dritten, am vierten Tag dasselbe. Die Hoffnung zog sie immer wieder ans Ufer. Sobald in der Ferne ein Boot erschien oder am Ufer zwei menschliche Schatten auftauchten, begann sie zu zittern und erlag schier der Last ihrer freudigen Erwartung. Doch wenn sie sah, daß in dem Boot nicht sie saßen, daß die Schatten nicht ihnen gehörten, ließ sie verzagt den Kopf auf die Brust sinken, und die Verzweiflung bedrückte ihr Herz um so stärker. Gleich darauf flüsterte ihr die tückische Hoffnung wieder einen tröstlichen Grund für die Verspätung der beiden zu, und das Herz begann wieder in Erwartung zu schlagen. Doch Alexander zögerte wie mit Absicht.

Endlich, als sie wieder einmal, halbkrank, ohne Hoffnung im Herzen, an ihrem Platz unter dem Baum saß, hörte sie ein Geräusch. Sie drehte sich um und erbebte vor freudigem Schreck: Vor ihr stand Alexander, die Arme gekreuzt.

Sie streckte ihm die Hände unter Tränen der Freude entgegen und fand lange nicht zu sich. Er nahm ihre Hand und blickte ihr begierig, gleichfalls erregt, ins Gesicht.

»Sie sind mager geworden!« sagte er leise. »Sie leiden?«

Sie fuhr zusammen.

»Wie lange waren Sie nicht hier!« murmelte sie.

»Und Sie haben auf mich gewartet?«

»Ich?« antwortete sie lebhaft. »Oh, wenn Sie wüßten!« Sie schloß den Satz damit, daß sie seine Hand kräftig drückte.

»Und ich komme, um Abschied zu nehmen!« Er hielt inne, um zu beobachten, was mit ihr geschähe.

Sie sah ihn erschrocken und ungläubig an.

»Das ist nicht wahr«, meinte sie.

299

»Es ist wahr!« erwiderte er.

»Hören Sie!« sprach sie schnell und sah sich scheu um. »Fahren Sie nicht fort, um Gottes willen, fahren Sie nicht! Ich will Ihnen ein Geheimnis verraten... Hier sieht uns Papachen vom Fenster aus; gehen wir zu uns in den Garten, in die Laube... Von dort sieht man auf die Felder. Ich führe Sie hin.«

Auf dem Weg zur Laube wandte er den Blick nicht von ihren Schultern und von ihrer schlanken Taille und fühlte ein fiebriges Zittern.

›Was hat das schon zu sagen, daß ich ihr folge‹, dachte er, als er hinter ihr ging. ›Ich geh ja nur so... Will gucken, wie es in der Laube aussieht. Der Vater hat mich doch eingeladen. Ich hätte auch offen und direkt hineingehen können. Aber ich bin fern jeder Versuchung, bei Gott, fern davon, und das werde ich beweisen. Ich bin doch hergekommen, um ihr zu sagen, daß ich fortfahre, obwohl ich gar nicht ans Fortfahren denke! Nein, Dämon, mich verführst du nicht.‹ Doch da schien es, als ob Krylows Teufelchen, das hinter dem Ofen hervor vor den Klosterbruder tritt, auch ihm zuflüsterte: »Und warum bist du gekommen? Ihr das zu sagen? Das war nicht nötig! Wärest du nicht gekommen, so hätte sie dich nach zwei Wochen vergessen.«

Aber Alexander meinte, er handle edel, indem er sich zu einer Tat der Selbstentäußerung einfand und mit dem Versucher von Angesicht zu Angesicht kämpfte. Die erste Trophäe seines Siegs über sich war ein Kuß, den er Lisa raubte, dann umfaßte er ihre Taille, sagte ihr, daß er nicht wegfahre, daß er sich das nur ausgedacht habe, um sie zu prüfen, um zu erfahren, ob sie etwas für ihn empfinde. Zur Vervollständigung seines Sieges versprach er, am nächsten Tag zur selben Stunde in der Laube zu sein. Als er nach Hause ging, überdachte er sein Verhalten, und ihn überlief es bald heiß, bald kalt. Er verging fast vor Schreck und glaubte sich selbst nicht. Endlich beschloß er, am nächsten Tag nicht zu ihr zu gehen, und war noch vor der verabredeten Stunde zur Stelle.

Das war im August. Es dämmerte schon. Alexander hatte versprochen, um neun Uhr da zu sein, kam aber um acht, allein, ohne Angel. Wie ein Dieb stahl er sich zur Laube, wobei er sich bald ängstlich umsah, bald Hals über Kopf rannte. Doch jemand kam ihm zuvor. Jener stürzte gleichfalls geschwind, außer Atem vom Lauf, in die Laube und setzte sich auf den Diwan in einer finsteren Ecke.

Es hatte den Anschein, als lauere jemand Alexander auf. Er öffnete leise die Tür, schlich auf Zehenspitzen äußerst erregt zum Diwan und faßte sacht nach der Hand – von Lisas Vater. Alexander fuhr zusammen, sprang zurück, wollte fliehen, doch der Alte erhaschte seinen Rockschoß und zog ihn gewaltsam neben sich.

»Wie kommen Sie denn hierher, Väterchen?« fragte er.

»Ich … wollte angeln …«, murmelte Alexander, kaum die Lippen bewegend. Die Zähne schlugen ihm aufeinander. Der Alte war durchaus nicht schrecklich, doch Alexander zitterte, als hätte er Fieber, wie jeder Dieb, den man auf frischer Tat ertappt.

»Angeln!« wiederholte der Alte spöttisch. »Wissen Sie, was es bedeutet, im Trüben zu fischen? Ich habe Sie schon lange beobachtet und Sie nun endlich erkannt. Meine Lisa kenne ich von klein auf. Sie ist gut und vertrauensvoll, Sie aber, Sie sind ein gefährlicher Spitzbube …«

Alexander wollte aufstehen, doch der Alte hielt ihn am Arm zurück.

»Ja, Väterchen, nehmen Sie es nicht übel. Sie haben sich unglücklich gestellt, sind Lisa heuchlerisch aus dem Weg gegangen, haben sie damit gelockt, und als Sie ihrer sicher waren, wollten Sie das ausnutzen … Ist das anständig gehandelt? Wie soll ich Sie nennen?«

»Bei meiner Ehre schwöre ich, ich habe die Folgen nicht abgesehen«, versicherte Alexander im Brustton der Überzeugung. »Ich wollte nicht …«

Der Alte schwieg ein paar Minuten.

»Vielleicht ist es so!« sagte er. »Vielleicht haben Sie nicht aus Liebe, sondern nur so, vor lauter Nichtstun, dem armen Mädchen den Kopf verdreht und wußten selbst nicht, was

301

daraus wird. ›Gelingt es – gut, gelingt es nicht – macht es auch nichts!‹ In Petersburg gibt es viele solcher tüchtigen Kerle. Wissen Sie, wie man mit diesen Bürschchen verfährt?«

Alexander saß mit niedergeschlagenen Augen. Es gebrach ihm an Mut, sich zu rechtfertigen.

»Anfangs dachte ich besser von Ihnen, ich habe mich aber getäuscht, schwer getäuscht! Ei, er hat sich als ein ganz Stiller gegeben! Gott sei Dank, daß ich es beizeiten gewahr wurde! Hören Sie: Wir haben keine Zeit zu verlieren. Das törichte Mädchen kann jeden Moment zum Stelldichein erscheinen. Ich habe euch gestern belauscht. Es ist nicht nötig, daß sie uns sieht. Sie gehen fort und kehren selbstverständlich nicht wieder. Sie wird denken, daß Sie sie betrogen haben, und das wird ihr als Lehre dienen. Nur sehen Sie zu, daß Sie nie wieder herkommen. Suchen Sie sich eine andere Stelle zum Angeln, denn sonst... würde ich Ihnen sehr grob heimleuchten. Ihr Glück, daß mir Lisa noch gerade in die Augen sehen kann; ich habe sie den ganzen Tag beobachtet. Sonst würden Sie nicht auf diesem Weg von hier gehen. Leben Sie wohl!«

Alexander wollte etwas entgegnen, aber der Alte öffnete die Tür und stieß ihn fast hinaus.

Alexander ging davon, in welcher Verfassung, das mag der Leser sich selbst ausmalen, wenn es ihm nicht peinlich ist, sich einen Augenblick in ihn zu versetzen. Meinem Helden stürzten sogar Tränen aus den Augen, Tränen der Scham, der Wut auf sich selber und der Verzweiflung...

»Wozu lebe ich noch?« fragte er laut. »Mörderisches, abscheuliches Leben! Aber ich, ich... Nein! Wenn ich nicht genug Festigkeit hatte, der Versuchung zu widerstehen, so wird mein Mut doch ausreichen, dieses nutzlose, schändliche Dasein zu enden.«

Er ging mit schnellen Schritten zum Fluß. Schwarz lag er vor ihm. Lange, phantastische, ungeheuerliche Schatten huschten über die Wellen. Das Ufer, wo Alexander stand, war flach.

»Hier kann man nicht einmal sterben!« sprach er verächtlich und ging auf die Brücke, die hundert Schritte entfernt war. Mitten auf der Brücke lehnte sich Alexander auf das

Geländer und sah aufs Wasser hinab. Er nahm in Gedanken Abschied vom Leben, sandte Seufzer an die Mutter, segnete die Tante, verzieh sogar Nadenka. Tränen der Rührung flossen ihm über die Wangen... Er bedeckte das Gesicht mit den Händen... Wer weiß, was er getan hätte, wenn nicht plötzlich die Brücke unter seinen Füßen gewankt hätte. Er sah auf. Mein Gott! Er stand am Rande des Abgrunds, vor ihm gähnte das Grab: die Hälfte der Brücke war abgetrennt und davongeschwommen... Barken zogen vorbei. Noch einen Augenblick – und aus war es! Er nahm alle Kräfte zusammen und tat einen verzweifelten Sprung... auf das Ufer. Dort blieb er stehen, holte tief Atem und griff sich ans Herz.

»Was ist, Herr, haben Sie sich erschreckt?« fragte der Wächter.

»Ei ja, Brüderchen, ich wäre fast in der Mitte gestürzt«, antwortete Alexander mit zitternder Stimme.

»Gott behüte! Wie leicht ist ein Unglück geschehen!« bemerkte der Wächter gähnend. »Im vorletzten Sommer ist ein Bootsmann auch dort ertrunken.«

Alexander ging nach Hause, die Hand gegen das Herz gepreßt. Von Zeit zu Zeit sah er sich um nach dem Fluß, nach der halbierten Brücke und wandte sich erbebend gleich wieder ab und beschleunigte seine Schritte.

Indessen zog sich Lisa Abend für Abend hübsch an, ging ohne den Vater und die Kinderfrau fort und saß bis spät in die Nacht unter dem Baum.

Die dunklen Abende kamen. Sie wartete immer noch. Doch von den Freunden sah und hörte sie nichts.

Der Herbst kam. Die Blätter fielen gelb von den Bäumen und bedeckten das Ufer. Das Grün verblich. Der Fluß färbte sich bleigrau. Der Himmel war beständig grau. Ein kalter Wind blies, und feiner Regen rieselte. Flüsse und Ufer waren verödet. Keine fröhlichen Lieder ertönten, kein Lachen, keine hellklingenden Stimmen am Ufer. Boote und Barken fuhren nicht mehr flußauf und flußab. Im Grase zirpte kein Insekt mehr, kein Vogel zwitscherte auf dem Baum. Nur Dohlen und Krähen brachten mit ihrem Schrei Verzagtheit über das Herz. Auch Fische bissen nicht mehr an. Doch Lisa wartete immer noch. Sie mußte unbedingt mit Alexander sprechen, ihm ihr Geheimnis entdecken. Sie saß immer noch auf der Bank unter dem Baum, in einer warmen Jakke, ein Tuch um den Kopf. Sie war mager geworden, die Augen lagen tief in den Höhlen. So traf sie eines Tages ihr Vater.

»Gehen wir, du hast lange genug hier gesessen«, sagte er, die Stirne runzelnd und vor Kälte zitternd. »Sieh, deine Hände sind ganz blau, du bist durchfroren. Lisa! Hörst du? Wir wollen gehen.«

»Wohin?«

»Nach Hause, wir ziehen heute in die Stadt.«

»Weshalb?« fragte sie staunend.

»Wieso weshalb? Es ist Herbst, wir allein sind noch auf dem Land.«

»Ach, mein Gott!« meinte sie. »Hier wird es auch im Winter schön sein. Laß uns bleiben.«

»Was dir nicht einfällt! Genug, genug, wir gehen!«

»Warten Sie!« bat sie mit flehender Stimme. »Es kommen noch schöne Tage.«

»Höre!« entgegnete der Vater, tätschelte ihr die Wange und wies auf den Fleck, wo die Freunde geangelt hatten. »Sie kommen nicht wieder...«

»Nicht wieder?« wiederholte sie in traurig fragendem Ton. Dann gab sie ihrem Vater die Hand und ging still, den Kopf gesenkt, von Zeit zu Zeit sich umschauend, mit ihm nach Hause.

Alexander und Kostjakow aber angelten schon längst an einer anderen Stelle am gegenüberliegenden Ufer.

V

Allmählich gelang es Alexander, auch Lisa zu vergessen und den unangenehmen Auftritt mit ihrem Vater. Er wurde wieder ruhig, sogar fröhlich, lachte oft über Kostjakows platte Späße. Ihn belustigte dieses Mannes Lebensanschauung. Sie schmiedeten sogar Pläne, weit weg zu fahren, am Ufer eines fischreichen Flusses eine Hütte zu bauen und dort für den Rest ihrer Tage zu leben. Alexanders Seele versank wieder im Schlamm eines materiellen Seins und dürftiger Ideen. Aber das Schicksal schlief nicht, und es gelang ihm nicht, völlig im Schlamm unterzutauchen.

Im Herbst erhielt er einen Brief seiner Tante mit der inständigen Bitte, sie in ein Konzert zu begleiten, weil seinem Onkel nicht ganz wohl sei. Es kam ein Künstler, der in ganz Europa berühmt war.

»Wie, ins Konzert!« rief Alexander stark beunruhigt aus. »Ins Konzert, wieder mitten in die Menge, in den Glanz von Flittergold, Lüge und Heuchelei... Nein, ich gehe nicht mit.«

»Am Ende kostet es noch fünf Rubel«, bemerkte Kostjakow, der anwesend war.

»Die Karte kostet fünfzehn Rubel«, berichtigte Alexander. »Doch würde ich gern fünfzig geben, damit ich nicht zu gehen brauchte.«

»Fünfzehn!« schrie Kostjakow und schlug die Hände zusammen. »Das sind Betrüger! Die Verfluchten! Kommen hierher, um uns zu prellen, uns das Geld abzunehmen. Verfluchte unnütze Brotesser! Gehen Sie nicht hin, Alexander Fjodorytsch, spucken Sie darauf! Gut, wenn es etwas Greifbares wäre. Das nähme man mit nach Hause, stellte es auf den Tisch oder äße es auf. Aber so, nur etwas hören und dafür fünfzehn Rubel bezahlen! Für fünfzehn Rubel bekommt man ein Fohlen!«

»Manchmal bezahlt man noch mehr, um einen Abend vergnügt zu verbringen«, meinte Alexander.

»Einen Abend vergnügt zu verbringen! Wissen Sie was: Wir gehen ins Bad und verbringen einen herrlichen Abend! Sooft ich mich langweile, geh ich dorthin. Es ist eine Lust! Man geht gegen sechs Uhr hinein und kommt um zwölf wieder raus. Man wärmt sich, kratzt sich ein bißchen den Leib, und manchmal macht man eine nette Bekanntschaft: ein Geistlicher kommt oder ein Kaufmann, ein Offizier. Man spricht vom Handel oder vom Ende der Welt... Und man mag nicht wieder gehen! Und das alles für sechzig Kopeken je Mann! Da weiß man nicht, wo den Abend verbringen!«

Doch Alexander ging ins Konzert. Seufzend holte er den lange nicht getragenen Frack nach der Mode des letzten Jahres hervor und zog weiße Handschuhe an.

»Die Handschuhe fünf Rubel, also insgesamt zwanzig«, rechnete Kostjakow, der bei Alexanders Toilette zugegen war. »Zwanzig Rubel, das werfen Sie an einem Abend hinaus! Um etwas zu hören! Da muß ich mich wundern!«

Alexander war es nicht mehr gewöhnt, sich ordentlich zu kleiden. Morgens ging er in bequemer Vizeuniform in den Dienst, abends zog er einen alten Rock an oder den Mantel. Er fühlte sich unbehaglich im Frack. Hier drückte es, dort fehlte etwas, am Hals unter dem Atlastuch war es zu warm.

Die Tante begrüßte ihn freundlich, dankbar dafür, daß er sich ihr zuliebe entschlossen hatte, sein Einsiedlerleben einmal zu verlassen. Sie verlor aber kein Wort über sein Leben und Treiben.

Nachdem Alexander Lisaweta Alexandrownas Platz im Saal gesucht hatte, lehnte er sich im Schatten eines breitschultrigen Musikenthusiasten an eine Säule; ihn überkam Langeweile. Er gähnte verstohlen hinter der Hand, hatte aber den Mund noch nicht wieder geschlossen, als sich ohrenbetäubendes Klatschen erhob, mit dem man den Künstler begrüßte. Alexander sah nicht einmal hin.

Das Orchester begann mit dem Vorspiel. Nach einigen Minuten wurde es leiser. An seine letzten Klänge reihten sich, kaum wahrnehmbar, andere, anfangs ausgelassen, lustig, an die Spiele der Kindheit erinnernd. Es hörte sich an wie Kinderstimmen, lärmend und fröhlich. Dann wurde die Musik flüssiger und männlicher. Sie schien jugendliche Sorglosigkeit, Kühnheit, strotzendes Leben und strotzende Kraft auszudrücken. Dann strömten die Klänge langsamer, leiser dahin, als überbrächten sie zärtliche Ergüsse der Liebe, vertrautes Gespräch, und allmählich schwächer werdend, verschmolzen sie zu leidenschaftlichem Geflüster und verstummten unmerklich...

Niemand wagte sich zu rühren. Die Menschenmenge war

sprachlos und starr. Endlich entrang sich allen im Saal ein einhelliges, geflüstertes *Ach*! Die Menge geriet in Bewegung, doch da erwachten die Klänge aufs neue, flossen crescendo dahin, wie ein Strom, dann teilten sie sich in tausend Kaskaden, versprühten, sich drängend, erdrückend. Sie donnerten wie Vorwürfe der Eifersucht herab, siedeten wie rasende Leidenschaft. Das Ohr vermochte sie nicht zu fangen – und plötzlich brachen sie ab, als hätte das Instrument keine Kraft mehr und keine Stimme. Da entriß sich dem Bogen des Geigers ein dumpfes, zerrissenes Stöhnen, klagende, flehende Laute ertönten, und mit einem wehen, lang dauernden Seufzer schloß alles ab. Das Herz wollte bersten. Die Klänge schienen von verratener Liebe zu singen und von hoffnungslosem Schmerz. Alles Leid, allen Gram der Menschenseele vernahm man daraus.

Alexander zitterte. Er hob den Kopf und sah unter Tränen über die Schulter seines Nachbarn weg. Der hagere Deutsche stand über die Geige gebeugt vor der Menge und hielt sie machtvoll in seiner Gewalt. Er endete und wischte sich gleichmütig mit dem Tuch Hände und Stirn. Im Saal erhob sich ein Gebrüll und fürchterliches Klatschen. Und der Künstler verbeugte sich, grüßte die Menge und dankte ihr bescheiden.

›Auch er verbeugt sich vor ihr‹, dachte Alexander, die tausendköpfige Hydra zaghaft betrachtend, ›er, der so hoch über ihr steht!‹

Der Künstler hob wieder den Bogen – und augenblicklich war alles verstummt. Die wogende Menge verschmolz erneut zu einem reglosen Körper. Andere Klänge strömten dahin, erhaben, triumphierend. Unter diesen Klängen richteten sich die Zuhörer auf, erhoben den Kopf und reckten die Nase höher. Sie weckten Stolz in den Herzen, erzeugten Träume von Ruhm. Das Orchester begleitete dumpf, wie fernes Getöse der Menge, wie Gemurmel des Volks ...

Alexander war bleich geworden und senkte den Kopf. Diese Musik schien für ihn geschrieben zu sein, erzählte deutlich, was hinter ihm lag, sein ganzes bitteres, verfehltes Leben.

»Sieh, was für ein Gesicht der zieht!« meinte jemand und zeigte auf Alexander. »Ich verstehe nicht, wie man sich so gehen lassen kann. Ich habe Paganini gehört und nicht einmal mit der Wimper gezuckt.«

Alexander verwünschte die Einladung seiner Tante, den Künstler, am meisten aber das Schicksal, das ihn nicht vergessen ließ.

›Und wozu? Zu welchem Zweck?‹ dachte er. ›Was sucht es damit zu erreichen? Wozu erinnert es mich an meine Kraftlosigkeit, an die Nutzlosigkeit des Vergangenen, das unwiderruflich dahin ist?‹

Als er die Tante bis zu ihrer Wohnung gebracht hatte, wollte er nach Hause fahren, aber sie hielt ihn am Arm zurück.

»Wollen Sie nicht mit hereinkommen?« fragte sie vorwurfsvoll.

»Nein.«

»Warum nicht?«

»Es ist schon spät; ein andermal.«

»Auch das schlagen Sie mir ab?«

»Ihnen eher als jemand anderm.«

»Warum nur?«

»Da müßte ich viel erzählen. Leben Sie wohl.«

»Eine halbe Stunde, Alexander, hören Sie? Nicht mehr. Wenn Sie das ablehnen, bedeutet es, daß Sie nie einen Funken Freundschaft für mich empfanden.«

Sie bat so liebevoll, so überzeugend, daß Alexander nicht den Mut hatte abzusagen und ihr gesenkten Kopfes folgte. Pjotr Iwanytsch war in seinem Arbeitszimmer.

»Alexander, habe ich wirklich nur Geringschätzung um Sie verdient?« fragte Lisaweta Alexandrowna, nachdem sie ihn am Kamin hatte Platz nehmen lassen.

»Sie irren sich; es ist nicht Geringschätzung«, antwortete er.

»Was ist es dann? Wie soll ich es nennen? Ich habe Ihnen so oft geschrieben, Sie eingeladen. Sie sind nicht gekommen und haben schließlich auch meine Briefe nicht mehr beantwortet.«

308

»Es ist nicht Geringschätzung . . .«

»Was denn?«

»Nur so!« sagte Alexander und seufzte. »Leben Sie wohl, ma tante.«

»Warten Sie! Was habe ich Ihnen getan? Was ist mit Ihnen, Alexander? Weshalb sind Sie so? Weshalb sind Sie gleichgültig gegen alles, gehen nirgends hin, leben in einer Gesellschaft, die nicht zu Ihnen paßt?«

»Eben so, ma tante. Diese Art Leben gefällt mir. So lebt es sich ruhig und gut. Das ist nach meinem Sinn . . .«

»Nach Ihrem Sinn? In diesem Leben, bei diesen Leuten finden Sie Nahrung für den Geist und das Herz?«

Alexander nickte.

»Sie verstellen sich, Alexander. Sie sind verbittert und schweigen sich aus. Früher fanden Sie immer jemand, ihm Ihren Kummer anzuvertrauen. Sie wußten, daß Sie stets Trost oder wenigstens Mitgefühl finden würden. Haben Sie denn keinen solchen Menschen mehr?«

»Nein!«

»Sie trauen niemand?«

»Nein.«

»Denken Sie nicht manchmal an Ihre Mutter, an ihre Liebe zu Ihnen und ihre Zärtlichkeiten? Kommt es Ihnen wirklich nicht in den Sinn, daß vielleicht auch hier jemand ist, der Sie liebt, wenn auch nicht wie sie, so doch wenigstens wie eine Schwester oder, noch mehr, wie ein Freund?«

»Leben Sie wohl, ma tante!« sagte er.

»Leben Sie wohl, Alexander; ich halte Sie nicht länger auf«, antwortete die Tante. Ihr kamen die Tränen.

Alexander hatte den Hut genommen, legte ihn jedoch wieder hin und sah Lisaweta Alexandrowna an.

»Nein, vor Ihnen kann ich nicht fliehen, das geht über meine Kraft!« erklärte er. »Was machen Sie mit mir?«

»Seien Sie der alte Alexander, wenigstens für kurze Zeit. Erzählen Sie, vertrauen Sie mir alles an . . .«

»Ja, vor Ihnen kann ich nicht schweigen. Ihnen will ich alles erzählen, was ich auf dem Herzen habe«, versprach er.

»Sie fragen, warum ich mich vor den Menschen verberge,

warum ich gleichgültig bin gegen alles, warum ich sogar Sie nicht besuche? Warum? So wissen Sie denn, daß mich das Leben schon lange anwidert und daß ich mir ein Dasein erwählt habe, in dem man das weniger merkt. Ich will nichts, suche nichts außer Ruhe und Schlaf für die Seele. Ich habe die Öde und Nichtigkeit des Lebens ergründet, und ich verachte es tief. *Wer gelebt hat und gedacht, muß die Menschen verachten.* Tätigkeit, Geschäftigkeit, Sorgen, Zerstreuung – alles langweilte mich. Ich will nichts erringen, nichts suchen. Ich habe kein Ziel; denn wonach man auch strebt, wenn man es erreicht, ist's ein Trugbild. Die Freuden sind für mich vorbei, ich bin gleichgültig gegen sie geworden. In der gebildeten Welt, unter Menschen empfinde ich die Nachteile des Lebens besonders, bei mir daheim, allein, fern von der Menge schlafe ich ein. Mag in diesem Schlaf geschehen, was will, ich merke nichts von den Menschen, nichts von mir selber. Ich tue nichts und sehe auch Fremder Handeln nicht, und ich bin ruhig. Mir ist alles gleich. Glücklich kann ich nicht sein, und das Unglück bekommt mich nicht klein...«

»Alexander, das ist schrecklich!« meinte die Tante. »In diesem Alter solche Gleichgültigkeit gegen alles...«

»Warum verwundert Sie das, ma tante? Befreien Sie sich für einen Moment von dem engen Horizont, der Sie umschließt, betrachten Sie das Leben, die Welt: Was soll das alles? Was gestern groß war, ist heute nichtig. Was man gestern noch wollte, will man heute nicht mehr. Der Freund von gestern ist heute ein Feind. Lohnt es sich denn, sich um etwas zu mühen, zu lieben, sich an jemand zu hängen, zu streiten, sich zu versöhnen – kurz, zu leben? Ist es nicht besser, wenn Geist und Herz schlafen? Und ich schlafe, darum gehe ich nirgends hin und besonders nicht zu Ihnen. Ich war völlig eingeschlafen, doch Sie wecken Geist und Herz und stoßen sie wieder ins Unglück. Wenn Sie mich froh sehen wollen, gesund, überhaupt lebend oder sogar, in des Onkels Sinn, glücklich, so lassen Sie mich da, wo ich bin. Lassen Sie die Erregung sich legen, mögen die Träume versinken, mag der Geist völlig erstarren, das Herz versteinern, das Auge sich der Tränen entwöhnen, die Lippen des Lächelns – und dann, nach einem

Jahr oder zweien, komme ich wieder, zu jeder Prüfung bereit. Dann werden Sie mich nicht wieder wecken, sosehr Sie sich darum bemühen, aber jetzt...«

»Sehen Sie, Alexander«, unterbrach die Tante ihn lebhaft. »Im Augenblick haben Sie sich verändert. Sie haben Tränen in den Augen, Sie sind noch derselbe. Verstellen Sie sich doch nicht, unterdrücken Sie nicht Ihr Gefühl, lassen Sie ihm freien Lauf.«

»Wozu? Werde ich besser davon? Ich muß mich nur heftiger quälen. Der heutige Abend hat mich in meinen Augen vernichtet. Ich erkannte klar, daß ich kein Recht habe, jemand die Schuld an meinem Schmerz beizumessen. Ich selber habe mein Leben zerstört. Ich träumte von Ruhm, Gott weiß weshalb, und vernachlässigte die Pflicht. Ich verdarb mein bescheidenes Los und kann, was vergangen ist, nicht wieder bessern. Zu spät! Ich habe die Menge geflohen und sie verachtet. Der Deutsche mit seinem weiten und starken Herzen jedoch, mit seiner poetischen Natur entsagt der Welt nicht und flieht nicht die Menge. Er ist stolz auf ihr Händeklatschen. Er begreift, daß er ein kaum sichtbares Glied in der endlosen Kette der Menschheit ist. Er weiß auch alles, was ich weiß. Er kennt das Leid. Haben Sie gehört, wie er das Leben in Tönen erzählt hat, seine Freuden und seine Leiden, das Glück und den Gram unseres Herzens? Er hat es verstanden. Wie klein ich heute geworden bin, wie nichtig in meinen eigenen Augen, mit meinem Kummer, meinen Leiden! Er hat die bittere Erkenntnis geweckt, daß ich stolz bin – und kraftlos... Ach, warum forderten Sie mich heraus? Leben Sie wohl, lassen Sie mich!«

»Worin habe ich denn gefehlt, Alexander? Konnte ich wirklich Bitterkeit in Ihnen erwecken – ich?«

»Das ist ja das Unglück! Ihr engelsgleiches, gütiges Antlitz, ma tante, die sanften Worte, der freundschaftliche Druck Ihrer Hand – all das verwirrt mich und rührt mich. Ich möchte weinen, wieder leben, mich quälen... Aber wozu?«

»Wieso wozu? Bleiben Sie immer bei uns, und halten Sie mich Ihrer Freundschaft nur ein wenig für wert, so finden

Sie auch in der Freundschaft anderer Trost. Ich bin nicht allein so, man schätzt Sie...«

»Ja, glauben Sie, das wird mich immer erquicken? Glauben Sie, ich vertraue der augenblicklichen Rührung? Sie sind wirklich eine Frau im edelsten Sinne des Wortes; Sie sind zur Freude, zum Glück des Mannes geschaffen. Aber kann man auf solches Glück hoffen? Kann jemand seine Hand ins Feuer legen dafür, daß es von Dauer ist, daß das Schicksal das glückliche Leben nicht heute oder morgen ins Gegenteil kehrt – das ist die Frage! Kann man denn an etwas oder irgend jemand oder an sich selber glauben? Ist es nicht besser, ohne jegliche Hoffnung und Erregung zu leben, nichts zu erwarten, keine Freuden zu suchen und daher auch keinen Verlust zu beweinen?«

»Dem Schicksal entgehen Sie nicht, Alexander. Es verfolgt Sie auch dort, wo Sie jetzt sind.«

»Ja, das ist wahr. Aber dort kann das Schicksal nicht sein Spiel mit mir treiben, eher spiele ich mit ihm. Denn sehen Sie, bald reißt sich der Fisch von der Angel, wenn man schon die Hand nach ihm ausstreckt, bald regnet es, wenn man fortgehen will, oder das Wetter ist schön, doch man hat keine Lust, ins Freie zu gehen... Es ist einfach lächerlich...«

Lisaweta Alexandrowna wußte nichts mehr zu erwidern.

»Sie werden heiraten, werden lieben...«, sagte sie unschlüssig.

»Ich und heiraten! Das fehlte noch! Meinen Sie wirklich, daß ich mein Glück einer Frau anvertraue, selbst wenn ich sie liebte, was ja schon unmöglich ist? Oder meinen Sie wirklich, daß ich mich unterfange, eine Frau glücklich zu machen? Nein, ich weiß, wir würden einander betrügen und würden beide betrogen sein. Onkel Pjotr Iwanytsch und die Erfahrung lehrten mich...«

»Pjotr Iwanytsch! Ja, er ist an vielem schuld!« sagte Lisaweta Alexandrowna seufzend. »Aber Sie brauchen nicht auf ihn zu hören, und in der Ehe wären Sie glücklich...«

»Ja, auf dem Lande, gewiß. Aber hier... Nein, ma tante, die Ehe ist nichts für mich. Ich kann mich nicht verstellen, wenn meine Liebe erkaltet ist und ich nicht mehr glücklich bin. Ich kann es auch nicht übersehen, wenn die Frau sich verstellt. Wir müßten beide auf Kniffe sinnen, wie zum Beispiel Sie und der Onkel...«

»Wir?« fragte Lisaweta Alexandrowna, erstaunt und erschrocken.

»Ja, Sie! Sagen Sie doch, sind Sie so glücklich, wie Sie sich's erträumten?«

»Nicht so, wie ich es erträumte, aber glücklich auf andere Art, vernünftiger, vielleicht sogar noch glücklicher – ist das nicht ganz gleich?« antwortete Lisaweta Alexandrowna verlegen. »Und Sie werden auch...«

»Vernünftiger! Ach, ma tante, das hätten Sie nicht sagen sollen; so spricht der Onkel! Ich kenne das Glück nach seiner Methode. Vernünftiger – ja, aber noch glücklicher? Für ihn ist doch alles Glück, Unglück gibt es gar nicht. Gott sei mit ihm! Nein, mein Leben ist erschöpft, ich bin es müde, hab's satt zu leben...«

Beide schwiegen. Alexander sah sich nach dem Hut um. Die Tante überlegte, wie sie ihn noch aufhalten könnte.

»Doch das Talent!« sagte sie plötzlich lebhaft.

»Ach, ma tante! Es macht Ihnen Spaß, sich über mich lustig zu machen. Sie haben das russische Sprichwort vergessen: *Den Gefallenen schlägt man nicht.* Ich habe kein Talent, das steht fest. Ich habe Gefühl, hatte einen feurigen Kopf. Träume hielt ich für Schöpfertum und versuchte, etwas zu schaffen. Erst kürzlich habe ich eine meiner alten Sünden gefunden, sie gelesen – und mußte selber lachen. Der Onkel hatte recht, als er mich zwang, alles, was ich besaß, zu verbrennen. Ach, wenn ich doch die Vergangenheit umkehren könnte! Ich würde anders darüber verfügen.«

»Verzweifeln Sie nicht«, bat sie, »einem jeden von uns ist ein schweres Kreuz auferlegt...«

»Wem ist ein Kreuz auferlegt?« fragte Pjotr Iwanytsch, der ins Zimmer trat. »Guten Tag, Alexander! Dir etwa?«

Pjotr Iwanytsch ging gebeugt und konnte kaum die Beine bewegen.

»Nur nicht so eins, wie du meinst«, sagte Lisaweta Alexan-

313

drowna. »Ich sprach von dem schweren Kreuz, das Alexander trägt...«

»Was trägt er denn schon?« fragte Pjotr Iwanytsch, während er sich mit größter Vorsicht in einen Sessel niederließ. »Ach, der Schmerz! So eine Strafe!«

Lisaweta Alexandrowna half ihm beim Setzen, legte ihm ein Kissen in den Rücken und schob ihm ein Bänkchen unter die Füße.

»Was fehlt Ihnen denn, Onkelchen?« fragte Alexander.

»Siehst du, ich trage ein schweres Kreuz! Oh, mein Kreuz! Das ist ein Kreuz! Das hat mir der Dienst eingebracht! Oh, mein Gott!«

»Wer heißt dich denn, so viel zu sitzen«, warf ihm Lisaweta Alexandrowna vor. »Du kennst das hiesige Klima. Der Arzt hat verordnet, daß du mehr läufst, aber nein: Am Vormittag schreibt er, und abends spielt er Karten.«

»Wie kann ich denn durch die Straßen spazieren, Maulaffen feilhalten und Zeit vergeuden?«

»Das ist die Strafe.«

»Dem entgehst du hier nicht, wenn du arbeiten willst. Wem tut das Kreuz weh? Das ist fast eine Auszeichnung für einen tüchtigen Menschen... Oh, man kann nicht geradesitzen. Nun, Alexander, was treibst du?«

»Immer noch dasselbe wie früher.«

»Aha! Nun, dann tut dir das Kreuz nicht weh. Das ist erstaunlich, wirklich!«

»Was wunderst du dich? Hast du nicht selber mit schuld, daß er so wurde?« sagte Lisaweta Alexandrowna.

»Ich? Das gefällt mir! Ich habe ihn das Nichtstun gelehrt!«

»Wirklich, Onkelchen, Sie brauchen sich gar nicht zu wundern«, bestätigte Alexander. »Sie haben die Umstände sehr gefördert, die das aus mir machten, was ich jetzt bin. Ich gebe Ihnen jedoch keine Schuld. Ich selber bin schuld, daß ich Ihre Lehren nicht zu nutzen verstand oder, besser gesagt, nicht nutzen konnte, wie sie es verdienten, weil ich darauf nicht vorbereitet war. Sie haben vielleicht insofern schuld, als Sie auf den ersten Blick mein Wesen erkannten und es dessenungeachtet umkehren wollten. Als erfahrener Mann mußten

Sie sehen, daß dies nicht möglich ist. Sie entfachten in mir einen Kampf zwischen zwei Lebensanschauungen und vermochten sie nicht zu versöhnen. Und was kam dabei heraus? Alles in mir hat sich in Zweifel verkehrt, in ein Chaos.«

»Oh, mein Kreuz!« stöhnte Pjotr Iwanytsch. »Ein Chaos! Ja, eben aus diesem Chaos wollte ich etwas machen.«

»Ja, und was machten Sie? Sie zeigten mir das Leben in seiner häßlichen Nacktheit, und das in dem Alter, in dem ich es nur von der lichten Seite erfassen sollte.«

»Das heißt, ich bemühte mich, dir das Leben zu zeigen, wie es ist, damit du dir nichts in den Kopf setztest, was es nicht gibt. Ich erinnere mich, als was für ein braver Junge du vom Lande hierherkamst. Ich mußte dich doch davor warnen, daß man hier nicht so leben kann. Ich habe dich vielleicht vor vielen Torheiten und Fehlern bewahrt. Ohne mich hättest du noch mehr begangen!«

»Vielleicht. Aber eines ließen Sie außer acht, Onkelchen: das Glück. Sie vergaßen, daß Irrtümer, Träume und Hoffnungen den Menschen glücklich machen. Die Wirklichkeit beglückt nicht...«

»Was für Unsinn du redest! Die Ansicht hast du von der Grenze Asiens mitgebracht. In Europa glaubt man so was schon lange nicht mehr. Träume, Spielzeug, Illusion, all das taugt für Weiber und Kinder, der Mann aber muß die Welt kennen, so wie sie ist. Doch deiner Meinung nach ist es besser, sich der Täuschung hinzugeben?«

»Ja, Onkelchen. Was Sie auch sagen, das Glück ist aus Illusionen und Hoffnungen gewirkt, aus Vertrauen zu den Menschen und Selbstvertrauen, ferner aus Liebe und Freundschaft... Sie aber versicherten mir, Liebe sei Unsinn, ein leeres Gefühl, es sei leichter, sogar besser, ohne sie durchs Leben zu gehen. Leidenschaftlich zu lieben sei kein großes Verdienst, man stünde damit nicht über dem Tier...«

»Doch erinnere dich, wie du geliebt hast! Hast schlechte Gedichte verfaßt, überspanntes Zeug geredet, so daß du diese, deine Grunja, nicht wahr?, tödlich gelangweilt hast. Fesselt man denn so eine Frau?«

»Wie denn?« fragte Lisaweta Alexandrowna trocken.

315

»Oh, wie mein Kreuz schmerzt!« stöhnte Pjotr Iwanytsch.

»Dann versicherten Sie«, begann Alexander erneut, »es gäbe keine feste, auf Sympathie beruhende Anhänglichkeit, es gäbe nur die Gewohnheit...«

Lisaweta Alexandrowna sah ihren Mann schweigend und forschend an.

»Das heißt, ich, ja siehst du, ich sagte dir das, damit... daß du... damit... Oh, oh, mein Kreuz!«

»Und das sagten Sie einem zwanzigjährigen Jüngling«, fuhr Alexander fort, »für den die Liebe alles war, bei dessen Tätigkeit, dessen Ziel, kurz, bei dem alles um dieses Gefühl ging. Damit konnte man ihn retten, dadurch konnte er untergehen.«

»Wahrhaftig, als lebte er vor zweihundert Jahren!« murmelte Pjotr Iwanytsch. »Du gehörst ins Altertum.«

»Sie setzten mir die Theorie der Liebe, des Betrugs, Verrats und der Abkühlung auseinander... Wozu? Ich wußte das alles, bevor ich zum erstenmal liebte. Und als ich liebte, analysierte ich schon die Liebe, wie der Student unter Anleitung seines Professors einen Körper seziert, so daß er statt der Schönheit der Formen nur Muskeln und Nerven sieht...«

»Doch wie ich mich erinnere, hinderte dich das nicht, wegen dieser – wie hieß sie? Daschenka, nicht wahr? – den Verstand zu verlieren.«

»Ja, aber Sie duldeten nicht, daß ich mich täuschte. Ich hätte in Nadenkas Verrat einen unglücklichen Zufall gesehen und hätte weiter auf die Liebe gewartet, bis ich ihrer nicht mehr bedurfte. Sie aber kamen gleich mit Ihrer Theorie und bewiesen, daß dies die Regel sei. Und ich verlor mit fünfundzwanzig Jahren den Glauben an das Glück und das Leben und wurde alt in meinem Herzen. Die Freundschaft verwarfen Sie, bezeichneten auch sie als Gewohnheit, nannten sich selber, wahrscheinlich im Scherz, meinen besten Freund, vielleicht auch nur, um zu beweisen, daß es keine Freundschaft gibt.«

Pjotr Iwanytsch hörte zu und strich sich mit einer Hand

über den Rücken. Er antwortete nachlässig, wie ein Mensch, der mit einem Wort alle gegen ihn gerichteten Beschuldigungen zunichte zu machen meint.

»Auch von der Freundschaft hattest du eine herrliche Meinung«, sagte er. »Verlangtest von deinem Freund dieselbe Komödie, die im Altertum, wie man sagt, diese beiden Dummköpfe spielten... Wie heißen Sie? Der eine blieb als Pfand zurück, während sein Freund dahinging, um jemand zu besuchen... Was wäre, wenn alle so handelten? Dann wäre doch die Welt ein einziges Irrenhaus.«

»Ich liebte die Menschen«, fuhr Alexander fort, »glaubte an ihren Wert, sah Brüder in ihnen, streckte ihnen inbrünstig die Arme entgegen...«

»Ja, das war auch nötig! Ich entsinne mich deiner Umarmungen«, unterbrach ihn Pjotr Iwanytsch. »Ich hatte sie damals gehörig satt.«

»Aber Sie zeigten mir, was sie wert sind. Statt die Neigungen meines Herzens zu lenken, lehrten Sie mich, gar nichts für die Menschen zu fühlen, sie vielmehr zu analysieren, zu untersuchen und mich vor ihnen zu hüten. Ich habe sie untersucht – und liebe sie nicht mehr!«

»Ich kannte dich eben nicht! Du bist viel zu rasch. Ich dachte, davon würdest du nachsichtiger gegen die Menschen. Ich kenne sie auch, und ich hasse sie nicht...«

»Was denn, du liebst die Menschen?« fragte Lisaweta Alexandrowna.

»Ich... bin sie gewöhnt.«

»Gewöhnt!« wiederholte sie tonlos.

»Auch er hätte sich an sie gewöhnt«, sagte Pjotr Iwanytsch. »Aber er wurde von vornherein auf dem Land durch die Tante und die gelben Blumen verdorben, daher erzieht er sich auch so schwer.«

»Ferner glaubte ich an mich selber«, begann Alexander aufs neue. »Sie zeigten mir, daß ich schlechter als die andern bin – ich fing an, auch mich selber zu hassen.«

»Sähst du die Sache kaltblütig an, so würdest du merken, daß du weder schlechter noch besser als die andern bist, und das wollte ich bei dir erreichen. Dann würdest du die andern und auch dich selber nicht hassen, die menschlichen Torheiten gleichmütig dulden und achtsamer gegen die eigenen sein. Ich kenne meinen Wert, weiß, daß ich nicht besonders gut bin, doch ich gestehe, ich liebe mich sehr.«

»Ah, hier *liebst* du und bist nicht nur *gewöhnt*!« bemerkte Lisaweta Alexandrowna kalt.

»Ach, mein Kreuz!« ächzte Pjotr Iwanytsch.

»Schließlich zerstörten Sie mit einem Schlag, ohne Warnung, ohne Erbarmen meinen allerschönsten Traum. Ich glaubte, daß ich einen Funken poetischen Talents in mir hätte, Sie aber bewiesen mir grausam, daß ich nicht zum Priester des Schönen geschaffen bin. Sie rissen schmerzhaft den Splitter aus meinem Herzen und schlugen mir eine Arbeit vor, die mir widerwärtig war. Ohne Sie hätte ich geschrieben...«

»Und wärst dem Publikum bekannt als ein talentloser Schriftsteller«, unterbrach ihn Pjotr Iwanytsch.

»Was frage ich nach dem Publikum? Ich hätte mir Mühe gegeben und meine Mißerfolge der Bosheit, dem Neid und der Mißgunst zugeschrieben, mich allmählich an den Gedanken gewöhnt, daß ich nicht zu schreiben brauche, und mich von selber etwas anderem zugewandt. Warum wundern Sie sich noch, daß ich den Mut verlor, nachdem ich das alles erkannte?«

»Nun, was sagst du dazu?« fragte Lisaweta Alexandrowna.

»Ich habe überhaupt keine Lust, etwas zu sagen. Was soll man auf solchen Unsinn erwidern? Bin ich schuld daran, daß du dir bei deiner Ankunft hier einbildetest, hier gäbe es nur gelbe Blumen, Liebe und Freundschaft? Die Leute täten weiter nichts als Gedichte schreiben und Gedichte hören, und nur manchmal, zur Abwechslung, befaßten sie sich mit Prosa? Ich bewies dir, daß der Mensch überhaupt und hier im besonderen arbeiten muß, und viel arbeiten, selbst bis er Kreuzschmerzen hat. Gelbe Blumen gibt es nicht, es gibt Titel und Geld. Das ist viel besser! Das wollte ich dir beweisen! Ich gab die Hoffnung nicht auf, daß du endlich begreifen würdest, was das Leben bedeutet, besonders, wie man es heutzutage auffaßt. Du hast das auch verstanden, doch als du sahst, daß wenig Blumen und Gedichte darin sind, bildetest du dir gleich ein, das Leben sei ein großer Irrtum, du sähest das und hättest daher das Recht, traurig zu sein. Die anderen würden es nicht merken und daher in Freuden leben. Womit bist du denn unzufrieden? Woran mangelt es dir? Ein anderer an deiner Stelle hätte sein Schicksal gepriesen. Weder Not noch Krankheit noch wirklicher Kummer haben an dich gerührt. Was hast du denn nicht? Liebe, nicht wahr? Es ist dir immer noch zuwenig. Hast zweimal geliebt und bist geliebt worden. Man hat dich verraten, du machtest es quitt. Wir stellten fest, du hast Freunde wie selten jemand. Keine falschen. Sie stürzen sich nicht ins Wasser für dich, besteigen auch keinen Scheiterhaufen, und von Umarmungen sind sie kein Freund. Das wäre aber auch äußerst töricht. Begreif es doch endlich! Dafür findest du bei ihnen stets Hilfe und Rat, sogar Geld. Sind das etwa keine Freunde? Eines Tages heiratest du. Die Karriere liegt vor dir; arbeite nur. Mit ihr kommt Vermögen. Mach alles wie die andern, und das Schicksal wird dich nicht übergehen. Du wirst das Deinige finden. Es ist lächerlich, sich für einen besonderen, großen Menschen zu halten, wenn man nicht als solcher erschaffen ist! Nun, worüber grämst du dich?«

»Ich gebe Ihnen keine Schuld, Onkelchen, im Gegenteil: Ich weiß Ihre Absichten zu schätzen und danke Ihnen von Herzen dafür. Was ist zu tun, da sie fehlschlugen? Doch geben Sie auch mir keine Schuld. Wir verstanden uns nicht – darin liegt unser Unglück! Was Ihnen gefällt und tauglich erscheint, einem zweiten und dritten, gefällt mir nicht...«

»Mir gefällt, einem zweiten und dritten! Mein Lieber, so darfst du nicht sprechen! Denke und handle ich denn allein so, wie ich dich zu denken und handeln gelehrt? Sieh dich doch um, betrachte die Masse – die *Menge*, wie du sie gerne nennst, nicht die auf dem Lande, dort ist man noch sehr weit zurück, nein, die moderne, gebildete, denkende und handelnde Menge. Was will sie, und wonach strebt sie? Wie denkt sie? Und du erkennst, es ist genau das, was ich dich gelehrt. Was ich von dir verlangte, das alles habe nicht ich ausgedacht.«

319

»Wer denn?« fragte Lisaweta Alexandrowna.

»Das Jahrhundert.«

»So muß man unbedingt allem folgen, was das Jahrhundert sich ausdenkt?« fragte sie. »Das ist alles geheiligt und richtig?«

»Alles«, bestätigte Pjotr Iwanytsch.

»Wie, es ist richtig, daß man mehr überlegen als auf das Gefühl hören soll? Das Herz im Zaum halten soll, das Drängen des Gefühls bezwingen? Daß man aufrichtigen Herzensergüssen sich nicht hingeben und ihnen auch nicht glauben soll?«

»Ja«, bestätigte Pjotr Iwanytsch.

»In allem nach einer Methode handeln, den Menschen nicht trauen, alles für unsicher halten und nur für sich leben soll?«

»Ja.«

»Und es ist geheiligt, daß die Liebe im Leben nicht das wichtigste ist, daß man seine Arbeit mehr lieben muß als einen sehr lieben Menschen, auf keine Ergebenheit hoffen darf, glauben muß, Liebe ende in Gleichgültigkeit, durch Verrat oder auch in Gewohnheit? Daß die Freundschaft Gewohnheit sei? All das ist richtig?«

»Das war schon immer richtig«, antwortete Pjotr Iwanytsch. »Aber früher wollte man nicht daran glauben, während es heutzutage allgemein als Wahrheit bekannt ist.«

»Auch das ist geheiligt, daß alles untersucht werden muß, alles berechnet und überlegt, daß man sich nicht vergessen darf, nicht träumen, sich nicht durch Illusionen verlocken lassen darf, auch wenn man glücklich dabei wäre?«

»Es ist geheiligt, weil es vernunftgemäß ist«, sagte Pjotr Iwanytsch.

»Auch das ist richtig, daß man selbst gegen die, die dem Herzen nahestehen, nur den Verstand walten läßt, zum Beispiel gegen die eigene Frau?«

»Mich hat das Kreuz noch nie so geschmerzt... Oh!« stöhnte Pjotr Iwanytsch und krümmte sich in seinem Sessel.

»Aha, das Kreuz! Ein schönes Jahrhundert! Dagegen läßt sich nichts sagen!«

»Ein sehr schönes, meine Liebe. Es geschieht nichts auf Grund von Launen. Überall waltet Vernunft, der Zweck, die Erfahrung, Folgerichtigkeit und daher der Fortschritt. Alles strebt nach Vervollkommnung und nach dem Guten.«

»Onkelchen, in Ihren Worten liegt vielleicht Wahrheit«, sprach Alexander, »aber sie tröstet mich nicht. Ich weiß, wie alles nach Ihrer Theorie abläuft, sehe die Dinge mit Ihren Augen. Ich bin ein Zögling Ihrer Schule, aber ich habe das Leben satt, es scheint mir schwer, unerträglich... Woher kommt das?«

»Daher, daß du dich nicht an die neue Ordnung gewöhnt hast. Es geht dir nicht allein so; es gibt noch mehr Zurückgebliebene. Alle sind *Märtyrer*. Sie sind wahrhaftig bedauernswert. Aber was tun? Einer Handvoll Menschen wegen kann doch die Masse nicht zurückbleiben. Für alles, wessen du mich eben beschuldigt hast«, fuhr Pjotr Iwanytsch nach kurzem Nachdenken fort, »habe ich eine Rechtfertigung: Erinnerst du dich, als du hierherkamst, riet ich dir nach einem Gespräch von nur fünf Minuten, wieder nach Hause zu fahren. Du hast nicht auf mich gehört. Warum fällst du also jetzt über mich her? Ich sagte voraus, du würdest dich nicht an die bestehende Ordnung der Dinge gewöhnen, doch du verließest dich auf meine Leitung, batest mich um meinen Rat, sprachst in hochtrabenden Worten von den Erfolgen des Geistes, den Bestrebungen der Menschheit, der praktischen Richtung des Jahrhunderts – nun, da hast du es! Ich konnte dich doch nicht vom Morgen bis zum Abend umhegen. Was ging mich das an? Ich konnte dir nicht nachts ein Tuch über den Mund decken gegen die Fliegen und nicht Kreuze über dir schlagen. Ich sprach vernünftig mit dir, weil du mich darum batest. Und was dabei herauskam, das ging mich nichts mehr an. Du bist kein Kind und nicht dumm, hast dein eigenes Urteil. Statt hier deine Arbeit zu tun, stöhnst du bald über den Verrat eines Mädchens, bald weinst du über die Trennung vom Freund, bald leidest du unter seelischer Leere, bald unter dem Überfluß an Gefühl! Ei, was für ein Leben ist das?

Das ist eine Folter! Sieh dir die heutige Jugend mal an: Was sind das für tüchtige Kerle! Wie alles von geistiger Tätigkeit, von Energie glüht, wie leicht und geschickt sie mit all diesem Unsinn fertig werden, der in eurer veralteten Sprache *Stürme des Lebens, Qualen* und der Teufel weiß wie genannt wird!«

»Wie leichtfertig du urteilst!« bemerkte Lisaweta Alexandrowna. »Tut dir denn Alexander nicht leid?«

»Nein! Wenn ihm das Kreuz schmerzte, dann würde ich ihn bedauern. Das ist keine Erfindung, kein Traum, keine Dichtung, sondern wirklicher Schmerz ... Oh!«

»Lehren Sie mich wenigstens, was ich jetzt tun soll, Onkelchen. Wie würden Sie mit Ihrem Verstand diese Aufgabe lösen?«

»Was du tun sollst? Ja ... aufs Land fahren.«

»Aufs Land?« wiederholte Lisaweta Alexandrowna. »Bist du bei Verstand, Pjotr Iwanytsch? Was soll er dort tun?«

»Aufs Land!« wiederholte Alexander, und beide sahen Pjotr Iwanytsch an.

»Ja, aufs Land. Dort siehst du deine Mutter wieder und bist ihr ein Trost. Du suchst doch das ruhige Leben. Hier regt dich alles auf, und wo ist es ruhiger als dort, am See, bei der Tante ... Wahrhaftig, fahr los! Und wer weiß, vielleicht wirst du ... Oh!«

Er griff nach dem Rücken.

Zwei Wochen später hatte Alexander seinen Abschied genommen und kam zu Onkel und Tante, um Lebewohl zu sagen. Die Tante und Alexander waren traurig und schweigsam. Lisaweta Alexandrowna hatte Tränen in den Augen. Nur Pjotr Iwanytsch sprach.

»Keine Karriere, kein Vermögen!« sprach er kopfschüttelnd. »Das hat sich gelohnt, herzukommen! Du hast das Geschlecht der Adujew entehrt!«

»Nun hör aber auf, Pjotr Iwanytsch«, sagte Lisaweta Alexandrowna. »Du langweilst uns mit deiner Karriere.«

»Was denn, Liebe, in acht Jahren gar nichts zustande zu bringen!«

»Leben Sie wohl, Onkelchen«, sagte Alexander. »Ich danke Ihnen für alles, alles ...«

»Nichts zu danken! Leb wohl, Alexander! Brauchst du kein Geld für die Reise?«

»Nein, danke, ich habe genug.«

»Das ist doch! Nie nimmt er etwas von mir! Das macht mich am Ende noch wütend. Nun, mit Gott, mit Gott!«

»Tut es dir denn nicht leid, dich von ihm zu trennen?« fragte Lisaweta Alexandrowna.

»Hm!« brummte Pjotr Iwanytsch. »Ich... bin an ihn gewöhnt. Denke daran, Alexander, daß du einen Onkel hast und in ihm einen Freund – hörst du? Und wenn du eine Stellung brauchst, Beschäftigung oder verächtliches Metall, wende dich dreist an mich. Wirst beides stets bei mir finden.«

»Und wenn Sie Mitgefühl brauchen«, sagte Lisaweta Alexandrowna, »Trost im Schmerz, warme, verläßliche Freundschaft...«

»Und aufrichtige Herzensergüsse«, unterbrach sie Pjotr Iwanytsch.

»...dann erinnern Sie sich«, fuhr Lisaweta Alexandrowna fort, »daß Sie eine Tante und einen Freund in ihr haben.«

»Nun, meine Liebe, das wird ihn auf dem Lande nicht interessieren. Da hat er alles: Blumen, Liebe, Herzensergüsse und sogar eine Tante.«

Alexander war tief gerührt. Er konnte kein Wort sagen. Als er sich von seinem Onkel verabschiedete, hätte er ihn fast umarmt, wenn auch nicht so lebhaft wie vor acht Jahren. Pjotr Iwanytsch umarmte ihn nicht, er nahm ihn nur bei den Händen und drückte sie kräftiger als vor acht Jahren. Lisaweta Alexandrowna zerfloß in Tränen.

»Uff! Mir ist eine Last von den Schultern! Gott sei Dank!« sagte Pjotr Iwanytsch, als Alexander wegfuhr. »Mir ist, als sei mir auch im Kreuz leichter geworden!«

»Was hat er dir denn getan?« brachte seine Frau unter Tränen hervor.

»Was? Es war einfach eine Qual! Schlimmer als mit den Arbeitern in der Fabrik. Wenn die Possen treiben, peitscht man sie aus, doch was war bei ihm zu machen?«

Die Tante weinte den ganzen Tag, und als Pjotr Iwanytsch zu essen verlangte, sagte man ihm, daß nichts angerichtet sei, daß die gnädige Frau sich in ihrem Zimmer eingeschlossen und den Koch nicht empfangen habe.

»Alles wegen Alexander!« bemerkte Pjotr Iwanytsch. »Das ist eine Plage mit ihm!«

Er brummte eine Weile und fuhr dann zum Essen in den Englischen Klub.

Früh am Morgen rollte eine Postkutsche langsam aus der Stadt hinaus und entführte Alexander Fjodorytsch und Jewsej.

Alexander steckte den Kopf aus dem Wagenfenster und bemühte sich auf jegliche Weise, sich auf einen traurigen Ton einzustellen. Er entschied sich zuletzt für ein Gespräch mit sich selbst.

Sie fuhren an Friseuren, Dentisten, Modistinnen, herrschaftlichen Palästen vorbei. »Leb wohl«, sprach er und schüttelte den Kopf und faßte in sein dünnes Haar, »leb wohl, du Stadt der falschen Locken, der künstlichen Zähne, der wattierten Nachahmungen der Natur und der runden Hüte, du Stadt des höflichen Hochmuts, der gekünstelten Gefühle, der leblosen Geschäftigkeit! Leb wohl, du prächtiges Grabmal der tiefen, starken, zarten und warmen Herzensregungen. Ich verbrachte hier acht Jahre Angesicht zu Angesicht mit dem Leben, doch mit dem Rücken zur Natur. Und sie wandte sich auch von mir ab. Ich büßte meine Lebenskraft ein und bin mit neunundzwanzig Jahren schon alt, und es gab eine Zeit ...

> Leb wohl, leb wohl, du Stadt,
> wo ich gelitten, wo ich geliebt,
> wo ich mein Herz begraben.

Vor euch breite ich meine Arme weit aus, ihr weiten Felder, vor euch, ihr gesegneten Dörfer und Triften in meiner Heimat. Nehmt mich auf in euren Schoß, auf daß meine Seele neu sich belebe und aufersteht.«

Dann gedachte er der Verse Puschkins:

> Ein barbarischer Künstler mit schläfriger Hand
> übermalt das Bild des Genies ...

und so weiter, wischte sich die feuchten Augen und verbarg sich in der Tiefe des Wagens.

VI

Es war ein herrlicher Morgen. Der dem Leser bekannte See im Dorfe Gratschi kräuselte sich nur leicht in leisem Wellenschlag. Die Augen schlossen sich unwillkürlich vor dem blendenden Glanz der Sonnenstrahlen, die in diamantenen und smaragdenen Funken auf dem Wasser glitzerten. Trauerbirken badeten ihre Zweige im See. Stellenweise waren die Ufer mit Seggen bewachsen, zwischen denen sich große gelbe Blumen versteckten, die auf breiten Schwimmblättern ruhten. Dann und wann huschten zarte Wolken über die Sonne, und sie schien sich abzuwenden von Gratschi. Dann verdunkelte sich im Augenblick alles, der See, das Wäldchen, das Dorf. Nur die Ferne strahlte noch hell. Die Wolke zog vorüber – der See erglänzte von neuem, die Fluren waren wie mit Gold übergossen.

Anna Pawlowna saß seit fünf Uhr auf dem Balkon. Was hatte sie herausgelockt: der Sonnenaufgang, die frische Luft oder der Gesang der Lerchen? Nichts dergleichen! Sie ließ kein Auge von der Straße, die durch das Wäldchen führte. Agrafena kam herzu und bat um die Schlüssel. Anna Pawlowna sah sie nicht an; ohne den Blick von der Straße zu wenden, gab sie ihr die Schlüssel und fragte nicht einmal wozu. Der Koch erschien. Sie schenkte auch ihm keinen Blick, erteilte aber eine Menge Befehle. Schon den zweiten Tag wurde eine Mahlzeit für zehn Personen bestellt.

Anna Pawlowna war wieder allein. Plötzlich strahlten ihre Augen. Alle Kräfte von Körper und Seele konzentrierten sich nur auf das Sehen. Ein dunkles Etwas war auf der Straße aufgetaucht. Jemand kam dort gefahren, aber sachte, langsam. Ach, es war ein Lastfuhrwerk, das die Höhe herabkam. Anna Pawlownas Gesicht verfinsterte sich.

»Das hat der Satan hergebracht!« brummte sie. »Nein, daß sie andersrum führen! Alle kommen hier angekrochen.«

Mißvergnügt ließ sie sich wieder in dem Sessel nieder, faßte in zitternder Erwartung erneut das Wäldchen ins Auge und sah nichts anderes. Dabei gab es etwas zu sehen: Die Kulisse verwandelte sich auffallend. Die mittägliche Luft, von den glühenden Strahlen der Sonne erhitzt, wurde schwül und drückend. Da verbarg sich die Sonne, es wurde finster. Der Wald, die fernen Dörfer, die Weiden, alles nahm eine unbestimmbare, unheilkündende Farbe an.

Anna Pawlowna kam zu sich und sah zum Himmel auf. Mein Gott! Vom Westen her zog wie ein Ungeheuer ein unförmiger schwarzer Fleck mit kupfern schimmernden Rändern auf, breitete riesige Flügel aus und bewegte sich rasch auf das Dorf und das Wäldchen zu. Bangigkeit überkam die ganze Natur. Die Kühe senkten den Kopf, die Pferde schlugen mit ihrem Schweif, blähten die Nüstern und schnaubten und schüttelten ihre Mähne. Unter ihren Hufen hob sich der Staub nicht mehr auf, sondern verstreute sich schwer wie Sand unter den Rädern. Die Gewitterwolke kam drohend näher. Bald rollte in der Ferne langsam ein Donner.

Alles war verstummt, als ob es auf etwas nie Dagewesenes warte. Wohin waren die Vögel verschwunden, die im Sonnenschein so ausgelassen flatterten und sangen? Wo waren die Insekten geblieben, die vielstimmig im Grase gesummt? Alles hatte sich versteckt und schwieg, auch die leblosen Dinge hatten anscheinend an dem unheilvollen Vorgefühl teil. Die Bäume wiegten sich nicht mehr und neckten sich nicht mehr mit ihren Zweigen. Sie standen gerade, und nur manchmal neigten sich ihre Wipfel einander zu, als warnten sie sich flüsternd vor der nahen Gefahr. Die Gewitterwolke umfaßte schon den gesamten Horizont und bildete eine bleigraue, undurchdringliche Wölbung. Im Dorfe beeilten sich alle, rechtzeitig nach Hause zu kommen. Ein Augenblick allgemeinen feierlichen Schweigens trat ein. Da wehte als Vorbote ein frisches Lüftchen vom Wald her, hauchte dem Wanderer Kühle ins Antlitz, rauschte durch die Blätter der Bäume, schlug im Vorbeisausen eine Hüttentür zu, wirbelte den Staub auf der Straße auf und erstarb im Gesträuch. Ihm brauste ein Wirbelwind nach, der langsam eine Staubsäule die Straße entlangtrieb. Er brach in das Dorf ein, stürzte einige verfaulte Bretter vom Zaun, trug ein Strohdach davon, hob den Rock einer wassertragenden Bäuerin auf und jagte die Hühner und Hennen die Straße entlang, ihre Schwänze zerzausend.

Er war vorbei. Wieder herrschte Stille. Alles eilte, sich zu verbergen. Nur der törichte Hammel ahnte noch nichts. Er stand mitten auf der Straße, käute gleichmäßig wieder und sah immer nach einer Seite, ohne die allgemeine Erregung zu spüren. Ein Federchen und ein Strohhalm trudelten die Straße entlang und bemühten sich nach Kräften, den Wirbelwind einzuholen.

Da fielen zwei, drei dicke Tropfen, und plötzlich zuckte ein Blitz. Ein alter Mann stand von seiner Rasenbank an der Dorfstraße auf und führte eilig seine kleinen Enkel ins Haus. Die Alte bekreuzigte sich und schloß hurtig das Fenster.

Der Donner rollte und dröhnte majestätisch und triumphierend und übertönte den Lärm der Menschen. Ein erschrockenes Pferd riß sich vom Pfahl und jagte mit seinem Strick über das Feld. Der Bauer verfolgte es vergeblich. Und der Regen tropfte nur so, peitschte nur so, immer dichter und dichter, und prasselte immer heftiger auf die Dächer und gegen die Fenster. Ein hübsches weißes Händchen stellte ängstlich den Gegenstand der zärtlichen Sorge auf den Balkon – die Blumen.

Beim ersten Donnerschlag hatte Anna Pawlowna sich bekreuzigt und den Balkon verlassen.

»Nein, heute brauche ich offenbar nicht länger zu warten«, sagte sie mit einem Seufzer. »Das Gewitter hält ihn irgendwo auf, am Ende bis in die Nacht.«

Da ließ sich das Rasseln von Rädern vernehmen, aber nicht vom Wäldchen her, sondern von der anderen Seite. Jemand fuhr in den Hof. Anna Pawlowna blieb das Herz stehen.

›Wieso denn von dort?‹ dachte sie. ›Wollte er etwa heimlich vorfahren? Aber nein, da ist keine Straße.‹

Sie wußte nicht, was sie denken sollte. Doch bald klärte

327

sich alles auf. Eine Minute später trat Anton Iwanytsch herein. Sein Haar war hier und da grau geworden, er war in die Breite gegangen vom Müßiggang und übermäßigen Essen, seine Wangen waren gedunsen. Er trug noch denselben Rock und dieselben weiten Hosen.

»Ich habe schon auf Sie gewartet, so gewartet, Anton Iwanytsch«, empfing ihn Anna Pawlowna. »Ich dachte, Sie kämen nicht, war schon verzweifelt.«

»Es ist sündhaft, so etwas zu denken! Wär es jemand anderes – nun ja! Mich lockt man nicht zu jedermann ... Aber zu Ihnen, Mütterchen! Es ist nicht meine Schuld, daß ich mich so verspätet habe; ich fahre doch heute mit einem einzigen Pferd.«

»Warum das?« fragte Anna Pawlowna zerstreut, während sie zum Fenster trat.

»Was denken Sie, Mütterchen! Seit der Taufe bei Pawel Sawitsch hinkt die Schecke. Der Böse hatte den Kutscher bewogen, die alte Scheunentür über den kleinen Graben zu legen ... Arme Leute, wie Sie sehen! Zu einem neuen Brettchen reicht's nicht! In der Türe war aber ein Nagel oder ein Haken – der Teufel weiß es! Kaum trat das Pferd darauf, scheute es nach der Seite, und ich brach mir fast den Hals. Galgenstricke sind das! Und seit der Zeit hinkt es. Was gibt es doch für filzige Leute! Sie glauben nicht, Mütterchen, wie's bei ihnen im Hause aussieht! In manchem Armenhaus wird das Volk besser gehalten. In Moskau aber, am Kusnezki Most, gehen Jahr für Jahr Zehntausende drauf!«

Zerstreut hörte Anna Pawlowna zu und nickte nur leicht mit dem Kopf, als er schwieg.

»Ich habe doch von Saschenka einen Brief bekommen, Anton Iwanytsch«, fing sie mit ihrem Anliegen an. »Er schreibt, um den Zwanzigsten herum wäre er hier. Ich war außer mir vor Freude.«

»Hab schon gehört, Mütterchen; Proschka hat es erzählt, und ich hab erst gar nicht begriffen, was er da sagte. Dachte, er sei schon da. Vor Freude brach mir der Schweiß aus.«

»Gott gebe Ihnen Gesundheit dafür, daß Sie uns lieben, Anton Iwanytsch.«

»Wie sollte ich nicht! Ich habe doch Alexander Fjodorytsch auf meinen Armen getragen; er ist mir wie mein leiblicher Sohn.«

»Ich danke Ihnen, Anton Iwanytsch, Gott wird's Ihnen lohnen! Ich habe schon die zweite Nacht fast gar nicht geschlafen und lasse auch die Leute nicht schlafen. Wenn er kommt und wir alle schlafen fest – das wäre schön! Gestern und vorgestern bin ich zu Fuß bis zum Wäldchen gegangen, und ich wäre auch heute dorthin, doch drückt mich das verfluchte Alter. Die Schlaflosigkeit in der Nacht bringt mich an den Rand meiner Kräfte. Setzen Sie sich doch, Anton Iwanytsch. Aber Sie sind ja durchnäßt. Wollen Sie nicht ein Gläschen trinken und etwas frühstücken? Zum Mittagessen kommen wir womöglich erst spät; wir warten auf den lieben Gast.«

»So will ich ein paar Bissen essen. Obwohl ich, um es zu gestehen, schon mehr als genug gefrühstückt habe.«

»Wie haben Sie das fertiggebracht?«

»Ich bin am Kreuzweg bei Marja Karpowna hängengeblieben, komme ja bei ihnen vorbei. Mehr wegen des Pferdes als meinetwegen, ließ es verschnaufen. Es ist kein Spaß, bei der heutigen Hitze zwölf Werst weit zu traben! Bei der Gelegenheit hab ich auch einen Imbiß genommen. Gut, daß ich nicht auf sie hörte; ich blieb nicht bei ihnen, sosehr sie versuchten, mich aufzuhalten. Sonst hätte das Gewitter mich dort den ganzen Tag festgenagelt.«

»Wie geht es Marja Karpowna?«

»Gott sei Dank, gut! Sie läßt grüßen.«

»Ergebensten Dank. Und dem Töchterchen, Sofja Michailowna, und ihrem Mann?«

»Soso, Mütterchen. Das sechste Kindchen ist schon unterwegs. In zwei Wochen erwarten sie es. Sie baten mich, um diese Zeit bei ihnen zu sein. Aber bei ihnen herrscht solche Armut im Haus, daß ich es nicht mit ansehen kann. Es scheint, es seien der Kinder genug? Aber nein, immer mehr her!«

»Was Sie nicht sagen!«

»Bei Gott! In den Zimmern haben sich alle Pfosten gebo-

329

gen, die Dielen wackeln nur so unter den Füßen, es regnet durchs Dach. Und zum Ausbessern ist nichts da. Auf den Tisch kommen Suppe, Käsekuchen und Hammel – das ist alles! Und dazu laden sie einen noch so eifrig ein!«

»Und die war hinter meinem Saschenka her, diese Krähe!«

»Mütterchen, wie sollte sie einen solchen Falken erjagen! Ich kann es kaum erwarten, ihn wiederzusehen. Das wird ein hübscher Bursche sein! Mir schwant etwas, Anna Pawlowna! Ob er sich mit einer Fürstin oder einer Gräfin verlobt hat und herkommt, Sie um Ihren Segen zu bitten und zur Hochzeit einzuladen?«

»Was denken Sie, Anton Iwanytsch!« rief Anna Pawlowna, schier vor Freude vergehend.

»So wird es sein!«

»Ach, Sie mein Täubchen! Gott gebe Ihnen Gesundheit! Ja! Das war mir entfallen, wollte Ihnen etwas erzählen und hab es vergessen. Ich überlege und überlege, was es wohl war; mir liegt's auf der Zunge. Aber das wäre noch schöner, wenn ich das vergessen hätte! Wollen Sie erst frühstücken, oder soll ich es gleich erzählen?«

»Mir ist es gleich, Mütterchen, vielleicht während des Frühstücks. Ich lasse mir kein Bröckchen ... kein Wörtchen, wollte ich sagen, entgehen.«

»Nun also«, begann Anna Pawlowna, als man das Frühstück gebracht und Anton Iwanytsch sich an den Tisch gesetzt hatte, »da sehe ich ...«

»Aber wollen Sie denn nicht auch etwas essen?« fragte Anton Iwanytsch.

»I! Ist mir jetzt etwa nach Essen zumute? Mir bliebe der Bissen im Halse stecken. Ich habe vorhin nicht einmal meine Tasse Tee ausgetrunken. Ich sehe also im Traum, daß ich so sitze, und mir gegenüber steht Agrafena mit dem Tablett. Ich sage zu ihr: ›Warum ist denn‹, sag ich, ›dein Tablett leer, Agrafena?‹ Aber sie schweigt und sieht immer zur Tür. ›Ach, mein Mütterchen!‹ denke ich im Traume bei mir. ›Warum starrt sie nur dahin?‹ Da sehe auch ich hin und sehe: Da kommt Saschenka herein, so traurig, kommt auf mich zu und sagt, und er sagt es, als sei er es wirklich: ›Leben Sie wohl,

Mamachen‹, sagt er. ›Ich gehe weit weg, dorthin.‹ Und er zeigt nach dem See. ›Und ich komme nicht wieder‹, sagt er. ›Aber wohin denn, mein Liebster?‹ frage ich ihn, und das Herz schmerzt mich heftig. Er schweigt und sieht mich so seltsam und erbarmungswürdig an. ›Doch woher kommst du, Täubchen?‹ frage ich wieder. Er aber, mein Herzchen, seufzt auf und zeigt nochmals nach dem See. ›Aus dem Pfuhl‹, spricht er kaum hörbar, ›von den Wassergeistern.‹ Ich zittere am ganzen Körper und wache auf. Mein Kopfkissen schwimmt in Tränen. Auch im Wachen finde ich nicht zu mir, sitze auf dem Bett und weine und weine, zerfließe nur so. Als ich aufgestanden war, hab ich gleich das Lämpchen vor der Muttergottes aus Kasan angezündet. Vielleicht wird Sie, unsere Barmherzige Beschützerin, ihn vor jeglichem Leid und Unheil bewahren. Bei Gott, schwerer Zweifel suchte mich heim. Ich kann nicht begreifen, was das bedeutet. Ob ihm etwas geschehen ist? Das Gewitter...«

»Im Traum zu weinen ist gut, Mütterchen, das bringt etwas Gutes!« tröstete Anton Iwanytsch, während er sich ein Ei am Teller aufschlug. »Morgen kommt er bestimmt.«

»Und ich hatte gedacht, ob wir nicht nach dem Frühstück bis zum Wäldchen gehen, ihm entgegen. Wir hätten uns irgendwie hingeschleppt. Aber nun ist es draußen so schlammig.«

»Nein, heute kommt er nicht; ich hab meine Zeichen!«

In diesem Augenblick trug der Wind von ferne das Klingeln eines Glöckchens herbei, das aber gleich wieder verstummte. Anna Pawlowna stockte der Atem.

»Ach!« sagte sie, ihre Brust durch einen Seufzer erleichternd. »Und ich dachte...«

Da – noch einmal.

»Herr du mein Gott! Ist das ein Glöckchen?« rief sie und stürzte zum Balkon.

»Nein«, erwiderte Anton Iwanytsch, »ein Füllen grast hier in der Nähe mit einem Glöckchen am Hals. Ich sah es unterwegs. Ich habe es noch verscheucht, damit es nicht in den Roggen geriet. Warum lassen Sie es nicht koppeln?«

331

Da tönte das Glöckchen, als sei es dicht unterm Balkon, und klang immer lauter und lauter.

»Ach, Väterchen, es ist schon so! Es kommt hierher, hierher! Das ist er, das ist er!« schrie Anna Pawlowna. »Ach, ach! Laufen Sie, Anton Iwanytsch! Wo sind die Leute? Wo ist Agrafena? Kein Mensch ist da! Als käme er in ein fremdes Haus, mein Gott!«

Sie war völlig außer sich. Das Glöckchen aber klingelte schon so laut, als sei es im Zimmer.

Anton Iwanytsch sprang vom Tisch auf.

»Er ist es! Er ist es! Da ist auch Jewsej auf dem Bock! Wo haben Sie denn das Heiligenbild, Brot und Salz? Geben Sie es schnell her! Was soll ich ihm sonst auf die Treppe bringen! Ohne Brot und Salz kann man niemand empfangen! Das hat eine Vorbedeutung. Was bei Ihnen für eine Unordnung ist! Niemand hat daran gedacht! Und was stehen Sie selber herum, Anna Pawlowna, und warum gehen Sie ihm nicht entgegen? Eilen Sie, schnell!«

»Ich kann nicht!« brachte sie mühsam hervor. »Meine Beine sind wie gelähmt.«

Mit diesen Worten ließ sie sich in einen Sessel fallen. Anton Iwanytsch nahm eine Scheibe Brot vom Tisch, legte sie auf einen Teller, stellte das Salzfäßchen dazu und rannte zur Tür.

»Nichts ist vorbereitet!« brummte er.

Aber durch eben diese Tür stürzten ihm drei Diener und zwei Mädchen entgegen.

»Er kommt! Er kommt! Er ist da!« schrien sie, bleich, erschrocken, als seien Räuber gekommen.

Hinter ihnen erschien Alexander.

»Saschenka, du mein Lieber!« rief Anna Pawlowna aus, hielt aber schnell inne und sah Alexander verwundert an.

»Wo ist denn Saschenka?« fragte sie.

»Ich bin es ja, Mamachen!« antwortete er und küßte ihr die Hand.

»Du?«

Sie sah ihn aufmerksam an.

»Bist du es wirklich, mein Lieber?« zweifelte sie und umarmte ihn kräftig. Dann sah sie ihn wieder an.

»Was ist denn mit dir? Bist du krank?« fragte sie beunruhigt, ohne ihn aus ihren Armen zu lassen.

»Ich bin gesund, Mamachen.«

»Gesund! Was ist dir geschehen, mein Täubchen? Hab ich dich denn so fortgeschickt?«

Sie preßte ihn an ihr Herz und weinte bitterlich. Sie küßte ihn auf den Kopf, auf die Wangen, die Augen.

»Wo sind denn deine Haare? Wie Seide waren sie!« stieß sie unter Tränen hervor. »Deine Augen leuchteten wie zwei Sternchen. Die Wangen waren wie Milch und Blut. Du warst ganz wie ein Klarapfel! Wahrscheinlich haben dich arglistige Menschen behext, haben dir deine Schönheit geneidet und mir mein Glück! Aber wo hat der Onkel seine Augen gehabt? Und ich hab dich doch ihm übergeben als einem weitgereisten Mann! Hat nicht verstanden, meinen Schatz zu behüten! Du mein Täubchen!«

Die Alte weinte und überschüttete Alexander mit Zärtlichkeiten.

›Da sieht man, daß Tränen im Traum nichts Gutes bedeuten!‹ dachte Anton Iwanytsch.

»Mütterchen, was beklagen Sie ihn wie einen Toten«, flüsterte er. »Das ist nicht gut, das hat eine Vorbedeutung.«

»Guten Tag, Alexander Fjodorytsch!« sagte er. »Gott hat es gefügt, daß wir uns noch einmal auf dieser Welt sehen.«

Alexander reichte ihm schweigend die Hand. Anton Iwanytsch ging, nachzusehen, ob alles aus dem Reisewagen geholt worden war. Dann wollte er das Gesinde zusammenrufen, damit es den Herrn begrüße, aber alle drängten sich schon in Vorraum und Flur. Er stellte sie der Reihe nach auf und wies sie an, wie sie den Herrn zu begrüßen hätten, wer ihm die Hand küssen sollte, wer die Schulter, wer nur den Schoß seines Rocks, und was sie dabei sagen sollten. Einen Burschen jagte er weg mit den Worten: »Du geh erst mal, und wasch deine Fresse, und putz dir die Nase.«

Jewsej, mit einem Riemen gegürtet und über und über mit Staub bedeckt, begrüßte das Gesinde. Alle standen um ihn herum. Er verteilte Geschenke aus Petersburg. An den einen einen silbernen Ring, an den andern eine Tabaksdose aus

Birkenholz. Als er Agrafena erblickte, blieb er wie versteinert stehen und betrachtete sie stumm in törichtem Entzükken. Sie sah ihn finster von der Seite an, doch gegen ihren Willen verriet sie sich schnell, fing vor Freude an zu lachen, hätte dann fast geweint, wandte sich jedoch von ihm ab und runzelte die Stirn.

»Warum sagst du nichts?« fragte sie. »Das ist ein Tölpel! Begrüßt einen nicht einmal!«

Doch er vermochte nichts zu sagen. Mit demselben törichten Lächeln trat er auf sie zu. Sie ließ sich kaum von ihm umarmen.

»Hat dich der Böse wiedergebracht!« bemerkte sie ärgerlich, ihn dann und wann verstohlen betrachtend. In ihren Augen und ihrem Lächeln jedoch drückte sich größte Freude aus. »Die Petersburgerinnen... haben dich und den Herrn wohl verdreht gemacht? Ei, ein Schnurrbärtchen hat er sich auch wachsen lassen!«

Er holte eine kleine Pappschachtel aus der Tasche und gab sie ihr. Bronzene Ohrringe waren darin. Dann zog er aus seinem Reisesack ein Paket, das ein großes Tuch enthielt.

Sie packte beides und steckte es, ohne es anzusehen, geschwind in den Schrank.

»Zeigen Sie doch Ihre Geschenke, Agrafena Iwanowna«, baten einige aus dem Gesinde.

»Ach, was gibt es da zu gucken! Habt ihr so was noch nicht gesehen? Geht weg hier! Was drängt ihr euch so?« schrie sie sie an.

»Da ist noch etwas!« sagte Jewsej und überreichte ihr noch ein Paket.

»Zeigen Sie, zeigen Sie!« bestanden einige auf ihrem Verlangen.

Agrafena riß das Papier ab, und ein paar fast neue, nur wenig benutzte Kartenspiele fielen heraus.

»Da hat er was Rechtes gefunden!« meinte Agrafena. »Denkst du, ich habe nichts zu tun, als Karten zu spielen? Das wäre was! Das hat er gedacht! Ich mit dir spielen!«

Auch die Karten wurden versteckt. Nach einer Stunde

334

saß Jewsej schon wieder auf seinem alten Platz zwischen dem Tisch und dem Ofen.

»Herr du mein Gott, die Ruhe!« sprach er, während er die Beine bald einzog, bald wieder streckte. »Hier ist es immer noch so! Bei uns in Petersburg dagegen, einfach ein Galeerendasein! Haben Sie nicht etwas zu essen, Agrafena Iwanowna? Seit der letzten Station haben wir nichts zu uns genommen.«

»Hast du deine Gewohnheiten noch nicht aufgegeben? Da! Sieh, wie er über das Essen herfällt! Dort habt ihr offenbar gar nichts bekommen.«

Alexander ging durch alle Zimmer, dann durch den Garten, blieb an jedem Strauch, an jeder Bank stehen. Die Mutter begleitete ihn. Wenn sie sein bleiches Gesicht ansah, seufzte sie, aber zu weinen wagte sie nicht; Anton Iwanytsch hatte ihr Angst eingejagt. Sie fragte ihren Sohn über sein Leben und Treiben aus, konnte aber durchaus nicht erfragen, warum er so mager und bleich geworden und wohin seine Haare geraten waren. Sie bot ihm zu essen an und zu trinken, er lehnte aber alles ab, erklärte, er sei von der Reise ermüdet und wolle schlafen.

Anna Pawlowna prüfte, ob das Bett gut gemacht war, schimpfte das Mädchen aus, weil sie es zu hart fand, befahl, es in ihrer Gegenwart nochmals zu richten, und entfernte sich nicht eher, bis Alexander sich hingelegt hatte. Dann schlich sie auf Zehenspitzen hinaus und drohte den Leuten, daß sie nicht laut zu reden und zu atmen wagten und nicht in Stiefeln herumliefen. Dann ließ sie Jewsej zu sich kommen. Agrafena kam mit. Jewsej verbeugte sich tief vor seiner Herrin und küßte ihre Hand.

»Was ist mit Saschenka geschehen?« fragte sie drohend. »Wie sieht er aus, he?«

Jewsej schwieg.

»Was schweigst du da?« fuhr Agrafena ihn an. »Hörst du, die Gnädige fragt dich!«

»Wovon ist er so mager geworden?« fragte Anna Pawlowna. »Wo sind seine Haare geblieben?«

»Das kann ich nicht wissen, gnädige Frau!« erwiderte Jewsej. »Das ist Herrensache!«

»Kannst es nicht wissen? Hast du nicht auf ihn achtgegeben?«

Jewsej wußte nicht, was er sagen sollte, und schwieg.

»Da haben Sie Ihr Vertrauen dem Rechten geschenkt, gnädige Frau!« brummte Agrafena und betrachtete Jewsej liebevoll. »Der ist doch kein Diener! Was hast du dort gemacht? Antworte der Herrin doch! Sonst wird man's dir geben!«

»Ich hab mir ja alle Mühe gegeben, gnädige Frau!« versicherte Jewsej ängstlich, bald seine Herrin, bald Agrafena ansehend. »Ich habe treu und redlich gedient, wenn Sie Archipytsch fragen wollen ...«

»Welchen Archipytsch?«

»Den dortigen Hausknecht.«

»Was er bloß zusammenredet!« bemerkte Agrafena. »Herrin, warum hören Sie ihn überhaupt an! Lassen Sie ihn in den Stall sperren, dort wird's ihm schon einfallen!«

»Ich bin für meine Herrschaft bereit, ihr jeden Willen zu erfüllen«, fuhr Jewsej fort, »und wenn ich sofort sterben müßte! Ich nehme das Heiligenbild von der Wand ...«

»In Worten seid ihr alle groß«, unterbrach ihn Anna Pawlowna, »aber wenn etwas zu tun ist, dann ist keiner von euch da! Man sieht, wie gut du auf deinen Herrn aufgepaßt hast. Hast es so weit kommen lassen, daß mein Täubchen seine Gesundheit eingebüßt hat! So hast du aufgepaßt! Du wirst mich noch kennenlernen ...«

Sie drohte ihm.

»Hab ich etwa nicht aufgepaßt, gnädige Frau! In den ganzen acht Jahren ist von der Wäsche des Herrn nur ein Hemd verlorengegangen, sonst hab ich sogar die abgetragenen alle beisammen.«

»Und wo ist es geblieben?« fragte Anna Pawlowna zornig.

»Bei der Wäscherin verlorengegangen. Ich hab's damals Alexander Fjodorytsch gemeldet, damit er's ihr abziehen sollte, doch der Herr hat nichts gesagt.«

»Siehst du, das elende Frauenzimmer«, bemerkte Anna Pawlowna. »Die schöne Wäsche hat es verlockt!«

»Wie sollte ich nicht aufpassen!« fuhr Jewsej fort. »Gebe

Gott, daß jeder seinen Dienst so versieht. Der Herr geruhte stets, noch zu schlafen, als ich schon zum Bäcker lief...«

»Was für Brötchen hat er gegessen?«

»Weiße, schöne.«

»Das weiß ich, daß er weiße ißt. Und mit Milch, Butter und Eiern gebacken?«

»Das ist ein Klotz!« meinte Agrafena. »Kein gescheites Wort bringt er heraus und war auch noch in Petersburg!«

»Aber nein!« antwortete Jewsej. »Fastenbrötchen.«

»Fastenbrötchen! Ach, du Bösewicht du! Seelenmörder! Räuber!« rief Anna Pawlowna, rot vor Zorn. »Bist du nicht auf den Gedanken gekommen, ihm bessere Brötchen zu kaufen? Aber du hast aufgepaßt!«

»Der Herr hat's nicht befohlen, gnädige Frau...«

»Nicht befohlen! Ihm ist alles gleich, meinem Täubchen. Was man ihm vorsetzt, er ißt alles. Aber ist dir das nicht eingefallen? Hast du denn vergessen, was für Brötchen er hier immer ißt? Fastenbrötchen zu kaufen! Wahrscheinlich hast du das Geld woanders hingeschleppt? Ich werde dir helfen! Na, und weiter? Sprich...«

»Später, wenn der Herr Tee getrunken hatte«, fuhr Jewsej eingeschüchtert fort, »ging er in den Dienst. Ich aber machte mich an die Stiefel. Den ganzen Morgen putzte ich, putzte sie immer wieder, manchmal dreimal. Abends zog er sie aus, und ich putzte sie wieder. Wie sollte ich nicht auf ihn achten, gnädige Frau! Ich hab bei keinem anderen Herrn solche Stiefel gesehen. Die von Pjotr Iwanytsch sind schlechter geputzt, obwohl er drei Diener hat.«

»Weshalb ist er dann so geworden?« fragte Anna Pawlowna etwas besänftigt.

»Vielleicht vom Schreiben, gnädige Frau.«

»Hat er viel geschrieben?«

»Ja, jeden Tag.«

»Was denn? Akten etwa?«

»Wahrscheinlich.«

»Und du hast ihn nicht ermahnt?«

»Doch, gnädige Frau. ›Sitzen Sie nicht so viel, Alexander Fjodorytsch‹, sagte ich. ›Gehen Sie lieber spazieren. Das

Wetter ist schön, viele Herren gehen spazieren. Was haben Sie vom Schreiben? Sie strengen das Brüstchen zu sehr an. Mamachen wird böse sein...‹«

»Und was sagte er?«

»›Geh hinaus‹, sagte der Herr. ›Du bist ein Dummkopf.‹«

»Da hat er recht, ein Dummkopf!« fuhr Agrafena dazwischen.

Jewsej warf ihr einen Blick zu, dann sah er wieder die Herrin an.

»Nun, und der Onkel hat ihn gar nicht ermahnt?« fragte Anna Pawlowna.

»Wie sollte er, gnädige Frau! Wenn er kam und den Herrn ohne Arbeit antraf, fuhr er nur so los auf ihn. ›Was‹, sprach er, ›du tust nichts? Hier bist du nicht auf dem Lande‹, sprach er. ›Hier muß man arbeiten‹, sprach er, ›und darf sich nicht auf die faule Haut legen! Immer träumst du‹, sprach er. Manchmal hat er ihn auch noch gescholten...«

»Wieso gescholten?«

»›Provinz‹, sagte er und legte los, schalt so, daß man es manchmal gar nicht anhören konnte.«

»Verdammt soll er sein!« rief Anna Pawlowna und spuckte aus. »Seine Bälger mögen betteln, dann mag er schelten! Statt ihn zu ermahnen... Herr du mein Gott, barmherziger König!« rief sie. »Auf wen soll man sich heute verlassen, wenn die eigenen Verwandten schlimmer als wilde Tiere sind? Sogar ein Hund beschützt seine Jungen, aber hier hat der Onkel seinem leiblichen Neffen den Garaus gemacht! Und du, du alter Erznarr, konntest du dem Onkel nicht sagen, daß er sich nicht erlaubt, den Herrn so zu beschimpfen, sondern sich davonschert! Mag er doch seine Frau anschreien, das abscheuliche Weib! Er hat wohl jemand zum Schelten gebraucht? ›Arbeite, arbeite!‹ Wenn er doch selber über der Arbeit krepierte! Dieser Hund, wahrhaftig, der Herr verzeih mir! Hat einen Knecht zur Arbeit gesucht!«

Darauf folgte Schweigen.

»Ist Saschenka schon lange so mager?« fragte sie dann.

»Schon an die drei Jahre«, antwortete Jewsej. »Alexander Fjodorytsch ist sehr traurig gewesen und hat wenig Nahrung zu sich genommen. Da wurde er mager und immer magerer, schwand dahin wie ein Lichtlein.«

»Warum ist er denn traurig gewesen?«

»Gott weiß es, gnädige Frau. Pjotr Iwanytsch geruhte, mit ihm darüber zu sprechen. Ich habe zugehört, aber es war mir zu schwierig; ich hab's nicht verstanden.«

»Was sagte er denn?«

Jewsej dachte eine Minute lang nach und bewegte die Lippen, offensichtlich bemüht, sich an ein Wort zu erinnern.

»Er nannte ihn irgendwie, ich hab's aber vergessen...«

Anna Pawlowna und Agrafena sahen ihn an und warteten ungeduldig auf Antwort.

»Nun?« fragte Anna Pawlowna.

Jewsej schwieg.

»Nun sag schon etwas, du Schlafmütze«, sagte auch Agrafena. »Die Herrin wartet darauf.«

»Ent... ich glaube, Enttäusch... ter...«, stieß Jewsej endlich hervor.

Anna Pawlowna sah Agrafena verwundert an, Agrafena Jewsej, Jewsej sie beide, und alle drei schwiegen.

»Wie?« fragte Anna Pawlowna schließlich.

»Ent... Enttäuschter, genau das, ich entsinne mich!« antwortete Jewsej bestimmt.

»Was ist denn das für ein Unglück? Herr Gott! Eine Krankheit etwa?« fragte Anna Pawlowna bekümmert.

»Ach, und es bedeutet nicht soviel wie verhext, gnädige Frau?« fragte Agrafena hastig.

Anna Pawlowna wurde blaß und spie aus.

»Daß dir ein Pips auf der Zunge wachse!« rief sie. »Ist er in die Kirche gegangen?«

Jewsej begann zu stottern.

»Man kann nicht sagen sehr oft, gnädige Frau«, erwiderte er unschlüssig. »Man kann fast sagen, gar nicht... Dort gehen die Herren, glaube ich, wenig in die Kirche...«

»Da haben wir's!« sagte Anna Pawlowna mit einem Seufzer und bekreuzigte sich. »Es ist offensichtlich, daß Gott mit meinen Gebeten allein nicht zufrieden gewesen ist. Der

Traum hat also nicht gelogen; er hat sich wirklich mit Gewalt aus einem Pfuhl befreit, mein Täubchen!«

Da kam Anton Iwanytsch hinzu.

»Anna Pawlowna, das Mittagessen wird kalt«, sagte er. »Ist es nicht Zeit, Alexander Fjodorytsch zu wecken?«

»Nein, nein, Gott bewahre!« erwiderte sie. »Er hat befohlen, ihn nicht zu wecken. ›Eßt allein‹, sagte er. ›Ich habe keinen Appetit, ich schlafe lieber‹, sagte er. ›Der Schlaf wird mich laben. Vielleicht verlangt mich am Abend nach etwas!‹ So machen Sie folgendes, Anton Iwanytsch: Seien Sie mir alten Frau nicht böse, ich gehe, das Lämpchen anzuzünden, und bete, solange Saschenka schläft. Mir ist nicht nach Essen. Sie aber essen allein.«

»Gut, Mütterchen, gut, mache ich. Verlassen Sie sich auf mich.«

»Doch erst erweisen Sie mir einen Gefallen«, fuhr sie fort. »Sie sind unser Freund, lieben uns sehr, so nehmen Sie Jewsej mit sich, und fragen Sie ihn gehörig aus, warum Saschenka so trübsinnig und mager geworden ist und wo seine Haare geblieben sind. Sie sind ein Mann, Ihnen fällt so was leichter ... Ob sie ihn dort gekränkt haben? Es gibt solche Bösewichte auf Erden ... Bringen Sie alles in Erfahrung.«

»Gut, Mütterchen, gut, ich suche es herauszubringen, hole alle Geheimnisse aus ihm heraus. Schicken Sie nur Jewsej zu mir, während ich esse – ich mache alles!«

»Tag, Jewsej!« sagte er, wobei er sich zu Tische setzte und die Serviette hinter sein Halstuch stopfte. »Wie geht es?«

»Guten Tag, gnädiger Herr. Wie soll es uns gehen? Schlecht. Sie sind hier freilich dick geworden.«

Anton Iwanytsch spuckte aus.

»Beruf es nicht, Bruder, das Blatt wendet sich schnell!« meinte er und begann die Kohlsuppe zu essen.

»Nun, wie ist es euch dort ergangen, was?« fragte er.

»Nun so, nicht besonders gut.«

»Die Verpflegung ist wohl gut? Was hast du gegessen?«

»Was? Man holt im Laden Sülze und eine kalte Pastete – und das Mittagessen ist fertig!«

»Warum im Laden? Und der eigene Herd?«

»Zu Hause bereitet man nichts zu. Dort halten die Jungge-
sellen keine eigene Küche.«

»Was du nicht sagst!« rief Anton Iwanytsch und legte den
Löffel hin.

»Es ist so. Auch dem Herrn hat man alles aus der Schenke
gebracht.«

»Das ist ein Zigeunerleben! Aha! Wie soll man da nicht
mager werden! Na, da trink!«

»Ich danke ergebenst, gnädiger Herr! Auf Ihre Gesundheit!«

Dann folgte Schweigen. Anton Iwanytsch aß.

»Was kosten die Gurken dort?« fragte er, als er sich eine
Gurke auflegte.

»Vierzig Kopeken das Dutzend.«

»Stimmt das?«

»Bei Gott! Und was denken Sie, Herr, es ist schändlich,
manchmal hat man Salzgurken aus Moskau gebracht.«

»Ach, du Herr Gott! Nun, da soll man nicht abmagern!«

»Wo sieht man dort so eine Gurke!« fuhr Jewsej fort, auf
eine Gurke zeigend. »Im Traum sieht man so eine nicht!
Winzige Dinger, Abfall, hier sähe man sie nicht einmal an,
und dort essen die Herren sie! In den wenigsten Häusern wird
Brot gebacken, Herr. Und daß man dort Kohl auf Vorrat
hielte, Fleisch einpökelte, Pilze einlegte – nichts hat man auf
Vorrat.«

Anton Iwanytsch schüttelte den Kopf, sagte aber nichts,
denn sein Mund war vollgestopft.

»Wieso?« fragte er endlich, als er alles gekaut hatte.

»Es gibt alles beim Krämer, und was es nicht beim Krämer
gibt, das gibt es nebenan beim Fleischer, und wenn dort
nicht, so beim Konditor, und wenn auch beim Konditor
nicht, so geht man ins englische Warenhaus. Bei den Franzosen gibt's alles!«

Schweigen.

»Na, und was kostet ein Spanferkel?« fragte Anton Iwanytsch, indem er sich fast ein halbes Ferkel auflegte.

»Ich weiß nicht, das haben wir nicht gekauft. Etwas teuer,
vielleicht zwei Rubel...«

»Ei, ei, ei! Und da soll man nicht mager werden! Das ist eine Teuerung!«

»Feine Herren essen das auch nicht, mehr die Beamten.«

Wieder Schweigen.

»Nun, wie ist es euch dann ergangen, schlecht?« fragte Anton Iwanytsch.

»Und wie schlecht, Gott bewahre uns! Was ist das hier für Kwaß. Dort aber ist das Bier sogar dünner. Und vom Kwaß schäumt es einem den ganzen Tag noch im Magen! Nur die Wichse ist gut. Eine Wichse, daß man sich nicht satt sehen kann! Und ein Duft! Man möchte sie essen!«

»Was du nicht sagst!«

»Bei Gott.« – Schweigen.

»Nun, wie war es also?« fragte Anton Iwanytsch, als er wieder einmal alles gekaut hatte.

»Nun so.«

»Ihr habt schlecht gegessen?«

»Ja. Alexander Fjodorytsch hat nur genippt, eine winzige Kleinigkeit, hat sich das Essen abgewöhnt. Hat nicht einmal ein Pfund Brot zu Mittag gegessen.«

»Und da soll man nicht abmagern!« sagte Anton Iwanytsch. »Alles, weil es so teuer ist, was?«

»Es ist teuer und auch nicht Sitte, sich jeden Tag satt zu essen. Die Herrschaften essen fast nur heimlich, einmal am Tag, und auch das nur, wenn sie Zeit haben, so gegen fünf Uhr, manchmal um sechs. Sonst nehmen sie nur ein paar Bissen zu sich und damit genug. Das ist bei ihnen das letzte. Erst erledigen sie alle Geschäfte, und dann essen sie.«

»Das ist ein Leben!« sprach Anton Iwanytsch. »Und da soll man nicht mager werden! Ein Wunder, daß ihr dort nicht gestorben seid! Und so ist es die ganze Zeit?«

»Nein, an Feiertagen kommen die Herrschaften manchmal zusammen, und dann essen sie so viel, daß Gott behüte! Sie fahren in ein deutsches Wirtshaus und essen vielleicht für hundert Rubel. Und was sie trinken – Gott bewahre! Schlimmer als unsereiner! Wenn Gäste zu Pjotr Iwanytsch kamen, setzten sie sich um sechs Uhr zu Tisch und standen am Morgen um vier wieder auf.«

Anton Iwanytsch riß die Augen weit auf.

»Was du nicht sagst!« rief er. »Und die ganze Zeit essen sie?«

»Die ganze Zeit!«

»Das möchte ich wenigstens einmal sehen, das ist anders als bei uns! Was essen sie denn?«

»Ja, was, gnädiger Herr, das sieht man besser nicht an! Man erkennt gar nicht, was man ißt. Die Deutschen tun Gott weiß was ins Essen. Man mag's nicht in den Mund stecken. Auch der Pfeffer ist bei ihnen nicht so. In die Soße gießen sie etwas aus einem Glas aus dem Ausland... Einmal hat mich der Koch von Pjotr Iwanytsch mit dem Essen seiner Herrschaft bewirtet, da ist mir drei Tage übel gewesen. Ich sehe, es sind Oliven am Essen, denke, Oliven wie hier bei uns. Beiße hinein – da merke ich: Es steckt ein kleiner Fisch drin! Mich ekelte, ich spuckte es aus, nahm eine andere – dasselbe drin, und so in allen... Ach, ihr Verfluchten, daß euch...«

»Warum machen sie das denn, stecken sie die absichtlich hinein?«

»Gott weiß es! Ich habe gefragt, die Burschen lachten und sagten: ›Sie kommen so auf die Welt!‹ Und was für Gerichte es gibt? Erst trägt man die Suppe auf, wie sich's gehört, mit Piroggen. Aber schon die Piroggen: nicht größer als ein Fingerhut. Man nimmt sechs Stück auf einmal in den Mund, will kauen, und sieh – sie sind nicht mehr da, sind schon zergangen. Nach der Suppe wird etwas Süßes gereicht, dann Rindfleisch und dann Eis und dann irgendein Gras und dann Braten... Ich würde 's nicht essen!«

»So habt ihr den Herd dort gar nicht geheizt? Nun, wie soll man da nicht abmagern!« sprach Anton Iwanytsch und stand vom Tisch auf.

»Ich danke Dir, mein Gott«, begann er laut mit tiefem Seufzer, »der Du mich gesättigt hast mit himmlischen Gaben... Was sage ich! Die Zunge plappert drauflos! Mit irdischen Gaben, und versage mir nicht dein himmlisches Reich.

Räumt den Tisch ab, die Herrschaften essen nicht. Zum Abend bereitet wieder ein Ferkel oder vielleicht eine Pute?

Alexander Fjodorytsch ißt gerne Pute. Er hat bestimmt Hunger. Und jetzt bringt mir ins Gastzimmer recht frisches Heu; ich will ein oder zwei Stündchen verschnaufen. Zum Tee weckt ihr mich wieder. Doch wenn Alexander Fjodorytsch sich rührt, dann ... stoßt mich nur tüchtig.«

Als er vom Schlafe auferstanden, ging er zu Anna Pawlowna.

»Nun, Anton Iwanytsch, was ist?« fragte sie.

»Nichts, Mütterchen, ich danke ergebenst für Brot und Salz, und geschlafen habe ich herrlich. Das Heu war so frisch und so duftig ...«

»Zur Gesundheit, Anton Iwanytsch! Nun, was sagt aber Jewsej? Haben Sie ihn gefragt?«

»Wie sollte ich nicht! Ich habe alles ausgekundschaftet. Es hat nichts auf sich, alles renkt sich wieder ein. Die ganze Sache kommt daher, daß die Kost dort schlecht war.«

»Die Kost?«

»Ja, urteilen Sie selber: Die Gurken vierzig Kopeken das Dutzend, ein Ferkel zwei Rubel, und alle Speisen vom Konditor, und satt ißt man sich auch nicht. Wie soll man da nicht mager werden! Beunruhigen Sie sich nicht, Mütterchen, wir stellen ihn hier auf die Beine, kurieren ihn aus. Lassen Sie recht viel mit Birkenaufguß bereiten, ich gebe Ihnen das Rezept. Ich bekam es von Prokofej Astafitsch. Davon geben Sie ihm morgens und abends ein Glas oder zwei, auch vor dem Mittagessen ist's gut. Man kann es mit Weihwasser ... Haben Sie welches?«

»Habe ich, habe ich; Sie selber brachten es mir.«

»Ja, tatsächlich, ich selber. Wählen Sie recht fettige Speisen. Ich habe schon zum Abendbrot ein Ferkel oder eine Pute bestellt.«

»Ich danke Ihnen, Anton Iwanytsch.«

»Nichts zu danken, Mütterchen! Soll ich vielleicht außerdem Küken mit weißer Soße bestellen?«

»Ich ordne es an ...«

»Warum Sie selber? Wozu bin ich denn da? Ich kümmere mich darum. Lassen Sie mich ...«

»Kümmern Sie sich, helfen Sie mir, mein leiblicher Vater.«

344

Er ging hinaus, und sie verfiel in Gedanken.

Ihr weiblicher Instinkt und ihr Mutterherz sagten ihr, daß nicht die Kost die Hauptursache für Alexanders Trübsinn war. Sie versuchte geschickt, hintenherum, durch Anspielungen ihn auszuforschen, doch Alexander verstand die Anspielung nicht und schwieg. So vergingen zwei, drei Wochen. Ferkel, Küken und Puten gingen in Mengen an Anton Iwanytsch, aber Alexander war immer noch mager und trübsinnig, und seine Haare wuchsen nicht wieder.

Da entschloß sich Anna Pawlowna, ohne Umstände mit ihm zu reden.

»Höre, Saschenka, mein Lieber«, sprach sie eines Tages. »Es ist schon ein Monat, daß du hier bist, und ich habe noch nicht einmal gesehen, daß du gelächelt hättest. Du gehst wie eine Regenwolke umher und siehst zur Erde. Ist dir denn nichts mehr lieb in der Heimat? Offenbar ist die Fremde dir lieber, hast Sehnsucht nach ihr, nicht wahr? Mein Herz verkrampft sich, wenn ich dich sehe. Was ist dir geschehen? Erzähl mir: Was fehlt dir? Ich gebe alles hin für dich. Hat dich jemand gekränkt? Ich weiß auch ihn zu erreichen.«

»Beunruhigen Sie sich nicht, Mamachen«, sagte Alexander. »Das ist nur so, nichts weiter! Ich bin älter geworden, denke mehr nach, und daher bin ich auch trübsinniger...«

»Und warum bist du so mager? Und wo ist dein Haar?«

»Das kann ich nicht alles erzählen... Es läßt sich nicht alles berichten, was in acht Jahren geschehen ist... Vielleicht ist auch meine Gesundheit ein wenig angegriffen...«

»Was tut dir denn weh?«

»Es tut hier weh und da.« Er zeigte auf den Kopf und das Herz.

Anna Pawlowna legte ihm die Hand auf die Stirn.

»Heiß ist sie nicht«, stellte sie fest. »Was kann das nur sein? Sticht es im Kopf?«

»Nein... Es ist so...«

»Saschenka, wir schicken nach Iwan Andreïtsch!«

»Wer ist das?«

»Der neue Arzt. Es ist zwei Jahre, daß er hierherkam. Der hat Geschick, es ist ein Wunder! Rezepte schreibt er fast nie.

Er macht selber winzige Körnchen – und die helfen. Da tat unserem Foma der Magen weh, drei Tage und drei Nächte hat er aus vollem Halse geschrien. Er gab ihm drei Körnchen – wie weggeblasen! Laß dich von ihm behandeln, mein Täubchen!«

»Nein, Mamachen, er kann mir nicht helfen. Das ist nur so, das geht von allein vorbei.«

»Aber warum bist du traurig? Was für ein Unglück ist das?«

»Nur so...«

»Was fehlt dir denn?«

»Ich weiß es selbst nicht, bin nur so traurig.«

»Herr Gott, das ist seltsam«, klagte Anna Pawlowna. »Die Kost gefällt dir, sagst du, hast alle Bequemlichkeiten, hast auch einen schönen Titel... Man sollte meinen, es fehlt dir an nichts. Und bist traurig! Saschenka«, sprach sie nach kurzem Schweigen kaum vernehmlich, »ist es nicht Zeit... daß du heiratest?«

»Wo denken Sie hin! Nein, ich heirate nicht.«

»Aber ich habe ein Mädchen im Auge – ein wahres Püppchen, rosig und zart, man sieht das Blut durch die Adern fließen. Eine schlanke, ebenmäßige Taille. Sie ist in der Stadt erzogen, in einem Pensionat, hat fünfundsiebzig Seelen und fünfundzwanzigtausend in bar und eine herrliche Aussteuer, in Moskau angefertigt. Auch die Familie ist gut... Na, Saschenka? Ich hab schon mal beim Kaffee mit der Mutter gesprochen und im Scherz ein Wörtchen darüber verloren. Sie schien ganz Ohr vor lauter Freude...«

»Ich heirate nicht«, wiederholte Alexander.

»Wie, überhaupt nicht?«

»Nein.«

»Barmherziger Gott! Was soll daraus werden? Alle Menschen sind wie Menschen, nur du allein nicht, Gott weiß, nach wem du geraten bist! Und es wäre mir so eine Freude! Wenn Gott es fügte, daß ich Enkelkinderchen hüte. Wirklich, heirate sie, gewinnst sie lieb...«

»Ich kann nicht mehr lieben, Mamachen. Die Liebe liegt schon hinter mir.«

»Wie kann sie hinter dir liegen, da du noch nicht verheiratet bist? Wen hast du denn dort geliebt?«

»Ein Mädchen.«

»Und warum hast du es nicht geheiratet?«

»Es hat mich betrogen.«

»Wieso betrogen! Du warst doch noch gar nicht verheiratet?«

Alexander schwieg.

»Das sind mir feine Mädchen bei euch dort: lieben vor der Hochzeit! Hat ihn betrogen! Das elende Frauenzimmer! Das Glück selber ist ihr in die Hände gefallen, und sie hat es nicht zu schätzen gewußt, die nichtsnutzige Weibsperson! Wenn ich sie zu Gesicht bekäme, ich würde ihr in die Fresse spucken. Wo hat der Onkel seine Augen gehabt? Wen hat sie denn für besser befunden, den möchte ich sehen! Doch gibt es nur die eine? Du wirst dich wieder verlieben.«

»Ich habe mich wieder verliebt.«

»In wen denn?«

»In eine Witwe.«

»Nun, und warum hast du sie nicht geheiratet?«

»Die hab ich selber betrogen.«

Anna Pawlowna sah Alexander an und wußte nicht, was sie sagen sollte.

»Betrogen!« wiederholte sie. »Wahrscheinlich ein liederliches Weib!« fügte sie dann hinzu. »Ein wahrer Abgrund, der Herr verzeih mir! Lieben vor der Hochzeit, ohne kirchliche Zeremonie, betrügen ... Was auf der weiten Welt nicht alles geschieht, wenn man recht hinsieht! Wahrscheinlich kommt bald das Ende der Welt! Nun sag, möchtest du nicht irgend etwas? Vielleicht ist das Essen nicht nach deinem Geschmack? Ich lasse einen Koch aus der Stadt kommen ...«

»Nein, danke; es ist alles gut.«

»Vielleicht ist es dir allein zu langweilig? Ich lasse die Nachbarn kommen.«

»Nein, nein. Regen Sie sich nicht auf, Mamachen! Mir ist hier friedlich und wohl. Es geht alles vorüber. Ich hab mich noch nicht recht eingewöhnt.« Das war alles, was Anna Pawlowna mit viel Mühe erreichte.

›Nein‹, dachte sie, ›ohne Gott kann man keinen Schritt gehen, das ist offenbar.‹ Sie schlug Alexander vor, mit ihr ins Nachbardorf zum Hochamt zu fahren. Aber er verschlief es zweimal, und ihn zu wecken, wagte sie nicht. Schließlich lud sie ihn einmal zur Abendmesse ein. »Meinetwegen«, erklärte sich Alexander bereit, und sie fuhren zur Kirche. Die Mutter stellte sich direkt vor den Chor, Alexander blieb an der Tür.

Die Sonne ging bereits unter und warf schräge Strahlen, die auf den goldenen Einfassungen der Ikonen spielten und die finsteren, strengen Gesichter der Heiligen erhellten. Vor ihrem Glanz verblaßte der schwache, zarte Schimmer der Kerzen. Die Kirche war fast leer. Die Bauern waren auf dem Feld bei der Arbeit. Nur in der Ecke beim Ausgang drängten sich ein paar alte Weiber, die weiße Tücher umgebunden hatten. Andere saßen auf der Steinstufe am Nebenaltar, die Wange betrübt in die Hand gestützt und bisweilen laute, schwere Seufzer ausstoßend, Gott weiß, ob ihrer Sünden wegen oder wegen häuslicher Sorgen. Andere hatten sich niedergeworfen, lagen lange mit dem Antlitz zur Erde und beteten.

Ein frisches Lüftchen drang durch das eiserne Gitter am Fenster, hob bald die Decke auf dem Altartisch auf, bald spielte es mit dem silbernen Haar des Popen oder blätterte in den Seiten der Bibel und löschte eine Kerze aus. Die Schritte des Popen und des Küsters hallten laut auf dem Steinboden der leeren Kirche. Ihre Stimmen drangen eintönig durch das Gewölbe. In der Kuppel schrien mit heller Stimme die Dohlen und schilpten Sperlinge, die von einem Fenster zum andern flogen, und das Geräusch ihrer Flügel und das Läuten der Glocken übertönte zuweilen den Gottesdienst.

›Solange noch Lebenskraft im Menschen brennt‹, dachte Alexander, ›solange Wünsche und Leidenschaft noch in ihm spielen, ist sein Gefühl beschäftigt, und er flieht die beruhigende, ernsthafte, feierliche Betrachtung, zu der die Religion führt. Er kommt erst, um Trost in ihr zu suchen, wenn seine Kräfte erloschen, verausgabt, seine Hoffnungen zerschlagen sind und die Bürde der Jahre ihn drückt...‹

Beim Anblick der bekannten Dinge erwachten in Alexanders Seele nach und nach Erinnerungen. Er erlebte in Gedanken seine Kindheit und Jugend bis zu der Fahrt nach Petersburg, erinnerte sich, wie er als Kind der Mutter die Gebete nachsprach, wie sie ihm immer aufs neue von seinem Schutzengel erzählte, der auf Wache steht für die menschliche Seele und mit dem Bösen in ewigem Kampf liegt; wie sie ihm die Sterne wies und ihm erzählte, das seien die Augen von Gottes Engeln, die auf die Erde herabsehen und die guten und bösen Taten der Menschen zählen; wie die Himmelsbewohner weinen, wenn mehr böse als gute Taten geschehen, und wie sie sich freuen, wenn die guten Taten die bösen an Zahl übertreffen. Auf die Bläue des fernen Horizonts zeigend, verkündete sie, dort sei Zion... Alexander seufzte, als er von diesen Erinnerungen zu sich fand.

›Ach, wenn ich noch daran glauben könnte!‹ dachte er. ›Der innige Glaube der Knabenzeit ist mir verloren, und was habe ich Neues, Echtes statt dessen erkannt? Nichts. Ich fand Zweifel, Auslegungen und Theorien... Aber von der Wahrheit bin ich noch weiter entfernt als vorher... Wozu die Glaubensstreitigkeiten, das Klügeln? Mein Gott! Wenn nicht die Glut des Glaubens das Herz erwärmt, kann man dann überhaupt glücklich sein? Bin ich jetzt glücklicher?‹

Die Abendmesse ging zu Ende. Alexander kam noch trauriger nach Hause, als er fortgefahren war. Anna Pawlowna wußte nicht mehr, was tun. Eines Tages erwachte er früher als sonst und hörte am Kopfende seines Bettes ein Geräusch. Er sah sich um: ein altes Weib stand über ihn geneigt und flüsterte vor sich hin. Es verschwand sofort, als es sich bemerkt sah. Unter seinem Kopfkissen fand Alexander ein Kraut, an seinem Hals hing ein Amulett.

»Was soll das bedeuten?« fragte er. »Was war das für eine Alte in meinem Zimmer?«

Anna Pawlowna wurde verlegen.

»Das war... Nikitischna«, sagte sie.

»Was für eine Nikitischna?«

»Sie, ja siehst du, mein Lieber... Wirst du nicht böse?«

»Was ist denn? So sagen Sie es doch.«

»Sie... Man sagt, sie hilft vielen... Sie bespricht nur das Wasser und haucht einen Schlafenden an – und alles vergeht.«

»Vor drei Jahren«, fügte Agrafena hinzu, »flog zu der Witwe Sidoricha ein feuriger Drache nachts durch den Schornstein hinein...«

Anna Pawlowna spuckte aus.

»Die Nikitischna«, fuhr Agrafena fort, »besprach den Drachen; er kam nicht wieder...«

»Und was war mit der Sidoricha?« erkundigte sich Alexander.

»Sie kam nieder. Das Kind war ganz schmächtig und schwarz. Am dritten Tag starb es.«

Alexander fing an zu lachen, vielleicht zum ersten Mal, seit er aufs Land zurückgekehrt war.

»Woher habt ihr sie?« fragte er.

»Anton Iwanytsch brachte sie her«, antwortete Anna Pawlowna.

»Ich verstehe nicht, daß ihr auf diesen Dummkopf noch hört!«

»Dummkopf! Aber Saschenka, wie kannst du so etwas sagen? Ist das nicht Sünde? Anton Iwanytsch ein Dummkopf! Daß die Zunge dir nicht den Dienst versagt bei solch einem Wort! Anton Iwanytsch ist unser Wohltäter und unser Freund!«

»So nehmen Sie das Amulett, Mamachen, und überreichen Sie es unserem Freund und Wohltäter. Mag er es um seinen Hals hängen.«

Seitdem schloß er sich in der Nacht ein.

Es vergingen zwei, drei Monate. Allmählich verhalfen die Einsamkeit, die Ruhe, das häusliche Leben und aller damit verbundene materielle Segen dazu, daß Alexander an Beleibtheit zunahm. Und die Trägheit und Sorglosigkeit sowie das Fehlen jeglicher seelischer Erschütterungen schufen in seinem Gemüt einen Frieden, wie er ihn in Petersburg vergebens gesucht. Dort war er der Welt der Gedanken und der Künste entflohen, hatte sich eingeschlossen zwischen steinerne Mauern und wollte einen Maulwurfsschlaf halten, doch die Regung des Neids und ohnmächtiges Verlangen hatten ihn immer wieder geweckt. Jede neue Erscheinung in der Welt der Wissenschaft und der Kunst, jede neue Berühmtheit ließen ihn fragen: Warum bin ich das nicht, weshalb nicht ich? Dort boten auf Schritt und Tritt Menschen zu Vergleichen Anlaß, die ungünstig für ihn ausfielen. Dort war er so oft gefallen, dort hatte er seine Schwächen wie im Spiegel gesehen, dort war der erbarmungslose Onkel, der ihn wegen seiner Denkart, seiner Trägheit und unbegründeten Eigenliebe verfolgte, dort war die elegante Welt und eine Fülle von Talenten, unter denen er nichts galt. Endlich war man dort bemüht, das Leben mit den gegebenen Bedingungen in Einklang zu bringen, seine dunklen, rätselhaften Seiten zu erhellen, indem man die Gefühle, Leidenschaften und Träume im Zaum hielt und es damit seines poetischen Reizes beraubte. Man wollte für das Leben eine langweilige, trockene, eintönige, schwierige Ordnung erlassen . . .

Hier dagegen welch herrliches Leben! Er war der Beste, der Klügste von allen! Hier war er das allgemeine Idol auf einige Werst im Umkreis. Außerdem tat seine Seele sich hier, vor dem Antlitz der Natur, friedlichen, beruhigenden Eindrükken auf. Das Plätschern der Wellen, das Flüstern der Blätter, die Kühle und mitunter selbst das Schweigen der Natur – alles erzeugte Nachdenklichkeit und erweckte das Gefühl. Im Garten, im Feld und zu Hause traf er Erinnerungen an seine Kindheit und Jugend. Wenn Anna Pawlowna neben ihm saß, erriet sie wohl seine Gedanken. Sie half ihm, die dem Herzen teuren kleinen Begebenheiten aus seinem Leben ins Gedächtnis zurückzurufen, oder sie erzählte ihm Vorfälle, an die er sich gar nicht erinnerte.

»Die Linden dort«, sagte sie und wies nach dem Garten, »hat dein Vater gepflanzt. Ich war damals schwanger mit dir. Saß hier auf dem Balkon und sah ihm zu. Er arbeitete und arbeitete, der Schweiß floß in Strömen von seiner Stirn. Da fiel sein Blick auf mich. ›Ah, du bist hier!‹ rief er. ›Deshalb macht mir die Arbeit so Spaß!‹ Und er ging wieder ans Pflanzen. Und das ist die Wiese, auf der du mit anderen Kindern gespielt hast. Du wurdest schnell wütend; ging etwas nicht nach deinem Willen, so schriest du gleich aus Leibeskräften. Einmal hat Agaschka – die jetzt mit Kusma verheiratet ist; er hat die dritte Hütte von der Einfriedigung aus – dich gestoßen, und du hast dir die Nase blutig geschlagen. Da hat sie der Vater gepeitscht und gepeitscht, ich habe ihn nur mühsam besänftigt.«

Alexander ergänzte in Gedanken diese Erinnerungen. ›Hier, auf der Bank unter dem Baum‹, dachte er, ›saß ich mit Sofja und war glücklich dabei. Und dort, zwischen den beiden Fliederbüschen, bekam ich von ihr den ersten Kuß.‹ Und alles stand wieder vor seinen Augen. Er lächelte bei diesen Erinnerungen und saß stundenlang auf dem Balkon, wartete auf den Aufgang der Sonne oder verfolgte ihren Lauf, lauschte dem Gesang der Vögel, dem Plätschern des Sees und dem Summen der unsichtbaren Insekten.

»Mein Gott, wie schön ist es hier!« sprach er unter dem Einfluß dieser sanften Eindrücke. »Fern von aller eitlen Hast, von diesem nichtigen Leben, von dem Ameisenhaufen, wo die Menschen

> ... in Haufen hinter einer Mauer,
> nie die Morgenkühle atmen
> noch den Frühlingsduft der Wiesen.

Wie wird man dort des Lebens müde, und wie erholt die Seele sich hier, bei diesem einfachen, unkomplizierten, ungekünstelten Leben! Das Herz lebt auf, die Brust atmet freier, und der Verstand wird nicht von quälenden Gedanken gepeinigt und von endlosen Untersuchungen seines Zwistes mit dem Herzen. Alles befindet sich im Einklang. Es gibt nichts, worüber man nachdenken müßte. Sorglos, ohne drückende Gedanken, Herz und Verstand schlummernd, läßt man den Blick mit leichtem Beben vom Wäldchen zum Acker gleiten, vom Acker zum Hügel, und dann verliert er sich in des Himmels unendlichem Blau.«

Manchmal ging er zum Fenster hinüber, das auf den Hof hinaussah und auf die Straße zum Dorf. Dort bot sich ein anderes Bild, ein Gemälde von Teniers, voll geschäftigen ländlichen Lebens. Barbos streckte sich in der Hitze vor seiner Hütte aus und legte die Schnauze auf die Pfoten. Ein Dutzend Hühner begrüßten um die Wette gackernd den Morgen, die Hähne rauften sich. Eine Herde wurde die Straße entlang auf das Feld getrieben. Manchmal blieb eine Kuh hinter der Herde zurück und brüllte bekümmert, mitten auf der Straße stehend und sich nach allen Seiten umsehend. Bauern und Bäuerinnen gingen mit Rechen und Sensen über der Schulter zur Arbeit. Der Wind griff zuweilen zwei, drei Worte aus ihrem Gespräch auf und trug sie zum Fenster. Da rollte ein Bauernwagen polternd über die kleine Brücke, hinter ihm kroch träge ein Wagen mit Heu. Blondköpfige, struppige Kindlein hoben ihre fadenscheinigen Hemdchen und planschten durch die Pfützen. Beim Betrachten dieses Bildes ging Alexander *die Poesie des grauen Himmels, des verfallenen Zauns, des Pförtchens, des schmutzigen Teiches und des Trepak* auf. Er vertauschte den eleganten engen Frack mit dem weiten, im Hause genähten Schlafrock. Und auf jeder Erscheinung dieses friedlichen Lebens, auf jedem Eindruck, des Morgens und des Abends, beim Essen wie bei der Ruhe, weilte auch das nie schlummernde Auge der mütterlichen Liebe.

Sie konnte sich nicht genug freuen, als sie sah, wie Alexander voller wurde, wie die Röte auf seine Wangen zurückkehrte, wie ein friedlicher Glanz seine Augen belebte. »Nur die Härchen wachsen nicht«, sagte sie, »und sie waren wie Seide.«

Alexander streifte häufig durch die Umgebung. Einmal traf er auf eine Schar Frauen und Mädchen, die in den Wald nach Pilzen gingen. Er gesellte sich dazu und verbrachte den ganzen Tag mit ihnen. Als er nach Hause kam, lobte er das Mädchen Mascha für seine Flinkheit und Geschicklichkeit, und Mascha wurde ins Haus genommen, *um für den Herrn zu sorgen.* Manchmal fuhr er hinaus aufs Feld, um bei der Arbeit zuzusehen, und lernte durch Erfahrung kennen, worüber er für die Zeitschrift soviel geschrieben und was er übersetzt hatte. ›Wie oft wir da gelogen haben‹, dachte er kopfschüttelnd, und er suchte sich beharrlich in die Sache zu vertiefen.

Eines Tages bei schlechtem Wetter setzte er sich an den Schreibtisch, versuchte zu arbeiten und war zufrieden mit dem Beginn seines Werks. Er brauchte ein Buch zum Nachschlagen, bestellte es in Petersburg, und man schickte es ihm. Er arbeitete ernsthaft, bestellte weitere Bücher. Vergebens suchte Anna Pawlowna ihm vom Schreiben abzureden, damit er *das Brüstchen nicht anstrenge.* Er wollte nichts davon hören. Sie schickte Anton Iwanytsch zu ihm. Alexander gehorchte auch ihm nicht und schrieb immerzu. Als er nach drei, vier Monaten vom Schreiben nicht mager, sondern noch stärker geworden war, beruhigte sich Anna Pawlowna.

So vergingen anderthalb Jahre. Alles wäre gut gewesen, doch gegen Ende dieser Zeit verfiel Alexander wieder in Nachdenklichkeit. Er hatte fast keine Wünsche, und hegte er welche, so ließen sie sich unschwer erfüllen. Sie gingen nicht über die Grenzen des häuslichen Lebens hinaus. Nichts regte ihn auf, weder Sorgen noch Zweifel, und doch blies er Trübsal! Allmählich langweilte ihn der enge häusliche Kreis. Er hatte es satt, daß die Mutter ihm jeden Gefallen erwies, und Anton Iwanytsch war ihm zuwider. Auch die Arbeit langweilte ihn, und die Natur fesselte ihn nicht mehr.

Er saß schweigsam am Fenster, sah nunmehr gleichgültig auf die Linden des Vaters, horchte ärgerlich auf das Plätschern des Sees. Er sann über den Grund der neuen Traurigkeit nach und entdeckte, daß er Sehnsucht empfand – nach Petersburg!? Während er sich von dem entfernte, was hinter ihm lag, ward es ihm leid darum. Noch brauste das Blut in ihm, noch schlug sein Herz, und Seele und Körper verlangten nach Tätigkeit. Wieder eine Aufgabe. Mein Gott! Er weinte fast bei dieser Entdeckung. Er meinte, die Sehnsucht ginge vorüber, er würde auf dem Lande heimisch, sich eingewöhnen – nein: je länger er dort lebte, um so heftiger schmerzte sein Herz und verlangte nach dem Pfuhl, den er nun schon kannte.

Er söhnte sich mit der Vergangenheit aus, sie wurde ihm lieb. Der Haß, die düstere Lebensanschauung, Verdrießlichkeit und Menschenscheu hatten sich durch Einsamkeit und Nachdenken vermindert. Das Vergangene stellte sich ihm in

354

läuterndem Licht dar, und selbst die Verräterin Nadenka umgab schier ein Strahlenkranz. ›Und was mache ich hier?‹ fragte er sich ärgerlich. ›Warum welke ich dahin? Weshalb schwinden meine Gaben? Warum kann ich denn nicht dort mit meiner Arbeit glänzen? Jetzt bin ich vernünftiger. Inwiefern ist denn der Onkel noch besser als ich? Kann ich nicht selbst meinen Weg finden? Bisher gelang es mir zwar nicht, hab es nicht richtig angefaßt – was hat das zu sagen? Jetzt bin ich zur Besinnung gekommen. Es ist Zeit, es ist Zeit! Doch wie wird meine Abreise das Mütterchen kränken! Aber ich muß unbedingt reisen. Ich kann doch hier nicht zugrunde gehen! Dort sind alle zu Ehren gelangt, dieser wie jener. Und meine Karriere, und mein Glück? Ich allein bin zurückgeblieben. Aber warum denn? Aber weshalb denn?‹ Der Kummer trieb ihn umher, und er wußte nicht, wie er der Mutter seine Absicht wegzufahren beibringen sollte.

Doch die Mutter befreite ihn bald von der Sorge: Sie starb.

Da schrieb er an den Onkel und an die Tante nach Petersburg. An die Tante:

›Bei meiner Abreise aus Petersburg haben Sie, ma tante, mir tränenden Auges kostbare Worte mit auf den Weg gegeben, die sich meinem Gedächtnis eingeprägt haben. Sie sagten: Wenn ich einst warmer Freundschaft, aufrichtiger Anteilnahme bedürfte, so würde in Ihrem Herzen stets ein Winkel für mich frei sein. Der Augenblick ist gekommen, da ich den ganzen Wert dieser Worte erfasse. Die Rechte, die Sie mir großmütig über Ihr Herz einräumen, bedeuten für mich ein Unterpfand des Friedens, der Stille, des Trostes, der Ruhe, vielleicht meines Lebensglücks überhaupt. Vor drei Monaten ist mein Mütterchen entschlafen. Ich füge dem kein Wort hinzu. Sie wissen aus ihren Briefen, was sie für mich war, und begreifen, was ich mit ihr verlor . . . Ich will jetzt für immer von hier fliehen. Doch wohin soll ich einsamer Wanderer meinen Weg nehmen, wenn nicht zu dem Ort, an dem Sie weilen? Sagen Sie mir nur eines: Finde ich in Ihnen die wieder, die ich vor anderthalb Jahren verließ? Haben Sie mich nicht aus Ihrem Gedächtnis verbannt? Nehmen Sie die lästige Verpflichtung auf sich, durch Ihre Freundschaft, die mich schon mehrmals vom Kummer errettete, die neue, tiefe Wunde zu heilen? Ich setze alle Hoffnung auf Sie und auf eine mächtige Bundesgenossin, die Arbeit.

Sie sind verwundert – nicht wahr? Es erscheint Ihnen seltsam, solches von mir zu hören, diese Zeilen zu lesen, die in einem ruhigen, mir nicht ähnlichen Tone geschrieben sind? Wundern Sie sich nicht, und haben Sie keine Angst vor meiner Rückkehr. Es kommt kein Narr, kein Träumer, kein Enttäuschter, kein Provinzler zu Ihnen, sondern einfach ein Mensch, wie es viele in Petersburg gibt und wie ich längst einer hätte sein sollen. Beugen Sie vor allem beim Onkel in dieser Hinsicht vor. Wenn ich mein vergangenes Leben betrachte, so wird mir unbehaglich und peinlich vor den andern und auch vor mir selbst. Aber es konnte nicht anders sein. Da bin ich nun endlich zu mir gekommen – mit dreißig Jahren! Die harte Schule, die ich in Petersburg durchmachte, und das Nachdenken auf dem Lande haben mir mein Schicksal zur Gänze erhellt. Nachdem ich zu des Onkels Lehren und zu meiner Erfahrung einen ehrerbietigen Abstand gewonnen und sie erst in der Stille hier in ihrer Bedeutung erfasse, sehe ich, wohin sie mich längst hätten führen müssen, sehe, wie unverständig und kläglich ich vom rechten Ziel abwich. Jetzt bin ich ruhig, martere und quäle mich nicht mehr, doch ich rühme mich dessen auch nicht. Vielleicht entspringt die jetzige Ruhe meinem Egoismus. Ich fühle übrigens, daß meine Lebensanschauung sich bald so weit aufhellen wird, daß ich einen andern Quell der Ruhe entdecke, der reiner ist. Jetzt kann ich noch nicht umhin, zu bedauern, daß ich schon an der Grenze angelangt bin, wo die Jugend endet und die Zeit der Überlegung beginnt, der Untersuchung und Prüfung jeglicher Regung, die Zeit der Erkenntnis.

Obwohl meine Meinung von den Menschen und vom Leben sich vielleicht geändert hat, sind viele Hoffnungen entschwunden, viele Wünsche vergangen, kurz, die Illusionen verloren. Folglich kann ich mich kaum noch irren und täuschen, und das ist einerseits tröstlich! Und so sehe ich klar in die Zukunft; das Schwerste liegt hinter mir. Gemütsbewegungen schrecken mich nicht; denn es blieben ihrer nur wenige übrig. Die stärksten sind überstanden, und ich segne sie. Ich schäme mich bei der Erinnerung daran, wie ich mich für einen Märtyrer hielt und mein Los und mein Leben verfluchte. Verfluchte! Erbärmliche Undankbarkeit und Kinderei! Wie spät sah ich ein, daß Leiden die Seele läutern, daß sie allein den Menschen erträglich machen für sich und für andere, daß sie erheben... Jetzt bekenne ich, daß nicht an Leiden teilhaftig zu sein bedeutet, nicht der ganzen Fülle des Lebens teilhaftig zu sein. Leiden bringen viele ernste Bedingungen mit sich, deren Erfüllung wir vielleicht nicht erleben. Ich sehe in diesen Gemütsbewegungen die Hand der Vorsehung, die dem Menschen die scheinbar nicht zu lösende Aufgabe stellt, in unausgesetztem Kampf mit qualvollen Hindernissen und mit trügerischen Hoffnungen immer vorwärtszustreben und das von oben gesetzte Ziel zu erreichen. Ja, ich sehe, daß der Kampf und die Gemütsbewegung im Leben unumgänglich sind, daß ohne sie das Leben kein Leben wäre, sondern Stillstand, Schlaf... Wenn der Kampf zu Ende geht, geht auch das Leben zu Ende, ehe man sich's versieht. Der Mensch hat gearbeitet, geliebt, genossen, gelitten, sich erregt, seine Pflicht getan und folglich gelebt!

Sehen Sie, ich denke so: Ich habe mich aus dem Dunkel befreit und erkenne, daß alles, was ich bisher durchgemacht habe, eine schwere Vorbereitung auf den richtigen Weg war, eine schwierige Lehre fürs Leben. Mir sagt irgend etwas, daß der restliche Weg leichter sein wird, ruhiger, verständlicher... Die dunklen Stellen sind erhellt, die schwierigen Knoten haben sich von selber entwirrt. Das Leben erweist sich als ein Segen und nicht länger als ein Übel. Bald sage ich wieder: Wie schön ist das Leben! Aber ich sage es nicht wie der Jüngling, der trunken ist von vergänglicher Lust, sondern in der vollen Erkenntnis seiner wahren Wonnen und seiner Bitternis.

Danach ist auch der Tod nicht schrecklich; er erscheint nicht als Gespenst, sondern als ein schönes Erlebnis. Meine Seele weht schon jetzt nie gekannte Ruhe an, der kindische Ärger, das Aufbrausen verletzter Eigenliebe, die knabenhafte Reizbarkeit und der lächerliche Zorn auf die Welt und die

357

Menschen, die dem Zorn des Mopses auf den Elefanten gleichkommt, alles ist vorbei, als wäre es niemals gewesen.

Ich habe mich wieder befreundet, mit denen ich uneins geworden war – mit den Menschen, die, das möchte ich beiläufig sagen, hier auch so sind wie in Petersburg, nur rauher, gröber, lächerlicher. Doch ich ärgere mich hier nicht über sie und werde mich dort schon gar nicht ärgern. Da haben Sie ein kleines Beispiel für meine Duldsamkeit: Zu mir kommt häufig Anton Iwanytsch, ein Kauz, angeblich, um meinen Kummer zu teilen. Morgen fährt er zur Hochzeit zum Nachbarn, um dessen Freude zu teilen, und dann zu irgend jemand, um als Hebamme seinen Dienst zu versehen. Aber weder Kummer noch Freude hindern ihn daran, bei allen viermal am Tage zu essen. Ich sehe, daß ihm alles gleich ist, ob ein Mensch stirbt, geboren wird oder heiratet, und doch ist es mir nicht zuwider, ihn anzusehen, nicht ärgerlich... Ich dulde ihn, jage ihn nicht davon. Ein gutes Zeichen, nicht wahr, ma tante? Was sagen Sie, wenn Sie mein Loblied auf mich selbst lesen?‹

An den Onkel:

›Liebstes, bestes Onkelchen und zugleich Eure Exzellenz!

Mit welcher Freude erfuhr ich, daß Sie nunmehr auch Ihre Karriere rühmlich vollendeten; Ihr Vermögen haben Sie schon längst auf den besten Stand gebracht! Sie sind Wirklicher Staatsrat, Sie sind Kanzleidirektor! Darf ich es wagen, Eure Exzellenz an das Versprechen zu erinnern, das Sie mir bei meiner Abreise gaben: ‚Wenn du eine Stellung brauchst, Beschäftigung oder Geld, wende dich an mich!' sagten Sie. Und jetzt brauche ich eine Stellung und Beschäftigung; ich brauche natürlich auch Geld. Ein armer Provinzler erdreistet sich, um Stellung und um Arbeit zu bitten. Welches Los erwartet meine Bitte? Doch nicht dasselbe, das einst der Brief Sajesshalows erfuhr, der bat, sich in seiner Angelegenheit zu bemühen? Was das *Schaffen* anbetrifft, das Sie in einem Ihrer Briefe zu erwähnen die Grausamkeit hatten, so... Ist es nicht unrecht von Ihnen, längst vergessene Torheiten auszugraben, über die ich jetzt erröte? Ach, Onkelchen, ach, Eure Exzellenz! Wer war nicht einmal jung und mitunter töricht? Wer hegte nicht einmal einen seltsamen, sogenannten *geheiligten* Traum, dem es bestimmt ist, daß er sich nie erfüllt? Da ist mein Nachbar zur Rechten, der hielt sich für einen Helden, einen Riesen, einen Jäger vor dem Herrn. Er wollte die Welt mit seinen Heldentaten in Staunen versetzen – und nahm als Fähnrich seinen Abschied, ohne im Kriege gewesen zu sein, und baut jetzt friedlich seine Kartoffeln und seine Rüben an. Ein anderer, der Nachbar zur Linken, träumte seinerseits davon, Rußland und die ganze Welt nach seinem Sinn zu verbessern, doch nachdem er einige Zeit bei der Behörde Akten geschrieben, zog er sich hierher zurück und hat es bis jetzt nicht fertiggebracht, seinen alten Zaun auszubessern. Ich dachte, in mich sei von oben her eine schöpferische Gabe gelegt, und wollte der Welt neue, ungeahnte Geheimnisse entdecken, ohne zu ahnen, daß es schon nicht mehr Geheimnisse waren und ich kein Prophet. Wir sind alle lächerlich, aber sagen Sie, wer wagt es, ohne über sich selbst zu erröten, die jugendlichen, edelmütigen, feurigen, freilich zuwenig gemäßigten Träume mit Schimpf und Schande zu brandmarken? Wer hegte nicht einmal einen sinnlosen Wunsch, hielt sich nicht für den Helden einer mutigen Tat, eines Triumphgesangs oder eines tönenden Siegesberichtes? Wessen Phantasie enteilte nicht einmal in fabelhafte, heroische Zeiten? Wer weinte nicht, wenn er das Erhabene und Schöne empfand? Wenn sich so ein Mensch findet, mag er einen Stein auf mich werfen – ich beneide ihn nicht. Ich erröte über meine Jugendträume, doch ich achte sie. Sie sind das Unterpfand von Herzensreinheit, das Merkmal einer edlen, dem Guten zugetanen Seele.

Sie überzeugen die Schlüsse nicht, ich weiß, Sie verlangen einen vernünftigen, praktischen Beweis. Gestatten Sie, da ist er: Sagen Sie, wie sollten Begabungen erkannt und entwickelt werden, wenn die jungen Leute die frühen Neigungen in sich erstickten, wenn sie nicht ihre Träume frei in die Weite schweifen ließen, sondern die ihnen gewiesene Richtung sklavisch verfolgten, ohne daß sie ihre Kräfte versuchten? Schließlich, ist es nicht ein allgemeines Gesetz der Natur, daß die Jugend unruhig, aufbrausend, manchmal närrisch und töricht sein muß und daß die Träume mit der Zeit bei jedem vergehen, wie sie jetzt mir vergangen sind? Sind Ihnen etwa in Ihrer Jugend diese Sünden fremd geblieben? Besinnen Sie sich, graben Sie in Ihrem Gedächtnis. Ich sehe von hier aus Ihren ruhigen, nie in Erregung zu bringenden Blick und höre, wie Sie kopfnickend sagen: ,Durchaus!' Erlauben Sie aber, daß ich Sie überführe, zum Beispiel was die Liebe betrifft. Sie leugnen? Das können Sie nicht; ich habe den Beweis in den Händen. Bedenken Sie, daß ich die Angelegenheit am Ort der Handlung erforschen konnte. Der Schauplatz Ihrer Liebes-abenteuer liegt vor meinen Augen – der See. Hier wachsen immer noch gelbe Blumen. Eine, die ich auf gehörige Weise getrocknet, habe ich die Ehre, anbei Euer Exzellenz zur süßen Erinnerung zu übersenden. Doch es gibt noch eine schrecklichere Waffe gegen Ihre Verfolgung der Liebe über-haupt und der meinen im besonderen – ein Dokument. Ihr Gesicht verdüstert sich? Und was für ein Dokument!!! Sie werden bleich? Ich raubte die kostbare Antiquität der Tante von der nicht minder antiken Brust und bringe sie mit als ewigen Beweis gegen Sie und als ein Schild für mich. Zittern Sie, Onkelchen! Nicht genug damit, ich kenne die Geschichte Ihrer Liebe in allen Einzelheiten. Das Tantchen erzählt mir jeden Tag morgens beim Tee, beim Abendessen und vor dem Schlafengehen eine interessante Tatsache, und ich trage alle die kostbaren Materialien in ein besonderes Tagebuch ein. Ich werde nicht versäumen, es Ihnen persönlich zu übergeben, zusammen mit meinen Arbeiten über Landwirtschaft, mit denen ich mich schon ein Jahr lang befasse. Ich halte es für meine Pflicht, die Tante der Unveränderlichkeit Ihres *Füh-lens* für sie – wie sie sagt – zu versichern. Wenn ich für würdig erachtet werde, von Eurer Exzellenz eine meiner Bitte ge-neigte Antwort zu erhalten, so werde ich die Ehre haben, bei Ihnen zu erscheinen unter Darbringung von getrockneten Himbeeren und Honig und unter Vorlage einiger Briefe, mit denen die Nachbarn je nach ihren Bedürfnissen mich zu versehen versprachen, mit Ausnahme von Sajesshalow, der vor Abschluß seines Prozesses verstarb.‹

EPILOG

Hier sei nun erzählt, was sich mit den Hauptpersonen dieses Romans begab, vier Jahre, nachdem Alexander das zweite Mal nach Petersburg kam.

Eines Morgens ging Pjotr Iwanytsch im Arbeitszimmer auf und ab. Es war nicht mehr der frühere rüstige, starke, wohlgestaltete Pjotr Iwanytsch mit dem gleichmäßig ruhigen Blick, dem stolz erhobenen Haupt und der aufrechten Haltung. Ob vom Alter oder von den Umständen, jedenfalls hatte seine Erscheinung verloren. Seine Bewegungen waren nicht mehr so rasch, sein Blick nicht mehr so fest und so selbstsicher. Im Backenbart und an den Schläfen schimmerte viel graues Haar. Man sah, er hatte das fünfzigjährige Jubiläum seines Lebens gefeiert. Er ging etwas gebeugt. Besonders merkwürdig mutete auf dem Gesicht dieses leidenschaftslosen, ruhigen Menschen – als welchen wir ihn bisher kannten – ein mehr als besorgter, fast bekümmerter Ausdruck an, obwohl auch dieser Ausdruck von Pjotr Iwanytschs Charakter geprägt war.

Er schien mit sich selber nicht einig zu sein. Er tat ein paar Schritte ins Zimmer hinein und blieb dann in der Mitte stehen, oder er maß mit schnellem Schritt das Zimmer zwei, drei Mal von einer Ecke bis zur andern aus. Ungewohnte Gedanken suchten ihn offenbar heim.

In einem Sessel am Tisch saß, die Beine übereinandergeschlagen, ein wohlbeleibter Herr von kleiner Gestalt im zugeknöpften Frack, mit einem Orden am Hals. Es fehlte nur noch der Spazierstock mit dem großen goldenen Knauf in der Hand, jener klassische Stock, und der Leser hätte gleich den Arzt aus Erzählungen und Romanen erkannt. Aber dieser Hetmansstab geziemt sich vielleicht für den Arzt, der nicht viel zu tun hat, spazierengeht und stundenlang bei den Kranken sitzt, sie tröstet und in seiner Person zwei, drei Rollen

361

vereinigt: die des Mediziners, des praktischen Philosophen und des Hausfreundes. Das alles ist dort angebracht, wo man in Muße und Gemächlichkeit lebt, selten krank ist und wo der Arzt mehr ein Luxus als eine Notwendigkeit ist. Der Arzt Pjotr Iwanytschs jedoch war ein Petersburger Arzt. Er wußte nicht, was zu Fuß gehen heißt, obwohl er seinen Kranken Bewegung verschrieb. Er war Mitglied eines Rates, Sekretär einer Gesellschaft, Hochschulprofessor, Arzt an mehreren staatlichen Einrichtungen, ferner Armenarzt und unvermeidlicher Besucher aller ärztlichen Kongresse. Auch hatte er eine riesige Praxis. Er streifte nicht einmal den Handschuh von seiner linken Hand ab und hätte ihn auch nicht von der rechten gestreift, wenn er nicht den Puls hätte fühlen müssen. Er knöpfte nie den Frack auf und setzte sich fast nie. Jetzt hatte er vor Ungeduld schon mehrmals das linke Bein über das rechte geschlagen und dann das rechte über das linke. Für ihn war es längst Zeit zu gehen, doch Pjotr Iwanytsch sagte immer noch nichts. Endlich.

»Was ist zu tun, Doktor?« fragte er, indem er unvermittelt vor dem Arzt anhielt.

»Das einzige Mittel ist nach Kissingen fahren«, antwortete der Arzt. »Bei Ihnen wiederholen sich jetzt die Anfälle oft...«

»Ach, Sie sprechen von mir!« unterbrach Pjotr Iwanytsch. »Ich spreche von meiner Frau. Ich bin über fünfzig Jahre, sie aber steht noch in der Blüte des Lebens, sie muß leben. Und wenn ihre Gesundheit jetzt schon schwindet...«

»Was heißt: schon schwindet!« bemerkte der Arzt. »Ich teilte Ihnen nur die Befürchtungen mit, die ich für die Zukunft hege. Jetzt aber besteht noch keine Gefahr. Ich wollte Ihnen nur sagen, daß ihre Gesundheit... oder nicht die Gesundheit, daß sie sich... gewissermaßen nicht in einem normalen Zustand befindet.«

»Ist das nicht dasselbe? Sie haben die Bemerkung nebenbei fallenlassen und sie gleich wieder vergessen, ich aber beobachte sie seitdem gespannt, und jeden Tag entdecke ich neue trostlose Veränderungen an ihr. Und so komme ich seit drei Monaten nicht mehr zur Ruhe. Wie konnte ich das früher nicht sehen! Ich begreife es nicht! Das Amt und die Geschäfte haben mir die Zeit und die Gesundheit genommen... und jetzt am Ende noch die Frau.«

Er ging aufs neue hin und her.

»Haben Sie sich heute nach ihrem Befinden erkundigt?« fragte er nach kurzem Schweigen.

»Ja. Doch sie hat nichts Besonderes an sich bemerkt. Ich nahm zunächst einen physiologischen Grund an; sie hat keine Kinder... Das scheint es aber nicht zu sein! Vielleicht ist es eine rein psychische Ursache...«

»Das wäre einfacher!« bemerkte Pjotr Iwanytsch.

»Doch vielleicht ist es auch gar nichts. Es sind entschieden keinerlei verdächtige Symptome vorhanden. Die Sache ist die – Sie haben zu lange hier in dem sumpfigen Klima gelebt. Gehen Sie nach dem Süden, frischen Sie Ihre Kräfte auf, sammeln Sie neue Eindrücke, und Sie werden sehen, was wird. Verbringen Sie den Sommer in Kissingen, machen Sie da eine Trinkkur, verleben Sie den Herbst in Italien und den Winter in Paris. Ich versichere Ihnen, daß die Verschleimung, die Reizbarkeit wie weggeblasen sein werden!«

Pjotr Iwanytsch hörte kaum zu.

»Eine psychische Ursache!« sagte er halblaut und schüttelte den Kopf.

»Das heißt, sehen Sie, warum ich sage: psychisch«, erklärte der Arzt. »Ein anderer, der Sie nicht kennt, könnte irgendwelche Sorgen vermuten oder: nicht Sorgen, sondern unterdrückte Wünsche. Manchmal ist es Not, irgendein Mangel... Ich versuchte Sie auf einen Gedanken zu bringen...«

»Not, Wünsche!« unterbrach ihn Pjotr Iwanytsch. »Ich komme allen ihren Wünschen zuvor, ich kenne ihren Geschmack, ihre Gewohnheiten. Und Not... Hm! Sie kennen unser Haus, wissen, wie wir leben...«

»Das Haus ist gut, ein herrliches Haus«, meinte der Arzt, »eine wunderbare Küche, und die Zigarren! Doch was macht Ihr Freund in London, schickt er keinen Sherry mehr? Es gab dieses Jahr noch keinen bei Ihnen...«

»Wie hinterhältig das Schicksal ist, Doktor! War ich etwa nicht behutsam mit ihr?« fragte Pjotr Iwanytsch, ungewohnt

363

hitzig. »Jeden meiner Schritte hab ich wohlüberlegt, aber nein, irgendwann knicken einem die Knie mal ein. Und das bei allen Erfolgen, nach dieser Karriere! Ach!«

Er winkte ab und setzte seinen Gang durch das Zimmer fort.

»Was regen Sie sich so auf?« fragte der Arzt. »Es liegt entschieden nichts Gefährliches vor. Ich wiederhole Ihnen, was ich das erste Mal sagte, das heißt, daß ihre Organe davon nicht berührt sind. Es sind keine destruktiven Symptome vorhanden. Blutarmut, ein gewisser Kräfteverfall – das ist alles!«

»Eine Kleinigkeit!« bemerkte Pjotr Iwanytsch.

»Die Krankheit ist negativer, nicht positiver Art«, fuhr der Arzt fort. »Geht es etwa ihr allein so? Sehen Sie sich alle an, die nicht hier geboren sind. Wie sehen sie aus? Gehen Sie weg von hier, gehen Sie weg. Und wenn Sie nicht wegfahren können, so sorgen Sie für Zerstreuung für sie, lassen Sie sie nicht ruhig sitzen, umgeben Sie sie mit Aufmerksamkeit, führen Sie sie aus, mehr Bewegung für Körper und Geist. Beides befindet sich bei ihr wie in Betäubung. Natürlich kann sich's mit der Zeit auf die Lungen legen oder…«

»Leben Sie wohl, Doktor! Ich gehe zu ihr«, sagte Pjotr Iwanytsch und ging raschen Schrittes in das Zimmer seiner Frau. An der Tür blieb er stehen, schlug die Portiere leise zurück und heftete den Blick beunruhigt auf sie.

Da saß sie… Was hatte denn der Arzt Besonderes an ihr bemerkt? Jeder, der sie zum ersten Mal sah, hätte in ihr eine Frau gefunden, wie es viele in Petersburg gab. Sie war blaß, das ist wahr. Ihr Blick war matt, das Hauskleid legte sich lose und glatt um ihre mageren Schultern und über die flache Brust. Ihre Bewegungen waren langsam, fast schlapp… Aber sind denn rote Wangen, glänzende Augen, feurige Bewegungen Merkmale, die unsere Schönen auszeichnen? Und was den Reiz der Formen betrifft… Weder Phidias noch Praxiteles hätten hier eine Venus für ihren Meißel gefunden.

Nein, die Schönheit einer Plastik darf man bei den schönen Frauen des Nordens nicht suchen. Sie sind keine Statuen, ihnen sind nicht die schönen Gebärden gegeben, in denen die griechischen Frauen der Antike verewigt sind, und sie können sich solche Gebärden auch nicht zu eigen machen. Sie haben nicht die makellos ebenmäßigen Konturen des Körpers. Aus ihren Augen dringt nicht die Sinnlichkeit wie ein heißer, brennender Strom. Auf ihren halbgeöffneten Lippen spielt nicht das naiv-wollüstige Lächeln, das auf den Lippen der Frauen des Südens so glüht. Eine andere, höhere Schönheit wurde unseren Frauen zuteil. Das Funkeln des Verstandes auf ihrem Antlitz, der Kampf zwischen Willen und Leidenschaft, das Spiel der unausgesprochenen seelischen Regungen mit den zahllosen feinen Nuancen von List und vermeintlicher Einfalt, von Zorn und Güte, versteckten Freuden und Leiden, alle die Blitze, die mitten aus ihrem Herzen aufzucken und rasch wieder vergehen, all das läßt sich von keinem Meißel einfangen.

Wie dem auch sei, wer Lisaweta Alexandrowna zum ersten Mal sah, bemerkte keinerlei Zerrüttung der Gesundheit an ihr. Nur wer sie von früher her kannte, wer sich der Frische ihres Gesichts entsann, des Glanzes der Augen, in denen man die Farbe kaum zu erkennen vermochte, so ging sie unter in den prächtigen, zitternden Wellen des Lichts, nur wer sich ihrer üppigen Schultern und ihrer wohlgeformten Brüste entsann, der hätte sie jetzt mit bangem Erstaunen betrachtet. Stand er ihr nahe, so hätte sein Herz sich vor Mitleid verkrampft, wie es vielleicht Pjotr Iwanytschs Herz ging, obwohl er sich's nicht eingestand.

Er trat leise ins Zimmer und setzte sich zu ihr.

»Was machst du?« fragte er.

»Ich sehe das Ausgabenbuch durch«, antwortete sie. »Stell dir vor, Pjotr Iwanytsch, im vergangenen Monat haben wir allein für die Mahlzeiten rund anderthalbtausend Rubel verbraucht. Das darf nicht sein!«

Ohne ein Wort zu sagen, nahm er ihr das Buch aus der Hand und legte es auf den Tisch.

»Höre«, begann er, »der Arzt sagt, daß meine Krankheit sich hier verschlimmern kann. Er rät, in ein Bad ins Ausland zu fahren. Was sagst du dazu?«

»Was soll ich sagen? Hier ist die Stimme des Arztes wichtiger als meine, denke ich. Wenn er es rät, mußt du fahren.«

»Und du? Möchtest du mitfahren?«

»Meinetwegen.«

»Aber vielleicht möchtest du lieber hierbleiben?«

»Gut, bleibe ich hier.«

»Was denn von beiden?« fragte Pjotr Iwanytsch, ein wenig ungeduldig.

»Verfüge über dich und mich, wie du willst«, erwiderte sie mit müder Gleichgültigkeit. »Wenn du willst, fahre ich mit, wenn nicht, bleibe ich hier.«

»Hierbleiben kannst du nicht«, bemerkte Pjotr Iwanytsch. »Der Doktor sagt, auch deine Gesundheit hat etwas gelitten... unter dem Klima.«

»Woher will er das wissen?« fragte Lisaweta Alexandrowna. »Ich bin gesund, ich merke nichts.«

»Aber eine lange Reise kann dich ermüden«, sagte Pjotr Iwanytsch. »Willst du nicht in Moskau bei der Tante bleiben, solange ich im Ausland bin?«

»Gut, fahre ich also nach Moskau.«

»Oder wollen wir beide für den Sommer nach der Krim?«

»Auch das ist mir recht.«

Pjotr Iwanytsch hielt's nicht länger aus. Er erhob sich vom Diwan und ging auf und ab wie in seinem Arbeitszimmer. Dann blieb er vor ihr stehen.

»Dir ist es wohl ganz gleich, wo du dich aufhältst?« fragte er.

»Ja«, antwortete sie.

»Wie kommt das?«

Ohne etwas zu erwidern, nahm sie das Ausgabenbuch vom Tisch.

»Mach, was du willst, Pjotr Iwanytsch«, sprach sie, »aber wir müssen unsere Ausgaben einschränken. Wie, tausendfünfhundert Rubel allein für die Mahlzeiten!«

Er nahm ihr das Heft weg und warf es unter den Tisch.

»Was beschäftigt dich das so?« fragte er. »Ist es dir etwa leid um das Geld?«

»Wie soll es mich nicht beschäftigen? Ich bin doch deine

Frau! Du hast es mich selber gelehrt, und jetzt machst du mir Vorwürfe, weil ich mich damit befasse. *Ich tue meine Pflicht!*«

»Höre, Lisa!« sagte Pjotr Iwanytsch nach kurzem Schweigen. »Du willst dein Wesen ändern, deinem Willen Gewalt antun, das ist nicht recht. Ich habe dich nie zu etwas gezwungen, du überzeugst mich nicht davon, daß dieses Zeug« (er wies auf das Heft) »dich wirklich interessiert. Warum willst du dir Zwang antun? Ich lasse dir völlige Freiheit ...«

»Mein Gott, was soll mir Freiheit?« rief Lisaweta Alexandrowna aus. »Was soll ich damit anfangen? Du hast bisher so gut, so verständig über uns beide verfügt, daß ich mir meinen eigenen Willen abgewöhnt habe. Fahre so auch in Zukunft fort, dann brauche ich keine Freiheit.«

Beide schwiegen.

»Schon lange«, begann Pjotr Iwanytsch erneut, »hab ich von dir keine Bitte vernommen. Lisa, keinen Wunsch, keine Laune.«

»Ich brauche nichts«, meinte sie.

»Hast du keine geheimen besonderen Wünsche?« fragte er teilnehmend und sah sie aufmerksam an.

Sie schwankte, ob sie etwas sagen sollte oder nicht.

Pjotr Iwanytsch bemerkte es.

»Sprich, um Gottes willen sprich!« fuhr er fort. »Deine Wünsche sollen die meinen sein, ich erfülle sie wie ein Gesetz.«

»Nun gut«, antwortete sie, »wenn du das für mich tun kannst, dann ... gib unsere Freitagsgesellschaften auf. Diese Essen ermüden mich.«

Pjotr Iwanytsch dachte nach.

»Du lebst schon so zurückgezogen«, sagte er nach kurzem Schweigen, »wenn nun unsere Freunde freitags nicht mehr kommen, wirst du völlig vereinsamt sein. Doch wie du willst. Du wünschst es, so soll es geschehen. Was willst du denn sonst machen?«

»Überlaß mir deine Rechnungen, Bücher, Geschäfte ... Ich werde mich schon beschäftigen ...«, sagte sie und bückte sich unter den Tisch, um das Ausgabenbuch aufzuheben.

Pjotr Iwanytsch erschien das wie schlecht gespielte Verstellung.

»Lisa!« sagte er vorwurfsvoll.

Das Heft blieb unter dem Tisch.

»Und ich dachte, du würdest eher die Bekanntschaften erneuern, die wir abgebrochen haben? Ich wollte zu dem Zweck einen Ball geben, damit du dich zerstreust, selber ausgehst...«

»Ach nein, nein!« rief Lisaweta Alexandrowna erschrokken. »Um Gottes willen, das ist nicht nötig! Wie könnte ich, einen Ball!«

»Was erschreckt dich daran? In deinem Alter hat ein Ball seine Anziehungskraft noch nicht verloren. Du kannst noch tanzen.«

»Nein, Pjotr Iwanytsch, ich bitte dich, fang nicht so etwas an«, sagte sie lebhaft. »Sich um die Toilette kümmern, sich ankleiden, die vielen Leute empfangen, ausgehen – Gott behüte!«

»Du willst anscheinend dein ganzes Leben im Hauskleid verbringen?«

»Ja, wenn du erlaubst, würde ich es immer anziehen. Wozu soll ich mich schmücken? Es ist Verschwendung und nutzlose Mühe.«

»Weißt du was?« sprach Pjotr Iwanytsch. »Man sagt, für diesen Winter hätte man Rubini hierher engagiert. Wir werden eine ständige italienische Oper hier haben. Ich bat, uns eine Loge zu lassen. Wie denkst du darüber?«

Sie schwieg.

»Lisa!«

»Es hat keinen Zweck«, sagte sie zaghaft, »ich glaube, das strengt mich auch zu sehr an. Ich werde zu leicht müde.«

Pjotr Iwanytsch ließ den Kopf hängen, ging zum Kamin, stützte sich auf und sah sie an... wie soll man es nennen? Bekümmert, nein, nicht bekümmert, sondern bewegt, beunruhigt, ängstlich.

»Lisa, woher kommt diese...«, begann er und sprach es nicht aus; das Wort ›Gleichgültigkeit‹ ging ihm nicht von der Zunge.

368

Er sah sie lange schweigend an. Aus ihren leblos matten Augen, ihrem Gesicht, auf dem sich das lebhafte Spiel der Gedanken und Gefühle verloren hatte, aus ihrer trägen Haltung und ihren langsamen Bewegungen las er den Grund für ihre Gleichgültigkeit, nach dem zu fragen er Angst hatte. Er hatte die Antwort schon damals erraten, als der Arzt ihm seine Befürchtungen nur andeutete. Damals war er zur Besinnung gekommen und war auf folgende Gedanken verfallen: Er hatte seine Frau methodisch vor allen Abweichungen vom Wege bewahrt, die den Interessen der Ehe schaden konnten, aber er hatte ihr in seiner Person nichts geboten, was sie entschädigte für die Freuden, die sie möglicherweise außerhalb der Ehe gefunden hätte, die allerdings vor dem Gesetz vielleicht nicht zulässig waren. Ihre häusliche Welt war eine Festung, die dank seiner Methode durch Verführung nicht einzunehmen war, in der man jedoch auf Schritt und Tritt auf Schanzen und auf Wachen stieß, die auch jeder erlaubten Äußerung eines Gefühls entgegenwirkten.

Das Planmäßige und Nüchterne seiner Beziehungen zu ihr wuchs sich wider sein Wissen und Wollen zu kalter, feiner Tyrannei aus. Zu Tyrannei über das Herz einer Frau! Für diese Tyrannei zahlte er mit Reichtum, Luxus, mit allen äußerlichen Voraussetzungen des Glücks, die seiner Denkart entsprachen. Ein furchtbarer Fehler, um so furchtbarer, als er ihn nicht aus Unkenntnis, auch nicht aus zu geringem Verständnis des Herzens beging – er kannte es genau –, sondern aus Nachlässigkeit, aus Egoismus! Er hatte übersehen, daß sie kein Beamter war, nicht gerne Karten spielte, daß sie keine Fabrik hatte, daß ein ausgezeichnetes Mahl und der beste Wein in den Augen einer Frau fast gar keinen Wert haben, und er hatte sie gezwungen, mit ihm so ein Leben zu führen.

Pjotr Iwanytsch war ein guter Mensch. Und wenn nicht aus Liebe zu seiner Frau, so hätte er doch in seinem Gerechtigkeitssinn Gott weiß was gegeben, um seinen Fehler gutzumachen. Aber wie? Manche Nacht verbrachte er schlaflos seit jenem Tag, da der Arzt ihm seine Befürchtungen wegen der Gesundheit seiner Frau mitgeteilt hatte, und war bemüht, Mittel zu finden, um ihr Herz mit ihrer jetzigen Lage zu

369

versöhnen und ihre erlöschenden Kräfte neu zu beleben. Auch jetzt, als er am Kamin stand, grübelte er wieder darüber nach. Ihm kam in den Sinn, daß sich vielleicht schon der Keim einer gefährlichen Krankheit in ihr verbarg, daß sie von dem blumenlosen, öden Dasein aufgezehrt war...

Kalter Schweiß trat ihm auf die Stirn. Er verzweifelte bei seiner Suche nach Mitteln, fühlte er doch, daß mehr Herz als Verstand nötig war, um eins zu ersinnen. Und woher sollte er das nehmen? Ihm sagte etwas, daß er ihr zu Füßen fallen, sie liebevoll in die Arme schließen und ihr mit leidenschaftlicher Stimme versichern müßte, daß er nur für sie lebe, daß das Ziel all seiner Mühen und Sorgen, seiner Karriere und seiner Geschäfte nur sie sei, daß seine planmäßige Art, mit ihr zu verkehren, nur von dem glühenden, beharrlichen, eifersüchtigen Wunsch eingegeben worden sei, ihr Herz für immer an sich zu ketten... Er begriff, daß solche Worte elektrisierend wirken würden, daß sie vor Glück und Gesundheit plötzlich aufblühen würde und nicht zur Kur zu fahren brauchte.

Aber sagen und überzeugen ist zweierlei. Um zu überzeugen, mußte man wirklich Leidenschaft fühlen. Und sosehr Pjotr Iwanytsch in seinem Inneren forschte, er fand von Leidenschaft nicht eine Spur. Er fühlte nur, daß seine Frau ihm unentbehrlich war – das war die Wahrheit, aber, wie alles andere Unentbehrliche im Leben, unentbehrlich aus Gewohnheit. Er hätte sich vielleicht nicht einmal gesträubt, sich zu verstellen und die Rolle des Liebhabers zu spielen, so lächerlich es war, mit fünfzig Jahren plötzlich die Sprache der Leidenschaft zu sprechen. Aber kann man einer Frau Leidenschaft vortäuschen, wenn sie nicht vorhanden ist? Und würde sein Heroismus und seine Kunst ausreichen, diese Rolle bis zu jener Grenze auf sich zu nehmen, jenseits derer das Verlangen des Herzens verstummt? Oder würde seine Frau vielleicht gar an gekränktem Stolz sterben, wenn sie bemerkte, daß, was vor einigen Jahren ein Zaubertrank für sie gewesen wäre, ihr jetzt als Arznei gereicht wurde? Nein, nach seiner Art erwog und überlegte er diesen Schritt sorgfältig und entschied sich nicht dafür. Er gedachte etwas zu tun, was vielleicht dasselbe und doch etwas anderes war, etwas, was ihm jetzt notwendig und auch möglich erschien. Er bewegte schon seit drei Monaten einen Gedanken im Kopf, der ihm früher absurd vorgekommen wäre, doch jetzt war es was anderes! Er hatte ihn aufgespart für den äußersten Notfall, dieser Fall war eingetreten, und er entschloß sich, seinen Plan auszuführen.

›Wenn das nicht hilft‹, dachte er, ›dann gibt es keine Rettung! Was sein muß, muß sein!‹

Pjotr Iwanytsch trat entschlossenen Schrittes zu seiner Frau und faßte ihre Hand.

»Lisa«, sagte er, »du weißt, welche Rolle ich im Amt spiele; ich gelte im Ministerium als der tüchtigste Beamte. Dieses Jahr werde ich als Geheimer Rat vorgeschlagen, und selbstverständlich werde ich den Titel bekommen. Denke nicht, daß meine Karriere damit abgeschlossen ist; ich kann noch weiterkommen und würde es auch ...«

Sie sah ihn verwundert an und wartete, wohin das ziele.

»Ich habe nie an deinen Fähigkeiten gezweifelt«, bemerkte sie. »Ich bin fest überzeugt, daß du nicht auf halbem Weg stehenbleiben wirst, sondern bis zum Ende gehst ...«

»Nein, das werde ich nicht. Ich werde in den nächsten Tagen meinen Abschied einreichen.«

»Deinen Abschied?« fragte sie erstaunt und richtete sich auf.

»Ja.«

»Warum?«

»Höre weiter. Dir ist bekannt, daß ich meine Teilhaber abgefunden habe und daß die Fabrik mir allein gehört. Sie bringt mir bis zu vierzigtausend Rubel Reingewinn, ohne jede Anstrengung. Sie läuft von selber wie eine Maschine.«

»Ich weiß. Was willst du damit sagen?« fragte Lisaweta Alexandrowna.

»Ich werde sie verkaufen.«

»Was sagst du da, Pjotr Iwanytsch? Was ist dir?« rief Lisaweta Alexandrowna mit wachsendem Staunen und sah ihn erschrocken an. »Wozu das alles? Ich finde mich nicht mehr zurecht, kann das nicht begreifen ...«

»Kannst du das wirklich nicht?«

371

»Nein«, sagte Lisaweta Alexandrowna unsicher.

»Du kannst nicht verstehen, daß, wenn ich sehe, wie trübsinnig du hier bist und wie deine Gesundheit leidet... unter dem Klima, daß ich dann meine Karriere und die Fabrik geringschätze und dich von hier wegbringen möchte? Daß ich den Rest meines Lebens dir widme? Lisa! Hältst du mich wirklich keines Opfers für fähig?« fügte er vorwurfsvoll hinzu.

»So soll das meinetwegen sein?« fragte Lisaweta Alexandrowna fassungslos. »Nein, Pjotr Iwanytsch!« widersprach sie lebhaft und stark beunruhigt. »Um Gottes willen, kein Opfer um meinetwillen! Das nehme ich nicht an, hörst du? Ganz bestimmt nicht! Daß du aufhörst zu arbeiten, dich auszuzeichnen, Geld zu verdienen – und das alles für mich! Gott behüte! Ich bin dieses Opfer nicht wert! Verzeih mir; ich war zu gering für dich, zu nichtig, zu schwach, um deine hohen Ziele, dein edles Wirken zu verstehen und zu würdigen. Du hättest eine andere Frau gebraucht...«

»Nun auch noch Großmut!« sagte Pjotr Iwanytsch und zuckte die Schultern. »Mein Entschluß ist unabänderlich, Lisa!«

»Mein Gott, mein Gott, was hab ich getan! Ich bin dir wie ein Stein im Wege. Ich hindere dich. Wie seltsam ist mein Schicksal!« fügte sie fast verzweifelt hinzu. »Wenn ein Mensch nicht leben will, nicht zu leben braucht... Erbarmt sich nicht Gott, nimmt mich nicht zu sich? Dich zu hindern...«

»Du glaubst zu Unrecht, daß dieses Opfer mir schwerfällt. Ich habe genug von dem hölzernen Leben! Ich will mich erholen, zur Ruhe kommen. Und wie sollte ich das besser als mir dir allein? Wir fahren nach Italien.«

»Pjotr Iwanytsch«, flehte sie fast weinend. »Du bist so gut, so edelmütig. Ich weiß, du bist aus Großmut fähig, dich zu verstellen, doch ist das Opfer vielleicht nutzlos, es ist vielleicht schon zu spät, und du gibst deine Geschäfte auf...«

»Verschone mich, Lisa, und hänge nicht solchen Gedanken nach«, rief Pjotr Iwanytsch, »sonst wirst du sehen, daß ich nicht aus Eisen bin... Ich wiederhole dir, daß ich nicht nur meinem Verstand leben will. In mir ist noch nicht alles erkaltet.«

Sie sah ihn aufmerksam und ungläubig an.

»Und das... ist aufrichtig?« fragte sie nach kurzem Schweigen. »Du willst wirklich Ruhe, fährst nicht nur meinetwegen fort?«

»Nein, auch meinetwegen.«

»Aber wenn meinetwegen, so werde ich um nichts in der Welt, um nichts in der Welt...«

»Nein, nein! Ich bin krank, müde..., will mich erholen...«

Sie gab ihm die Hand. Er küßte sie innig.

»So fahren wir nach Italien?« fragte er.

»Gut, fahren wir«, antwortete sie tonlos.

Ein Stein fiel Pjotr Iwanytsch vom Herzen. ›Es wird schon werden!‹ dachte er.

Lange saßen sie beisammen und wußten sich nichts zu sagen. Man weiß nicht, wer das Schweigen gebrochen hätte, wenn sie allein geblieben wären. Doch da vernahm man im Nebenzimmer eilige Schritte. Alexander erschien.

Wie hatte er sich verändert! Wie war er breit geworden und kahl, wie waren seine Wangen gerötet. Mit welcher Würde trug er seinen Bauch vor sich her und den Orden am Hals! Seine Augen strahlten vor Freude. Er küßte seiner Tante besonders gefühlvoll die Hand und drückte die Hand seines Onkels...

»Woher kommst du?« fragte Pjotr Iwanytsch.

»Raten Sie«, antwortete Alexander bedeutsam.

»Du hast heute besonderen Schneid an dir«, stellte Pjotr Iwanytsch fest und sah ihn fragend an.

»Ich wette, Sie erraten es nicht!« sagte Alexander.

»Vor zehn oder zwölf Jahren kamst du einmal genauso zu mir, wie ich mich erinnere«, bemerkte Pjotr Iwanytsch, »hast mir sogar was zerschlagen. Damals erriet ich sofort, daß du verliebt warst, aber heute... Etwa wieder? Nein, das ist unmöglich, du bist zu klug, um...«

Er warf einen Blick auf seine Frau und verstummte rasch.

»Sie erraten es nicht?« fragte Alexander.

Der Onkel sah ihn an und überlegte immer noch.

»Du willst doch nicht heiraten?« fragte er zweifelnd.

»Erraten!« rief Alexander triumphierend. »Gratulieren Sie mir.«

»In der Tat? Wen denn?« fragten Onkel und Tante.

»Die Tochter von Alexander Stepanytsch.«

»Wirklich? Das ist ja eine reiche Braut!« staunte Pjotr Iwanytsch. »Und ihr Vater... Er hat nichts dagegen?«

»Ich komme soeben von ihnen. Warum soll der Vater nicht einverstanden sein? Im Gegenteil, mit Tränen in den Augen hörte er meinen Antrag an, umarmte mich und sagte, daß er nun ruhig sterben könne, daß er weiß, wem er das Glück seiner Tochter anvertraut. ›Treten Sie nur in die Fußstapfen Ihres Onkelchens!‹ sagte er.«

»Das sagte er? Siehst du, auch da geht es nicht ohne den Onkel!«

»Und was sagte die Tochter?« fragte Lisaweta Alexandrowna.

»Ja, wissen Sie... Sie benahm sich so wie alle jungen Mädchen«, antwortete Alexander. »Sie sagte nichts, errötete nur. Und als ich ihre Hand nahm, da spielten ihre Finger in meiner Hand wie auf dem Klavier, als zitterten sie.«

»Sie sagte nichts!« wiederholte Lisaweta Alexandrowna. »Haben Sie sich wirklich nicht die Mühe gemacht, vor Ihrem Antrag mit ihr zu sprechen? Ist Ihnen ganz gleich, was sie denkt? Warum heiraten Sie denn?«

»Warum? Ich kann mich doch nicht immer so herumtreiben? Das Alleinsein langweilt mich. Es ist an der Zeit, seßhaft zu werden, festen Fuß zu fassen, mein Haus zu bestellen, meine Pflicht zu erfüllen. Die Braut ist doch hübsch, reich... Und Onkelchen wird Ihnen sagen, warum man heiratet; er kann das ganz genau erklären.«

Pjotr Iwanytsch winkte ihm hinter dem Rücken seiner Frau, er solle sich nicht auf ihn berufen und schweigen, doch Alexander bemerkte das nicht.

»Vielleicht gefallen Sie ihr nicht?« fragte Lisaweta Alexandrowna. »Vielleicht kann sie Sie nicht lieben. Was sagen Sie dazu?«

»Onkelchen, was ist dazu zu sagen? Sie können besser reden als ich... Doch ich werde Ihre eigenen Worte anführen«, fuhr er fort, ohne zu merken, daß sich der Onkel auf seinem Platz wand und bedeutsam hüstelte, damit er das Gespräch auf einen andern Gegenstand lenkte. »Wenn man aus Liebe heiratet«, erklärte Alexander, »so vergeht die Liebe bald, und man bleibt nur aus Gewohnheit beisammen. Heiratet man nicht aus Liebe, kommt man zu demselben Ergebnis: Man gewöhnt sich an die Frau. Liebe ist Liebe, und Ehe ist Ehe. Die zwei Dinge treffen nicht immer zusammen, und es ist besser, wenn nicht... Nicht wahr, Onkelchen? So haben Sie es mich doch gelehrt?«

Er warf einen Blick auf Pjotr Iwanytsch und hielt rasch inne, als er bemerkte, wie grimmig sein Onkel ihn ansah. Er schaute verwundert, mit offenem Mund auf die Tante, dann auf den Onkel, und schwieg. Lisaweta Alexandrowna schüttelte gedankenvoll den Kopf.

»Du willst also heiraten?« meinte Pjotr Iwanytsch. »Ja, jetzt ist es Zeit in Gottes Namen! Und das wollte er schon mit dreiundzwanzig Jahren.«

»Die Jugend, Onkelchen, die Jugend!«

»Das sage ich ja, die Jugend!«

Alexander verlor sich in Gedanken und lächelte dann.

»Was hast du?« fragte Pjotr Iwanytsch.

»Ach, mir fiel etwas Merkwürdiges ein...«

»Was denn?«

»Als ich liebte«, antwortete Alexander nachdenklich, »wollte es mit der Heirat nichts werden...«

»Und jetzt heiratest du, und mit der Liebe ist es nichts«, fügte sein Onkel hinzu, und beide fingen an zu lachen.

»Daraus folgt, daß Sie recht haben, Onkelchen, wenn Sie die Gewohnheit als die Hauptsache bezeichnen...«

Pjotr Iwanytsch schnitt ihm wieder eine wilde Grimasse. Alexander verstummte und wußte nicht, was er denken sollte.

»Du heiratest mit fünfunddreißig Jahren«, sprach Pjotr Iwanytsch, »das ist in Ordnung. Doch erinnerst du dich, wie du hier in Krämpfen getobt hast und geschrien hast, daß dich die ungleichen Ehen empören, daß man die Braut wie ein Opferlamm fortschleppt, mit Blumen und Diamanten geschmückt, und sie einem bejahrten Mann in den Arm stößt, der meistens häßlich ist und eine Glatze hat. Zeig mal deinen Kopf her!«

»Die Jugend, Onkelchen, die Jugend! Ich verstand nicht das Wesen der Sache«, sprach Alexander und strich über sein Haar.

»Das Wesen der Sache«, wiederholte Pjotr Iwanytsch. »Entsinnst du dich, als du in diese – wie hieß sie doch... Natascha, nicht wahr? – verliebt warst? ›Rasende Eifersucht, Drang der Gefühle, himmlische Seligkeit‹, wo ist das alles geblieben?«

»Na, na, Onkelchen, hören Sie auf!« bat Alexander errötend.

»Wo ist die ›gewaltige Leidenschaft‹, wo sind ›die Tränen‹?«

»Onkelchen!«

»Was? Hast dich zur Genüge ›aufrichtigen Herzensergüssen‹ ergeben, hast genug gelbe Blumen gepflückt! ›Das Alleinsein langweilt dich‹!«

»Oh, wenn sie so sind, lieber Onkel, beweise ich, daß ich nicht allein geliebt und getobt habe, eifersüchtig war und weinte. Erlauben Sie, erlauben Sie, ich besitze ein Dokument...«

Er nahm die Brieftasche heraus, und nachdem er lange in den Papieren geblättert hatte, zog er einen altersschwachen, fast nur noch aus vergilbten Fetzen bestehenden Briefbogen heraus.

»Ma tante«, sagte er, »hier ist der Beweis, daß Onkelchen nicht immer so ein besonnener und spöttischer Mann von festen Grundsätzen war. Auch er kannte aufrichtige Herzensergüsse und überlieferte sie auf anderem als auf Stempelpapier, und obendrein mit besonderer Tinte. Vier Jahre trage ich die Fetzen mit mir herum und warte auf die Gelegenheit, den Onkel zu überführen. Ich hätte den Brief fast vergessen, doch Sie haben mich selbst dran erinnert.«

»Was ist das für Unsinn? Ich entsinne mich nicht«, sagte Pjotr Iwanytsch, die Fetzen betrachtend.

376

»Nun, so sehen Sie genau hin.«

Alexander hielt dem Onkel das Briefchen vor Augen. Pjotr Iwanytschs Gesicht verdüsterte sich.

»Gib her, Alexander, gib her!« rief er hastig und wollte ihm die Fetzen entreißen. Doch Alexander zog seine Hand flink zurück. Lisaweta Alexandrowna sah neugierig zu.

»Nein, Onkelchen«, erklärte Alexander, »das gebe ich nicht her, bis Sie gestehen, hier, vor dem Tantchen, daß auch Sie einmal geliebt haben wie ich, wie alle ... Sonst geht dieses Dokument in die Hände der Tante über, zum ewigen Vorwurf für Sie.«

»Barbar!« rief Pjotr Iwanytsch. »Was machst du mit mir?«

»Sie wollen nicht?«

»Na ja, ich habe geliebt. Gib her.«

»Nein, erlauben Sie: Sie haben auch getobt und waren eifersüchtig?«

»Nun, ich war eifersüchtig, habe getobt«, gestand Pjotr Iwanytsch stirnrunzelnd.

»Geweint?«

»Nein, geweint nicht.«

»Das ist nicht wahr! Ich weiß es von Tantchen. Geben Sie es zu!«

»Die Zunge gehorcht mir nicht, Alexander. Ich fange jetzt gleich an zu weinen.«

»Ma tante! Wollen Sie das Dokument an sich nehmen.«

»Zeigen Sie, was ist das? fragte sie und streckte die Hand danach aus.

»Ich habe geweint, habe geweint! Gib her!« heulte Pjotr Iwanytsch verzweifelt.

»Am See?«

»Am See.«

»Und gelbe Blumen gepflückt?«

»Ja. Jetzt weißt du alles! Gib her!«

»Nein, es ist noch nicht alles. Geben Sie Ihr Ehrenwort, daß Sie meine Torheiten ewiger Vergessenheit anheimfallen lassen und sie mir nicht mehr vorhalten.«

»Ehrenwort.«

Alexander übergab ihm die Fetzen. Pjotr Iwanytsch ergriff

sie, zündete ein Streichholz an und verbrannte den Brief auf der Stelle.

»Sagt mir doch wenigstens, was das war!« bat Lisaweta Alexandrowna.

»Nein, meine Liebe, das sage ich nicht einmal beim Jüngsten Gericht«, entgegnete Pjotr Iwanytsch. »Überhaupt, hab ich das wirklich geschrieben? Das kann nicht sein.«

»Doch Onkelchen!« unterbrach ihn Alexander. »Ich will Ihnen gern sagen, was drin stand; ich weiß es auswendig: ›Engel, meine Vergötterte...‹«

»Alexander! Wir sind Feinde auf ewig!« schrie Pjotr Iwanytsch ärgerlich.

»Sie werden rot, als sei's ein Verbrechen«, sagte Lisaweta Alexandrowna, »und weshalb? Wegen der ersten, zarten Liebe.«

Sie zuckte die Schultern und wandte sich ab.

»In dieser Liebe war so viel... Törichtes«, erklärte Pjotr Iwanytsch weich und einschmeichelnd. »Bei uns beiden war kein Gedanke an aufrichtige Herzensergüsse, an Blumen und Spaziergänge beim Mondenschein..., und du liebst mich doch auch...«

»Ja, ich... bin sehr an dich gewöhnt«, antwortete Lisaweta Alexandrowna zerstreut.

Nachdenklich strich sich Pjotr Iwanytsch den Bart.

»Onkelchen«, fragte Alexander im Flüsterton, »was soll denn das?«

Pjotr Iwanytsch zwinkerte ihm zu, als wollte er sagen: ›Schweig.‹

»Bei Pjotr Iwanytsch ist es verzeihlich, wenn er so denkt und handelt«, sagte Lisaweta Alexandrowna. »Er ist schon lange so, und ich glaube, niemand hat ihn je anders gekannt. Doch von Ihnen, Alexander, hätte ich nicht solche Wandlung erwartet...«

Sie seufzte.

»Warum seufzen Sie, ma tante?« fragte er.

»Um den früheren Alexander«, erwiderte sie.

»Ma tante, möchten Sie wirklich, daß ich so geblieben wäre, wie ich vor zehn Jahren war?« rief Alexander. »Onkel-

378

chen hat recht, wenn er sagt, daß die törichte Verträumtheit ...«

Das Gesicht Pjotr Iwanytschs nahm einen grimmigen Ausdruck an. Alexander verstummte.

»Nein«, antwortete Lisaweta Alexandrowna, »nicht wie
vor zehn, doch wie vor vier Jahren. Erinnern Sie sich an den
Brief, den Sie mir damals vom Lande schrieben? Wie gut
waren Sie damals!«

»Ich habe wohl damals auch geträumt!« sagte Alexander.

»Nein, das haben Sie nicht. Damals haben Sie das Leben
verstanden, richtig gedeutet. Damals waren Sie schön, edel
und klug. Warum sind Sie nicht so geblieben? Warum waren
dies nur Worte, stand dies nur auf dem Papier und wurde
nicht zur Tat? Das Schöne leuchtete nur kurz auf wie die
Sonne zwischen den Wolken, für einen Augenblick ...«

»Sie wollen sagen, ma tante, daß ich jetzt nicht klug bin und
nicht edel ...«

»Gott bewahre! Nein, aber jetzt sind Sie klug und edel auf
andere Art, nicht auf die meine ...«

»Was tun, ma tante?« klagte Alexander, laut seufzend.
»Das Jahrhundert ist so. Ich halte Schritt mit dem Jahrhundert, man kann doch nicht zurückbleiben! Da möchte ich
mich auf den Onkel berufen, seine Worte anführen ...«

»Alexander!« fiel Pjotr Iwanytsch ihm grimmig ins Wort.
»Komm auf einen Augenblick in mein Zimmer. Ich muß ein
Wort mit dir reden.«

Sie gingen hinaus.

»Dich ist heute eine Lust überkommen, dich auf mich zu
berufen!« sagte Pjotr Iwanytsch. »Siehst du nicht, in welchem Zustand meine Frau sich befindet?«

»Was ist denn?« fragte Alexander erschrocken.

»Du merkst nichts? Es ist so, daß ich Amt und Geschäfte,
alles hinwerfe und mit ihr nach Italien fahre.«

»Was sagen Sie da, lieber Onkel!« rief Alexander erstaunt.
»Sie müssen doch in diesem Jahr Geheimer Rat werden ...«

»Ja, siehst du, und die Geheimrätin ist übel dran ...«

Er ging ein paarmal nachdenklich im Zimmer auf und ab.

»Nein«, sagte er, »meine Karriere ist zu Ende! Die Arbeit

379

ist getan, das Schicksal läßt mich nicht weiter gehen... Mag es so sein!« Er winkte ab.

»Sprechen wir lieber von dir«, sagte er. »Du scheinst in meine Fußstapfen zu treten...«

»Das täte ich gern, lieber Onkel«, versicherte Alexander.

»Ja«, fuhr Pjotr Iwanytsch fort, »ein paar Jährchen über dreißig, Kollegienrat, vom Fiskus ein hübsches Gehalt, auch mit Nebenarbeiten verdienst du viel Geld und heiratest außerdem zur rechten Zeit ein reiches Mädchen... Ja, die Adujews tun ihre Pflicht! Du gerätst ganz nach mir, nur die Kreuzschmerzen fehlen...«

»Es sticht schon manchmal«, berichtete Alexander und faßte nach seinem Rücken.

»Das ist alles sehr schön, selbstverständlich außer den Kreuzschmerzen«, fuhr Pjotr Iwanytsch fort. »Ich gebe zu, als du hierherkamst, glaubte ich nicht, daß aus dir etwas Brauchbares wird. Du hattest nur Fragen des Jenseits im Kopf, schwebtest in höheren Sphären... Doch das ist alles vorbei, und Gott sei Dank! Ich würde sagen: Tritt auch weiterhin in meine Fußstapfen, nur...«

»Nur was, lieber Onkel?«

»Ja... Ich möchte dir ein paar Ratschläge geben... deine künftige Frau betreffend...«

»Was denn? Das interessiert mich.«

»Aber nein!« fuhr Pjotr Iwanytsch nach kurzem Schweigen fort. »Ich fürchte, das macht es nur schlimmer. Handle, wie du's verstehst, vielleicht kommst du von selber drauf... Sprechen wir lieber von deiner Heirat. Man sagt, deine Braut bekäme eine Mitgift von zweihunderttausend Rubel – stimmt das?«

»Ja, zweihundert gibt der Vater, und hundert sind von der Mutter noch da.«

»So sind es dreihunderttausend!« rief Pjotr Iwanytsch beinahe erschrocken.

»Und heute sagte er noch, daß er uns alle seine fünfhundert Seelen schon jetzt zur vollen Verfügung stellt, unter der Bedingung, daß wir ihm jährlich achttausend auszahlen. Wir werden zusammen wohnen.«

Ungewohnt lebhaft sprang Pjotr Iwanytsch aus seinem Sessel auf.

»Halt, halt!« rief er. »Du hast mich betäubt. Hab ich richtig gehört? Wiederhole es, wieviel?«

»Fünfhundert Seelen und dreihunderttausend in bar«, wiederholte Alexander.

»Du scherzt nicht?«

»Wie sollte ich, lieber Onkel!«

»Und das Gut... ist nicht verpfändet?« fragte Pjotr Iwanytsch leise, ohne sich von der Stelle zu rühren.

»Nein.«

Die Arme über der Brust gekreuzt, betrachtete der Onkel seinen Neffen ein paar Minuten lang hochachtungsvoll.

»Karriere und auch Vermögen!« sprach er mit Wohlgefallen, wie zu sich selber. »Und was für ein Vermögen! Und alles mit einem Mal! Alles, alles! Alexander«, fügte er stolz, triumphierend hinzu, »du bist mein Blut, du bist ein Adujew! So sei es denn, umarme mich!«

Sie umarmten einander.

»Das ist das erste Mal, lieber Onkel!« stellte Alexander fest.

»Und auch das letzte!« antwortete Pjotr Iwanytsch. »Das ist kein alltäglicher Fall. Nun, und selbst jetzt brauchst du nichts von dem verächtlichen Metall? Wende dich doch wenigstens einmal an mich.«

»Ach, Onkelchen, ich brauche etwas. Ich habe jetzt eine Menge Ausgaben. Wenn Sie mir zehn- oder fünfzehntausend geben könnten...«

»Endlich, das erste Mal!« rief Pjotr Iwanytsch.

»Und auch das letzte, Onkelchen! Das ist kein alltäglicher Fall!« sagte Alexander.

ANHANG

ZEITTAFEL

1812 Am 18. Juni wird Iwan Alexandrowitsch Gontscharow in Simbirsk an der Wolga, dem heutigen Uljanowsk, geboren. Der Vater ist wohlhabender Getreidehändler; die Mutter, einunddreißig Jahre jünger als ihr Mann, stammt ebenfalls aus einer Kaufmannsfamilie.

1819 Tod des Vaters. Nikolaj Tregubow, ein Freund des Hauses und Freimaurer, übernimmt die Erziehung der insgesamt vier Kinder.

1820–1822 Gontscharow besucht eine Internatsschule im nahegelegenen Dorf Repewka. Erste Lektüre russischer und westeuropäischer Schriftsteller; erwirbt Fremdsprachenkenntnisse im Französischen und Deutschen.

1822 Wechsel nach Moskau an die Höhere Handelsschule. Gontscharow leidet unter der dortigen Atmosphäre, die seinen literarischen Neigungen nicht entspricht.

1830 Vorzeitiger Abgang von der Handelsschule.

1831 Aufnahme des Studiums an der Universität in Moskau. Hört Vorlesungen zur Literaturgeschichte, Ästhetik und Kunstphilosophie bei Nikolaj Nadeshdin und Stepan Schewyrjow. Intensives Studium der russischen und westeuropäischen Literatur, darunter der deutschen Klassik.

1832 Erste Veröffentlichung: eine Übersetzung zweier Kapitel von Eugène Sues Roman ›Atar Gull‹.

1834 Nach dem Studienabschluß neunmonatiger Aufenthalt in Simbirsk, wo ihm die Leitung der Gouvernementskanzlei übertragen wird. Eindrücke aus dieser Zeit prägen die späte Erinnerungsskizze ›In der Heimat‹ (1888).

1835 Gontscharow geht nach Petersburg und beginnt seine

385

Beamtenlaufbahn in der Außenhandelsabteilung des Finanzministeriums. – Enger Kontakt zur Familie des Malers Nikolaj Majkow. Gontscharow unterrichtet dessen Söhne Apollon und Walerian, von denen der eine später als Lyriker, der andere als Literaturkritiker Bedeutung erlangt. Im literarischen Salon der Majkows Begegnung mit einflußreichen Schriftstellern, Kritikern und Journalisten. In späteren Jahren verkehren dort auch Iwan Turgenjew, Fjodor Dostojewskij und Nikolaj Nekrassow.

1835/36 Im literarischen Hausalmanach der Majkows veröffentlicht Gontscharow vier Gedichte. Dieses Debut findet seinen Nachklang in den poetischen Versuchen Alexander Adujews (›Eine alltägliche Geschichte‹). – In den folgenden Jahren Veröffentlichung kleinerer Erzählungen.

1844–1846 Arbeit an dem Roman ›Eine alltägliche Geschichte‹. Nikolaj Nekrassow, neuer Herausgeber der von Puschkin begründeten Zeitschrift ›Der Zeitgenosse‹ (Sowremennik), und der führende Literaturkritiker Wissarion Belinskij nehmen das Werk begeistert auf.

1847 ›Eine alltägliche Geschichte‹ erscheint im ›Zeitgenossen‹. Die Arbeit an ›Oblomow‹, Gontscharows zweitem Roman, wird aufgenommen.

1848 ›Eine alltägliche Geschichte‹ wird in Buchform publiziert. Im ›Zeitgenossen‹ erscheint die Erzählung ›Iwan Sawitsch Podshabrin‹ (geschrieben 1842).

1849 Vorabdruck von ›Oblomows Traum‹ im ›Zeitgenossen‹. Um die Arbeit an ›Oblomow‹ voranzutreiben, zieht sich Gontscharow für vier Monate nach Simbirsk zurück. Er beginnt mit den Entwürfen zu seinem dritten Roman ›Die Schlucht‹.

1851 Tod der Mutter.

1852–1855 Teilnahme an einer Expedition auf der Fregatte ›Pallas‹ unter Admiral Putjatin. Das eigentliche Ziel dieser Weltumsegelung, der Aufbau von Handelsbeziehungen zu Japan, wird durch den Ausbruch des Krimkrieges (1853–1856) zunichte gemacht. Am

7. Oktober 1852 sticht die ›Pallas‹ in See. Gontscharow, der den Auftrag übernommen hat, die Reise zu dokumentieren, begleitet Putjatin auf der Route: Portsmouth – London – Madeira – Kapstadt – Singapur – Hongkong – Nagasaki – Shanghai – Nagasaki – Okinawa-Inseln – Manila – Nagasaki – Imperatorskaja Gawanj (heute Sowetskaja Gawanj). Aus gesundheitlichen Gründen vorzeitige Rückkehr nach Petersburg auf dem Landweg durch Sibirien. Eindrücke dieses letzten Reiseabschnittes liegen der 1891 entstandenen Skizze ›Durchs östliche Sibirien‹ zugrunde. Ankunft in Petersburg am 24. Februar 1855.

1856 Gontscharow wechselt als Zensor ins Ministerium für Volksbildung in Petersburg.

1855–1857 Einzelne Kapitel der Reisebeschreibungen werden in verschiedenen Zeitschriften publiziert. Unerwiderte Liebe zu Jelisaweta Tolstaja.

1857 Juni – Oktober: Aufenthalt in Marienbad und Paris. Dort Kontakt zu den Dichtern Afanassij Fet und Iwan Turgenjew.
Am 10. Oktober Ernennung zum Hofrat.

1857/58 Privatlehrer für Russisch und russische Literatur beim Thronfolger Nikolaj Alexandrowitsch.

1858 Die Reisebeschreibungen aus den Jahren 1852–1855 erscheinen als zweibändiges Werk unter dem Titel ›Fregatte Pallas‹. – ›Eine alltägliche Geschichte‹ wird in zweiter Auflage herausgegeben.

1859 Veröffentlichung von ›Oblomow‹ in den ›Annalen des Vaterlandes‹ (Otetschestwennyje sapiski); das Werk hat einen überwältigenden Erfolg. Viermonatiger Kur- und Arbeitsaufenthalt in Marienbad. Die Arbeit am Manuskript zu ›Die Schlucht‹ geht nur schleppend voran. Depressionen und Rheumatismus beeinträchtigen das gesundheitliche Befinden. Veröffentlichung einer kurzen, aber wichtigen autobiographischen Skizze.

1860 Gontscharow vorübergehend im Ruhestand. – Turgenjews Roman ›Am Vorabend‹ erscheint. Wie in dem ein Jahr zuvor veröffentlichten ›Adelsnest‹ sieht Gontscharow Übereinstimmungen mit eigenen Entwürfen. Er bezichtigt Turgenjew des Plagiats; es kommt zum Bruch.

Mai – September: Aufenthalt in Marienbad und Boulogne-sur-Mer. Depressionen und der allgemein schlechte gesundheitliche Zustand lähmen die Arbeit an ›Die Schlucht‹.

Am 12. Dezember Wahl zum Korrespondierenden Mitglied der Akademie.

1861 Mai – September: Wiederum künstlerisch unproduktiver Aufenthalt in Marienbad, Boulogne-sur-Mer und Paris.

1862 Herausgeber der Regierungszeitung ›Nordische Post‹ (Sewernaja Potschta).

1863 Wechsel auf den Posten eines Zensors im Innenministerium. Überwachung des linksgerichteten ›Zeitgenossen‹ und des slawophilen ›Tag‹ (Denj). Ernennung zum Wirklichen Staatsrat.

1867 Pensionierung mit Ende des Jahres.

1868 März/April: Lesung erster Kapitel aus ›Die Schlucht‹ im Hause des Dichters Alexej Tolstoj. Im August kehrt Gontscharow von seinem Aufenthalt in Bad Kissingen, Bad Schwalbach und Boulogne-sur-Mer mit abgeschlossenem Manuskript zurück.

1869 ›Die Schlucht‹ erscheint im ›Europäischen Boten‹ (Westnik Ewropy). Großer Erfolg bei einem breiten Publikum, jedoch scharfe Kritik aus linksliberalen, sozialistisch-fortschrittlich orientierten Kreisen. Wiederum Auslandsaufenthalt in Bad Kissingen, Paris, Boulogne-sur-Mer.

1870 ›Die Schlucht‹ erscheint in Buchform. Aufenthalt in Marienbad und Dresden. Der Ausbruch des Deutsch-Französischen Krieges verhindert die Weiterreise nach Boulogne-sur-Mer.

1872 In der Abhandlung ›Eine Million Leiden‹ entwickelt Gontscharow eine methodisch wie gehaltlich höchst originelle Analyse von Gribojedows Komödie ›Verstand schafft Leiden‹.

In den folgenden Jahren entstehen weitere kritisch-essayistische Arbeiten, so zur Darstellung religiöser Inhalte in der Malerei, zu den Dramen Alexander Ostrowskijs und zu ›Hamlet‹, außerdem Erinnerungen und aufschlußreiche Selbstkommentare zum Roman ›Die Schlucht‹ (postum gedruckt).

1874 Bekannte Porträt-Darstellung Gontscharows durch den Maler Iwan N. Kramskoj.

1875–1878 Arbeit an der Abhandlung ›Eine ungewöhnliche Geschichte‹: Der früher gegen Turgenjew erhobene Vorwurf des Plagiats wird detailliert untermauert und auf Berthold Auerbach (›Ein Landhaus am Rhein‹) und Gustave Flaubert (›Madame Bovary‹, ›Lehrjahre des Gefühls‹) ausgedehnt. Neben der Polemik gegen Turgenjew grundsätzliche Ausführungen zu Leben, Politik und Kunst.

1878 Gontscharows Diener Karl Ludwig Treugut stirbt: Gontscharow übernimmt die Erziehung der drei minderjährigen Kinder.

1879 In der Abhandlung ›Besser spät als nie‹, veröffentlicht in ›Russische Sprache‹ (Russkaja retsch), erläutert Gontscharow die Intention seiner drei Romane, die er als trilogische Einheit sieht, und äußert sich zu Kunst und Literatur, speziell zur Romanform.

1881 In der Erinnerungsschrift ›Bemerkungen über die Persönlichkeit Belinskijs‹ entwirft Gontscharow ein eindringendes Porträt des berühmten Kritikers.

1882 Gontscharow feiert im Kreise von Freunden, Kollegen und Verlegern sein 50jähriges Dichterjubiläum.

1884 Eine achtbändige Ausgabe des Gesamtwerks erscheint. – Beginnende Korrespondenz mit Großfürst Konstantin Konstantinowitsch über Kunst und Literatur.

1886 Zweite Auflage des Gesamtwerks.

1887 Gontscharow drückt Leo N. Tolstoj brieflich seine Bewunderung aus, kritisiert aber dessen Abwendung vom gebildeten Publikum zugunsten des »einfachen Volkes«.

1889 In der Abhandlung ›Mißachtung des letzten Willens‹ (in: Europäischer Bote) wendet sich Gontscharow gegen die Veröffentlichung privater Korrespondenz. Die Gesamtausgabe wird um einen neunten Band mit Erinnerungen und kleineren Erzählungen aus den letzten Jahren ergänzt (›An der Universität‹, ›In der Heimat‹, ›Dienerporträts aus alter Zeit‹).

1891 In der ›Russischen Rundschau‹ (Russkoje obosrenije) erscheint die Skizze ›Durchs östliche Sibirien‹. Einige kleinere, erst postum veröffentlichte Erzählungen entstehen (›Ein Monat Mai in Petersburg‹, ›Fischsuppe‹ u. a.).

Am 15. September stirbt Gontscharow in Petersburg an einer Lungenentzündung.

1956 Überführung vom Alexander-Newskij-Friedhof auf den Wolkow-Friedhof (Literatorskije mostki). Die Ruhestätte befindet sich in unmittelbarer Nähe der Gräber Belinskijs und Turgenjews.

NACHWORT

Iwan Alexandrowitsch Gontscharows ›Eine alltägliche Geschichte‹ erschien im Jahre 1847 in den März- und Aprilheften des ›Zeitgenossen‹ (Sowremennik), der damals angesehensten Literaturzeitschrift Rußlands. Das Werk war Gontscharows erste große Publikation und wurde ein glänzendes Debut. Dem russischen Lesepublikum wurde eine Gattung präsentiert, auf die es schon lange gewartet hatte: ein Buch, das Entwicklungs- und Gesellschaftsroman in einem war. Noch im März desselben Jahres konnte Wissarion Belinskij (1811–1848), der führende Literaturkritiker Rußlands, in einem Brief notieren, Gontscharows Roman habe »Furore gemacht« und sei ein »unerhörter Erfolg«. Diese Anerkennung war um so bemerkenswerter, als kurz zuvor – im Jahre 1846 – bereits drei andere, ebenfalls hoch gelobte Romane erschienen waren: Alexander Herzens ›Wer ist schuld?‹ sowie Fjodor Dostojewskijs ›Arme Leute‹ und ›Der Doppelgänger‹. Mit einem Schlag war der Roman zur dominierenden Gattung Rußlands geworden, und die große Prosa hatte sich endgültig etabliert. Die russische Literatur sah sich ihrem Ziel, gleichberechtigt neben die Literaturen Europas zu treten, einen entscheidenden Schritt nähergekommen. Wie sensationell diese Entwicklung war, möge ein Blick auf die literarische Situation und das literarische Selbstverständnis der vorangegangenen Jahrzehnte verdeutlichen.

Seit den 1820er Jahren gab es in der kulturell interessierten Öffentlichkeit Rußlands eine engagierte Diskussion über Stand und Perspektiven der russischen Literatur. Einige Autoren wie A. Bestushew-Marlinskij, D. Wenewitinow und vorübergehend sogar Alexander Puschkin (1799–1837) waren zu der schockierenden Feststellung gelangt: »Wir haben keine Literatur« (U nas net literatury). Diese provokante – und natürlich unhaltbare – Behauptung resultierte aus dem

Vergleich Rußlands mit der westeuropäischen Literaturgeschichte, die von der Antike bis zur Klassik und Romantik als unerreichtes Vorbild mit unerreichbaren Musterautoren angesehen wurde. Der Hauptvorwurf gegen die eigene Literatur lautete, sie sei alles in allem bloße Imitation und ein aus dem Ausland »transplantiertes Gewächs«. Puschkin sprach sogar von der »Wüste unserer alten Literatur«, und Pjotr Tschaadajew (1794–1856) behauptete um 1830 in seinen ›Philosophischen Briefen‹, in Rußland herrsche allenthalben »geistige Stagnation«, ja, Rußland sei eine »Lücke in der sittlichen Weltordnung«. Im Jahre 1834 nahm Wissarion Belinskij in seiner berühmten Abhandlung ›Literarische Träumereien‹ diese Diskussionen auf und bestätigte, daß es noch keinen russischen Shakespeare, Schiller oder Goethe gäbe, daß also Rußland – gemessen an Westeuropa – »keine Literatur« besitze.

Diese übertrieben selbstkritische Diagnose wurde allerdings sehr bald von einer hoffnungsvollen Prognose ergänzt. Bereits in den dreißiger Jahren entstand ein zunächst zaghafter, dann rasch zunehmender Glaube an Rußlands unverbrauchte Originalität und Jugendkraft, die sich in rasantem Akzelerationsprozeß entfalten werde. Es breitete sich die Vorstellung aus, Rußland werde – zumal nach dem Sieg über Napoleon – politisch und kulturell weitaus schneller wachsen als seinerzeit Europa. Schon 1837, im Todesjahr Puschkins, prophezeite Alexander Herzen (1812–1870), Rußland werde »das endlose Hippodrom in die Zukunft« eröffnen und dann »das erste Volk der Welt sein«. Belinskij faßte diesen Optimismus seit Anfang der vierziger Jahre mit der Formel zusammen, Rußland wachse nicht in Jahren oder Tagen, sondern »in Stunden«! Zur gleichen Zeit entwickelten die sogenannten Slawophilen die Ansicht, Europa nähere sich dem Stadium der Vergreisung und werde alsbald »verfault« sein. Der Dichter Wladimir Odojewskij (1803–1869) verkündete 1840: »Rußland ist jung, frisch, während ringsum alles alt und hinfällig ist. Wir sind neue Menschen inmitten eines alten Jahrhunderts.«

Diese Zuversicht betraf natürlich auch die Literatur entwicklung. Viele Kritiker gelangten zu der Überzeugung, die russische Literatur befinde sich zwar noch im Kindesalter, sei aber »ein Kind wie Herkules«. Schon Belinskij hatte 1834 die ›Literarischen Träumereien‹ mit dem emphatischen Bekenntnis beschlossen: »Ja! Gegenwärtig reifen die Keime der Zukunft! Und sie werden aufgehen und erblühen, üppig und herrlich erblühen... Und dann werden wir *unsere eigene* Literatur haben, werden nicht mehr Nachahmer, sondern Konkurrenten der Europäer sein« (Hervorhebung im Original). Eine solche Vorhersage war schon deshalb berechtigt, weil die russische Literatur mit Puschkin, Michail Lermontow (1814–1841) und Nikolaj Gogol (1809–1852) inzwischen Autoren hervorgebracht hatte, denen die Kritik erstmals in der russischen Literaturgeschichte zu Recht den Rang von »Nationaldichtern« zuerkannte.

Gogol, Puschkin und Lermontow waren zwar im wesentlichen Dichter der Romantik, doch zugleich Wegbereiter des Realismus. Ihre Werke sind angesiedelt zwischen Groteske, Ironie und Wirklichkeitsdarstellung, ihre Stilhaltungen geprägt von bewußter Stilmischung, von ironischem Plauderton und realistischer Deskription. Alle drei haben Hauptwerke geschrieben, die als Vorstufen zum großen russischen Roman des 19. Jahrhunderts anzusehen sind. Den Normen des klassischen Romans wurden sie allerdings noch nicht gerecht. Puschkins ›Eugen Onegin‹ (1823–1831) war ein strophisch geschriebener ›Roman in Versen‹, Lermontows ›Held unserer Zeit‹ (1840) bestand aus fünf selbständigen Erzählungen, und Gogols ›Tote Seelen‹ (1842) mit dem Untertitel »Poem« waren eine von Digressionen durchsetzte Mischform aus Satire, Schelmen- und Abenteuerroman. Diese Freiheiten in Komposition und Romananlage entsprachen dem romantischen Postulat der Gattungsauflösung und -interferenz.

So war es kein Wunder, daß die Forderung nach moderner russischer Romanliteratur aktuell blieb. Dies um so mehr, als die Literaturkritik inzwischen nicht mehr das Drama, sondern den Roman als führendes Genre der Gattungshierarchie eingestuft hatte. Belinskij konstatierte in seiner Abhandlung

›Blick auf die russische Literatur des Jahres 1847‹ zutreffend: »Roman und Erzählung sind jetzt an die Spitze aller Literaturgattungen getreten.« Die größeren Prosaformen hätten den Vorrang, weil sie bequemer als andere Gattungen »Phantasie und Wirklichkeit« vereinten und damit die »umfassendste Literaturgattung« seien. In ihnen könne der Dichter neben der Prosa nicht nur lyrische und dramatische Elemente unterbringen, sondern mit der Darstellung von »Gesellschaftsbildern« zugleich seinen eigenen Standpunkt verdeutlichen. Roman und Erzählung seien am besten geeignet, eine »dichterische Analyse des gesellschaftlichen Lebens« zu vermitteln. Damit war nicht der historische, sondern der Gegenwartsroman gemeint. An anderer Stelle hatte Belinskij zusätzlich ausgeführt, auch für Rußland beginne das »Industriezeitalter« und die neue Literatur solle ein »Spiegel« der Gesellschaft sein, müsse den Helden als Typus – als »bekannten Unbekannten« – erfassen und sich als »Denken in Bildern« präsentieren. Befolge ein Autor diese Regeln, könne der Roman selbst dann, wenn er »die *gewöhnlichste* Prosa des *Lebensalltags*« beschreibe (Hervorhebung von mir, P. T.), zum Musterfall höchster Kunst werden. Es ist evident, daß Gontscharows ›Alltägliche Geschichte‹ (die genaue Übersetzung lautet ›Eine gewöhnliche Geschichte‹) schon vom Titel her in diese theoretischen Zusammenhänge gehört.

Die Hinwendung zur ›Prosa des Alltags‹ war zugleich Ausdruck einer ideologisch-ästhetischen Irritation. Viele russische Autoren der ersten Hälfte des 19. Jahrhunderts waren an den Grundsätzen der Aufklärung und eines romantischen Idealismus sowie an den Humanitätsmaximen der deutschen Klassik erzogen worden. Das »Streben nach dem Ideal«, die »Erfüllung der menschlichen Bestimmung« und der Traum von der »schönen Seele« gehörten zu den Bildungspostulaten nicht weniger Dichter und Literaturkritiker. Sie hatten Goethe und vor allem Schiller gelesen, den sie als »Dichter des Ideals«, »Propheten der Humanität« und »Sänger der Freiheit« feierten. Jena und Weimar waren für zahlreiche russische Reisende zu regelrechten Wallfahrtsstätten der Goethe- und Schillerverehrung geworden, wo man

394

»verwandte Seelen« besuchte. Alexander Herzen hat später diese Zeit in seinen Erinnerungen ›Erlebtes und Gedachtes‹ als »Schiller-Periode« beschrieben (Teil I, Kapitel 7). Viele Russen studierten überdies nicht nur in Moskau und Petersburg, sondern wenigstens für einige Zeit an deutschen Universitäten. Besonders beliebt war Berlin, wo mit Hegel, Werder oder Schelling der philosophische Idealismus dominierte. Auch in der Musik orientierte man sich an der klassisch-romantischen Epoche, so daß neben italienischen und französischen Komponisten vor allem Beethoven, Mozart oder Schubert im Zentrum der Begeisterung standen. Hinzu kamen Bildungsreisen nach Italien, wo man sich in romantischer Verklärung dem Kunstgenuß der Architektur und Malerei ergab.

Diese idealistisch-schöngeistige Orientierung mußte unweigerlich mit der russischen Wirklichkeit kollidieren. Der russische Alltag war das krasse Gegenteil eines idealischen Daseins, und nur eine durch Besitz und Bildung privilegierte Minderheit konnte sich kontemplativer Muße ergeben. Nicht der Harmonieentwurf des »Guten, Wahren und Schönen«, sondern Autokratie, Leibeigenschaft und Analphabetentum bestimmten die Realität. Die Träume einer ästhetischen Erziehung und höheren sittlichen Ordnung wurden von der Praxis der ›alltäglichen Geschichte‹ unterlaufen. Der empirische Befund widerlegte die idealistischen Theorien, und der Höhenflug der romantischen Erwartungen endete häufig genug im Absturz der Desillusionierung.

Die Beachtung des Alltäglichen und Gewöhnlichen führte dazu, daß sich zwischen Romantik und Realismus eine literarische Übergangsepoche bildete, die sogenannte »Natürliche Schule«, deren Höhepunkt in den vierziger Jahren lag. Ihre Erkennungsgattung war die »physiologische Skizze«, die nicht mehr Ironie und Phantastik der Romantik in den Mittelpunkt stellte, wie noch viele Novellen Puschkins und Gogols, sondern die wahrheitsgetreue Beschreibung des ›natürlichen‹ Lebens. Dessen wahre »Physiologie« glaubte man an bisher mißachteten Schauplätzen der Großstadt (Herbergen, Hurengassen, Hinterhöfe…), in sogenannten niederen

Helden (kleine Beamte, Kutscher, Drehorgelspieler, Stadtstreicher...) und im Elend des Provinzlebens auffinden zu können. Viele dieser Skizzen trugen den Charakter von Milieustudien. Dabei kam es nicht so sehr auf breite Handlungs- und Charakterentwicklung an, sondern auf faktographische Beschreibung typischer Lebensausschnitte und Milieufiguren. Mit der sozial- und kulturgeschichtlichen Orientierung am ›niederen Sujet‹ waren zugleich neue Themen wie Trunksucht, Arbeitslosigkeit oder Prostitution verbunden. Der Stil war nüchtern-protokollierend und bediente sich der Fiktion der mündlichen Rede (Berufssprache, Provinzialismen, Jargon).

Die Entdeckung der ›niederen Wirklichkeit‹ mit ihren Antihelden und die dokumentarische Darstellungsweise führten ohne Zweifel zu einem Zugewinn an Realismus. Andererseits brachte die Beschränkung auf das Detail und die kleine Skizze mit zumeist nur einem ›Helden‹ einen spürbaren Reduktionismus mit sich. Der Skizzenliteratur fehlten die Entwicklung runder Charaktere, der Blick auf das gesellschaftliche Gesamtgebäude, das Denken in Bildern und die philosophische Reflexion. Nur der Roman konnte dem Anspruch auf epische Totalität, archetypische Gültigkeit und existentielle Fragestellung gerecht werden. Um diesen Anspruch bemühte sich die neue Generation der russischen Romanautoren. Alexander Herzen fragte nach den Ursachen mangelnder Liebes- und Lebenserfüllung (›Wer ist schuld?‹), und Dostojewskij ging dem Problem nach, warum gerade der gute Mensch ins Unglück gerate (›Arme Leute‹). Gontscharow nannte seinen Roman zwar ›Eine alltägliche Geschichte‹, ging aber über die eng gezogenen Grenzen der »Natürlichen Schule« ebenfalls weit hinaus. Sein Thema war der Widerstreit von Idealismus und Materialismus, verbunden mit Fragestellungen des Bildungs- und Entwicklungsromans. Er traf sich darin typologisch (vielleicht sogar genetisch, die Zusammenhänge sind bisher ungeklärt) mit Hegel, welcher in der Einleitung zu seiner ›Ästhetik‹ der »*gewöhnlichen* äußeren und inneren Welt«, die er vom Zufall und Materiellen beherrscht sah, die »*höhere* geistgeborene Wirklichkeit« der

Kunst gegenübergestellt hatte. Die empirische Welt, die sich als »*gewöhnliche* Wirklichkeit« ausgibt, ist nach Hegel letztlich doch nur Unzulänglichkeit und Täuschung. Hier muß die Kunst als Regulativ und Kompensation einspringen, denn: »Die harte Rinde der Natur und *gewöhnlichen Welt* machen es dem Geiste saurer zur Idee durchzudringen als die Werke der Kunst«. (Hervorhebungen in den Hegel-Zitaten von mir, P. T.) Die Kunst als »höhere Realität« und als Medium der moralisch-ästhetischen Erziehung – dieser Ansatz verband Gontscharow mit der deutschen Klassik und dem philosophischen Idealismus.

Die übliche Zuordnung Gontscharows zum literarischen Realismus verdeckt, daß seinen Werken in wesentlichen Punkten eine idealistische Literaturauffassung zugrunde liegt. Diese hatte sich in Gontscharows Moskauer Universitätsjahren gebildet, als er bei Nikolaj Nadeshdin (1804–1856) und Stepan Schewyrjow (1806–1864) Vorlesungen über Kunstphilosophie und Literaturgeschichte hörte. In diesen Kollegs haben die Ästhetik des Idealismus und die deutschen Klassiker, zumal Schiller, eine zentrale Rolle gespielt. Gontscharow hat später mehrfach bestätigt, daß er hier »die Ideale des Guten, Wahren und Schönen« kennen- und liebengelernt habe. Durch das »Ideal der Perfektibilität« seien er und die damalige Jugend Rußlands »geistig und moralisch« erzogen worden. Nicht nur seine eigene Willenskraft, sondern gerade auch die Erziehung zur Pflichterfüllung und zum »Idealstreben« habe ihn aus dem russischen »Sumpf« von Trägheit und Ignoranz gerettet. Und er fügte hinzu: »Wenn ich ein Romantiker bin, dann ein unheilbarer Romantiker, ein Idealist.« (Brief an Sofja Nikitenko vom 8./20. 6. 1860) In den Selbstkommentaren zum Roman ›Die Schlucht‹ und in der programmatischen Abhandlung ›Besser spät als nie‹ aus dem Jahre 1879 führte er aus, das Streben nach Idealen gehöre zu den »organischen Eigenschaften« des Menschen. Negation der Ideale sei Negation der Kunst, denn die Aufgabe des Künstlers bestehe darin, »die Erziehung zu vollenden und den Menschen zu vervollkommnen«! Wenn sich die »Ultra-realisten« darauf beschränkten, das Leben zu schildern, »wie es ist«, und dabei einem bloßen »Mikroskopismus« verfielen, verfehlten sie den Auftrag der Literatur, zu dem der schöpferische Entwurf der menschlichen und gesellschaftlichen Vollkommenheit gehöre. Gerade der Roman müsse nicht nur »Bild des Lebens«, sondern auch Spiegel der vom Dichter entworfenen Ideale sein.

Ein Schlüsselwort für Gontscharows Prägung durch den Idealismus ist der Begriff »Erziehung«, auf den Gontscharow in seinen Briefen, Abhandlungen und Werken immer wieder zurückkommt. Der Erziehungsgedanke verbindet ihn mit Kant, Goethe und vor allem mit Schiller. Mit letzteren war Gontscharow nachweislich eng vertraut. In einer autobiographischen Mitteilung aus dem Jahre 1859, die er in späteren Briefen wiederholte, schrieb er: »Alle Freizeit neben dem Dienst widmete er [Gontscharow] der Literatur. Gontscharow hat vieles aus Schiller, Goethe (Prosawerke) übersetzt, auch aus Winckelmann..., später aber alles vernichtet.« In zahlreichen weiteren Auskünften Gontscharows ist nachzulesen, daß er seine Bildung nicht nur aus der russischen Literatur, sondern zugleich aus der Lektüre und Übersetzung der westlichen »Dichter und Ästhetiker« bezogen hat. Diese bezeichnete er als die »Koryphäen« und »berühmten Autoritäten«, in denen die »Schule der alten Lehrer« zu sehen sei (›Besser spät als nie‹). Sie hätten die Grundlagen einer sowohl moralischen wie ästhetischen Bildung geschaffen.

In Gontscharows Anliegen, Erziehung und Ästhetik zu kombinieren, zeigt sich vor allem der Einfluß Schillers und seiner Schrift ›Über die ästhetische Erziehung des Menschen‹. Zu Gontscharows Idealen gehörte – wie bei Schiller – das Postulat, der Mensch müsse sich physisch und ästhetisch bilden, um zum moralischen Standpunkt zu gelangen. Nur wer mit eigenem Willensentschluß die triadische Einheit von Physis, Ästhetik und Moral zu größtmöglicher Vollkommenheit entwickle, werde der »menschlichen Bestimmung« gerecht. Die Schillersche Totalität des ›ganzen Menschen‹

war letztlich das Zentrum, um das Gontscharows Gedanken und Werke kreisen. Vor allem sein Chef d'œuvre, der Roman ›Oblomow‹ (1859), ist mit der typologischen Opposition des Bruchstück-Menschen Oblomow und seines ganzheitlichen Gegenentwurfes Stolz – worin zugleich die Opposition Rußland/Europa steckt – diesem Thema gewidmet. Es ist ein verbreiteter Irrtum anzunehmen, Gontscharow habe den Faulpelz Oblomow primär als tragikomisch-liebenswerten Helden und weise-kontemplativen Verweigerer konzipiert. Mehrfach hat Gontscharow betont, die in Rußland herrschende »Oblomowsche Erziehung« offenbare nichts anderes als »Grobheit«, »Fäulnis der Sitten« und »lethargischen Schlaf« (vgl. vor allem seine bekenntnishaften Briefe an Sofja Nikitenko). Diesem Verfall müsse gerade die Literatur entgegenwirken, indem sie idealische Charaktere wie den Halbdeutschen/Halbrussen Stolz entwerfe, der neben emotionaler und künstlerischer Bildung das praktische Wissen, die Arbeit und die Kraft verkörpere. Der Gefahr, daß solche idealistischen Konzeptionen zu realitätsfern und abstrakt bleiben könnten, war sich Gontscharow allerdings bewußt. Er räumte ein, daß aus idealischen Entwürfen möglicherweise »zu nackt die Idee herausschaut«, und klagte im August 1857 in einem Brief an den Freund Iwan Lchowskij (1829–1867) über seine Heldenkonzeption: »Mich schreckt manchmal, daß ich keinen einzigen Typus, sondern nur Ideale habe.«

Trotz der weitreichenden Orientierung an Schillerschen Maximen weiß Gontscharow also nicht nur um die Dürftigkeit pragmatischer Ansätze, sondern auch um das Illusionspotential des blinden Idealismus. Materialismus und Idealismus in Reinform sind ihm verderbliche Halbheiten, die den ganzheitlichen Menschenbegriff gefährden. Der einzelne solle Kopf und Herz, Arbeit und Genuß nicht trennen, sondern in Pflicht und Neigung vereinen – darin liege »die ganze Aufgabe des Menschen« (Brief an die Schwestern Nikitenko vom 23. 6./4. 7. 1860). Infolge dieses Ganzheitsdenkens verurteilte Gontscharow sowohl vereinseitigte Lebensentwürfe als auch reduktionistische Literaturprogramme.

Die Vertrautheit mit klassisch-idealistischem Bildungsgut und ein wacher Realitätssinn hatten Gontscharow früh zu der Erkenntnis gebracht, daß im Widerspiel von idealistischer Gesinnung und ›alltäglicher Geschichte‹ ein genuines Literaturthema liege. In einem seiner Bekenntnisbriefe an Sofja Nikitenko schrieb er dazu: »Vom ersten Augenblick an, da ich begonnen hatte, für den Druck zu schreiben..., hatte ich ein einziges künstlerisches Ideal: das war die Darstellung einer ehrlichen, guten, sympathischen Natur, eines Idealisten im höchsten Maße, der sein ganzes Leben lang kämpft und die Wahrheit sucht, der aber auf Schritt und Tritt der Lüge begegnet, sich ständig getäuscht sieht, schließlich endgültig erkaltet und infolge des Bewußtseins eigener und fremder Schwäche, d. h. der Schwäche der menschlichen Natur überhaupt, in Apathie und Kraftlosigkeit versinkt.« Etwas resigniert und zu bescheiden fügte Gontscharow hinzu, dieses Thema hätte seine Kräfte überstiegen, denn nur »Giganten« wie Shakespeare oder Cervantes könnten die ganze Weite der sowohl komischen wie tragischen Dimension der Menschennatur erfassen (Brief vom 21. 8./2. 9. 1866).

Nicht nur Gontscharows theoretische Äußerungen, sondern auch die Figuren, Schauplätze und Themen seiner Romane haben viel mit seiner eigenen Biographie zu tun. Der Geburtsort Simbirsk mit seiner provinziellen Verschlafenheit, die Konfrontation mit der Hauptstadt Petersburg, die Beschäftigung mit der schönen Literatur und mit Schiller, die gleichzeitige Notwendigkeit prosaischen Broterwerbs, der schmerzlich erfahrene Gegensatz von Theorie und Empirie – alles kehrt in Gontscharows Werken offen oder verschlüsselt wieder. Mehrfach hat Gontscharow bittere Klage darüber geführt, daß auch sein eigener Lebensweg vor dem Studium von »Oblomowerei« und Mangel an geistig-sittlicher Erziehung geprägt gewesen sei. Hieraus (und aus Äußerungen, wo Gontscharow von der »Poesie der Faulheit« spricht) mag das spätere Mißverständnis der Forschung entstanden sein, der Autor des ›Oblomow‹ sei selber ein Oblomowianer gewesen.

400

Doch dieser Verdacht ist gänzlich abwegig. Wer sich mit Gontscharows Lebensgang befaßt, begegnet einem tätigen Mann, der über Jahre hin Staatsbeamter, Reisender, Redaktor, Übersetzer und Schriftsteller in einem war. Allerdings hat Gontscharow Unrast und Aktionismus gemieden. Statt dessen gehörten gedankliche Durchdringung und sorgfältige kompositorisch-stilistische Arbeit zu seinen Grundsätzen. Deshalb sind seine Romane jeweils in langen Abständen erschienen. Er selbst bezeichnete gründliches, dauerndes Lesen als »meine Schule« und bescheinigte sich in literarischen Dingen »Ausdauer«, »unablässiges Bemühen« und »objektive Betrachtung«, weshalb er in einem Brief an Iwan Turgenjew (1818–1883) sagen konnte: »Ich diene der Kunst wie ein Ochse im Geschirr.« Anatolij F. Koni (1844–1927), seit den 1870er Jahren einer der wenigen engen Freunde Gontscharows, hat in seinen Erinnerungen bestätigt, daß sich hinter Gontscharows behäbiger Attitüde und seiner Nachdenklichkeit ein »großer Schaffender« verbarg. Ebenfalls von Koni stammt die Überlieferung, daß Gontscharow am liebsten in einem schlichten Zimmer mit kahlen Wänden und in absoluter Stille arbeitete. Nicht zufällig hat der Kaufmannssohn Gontscharow beklagt, daß ihm – im Gegensatz zu den Adligen Turgenjew oder Tolstoj – kein »Adelsnest« als Refugium zur Verfügung stand.

Gontscharow wollte seine drei Romane ›Eine alltägliche Geschichte‹, ›Oblomow‹ und ›Die Schlucht‹ als trilogische Einheit verstanden wissen. Demzufolge finden sich bereits im Erstlingsroman sowohl in literaturtechnischer wie in thematischer Hinsicht konstitutive Züge der späteren Romananlage. Zu den technischen Mitteln gehören der auktoriale Erzähler, eine übersichtliche und zum Teil regelrecht symmetrische Komposition (vgl. die je sechs Kapitel der beiden Teile der ›Alltäglichen Geschichte‹), Konzentration auf Zentralhelden und klare Personenkonstellation mit Kontraststruktur, beträchtliche Länge der erzählten Zeit, Leitmotivtechnik und Symbolisierung im Rahmen realistischer Stilhaltung, programmatische Beichten und Briefeinlagen, Literaturzitate und Hinweise auf literarische »Koryphäen« (z. B. auf Puschkin, Byron und Schiller), ironische Spiegelungen der Haupthelden durch Dienerpaare und anderes mehr.

Zu den verbindenden Elementen gehört sodann das Muster des geschickt inszenierten Thesenromans. Gontscharow will dem Leser einen Diskurs anbieten und eine ›Botschaft‹ vermitteln. Das fiktive Romangeschehen wird ersonnen, um Lebensprobleme zu erörtern, die zwar äußerlich in einem aktuell-konkreten Gesellschaftsrahmen angesiedelt sind, doch letztlich zu den »ewigen Fragen« gehören. Als Basis von Gontscharows Welt- und Menschensicht läßt sich dabei unschwer ein dualistisch-antithetisches Denksystem erkennen, welches innerhalb der Romananlage in vielfältig variierten Oppositionsstrukturen wiederkehrt. Entsprechend ist mit Alexander Adujew und seinem Onkel Pjotr Iwanytsch ein ganzes Schichtenmodell von zum Teil wechselnden Gegenbildlichkeiten verknüpft: Idealismus und Romantik stehen gegen Materialismus und Realismus, Gefühlsbekenntnis steht gegen Rationalität, Unordnung gegen System, Abstraktheit gegen Konkretheit, Worte gegen Taten, Jugend gegen Alter, Landadel gegen Unternehmertum, Provinz gegen Großstadt, sogar Asien gegen Europa (vgl. I/6, II/5 u. ö.). Auf der sprachlichen Ebene kontrastiert das Pathos Alexanders mit dem trockenen Sprachduktus des Onkels. Teil und Totalität, Trennung und Einheit dominieren als Bild- und Denkfiguren den Text.

Wie schon oben dargelegt, sieht Gontscharow einen wesentlichen Grund für den Verlust der Ganzheit in den Mängeln einseitiger Erziehung. So heißt es von Alexander ausdrücklich gleich zu Beginn, daß ihm seine Mutter »nicht das wahre Bild vom Leben« vermittelt habe (I/1). Auch im Roman ›Oblomow‹ stehen die Erörterungen über die »Norm des Lebens« und über Oblomows verfehlte Erziehung in den ersten Romanteilen (I/9 und II/1–4). Oblomow selbst trägt einen programmatisch sprechenden Namen (oblomok = Bruchstück). Wenn aus Erziehung Fragmentarität und falsche Lebensvorstellungen resultieren, bleiben Konflikte und

Desillusionierung nicht aus. Alexander erleidet vor allem in der Liebe und als Dichter Schiffbruch. Das sind die Bereiche des enthusiastischen Idealismus. Er muß lernen, daß Hochgefühl ohne Pflichtgefühl nicht trägt, daß erträumte Berufung zum prosaischen Beruf verkümmert und daß romantische Liebe letztlich doch nur als Gewohnheit und bestenfalls Freundschaft überdauern kann. Der Schiller-Leser Alexander Adujew erlebt jenen Ernüchterungsprozeß, den Schiller im Gedicht ›Die Ideale‹ beschrieben hat und den er in der Abhandlung ›Über das Erhabene‹ als »Resignation in die Notwendigkeit« bezeichnet. Dies ist zugleich die Überlagerung der deduktiv orientierten Theorie durch die induktiv gewonnene Erfahrung.

Korrektiv und Mentor Alexanders ist der Onkel. Dieser hat schon hinter sich, was Alexander noch vor sich hat. Das bisherige Leben des Onkels wird retrospektiv erschlossen, während Alexanders Entwicklung prospektiv dargestellt ist. Aus dem früheren Leben des Onkels und aus dem Ende des Romans ergibt sich dabei, daß die Kontrasttypologie beider Figuren durch Parallelen und Umkehrungen überlagert wird. Auch der Onkel hat einst zu Zeiten romantischer Liebe »gelbe Blumen« gepflückt (I/2, II/6 und Epilog). Am Ende versucht er sogar, vom »hölzernen Leben« des Verstandes und der Karriere loszukommen und die Fabrik gegen das ›romantische‹ Italien einzutauschen. Italien ist hier, wie so oft, Chiffre für ›das andere Leben‹, die Sehnsucht nach Liebe, Schönheit und Freiheit. Der Onkel ist just in dem Moment auf der Suche nach der – verlorenen bzw. nie besessenen – Ganzheit, als der Neffe endgültig zu seinem Abbild und damit zu einer rational-reduzierten Existenz geworden ist. Selbst die Kreuzschmerzen haben sich schon eingestellt. »Du scheinst in meine Fußstapfen zu treten«, sagt der Onkel zu ihm (Epilog), während er selbst seine bisherige Lebensbahn verlassen will. Daß der Ausbruchsversuch Pjotr Iwanytschs wesentlich mit dem verwundeten, durch einseitige Pflichtorientierung halbierten Seelenzustand Lisawetas zusammenhängt, ist kein Zufall. Bei Gontscharow sind die weiblichen Hauptfiguren der Prüfstein für Ganzheit und Integrität der

Lebensentwürfe. Entsprechend verläßt später Olga den Bruchstück-Menschen Oblomow, um ihr Leben mit dem ganzheitlichen Stolz zu verbinden.

Mit der Wandlung des Onkels (die manche Kritiker als zu
abrupt empfunden haben) durchbricht Gontscharow bewußt
die Vorstellung, das Lebensschicksal laufe zwangsläufig auf
eine festgefügte finale Entwicklung hinaus. Vielmehr kommen ein zyklisches Moment und die These hinzu, die Gegensätze seien bereits in der Seele des Individuums selbst veran-
kert. Deshalb ist immer wieder von der »zweiten Natur«, von
den »zwei Wegen« und der zu schaffenden »eigenen Welt«
des Menschen die Rede. Ähnlich wie Goethes Faust, allerdings ohne dessen dramatische Fallhöhe, weiß Gontscharow
um das »Zwei Seelen wohnen, ach! in meiner Brust«. Mit
diesem Wissen ist zugleich die Strategie verbunden, das Ideal
der Totalität doch wieder in den Blick zu bekommen. Die
widerstreitenden Prinzipien des Lebens lassen sich nicht in
strikter Trennung vereinzeln; viel eher sind sie einander
bedingende Teile eines Ganzen.

Mit Bedacht hat Gontscharow zur Verbildlichung dieser
Kohärenz die Familienglieder Onkel und Neffe gewählt:
beide sind untrennbar durch Verwandtschaft verbunden, so
daß ihr Rollentausch eine innere Logik besitzt. Wenn sich
beide im Schlußbild des Romans umarmen, obwohl sie gerade hier wieder für antithetische Maximen stehen, und wenn
der Onkel konstatiert »du bist mein Blut«, ist das zugleich
eine Signatur für die letztlich doch unaufhebbare Verknüp-
fung der konträren Potentiale. Grundsätzlich ist denkbar,
daß auch Alexander später eine ähnliche Wandlung wie Pjotr
Iwanytsch durchmachen und zu den »gelben Blumen« und
Italien-Träumen zurückkehren wird. Onkel und Neffe sind
Kontrast-, Komplementär- und Identitätsfiguren in einem.

So darf man sagen, daß Gontscharow zwar von dualisti-
schen Denkmustern ausgeht, doch zugleich auf eine Art
dialektische Synthese hofft. Die Divergenz soll potentiell
durch Konvergenz aufgehoben werden können. Die ›Alltägliche Geschichte‹ ist insofern tatsächlich Vorstufe zum
›Oblomow‹, der das Problem der ganzheitlich-schönen Seele

mit der Identität von Pflicht und Neigung weiterentwickeln wird. Auch dort steht im Hintergrund Schiller.

Die Nähe zum Thesenroman bringt es mit sich, daß der Text zahlreiche diskursive Dialogpartien, Briefreflexionen, Introspektionen sowie Kommentare des allwissenden Erzählers enthält. Gegenüber diesen reflexiv-diskursiven Partien tritt die Handlung in den Hintergrund. Es geht eher um prozessuale Veränderungen als um dramatische Peripetien. Dem entspricht, daß der Roman mit der Bildlichkeit von »Meister« und »Schüler« sowie mit Metaphern des »Wanderers« und des Lebensweges arbeitet. Beides verweist zugleich auf den Erziehungs- und Bildungsroman und auf ungeklärte Beziehungen zu Goethe (›Wilhelm Meister‹). Veränderungen und Umkehrungen werden überdies durch eine Reihe weiterer Bildträger und Schlüsselwörter signalisiert. Zu nennen sind vor allem die Kleidersymbolik (Frack im Gegensatz zu Hauskleid und Schlafrock) sowie abermals die Leitmotive der »gelben Blumen«, des Geldes und der Umarmung. Alle signifikanten Symbole und Motive sind nur mit den Hauptfiguren verbunden. Diese sind die entscheidenden Thesenträger, während die Nebenfiguren in der Regel nur illustrative Funktion haben und nach ihrem Auftritt zum Teil spurlos aus der Handlung verschwinden. Die Umsetzung abstrakter Theorie in konkrete Anschauung gehörte im übrigen zu den festen Programmpunkten in Gontscharows Poetik. Im Anschluß an Belinskij bekannte er sich in seiner Schrift ›Besser spät als nie‹ zu dem Grundsatz »der Künstler denkt in Bildern«. Diese bildlich-verweisende Funktion kann in Gontscharows Werken dem gesamten literarischen Inventar zukommen: typisierten Figuren, sprechenden Namen, Räumen und Landschaften, Kleidern, Lektüregewohnheiten, der Gestik und Mimik, Pflanzen und toten Gegenständen, der Musik, der Witterung oder den Jahreszeiten.

Gontscharow möchte seinen Lesern zwar ein ernstes Anliegen mit existentiellen Fragestellungen unterbreiten, vermeidet aber den Eindruck lähmender Bedeutungsschwere. Diskurs und Botschaft werden immer wieder durch Komik und augenzwinkernde Distanzierung gebrochen. Allerdings greift die übliche Einordnung dieser Distanznahme als »Gontscharows Humor« zu kurz. Es geht zugleich um die hohe Schule der Ironie. Gontscharow sieht den Menschen als Akteur auf einer Lebensbühne, welche die komischen und tragischen Züge des Daseins durch Tragikomik vereint. Schein und Sein, Wollen und Können liegen in ständigem Widerstreit. Das Leben besteht aus einer Abfolge von Akten und Szenen, welche den Rollentausch zulassen und zugleich als Reigen gruppiert werden können. Tragikomik ist Ausdruck des ganzen Lebens und damit des Wesens unserer alltäglichen Geschichte. Schon Gontscharow wußte, ähnlich wie später Thomas Mann in seinem ›Versuch über Tschechow‹, daß alle Lebenswahrheit »von Natur ironisch« ist und damit den Ernst der Ideen erträglich macht.

Gontscharow hat dazu beigetragen, den russischen Zweifel an der eigenen Literatur endgültig zu begraben. Er überwindet die Skizzenliteratur der »Natürlichen Schule«, indem er deren mikroskopischen Alltagsrealismus durch einen makroskopischen Blick auf das grundsätzliche Menschsein ergänzt. Alexander Adujews bange Frage »Was ist nur das Leben?« (I/2) war auch Gontscharows Problem. Er diagnostizierte zwar einen Mangel an Harmonie und Ganzheit, schloß aber optimistische Prognosen nicht aus und hoffte auf das erzieherische Potential der Literatur. Indem er das Leben dabei wesentlich durch Konstanz und Zyklizität geprägt sah, deutete er die alltägliche zugleich als eine unendliche Geschichte. Dies etwa dürfte auch Leo N. Tolstoj gemeint haben, als er im Dezember 1856 an Valerija Arsenjewa über ›Eine alltägliche Geschichte‹ schrieb: »Mit der letzten Post habe ich Ihnen ein Buch geschickt, lesen Sie diese wunderschöne Sache. Hier kann man leben lernen. Man sieht verschiedene Ansichten des Lebens und der Liebe. Wenn man auch keiner gänzlich zustimmen kann, so wird doch die eigene Sicht vernünftiger und klarer.«

Peter Thiergen

INHALT

Erster Teil 5
Zweiter Teil 181
Epilog 361

ANHANG

Zeittafel 385
Nachwort 391

DIE GUTE SAMMLUNG

Große Erzähler
des 19. Jahrhunderts
in mustergültigen Ausgaben

Gustavo Adolfo Bécquer
Das Teufelskreuz
Unheimliche Legenden
300 S., ISBN 3-7350-0057-6
DM 22,80

Joseph Conrad
Nostromo
Eine Geschichte
von der Küste
768 S., ISBN 3-7350-0068-1
DM 29,80

Benjamin Constant
Adolphe. Cécile
Zwei Romane
228 S., ISBN 3-7350-0056-8
DM 16,80

Stephen Crane
Kleine Romane und
Erzählungen
432 S., ISBN 3-7350-0071-1
DM 24,80

Edmond de Goncourt –
Die Brüder Zemganno
Juliette Faustin
Zwei Romane
432 S., ISBN 3-7350-0085-1
DM 24,80

Herman Melville
Maskeraden oder
Vertrauen gegen
Vertrauen
Roman
460 S., ISBN 3-7350-0143-2
DM 36,00

Ferdinand von Saar
Requiem der Liebe
und andere Novellen
684 S., ISBN 3-7350-0114-9
DM 26,80

Emile Zola
Lourdes. Rom. Paris
Drei Romane
(Städte-Trilogie)
3 Bde., zus. 1788 S.,
ISBN 3-7350-0141-6
zus. DM 88,00

Jeder Band
fadengeheftet,
in Leinen
gebunden,
mit Schutz-
umschlag

In jeder Buchhandlung
SAMMLUNG DIETERICH